LEBEN UND TOD

061300520061300520061300L0DESTONE520061300520061

NEW YORK TIMES BESTSELLER-AUTOR

CHERRY ADAIR

Leben Und Tod
Übersetzt aus dem Amerikanischen
Titel der nordamerikanischen Originalausgabe:
Hush
Copyright © 2018 by Cherry Adair

ISBN-13: 978-1939615374
ISBN-10: 1939615374
Copyright © 2019 Cherry Adair
www.cherryadair.com
www.shop.cherryadair.com

1

Venezuela, Dienstag: 5:33 Uhr

Drei Dinge geschahen in diesem Moment gleichzeitig: Die sanfte, warme Wölbung eines nackten Frauenpos schmiegte sich verlockend an Zakary Starks Morgenerektion, ihm kam die übliche qualvolle Erkenntnis, dass es die *falsche* Frau war, und gegen seine Schläfe presste sich das kalte, harte Metall eines Pistolenlaufs.

Der betörend frische und weibliche Duft nach Jasmin, gepaart mit der erotischen Grundnote vom Sex der vergangenen Nacht, wurde vom säuerlichen Gestank nach männlichem Schweiß überdeckt.

Scheiße . Mieser kann ein Tag wohl kaum beginnen.

Zaks Herzschlag legte einen Zahn zu, und sein ganzer Körper versteifte sich in Reaktion auf die Bedrohung.

»*¡No te muevas!*« Diese Anweisung, sich nicht zu rühren, strahlte pure Gefahr aus. Die Worte, im lokalen Dialekt gesprochen und von einem zusätzlichen motivierenden Stoß mit der Waffe unterstützt, nur Millimeter von seinem Auge entfernt, riefen Zaks Hirn wieder auf den Plan.

Zak sprach fließend Spanisch, aber er hatte nicht vor, die Karten auf den Tisch zu legen, solange er nicht wusste, was der Typ von ihm wollte. Sein Bauchgefühl drängte ihn, von dieser durchgelegenen Matratze hochzukommen, und zwar schleunigst. Aber er würde nicht flink genug sein, um es mit dem Finger des Mannes am Abzug aufnehmen zu können.

Er versuchte, die Situation zu analysieren. Normalerweise war er bereit, alle möglichen Risiken auf sich zu nehmen, um dem Leben zu zeigen, dass er sich einen Dreck darum scherte. Aber er war nicht allein. *Ihm* mochte es ziemlich egal sein, ob er auf die eine oder andere Weise das Zeitliche segnete, aber die Frau neben ihm hegte vermutlich nicht dieselbe Missachtung für ihr Leben wie er für seins.

Er war kein Held, verdammt noch mal! Und er war stinksauer, in eine Lage gebracht worden zu sein, in der er akzeptieren musste, entweder für den Tod einer anderen Frau verantwortlich zu sein oder, noch schlimmer, für ihr Überleben.

Held oder Feigling. Es war ungewiss, was ihn schneller umbringen würde.

Das Bett war an die Wand geschoben, und sie lag zwischen ihm und dem Mann mit der Kanone. Verflucht. Er hasste Kanonen. Kathy? Christy? Die Amerikanerin, die er am Abend zuvor in der Bar kennengelernt hatte, spannte augenblicklich ihren Körper an, als ihr bewusst wurde, dass sie nicht allein waren.

Zak riss die Augen auf und erblickte die wohlriechende Kurve ihres Halses direkt vor sich sowie einen Vorhang aus maisblondem, seidigem Haar. Er konnte ein wenig hindurchgucken und erkannte, dass es sich um mehr als *einen* Eindringling handelte. Verdammt! Im morgendlichen Dämmerlicht konnte er ihre drei Umrisse erkennen und hörte das Schlurfen weiterer Stiefelpaare außerhalb seines Blickfelds.

Kampfanzüge, Stiefel und Waffen. Das waren nicht bloß Zuschauer. Hier fand eine echt beschissene Party am frühen Morgen statt.

Militär? Einheimische? Guerillas?

Eine ziemlich üble Auswahl.

Zak flüsterte der Frau ins Ohr: »Bleib ruhig liegen«, und unter der Hand, mit der er ihre Brust umschloss, spürte er das unregelmäßige Klopfen ihres beschleunigten Herzschlags. Sie atmete leise und zitternd aus und erstarrte, als er mit lauter Stimme den Kerl mit der Pistole ansprach. »Ich bin unbewaffnet.«

Die Frau vor ihm löste sich aus ihrer Starre. »*¡El no tener una arma!*«, übersetzte sie hastig in miserablem Spanisch.

Herr im Himmel. »Er hat es schon beim ersten Mal verstanden«, fauchte Zak. »Nicht bewegen, nicht reden.« Benimm dich nicht so verdammt *auffällig* , dachte er. Was leider unmöglich war, denn ihr nackter Körper war auf dem vom Sex zerwühlten Laken ausgebreitet wie ein köstliches Büffett, bei dem man nur zugreifen brauchte. Gott, auf ihren Körpern trugen sie nichts als einen dünnen Schweißfilm, der sie aneinanderkleben ließ.

Alles andere als kugelsicher.

Offenbar wild entschlossen, die emanzipierte Frau zu spielen, was er jetzt ganz und gar nicht gebrauchen konnte, drehte sie ihren Kopf so, dass ihre Lippen nur wenige Zentimeter von seinen entfernt waren, und sagte mit einem wütenden Unterton: »Ich habe keine Lust, abgeknallt zu werden, nur weil er nicht verst...«

Der Lauf der Pistole bohrte sich noch tiefer in Zaks Schläfe.

»Lady«, brachte er zwischen den Zähnen hervor, »halt verdammt noch mal den Mund.« Warnend drückte er ihre Brust.

Ihr ganzer Körper sträubte sich. »Wie kannst du es wa...«

»Es sind sechs Leute. Sechs Waffen. Und wir? Sind nackt. Reicht dir das als Argument?«

Zak konnte praktisch hören, wie ihr Hirn während der kurzen Pause eine Kehrtwendung vollzog, ehe sie verkniffen »Na schön« flüsterte und das Gesicht wieder nach vorne drehte, ihr Körper stocksteif.

»*Callate.* « Der Kerl neben dem Bett trug eine Art Pseudo-Militäruniform und Tarnhosen, die er sich in seine schweren Stiefel gestopft hatte. Ein Mann, der nicht viele Worte machte und eindeutig lieber seine Waffe sprechen ließ. Zak erkannte eine in Russland hergestellte Uzi, wenn er eine sah. Im vollautomatischen Modus war die Waffe dazu geschaffen, in kürzester Zeit eine Menge Blei auf eine kleine Fläche zu jagen. Die Griffsicherung war mit Isolierband umwickelt, um ein Abrutschen mit schweißnassen Fingern von der Hinterseite des Griffs zu verhindern, was ein Blockieren der Waffe zur Folge hätte. Die Sprache, die diese Waffe sprach, war universell: Tu, was ich dir sage, oder stirb.

Trotz des unregelmäßigen Flappens des uralten Deckenventilators war es im Zimmer von der tropischen Hitze des Vortages so stickig wie in einem Gewächshaus, und es herrschte eine unheilvolle Stille. Vermutlich schliefen alle Gäste dieses kleinen, schäbigen Hotels um diese Uhrzeit noch. Ehrlich gesagt bezweifelte er, dass außer seinem Bruder irgendjemand auf Schüsse oder Schreie reagieren würde. Kleinstädter in diesem Teil des venezolanischen Urwalds neigten dazu, sich um ihre eigenen Angelegenheiten zu kümmern – und das aus gutem Grund. Niemand würde ein paar Gringos zu Hilfe eilen und das Risiko eingehen, selbst umgebracht zu werden. Es war gut möglich, dass sie sogar selbst beteiligt waren und auf ihre Entlohnung für die Gefangennahme warteten.

Vorsichtig löste er die Finger von der weichen, warmen Kuppel, die seine Handfläche umschlossen hatte, und hob dann langsam die Hand, um zu zeigen, dass er unbewaffnet und kooperativ war. Dicht an ihrem Ohr flüsterte er: »Bleib liegen und warte ab, bis ich dir sage, was du tun sollst. Und dann, *tu* es, verflucht noch mal. Verstanden?«

Ihr Körper erbebte leicht, doch sie nickte, und ihre nach Jasmin duftende seidige Haut streifte seine Wange.

Zak vermutete, dass er es gewesen war, der sie beide in Gefahr gebracht hatte. Doch seine Aufgabe wäre wesentlich leichter und unkomplizierter, wenn sie nicht dermaßen viel Sexappeal ausstrahlen würde – und nicht mit ihm in diesem gottverdammten Hotelzimmer wäre.

Seines Wissens gab es im Moment nur drei Amerikaner in dieser Absteige am Rande des Nationalparks Canaima. Ihn selbst, seinen Bruder Gideon und diese Blondine.

Pech für sie.

Falscher Ort. Falsche Zeit. Falscher Typ.

Die Männer befanden sich seit ungefähr zwei Minuten im Zimmer. Lang genug, um sie zu töten, mitzunehmen oder auszurauben. Aber nichts davon war geschehen. Noch nicht.

Das Ganze wirkte zu organisiert, um willkürlich zu sein. Die hatten mehr als genug bis an die Zähne bewaffneter Männer dabei, um sie lediglich auszurauben. Nein, kein Raubüberfall.

Und er und die Frau waren noch nicht tot, also auch keine Ermordung. Die waren nicht wegen der Blondine hier, egal wie gut sie strippen konnte oder welchen Tanzstil sie auch immer bevorzugte. Die waren hinter den Stark-Brüdern her. Er fragte sich, ob Gideon sich gerade in derselben misslichen Lage befand. Zak kam eine weitere Möglichkeit in den Sinn.

Eine Entführung.

Das war ein Riesengeschäft in Venezuela.

Die Tatsache, dass er nicht aufstehen sollte, deutete darauf hin, dass sie sich sicherer fühlten, wenn er flach auf dem Rücken lag. Seine Nacktheit war ein zusätzlicher Vorteil, der ihn noch verwundbarer machte.

Die Tatsache, dass er noch am Leben war, verriet ihm, dass sie ihn nicht töten *wollten*, zumindest im Moment nicht, was sehr beruhigend war.

Die Tatsache, dass sie nicht besonders viel unternahmen, bedeutete, dass sie noch auf jemanden warteten. Er musste schnell handeln. Jetzt durchschaute er die Situation. Und die konnte sich jede Sekunde ändern. Und er hätte seine Rolex darauf gewettet, dass sie sich nicht verbessern würde.

Mist, von seiner Rolex konnte er sich so oder so verabschieden.

Er hörte das Schlurfen von Stiefeln, die sich außerhalb seines Blickfelds bewegten. Zaks höchstes Ziel war es, sich und die Frau aus dem Schussfeld dieser scharfen Waffen zu bekommen. Allerdings war es für ihn entschieden von Nachteil, mit einem Armvoll duftendem nackten Weibchen dazuliegen, das sich nicht raushalten konnte und ihm den Weg aus dem Bett versperrte. Aber eins nach dem anderen.

Der Schlachtplan war zunächst, auf die Beine zu kommen, um dem entgegenzutreten, was da kommen mochte. »Hören Sie«, sagte er in sachlichem Tonfall in Richtung Hose des Mannes, da dieser sein Sichtfeld ausfüllte. »Was Sie auch immer wollen, wir können darüber reden. Lassen Sie die Frau gehen. Sie hat nichts damit zu tun.« Der Pistolenlauf bohrte sich noch fester in seine Schläfe.

»*Que te calles, coño*«, knurrte der Mann. Frei übersetzt: »Halt's Maul.«

Denk schneller.

Was zum Teufel konnte er mit ihr anstellen, das nicht dafür sorgen würde, dass sie beide in der nächsten Minute umgebracht würden? Zak war es gewohnt, sich etwas aus dem Stegreif zu überlegen. Er war ein Wagehals, ein Draufgänger, ein Adrenalinjunkie. Aber das betraf *ihn* . Jetzt musste er in seine Überlegungen noch ein anderes Leben miteinbeziehen. Wie schon einmal – und da hatte er versagt.

Was hast du noch in petto, Stark?

»Wollen Sie Geld?« Er zog langsam sein Bein zwischen ihren hervor und spürte, wie sein Schwanz unerklärlicherweise auf die glatte Seide ihrer festen, straffen Oberschenkel reagierte, zwischen denen sein Bein eingeklemmt gewesen war. Gottverdammter Mist, nicht *jetzt*. »Ich gebe es Ihnen. Gehen Sie einfach beiseite und lassen mich meine Klamott...«

»¡Date prisa, cabrón!« , rief der Guerilla, ohne sich noch Mühe zu geben, leise zu sein. Kein gutes Zeichen in der Stille des kleinen Hotels. Die Uzi in der Hand des Mannes schwankte nicht einen Augenblick, als er so weit zurücktrat, dass Zak sehen konnte, wie sich ein schmieriger Film von Schweiß auf seiner Oberlippe und in den Falten seines fetten

Halses bildete. Ein Fass von einem Kerl. Kurz geschorenes, schwarzes Haar, mit Tarnanzug. Eine Handwaffe in einem Halfter am Einsatzgürtel. Ein KA-BAR-Messer an den Oberschenkel geschnallt. Kein Militär.

Die Typen waren überhaupt nichts Offizielles.

Es waren Guerillas. Mit guten finanziellen Mitteln.

Himmel, was für eine Megascheiße. Die Uzi war auf Zak gerichtet, aber es war die Frau, der die gierige Aufmerksamkeit des Mannes galt. »Hey, Kumpel« – jetzt blickten die Augen des Kerls wieder auf Zakary – »jede Menge Dollars und *bolos* in meiner Brieftasche. Da drüben, in meiner Hose.« Die er sich förmlich vom Leib gerissen hatte, als er in der Nacht zuvor die Blondine auf das Bett geschleudert hatte.

»*iMe hables una vez más y te corto la verga!*« , rief der Mann mit gerötetem Gesicht. Er beugte sich vor, streckte eine fleischige Hand aus, packte die Frau am Handgelenk und zerrte sie kurzerhand aus dem Bett. Sie schrie wie am Spieß, während sie taumelnd um ihr Gleichgewicht rang. Der Mann schlug ihr mit dem Handrücken ins Gesicht, und der Schrei brach abrupt ab.

»Lass nicht zu, dass sie ... *bitte* !«, beschwor sie Zak, und ihre Lippen waren vor Entsetzen weiß und starr geworden. Das wilde Durcheinander ihrer langen blonden Haare fiel auf ihre Schultern herab, als sie dastand und nicht wusste, wohin. Was sie als Nächstes tun sollte. Ihre Haut schimmerte perlmuttartig im Dämmerlicht, als sie ihm aus tränennassen Augen einen flehenden Blick zuwarf. Ohne den Augenkontakt zu unterbrechen, flüsterte sie: »*Tu* irgendwas.«

Immer noch auf dem verfluchten Bett liegend, mit einer

Pistole auf seinen Kopf gerichtet, blickte er ihr mit starrem Blick entgegen. Mitleid würde auch nichts helfen. *Kopf hoch, Barbie. Es wird noch viel schlimmer kommen.* »Irgendwelche Vorschläge in Anbetracht der Lage?«

»J... ja, ich ...« Sie atmete stoßweise ein und hielt dann die Luft an. »Ich gebe ihn ...«

»*¡Cállate la jeta, traga leche!*« Der wütende Guerilla schleuderte sie von sich fort. Zak zuckte zusammen, als sie gegen einen Sessel flog, an die Wand prallte und dann zu Boden glitt. Es passierte so schnell, und ihr bestürztes Blinzeln, als sie den Kopf hob, verriet ihm, dass sie noch nicht verarbeitet hatte, was gerade geschehen war. Zwei Männer rannten zu ihr, packten sie an den Oberarmen und hievten sie unsanft auf die Beine, wobei sie sie begrapschten, wo es nur ging.

Alles in ihm schrie danach, quer durch den Raum zu stürzen und die beiden krankenhausreif zu prügeln. Aber auf ihn waren vier Waffen gerichtet und auf sie zwei, alle aus nächster Nähe – tot zu sein würde ihnen beiden nichts nützen.

»Langsam«, sagte er ruhig, setzte sich auf und hob die Hände, die Handflächen nach außen. Als er nicht augenblicklich durchlöchert wurde, schwang er die Füße auf den sandigen Boden. »Nicht nötig, ihr weh zu tun. Sie hat nichts Wertvolles. Lassen Sie sie einfach gehen, sie wird keine Schwierigkeiten machen.«

»Genau. Ich mache überhaupt keine Schwierigkeiten«, versicherte sie ihnen eifrig, während ihre Augen von Mann zu Mann schnellten und dann wieder zurück zu ihm. Sie atmete zitternd ein. »Hören Sie. Ich will nicht ... Nehmen Sie einfach ... Mist. Ich wollte doch nur mal eine Nacht meinen ... »Sie wurde rot. *Sie wurde verdammt noch mal rot.* »Es war toll – aber ich glaube nicht, dass ich es deswegen verdient habe, verprügelt zu werden, bloß weil ich eine falsche Wahl getroffen habe. Nicht, dass du schlecht warst«, fügte sie hastig in Zaks Richtung hinzu, »aber, na ja, diese Situation ist ...«

Sie schleuderte ihm einen wütenden Blick zu. »*Die* scheinen nicht viel Englisch zu sprechen, und *du* sprichst kein Spanisch, also ...« Sie wandte sich an einen der Männer und sagte in holprigem Rosetta Stone-Spanisch: »*Si vas a disparar, me gustar morir con mi dignidad. Y con la ropa encima.*« *Wenn Sie mich erschießen, würde ich wirklich gerne mit Würde sterben. Und angezogen.* Mit dem Kinn deutete sie auf ihre Kleider, die auf dem Boden verstreut lagen.

Den Fetzen von einem Kleid hatte er ihr am Abend zuvor hastig vom Leib gerissen, sobald sich die Tür hinter ihnen geschlossen hatte, und es würde nicht besonders viel bedecken, selbst, wenn sie ihr erlauben würden, es anzuziehen. »*Es aquí mis cosas. ¿Yo poder ...?*«

»Lady? Zum letzten Mal. Halt den Mund«, wiederholte Zak kalt, die Ohren gespitzt, um seinen Bruder zu hören. Wo war Gideon? Sein Bruder hatte einen leichten Schlaf. Er musste zumindest den Schrei gehört haben. Scheiße. Hatten die Männer sich etwa schon um Gid gekümmert, bevor sie hierhergekommen waren?

»Ich rede nun mal, wenn ich nervös bin. Und du stimmst mir sicher zu, dass ich allen Grund dazu habe«, fuhr sie ihn an. Da ihr offenbar klar wurde, dass sie nichts gegen ihre Nacktheit unternehmen konnte, führte sie sich auf wie der Kaiser mit neuen Kleidern und stand da, in stolzer Haltung, als sei sie komplett angezogen. Sie hob das Kinn und warf ihm einen glühenden Blick zu. »Und ungeachtet der Umstände – hör auf, mir den Mund zu verbieten. Das hier ist mein Zimmer, und hier kann ich verdammt noch mal sagen, was ich will. Dir gefällt mein Geplauder nicht? Dann mach ' ne Fliege.«

Unglaublich. Splitterfasernackt stand sie da, war umringt von militärischen Hartgeschützen und riss immer noch die Klappe auf. Gestern Abend hatte ihm das gefallen, allerdings hatten sie sich auch nicht richtig unterhalten. So wie sie dastand, nackt und glänzend, das blonde Haar zerzaust und so sexy, wie eine Frau eben war, die gerade vernascht worden war, ließ sie eine ohnehin schon prekäre Situation schon allein dadurch eskalieren, dass sie so aussah, wie sie aussah.

»Verfluchter Mist! Die haben alle Trümpfe in der Hand.« Und es würde noch schlimmer für sie werden, wenn die Typen beschlossen, Zakary zu erschießen und sich die Frau zu nehmen. Wie und wo sie wollten.

Sie warf ihm einen strafenden Blick zu und schloss abrupt den Mund. Zak konnte ihre Gedanken geradezu in einer Sprechblase über ihrem Kopf lesen. Die Angst strömte ihr aus jeder Pore. Einer der Männer, die sie festhielten, trat hinter sie und legte ihr den Arm um den Hals. Ihre perlmuttene Haut schimmerte im Halbdunkel, während sie verzweifelt versuchte, auf den Beinen zu bleiben, als die zwei Männer sie hin- und herzerrten. Die beiden fanden das unglaublich unterhaltsam, während sie vergeblich versuchte, sich zu befreien.

Zwei Hunde, die um einen Knochen kämpften ... das konnte funktionieren ... immerhin lenkte sie die Guerillas ab.

Er hielt die Hände weiter in die Luft. *Geduld*. Seine Mutter pflegte immer zu sagen: »Warte, bis dein Vater heimkommt. Der kümmert sich um dich.« Es war, wie darauf zu warten, dass der zweite Schuh zu Boden fiel, was so viel bedeutete wie etwas Schlimmes, das noch passieren würde. Der zweite Schuh war in diesem Fall, dass sein Vater die übliche Strafe vollzog, wenn er schließlich heimkehren würde. Mochte es abends um sieben sein oder eine Woche später. Der einzige Unterschied war die Menge an Blut, die dieser Schuh fordern würde.

»Also?« Er versuchte, möglichst höflich zu klingen. In Anbetracht der Lage. »Nehmen Sie sich, was Sie wollen, und dann gehen Sie. Wir werden nicht die Polizei rufen.«

Der Mann, der ihm am Nächsten stand, lachte. Abgesehen von dessen Körpergeruch, der einem die Tränen in die Augen treiben konnte, stank er zusätzlich nach Zigaretten. »Wir brauchen deine Erlaubnis nicht, *pendejo* «, sagte der leitende Guerilla langsam, die englischen Worte bedachtsam gesprochen. »Wir nehmen uns sowieso, was wir wollen.« Er wies mit dem Kinn auf die beiden Männer, die den Raum durchsuchten. Einer steckte Zaks Brieftasche ein, die auf dem Nachttisch lag, ein anderer nahm seine Armbanduhr in Besitz. Die Rolex besaß zwar einen sentimentalen Wert, aber Zak war nicht bereit, dafür zu sterben.

Die Frau schrie empört auf, als einer der Wächter nach ihrer Brust griff. Zak beschloss, diesen Hurensohn zuerst umzubringen. Er war erstaunt, dass sie noch nicht absolut hysterisch geworden war, wusste aber, dass es nur noch eine Frage der Zeit war. »Ganz ruhig. Lassen Sie die Dame gehen.« Er machte die universell gültige Geste für Geld, indem er die Finger aneinanderrieb. »Unten im Safe habe ich noch mehr ...«

Der Mann stieß sie mit einer obszönen Bewegung, über die Zak lieber nicht nachdenken wollte, in dessen Richtung. »*No hay bolos suficientes aquí, marica.«*

Zak sprang gerade noch rechtzeitig auf, um sie mit einem Arm aufzufangen. Ihr ganzer Körper zitterte vor Entsetzen. Und er konnte nichts dagegen tun. Sein Tonfall blieb dennoch unpersönlich. »Reiß dich zusammen. Deine Angst gibt ihnen nur noch mehr Nahrung.«

»Ich kann nicht ...« Sie sackte in seinem Arm zusammen.

»Himmel. Du wirst doch nicht ohnmächtig, oder? Nicht ohnmächtig werden, in Gottes Namen!«

»¡Ya basta con la puta charla!« , fauchte der Befehlshaber, dem das Geplauder gar nicht gefiel. Er hob die Uzi und richtete den Lauf auf sie beide.

Zak ließ sie los, doch sie blieb an seine Seite gelehnt. »Reiß dich am Riemen, und zwar schnell.« Wie Frauen es meistens taten, verschärfte sie die Situation, ohne es zu wollen.

Der Guerilla bedeutete ihnen mit seiner Waffe, auseinanderzugehen. Ihre Fingernägel bohrten sich in Zaks Taille, als sie sich an ihn klammerte wie ein Affenbaby. Der Mann gab den beiden Typen ein Zeichen. Blaues Halstuch und Goldzahn sahen aus wie gleichermaßen potthässliche eineiige Zwillinge. Sie machten sie von ihm los.

Sie verfluchte ihn und kämpfte mit allen Mitteln. Während ihr blondes Haar durch die Luft peitschte, stieß sie einen zusammenhanglosen Mischmasch aus spanischen und englischen Wörtern aus. Die Männer schoben sie in eine Ecke und hielten sie dort in Schach.

Acadia Gray presste ihren nackten Rücken gegen die kalte Betonwand, als sie unbeabsichtigt Blickkontakt zu einem der Männer herstellte, der sie in die Ecke gedrängt hatte. Er grinste anzüglich, leckte sich die Lippen und rieb sich vielsagend den Schritt. Ihr stieg die Galle die Kehle hinauf, als er sie mit gierigem Gesichtsausdruck anschaute.

Bestürzt sah sie sich um und versuchte verzweifelt, nicht zu hyperventilieren, während sie überlegte, wem sie ihren verflixten Lottogewinn anbieten sollte. Denn, das war so sicher wie das Amen in der Kirche, deswegen waren sie hier in ihrem Zimmer. Irgendwie hatten sie von ihrem Geldsegen gehört oder gelesen, und jetzt waren sie gekommen, um sich diesen abzuholen. Woher sie allerdings wussten, dass Acadia sich genau *hier* befand, so weit von Kansas entfernt, war ein Rätsel, das zu lösen ihr momentan die Zeit fehlte.

Ihr Mitgefangener versuchte – *vergeblich!* –, um ihre Befreiung zu verhandeln. Auf *Englisch* , um Himmels willen! Er hätte wenigstens versuchen können, die Sprache des Landes zu lernen, das er besuchte. Es war offensichtlich, dass die Männer nicht viel von dem verstanden, was er sagte. Aber starrköpfig wie er war, ließ er sie nicht einmal versuchen, mit den Soldaten in der Sprache zu sprechen, die sie wochenlang gelernt hatte.

Sein Ego würde sie noch beide umbringen, oder Schlimmeres. Acadia gab langsam die Hoffnung auf, dass er ihre Rettung sein und sie lebendig hier rausholen würde. Er machte *überhaupt* nichts Sinnvolles, sondern stand nur nackt da und streckte die Hände in die Luft.

Es war nicht einfach, nachzudenken, während sie beinahe verrückt vor Angst war. Ihr Herz raste wie wahnsinnig, sie spannte die Muskeln an und versuchte, ihren zitternden Körper unter Kontrolle zu bekommen.

Es funktionierte nicht.

Untypischerweise hatte sie in den letzten vierundzwanzig Stunden eine Reihe grundfalscher Entscheidungen getroffen, und sie türmten sich alle hier in diesem kleinen Zimmer auf. Verflucht, sie würde sterben, bevor ihr langersehntes großes Abenteuer überhaupt richtig begonnen hatte.

Ihre Muskeln, vor allem in den Beinen, fühlten sich so schwach und wabbelig an wie Tapioka-Pudding, und ihr Herz hämmerte laut in ihren Ohren. Sie drückte die Knie durch und befahl sich selbst, scharf nachzudenken.

Sie war *gut* im Denken und im Vorbereiten. Sie musste nur die Angst aus diesem Prozess raushalten. Sie atmete tief durch, und, mehrere Stufen vom nackten Entsetzen entfernt, ging sie die Fakten durch. Aufzuwachen und sich in einem Albtraum wiederzufinden war schon schlimm genug. Nackt vor all diesen Männern aufzuwachen ging weit über die Unzumutbarkeit hinaus und warf völlig neue Dimensionen der Demütigung auf. Der Typ im Reisebüro hatte zwar davon gesprochen, dass man in Venezuela auf ungewöhnliche Bräuche gefasst sein müsse, aber Acadia bezweifelte, dass er *das hier* gemeint hatte.

Also, sie war schon gewarnt worden, dass es Militärs gab, aber sie hatte ganz bestimmt nicht damit gerechnet, dass sie ihr gleich frühmorgens in ihrem eigenen verdammten Hotelzimmer von Schritt zu Angesicht gegenüberstehen, mit Waffen herumfuchteln und sie zwingen würden, nackt vor ihnen zu stehen.

Sie angaffen und betatschen würden.

Sie bemühte sich vergeblich, ihren Arm aus dem Griff des Soldaten zu befreien, während ihr One-Night-Stand dastand und absolut *nichts* unternahm. Zakary Stark war heiß im Bett, aber als Held war er erbärmlich. Er wirkte schockierend gelangweilt und desinteressiert, er hätte genauso gut gerade ein Sonnenbad an der französischen Riviera nehmen können.

Ohne Vorwarnung ließ der Mann ihren Arm los und fuhr ihr mit der Hand zwischen die Beine. Sie stieß einen heftigen, erstickten Schrei aus, griff nach seinem Handgelenk und grub mit aller Kraft ihre Fingernägel in seine Sehnen und Knochen. Obwohl das seine Wirkung nicht verfehlte, rammte er ihr seine Hand nur noch härter in den Schritt.

»Langsam, langsam«, protestierte Zak. Zu wenig und zu spät.

Es war der scharfe Befehl des Anführers, der den Soldaten seine forschenden Finger langsam zwischen ihren Beinen hervorziehen ließ. Er grinste obszön, und seine Augen prophezeiten, dass Schlimmeres folgen würde.

Keuchend und schwindelig vor Angst sank Acadia nach hinten gegen die Wand und hielt die Hysterie durch bloße Entschlossenheit zurück. Ihre Haut kribbelte unangenehm, und die Galle stieg ihr erneut in der Kehle hoch.

»¡Ponte de pie nojoda!« Der Lauf wurde hart an Zaks Hals gepresst. Zak streckte die Hände noch höher in die Luft und wirkte vollkommen entspannt, während er die Aufmerksamkeit weiter auf den Kerl vor sich richtete. Gott. Wie konnte er bloß so ruhig sein? Acadia versuchte, nicht wie ein Baby zu flennen; ihr Atem war so ungleichmäßig, dass ihr fast schwarz vor Augen wurde.

Reiß dich zusammen!, dachte sie wütend, erbost über seine gebieterische Haltung, die bisher keinem von beiden auch nur im Entferntesten geholfen hatte. Seine Nacktheit machte ihm rein gar nichts aus – natürlich nicht, denn an *seiner* spektakulären Physis schien keiner der Männer interessiert zu sein. Er stand einfach nur da, groß, unerschrocken und nackt. Nicht einmal der schwer bewaffnete Soldat schien ihn einzuschüchtern. Acadia beneidete ihn um seine Gelassenheit.

Noch nie in ihrem Leben hatte sie sich so entblößt und verletzlich gefühlt.

Und das passierte gerade in einem Moment, in dem ihr eins der großartigsten, lebensverändernden Dinge bevorstand, die sie je getan hatte. Nur sie konnte so viel Pech haben, in einem Raum voller bewaffneter Männer aufzuwachen, bevor sie zu dem kühnsten Abenteuer ihres Lebens aufbrach. Zumindest hatte sie es bisher dafür gehalten.

Irgendwie erschien es ihr jetzt gar nicht mehr so gewagt, sich in ihrem Alter für ein Architekturstudium einzuschreiben. Sie hatte sich den größten Teil ihres Lebens mit Einschränkungen abgefunden, die ihr kein Vorwärtskommen erlaubt hatten. Diese Reise sollte eine Starthilfe für die »neue Frau« in ihr sein. Aber die Männer, die sie festhielten, würden sie nicht gehen lassen. Sie würden nicht aufhören zu geifern. Warum noch mehr Aufmerksamkeit oder Hände auf sich ziehen als nötig? Sie musste sich beruhigen und anfangen, rational und systematisch zu denken. Es gab einen Ausweg. Es gab *immer* einen Ausweg. Ihre Gedanken im Kreis laufen zu lassen wie eine Ratte im Laufrad war kontraproduktiv. Acadia atmete zur Beruhigung tief ein und langsam wieder aus. Sie richtete ihre Aufmerksamkeit auf Zak und blendete alles andere aus.

Sie kannte seine Gesichtszüge fast besser vom Fühlen und Schmecken als vom Sehen her. *So* gut aussehend war er auch wieder nicht, dachte sie und beäugte ihn kritisch. Seine Haare waren dunkel, etwas lang und struppig. Sein Gesicht wirkte ein bisschen zu zerfurcht, und sein Mund war von Linien umgeben, die entweder von einem rauen Leben oder von einst verborgenen Grübchen her stammten, obwohl er kein Mann zu sein schien, der viel lächelte. Er hatte viele Narben. Eine der dunklen Augenbrauen wurde durch eine schmale weiße Linie in zwei Hälften geteilt, während sich eine weitere Narbe gut fünf Zentimeter über seiner linken Schläfe befand. Er trug eine zerklüftete Narbe oben auf seiner Schulter und eine andere auf seiner linken Hüfte. Sie hatte sie alle letzte Nacht geküsst.

In dem spärlichen Licht konnte Acadia seine Augenfarbe nicht erkennen, aber sie erinnerte sich daran, wie sie am Abend zuvor bei Kerzenschein über einen Tisch in der Cantina in diese Augen gestarrt hatte: dunkel und mit dichten Wimpern. Sexy und hypnotisierend. Zakary Stark war anders als die Männer, mit denen sie normalerweise ausging. So anders, dass er genau das war, was sie vergangene Nacht als Startschuss für ihr großes Abenteuer gebraucht hatte.

Eindeutig ein Liebhaber, doch kein Kämpfer. Dummerweise brauchte sie im Moment eine andere Art von Mann. Vorzugsweise einen, der gut bewaffnet und bereit war, ein paar Leuten kräftig in den Arsch zu treten.

»Ich nehme an, wir warten.« Zaks Stimme durchschnitt die nervenzerfetzende Stille in dem Raum voller Menschen, indem er den Anführer mit erstaunlich *empörender* Ruhe ansprach.

Dass sie warteten, war Acadia neu. Hatte sie irgendwas nicht mitbekommen? »Wenn wir sowieso nur herumstehen, warum ziehe ich mich dann nicht schon mal an? Das spart allen Zeit.«

»Auf was genau warten wir denn?« Acadia gelang es nicht, den Sarkasmus aus ihrer Stimme herauszuhalten.

Zak ignorierte sie.

Seine breite Brust war leicht mit dunklem Haar bedeckt, das den Weg über seinen Bauch nach unten führte, in Richtung ... O Gott. Er war zwar nicht erregt, aber sein Penis lag an seinem muskulösen Oberschenkel, und er war ... *wow*! Acadia schluckte. Es kostete sie einige konzentrierte Bemühung, sich loszureißen und den Blick wieder seinen Körper hinaufwandern zu lassen.

Allein der Anblick der Erhebungen seiner Muskeln und der sonnengebräunten Haut ließ sie an die vorige Nacht denken, als sein Mund zwischen ihren Beinen war, während seine rauen Hände ...

Sie wurde von Kopf bis Fuß rot. Jeder Mann im Raum starrte sie plötzlich an, als stellten auch sie sich vor, was vor wenigen Stunden auf genau diesem Bett wohl passiert war.

Eine ganz neue, von Angst durchtränkte Adrenalinwelle durchströmte sie, begleitet von plötzlich aufwallender Lust, die sie so benommen machte, dass sie ins Schwanken geriet. Sie stand da, während zwei Schläger sie an den Oberarmen festhielten, mit ihren schmutzigen Finger Striemen auf ihrer nackten Haut hinterließen, und sie konnte nicht aufhören, auf Zaks Gerät zu starren? Was in aller Welt stimmte nicht mit ihr?

Andererseits war es eine Ablenkung von der unerbittlichen Angst.

Zak drehte leicht den Kopf, als spürte er ihren Blick wie einen Traktorstrahl auf sich gerichtet. Eindringliche, dunkle Augen kollidierten in einem kurzen, allumfassenden Blick mit ihren. Acadia sah sofort weg.

Sie hatte nicht die geringste Ahnung, wie sie den Blick, den er ihr gerade zugeworfen hatte, interpretieren sollte. *Lauf weg? Bleib, wo du bist? Wirf dich auf den Boden? Stell dich tot?* In Büchern und Filmen wusste die hilflose Heldin immer genau, was die wortlosen Blicke ihres Helden bedeuteten. Himmel, diese Heldinnen konnten in einem einzigen Blick ein ganzes Kapitel lesen. Im echten Leben leider nicht.

Lange Strähnen ihres Haars klebten an ihrem schweißnassen Gesicht und Hals, als sie dem Mann zu ihrer Linken einen kühlen Blick zuwarf. »Ich ziehe mich jetzt an.« Sie machte eine Bewegung auf die auf dem Boden zerstreute Kleidung zu, die sie in der Nacht zuvor ausgezogen hatte. Der Mann links von ihr versperrte ihr den Weg mit dem Lauf seiner Pistole als Warnung zu bleiben, wo sie war. Zum Teufel damit.

Das Zimmer war der reinste Ofen. Alle schwitzten und stanken so sehr, dass es ihr förmlich in den Augen brannte. Sie machte einen weiteren vergeblichen Versuch, sich loszureißen, doch die Männer bezwangen sie. Acadia schrie vor Wut auf und versuchte in ihrem Kampf, dem Griff zu entkommen und sie zu treten.

Der Befehlshabende blickte sich nach dem Aufruhr um und rief: »¡Compañeros, ya basta de rumba! Pueden jugar con ella más tarde.«

Acadia verstand Spanisch viel besser, als sie es sprach, und entnahm den Worten, dass es ein »Später« geben würde, was eine gute Nachricht war. Eine gute Nachricht, die sie ihrem offensichtlich desinteressierten Liebhaber mitteilen musste, bevor …

Ohne Vorwarnung brach Zak auf einmal in Tatkraft aus und nutzte die Unaufmerksamkeit der Soldaten aus. Er griff nach dem Lauf der Uzi, rammte deren Griff hart gegen die Brust des Mannes und schleuderte ihn an die Wand neben dem Bett.

Die Matratze flog in die eine Richtung, das Metallgestell in die andere, als der Mann mit einem knochenbrecherischen Aufprall gegen die Wand schlug.

»Runter! Runter!«

Das musste er Acadia nicht zweimal sagen. Ihre beiden Wärter ließen sie los, um ihre Waffen neu auszurichten, und sie ließ sich auf den Boden fallen und zur Wand rollen und versuchte, sich dort so klein wie möglich zu machen.

Zak hielt den Lauf der Waffe immer noch in der bloßen Hand – war der Mann *geisteskrank*? – und riss dem Guerilla schließlich die Uzi aus der Hand. Die darauffolgende Explosion war ohrenbetäubend, und aus dem Hemd des Typen brach das Rot hervor wie eine surreal wirkende Blüte.

Der Knall der Kugel musste laut genug gewesen sein, um die Menschen im entfernten Caracas aufzuwecken. Putz bröckelte in einer erstickenden Staubwolke von der Decke und auf den dreckigen Boden hinab. Weitere Schüsse ertönten in dem Durcheinander, in dem die Männer wild ihre Waffen schwenkten und sich umblickten, auf wen oder was sie schießen sollten.

Acadia starrte ungläubig auf das klaffende rote Loch mitten in der Brust des Soldaten und legte sich schützend die Arme über den Kopf. Als würde das eine Kugel abhalten. Es gab keinen Ort, an dem sie sich verstecken konnte, nichts, das ihr Schutz bot, und die Tür, die hinaus in den Flur führte, wurde immer noch von zwei Männern versperrt, die aussahen, als hätten sie dort Wurzeln geschlagen. Die Pistolen waren in die Mitte des Raumes gerichtet.

Ohne darauf zu warten, dass sich der Staub legen würde, schwang ihr frischgebackener Held die Waffe herum und drückte ab, als ein weiterer Mann sich auf ihn stürzen wollte. Die Uzi klickte jedoch nutzlos, und Zak ließ sie mit einer einzigen fließenden Bewegung fallen, als er sich rasch in der Wolke aus Gipsstaub bückte, während die Soldaten versuchten, sich neu zu gruppieren. Er rammte dem Mann, der ihm am Nächsten stand, die Schulter in die Magengrube und schob ihn dabei quer durch den Raum. Die beiden Kämpfenden knallten gegen die Wand, so dicht neben Acadia, dass sie hören konnte, wie dem Soldaten der Atem mit einem erstickten Zischen entwich, während er mit dem Rücken auf der harten Wand aufprallte. Acadia zuckte zusammen. Zak zögerte nicht eine Sekunde, sondern versetzte dem unrasierten Unterkiefer des Mannes einen raschen Hieb. Bewusstlos sank der Soldat neben ihr zu Boden.

»Zwei erledigt, noch vier übrig«, murmelte sie, ohne zu merken, dass sie es laut ausgesprochen hatte. Wo zum Teufel waren ihre Klamotten? Sie hatten auf dem Stuhl gelegen ... Sie fand einen Stiefel und presste ihn sich an die Brust, während sie nach etwas Ausschau hielt, das mehr verdecken würde.

Sie warf einen Blick auf die Männer, die den einzigen Ausgang versperrten. Wenn sie ihren Posten verlassen würden, um ihren Kumpels zu helfen ... aber nein. Sie standen immer noch da, die Waffen auf das bewegliche Ziel in Form des nackten Kerls gerichtet, ohne jedoch zu schießen. In Anbetracht der geringen Größe des Zimmers, war ihnen vielleicht klar geworden, dass eine verirrte Kugel jeden von ihnen treffen könnte.

Mit einem metallischen Scheppern und dem kreischenden Kratzen von Metall auf der Wand sprangen die Bettfedern heraus und blieben an der Wand liegen. Zak war immer noch splitternackt, dafür aber plötzlich sehr aktiv geworden und griff nach allem, was er in die Finger bekommen konnte, um es als Waffe zu benutzen. Da tauchte einer der Soldaten hinter ihm auf und legte Zak mit einem Schraubstockgriff den Arm um den Hals. Acadia sprang auf die Beine.

Ohne es bewusst zu planen, holte sie mit dem Arm aus und ließ mit voller Wucht ihren Stiefel fliegen. Er verfehlte sein beabsichtigtes Ziel, traf aber einen anderen Mann mitten auf die Nase. Das Blut spritzte, er stieß einen abgehackten, kreischenden Schrei aus, fiel dann wie ein Klotz um und blieb reglos liegen.

»Noch drei«, schrie sie und sah sich nach einer anderen Waffe um. Der Mann, den sie unerwarteterweise außer Gefecht gesetzt hatte, hielt noch seine Uzi in der schlaffen Hand. In geduckter Haltung rannte Acadia los und spurtete quer durch den Raum.

Der Soldat, auf den sie gezielt und den sie verfehlt hatte, zog seinen Arm um Zaks Hals immer fester zusammen, während dieser versuchte, sich loszureißen. Mit übermenschlicher Kraft gelang es ihm, eine Halbdrehung zu vollziehen, sodass er mit einer blitzschnellen Bewegung, in die er sein ganzes Körpergewicht legte, einen gebeugten Arm nach oben schießen lassen konnte. Mit gespreizten Fingern knallte Zak dem Kerl den Handballen unters Kinn und bohrte seinem Gegner die Finger in die Augenhöhlen. Der schmerzhafte Kinnhaken ließ den Soldaten seinen Griff lockern, während er Blut spuckte, weil er sich auf die Zunge gebissen hatte. Zak packte ihn an den Haaren und rammte ihm kurzerhand das Knie in die Eier. Mit einem Kreischen fiel der Mann zu Boden und wand sich. Wimmernd hielt er sich den Schritt.

»Noch zwei.« Acadia hob die Uzi auf und stellte fest, dass diese schwerer war als die Pistolen und Gewehre, mit denen sie bisher in dem Sport- und Waffengeschäft, in dem sie arbeitete, zu tun gehabt hatte. Sie kannte die Grundlagen, obwohl sie selbst noch nie eine automatische Waffe abgefeuert hatte. Aber man brauchte kein Actionheld zu sein, um zu wissen, welches Ende in welche Richtung zeigen musste.

»Na großartig. Eine nackte Blondine mit einer Automatik«, spöttelte Zak. »Du versorgst die Typen mit dem heißesten feuchten Traum, den sie je hatten.«

»Tu was oder halt verdammt noch mal die Klappe«, keifte sie ihn an. Sie vermied den Augenkontakt – mit jedem von ihnen –, während sie den Lauf der Uzi von Mann zu Mann schwenkte. Aus dieser Entfernung konnte sie nicht danebenschießen, und das wussten die Typen.

Plötzlich griff jemand von hinten nach ihren nackten Brüsten, sie wurde hochgehoben und mit dem Gesicht zuerst gegen die Wand geschleudert. Die Uzi flog in hohem Bogen weg, rutschte scheppernd über den Boden, während der Mann sich mit seinem ganzen Körpergewicht gegen sie lehnte und sie an die Wand presste.

Alle Geräusche wurden vom heftigen Trommeln ihres eigenen Blutes übertönt, ihr Herz schlug rasend vor Angst und ihre Ohren klingelten. Während ihr Gesicht brutal gegen die Wand gequetscht wurde, begann sich Acadias Blick vom Rand her zu verdunkeln. *Nicht ohnmächtig werden, nicht ohnmächtig werden, nicht ohnmächtig werden.*

Acadia erstickte fast an ihren Tränen und dem dunklen Zorn, der sie durchfuhr, griff nach hinten und bohrte dem Mann ihre kurzen Fingernägel in die Hand, die zwischen ihnen eingeklemmt war.

Nichts würde das Unvermeidliche verhindern. Das wusste sie.

Und doch hörte sie nicht auf zu kämpfen und entdeckte noch verborgene Kräfte in sich, obwohl sie völlig am Ende war.

Irgendwie konnte sie über das Getöse ihrer eigenen Angst hinweg Rufe hören, doch sie waren bedeutungslos. Ihr Überlebensinstinkt füllte jedes einzelne Atom ihres Bewusstseins aus.

Der laute Knall eines Schusses aus nächster Nähe ließ ihre Welt stillstehen.

Der heiße, verschwitzte Körper des Mannes rutschte in einer grotesken Zeitlupe ihren nackten Rücken hinunter, dann sackte er mit einem schweren, dumpfen Geräusch hinter ihr zusammen. Acadia konnte weder atmen noch sich bewegen oder denken. Aber ihre inneren Organe zogen sich zusammen, als ihr etwas Warmes, Nasses und so Entsetzliches, dass ihr Hirn es gar nicht erfassen konnte, langsam ihren nackten Rücken hinuntertroff.

Acadia war zu ängstlich, um sich umzudrehen und nachzusehen, was gerade passiert war, doch gleichzeitig auch erleichtert über das, was *nicht* passiert war.

»¿Porqué está desnuda esa puta?« Warum ist die Hure nackt? , stieß eine autoritäre Reibeisenstimme hervor wie ein Schnellfeuergewehr.

2

Acadia hatte keine Ahnung, wer ihr Retter war, aber egal, ob der Neuankömmling oder Zak den Soldaten ... aus dem Weg geräumt hatte, sie war demjenigen zutiefst dankbar. Sie wusste, sie musste sich jetzt umdrehen und dem, was nun kommen würde, ins Auge blicken. Aber bei Gott, sie konnte sich nicht rühren. Sie bemerkte zwar, dass gerade ein Handgemenge stattfand, Schläge und Stöhnen waren zu hören, aber ihr kam es vor, als hätte jemand die Stummtaste gedrückt und sie würde die Geräusche ganz abgeschwächt, wie unter einer Glasglocke, hören.

Sie brauchte noch einen Moment – ein ganzes Leben oder eine umfassende Therapiesitzung –, um wieder zu sich zu kommen. Es kostete sie ihre ganze Kraft, ihren traumatisierten, blutbefleckten Körper von der Wand zu lösen. Acadia fühlte sich, als sei sie tausend Jahre alt und so zerbrechlich wie Glas, als sie sich umdrehte und wie betäubt wahrnahm, dass sich im Zimmer jetzt mehr bewaffnete Männer befanden als noch vor wenigen Augenblicken.

Ein großer, schlaksiger Kerl in Armeehosen ließ seine Pistole seitlich sinken, während er sich mit sichtlichem Missfallen im Zimmer umsah. »¿Porqué lleva tanto tiempo?« Nein, es war gar kein Mann. Eine Frau mit tiefer, rauer Stimme, die durch den kleinen Raum hallte und wirkungsvoller alle zum Erstarren brachte, als der letzte Schuss es getan hatte.

Nach einer kurzen Pause fingen alle Männer gleichzeitig zu reden an, und ihre Stimmen übertönten sich gegenseitig in einem unverständlichen Gebrabbel. Dem gebot die Frau Einhalt, indem sie einen Kreis in die Decke ballerte. Die andere Hälfte der Decke rieselte auf ihre Köpfe herab. Alle verstummten erneut.

Acadia begegnete Zaks Blick. Er lag bäuchlings auf dem Boden, die Hände hinter dem Kopf und den gestiefelten Fuß eines Soldaten auf dem nackten, geschundenen Rücken.

»Lassen Sie sie ...«

Die Frau durchschritt den Raum, um Zak einen fiesen Tritt von unten in die Rippen zu verpassen. Sie hielt ihre Pistole wie eine Keule in die Luft. »*Hombre*«, sagte sie, »sie ist dein geringstes Problem.«

Acadia zuckte zusammen, als der Kolben ihrer Waffe mit einem dumpfen, schmerzhaft klingenden Schlag auf Zaks Kopf traf.

»Zieht sie an, und zwar zackig, und schafft sie in den Wagen.« Sie sprach Englisch mit einem starken Akzent. »*¡Apúrate!*« Sie machte eine Pause, und ihre Augen blitzten auf, während sie ihre Männer überwachte. »Der Nächste, der sie anfasst, stirbt genauso wie Santos, *¿vale?* «

Acadia machte einen Satz und schnappte sich als Erstes ein T-Shirt. Ihre Wangen glühten, als die Männer ihr dabei zusahen, wie sie sich wand, um es sich über den Kopf und ihre nackten Brüste zu ziehen. Niemand hielt sie davon ab. Sie streifte sich rasch eine Weste über und ermahnte sich selbst, sich nicht anmerken zu lassen, wie schwer das Kleidungsstück in Wirklichkeit war. Die Weste besaß so an die tausend Geheimtaschen. Wenn Acadia sonst nichts gelang, dann wenigstens, dass sie *mit* ihrem Zeug entführt wurde. Sie stieg in die passende Cargohose, ebenfalls mit vielen Taschen, und konnte nicht verhindern, dass sie rot wurde, als einer der Männer spöttisch pfiff, während sie sich die Hose über den nackten Hintern zog.

Ein Guerilla warf ihr ihre Stiefel zu. Sie verkniff sich einen Schrei, als der schwere Wanderstiefel auf ihrem Spann abprallte.

»Mach schnell«, knurrte der Mann, den sie vorher mit demselben Stiefel an der Nase getroffen hatte. Acadia stellte befriedigt fest, dass seine Nase gebrochen zu sein schien und dass er außerdem zwei blaue Augen abbekommen hatte. *Gut,* dachte sie mit diebischer Freude und zog sich schnell fertig an.

Acadia zitterte, und ihr Herz klopfte so heftig, dass sie Angst hatte, sich jeden Moment übergeben zu müssen. Schweißnass und eiskalt zugleich, stützte sie ihre Hände neben ihren Hüften ab, um der Bewegung des schnell fahrenden Wagens entgegenzuwirken. Der alte, fensterlose Lieferwagen – oder etwas in der Art – stank nach Schweiß und Zigaretten. Er hatte keine Stoßdämpfer, und jeder Stoß und jede Kurve fühlte sich an, als rasten sie mit selbstmörderischer Geschwindigkeit über Straßen, auf denen ein Schlagloch neben dem anderen lag.

Sie und der bewusstlose Zak waren vor etwa fünfzehn Minuten ohne viel Aufhebens auf die Ladefläche des Fahrzeugs geworfen worden, zusammen mit einem anderen Mann. Die Türen hatte man zugeknallt und verschlossen, und dann waren sie mit quietschenden, abgefahrenen Reifen losgepprescht, als wären die Höllenhunde hinter ihnen her. Der zweite Typ hatte eine große, schmerzhaft aussehende Beule an der Schläfe, fast an derselben Stelle wie Zak.

Sie musterte die beiden Männer im dämmerigen Licht und bemerkte Ähnlichkeiten zwischen ihnen: die Haarfarbe und der Körperbau. Die langen, dunklen Haare des zweiten Mannes fielen in einem Wirrwarr um Gesicht und Schultern. Zaks Frisur war etwas kürzer, die Haare reichten bis zum Kragen. Auch bewusstlos sahen die beiden Männer noch verwegen und irgendwie gefährlich aus. Zaks Bad-Boy-Look hatte in der vergangenen Nacht noch einen gewissen Reiz gehabt, aber jetzt fragte Acadia sich, ob sie den Verstand und jegliche Vernunft verloren hatte, den Typen mit in ihr Zimmer zu nehmen. Eine Entführung hätte ihr geringstes Problem sein können.

Sie schob diese Gedanken beiseite. Er hatte sie nicht umgebracht oder Schlimmeres. Ihre Schmerzen bewiesen, dass sie am Leben war, und unglücklicherweise konnte sie ihn auch nicht für ihre Entführung verantwortlich machen. Aber was, wenn diese gar nichts mit ihrem Lottogewinn zu tun hatte? Acadias Hirn lief heiß, als sie über die Konsequenzen ihrer Entführung nachdachte.

Für sie drei könnte ein Lösegeld gefordert werden. Sie hatte Geld auf dem Sparbuch, das sie gern für ihre Freiheit und die der beiden Männer hergeben würde.

Oder sie konnten umgebracht werden.

Oder alle drei in die Sklaverei verkauft werden. Gar nicht so weit hergeholt, wie sie gerne glauben wollte, es war eine sehr reale Möglichkeit. Sie hatte alles über den Handel mit Sexsklaven gelesen. Die Opfer waren nicht nur Frauen, und sowohl Zak als auch der andere Mann waren stark und fit und ziemlich gut aussehend.

In dem kahlen Metallkasten gab es nichts, woran sie sich festhalten konnte. Keine Chance, zu erkennen, wohin sie gebracht wurden. Keine Chance, zu entkommen. Die Decke war hoch genug, um zu stehen, und sie hatte an den von außen verschlossenen Türen gezerrt, dagegengetreten und sie angeschrien. Alles, was dabei herauskam, war ein Abdruck ihres Stiefelabsatzes im Blech. Sie lehnte sich zurück an die heiße Wand, und der Lieferwagen rüttelte jeden Knochen in ihrem Körper durch, während er weiter seiner Route folgte.

Sie hatte immer eine leichte Verachtung für Frauen verspürt, die einen Mann brauchten, um sie zu retten, aber nun wäre sie hellauf begeistert gewesen, wenn einer der auf dem rostigen Boden ausgestreckten Männer aufgewacht wäre und verdammt nochmal was *gemacht* hätte. *Irgendwas* .

Die beiden Ohnmächtigen würden nicht besonders erfreut sein, wenn sie herausfänden, dass sie wegen ihr entführt worden waren. Aber wenn sie ihnen die Statistiken erklärte, würden sie einsehen, dass die Wahrscheinlichkeit, dieses Schicksal zu erleiden, auch ohne ihren Lottogewinn ziemlich hoch gewesen wäre. Trotzdem würde sie schnell reden müssen, vorausgesetzt, sie hatten überhaupt Gelegenheit zu reden, wenn sie an ihrem Bestimmungsort angekommen waren. Sie erschauderte, trotz der Hitze, die sich in dieser Blechbüchse auf Rädern gebildet hatte.

Nachdem ihr wieder ein Schlagloch fast die Wirbelsäule durch den Kopf gerammt hatte, ordnete sie ihre Kleidung neu, um mehr Polster zwischen ihrem Hinterteil und dem unnachgiebigen Metallboden zu haben, dann kramte sie eine kleine Dose Minzdragees aus einer der Geheimtaschen ihrer nagelneuen Klamotten von Scottevest. Von Kopf bis Fuß in Khaki gekleidet, sah sie aus, als würde sie auf eine Safari gehen oder auf eine Wanderung durch den Dschungel. Als sie

Weste und Hose gekauft hatte, hatte sie sich noch über die achtundzwanzig Taschen, derer sie sich brüsteten, amüsiert. Jetzt klopfte sie sich mental selbst auf den Rücken, weil sie sich das teure Outfit geleistet hatte.

Sie schüttelte zwei der winzigen Dragees heraus und steckte sie sich in den Mund. »Ha. Das ist der Duft von Abenteuer.«

Ihre eigene Stimme zu hören war ein kleiner Trost. Diese fortwährende Angst war Mist. Jemanden zu haben, dem sie ihre Sorgen mitteilen konnte, »das wär schön«, beendete sie den Gedanken laut, als sie den kleinen Plastikbehälter zurück in dieselbe Tasche steckte, in der sich auch das Schweizer Armeemesser und ein kleines Erste-Hilfe-Päckchen befanden. Sie dachte darüber nach, sich mit dem Schweizer Messer an den Türen zu schaffen zu machen, aber die Werkzeuge waren so klein, dass sie damit nicht viel ausrichten konnte. Die Soldaten hatten ihr die Uhr, das Medaillon des heiligen Christophorus und ihre Tasche abgenommen, aber sie hatten sich nicht die Mühe gemacht, sie abzutasten wie Zak.

Glück für sie. Denn sie hatte am Tag zuvor zur Vorbereitung auf ihr fünftägiges Dschungelabenteuer viel Zeit damit verbracht, sorgfältig *sämtliche* Geheimtaschen ihrer atmungsaktiven Jacke und der Baumwollhose mit allem vollzupacken, was ihr einfiel. Die zusätzlichen neun Kilo waren ihr gestern noch übervorsichtig vorgekommen, selbst für ihre Verhältnisse, aber jetzt war sie dankbar, dass sie sich in weiser Voraussicht so gut vorbereitet hatte.

Die Soldatin, die ihren Angreifer erschossen hatte, hatte nicht erwähnt, warum die Männer ihre Finger von Acadia lassen sollten. Die Reifen rumpelten über eine Reihe so heftiger Bodenwellen, dass sie sich zweimal auf die Zunge biss. Voller

Mitgefühl kniff sie die Augen zusammen, als die Köpfe der Männer auf dem geriffelten Metallboden aufschlugen.

»Auf die Gefahr hin, politisch nicht korrekt zu sein«, murmelte sie und krabbelte auf allen vieren zwischen die beiden, »seid ihr nicht diejenigen, die *mich* retten sollten?« Sie hob behutsam Zaks Kopf und positionierte ihren Körper so, dass sein Kopf und Nacken auf ihrem Oberschenkel ruhten. Er trug dieselbe Leichtgewicht-Khakihose und das blassblaue Hemd, das er auf den Boden geworfen hatte, bevor er eine Nummer mit ihr geschoben hatte ... und es war eine spektakuläre und bemerkenswerte Nummer gewesen. Acadia wurde rot bei der lebhaften Erinnerung und biss sich dann auf die Lippe, denn auf seinem Hemd war Blut von seiner Kopfwunde, und es war nicht die Zeit, pornografische Erinnerungen wiederaufleben zu lassen.

Sie war nicht stark genug, um den anderen Mann herzuziehen, also spreizte sie die Beine, und mit viel Gekeuche gelang es ihr in dieser Bullenhitze, seinen Kopf vom Boden hoch und auf ihren anderen Oberschenkel zu hieven.

Wenn ihre Freunde sie jetzt sehen könnten, dachte sie und streckte den Rücken durch. Die sicherheitsbewusste und übervorsichtige Acadia Gray, gefangen in einem rasenden, von Kidnappern gefahrenen Lieferwagen, nicht nur mit einem, sondern gleich mit zwei gut aussehenden Männern, die auf ihr lümmelten.

Sie betrachtete Zaks stoppeligen Kiefer und seine geschlossenen Augen, während sie den Klettverschluss der Tasche über ihrer linken Brust öffnete und ein versiegeltes Päckchen Desinfektionstücher hervorholte. Sie musste ihm das Blut aus dem Gesicht wischen, um seine Verletzungen einschätzen zu können. In dem Lieferwagen war es unheimlich stickig, und sie hielt kurz inne, um wieder zu Atem zu kommen. Da sie kaum qualifiziert war, um Wunden zu versorgen, die über einen Splitter hinausgingen, war sein Zustand der Bewusstlosigkeit ganz hilfreich, dachte sie, während sie sanft um den Schnitt herum wischte.

Qualifiziert – ha! Dass sie die einzige Person hinten im Van war, die bei Bewusstsein war, machte sie quasi zu einer Ärztin.

Sie umfasste Zaks borstiges Kinn mit der Hand und inspizierte ihn aus nächster Nähe im schmalen Streifen heißen, weißen Sonnenlichts, das zwischen den Türen hereindrang. Die meisten Menschen wirkten verletzlich, wenn sie schliefen. Aber dieser Kerl nicht. Er wirkte noch robuster und kantiger. Was in Gottes Namen hatte sie sich gestern Abend *gedacht*? Er war kein zahmes Haustier zum Streicheln, er war ein wildes, exotisches Tier aus dem Dschungel.

Starker, starrsinniger Kiefer, scharf geschnittene Nase. All diese Narben ... Ein Kämpfer. Acadia konnte sich nicht beherrschen, nicht sanft mit einem Finger über die breite Fläche seiner Brust zu streichen, durch das blaue Baumwollhemd hindurch. Innerlich zogen sich als Reaktion darauf ihre Muskeln zusammen, die sie erst vor Kurzem entdeckt hatte.

»Wie ist dein Nachname, Soldat?«, flüsterte sie und fuhr den harten, dünnen Spalt seines Mundes entlang, der fest verschlossen war, als kämpfe er selbst im Traum. Vielleicht war es so. Nach der Art zu urteilen, wie er sich im Hotelzimmer geschlagen hatte, war er es vielleicht nur allzu gewohnt, an gefährlichen Orten gegen Fremde zu kämpfen.

Acadia erinnerte sich lebhaft, wie sie sich ihren Weg über seine leichte Brustbehaarung und den Pfeil hinunter geküsst und geleckt hatte bis zu ... ihre Wangen wurden tiefrot.

So viel zu ihrer Voraussage, dass er, nachdem sie sich geliebt hatten, ihr Zimmer verlassen würde, wenn sie schlief. So viel zu ihrer Sicherheit, dass sie ihn nie, *nie* wiedersehen würde. War es nicht normalerweise so bei One-Night-Stands?

Es gibt diesen Spruch: › Pass auf, was du dir wünschst, es könnte wahr werden!‹ , dessen Ironie ihr noch nie gefallen hatte. Sie wischte behutsam um die Beule herum und bearbeitete vorsichtig das verkrustete Blut an seiner Schläfe mit dem brennenden Tuch. Die Blutung hatte aufgehört. Das war gut. Aber er war immer noch bewusstlos, nach so langer Zeit – das war nicht gut.

»Unbefestigte Straßen, bewaffnete Männer, Dschungel«, sagte sie forsch. Sie wünschte sich einen magischen Knopf, den sie drücken konnte, um diese Typen wiederzubeleben. »Die nehmen uns nicht mit zu einer Fiesta, Jungs, könntet ihr also bitte mal langsam aufwachen und darüber nachdenken, was wir gleich tun werden, wenn das Auto anhält? Ich hätte wirklich unheimlich gern einen Plan.«

Acadia hasste Chaos oder Ungewissheit. Das Leben lief viel reibungsloser, wenn Sachen vorhergesehen und geplant wurden. Sie führte mittlerweile Listen ihrer Listen, so organisiert war sie. Sie blickte voraus, überlegte sich Strategien und plante frühzeitig. Langweilig, beharrten ihre Freunde. Doch Acadia wusste, die Art, wie sie die Dinge anging, ließ keinen Raum für unangenehme Überraschungen.

Die bunte Palette derzeitig möglicher unangenehmer »Überraschungen« verursachte ihr Herzrasen. Sie versuchte sich zu merken, wenn sie abbogen oder geradeaus fuhren. Was schwierig war ohne visuelle Hinweise. Im Geist machte sie sich Notizen über die Beschaffenheit der Straßen, auf denen sie fuhren. Damit hielt sie sich beschäftigt und ihre allmählich schwindende Hoffnung auf Rettung aufrecht, die gespickt war mit »Wenns«: Wenn sie fliehen konnten, wenn sie es bis zu einer Straße schafften, wenn sie in der Lage waren, zu laufen und die Strecke zurückzuverfolgen.

Ihr Herz rutschte ihr in die Hose, als die abgefahrenen Reifen des Lieferwagens polternd von einer asphaltierten Straße nach links auf eine noch unebenere und bedrohlichere rollten. Oh Gott ... eine unbefestigte Straße konnte überall hinführen. Und überall sein.

Sie beendete die gründliche Reinigung von Zaks Kopfwunde und wusch dann mit einem sauberen Zipfel einige Flecken von seinem Gesicht. Er sah immer noch gefährlich aus. Sie zauberte noch ein Tuch hervor und machte sich an dem anderen Kerl zu schaffen. Gut aussehend und mit schulterlangem, dunklem Haar. Kein so interessantes Gesicht wie das ihres Liebhabers, aber auch ganz nett. »Wenigstens braucht ihr nicht meinen Selbstgesprächen zu lauschen«, sagte sie zu ihnen, während sie ihre Begutachtung der Verletzten beendete. »Ich neige dazu, zu viel zu reden, wenn ich nervös bin. Und diese Situation schnürt mir den Magen zusammen.«

Es gab noch eine weitere Eigenschaft, die sie auszeichnete: Wenn sie extrem nervös war, log sie wie gedruckt. Sie wusste es, konnte es aber nicht verhindern. Ihr Dad, seines Zeichens Oberfeldwebel, hatte sie immer gewarnt, dass sie wegen ihrer Flunkerei eines Tages ernsthafte Schwierigkeiten kriegen würde. Dieser Zeitpunkt war eindeutig letzte Nacht gekommen.

Sie hatte Zak vorgeschwindelt, sie sei Tänzerin – von der exotischen, erotischen Art, deutete sie an, als er sich ihr am

Abend zuvor in der spärlich beleuchteten, sehr lauten Cantina genähert hatte. Wie es mit vielen Flunkereien so war, hatte es sich mehr oder weniger um eine Notlüge gehandelt. Der ganze Abend war eine surreale, aufregende und überirdische Erfahrung gewesen. Die kleine *Unwahrheit* hatte ihren ersten One-Night-Stand vorangetrieben.

Apropos Murphys Gesetz, dass alles, was schiefgehen kann, auch tatsächlich schiefgeht: Ihr erster One-Night-Stand hätte sich kaum zu einem schlimmeren Albtraum entwickeln können. Sie war es nicht gewohnt, splitternackt und von Einbrechern oder Schwerverbrechern oder was auch immer umzingelt, mit den Augen ... gefickt zu werden. Oje! Das war das erste Mal, dass sie *dieses* Wort benutzte, selbst in Gedanken, aber anders konnte man diese Situation auch wirklich nicht umschreiben.

Offensichtlich war sie nicht für Abenteuer geschaffen. Sie hätte lieber nicht einen Tag früher als ihre Freunde nach Venezuela kommen sollen, um sich hier in Ruhe zu akklimatisieren. Sie hätte sich verflucht noch mal keinen gefährlichen Fremden aussuchen, mit in ihr Zimmer nehmen und hemmungslosen Sex mit ihm haben sollen! Und jetzt sollte sie nicht mit einem Affenzahn zu einem geheimen anderen Ort unterwegs sein.

Der Lover, den sie nie wiedersehen wollte, wollte eigentlich heute Morgen bei Sonnenaufgang zu seinem Base-Jump vom Salto Ángel aufbrechen. Und sie hatte einen Ausflug zum Fluss geplant, um sich ebendiesen gigantischen Wasserfall von unten anzusehen. Was ziemlich gut ihre unterschiedlichen Lebensansichten veranschaulichte, wie sie fand: Er war ein Macher. Sie war eine Beobachterin.

Der Sex mit ihm war so unglaublich gewesen – so

unfassbar *toll* – , weil sie erwartet hatte, dass es eine einmalige Sache werden würde, und sie daher ihre Hemmungen an der Tür abgegeben hatte. *Ein One-Night-Stand*, dachte sie verärgert, *sollte genau das sein. Eine verdammte Nacht und nicht mehr* .

Ihr ganzer Körper wurde rot vor Scham. Sie hatte Dinge getan und mit sich tun lassen, an die sie bei Tageslicht noch nicht mal *denken* konnte. Sie hatte noch nie etwas auch nur annähernd Ähnliches getan wie vergangene Nacht.

Acadia wischte sich den Schweiß, der ihr die Schläfen hinunterlief, an der Schulter ihres T-Shirts ab. Sie konnte sich nicht vorstellen, dem Kurzzeit-Lover, der wusste, was sie letzte Nacht getan hatte, in die Augen zu sehen. Es war ein heißes, schweißtreibendes Abenteuer gewesen, das sie nie vergessen würde. Sie brauchte seine wissenden Augen nicht, um sich daran zu erinnern, *wie* abenteuerlustig sie gewesen war. Sie stöhnte vor Verlegenheit leise auf. Alles, was sie verflucht noch mal gewollt hatte, war ein wirklich aufregendes Ereignis vor ihrem dreißigsten Geburtstag gewesen. Um sich ein bisschen lebendig zu fühlen. Um mal aus ihrer kleinen Bude in Junction City, Kansas, herauszukommen und etwas zu erleben, worüber sie bisher nur gelesen hatte. Sie wollte eine heiße Arepa – einen Maisfladen – frisch aus dem Ofen probieren, eine sonnengereifte Passionsfrucht direkt von der Ranke pflücken, die tropische Sonne auf ihrem Gesicht spüren und das Spritzwasser des Rio-Akanan-Flusses auf ihrer Haut, wenn sie und ihre Freunde zu ihrem verrückten Abenteuer loszogen, sich den Salto Ángel anzusehen.

Sie wollte jede Menge Spaß im Urlaub haben, bevor sie ihr nettes kleines Leben zusammenpackte und den ersten Schritt in eine völlig neue Welt machte. Wollte sich gebührend von ihren Freunden verabschieden und sich Erinnerungen schaffen, von denen sie zehren konnte, wenn sie wegzog, um ihre neue Ausbildung in einer neuen Stadt zu beginnen.

War das zu viel verlangt gewesen? Offensichtlich ja. Das Universum, das nicht gerade für seinen Sinn für Humor bekannt war, hatte ihr ihren Wunsch erfüllt. Ihr Vater, Army Staff Sergeant a. D. Corey Gray, hatte sie immer wieder gewarnt, vorsichtig zu sein, was sie sich wünschte. Vielleicht waren ihre Wünsche zu groß gewesen, dachte Acadia, als der Van um eine Ecke bog und sie erneut nach hinten gegen die heiße Blechwand warf. Die Köpfe der Männer rollten hin und her, und die junge Frau fixierte sie, indem sie jedem von ihnen eine Hand auf die Stirn legte.

Sie hatte einmal richtig leben wollen, doch stattdessen war es gut möglich, dass sie hier in diesem Dschungel starb, wo kein Mensch sie je finden würde.

Zak kam mit rasenden Kopfschmerzen zu sich, sein Kopf ruhte auf dem Bein der Frau, und der Geruch nach Desinfektionsmittel und weiblichem Körper überlagerte den ungewaschenen Gestank des Lieferwagens. Zak lauschte den gleichmäßigen Atemzügen seines Bruders und fragte: »Bist du wach?«

»Oh! Ja, ich ...«

»Ja«, übertönte Gideon die Frau, und seine Stimme klang leicht amüsiert.

So gerne er auch den ganzen Tag auf ihrem Schoß liegen geblieben wäre, zwang Zak sich, sich aufzusetzen. Das Innere des Fahrzeugs verschwamm vor seinen Augen.

Ihre schlanken Hände stützten seinen Rücken, und mit besorgter Stimme sagte sie: »Wahrscheinlich hast du eine Gehirnerschütterung.«

Er wartete, bis der schwarze Schnee vor seinen Augen verschwunden war. »Habe ich nicht.«

»Das weißt du nicht mit Sicherheit.«

»Ich kenne den Unterschied.« Er blinzelte, bis sein Bruder, der sich ebenfalls aufsetzte, Halt gefunden hatte. »Hatte ich schon mal.«

»Schon sehr, sehr oft«, fügte Gid hinzu, nahm sein langes Haar zusammen und befestigte es mit dem Lederband, das er am Handgelenk trug. Er sah nicht gut aus, fühlte sich wahrscheinlich noch schlechter, lächelte aber, als er Zaks forschenden Blick erwiderte. »Du siehst echt beschissen aus.«

»Fühl mich ausgezeichnet«, versicherte Zak ihm und wandte den Kopf der Frau zu. Ihr schulterlanges Haar mit den blonden Strähnen war zerzaust, und ihre Augen vom Grau einer Perserkatze blickten so ernst, wie es die Situation gebot. Sie berührte immer noch seinen Rücken, rechts und links von seiner Wirbelsäule. Genau da, wo sie noch vor ein paar Stunden ihre Fersen abgestützt hatte.

Er war erleichtert, dass sie nun angezogen war. Und zwar nicht mit diesem Hauch von Nichts, das sie am Abend zuvor getragen hatte und das aus knapp einem Meter blassgelber Seide bestanden hatte. Ihr blondes Haar hatte sich verführerisch um ihre leicht gebräunten Schultern geringelt, die Augen rauchgrau, der Duft verführerisch. Jetzt trug sie sandfarbene Cargohosen und eine Weste mit Reißverschluss über einem rosa T-Shirt, und das Make-up von gestern Abend war unter ihren Augen verschmiert. Auf ihrem schmutzigen Gesicht entdeckte er Tränenspuren, die eine leichte Übelkeit bei ihm verursachten. Doch sie schien nicht verletzt zu sein. Sie hatte Glück gehabt, und das war nicht ihm zu verdanken. Die Wut packte ihn, und ihre Heftigkeit erstaunte ihn. Diese

Arschlöcher hatten sie missbraucht, beinahe vergewaltigt, und er war machtlos gewesen, irgendetwas dagegen zu unternehmen. Er bezwang seinen Ärger, denn es war Zeitverschwendung, die Beherrschung zu verlieren, wenn das Objekt seiner Wut gar nicht in der Nähe war. Es würde noch einige Zeit dauern, bis er über dieses gottverdammte Gefühl der Hilflosigkeit hinweg sein würde. Wieder mal. Er würde die neuen Schuldgefühle auf die Schiffsladung draufpacken, die er bereits mit sich herumschleppte.

Zak widerstand der Versuchung, sie zu berühren, um sicherzugehen, dass es ihr gutging, und behielt seine Hände bei sich. Außerdem würde sein Mitleid sie vielleicht die Fassung verlieren lassen. »Alles klar bei dir, Barbie?«

Ihre Hände verschwanden von seinem Rücken, und sie spannte die Schultern an, als sie in scharfem Ton sagte: »*Acadia* .« Ihre blassen Wangen färbten sich leicht rosa. »Acadia Gray.« Sie schloss die gespreizten Beine, winkelte sie an und lehnte sich an die Wand. Sie blickte zu ihm auf, als er schwankend auf die Beine kam. »Und um deine ziemlich offensichtliche Frage zu beantworten, mir geht's bestens. Ich bin immer für eine heiße Sauna zu haben.«

Gut. Diesen Sinn für Humor würde sie noch brauchen. »Hör auf, mich anzusehen, als würde ich jeden Augenblick einen verdammten fliegenden Teppich finden und uns hier rausschweben lassen«, sagte Zak zu ihr, denn ihr hoffnungsvoller Blick machte ihn irgendwie wütend. »Für den Fall, dass du es noch nicht mitbekommen hast, das hier wird nicht gut ausgehen.«

»Zak ...«, versuchte Gideon ihn vorsichtig zu beschwichtigen.

»Ach, zum ... Du hast echt das Zartgefühl eines Teelöffels, weißt du das?! Nur weil ich blond bin, heißt das noch lange nicht, dass ich blöd bin«, sagte sie schroff über seinen Bruder hinweg. »Und dass ich dich so ansehe, liegt daran, dass ich mir Sorgen über die Schwere deiner Gehirnerschütterung mache und darüber, ob du in der Lage sein wirst, dich zu verteidigen, wenn wir irgendwann anhalten. Denn *ich* werde alles tun, was nötig ist, um diesen Leuten zu entkommen, bevor sie ...« Sie rieb sich den Hals, schluckte, warf ihm einen steinharten Blick zu und wiederholte: »*Alles*, was nötig ist.«

Sein Bruder beobachtete ihn aus zusammengekniffenen Augen und mit kämpferischem Gesichtsausdruck, was bedeutete, dass er etwas Unbequemes sagen wollte. »Sag's nicht«, ermahnte Zak ihn, dann blickte er wieder Barbie an. »Alles, was nötig ist?«

»Mein Vater war Soldat.« Ihr Kinn hob sich angriffslustig. »*Alles*, was nötig ist.«

Zak betrachtete ihren schlanken Körper, die Masse von wirrem blonden Haar, ihre schmalen Hände. Ihre großen, zartgrauen Augen. »Hat dich wohl gedrillt, was?«

Sie sah ihm in die Augen. »Ja, hat er.«

Wenn Zak sie nicht so genau beobachtet hätte, wäre ihm entgangen, wie sich ihre Pupillen weiteten. Er hatte Jahre dafür gebraucht, um die Anzeichen zu erkennen, wenn eine hübsche Frau ihn anlog. Aber irgendwann hatte er es rausgehabt. Zu spät zwar, aber er hatte es gelernt. Er hasste Lügen fast ebenso sehr, wie er es hasste, wenn irgendeine Person, männlich oder weiblich, auf ihn angewiesen war. Insbesondere weibliche Personen.

»Gut«, sagte er. »Ich halte dich auf dem Laufenden.«

Sie verschränkte die Arme und blickte ihn fest an. »Tu das.«

Zak biss die Zähne so fest aufeinander, dass sein Kiefer schmerzte. Gott, es war so lange her, seit ihm das letzte Mal richtig zum Lachen zumute gewesen war, dass er den Schmerz in seiner Brust zunächst gar nicht erkannte. Die meisten Frauen hätten sich in Fötalhaltung zusammengerollt und wären in dieser Stellung verharrt, bis es vorbei war. Sie stellte sich der Lage irgendwie beschwingt und kampfeslustig. Kampf-Barbie.

»Scher sie nicht über denselben Kamm wie Jennifer«, warnte Gideon ihn, während er die Wand zwischen der Fahrgastzelle und der Ladefläche des Vans untersuchte. Er musste den Kopf einziehen, wenn er sich darin bewegte.

»Hier wird gar nichts geschoren.« Zaks leichte Belustigung verpuffte. »Nicht dieses Thema.«

Acadia sah von einem zum anderen. »Worum geht es?«

Er schleuderte ihr einen eiskalten Blick zu. »Das geht dich nichts an.«

»*Alles* geht mich was an. Wir stecken hier alle zusammen drin.«

»Bloß weil wir uns im selben geografischen Raum befinden, heißt das noch lange nicht, dass wir zusammen sind.«

»Vielleicht können sie dich zuerst erschießen und uns dann *alle* aus unserer Misere befreien«, fauchte Acadia. Dann schloss sie sofort die Augen und atmete zitternd ein. »'tschuldigung ...« Ihre Augen funkelten immer noch, als sie sie aufschlug. »Ich will nicht, dass irgendjemandem was passiert. Nicht mal dir. Aber wir haben nicht die geringste Chance, wenn wir uns schon untereinander bekriegen.«

Zak stützte sich mit steifen Armen gegen die ungleichmäßigen

Bewegungen des Fahrzeugs ab, spreizte eine Hand oberhalb ihres Kopfes und rang um sein Gleichgewicht. Nur dreißig Zentimeter trennten sie voneinander. Ihre Pupillen weiteten sich, als er einen Augenblick länger in ihre Augen starrte, als es sich für Fremde gehörte; denn trotz der Dinge, die sie in den frühen Morgenstunden miteinander getan hatten, waren sie immer noch Fremde. Intime Fremde, aber Fremde. Er wusste mehr über den Körper dieser Frau als über sie selbst.

»Wir › bekriegen‹ uns nicht, wir sind keine Kumpel, und wir sind nicht zusammen. Wir hatten bloß Sex.« Es war nicht »bloß Sex« gewesen. Aber die Tatsache, dass er sich zum ersten Mal seit Jahren wieder lebendig gefühlt hatte, ging die Frau einen feuchten Dreck an. Er wollte nicht, dass sie sich an ihn klammerte. Wollte nicht, dass sie sich bedürftig und abhängig fühlte, weil sie miteinander geschlafen hatten. Und er wollte – zur Hölle noch mal – nichts fühlen, wenn er die Tränenspuren in ihrem Gesicht sah.

Zum Glück spürte er in diesem Moment nichts als Verärgerung.

»Toll«, sagte sie in süßlichem Tonfall. »Können wir uns darauf einigen, dass du ein Arschloch bist?«

»Mir wurde schon Schlimmeres an den Kopf geworfen.« Zak wandte sich ab, da sein Bruder sich von vorne nach hinten bewegte, aber er hörte, wie die Blondine die Luft, die sie angehalten hatte, herauspustete.

»Was haben wir?«, fragte er Gideon, der sich an den Türen zu schaffen machte.

Sein Bruder drehte sich zu ihm um. »Einen Blinden, der noch nie gesehen hat, was direkt vor seiner Nase war.«

Ach du Scheiße. »Nicht die alte Leier. Willst du *jetzt* etwa schlecht über Tote reden?«

Gideon warf ihm einen entnervten Blick zu. »Als sie am Leben war, durfte ich nichts sagen. Und jetzt, wo sie ... es nicht mehr ist, auch nicht. Wann *ist* denn die richtige Zeit, Zakary?«

»Wie wär's mit nie, verdammt? Das ist wohl kaum der Ort und die Zeit.«

»Musst du irgendwohin?«, Gideon stemmte sich mit der Schulter gegen die Tür. Er hatte eine Rasur nötig, und mit dem Zopf sah er aus wie ein Pirat. Oder – Himmel! – ein Held. Die Rolle passte zu ihm.

»Es geht dich verdammt noch mal nichts an. Das habe ich dir damals schon gesagt, und ich wiederhole es jetzt. Lass es ein für alle Mal auf sich beruhen.«

»War nicht deine Schuld.«

Er hatte dieses Lied schon mal gehört. Ungefähr hundert Mal in den letzten zwei Jahren. »Ich werd's mir merken«, sagte er, um seinen älteren Bruder zu beschwichtigen, wie er es immer tat, wenn Gideon versuchte, ihn davon zu überzeugen, dass er nichts hätte tun können, um Jennifers Tod zu verhindern.

Mit einer vertrauten Geste des Frustes fuhr Gideon sich mit der Hand über den Mund. »Ich wünschte, ich könnte dir das glauben.«

Zaks Kiefer tat weh, weil er die Zähne so fest aufeinanderbiss, was nicht gerade gegen die höllischen Kopfschmerzen half, die in seinem Schädel hämmerten. »Und ich wünschte, du würdest aufhören, auf den Toten rumzuhacken.«

Gideon würde wirklich niemals aufgeben, und jetzt machte er auch keine Ausnahme. »Interessant, wie schnell du hinterher vergessen hast, dass es eine Weile gar nicht so gut lie...«

»Halt die Klappe, Gideon. Ich mein's ernst. Ich höre mir das nicht ...«

»Es ist zwar unglaublich unterhaltsam, zuzuhören, wie ihr beiden euch zankt wie zwei kleine Schulmädchen«, sagte die Blondine voller Verärgerung, »aber vielleicht könntet ihr eure Meinungsverschiedenheit auf später vertagen und euch auf das Hier und Jetzt konzentrieren. Wir sind gerade auf eine anders beschaffene Straße abgebogen. Was werdet ihr Jungs tun, wenn wir anhalten?«

Gid, der immer noch sein metaphorisches Superhelden-Verdienstabzeichen trug, versetzte dem Spalt zwischen den beiden Türen einen heftigen Tritt, blickte dann zu ihr herüber und lächelte sie aufmunternd an. »Uns eine Strategie ausdenken, bis sie die Türen aufmachen.«

»Dann schlage ich vor, dass wir genau das tun, und zwar schnell.«

Es stand außer Frage, dass sie das Überraschungsmoment ausnutzen und aus dem Wagen hervorstürzen mussten.

Er blickte auf sie herab. »Hast du das Kakerlaken-Motel auf eigenen Beinen verlassen?« Zak hoffte wie verrückt, dass sie die Frau nicht wie ihn bewusstlos geschlagen hatten, während sie nackt war und ...

Sie nickte. »Vorne sind fünf Soldaten drin. Vielleicht noch mehr.«

Machbar. Wenn es nur so wenige waren, wenn sie ankamen.

Gideon rieb sich den Nacken und blickte sich in dem leeren Innenraum um. Genauso wie Zak hatte er bereits festgestellt, dass es nichts gab, was sie als Waffe benutzen konnten. »Bei dem Modell von dieser Marke passen bis zu sechs Personen in den Fahrgastraum.«

Zak nickte. »Dann warten wir.« Er ließ sich die heiße Metallwand hinuntergleiten und setzte sich, die Knie an den Körper gezogen, gut einen Meter von ihr entfernt hin. Gideon saß gleich daneben. »Uzis«, sagte Zak zu seinem Bruder. »KA-BARs. Verschiedene Handfeuerwaffen. Mehr Muckis als Köpfchen.«

»Ja. Hab ich gesehen, als sie mich geschnappt haben. Wollte nachsehen, was das Geschrei soll.«

Barbies Schrei. Den würde Zak noch eine Weile als Ohrwurm mit sich herumtragen. Wenn er seinen Schwanz in der Hose gelassen hätte, wäre sie jetzt nicht hier. Ob es ihm also gefiel oder nicht, er saß hier fest und war für sie verantwortlich, solange die Geschichte dauerte. Und er war verantwortlich für ihren Tod, wenn nicht schnellstens ein verdammtes Wunder geschah.

Ein leichter Schweißfilm ließ ihre Haut glänzen. Gedankenverloren wischte sie sich mit dem Ärmel ihres T-Shirts das Gesicht ab. Das verschmierte Make-up unter ihren Augen ließ diese noch größer und viel verletzlicher wirken. Ihre Lippen hatten dieselbe Farbe wie ihre Brustwarzen. Ein zartes, wehrloses Rosa. Ihr Mund hatte sich alles andere als hilflos angefühlt, als er seinen ...

Zak riss seinen Blick von ihrem Mund los und schob die Erinnerung daran, wo ihr Mund letzte Nacht gewesen war, weit von sich. Verflucht! Allein ihre Lippen anzusehen beschwor die Gedanken an gestern wieder herauf und machte ihn an.

Er bemerkte, dass sie einen Kratzer am Oberarm hatte. Und einen kleineren am Handgelenk. Außerdem einen Bluterguss in Form eines Fingerabdrucks. Sie hatten ihre Spuren an ihr hinterlassen. Zaks Schläfe pulsierte, und er musste bewusst den Kiefer entspannen.

»Hör auf, mich so anzusehen!«, sagte sie ungehalten, und der nass geschwitzte Puls an ihrem Hals pochte im Takt mit seinem eigenen rasenden Herzschlag. »Ich frage mich, wo wir sind. Sie können die letzten drei Stunden mit uns im Kreis gefahren sein, obwohl ich ...«

»Keine Kreise«, bemerkte Zak knapp. »Wenn es fast drei Stunden sind, bei einer Durchschnittsgeschwindigkeit von achtzig km/h, sind wir ungefähr zweihundertvierzig Kilometer gefahren.«

»Du warst die ganze Zeit *wach*?«

»Nicht die ganze«, gab er ehrlich zu, denn sie war anscheinend sauer über ihren moralischen Fehltritt mit ihm.

»Genau genommen«, sagte sie und wirkte ziemlich selbstzufrieden, »waren du und dein Freund zu Beginn dieses kleinen Ausflugs bewusstlos, und ich glaube, wir sind ein bisschen schneller gefahren, als wir die Stadt verlassen haben. Wir wurden erst langsamer, als wir vor ungefähr, hm, vielleicht zwei Stunden die Landstraße erreicht haben. Ich denke also, wir ...«

»Mein Bruder, Gideon. Nicht mein Freund.« Himmel. Was war seine Mitgefangene bloß für ein scheinheiliges kleines Ding. »Und ungefähr zwanzig Minuten kommt hin. Wir sind bestimmt noch innerhalb des Nationalparks Canaima.«

Im Südosten Venezuelas gelegen verlief der Park entlang der Grenze von Guyana und Brasilien. Das riesige Gebiet war überwiegend unbewohnt und bestand aus hügeliger Savanne, dichtem Dschungel, Palmenwäldchen und blanken Klippen sowie steilen, oben abgeflachten Bergen. Sie waren nicht bergauf gefahren, das hieß, sie befanden sich irgendwo in einem drei Millionen Hektar großen Gebiet. Etwa von der Größe Marylands, das meiste davon war dichter Urwald.

Einige Minuten lang hatte Strauchwerk die Seiten des Fahrzeugs gestreift. Das hier war nicht nur eine unbefestigte Straße, sie drangen langsam in den Dschungel vor. Verflucht!

Acadia stand auf, stolperte, packte ihn vorne am Hemd, zog die Hand weg, als habe sie sich verbrannt, und stellte die Füße weit auseinander, um das Gleichgewicht zu halten. Es dauerte einen Moment, bis sie aufhörte zu schwanken und in dem fahrenden Wagen ihren Gleichgewichtspunkt gefunden hatte, dann warf sie ihm einen ernsten Blick zu.

Mann, hatte sie hübsche Augen. Groß und sanft, mit langen dunklen Wimpern. Augen, die darauf vertrauten, dass Zak sie beschützen würde. Er hatte Neuigkeiten für Acadia: Bei diesem Test war er schon mal durchgefallen. *Ich bin der letzte beschissene Typ, dem du vertrauen solltest*, dachte Zak verbittert. Er hatte es nicht anders verdient. Es war seine persönliche Hölle, die sie zusammengebracht hatte, denn Zakary Stark konnte keine Frau beschützen. Er wusste es. Sein Bruder wusste es, trotz all seiner Proteste und Ausreden, und sie würde es schneller erfahren, als ihr lieb sein konnte.

»Ich denke, wenn wir unsere Köpfe anstrengen, können wir es uns ganz genau überlegen.« Sie runzelte konzentriert die Stirn. »Gebt mir eine Minute.«

Er atmete tief ein, bekam einen heißen Hauch Jasmin in die Nase und blies ihn wieder hinaus. »Ich weiß dein Vertrauen zu ...« Das Motorgeräusch veränderte sich, als der Van plötzlich langsamer wurde. Er begegnete dem Blick seines Bruders und deutete ihm an, dass er nach links gehen würde. Gideon nickte und begab sich rechts von den Türen in Position.

»Kauere dich hinten zusammen«, sagte Zak zu ihr. Nichts, wohinter man sich verstecken konnte. Keine Chance, dass er und Gid entschärfen konnten, was gleich passieren würde. »Lass den Kopf unten.«

Sie riss das Kinn hoch, und ihre sanften Augen wurden hart wie Stein. »Das ist doch lächerlich. Ich kann euch hel...«

»Barbie, wenn du nicht einen Todeswunsch, eine geheime Fähigkeit oder eine Bodenluftrakete in der Hosentasche versteckt hast, geh nach da hinten und verhalte dich unauffällig.« Zak wartete nicht ab, ob sie tat, was er ihr befohlen hatte. Er ging neben den verschlossenen Türen in Stellung, als der Van ruckelnd zum Stehen kam.

Zak zählte mit. Eins ... zwei ... drei ... vier ...

Ein metallisches Kratzen ...

Die Türen wurden aufgerissen, eine Flut heißen, gleißenden Sonnenlichts drang herein, und drei bewaffnete Guerillas tauchten auf, die in einer Reihe standen und ihnen den Weg versperrten. Mit wilden Schreien sprangen Zak und Gideon aus dem Wagen wie Ninja-Springteufel aus der Schachtel.

Zak warf die beiden zur Linken zu Boden, Gid den Typen rechts. Es war weder sauber noch ausgefeilt, aber das Überraschungsmoment war verdammt effektiv. Zak setzte den größeren Kerl mit dem blauen Halstuch außer Gefecht. Der zweite, der kleiner und untersetzter war, hatte ihn für den K. o.-Schlag im Hotel festgehalten. Eine Extrazulage.

Als sie im hohen Gras herumkrochen, kämpfte der Kerl mit dem verhedderten Riemen seiner Uzi, trat um sich und schimpfte lauthals, während Zak ihn windelweich prügelte. Zak kam schwankend auf die Beine, die Hand in das Tarnhemd des Mannes gekrallt. Der Guerilla schrie und kämpfte immer noch, um sich von dem verwickelten Riemen zu befreien, der diagonal um seinen Körper geschlungen war. Zak fasste den Wichser an seinem Stiernacken und hob mit einer blitzschnellen Bewegung das Knie, was dem anderen mit einem Knacken die Nase brach. Es war ein Doppelpack. Der Mann fiel bewusstlos ins hohe Gras.

Zak und Gideon grinsten einander an, dann trennten sie sich, um den Van zu umrunden und nachzusehen, mit wem sie es noch zu tun hatten.

»Mist.« Zak blieb wie angewurzelt stehen, als das Mannsweib von einem Guerilla aus dem Hotel ihm den Weg versperrte.

»*Sí.*« Sie musterte Zak von oben bis unten. Ihr unangenehmes Lächeln reichte nicht bis zu den schwarzen Augen. »Auf die Knie.«

Da er gesehen hatte, wie akkurat sie mit der Heckler & Koch-Waffe umgegangen war, als sie im Hotelzimmer einem Mann den Kopf weggepustet hatte, sank er augenblicklich auf die Knie.

Die lebhaft grüne Vegetation, hauptsächlich Gräser, umschloss seine Oberschenkel und reichte ihm fast bis zur Taille. Der Untergrund war locker und feucht und roch sumpfig.

Auf der anderen Seite des Lieferwagens wurde der laute Fluch seines Bruders abrupt unterbrochen, und Geräusche eines Handgemenges folgten. Sekunden später wurde Gideon vorne um den Wagen herum getrieben, Uzis waren auf seinen Rücken gerichtet, dahinter erschienen noch zwei Kerle in Tarnkleidung.

»Loida ...!«

»*¡Héctor! Joder chamo, que tonto eres.*« Eindeutig nicht erfreut, dass der Mann sie beim Namen genannt hatte, verfluchte die Frau ihn rasch und fließend auf Spanisch, während der Beschimpfte Gideon zwang, sich neben den knienden Zak zu stellen.

Entschuldigend murmelte der Mann: »*Lo siento, lo siento, lo siento.*« Er stieß Gideon auf die Knie und richtete einen nervösen Blick auf seine Anführerin und fragte vorsichtig, »Piñero?«

»*¡Húevon!*« Loida Piñero verpasste ihm dafür, dass er nun auch ihren Nachnamen benutzt hatte, einen Kinnhaken mit dem Ellbogen und warf den massigen Kerl auf den Hosenboden. Als er wieder aufstand, warf er ihr einen hitzigen Blick zu.

Sie richtete den Lauf ihrer Heckler & Koch auf ihn. »*¡Ya basta!*«

Er hob eine Hand, während er sich immer noch den Kiefer rieb. »*Sí, jefa, sí.*«

Wie hieß es so schön in der hiesigen Landessprache? Sie war die »Ziege, die am meisten pisste«. Der Boss. Eindeutig die einzige Verantwortliche, eindeutig diejenige, auf die die Männer im Hotel gewartet hatten, und eindeutig diejenige, vor der sie alle Angst hatten. Loida hatte Acadias Angreifer abgeknallt, ohne zu zögern und ohne auch nur mit der Wimper zu zucken. Sie sah ziemlich angsteinflößend aus, mit einem Patronengurt quer über der flachen Brust, einem gemeingefährlich aussehenden KA-BAR-Messer in der verschrammten Scheide an ihrem Oberschenkel und einem G3K-Sturmgewehr von H&K, das sie hielt, als sei es die Verlängerung ihres Arms.

Als Héctor sich an der Seite des Vans nach oben zog, warf die Frau den Männern, die abseits standen und zusahen, einen eiskalten Blick zu. Sie waren ebenfalls bis an die Zähne bewaffnet. Sie sah nicht glücklich aus, als sie ihnen mahnende Blicke zuschleuderte. »Um euch kümmere ich mich später«, fuhr sie sie in tiefstem Spanisch an, offensichtlich verärgert. »Morales. Goito. López. *Asegure los presos.*«

Sie hatte kein Problem damit, die Namen der anderen hinauszuposaunen.

Zak zählte viele Köpfe, Waffen und Gesinnungen. Die Chancen, ihrem Schicksal zu entkommen, waren dünn bis nicht vorhanden. Gefesselt rutschten ihre Chancen in den Keller. Scheiße! Wo war Barbie? Immer noch im Van?

Ihm und seinem Bruder wurden die Handgelenke mit Plastikband vor dem Körper gefesselt. Amateure. Profis würden darauf achten, dass ihre Hände hinten fixiert wurden. Es war beinahe ein beruhigender Gedanke. Aber die schiere Größe dieser Operation war Grund zur Sorge, Amateure hin oder her. Mindestens ein Dutzend Männer tummelten sich um das Fahrzeug. Niemand ging irgendwohin. Er und Gid wechselten einen kurzen, vielsagenden Blick, bevor die Frau ihnen bedeutete, sich die gefesselten Hände auf den Kopf zu legen. Beide taten, wie befohlen.

Der weibliche Boss besaß harte, frettchenartige Gesichtszüge, seelenlose schwarze Augen und einen Bürstenschnitt aus fettigem, schwarzem Haar. Wenn man ganz nah dran war, roch sie genauso übel wie ihre Männer.

Sie legte sich das Sturmgewehr über die Arme, als wöge es nicht mehr als eine Handtasche, und sprach ihn an. »¿Hablas español?«

Zak schenkte ihr einen leeren Blick.

»Du kommst in mein Land«, sagte die Guerilla-Anführerin voller Verachtung und machte einen bedrohlichen Schritt nach vorn, sodass ihre Einsatzstiefel nur noch Zentimeter von seinen Knien entfernt waren. »Ihr Amerikaner! So arrogant. So, *amerikanisch*. Ihr kommt in mein Land und macht euch nicht mal die Mühe, meine Sprache zu lernen?«

»Eindeutig ein Versäumnis unter diesen Umständen«, stimmte Zak zu. Gids Atem neben ihm klang mühsam. Er war verletzt. Wie schwer? Zak wusste, dass die Party gerade erst begonnen hatte.

3

Zak blickte sich verstohlen in der Umgebung um. Eine kleine Lichtung. Ein kleines Stück Busch, an drei Seiten von riesenhaften Bäumen, Ranken und dichter Vegetation umgeben. Keine Straße, zu der sie gelangen konnten, wo sie auch immer waren. Hinter den Reifen des Vans nichts als platt gefahrenes Gestrüpp. Innerhalb von Tagen, wenn nicht gar Stunden, würde sich der Urwald selbst das zurücknehmen, und es würde kein Anzeichen mehr dafür geben, dass je menschliche Wesen hier gewesen waren.

Piñero schnippte mit den Fingern. Einer der Männer tauchte neben ihr auf und händigte ihr zwei amerikanische Pässe aus. Mit einer Hand klappte sie beide auf und fächerte sie so auseinander, dass die Fotos zu sehen waren. Sie blickte nicht einmal nach unten, sondern behielt den Augenkontakt mit Zak bei. »Zakary und Gideon Stark. *¿Sí?* «

Irgendetwas sagte ihm, dass sie schon vorher gewusst hatte, wer sie waren.

»Wir zahlen dafür, dass man uns sicher wieder in eine Stadt oder einen Ort in der Nähe bringt. Ohne Fragen zu stellen«, sagte Gideon mit seiner tiefen, ruhigen, rationalen Stimme, die Zak normalerweise zur Weißglut trieb. Heute hätte er ihn dafür küssen können. »Bringen Sie uns zu einer Bank, und wir ...«

»Euer Lösegeld ist zwanzig Millionen. *Pro Person.* «

»Schön«, warf Zak in scharfem Ton ein, besorgt über Gideons mühsames Atmen und die graue Färbung seiner Haut. Hatte sein älterer Bruder innere Verletzungen erlitten, als sie ihn gefangen genommen hatten? Hatte Gideon einen Stich von einer dieser KA-BAR-Klingen abbekommen und war zu stur, um es ihm zu sagen, damit dieses Wissen nicht Zaks Konzentration störte? Denn ja, das würde es.

Vielleicht war in diesem Fall Geld eine Lösung des Problems. Vielleicht. »Was auch immer nötig ist«, fügte Zak hinzu. Unter normalen Umständen – wie *die* auch immer aussehen mochten – hätte Zak nicht so hoch gepokert. Noch nicht. Ein guter Spieler wusste, wann er preisgab, was er in der Brieftasche hatte, ohne zu verraten, dass er auch noch einen ganzen Haufen in seinem Suspensorium versteckt hielt. Aber hier ging es um das Überleben von Gid und der Frau, und das stach alles andere aus.

»Zak«, warnte Gid ihn leise, aber Piñeros schmale Lippen verzogen sich zu einem fiesen kleinen Grinsen, als sie rasch sagte: »Cash. Amerikanische Dollars.«

Ja. Sie hatten ganz genau gewusst, wen sie entführten. »Gut. Sie können sich denken, dass wir so viel Bargeld nicht bei uns haben«, sagte Zak zu ihr. »Wir sind hier, um vom Salto Ángel zu springen, und nicht, um Geschäfte zu machen. Wie mein Bruder schon sagte, bringen Sie uns zu einer Bank in Caracas …«

»Ihr bleibt hier, bis das Lösegeld gezahlt ist.«

Das würde verdammt lange dauern. Zak und Gideon reisten, sehr zum Kummer ihres Partners bei ZAG Search, sehr oft in Länder, in denen Entführungen in Heimarbeit durchgeführt wurden. Das hier, sah Zak verbittert ein, war erst der Beginn des Preises, den sie für einen verdammt guten

Adrenalinschub zahlen mussten. Deswegen hatten er, Gideon und Buck diese Nichtverhandlungsklausel in ihren Versicherungsverträgen stehen.

Eine nicht verhandelbare, unantastbare Bestimmung, dass kein Lösegeld gezahlt werden würde, falls sie je entführt werden sollten.

Was aber nicht bedeutete, dass sie nicht versuchen konnten, sich durch Verhandeln aus der Lage zu befreien, wenn sie auch nur den Hauch einer Chance dazu hatten. Sie hatten schließlich nicht ein kleines Geschäft zu einer der führenden Suchmaschinen der Welt ausgebaut, indem sie herumgesessen und gewartet hatten, dass jemand anderes den ersten Schritt machte.

Zak war kurz davor, ihr zu sagen, dass sie da genauso viel Pech hatte wie er und die anderen. Gid kam ihm zuvor.

»Kontaktieren Sie Anthony Buckner«, sagte er und ratterte Bucks Durchwahl in der Unternehmenszentrale von ZAG in Seattle herunter. Buckner wusste, wo die beiden Stark-Brüder gerade waren. Obwohl sie sich als Firma nicht zu Lösegeldern erpressen ließen, bedeutete das zum Glück nicht, dass sie keine Rücklagen für solche Fälle hatten.

Die Guerilla-Tussi schrieb sich die Nummer nicht auf, sondern stellte lediglich ihre Hüfte schief und starrte mit ihren kalten, schwarzen Augen, die jedes Licht verschluckten, auf sie hinunter, die vernarbten Finger auf dem Sturmgewehr.

»Wenn ich nicht in drei Tagen vierzig Millionen Dollar in bar habe«, sagte sie mit erschütternd emotionslosem Tonfall, »werde ich damit beginnen, euren Familien einzelne Körperteile zu schicken.«

Wie praktisch. Die komplette Familie der Stark-Brüder kniete hier im Urwald auf dem Boden, während ein Dutzend Waffen auf ihre Köpfe gerichtet war. Außer einer Handvoll Freunde und einer anonymen Benutzergemeinschaft, die in die Millionen ging, würde sich niemand einen Dreck scheren, ob sie für immer verschwanden. Buck war zu pragmatisch, um sich vom Tod seiner Partner aus der Bahn werfen zu lassen. Er würde alles in seiner nicht unbeträchtlichen Macht Stehende tun, um sie zu finden. Aber für den Fall, dass ihm das nicht gelang, würde der Betrieb bei ZAG Search wie gewohnt weitergehen.

Zak biss die Zähne zusammen, als ein schrilles Kreischen aus dem Van ertönte, begleitet von lautem Handgemenge. Dem Aufruhr folgte ein abgehackter Schrei. Sekunden später wurde Acadia zu der Gesellschaft gebracht und unsanft neben ihm auf den Boden gestoßen.

Ihr Gesicht war leichenblass und schmutzverschmiert. Als sie auf die Knie sank, wurde ihre kleinere Gestalt fast völlig vom Gras verschluckt.

»Seht euch vor Schlangen vor«, zischte sie warnend, während ihre Augen nicht etwa zu den zweibeinigen Kreaturen blickten, sondern sich suchend auf dem dicht bewachsenen Boden umsahen. »Hier gibt es mehr als siebzig Arten, und die meisten davon sind gif...«

»Ruhe.« Piñero war nicht erfreut über die schwatzhafte Bemerkung ihrer Gefangenen. »*Ich* rede.« Sie warf der Blondine einen unfreundlichen Blick zu. »Du hörst zu. *¿Entender?*«

Barbie nickte. Ihr Haar fiel ihr unordentlich bis auf die Schultern, aber so zerzaust und schweißgetränkt es auch sein mochte, es roch immer noch schwach nach Jasmin. Dieser angenehme Duft wurde zerstört, als Loida Piñero vortrat.

»Ich habe etwas Geld«, platzte die Blondine mit zitternder Stimme und rascher, panikartiger Atmung heraus, als sie zu der anderen Frau aufblickte.

Die schwarzen Augen der Guerilla-Zicke schnellten zu ihr. »Auch für dich zwanzig Millionen, *perra*. «

»Z-zwanzig Millionen was? *Dollar*? Ich habe nicht *annähernd* so viel.«

»Das ist traurig, *¿sí?* « Piñeros Aufmerksamkeit driftete wieder zu Zak und Gideon und ließ die andere Frau links liegen wie eine lästige Fliege. »Und um ... wie sagt man?« Piñero legte den Kopf schief, und ihre starren Augen durchbohrten Zak. »Menschlich zu sein? *¿Sí?* Fange ich mit der Frau an.« Sie befingerte die gemeingefährliche Machete an ihrer Hüfte. »Sie hat hübsche Hände, oder? So elegante Finger. Spielen wir ... *¿como se dice?* Dieses kleine Schweinchen?«

Herr im Himmel.

»Mein Daddy ist Chef beim CIA«, sagte Acadia mit kühler, überraschend ruhiger Stimme. »Er bezahlt, was immer Sie verlangen, aber wenn Sie uns verletzen, wird er jeden Ihrer Freunde und Verwandten töten und Sie jagen, bis sie sich nirgendwo mehr verstecken können.«

Die Kälte in ihrer Stimme ließ Zaks Blick mit zusammengekniffenen Augen zur Seite schweifen.

»Ich liebe ihn, aber er ist nicht ...« Sie erschauderte. »Mein Vater ist ein grausamer Mensch. Er hat meine Mutter kaltblütig ermordet, weil sie den Präsidenten der Vereinigten Staaten bei einer Dinnerparty nur *angesehen*hat.«

Sie hatte es geschafft, in einem einzigen Atemzug einen

mächtigen Vater, großen Reichtum und eine Verbindung zum Präsidenten zu vermitteln. Totaler Schwachsinn. Aber beeindruckend. Ihr Bluff würde sie vielleicht schützen. Für eine Weile.

»Asegúrese bien de que están atados.« Ungerührt befahl Piñero ihren Männern, sie gut zu sichern. *»Vamos al campo.«* Sie machte auf dem Absatz kehrt, stolzierte davon und überließ es ihren Männern, die Gefangenen unsanft auf die Beine zu hieven und sie mit unnötigen, brutalen Stößen ihrer Uzis dazu zu bringen, Piñero zum Rand des Urwalds zu folgen.

Zak stolperte hinter ihr her. *»Combien tu es blessé?«*, flüsterte er Gid zu, als sie Seite an Seite durch dichtes Gras und üppiges Laubwerk liefen und die Sonne ihm den Scheitel seines unbedeckten Kopfes verbrannte.

Es war unwahrscheinlich, dass die Männer Französisch verstanden, dennoch sprach er so leise, dass es nur sein Bruder hören konnte.

»Côtes fêlées. « Rippen angeknackst. Gid warf ihm einen schiefen Blick zu, der jeden Schmerz ausdrücken sollte, den Zak nicht selbst erkannte. *»Toi?«*

»Je suis bien.« Bis auf ein paar blaue Flecken jedenfalls. Nichts, was ein ausgedehntes heißes Bad nicht lindern würde. Viel wichtiger war zu wissen, wie sehr diese angeknackste Rippe sie behindern würde. *»Tu peux courir?«*

Wenn Gid nicht rennen konnte, würden sie sich einen Plan B, C *und* D ausdenken müssen. Denn Zak befürchtete, dass sich nicht besonders viele Fluchtgelegenheiten bieten würden, bevor diese Schlägertypen merkten, dass kein Lösegeld kommen würde.

»Oui«, versicherte ihm sein Bruder. *»Dire le mot.«* Sag das
Wort.

Er verstand, was Gid meinte. Als der am leichtesten Verletzte
von den beiden – Barbie nicht gezählt – war Zak derjenige,
der das Stichwort zur Flucht geben musste. Zak hoffte
inständig, dass es nicht das *letzte*beschissene Wort war, das er
sagen würde.

Er beobachtete die Wächter genauestens, aber sie schienen
sich keine Sorgen zu machen, dass die Gefangenen türmten.
Warum auch? Im Umkreis von Tausenden von Meilen gab es
nichts als Urwald, oben abgeflachte Berge und Flüsse. Den
rudimentären Pfad zu verlassen würde den Tod bedeuten.

Hin und wieder fielen die Aufpasser hinter ihnen zurück, um
eine zu rauchen, und Gideon, der die Führung übernommen
hatte, ließ die Lücke zwischen ihm und den Typen vorne
immer größer werden. Zak behielt sie im Auge, und die
Blondine zwischen ihnen, die plötzlich verdächtig still war,
ebenfalls.

Ihre gewitzten kleinen Finger tauchten in eine andere Tasche,
und sie streckte ungeschickt die Hand aus, um Gideon einige
Aspirin zu geben. Zak tat sein Bestes, um die Handlung vor
den Wächtern hinter ihnen mit seinem Körper zu verdecken,
und runzelte die Stirn, als Gideon die bitteren Pillen trocken
kaute. Das verriet ihm, dass seinem Bruder die Rippen mehr
weh taten, als er sich anmerken ließ.

Das war ein ernsthaftes Problem. Je tiefer sie in den
Dschungel vordrangen, desto düsterer wurden die
Aussichten. Zak wusste, jetzt wäre es nicht unbedingt optimal,
einen Fluchtversuch zu starten, so unaufmerksam ihre
Kidnapper auch sein mochten. Aber unter den gegebenen
Umständen würde er jede Gelegenheit beim Schopfe packen,

die sich ergab.

So gut in Form war er sein ganzes Leben noch nicht gewesen. Gideon normalerweise auch, aber nicht mit dieser Verletzung. Und Barbie, so heldenhaft sie auch war, machte bereits schlapp. In der letzten Stunde waren ihre Schritte immer langsamer geworden.

Und die Wächter, die jetzt merkten, wie groß der Abstand zwischen ihnen geworden war, schlossen wieder auf. Und schon waren die Fluchtchancen dahin. Er begegnete dem Blick seines Bruders, benutzte ihre eigene Zeichensprache und wartete auf Gids bestätigendes Nicken. *Später.* Die einzigartige Zeichensprache, die sie über die Jahre hinweg gelernt und weiterentwickelt hatten, hatte ihnen schon ebenso oft den Arsch gerettet, wie sie damit Dummheiten angestellt hatten, als sie klein waren. Vom Alter her lagen sie kaum ein Jahr auseinander. Sie waren sich so nah wie Zwillinge. Immer wieder sagten die Leute, dass sie auch wie Zwillinge aussähen. Aber Zak fand sich in seinem Bruder, außer in der Ähnlichkeit des Gesichts, nicht wieder. Gid war charmant und einfühlsam und hatte einen Heldenkomplex. Zak war und hatte nichts von alledem. Sie waren wie die zwei Seiten einer Münze. Aber es gab keine lebende Person, die Zak mehr liebte und respektierte als Gideon.

Er wäre für seinen Bruder gestorben. Er hoffte nur stark, dass es so weit nicht kommen würde.

Er und Gideon tauschten unauffällig Handzeichen aus, bis sie sich auf einen Plan geeinigt hatten. Er war unausgereift, aber einen anderen hatten sie nicht. Zak fiel zurück und positionierte sich wieder hinter Acadia.

Sie konnten nicht jede Eventualität berücksichtigen, und vor allem würde der Erfolg von der jeweiligen Umgebung abhängen, aber es konnte funktionieren. Es musste funktionieren. Versagen war keine Option, die er in Erwägung ziehen wollte, nie wieder. Nicht, wenn es bedeutete, dass die Blondine ihn mit entsetzten grauen Augen anflehte, die Guerilla-Zicke mit ihrer Machete davon abzuhalten, ihr einen Finger nach dem anderen abzuhacken.

Er hatte bereits einer Frau bewiesen, dass er kein Held war, und nun sollte er nicht nur Barbie, sondern auch seinen Bruder beschützen und retten – ein verdammt großer Auftrag.

Die Pflanzen hier sahen ganz und gar nicht wie ihre jämmerlichen, halbtoten Dieffenbachien zu Hause aus, dachte Acadia und sah sich nervös um, während sie sich ihren Weg durch das Gestrüpp bahnte. Sie versuchte, ihre Fantasie unter Kontrolle zu halten. Normalerweise war sie nicht so leicht in Panik zu versetzen und hatte keine so lebhafte Einbildungskraft. Daher war sie überrascht, was für abwegige Gedanken ihr kamen, zum Beispiel, dass die Bewohner des Urwalds übergroß sein mussten, weil die Blätter schon so groß waren. Sie machte sich darauf gefasst, jeden Moment von etwas Bissigem angesprungen zu werden. Einer Riesenschlange vielleicht oder einer Spinne von der Größe eines Tellers. Sie erschauderte.

Irgendwo im dichten Laubwerk links von ihr raschelte irgendwas. Sie zuckte zusammen, als etwas mit einem trockenen, kratzenden Geräusch flink hinter ein Gewirr aus Ranken huschte.

Stell es dir nicht vor , sagte sie in Gedanken zu sich selbst und unterdrückte ein Stöhnen, als eine geschmeidige Kreatur mit scharfen Zähnen vor ihrem geistigen Auge auftauchte. Katzenhaft. Mit leuchtend gelben Augen. Hungrig, geifernd, lauernd. *Hör auf, Acadia!*

Ihre Handgelenke waren mit Plastikhandschellen gefesselt. Nicht sehr fest, aber es war auf die Dauer unbequem mit den Händen vor dem Körper, und ihre Schultern waren schon seit einer Stunde übel verspannt. Die unsanfte Fahrt im Lieferwagen hatte blaue Flecken an ungewohnten Stellen hinterlassen, und durch den langen, anstrengenden Marsch durch dichten Urwald verschmolzen Erschöpfung und Schmerz zu einem stetigen Pochen, das von ihrer Stirn bis zu ihren bleiernen Füße reichte.

Sie sah sich in der Gegend um, während sie zwischen den Bäumen hindurchliefen, in der Hoffnung, dass sie den Weg gegebenenfalls zurückverfolgen konnte. Aber sie wusste, dass das so gut wie unmöglich war. Ein Baum, ein Rankengeflecht, ein bescheuertes Blatt, so groß wie im Jurassic-Park, sah so ziemlich aus wie das andere. Das üppige Dschungellaubwerk bestand aus tausend Varianten lebendigen Grüns, die riesenhaften Blätter waren nicht als die gewöhnlichen Heimpflanzen zu erkennen, mit denen sie verwandt waren. Es war surreal, durch einen tropischen Wald zu stampfen. Obwohl Acadia diese Reise bis ins kleinste Detail geplant hatte, obwohl sie seit Monaten jeden Tag geistige Generalproben durchführte, hatte sie sich selbst nie wirklich an Ort und Stelle vorstellen können.

»Gut pariert«, sagte Zak plötzlich hinter ihr. Er hatte mindestens eine halbe Stunde nicht mit ihr geredet. Sie machte einen Satz, und ihr Herz hämmerte, als seine Stimme die schwere Stille durchdrang. »Daran wird sie eine Weile zu knabbern haben. Also was jetzt? Ist dein Vater beim CIA oder beim Militär?«

»Er war Oberfeldwebel bei der Armee«, sagte Acadia mit einem Schmerz in der Brust. »Er ist vor ein paar Monaten gestorben.« Er war gestorben, ohne zu wissen, wer sie war, als sie ihm in diesem seelenlosen, sterilen Krankenhauszimmer die Hand gehalten hatte. Im fortgeschrittenen Stadium der Alzheimer-Krankheit. Ihr Vater hatte während der letzten sechs Jahre seines Lebens nicht gewusst, wer sie war. Sie war früher immer Daddys Liebling gewesen. Sie waren alle zwei Jahre von Stützpunkt zu Stützpunkt gezogen wie ein Uhrwerk. Sie hatte ihre Mutter verloren, als sie gerade mal ein Teenager war, also hatte es nur noch sie und ihren Vater gegeben. Sie hatte sich an den ständigen Umbruch gewöhnt und daran, in neuen Städten neue Freunde zu finden. Aber die schreckliche, langsam voranschreitende Krankheit hatte sie hart getroffen. Nach der Diagnose waren sie in Junction City geblieben. Sie war an seiner Seite geblieben, selbst wenn es bedeutete, ihre Träume vom Architekturstudium an den Nagel zu hängen. Und Acadia hatte es nie bereut, ihr Leben angehalten zu haben, um sich um ihren Vater zu kümmern. Jeder Augenblick war ein wertvolles Geschenk gewesen. Sosehr es ihr auch das Herz zerrissen hatte, ihn in seinem Zustand zu sehen.

Zu wissen, dass er nicht merkte, wer tagaus, tagein für ihn sorgte, hatte sie fast umgebracht.

Er musste ihr wohl ihren Schmerz angesehen haben, denn Zak kam näher und senkte die Stimme. »Alles klar?« Sein Blick ruhte auf ihrem Mund, und er war praktisch über ihr. Sein Atem ließ ihr Haar an ihre verschwitzte Wange wehen.

»Wenn du mit *alles klar* meinst, glücklich, noch am Leben zu sein, dann ja. Ausgezeichnet.« Ihre unbedeckte Haut juckte vom Schweiß und den Insekten, die sich an ihr gütlich taten, als sei sie ein lang ersehntes Büffett. Sie kratzte sich nicht. Es hatte keinen Sinn. Sie tat ihr Bestes, alles zu ignorieren. Den Mann neben sich zu ignorieren war weit weniger leicht.

»Heißt du wirklich Acadia? Letzte Nacht hast du was von › Candy‹ gesagt.«

Reizend. Er hatte Dinge mit ihr angestellt, an die sie nicht einmal denken wollte, und wusste nicht mal, wie sie hieß. »Acadia«, sagte sie steif. Sein Bruder ging mehrere Meter vor ihnen. Zak blieb dicht neben ihr, unangenehm dicht, in Anbetracht des begrenzten Platzes auf dem freigelegten Pfad. So eng nebeneinander durch das dichte Blattwerk zu laufen war gar nicht so leicht zu bewerkstelligen.

Er warf ihr einen Seitenblick zu. Er hatte sehr hübsche Augen, wenn er sie nicht gerade so ansah, als wünschte er sie weit weg. Ein Wunsch, den sie teilten. Seine Wimpern waren dunkel und seine Augen von einem grüblerischen Haselnussbraun, mal grün, mal gelbbraun, das das Licht schluckte und unfreundlich wirkte.

Sein einst akkurat gebügeltes Hemd zierten Schweißflecken, und er hatte sich als Erleichterung gegen die unerbittliche Schwüle die Ärmel bis über die muskulösen Unterarme hochgekrempelt.

Durch den Einfall des Sonnenlichts durch die Bäume bemerkte Acadia eine haarfeine Narbe oberhalb seines Mundwinkels und eine andere weiter oben auf seiner rechten Wange. Von der Platzwunde über dem rechten Augen würde er zweifellos eine weitere Narbe davontragen. Wenn er noch so lange lebte, bis die Wunde verheilt war.

»Was denn jetzt? Candy oder ...?«

»Du hast mir offensichtlich nicht zugehört.« Ein paar ihrer Freunde nannten sie gelegentlich *Cady*. Aber nicht sehr oft. Sie war nicht der Typ für Spitznamen. Am Abend zuvor in der Bar hatte sich der Kosename gut angehört. Aber sie brauchte sich eigentlich nicht ins Gedächtnis zu rufen, dass er bei aller Fantasie kein *Freund*war.

»Gestern Nacht wusstest du nicht mal mehr deinen *eigenen* Namen, als wir praktisch schon auf der Treppe und im Flur Sex hatten, und ...« Sie hörte abrupt auf zu reden und sog die heiße, feuchte Luft ein. Er war dabei gewesen. Sie brauchte das Geschehen nicht verbal wiederaufleben zu lassen. Außerdem war sein Bruder keinen Meter entfernt und hörte zu. Sie wurde wieder rot, trotz der Hitze.

»Ich heiße«, erinnerte sie ihn und rang um überlegene Gelassenheit, »Acadia Gray.«

Sie konnte ihn selbst durch den schweren, feuchten Duft des Dschungels hindurch riechen. Heiß, verschwitzt und männlich. Er roch nicht unangenehm wie die Soldaten. Sein Geruch war sauber und erdig und brachte die lebhaftesten Erinnerungen an jede Stelle seines Körpers zurück, die sie vergangene Nacht geküsst und gekostet hatte ... Ihr Herzschlag wurde schneller, und all ihre weiblichen Antennen schienen auf ihn gerichtet zu sein.

Sie wedelte mit ihren gefesselten Händen vor ihrem Gesicht herum und versuchte, vor Zak zu gehen. Es spendete ihr ein wenig Trost, zwischen zwei großen, starken Kerlen zu laufen.

Nadelkopfgroße schwarze Käfer schwebten in trägen Kreisen direkt vor ihrer Nase umher. Wenn sie jetzt ihr Insektenspray herausholte, würde womöglich ihre Ausrüstung konfisziert oder, noch schlimmer, sie einer gründlicheren Durchsuchung unterzogen werden. Ein großes rot-grün gestreiftes Blatt schnellte ihr in den Weg, und sie schob es mit dem Knie beiseite, dann kratzte sie sich an der Wange, als sie etwas biss.

»Du siehst nicht gerade wie jemand aus, der einen Base-Jump vom Salto Ángel macht«, stellte Zak fest und klang gereizt, als sei ihre Anwesenheit ein persönlicher Affront gegen ihn. »Was zum Teufel machst du in Venezuela?«

Acadia nahm die Anspielung darauf, dass sie nicht der kühne, wagemutige Typ war, verärgert zur Kenntnis. »Der Schein kann trügen«, sagte sie spöttisch zu ihm und hoffte inständig, dass sie nicht lügen würde, da entschlüpfte ihr schon: »Was sollte ich denn sonst hier tun?« *Verdammt, die Nerven.*

»Du hattest vor, den Wasserfall herunterzuspringen?« Er klang beleidigend ungläubig, aber sie sah sich nicht nach seinem Gesichtsausdruck um.

»Ich habe auf meinen Führer gewartet. Er sollte mich vormittags abholen. Wahrscheinlich jetzt.« Mist! Sie wünschte, sie würde damit aufhören. Es war ein lächerlicher Verteidigungsmechanismus, von dem sie gehofft hatte, ihn abgeschüttelt zu haben, seit sie ein unsicheres Kind gewesen war. Offensichtlich nicht. Zakary Stark brachte ihre schlimmsten Seiten zutage. Was verdammt ungünstig war, da sie auf ihn angewiesen war, solange das hier dauerte.

»Wirklich? Venezuela ist ein ziemlich gefährliches Land für eine allein reisende Frau.«

»Da bist du aber nicht sehr aufgeklärt. Ist Venezuela für einen allein reisenden Mann nicht genauso gefährlich?« Nach den Narben an seinem Körper zu urteilen war er schon an einigen sehr gefährlichen Orten gewesen.

»Ja, das ist es. Und soweit ich mich erinnere, *bin* ich nicht allein gekommen.« Die Hitze stieg ihr in die Wange, als sie den Doppelsinn seiner Aussage bemerkte. Doch er ersparte ihr die Peinlichkeit, nach einer Erwiderung zu ringen, indem er hinzufügte: »Wie es der Zufall will, bin ich mit meinem Bruder hergekommen.«

Sie räusperte sich. »Na ja, ich habe noch fünf Freunde erwartet, die später heute Morgen landen sollten. Ich hatte nicht vor ...« – *Sag's nicht!* – »... lange allein zu bleiben. Die werden ausflippen, wenn sie ankommen und ich nicht da bin.«

Die Untertreibung des Jahrhunderts. Shelli, Sharon, Julia, Amber und Natasha würden total *ausrasten*. Sie hatten sie quasi mit Gewalt ins Flugzeug gesetzt, weil Acadia nicht *dermaßen* wagemutig sein wollte, um nach Venezuela zu fliegen. Klar, sie hatte sich widerwillig bereit erklärt, ihre Sicherheitszone zu verlassen, aber sie hatte sich eher vorgestellt, mit ihren Freundinnen nach New York zu fliegen oder vielleicht so verrückt zu sein, eine Reise nach Aruba zu machen, wo sie sich am Pool von knackigen, braun gebrannten Kellnern Cocktails mit Schirmchen bringen lassen würden.

Sharon, die kühnste von ihren Freundinnen, hatte den waghalsigen Vorschlag gemacht, nach Venezuela zu fliegen. Das Nächste, woran Acadia sich erinnerte, war, wie sie ein Vermögen für die Tickets ausgegeben und den Reiseplan der durchorganisierten Julia akzeptiert hatte. Noch bevor sie gestern früh ihre nagelneuen, wasserfesten High-tech-Wanderstiefel auf den Boden von Caracas gesetzt hatte, wusste sie, dass sie eine Midlife-irgendwas-Crisis hatte und bis zum Hals mittendrin steckte. Aber zu diesem Zeitpunkt war es zu spät, die Flatter zu machen und umzukehren.

Zak zuckte mit den Achseln, und aus den Augenwinkeln sah sie, wie sich seine kraftvollen Schultern bewegten. »Deine Freunde werden zwei und zwei zusammenzählen und zur

Polizei gehen.«

Nett von ihm, dass er halbwegs zuversichtlich klang, aber Acadia war sich ziemlich sicher, dass das nichts bringen würde. Die Polizei in Venezuela war ungefähr genauso korrupt wie die Massen von Entführern im Land. Sie würden zur amerikanischen Botschaft gehen, in der Hoffnung, dass ihnen dort jemand helfen konnte. Dann würden ihnen das Geld und die Optionen ausgehen, sie würden nach Hause zurückkehren und sehen, was sie von dort aus tun konnten.

Sie verfiel in Schweigen und konzentrierte sich nur darauf, im kniehohen Gras einen Fuß vor den anderen zu setzen. Als es heißer wurde, stieg die Feuchtigkeit von den Blättern als dampfender Treibhausnebel auf, der sich in ihren Lungen festsetzte und Schweiß über ihr Gesicht rinnen ließ. Sie suchte in einer der Außentaschen ihrer Hose herum, sah rasch nach, wo sich die Wächter befanden – Zak begegnete ihrem Blick und veränderte leicht seine Position, um sie vor Blicken abzuschirmen –, und zog unauffällig ein flaches Päckchen feuchte Tücher heraus.

»Danke«, murmelte sie. Sie zupfte ein Tuch aus der Packung, klebte vorsichtig den Verschluss wieder zu und steckte es wieder in die Geheimtasche, und während ihre Gedanken wieder zu ihren Freunden schweiften, wischte sie sich Gesicht und Hals ab. Sie würden sich die Schuld geben, das wusste sie. Als Erstes würden sie zur Polizei gehen. Dann würden sie durchdrehen. Natashas Vater hatte mit Acadias Dad in Fort Riley gedient. Wenn Natasha klar wurde, dass ihre Freundin spurlos verschwunden war, würde sie die Kavallerie rufen. Im wahrsten Sinne des Wortes.

»Vielleicht denken sie, du wärst mit einem Einheimischen durchgebrannt«, bemerkte Zak nach viel zu langem

Schweigen.

Acadia musste ein Lachen unterdrücken. »Nicht in einer Million Jahren.« Es würde ihnen nicht mal in den Sinn kommen, dass sie ein wildes Abenteuer mit einem gut aussehenden Latino haben könnte. Mit fremden Männern mitzugehen sah Acadia Alyssa Gray *überhaupt* nicht ähnlich. Sie war die Art von Freundin, bei der man am Freitagabend getrost seine Kinder lassen konnte. Sie war berechenbar, verlässlich und, so ungern sie es zugab, ziemlich langweilig.

»Was ja nicht so weit weg von der Wahrheit ist«, korrigierte er, was sie ungemein ärgerte.

»Du brauchst deswegen nicht so überheblich zu klingen«, entgegnete sie gereizt. »Ich habe den Tag nicht gerade rot im Kalender angestrichen.«

»Nicht? Du schleppst also ständig Männer in Bars ab?«

»Ist das nicht so, als würde man jemanden fragen, ob er aufgehört hat, seine Frau zu schlagen?«

Er kicherte.

Auch Gideon ließ ein gedämpftes Prusten erklingen. Sein weißes T-Shirt hatte Schweißflecken und war ganz grün von den Blättern, durch die sie sich ständig kämpfen mussten.

»Schön, freut mich, dass ich euch zum Lachen bringe, Jungs.« Sie tupfte sich mit dem mittlerweile warmen, feuchten Tuch die heißen Wangen ab. Das sanfte Desinfektionsmittel brannte auf den Schrammen in ihrem Gesicht, aber es roch frisch. Sie benutzte es für ihre Hände und so weit ihre Arme hinauf, wie es mit gefesselten Händen möglich war. Sie wünschte, sie könnte sich das Blut von der Haut waschen, dann riss sie ihre Gedanken von diesem Abgrund fort.

Blutspritzer auf dem Rücken waren im Moment ihr geringstes Problem.

Sie steckte sich das benutzte Tuch in eine andere Tasche. Acadia Gray verschmutzte nicht die Umwelt. Nicht einmal, wenn sie gekidnappt wurde. *Halte dich an die Regeln. Verhalte dich richtig.* Acadia spürte, wie ein Kichern in ihrer Kehle aufstieg, und unterdrückte den Drang schonungslos. Das war nicht zum Lachen, und sie war sich nicht ganz sicher, ob sie wieder mit dem Lachen aufhören konnte, wenn sie einmal angefangen hatte.

»Was hast du denn sonst noch in diesen Geheimtaschen?«, fragte Zak.

Der Sinn von Geheimtaschen war, dass sie verflixt noch mal *geheim* waren. Dank ihrer furchteinflößenden Chefin hatte sich keiner der Soldaten die Mühe gemacht, sie abzutasten. Wenn er darüber sprach, was sie bei sich hatte, würde mit Sicherheit jemand sehen wollen, was es genau war. »Woher weißt du, dass ich Taschen habe?«

»Wenn du keine Magierin bist, die sich als Nächstes ein Karnickel aus dem Hintern zieht, nehme ich an, dass das Aspirin von vorhin und dieses Tuch irgendwo in deinem Outfit versteckt waren. Was ist da noch drin? Spuck's aus, Miss Gray. Unser Leben könnte davon abhängen, was du auch immer da drin hast.«

»Wie wär's, wenn ich gleich alles hier auf den Boden schütte?« Acadia entwickelte rasch ein verborgenes Talent für einen Sarkasmus, dessen Schärfe sich mit seinem messen konnte.

»Nein. Aber sobald es sinnvoll ist, möchte ich von allem, was du dabeihast, eine Inventur machen.« Er machte eine Pause. »Wie schwer sind deine Klamotten?«

»Nur neun Kilo extra, mehr nicht.« Obwohl das Gewicht nach dem scheinbar tagelangen Marsch mit jedem Schritt größer zu werden schien. »Ich habe so ziemlich alles, was wir brauchen könnten«, gab sie halblaut zu. »Nur leider keine Waffe.«

Er tauchte direkt neben ihr auf, und sein Arm streifte ihren. »Du wärst überrascht, aus was man alles eine machen kann.«

»Ich weiß, wie man ein Messer macht.« Wie schwer konnte das schon sein?

Sein Lächeln wurde breiter. Es reichte nicht bis zu seinen Augen, aber seine weißen Zähne und ein kleines Grübchen in seiner schlanken rechten Wange kamen zum Vorschein. »Ach. Das hast du wahrscheinlich gelernt, als du für dein verbrecherisches Leben gesessen hast.«

»Ich lerne schnell.« *Mach daraus, was du willst, Klugscheißer.*

»Langsam glaube ich, dass sich bei dir ungeahnte Abgründe auftun«, sagte er trocken.

Sie liefen ungefähr fünf Minuten, während sie darüber nachgrübelte, dann brach es aus ihr heraus: »Gar nicht. Ich meine ungeahnte Abgründe.« Ganz ehrlich, sie konnte weiterlügen, aber in diesem Szenario war es nicht gerade zu ihrem Besten, ihn in die Irre zu führen. Sie hatte keine Ahnung, was er vorhatte – wenn überhaupt irgendwas –, aber ihn glauben zu lassen, sie sei zu Dingen fähig, von denen sie in Wirklichkeit keinen blassen Schimmer hatte, wäre nicht nur dumm, sondern auch höllisch gefährlich. »Sieh mal, ich bin nicht ganz das, wofür du mich hältst ...«

»Eine hübsche Frau, ganz ohne Abgründe?«

»Ja. Genau.« Er hielt sie für hübsch? »Nein, Moment,

ich *bin* genau das. Ganz ohne Abgründe, meine ich«, gab sie zu. »Ich war gestern Abend nicht ganz ehrlich. Ich bin keine exotische Tänzerin. Ich arbeite bei *Jim's Sporting Goods* in Junction City, Kansas ...«

»*Kansas?*« Sein Lachen klang eingerostet, und er blieb stehen, um sie anzustarren. Seine Augen sahen sehr grün aus, und irreführenderweise lag ein Lachen darin. Ganz klar eine Täuschung des Lichts.

Acadia machte ein finsteres Gesicht. »Ja, Kansas. Was ist so lustig daran?«

Er lief weiter, ehe die Wächter kamen, um ihn anzutreiben. »Geh weiter. Nichts, Dorothy.«

Der Mann trieb sie zur Weißglut. Machte in dieser Situation eine Anspielung auf »Der Zauberer von Oz«! »Du wurdest als Baby nie auf den Arm genommen, oder?«

»Ich habe Beweisfotos.«

Acadia machte ein ungehöriges Geräusch. »Offensichtlich Fotomontage.«

Gideon kicherte, während er riesenhafte, lederartige Blätter aus dem Weg schob und sie festhielt, damit sie vorbeikonnte. »Zak ist schon zankend auf die Welt gekommen.«

Offenbar hatte er viel Übung gehabt. Acadia wechselte das Thema. »Entführungen sind in Venezuela ein verbreitetes Problem, wusstet ihr das, als ihr herkamt?« Sie hatte darüber gelesen, aber natürlich nicht gedacht, dass sie damit konfrontiert werden würde. Herr im Himmel, sie hatte keine Ahnung, wie sie die überzeugenden Statistiken und die Wahrscheinlichkeit, selbst entführt zu werden, hatte ignorieren können. Wer A sagt, muss auch B sagen. »Ich will nicht belehrend klingen oder so«, fügte sie hinzu, »aber es ist gut, ein paar Fakten zu kennen. Caracas hat eine der höchsten Mordraten der Welt.«

»Was für ein Glück«, murmelte Zak mit saharatrockener Stimme, »denn wir sind im Moment nicht in Caracas.«

»Und in den Randgebieten, wo es so was wie Recht und Ordnung kaum gibt, ist sie sogar *noch* höher.«

»Was für ein Quell an Informationen du bist.« Er klang nicht gerade begeistert.

»Ja, das bin ich«, erwiderte sie unbeeindruckt. »Es gibt sogar eine Nationale Kommission gegen Entführungen. Tatsächlich ...« Jetzt fielen ihr komischerweise die Daten ein. »... tatsächlich sind Entführungen allein im letzten Jahr von vierzig auf über *sechzig* Prozent gestiegen. Und das sind nur die, die der Polizei gemeldet wurden. Das werden die meisten nicht.« Denn, gemeldet oder nicht, die Kidnapper wurden selten gefasst und selbst dann selten bestraft.

Zak sagte nichts und ließ sich einen Schritt zurückfallen, also fuhr sie hoffnungsvoll fort. »Es ist unwahrscheinlich, dass sie mit uns so weit laufen, um uns dann später umzubringen, oder?« Unnötig zu erwähnen, dass die Guerillas Schlimmeres tun konnten, als sie zu töten. Das wusste er selbst.

»Ich denke, sie werden uns festhalten, bis das Lösegeld gezahlt ist.«

»Festhalten« bedeutete nicht *sanft*. Die Art, wie der, den sie Eloy nannten, sie angesehen hatte, als er sie aus dem Lieferwagen gestoßen hatte, verhieß nichts Gutes. »Was das angeht ...« Jetzt wäre wahrscheinlich ein guter Zeitpunkt, ihm zu sagen, warum er und sein Bruder mit ihr quer durch den Dschungel gezerrt wurden.

»Mach dir deswegen keine Sorgen«, sagte er und streifte sich mit seinen gefesselten Händen eine kleine grüne Eidechse von der Schulter. »Gideon und ich denken uns was aus.«

»Wir sind aber zu dritt, und das geht uns alle was an«, beharrte sie. »Aber, um mit offenen Karten zu spielen muss ich euch sagen, warum wir hier sind. Es ist, weil ...«

»Spar dir das auf.«

Acadia sah ja ein, dass die Situation nicht optimal war, aber musste er so unhöflich sein? Sie rieb sich die Wange an ihrer Schulter und warf zurück: »Für was? Ein Candle-Light-Dinner?«

»Bis wir allein sind und nicht belauscht werden können. Tipp Gideon mal für mich an.«

Sie liefen im Entenmarsch. Die Hände an den Handgelenken gefesselt, pikte Acadia Gideon Stark mit der Fingerspitze in den Rücken, aber er drehte sich so schnell und mit einem so wütenden Blick um, dass sie einen Schritt zurückwich und gegen Zaks Brust prallte.

»Ganz ruhig«, sagte Zak und half ihr mit seinem Unterarm an der Schulter, ihr Gleichgewicht wiederzufinden.

»Sorry«, sagte sie zu Gideon. Er sah sie nicht an, sondern eher seinen Bruder, der direkt hinter ihr war. Acadia konnte die Spannung, die die beiden Brüder ausstrahlten, förmlich spüren. Sie waren ebenso gestresst wie sie, sie hoffte nur, dass sie in dieser brenzligen Situation nichts Unüberlegtes taten.

»Hört mal. Greift diese Leute nicht an, okay? Ich sage ihnen einfach, wie sie an das Geld kommen, und ich bin sicher« – *Nie im Leben!* –, »dass sie uns gehen lassen.«

»Wie solltest du ... Was für Geld?« Gideon Stark machte ein finsteres Gesicht, dann lief er weiter. Ein Insekt so groß wie Acadias Faust, landete auf seinem Rücken. Der schwarz-grün schillernde Käfer war nur einen Millimeter von der nackten Haut seines Nackens entfernt. Sie erschauderte.

»Da ist ein godzillagroßes Insekt auf deinem ... ja, genau dort. Jetzt ist es weg. Das versuche ich euch schon seit einer Stunde zu erzählen.« Das stimmte nicht ganz, aber sie hätte es tun sollen. »*Ich* bin der Grund, warum sie euch geschnappt haben. Es tut mir sehr, sehr leid.«

»*Du* bist der Grund?«, fragte Zak ungläubig. »Wer bist du denn? Ein Staatsoberhaupt? Ein Rockstar ... Jedenfalls keine Schauspielerin.«

»Ich arbeite ... warum keine Schauspielerin?«

»Weil du ganz miserabel schauspielerst.«

»Komisch«, sagte Acadia gelassen, »Spielberg hat was ganz anderes gesagt.«

Um seine Lippen zuckte es. »Steven Spielberg?«

»Wer denn sonst?« Nun ja, Michael Spielberg, ihr Mathelehrer in der achten Klasse, der ihr nie anmerkte, wenn sie flunkerte, selbst wenn er wusste, dass sie es tat. Es war weniger ein Kompliment gewesen als eine Aussage über ihn.

Acadia senkte ihre Stimme und wurde langsamer, damit er sie hören konnte. Sie hoffte, dass ihre Stimme nicht weitergetragen wurde. Obwohl die Entführer ziemlich genau wissen mussten, was sie wert war. Warum hätten sie sich sonst die Mühe machen sollen, sie zu entführen? »Ich habe vor zwei Monaten Fünfhunderttausend in der Kansas-Lotterie gewonnen.«

»Aha«, erwiderte Zak, weit weniger interessiert oder erleichtert, als sie erwartet hatte.

»Das meiste davon habe ich noch«, versicherte Acadia ihm rasch, nur für den Fall, dass er sich Sorgen machte, dass sie nicht wenigstens einen Teil dessen bezahlen konnte, was die Entführer verlangten. »Natürlich habe ich diese Reise bezahlt, für mich und fünf Freunde von mir, und ...«

»Es geht nicht um dich.«

Sie stampfte durch ein Dickicht aus Blättern und Ranken und ließ das einen Moment auf sich wirken. Ein Tukan auf einem Ast hoch oben über ihren Köpfen neigte seinen gelben Kopf und beobachtete, wie sie vorübergingen. Sie stieg über einen Haufen Äste und Blätter, die die Männer, die vorneweg gingen, abgeschnitten hatten, um den Weg frei zu machen. »Wow«, sagte sie schließlich überrascht. »Das ist ziemlich vorlaut, wenn man die Umstände betrachtet. Ich weiß, dass Entführungen hier eine Art Nationalsport sind, aber ich schätze, sie wussten, wer ich bin, als sie in *mein* Zimmer gestürmt sind, anstatt in deins. Habt *ihr* vielleicht eine halbe Million Dollar?«, fragte sie sarkastisch.

Gideon kicherte und ging weiter.

»Gid und mir gehört ZAG«, klärte Zak sie auf.

Es dauerte einen Moment. *ZAG? Die Zigmillionen-Dollar-Suchmaschine?* »Oh.« Plötzlich fühlte sie sich verdammt schuldig, und die ganze Zeit war *sie* diejenige gewesen, die aus Versehen in *deren* Entführung reingezogen worden war. »Dann schuldet *ihr mir* wohl eine Entschuldigung.«

»Dein Lottogewinn ist hier ziemlich wertlos. Wie du schon sagst, Entführungen sind ein Riesengeschäft in Südamerika. Die haben für mich und meinen Bruder schon eine

Lösegeldforderung von vierzig Millionen gestellt, und denen ist es egal, dass du nur ein Kollateralschaden bist. Loida Piñero hat auf deinen Kopf denselben Preis ausgesetzt.«

»Vierzig *Millionen*?« Das war so viel mehr als das, was sie jetzt als ziemlich mickrigen Gewinn ansah, dass es ihr völlig irreal vorkam.

»Moment ... Loida Piñero? Ich nehme an, das ist der Name von Cruela de Vil, der furchterregenden Anführerin? Woher weißt du denn, wie die heißt?«, fragte Acadia, vom eigentlichen Thema abgelenkt.

»Sie hat es uns gesagt.«

»Das ist nicht gut. Es ist ihr egal, dass wir alle drei ihr Gesicht und die ihrer Männer gesehen haben, und sie hat euch gesagt, wie sie heißt? Dann steht es schlecht für unsere Überlebenschancen.«

»Mach dir deswegen keine Sorgen. Sie werden unsere Leute kontaktieren, um ihre Forderung zu stellen.«

»*Keine Sorgen machen?* Ich bin vielleicht blond, aber siehst du etwa eine rosarote Brille? Ich mache mir ziemlich große Sorgen. Aus gutem Grund.« Blondinen hatten vielleicht mehr Spaß, aber sie hätte sich von ihrer Friseurin lieber knallrotes Haar wie ein Feuermelder machen lassen sollen statt Strähnchen. Im Moment konnte sie den Mut einer Rothaarigen und die Raffinesse einer Brünetten gebrauchen. Sie konnte ihre nichtssagende Haarfarbe geradezu spüren.

»Wir sind hier weg, sobald das Lösegeld gezahlt wurde.«

»Lügner«, sagte sie ohne Pepp. Sie kämpfte die in ihr aufkeimende Angst nieder. Ausflippen und in Panik ausbrechen war nicht produktiv. Diese Situation erforderte einen klaren Kopf und Erfindungsreichtum. Und obwohl sie hoffte, dass Zak und Gideon Stark einen durchführbaren Plan parat hatten, um sie sicher aus dem Dschungel zu bringen, war Acadia zu sehr daran gewöhnt, die Dinge selbst in die Hand zu nehmen, als dass sie ihr Leben zwei Männern anvertraut hätte, die sie nicht kannte. »Sobald sie das Geld haben, sind wir doch überflüssig, oder?«

Und dann machte es klick. Irgendwo im riesigen Aktenschrank ihres Hirns fielen ihr die Schlagzeilen ein. Der Aufschrei, so kurzlebig er auch war im nie endenden Fluss schlechter Nachrichten, die die Medien Tag für Tag füllten.

In großen, fetten Buchstaben blitzte die Schlagzeile vor ihrem geistigen Auge auf: ZAG-EIGENTÜMER VERLIERT EHEFRAU BEI TRAGISCHEM UNFALL.

Der Streit der Brüder im Lieferwagen machte jetzt etwas mehr Sinn. Damals war die Meldung nicht mehr als ein Aufblinken auf ihrem Radar gewesen. Zak Stark hatte also seine Frau verloren. Tragisch. Aber warum hatte sein Bruder so ein Problem damit? Jennifer Stark war Enthüllungsreporterin bei CNN gewesen. Wenn Acadia sich richtig an die Meldung erinnerte, war sie vor ein paar Jahren in irgendeinem vom Krieg zerrütteten Land getötet worden. Acadia versuchte sich daran zu erinnern, was sie gelesen hatte. Verzweifelt wühlte sie sich durch die wenigen Fakten, die sie damals aufgeschnappt hatte, aber mehr als ein paar Schlagzeilen fielen ihr nicht ein.

»Überflüssig oder nicht«, erwiderte Zak ruhig, »Gideon und ich bringen dich hier raus.«

Sie hoffte, dass sie das konnten. Aber nur für den Fall, dass das nicht passierte, versuchte Acadia sich selbst einen Fluchtplan auszudenken. Planung, Anwendbarkeitsprüfung und Anpassung waren ihre Stärken. Es waren Eigenschaften, die sie gebraucht hatte, als sie ständig die Schule wechseln musste. Neue Lehrer, neue Kinder, mit denen sie sich anfreunden musste, alles neu. Und auf diese Eigenschaften hatte sie auch zurückgreifen müssen, als sie sich mit der nachlassenden Leistungsfähigkeit ihres Vaters auseinandersetzen musste.

Wenn sie sich bloß eine Weile irgendwo, wo es kühl und ruhig war, hinsetzen könnte, würde ihr bestimmt irgendein Plan einfallen. Zu dumm, dass kühl, ruhig und hinsetzen im Moment nicht infrage kamen. Nun gut. Sie hatte mehrere Ideen. Keine davon machbar. Zumindest noch nicht.

»Wieso qualifiziert dich deine Tätigkeit, bei der du den ganzen Tag in deiner schicken Internetfirma vor dem Bildschirm sitzt, uns von bewaffneten Entführern zu befreien?« Sie gab sich Mühe, nicht sarkastisch zu klingen.

»Du solltest lieber hoffen, dass wir was im Ärmel haben«, antwortete Zak nicht gerade zuvorkommend.

Gideon blieb stehen, bis sie praktisch in ihn hineinlief. »Wir haben uns im Laufe der Jahre, seit wir Extremsport machen, ein paar Fertigkeiten angeeignet«, sagte er ruhig zu ihr. »Vertrau uns, das hier unterscheidet sich kaum von einer Geschichte vor ein paar Jahren, als wir den Kilimandscharo bestiegen haben, stimmt's, Zak?«

»Stimmt. Feindselige Eingeborene und noch feindseligere Umgebung.«

Die beiden hörten sich zwar zuversichtlich an, doch sie fühlte sich nicht so. Einen Berg zu besteigen, auch wenn das zweifellos gefährlich war, konnte man wohl kaum damit vergleichen, umzingelt von Uzi tragenden Guerillas in den dichten Urwald zu marschieren. »Bewaffnete Entführer?«

Gideon blickte mit einem grimmigen Lächeln über die Schulter. »Bewaffnete *Terroristen*. Die haben alle beschissene Manieren und halten Gewalt für den Aufhänger jeder Unterhaltung. Keine Sorge, Herzchen. Wir arbeiten dra...«

»*¡Manténgase en movimiento!*«, rief einer der Männer hinter ihnen.

Acadia gab Gideon einen Schubser mit ihren gefesselten Händen. »Er will, dass wir weitergehen.«

»Wir sprechen beide fließend Spanisch«, teilte Zak ihr mit leiser Stimme mit. Er war ihr dicht auf den Fersen, und die Nähe seiner Stimme ließ sie so zusammenzucken, dass sie fast in ein dickes Geflecht aus hellroten Blütenranken gerannt wäre, das wie eine Girlande direkt vor ihr hing. In den sechs Meter langen, mit Blumen übersäten Ranken wimmelte es nur so von brummenden Insekten.

Sie umrundete das Geflecht und vertrieb die Insekten aus ihrem Gesicht. »Warum habt ihr dann nicht ...«

»Weil es uns einen Vorteil verschafft, wenn wir so tun, als würden wir die Sprache nicht verstehen.«

»Woher wusstest du, was ich ...«

»Sagen wollte? Barbie, du bist ein offenes Buch.«

Ein Schweißtropfen rann ihr die Schläfe hinunter und brachte ihre Haut zum Jucken. Acadia biss sich auf die Zunge. Es hatte keinen Sinn, ihn in einen Schlagabtausch zu verwickeln. Es würde keinen Gewinner geben, und ein Streit würde sie nur beide verärgern.

Acadia setzte einen Fuß vor den anderen und hielt den Blick auf die Mitte von Gideon Starks schweißfleckigem Rücken gerichtet. Drei kleine Kapuzineraffen schwangen sich auf Augenhöhe von Ast zu Ast, die süßen weißen Gesichtchen den vorbeigehenden Menschen zugewandt, mit schwarzen neugierigen Augen.

»Hör zu«, sagte sie nach ungefähr fünfzehn Minuten menschlichen Schweigens mit ruhiger Stimme, »ich kenne dich nicht. Ich bin sicher, dass du es gut meinst, aber gib keine Versprechen, die du unmöglich halten kannst. Wir wissen alle, dass sie uns umbringen werden, wenn sie haben, was sie …«

»Zakary.«

Gideons warnender Ton ließ Acadia aufblicken, und sie erwartete, Auge in Auge irgendeinem menschenfressenden Tier gegenüberzustehen oder, noch schlimmer, der Anführerin, die Pistole in der Hand und mit mordlüsternen Augen. Stattdessen sah sie eine Lichtung im Dschungel, zurückgeschnittenes Blattwerk und einen breiten, offenen Platz, gefüllt mit über einem Dutzend bewaffneter Männer. Die auf sie warteten.

Das war's dann wohl. Ende der Fahnenstange.

4

Das Lager bestand aus einer Handvoll kleiner Beton- und Steingebäude und schmiegte sich auf eine große Lichtung, die aus den lebenden Mauern des Dschungels herausgehauen worden war. Piñero und ein weiteres halbes Dutzend schwer bewaffneter Männer in Tarnkleidung bildeten ihr Empfangskomitee, als sie aus den Bäumen dort auftauchten. Zwölf Männer mit ihrer Chefin als Zugabe.

Zak wusste, dass ihre Chancen – die schon vorher beschissen gewesen waren – sich gerade noch beträchtlich verschlechtert hatten. Piñero tadelte die Männer, weil sie so lange gebraucht hatten, und sorgte mit üblicher Guerilla-Manier dafür, dass sie ihre Gefangenen schleunigst in die Gefängniszellen brachten.

Es war sinnlos, sich gegen die Stöße der Waffenenden zu wehren, als die drei zwischen Stapeln rudimentärer Baumaterialien hindurchgeschleust wurden. Sie kamen an Schlackenbetonblöcken, Zementsäcken, Werkzeugen, einem großen Wassertank, einem Küchenbau und einem Gebäude vorbei, das so groß war, dass nach Zaks Einschätzung dort mindestens die Hälfte der Männer darin unterkam. Ein Komfort wie zu Hause.

Männer und Waffen. Die Werkzeuge, um sich zu verschanzen, und genug Vorräte, um die Guerillas – wie lange? – zu versorgen. Es war offensichtlich, dass ihre Entführer zu einer gut organisierten und gut finanzierten Gruppe gehörten. Finanziert von wem? Sicherlich nicht von Loida Piñero. Klar, ihre Männer fürchteten sie. Aber das wäre zu einfach, wenn man diese Organisation betrachtete. Zak hielt es für wahrscheinlicher, dass es irgendein fetter Bonze mit scheinbar sauberen Händen war, der in einem großen Büro in Caracas saß. Er würde herausfinden, wer, sobald er sie drei dort rausgebracht hatte.

Denn obwohl die Situation düster aussah, wusste Zak, dass Gideon und er es sehr wohl schaffen würden, lebendig zu entkommen. Wie, das hing komplett von dem Plan ab, den sie aus dem Nichts zusammengesponnen hatten.

Zwei kleinere Gebäude aus Lehmziegeln standen sich mit einem Abstand von mehreren Hundert Metern gegenüber und waren fast komplett von einem Dickicht aus großblättrigen Kletterpflanzen bedeckt. Sie waren eindeutig älter als die anderen Gebäude. Zak untersuchte sie bereits auf Schwächen, die sie ausnutzen konnten, während die Wärter die Türen öffneten.

Er und Acadia wurden in eine knapp zwei mal zwei Meter große Zelle geschoben. Die Decke war so niedrig, dass er kaum aufrecht stehen konnte. Blättrige Kletterpflanzen rankten an den Innenwänden entlang, sodass der Raum noch kleiner wirkte. Die Tür wurde zugeknallt und der Schlüssel im Schloss herumgedreht. Durch die rostigen Gitterstangen hindurch, die den Türrahmen ausfüllten, sah er zu, wie Gideon in den anderen kleinen Bau gebracht wurde. Teile und herrsche.

Er zählte die Männer ab. Die Zwillinge, Blaues Halstuch und Goldzahn ... Stiernacken ... Shorty ... Mopsgesicht. Ein neuer Typ wankte vorbei, mit aufgepumpten Muskeln, die Arme angespannt unter der Last der Betonblöcke, die aufs Geratewohl in der Schubkarre aufgetürmt waren, die er über das flachgetrampelte Gestrüpp schob.

Loida Piñero trat ins Bild, auf dem Kopf eine Baseballmütze der Yankees, rauchte, wie es aussah, eine kubanische Zigarre und zeigte auf Schubkarre und Betonblöcke in der Nähe.

Gott allein wusste, als was die älteren Lehmziegelgebäude ursprünglich gedient hatten – als Drogenversteck? Für Waffenschieberei? Als Supermarkt für Entführer? Was es auch immer gewesen war, ihre Gastgeberin verstärkte die Sicherheitsvorkehrungen. Nach den Gitterstäben zu urteilen, die bereits in den Fensteröffnungen befestigt worden waren, wurde noch ein etwas größeres Gefängnis knapp hundert Meter weiter südlich gebaut. Piñero war fertig mit ihren Anweisungen und drehte sich um, als zwei Männer ihr die Gefängnisschlüssel übergaben.

Sie blickte zwischen den beiden Gebäuden hin und her. Zak wusste, dass sie überlegte, welchen der beiden Stark-Brüder sie zuerst schikanieren sollte. Welchen sie sich auch immer aussuchte, es würde wie Zähneziehen sein.

Was auch nicht völlig ausgeschlossen war.

Sie drehte sich um und schritt durch das Gras auf ihn zu. Was für ein Glückspilz er war. Er stand an der vergitterten Tür und sah, wie einer der Männer hinter ihr hertrottete wie ein gut dressiertes Hündchen. Ein paar Meter weiter hinten warf Héctor Zak ein fieses Grinsen zu, bevor er sich abwandte und mit einem anderen Mann davonging. Piñero schob sich den Schirm ihrer Mütze aus dem Gesicht und schnippte mit den Fingern. Der Guerilla neben ihr reichte ihr eine kleine, teure Digitalkamera. Sie knipste in schneller Folge ein paar Bilder von Zak durch die Gitterstäbe. »Ich werde Ihre Leute kontaktieren.«

Und in dem Augenblick, in dem Buck dieses Bild bekam, würde er Himmel und Erde in Bewegung setzen, um nach ihnen zu suchen, aber so sicher wie das Amen in der Kirche würde er ihr nicht ihre vierzig Millionen schicken. Aber es spielte sowieso keine Rolle. Denn Zak hatte den Verdacht, dass Piñero sie alle drei umbringen würde. Und zwar bald.

»Die Frau braucht was zu essen und Wasser«, sagte Zak zur Guerilla-Zicke. Die Sonne brannte direkt über ihren Köpfen, ein tränentreibendes Rampenlicht, das es umso schwerer machte, ihre exakte Position zu bestimmen. Seines Wissens nach konnten sie in Brasilien sein. Oder, so seine Vermutung, verdammt nah an der Grenze.

Loida Piñero schenkte ihm ein verkniffenes, bösartiges Lächeln, das nicht bis zu ihren schwarzen Augen reichte. »Wir sind hier nicht auf amerikanischem Boden, Mr Stark. Hier gelten *meine* Regeln, nicht die von Genf. Der einzige Grund, warum Sie noch atmen, ist, weil Ihre Leute vielleicht weitere Beweise sehen wollen, dass Sie noch leben. Vierundzwanzig Stunden. Sie brauchen kein Essen.« Sie schnippte wieder mit den Fingern und wies die Männer neben sich an, jedem Gefangenen einen Becher Wasser zu bringen.

»Was für eine bösartige Frau«, murmelte Acadia, als Piñero davonschritt. Mehrere ihrer Männer folgten ihr im Laufschritt, um sie einzuholen, als sie erneut mit den Fingern schnippte.

»Sei dankbar, dass sie uns lebend will.«

»Glaub mir ... das bin ich.« Ihr Blick folgte einem Wasserschwein. Die rattenähnliche Kreatur mit rotbraunem Pelz hatte die Größe einer großen Hauskatze und huschte von ihrem Versteck unter einem Betonvorsprung hervor, der entlang der hinteren Wand verlief. Das quiekende Tier schlüpfte zwischen ihnen hindurch, zwängte sich durch die Gitterstangen und verschwand draußen im Gestrüpp.

Acadia erschauderte, aber es sprach für sie, dass sie nichts sagte. Ihr honigfarbenes Haar war zerzaust, ihre Haut feucht vom Schweiß und ihre Wangen durch die Hitze reizvoll gerötet. Ohne Make-up sah sie so frisch und gesund aus wie das Mädchen von nebenan.

Zak verfolgte die Schweißtropfen, die langsam ihren Hals hinunterrannen, und wurde plötzlich von dem wahnsinnigen Verlangen gepackt, einen Satz zu ihr hinüber zu machen, sie auf den Rücken zu werfen und in ihrer Hitze zu versinken, bis er nicht mehr denken konnte. Bei der Erinnerung spannte sich sein Körper an, und für einen Moment konnte er die erdige Süße ihres verborgenen Fleisches auf seiner Zunge spüren.

Er hatte seinen Scheißverstand verloren.

»Komm nicht zu nah an die Kletterpflanzen«, ermahnte er sie. »Sie sind voller Spinnen.« Er wandte sich ab, um die Männer draußen zu beobachten. Er war eigentlich ziemlich beeindruckt, dass Barbie noch nicht zusammengebrochen war. Aber das würde noch kommen, daran hatte er keinen Zweifel. Jeder normale Tourist wie sie würde in so einer Situation zusammenbrechen. Er dagegen blühte geradezu auf, wenn er großen Gefahren ausgesetzt war, deswegen war er ja so verrückt nach Extremsportarten. Situationen wie die, in der er sich jetzt befand, waren ein Test, um herauszufinden, aus welchem Holz er geschnitzt war und wann er an seine Grenzen stieß. Aber das hier war nicht Wellenreiten in einem Tsunami oder Felsenklettern ohne Seil. Das war keine

Situation, auf die er sich sorgfältig vorbereitet und für die er jede mögliche Folge recherchiert hatte. Das hier war eine ganz andere Gefahr.

Und er war nicht allein hier.

Einem Reporter hatte er einmal gesagt, dass er tat, was er tat, weil immer wieder neue, komplexe und intensive Empfindungen und Erfahrungen seine Droge waren. Sie hatten ihn einen Adrenalinjunkie genannt. Und das war vor Jennifers Tod gewesen. Seit er seine Frau begraben hatte, warf Gideon ihm vor, einen Todeswunsch zu haben, was völliger Blödsinn war.

Adrenalinjunkie hin oder her, Zak musste zugeben, dass diese Situation eine Wendung genommen hatte, die ihm nicht gefiel. Aber vorerst war er dankbar, dass er sich neben allem anderen nicht auch noch mit einer hysterischen Frau herumschlagen musste.

»Gott, hast du keinen Durst?«, fragte Acadia, die in der Mitte der Zelle stand. Was bedeutete, wenn er die Hand ausstreckte, konnte er ihre feuchte Haut berühren. »Die bringen uns kein Wasser, oder?«

»Denk nicht darüber nach. Piñero hat gerade das Lager verlassen.« Zak sah, wie sich das Blattwerk hinter ihr und zwei ihrer Männer schloss. Und sie würden, verfluchter Mist, den Lieferwagen nehmen. Es würde ein langer Marsch zurück in die Zivilisation werden.

Er drehte sich um und sah sich flüchtig in der Zelle um. Kaum groß genug für einen, geschweige denn zwei Menschen. Lehmziegelwände wehrten die Sonne ab, wodurch es drinnen geringfügig kühler war als draußen. Aber nicht sehr. In den geschwärzten, stockfleckigen Wänden gab es keine Fenster.

Frische Luft kam lediglich durch die Tür, die nicht mehr war als ein wurmstichiger Holzrahmen mit dicken, rostigen Metallstangen.

Kein großes Hindernis. Ein ordentlicher Tritt, schätzte Zak, und er hätte den Rahmen aus den Angeln gehoben, ganz ohne Schweiß. Dann musste er sich an zehn Wächtern vorbeikämpfen, die aussahen, als hätten sie nichts Besseres zu tun, als ein paar Gringos niederzuschlagen, bloß weil sie es konnten. Und anschließend würden sie sich um die hübsche Blondine kümmern. Und diesmal würde keine Loida Piñero da sein, um sie daran zu hindern.

Zak ließ seine gefesselten Handgelenke über eine Querstange in der Tür hängen und gab seinem Bruder ein Zeichen. Einen Augenblick später gab Gideon ein Zeichen zurück.

»Was hieß das?« Sie hatte gute Augen.

»Wenn Piñero weg ist, sollten wir die Gelegenheit ergreifen und in der nächsten Stunde abhauen. Sie könnte jederzeit zurück sein, und selbst wenn nicht, wäre es ein Selbstmordkommando, nach Einbruch der Dunkelheit in den Dschungel zu fliehen. Ich habe einen ziemlich guten Orientierungssinn.« Er wies mit dem Kopf auf eine der fleckigen Wände. »Ich weiß, *da* lang geht es zum Fluss, und da gibt es wahrscheinlich eine Art Siedlung, wo uns jemand helfen kann, zurück nach Caracas oder in eines der größeren Dörfer zu kommen. Aber ich habe weder Karte noch Kompass.« Seine Uhr hatte ein Navi. Wenn er die wiederbekam ... Eine blumige Wolke unterbrach den Gedanken. Sie stand eindeutig zu nah bei ihm, als sie versuchte, hinauszuschauen.

Ein zweiter Mann mit einer voll beladenen Schubkarre marschierte quer über die Lichtung. Acadia folgte ihm mit den

Augen, als er an den Gitterstäben vorbeikam.

Wie zum Teufel konnte sie, nachdem sie mehr als vier Stunden gelaufen war, und nach allem, was sie sonst noch ertragen hatte, immer noch nach Blumen duften?

»Ähm, ich habe ...«

»Wir sind auf jede Stunde Helligkeit angewiesen, die wir kriegen können.« Er sah sie mit gerunzelter Stirn an. »Was ist los? Musst du mal? Nur nicht so schüchtern. Du kriegst keine Sondergenehmigung für die Damentoilette. Geh nach dahinten und mach dein Geschäft. Ich gucke auch nicht.«

Unfassbar, wie kühl ein Paar warme graue Augen werden konnte. »Ab und zu fange ich fast an, dich zu mögen«, sagte sie gereizt. »Dann werde ich wieder daran erinnert, warum ich es nicht tue. Hör doch mal eine Sekunde zu, du Haudegen. Ich habe ein Navi.«

Zak starrte sie einen Moment erstaunt an. »Du hast ein Navi?«

»Ich besuche ein fremdes Land. *Natürlich* habe ich ein Navi dabei. Es ist nicht sehr groß, und es ist vielleicht nicht besonders exakt, wenn man bedenkt, wo wir uns befinden ...«

Er hätte ihr heißes, verschwitztes, hübsches Gesicht küssen können. Doch er besann sich eines Besseren. Er blieb stehen, wo er war, was ohnehin schon gefährlich nah war. »Her damit, Barbie.«

»Dürfte ich bitte dein Navi haben, Acadia?«, schlug sie vor, die Augen immer noch kühl. »Es war bewundernswert vorausschauend von dir, es *mitzubringen* , zu *tragen* und nicht eigennützig für deine persönliche Flucht vor dem Tod oder Schlimmerem zu benutzen.«

Er schnippte mit den Fingern wie Piñero. »Gib her.«

»Nur wenn du aufhörst, mich *Barbie* zu nennen, und das auch noch in diesem nervigen, herablassenden Ton.« Aufgesetzte Fröhlichkeit verwandelte sich in einen düsteren Blick, als sie ihn wütend anfunkelte.

»Gut, wie nennen dich deine Freunde?«

»Acadia.«

»Ach. Cady?« Das war der Name, den ihr Alter Ego vor einer scheinbaren Ewigkeit in der Cantina benutzt hatte.

Ihr Kinn hob sich. »Niemand nennt mich so.«

Er hatte sie so genannt. Letzte Nacht, als sie sich das Hirn rausgevögelt hatten.

Er drehte ihr wieder den Rücken zu, um ihre Wächter zu beobachten. Die Männer hatten sich zu einer lockeren Runde im Schatten des größten Gebäudes zusammengefunden. Sie spielten Karten und tranken alle aus einer Flasche. Zak schob die Versuchung beiseite, an die er sich jetzt absolut nicht erinnern wollte, und zählte die Köpfe. Es waren zehn. »Also, Cady oder Barbie?« Wenn er und Gideon ein paar Waffen in die Finger bekamen, konnten sie die Guerillas zusammentreiben. Sie in die Zellen einsperren ... dass es ein Kinderspiel war, aus denen zu entkommen, hatte er ja schon festgestellt.

Dann also Plan B.

Sie töten. Ihm und seinem Bruder würde es keinen Spaß machen, aber entweder die Guerillas oder sie. Er entschied sich für sein Leben.

»Versuch's mal mit › Acadia‹ .« Sie drehte sich leicht und

hielt ihm ihre linke Hüfte hin. »Dritte Tasche. Bediene dich.«

Zak fand das Navi und zog es heraus, ohne innezuhalten, um ihre straffen Pobacken zu liebkosen. Sie hatte recht, das Gerät war klein. Aber es funktionierte, als er es anschaltete, und noch besser: Es hatte Hintergrundbeleuchtung. Schnell, bevor die Guerillas es sehen konnten, steckte er es sich in die Gesäßtasche. »Gute Arbeit. Was hast du denn sonst noch so in deinen Zaubertaschen?«

»Ehrlich gesagt, eine ganze Menge. Es sind insgesamt achtundzwanzig Taschen. Das ist der Verkaufsschlager bei … ach, egal. Die würden uns nicht hier einschließen, wenn sie vorhätten, uns umzubringen, stimmt's?« Acadia trat wieder an seine Seite, ihre Schulter auf Tuchfühlung mit seinem Arm, als sie zwischen den Stäben hindurchspähte.

Heißer Jasmin. Über jeden Gestank, der dort herrschte, hinweg roch er ihre Haut. Und ihre Haut zu riechen erinnerte ihn daran, wie ihre Haut schmeckte, und sie war heiß, weich und süß gewesen, wie Crème brulée auf seiner Zunge.

Es würde ziemlich problematisch werden, mit einem Ständer durch den Dschungel um sein Leben zu rennen.

»Du rückst mir ganz schön auf die Pelle. Warum setzt du dich nicht hin?«, brachte er gereizt hervor.

»Warum sollte ich?«, gab sie höflich zurück und sah zu, wie die Männer draußen die Flasche herumgehen ließen. »Hier gibt es wenigstens ein bisschen Luft«, erklärte sie. »Wenn du dich bedrängt fühlst, setz du dich doch hin.«

»Dein Mundwerk muss dir ziemlich viel Ärger bereiten.«

»Nur in Venezuela«, sagte sie milde. Augenblicklich stellte er sich ihren Mund genau da vor, wo er ihn jetzt gerne hätte.

Verdammt noch mal! »Bist du eigentlich dumm oder völlig angstfrei?«

Sein provokanter Tonfall ließ sie erstaunt die Augen aufreißen. »Wie hast du es bloß geschafft, eine erfolgreiche Firma aufzubauen, wenn du so mit den Leuten redest?« Sie schüttelte mit deutlichem Abscheu den Kopf, während sie einen kleinen Plastikbehälter aus einer ihrer Zaubertaschen holte und ein Minzdragée herausschüttelte. Er konnte kaum erwarten, herauszufinden, was sie noch alles in diesen geheimen Taschen versteckt hatte. »Dein Bruder muss der Frontmann bei ZAG Search sein. *Du* würdest mit deiner ätzenden Einstellung ja die Leute vergraulen. Hör einfach auf mit deinem unfreundlichen Gehabe.« Sie steckte sich das Dragée in den Mund. »Ich bin nicht deine Gegnerin. Wir stecken da gemeinsam drin. Also lass deine Arschloch-Attitüde eine Weile ruhen, okay?«

Sie schüttelte noch ein Dragée heraus, und bevor er irgendwas sagen konnte, hatte sie es ihm in den offenen Mund gesteckt. Der kühle, scharfe Minzgeschmack auf seiner Zunge und der Geruch halfen ihm ein bisschen, sich abzulenken. Ihr Finger, nass von ihrem eigenen Mund, brachte seinen Schwanz in einen Zustand des freien Schwebens.

»Die sind gut organisiert«, sagte sie in die Stille hinein. »Aber ich wette, Cruela würde es nicht gefallen, dass sie bei der Arbeit trinken.«

»Was du nicht sagst. Aber uns passt das ganz gut.« Dem aufreizend provokanten Duft ihrer Haut und ihres Haars konnte er nur entkommen, wenn er in die andere Ecke der Zelle ging. Wo es heißer war und keine so tolle Aussicht gab. Auf die andere Seite des Kontinents zu flüchten stand überhaupt nicht zur Debatte. Im Moment.

Zak kam zu dem Schluss, dass er sich schon mit wesentlich Schlimmerem abgefunden hatte, und als er sich mit der Schulter an die fleckige, löchrige Wand lehnte, streifte ein Blatt seinen Hals. Er tat so, als inspiziere er die zweieinhalb Zentimeter dicke Stützstange, während er die Männer im Auge behielt. Die Stäbe waren verrostet und blätterten an manchen Stellen ab. In der ständigen Feuchtigkeit hielt sich einfach nichts lange. Zu dumm, dass sie nicht ein paar Monate Zeit hatten, um darauf zu warten, dass die Natur die schwere Arbeit für sie erledigte.

Zak streckte seine gefesselten Hände aus. »Hast du irgendwas in deinen Taschen, um diese Fesseln durchzuschneiden?«

»Ein Schweizer Armeemesser.«

Meine Herren, dachte er, erstaunt und beeindruckt von ihrem Pragmatismus. Sie war eine echte Pfadfinderin. »Dann gib das auch mal her.« Acadia wand sich, um daranzukommen. Ihre Verrenkungen halfen ihm nicht gerade, nicht an ihren nackten Körper und wilden, heißen Sex zu denken. Er sollte es verdammt noch mal versuchen. »Welche Tasche?«

»Da ich weiß, dass es dir schwerfällt, mir deine unsterbliche Dankbarkeit für meine Voraussicht auszudrücken«, sie drehte sich um, »linke Gesäßtasche.«

Klasse. Zak fühlte nach der Tasche, fand das Messer und nahm es heraus. »Du zuerst.« Folgsam streckte sie die Handgelenke aus, sodass er das dicke Plastik mit der winzigen Metallsäge durchschneiden konnte. Es hätte wesentlich länger gedauert, die Handschellen mit seinen Zähnen durchzunagen.

»Lass die dran«, wies er sie an, als die Kanten sich teilten und die Fessel auseinanderfiel. »Die sollen denken, wir wären immer noch gefesselt.«

Er streckte die Hände aus, und sie nahm ihm das Messer ab und sägte wirkungsvoll durch die dicke Plastikhandschelle. Sie brauchte etwas länger als er bei ihr, aber sie schaffte es.

Sie hielt sich wacker, aber sie brauchten bald Wasser, um wieder aufzufüllen, was sie ausgeschwitzt hatten. Strähnen honigblonden Haars klebten an ihrem verschwitzten Gesicht und Hals, ihre Wangen glühten in einer hektischen Farbe und Schatten lagen über ihren grauen Augen. Wenn jemand so erschöpft war, war es so gut wie unmöglich, seine Angst zu verbergen.

Als hätte sie seine Gedanken gelesen, begegnete sie seinem Blick. »Du musst genauso durstig sein wie ich.« Sie blickte nach draußen, um sicherzugehen, dass niemand herschaute, dann durchwühlte sie noch eine weitere Geheimtasche am Oberschenkel ihrer umfangreichen Cargohose. Diese enthielt einen Plastikbehälter mit Klappdeckel.

»Hast du da ein kaltes Bier drin?« Herrje. Es würde ihn nicht überraschen. Wenn er das Scottevest-Outfit nicht kennen würde, hätte er geschworen, dass sie nicht eine einzige Tasche an sich hätte.

»Alkohol wäre bei dieser Hitze nicht gut für uns, selbst wenn ich ein Sixpack in der Hose stecken hätte. Davon abgesehen«, fügte sie hinzu, »habe ich dich nach ein paar Drinks gesehen. Du brauchst alle Sinne beisammen, tut mir leid.«

Sein Magen schnürte sich zusammen. Sie hatte eine Menge mehr von ihm gesehen, als angetrunken zu sein. »Herrje«, sagte er tonlos. »Geht es bei dir immer nur um Sex? Ich dachte, das mit der Stripteasetänzerin war Blödsinn.«

Ihre Augen, so samtig und grau, dass jeder Idiot sich in ihrer Wärme einhüllen wollte, wurden groß. »Du hast *wirklich* nur Sex im Kopf, oder?« Sie seufzte, als wäre sie eine Lehrerin oder so. »Das liegt am tropischen Klima, keine Sorge. Ich bin sicher, du wirst bald viele andere Probleme haben, mit denen du jeden wachen Moment ausfüllen kannst. Zum Beispiel, am Leben zu bleiben.«

Sie hielt ihm den Behälter hin. »Noch ein Pfefferminz? Drei ist unser Limit, bis wir wissen … bis wir hier rauskommen und wissen, womit wir es zu tun haben.«

»Sehr wohl, General.« Zak streckte die Hand aus, dreckig und immer noch voller blutender Einschnitte scharfer Gräser und Blätter von unterwegs.

Genau wie ihre. Aber sie hatte kein Wort gesagt. Das würde sie noch früh genug. Nein, weinen würde sie nicht, überlegte er. Die Klugen taten das selten. Jennifer hatte in Ohnmacht fallen zu einer wahren Kunstform erhoben. Sie war »in Ohnmacht gefallen«, damit sie ein Zimmer in einem ausgebuchten Hotel in Peru bekamen, und hatte so getan, als sei sie schwanger, als sie beim Sandboarden in Gharb Soheil in den Schatten wollte. Die Situation musste gar nicht so schlimm sein. Wenn Jen etwas gewollt hatte, benutzte sie Theatralik, um es zu bekommen. Zak konnte nie unterscheiden, was echt und was gespielt war. Irgendwann hatte er aufgehört, es zu versuchen.

Er wusste genau, dass Acadia irgendwann den Trumpf des schwachen Geschlechts ausspielen und einen Mann nach Strich und Faden so an der Nase herumführen würde, und das mit einer solchen Unschuld, dass er überzeugt wäre, ein mieser Ausbeuter zu sein. Ein Glück für ihn, dass er die Scheuklappen schon vor Jahren abgelegt hatte. *Wer zweimal auf den gleichen Trick hereinfällt*, und der ganze Scheiß. Schon erlebt, schon gemacht.

Sie schüttelte ein winziges Minzdragée in seine Hand. Zak steckte es in den Mund. »Sie haben dich nicht abgetastet?«, fragte er um die kühlende Pille herum.

Sie wackelte mit den Augenbrauen. »Ich bin blond und weiblich in einem von Männern dominierten Land. Wer würde *diesem* Gesicht misstrauen?« Sie öffnete weit die Augen und klimperte mit den Wimpern.

Auch ein Register, das Jen immer zog, dachte Zak mit reflexartiger Verärgerung. Verließ sich auf ihre Weiblichkeit und Schönheit, um sich durchzuschlagen. Der Unterschied war, dass hinter Acadias Aussage Humor stand. Jennifer hatte keinen Sinn für Humor gehabt – er hatte Jahre gebraucht, um das zu begreifen.

Wenn er sich Acadias engelsgleiche Merkmale so ansah – weiches, blondes Haar und ein Körper, so heiß, dass man sich daran verbrennen konnte –, würde ihr jeder vertrauen. Bis er den Dämon in diesen sanften, grauen Augen sah. Wie er vergangene Nacht. Trotz ihrer Behauptungen, Stripperin zu sein, und den wilden Anspielungen, dass sie bei Weitem erfahrener wäre, als sie es letztendlich war, war er ziemlich heiß darauf gewesen, ihre Grenzen auszutesten.

Er musste zugeben, es war es wirklich wert gewesen. Bis zum Morgen, als das wahre Leben wieder auf ihn eingeprasselt war.

Und auf sie.

Acadia schlang ihre schlanken Finger um eine der Stangen. Genauso wie letzte Nacht um ...

Zak verdrängte diese erotische Erinnerung aus seinem Hirn und blickte zu dem Verschlag hinüber, wo Gideon gefangen gehalten wurde. Er konnte ihn nicht sehen. Vermutlich hatte er sich auf dem harten Betonvorsprung hingelegt. Gute Idee, aber untypisch für seinen Bruder, der sich nie hinsetzte, wenn er stehen konnte, und nie stand, wenn er rennen konnte. Die Extremsportarten, die sie beide liebten, hatten sie für so ziemlich jede Eventualität gewappnet, sei es schlechtes Wetter, schlechtes Essen oder gefährliche Menschen. Aufgrund der Orte, an denen sie sich aufhielten, waren sie *immer* auf das Schlimmste gefasst. Einige ihrer aufregendsten Abenteuer hatten sie erlebt, als sie alle Warnungen der Menschen, die bei Verstand waren, in den Wind geschlagen hatten.

Die Stark-Brüder wussten, wie man allen widrigen Umständen zum Trotz überlebte. Dass Gideon seine Kräfte für das Kommende aufsparte, deutete darauf hin, dass er schlimmer verletzt war, als er zugab.

Scheiße.

Sie waren mindestens drei Stunden im Lieferwagen gefahren, was einhundertfünfzig Kilometer und ein paar Zerquetschte bedeutete. Dann waren sie weitere vier Stunden durch den Urwald marschiert. Nach der Sonne zu urteilen, die im Zenit stand, war es gerade mal Mittag.

Vielleicht war es noch lange genug hell, um zurück in die Zivilisation zu gelangen, aber im Dschungel kam die Dunkelheit schnell. So schnell wie die Raubtiere.

Es war verdammt merkwürdig, dass sie so weit von ihrem Ausgangspunkt weggebracht worden waren. Die Entführer würden Lösegeld verlangen, mit Sicherheit. Und sie dann töten. Was ihn störte, war, dass sie das auch in irgendeinem

Hinterhof hätten machen können. Herrgott, das machten Leute wie die ständig. Es war nicht nötig, sie in den tiefsten Dschungel zu führen, nur um sie eine Weile dort festzuhalten.

Die meisten hiesigen Entführungskommandos waren als *secuestro express* oder Express-Kidnapping bekannt. Sie arbeiteten nach dem Prinzip »Schnappen und Festhalten«. Sie hielten das Opfer fest, bis das Lösegeld gezahlt war. Weniger als vierundzwanzig Stunden. Diese Entführer waren dafür bekannt, dass sie ihre Opfer in irgendeinem Haus einsperrten oder sogar in einem Kofferraum, und sie nicht Hunderte von Kilometern in den Dschungel transportierten, an einen geheimen Ort, der aussah, als sei er eigens dazu gebaut worden oder noch dabei, gebaut zu werden, am Entführungsopfer gefangen zu halten.

»Ich will mich ja nicht beschweren, aber warum haben sie uns nicht irgendwo in der Nähe des Hotels umgebracht?«, fragte Acadia mit leiser Stimme, obwohl niemand ihnen Beachtung schenkte.

Und wieder war es, als sei sie auf seine Frequenz eingestellt, ein Gefühl, das Zak gar nicht gefiel. Trotzdem war es nicht *ihre* Schuld, dass sie hier mit reingezogen worden war.

»Wahrscheinlich sind sie zu dem Schluss gekommen, dass es einfacher ist, uns fern von jeder Zivilisation gefangen zu halten.« Der Pfefferminzgeschmack war weg. Nur noch eine süße Erinnerung.

Sie ließ sich auf den dreckigen Betonvorsprung fallen, der vermutlich irgendwann mal als Bett gedient hatte, hob ihren Po an, um irgendwas an ihrer Kleidung zurechtzurücken, und lehnte sich dann zurück, einen Fuß auf dem Vorsprung, die Arme um ihr angezogenes Bein geschlungen, das Kinn ruhte auf ihrem Knie.

»Was glaubst du, machen die mit uns, wenn sie merken, dass niemand unser Lösegeld zahlt?«, fragte er in scharfem Ton.

»Natürlich wird irgendjemand bezah...«

»Wer hat Zugang zu deinem Bankkonto?«

»Niema...«

»Richtig. *Niemand*. Was hattest du denn vor? Ihr deine PIN-Nummer geben?«

»Wenn das nötig ist, damit sie uns freilassen, Gott, ja«, sagte sie eifrig. »Sofort.«

Er verdrehte die Augen. »Sie wird es dir nicht danken. Sie wird anordnen, dich zu töten. Genau wie Gideon und mich.«

»Das weißt du doch nicht.«

»Werde erwachsen, Barbie«, schleuderte er zurück. »Das ist die reale Welt, und die Menschen sind hier nicht so freundlich wie in Junction City.«

»Das kann man wohl sagen.« Sie warf ihm einen vielsagenden Blick zu. »Aber ... ich muss zugeben«, fuhr sie fort, und ihre Stimme wurde weicher, »auch wenn du ziemlich unleidlich und unkommunikativ bist, bin ich trotzdem froh, dass sie uns zusammen hier eingesperrt haben.«

Er nicht. »Es gibt nur zwei Zellen«, rief Zak ihr in Erinnerung und wandte sich wieder den Guerillas zu. Die lachten und plauderten, Geld lag im Pot, die Flasche ging immer noch rund, und die Waffen lagen jeweils neben den Männern auf dem Boden, griffbereit. Neue Waffen. Jede Menge Munition.

»Und dich und deinen Bruder haben sie nicht zusammengelegt, damit ihr keinen Fluchtplan austüfteln könnt«, führte sie logisch zu Ende.

»Ja. Das auch.«

»Was denn noch?«

»Sie haben uns zusammen im Bett vorgefunden.« Zak machte eine Pause und drehte dann den Kopf, um ihr einen kühlen Blick zuzuwerfen. »Im Bett. Splitterfasernackt. Sie haben uns zusammengesteckt, damit sie später etwas Unterhaltung haben.«

»Großer Gott. Du meinst, indem sie uns *beobachten*?« Sie zog eine Grimasse, dann öffnete sie eine Klappe über ihrer linken Brust, nahm ein verworrenes Bündel Gummibänder heraus, suchte sich eins aus und stopfte sich den Rest wieder in die Tasche. »Die denken doch nicht, dass wir ... *hier drin* Sex haben?« Sie streckte die Arme aus und streifte mit den Fingerspitzen über die Wände.

»Ich nehme nicht an, dass die hier am Arsch der Welt Wii oder Fernsehempfang haben.« Er zeigte auf ein Guckloch in der Wand ungefähr auf Augenhöhe hinter ihr. Acadia warf ihm einen gelassenen Blick zu, während sie ihr Haar zu einem nachlässigen Pferdeschwanz oben auf ihrem Kopf zusammenband, sodass es ihr nicht mehr im Nacken hing. Während sie mit ihrem Haar hantierte, teilte sich ihre Weste, voll von all diesen verflixten Taschen, und die sanfte Wölbung ihres Bauchs kam zum Vorschein. Sie sah weich und verletzlich aus, zart wie Samt. Vergangene Nacht hatte er sein Gesicht dort gerieben, seine Lippen an ihre duftende, glühende Haut geschmiegt.

Genauso sah sie bestimmt nach einer Dusche aus, glitzernd, mit feuchten, blonden Haarsträhnen, die an ihrem Hals und ihren Schultern klebten und sich über ihren Brüsten kringelten. Harte aprikosenfarbene Brustwarzen.

Zak ließ seinen Unterarm gegen die groben, verrosteten Stäbe knallen. Der kurze Schmerz rüttelte sein Hirn wach. Mist. Sie war ein hübsches Mädchen. Nichts Außergewöhnliches, nichts Besonderes. Nur eine von einer Million verfügbaren Blondinen da draußen.

»Ich hoffe, ihr habt einen Plan, wie wir hier möglichst bald rauskommen.« Sie sah zu den kartenspielenden, saufenden Wächtern hinüber, dann wieder zu ihm. »*Haben* wir einen Plan? Oder haben wir vor, uns irgendwie durchzumogeln?«

Ein Schweißtropfen rann langsam seine Schläfe hinunter und brannte wie die Hölle, als er auf die Schnittwunde unter seinem Auge traf. Er brauchte einen Moment, um das zu verarbeiten. »Durchmogeln.« Mehr oder weniger. Der Plan, den er und Gideon ausgeheckt hatten, war abhängig vom schnellen Schalten, wenn sich die Gelegenheit bot.

»Okay. Sagt mir einfach ein paar Minuten vorher Bescheid.« Anscheinend war ihre waghalsige, unheimlich gefährliche Flucht so simpel.

Sie wühlte wieder in einer Brusttasche herum und holte ein flaches Päckchen hervor.

Er sollte die Frau auf den Kopf stellen und schütteln, dachte Zak, halb verdutzt, halb amüsiert und so verdammt geil, dass er nicht geradeaus gucken konnte. Am liebsten hätte er damit angefangen, seine Hand in diese Tasche zu stecken und ihre …

Sie sprang von dem Vorsprung auf und stellte sich neben ihn. »Da wir wohl ein bisschen Zeit haben, würdest du mir einen Gefallen tun?«

»Willst du Sex?«

»Ähm ...« Sie tat, als denke sie darüber nach, dann verdrehte sie die Augen. »Nein.« Sie zog ein feuchtes Tuch aus der Packung in ihren Händen. »Würde es dir was ausmachen, mir das ähm ... B-blut vom Rücken zu wischen?« Ihre Stimme zitterte, plötzlich war sie gar nicht mehr so ruhig und gefasst. »Es stört mich nicht ... Blut meine ich. Normalerweise nicht, da bin ich ziemlich taff. Quasi. Sozusagen. Meistens. Aber das war einfach ...« Sie ging zu dem Vorsprung zurück, wo es wenigstens ein kleines bisschen mehr Privatsphäre gab, und drehte ihm den Rücken zu. Sie hielt ihm das Tuch über die Schulter hin. »Bitte?«

Auf ihrer Kleidung war kein Blut, denn sie war nackt gewesen, als Piñero den Vergewaltiger erschossen hatte. Zak stand an den Gitterstäben und merkte, dass er sich mit jeder Hand an einen davon klammerte, während sie auf ihn wartete und ihm ihren Rücken wie ein Angebot präsentierte.

»Zak?« Sie kehrte ihm immer noch den Rücken zu, aber an der Bewegung ihrer Ellbogen und Schultern war eindeutig zu erkennen, dass sie den Reißverschluss ihrer Weste aufzog.

Er hätte jetzt lieber einem stiernackigen, psychopathischen Guerilla mit einer Uzi und einer Scheißeinstellung gegenübergestanden als Acadias blassem, schlankem, *nacktem* Rücken. Irgendetwas an ihr war wahnsinnig anziehend. Er kam nicht dahinter, was. Aber was es auch immer war, er wurde in eine Art Sexstrudel reingezogen und war nicht sicher, warum von ihr und warum jetzt.

Sie streifte die Weste ab, warf sie auf den Vorsprung, dann kreuzte sie die Arme, zog ihr T-Shirt am Nacken hoch und machte den Rücken frei. Ihre Haut war blass, wo sie nicht durch die tropische Sonne gerötet war, und so feinkörnig wie die eines Babys. Die angetrockneten braunen Blutspritzer waren eine Obszönität, und bei dem Anblick hätte Zak am liebsten die Faust in irgendwas gerammt.

In die Lehmziegelwand zum Beispiel. Oder in jedes einzelne geifernde Gesicht von jedem einzelnen Arschloch-*hombre*, der auf ihren schlanken, nackten Körper gestiert hatte. Diejenigen, die sie angefasst hatten, würde er erschießen. Allmächtiger, und dabei *verabscheute* er doch Waffen.

»Könntest du dich etwas beeilen?«

O Gott. Während er gekämpft hatte und sie um ein Haar vergewaltigt worden wäre, während er und sein Bruder ihre bewusstlosen Köpfe auf ihren Oberschenkeln ausgeruht hatten ... Scheiße, hatte die ganze Zeit das Blut von jemand anderem auf ihrem Rücken geklebt, wie eine brutale Kriegsbemalung.

»Ja, klar«, sagte er, weil er nicht wusste, was er sonst tun sollte. Er trat hinter sie, achtete darauf, dass er ihren Körper vor Blicken schützte, und nahm ihr das feuchte Tuch ab. »Dann wollen wir mal.« Er ignorierte ihren verletzlichen Nacken. Ignorierte die sanfte Linie ihrer Wirbelsäule, die wie kleine Trittsteine die blasse, seidige Haut ihres Rückens hinabführte.

Ignorierte alles. Unglücklicherweise verband sein Gehirn das Aussehen ihrer Haut damit, wie sie sich in der Nacht zuvor unter seinen Händen angefühlt hatte. Babyweich, glatt, seidig. Es war kein weiter Sprung mehr zu der Erinnerung, wie sie reagiert hatte, als er die zarte Haut an der Stelle geküsst hatte, wo ihre Oberschenkel sich trafen, oder wie empfindlich und reaktionsfreudig ihre Brustwarzen gewesen waren, als er eine davon mit seiner Zunge gerollt hatte ...

Sie senkte den Kopf und hielt ihr T-Shirt hoch. »Nur meinen Rücken.«

Das Problem mit Jasmin, dachte Zak, der sich primitiv, nicht ganz auf der Höhe und insgesamt ziemlich genervt fühlte, war, dass der sanfte, blumige Duft wie die pure Unschuld roch. Wie Dinge, an die er nicht denken wollte: Freude und Hoffnung. Er fuhr wirkungsvoll mit dem feuchten Tuch über ihre Schulterblätter und betrachtete mit gerunzelter Stirn die hartnäckigen rostfarbenen Flecken. »Es ist angetrocknet«, murmelte er missmutig. »Ich muss rubbeln, wenn du willst, dass es abgeht.«

O Gott, sie wollte, dass es abging. Acadia spürte jeden einzelnen Blutfleck, als habe er sich in ihrer Haut festgebissen wie eine groteske Zecke. Sie erschauderte. »So fest du willst. Bitte.«

Mit einem groben Laut, den sie nicht deuten konnte – wahrscheinlich Abscheu, dass sie unter diesen Umständen so penibel war –, tat Zak, was sie verlangte – ein bisschen unsanfter, als sie erwartet hatte. Mit einer Hand packte er ihre Schulter, und der plötzliche Druck brachte sie zum Schwanken, doch ihre Füße fanden Halt, und sie sagte kein Wort, als er beherzt mit dem Tuch über ihre Haut wischte.

Lieber ließ sie sich brutal den Rücken abrubbeln, als das Blut jenes Mannes noch eine Sekunde länger an sich zu haben.

»Fertig.« Er riss ihr T-Shirt herunter, um sie zu bedecken, und sie hörte das Schlurfen seiner Stiefel, als er wegtrat.

»Danke«, sagte sie voller Aufrichtigkeit, während sie eilig wieder die Weste überstreifte. Sie drehte sich um. »Gib mir das ... das da.« Sie wackelte mit den Fingern, und er reichte ihr das blutverschmierte Tuch. »Ich habe eine gute

Verwendung dafür.«

Als er bloß den Kopf neigte und seine vernarbte Augenbraue fragend zuckte, kniete Acadia sich auf den Betonvorsprung und stopfte das Tuch in das Guckloch.

Um seine Lippen zuckte es, aber er lächelte nicht, als sie an seine Seite zurückkehrte. »Sie können durch die Tür reinsehen.«

»Da sehen wir sie ja.« Sie stellte sich neben ihn. Die Beule an seiner Schläfe war ein schmerzhafter violetter Schatten. »Ich habe noch Aspirin, wenn du welches brauchst.« Sie streckte die Hand aus, um den blauen Fleck zu berühren, und er zuckte zurück.

»Verhätschele mich nicht. Ich mag keine Gefühlsduseleien.«

»Wirklich? Darauf wäre ich nie gekommen«, sagte sie sarkastisch. »Ich lasse mich gern verhätscheln.« Das stimmte gar nicht. Niemand hatte sie je verhätschelt, und an so etwas war sie überhaupt nicht gewöhnt. Aber unter diesen Umständen verspürte sie das Bedürfnis, ihn zu piesacken. »Ich nehme nicht an, dass du in Betracht ziehst, mich zu umarmen ... nein? Okay. Kein Problem.« Sie verbarg ihr Lächeln über seinen verärgerten Gesichtsausdruck, indem sie in ihrer Tasche nach dem Aspirin kramte. »Du musst schreckliche Kopfschmerzen haben. Hier, nimm ein paar davon.«

»Habe ich nicht.« Er warf ihr einen kurzen Blick zu, die Augen undurchdringlich, als sie das flache Päckchen wieder in die Tasche steckte. In seinem Kiefer zuckte ein Muskel, als er die abgetrennten Enden der Plastikhandschellen festhielt. Er hatte sehr große Hände, das war ihr vergangene Nacht bereits aufgefallen, aber aus der Nähe sah sie, dass seine Finger lang und beinahe elegant waren, wie die eines Pianisten.

Blinzelnd blickte sie ihm ins Gesicht. »Spielst du? Ich hatte ein paar Stunden, als ich klein war, aber meine Eltern haben fast schon vor mir das Interesse verloren. Ich war furchtbar ...«

»Wovon redest du eigentlich?« Sein Kopf drehte sich ein Stück, bevor er Augenkontakt herstellte.

»Hast du denn überhaupt keine Sozialkompetenz?«, fragte Acadia verärgert. »Wir stecken wegen *dir* in diesem Loch fest, wahrscheinlich sterben wir wegen *dir*. Du scheinst keinen realisierbaren Plan zu haben, der uns hier rausbringt, oder? Nein, anscheinend nicht ...«

»Was willst du denn von mir?« Seine Augen funkelten, und die Haut über seinen Wangenknochen spannte sich.

»Ich glaube, die Antwort ist ziemlich eindeutig. Mich lebend hier rausbringen.«

»Sehe ich wie ein beschissener Held aus?«

»Beschimpf mich nicht, bloß weil du Angst hast«, sagte Acadia wütend. »Du siehst wie ein Mann aus, dessen Geld und Position mich dahin gebracht haben, wo ich jetzt bin. Du siehst wie ein Mann aus, der keinen Plan hat. Und du siehst wie ein großer, starker Kerl aus, der in der Lage sein sollte, zehn betrunkene Guerillas auszutricksen, die halb schlafen. Es ist mir piepegal, ob du ein Held oder ein beknackter Antiheld bist. Hilf mir wenigstens, einen Plan auszuhecken, der funktioniert, bevor wir alle hier drin *sterben*.« Acadia stellte erstaunt fest, dass sie vor Wut raste, und, noch schlimmer, ihn anschrie.

Mit beträchtlicher Mühe senkte sie ihre Stimme. »Und das

Allermindeste, was du tun könntest, wäre, in unseren letzten Stunden auf dieser Erde in vollständigen Sätzen mit mir zu reden.« Sie boxte ihn gegen den Arm. Er hob die Augenbraue. Niemand war schockierter als sie. Sie hatte keine gewalttätige Faser in ihrem Körper. Zumindest hatte es keine gegeben, bevor sie Zakary Stark begegnet war, beinahe vergewaltigt, dann entführt und in eine Zelle mit einem einsilbigen Pazifisten gesteckt worden war.

Sie boxte ihn noch mal.

Er zuckte nicht mit der Wimper. »Fühlst du dich jetzt besser?«

»Wie alt bist du?«, fragte sie, und ihr Kiefer schmerzte vom heftigen Zähneknirschen.

»Warum?«

»Ich bin erstaunt, dass dich noch keiner, der größer und stärker ist als ich, umgebracht hat.«

Völlig unbeeindruckt starrte er nach draußen auf die Männer, die im Schatten saßen, tranken und Karten spielten. »Nicht aus Mangel an Versuchen.«

»Mein Vater hat mir siebzehn Arten beigebracht, einen Mann so umzubringen, dass es wie ein Unfall aussieht. Warum versuche ich es nicht einfach?«, bot sie ihm mit scheinbar liebenswürdigem Ton an. Ihr Herz raste wie verrückt, ihre Handflächen schwitzten. Sie hatte sich noch nie so vergessen wie jetzt. Noch nie. Der Mann war zum Aus-der-Haut-Fahren.

Die Soldaten immer noch im Auge, lehnte er sich mit einer Schulter an die Wand. »Was ist aus ihm geworden?«

»Er ist vor drei Monaten gestorben. In einem

fortgeschrittenen Stadium von Alzheimer. Glaub mir, ich habe den Großteil meines Lebens mit einem unkommunikativen, sozial inkompetenten Mann verbracht, aber du schießt den Vogel ab.«

»Redest du deswegen für zwei?«

Sie war so verängstigt, dass sie nicht wagte zu blinzeln, ihr war so heiß, dass sie jeden Tropfen Feuchtigkeit aus ihrem Körper ausschwitzte, und sie war so sauer auf Zakary Stark, dass sie Lust hatte, ihm persönlich Gewalt zuzufügen, bis er sie um Gnade anflehte.

»Wenn ich du wäre«, sagte Acadia zu ihm, und ihr Temperament sprudelte über, »wäre ich nett zu mir und würde mich *vielmals* entschuldigen. Ich habe Dinge bei mir, die dir und deinem Bruder die letzten paar Stunden eures Lebens zur Hölle machen können!«

Er streckte die Hand aus, griff nach ihrem Handgelenk, und eine Sekunde später hatte er ihr den Arm qualvoll hinter dem Rücken verdreht. »Ich kann mir von dir verdammt noch mal nehmen, was ich will, und danach brauche ich mir dein albernes Geschnatter nicht mehr anzuhören. Was halten Sie von diesem Vorschlag, Miss Gray?«

Er hielt sie noch einen Augenblick fest, dann schob er sie ziemlich unsanft außer Reichweite. Acadia rieb sich das Handgelenk, obwohl er ihr nicht weh getan hatte. Ihr Herz hämmerte schmerzhaft in ihrer Brust, und ihr Atem ging unregelmäßig. »Arschloch.«

»Miststück«, gab er emotionslos zurück, die Aufmerksamkeit auf die Szene draußen gerichtet. Plötzlich richtete er sich auf. »Gideon hat mir gerade das Zeichen gegeben. Wir knöpfen uns jetzt die Männer vor. Die Kombination aus Hitze und

Sauferei ... Während wir uns darum kümmern, bleibst du hier, damit ich weiß, wo ich dich finde.«

Als würde sie hier rumsitzen und warten, dass er sein Ding durchzog. »Ich bin schon auf halbem Weg nach Caracas, sobald du mir deinen Neandertaler-Rücken zudrehst«, fuhr sie ihn an.

»Sobald wir fertig sind, komme ich dich holen«, sagte er, als hätte sie kein Wort gesagt. »Wir fliehen in die Richtung, aus der wir gekommen sind. Folgen unserer eigenen Spur.«

Er war ein verdammter Diktator. Acadia wog die Umstände ab, spähte durch die Stäbe hindurch und versuchte einzuschätzen, was draußen passierte. Auf dem Platz wimmelte es vor uniformierten, bewaffneten Guerillas. Sie warf ihm einen finsteren Blick zu. »Wir drei sollen zehn bewaffnete Männer umlegen?«

»Wir *zwei* «, korrigierte er. »Die Alternative ist, dass *die* entscheiden, wann und wie etwas geschieht. Gideons Rippen sind angeknackst, wenn nicht gebrochen. Wir können nicht länger warten.«

»Ich stimme dir zu. Aber ich wäre wesentlich beruhigter, wenn wir einen schlüssigen Plan hätten, bevor ihr völlig unvorbereitet drauflosstürmt.« *Komm schon, Acadia, denk nach.* Er hatte sie vielleicht in diese Misere gebracht, aber sie war nicht bereit, ihr Leben darauf zu setzen, dass er sie sicher wieder hier rausbringen würde. Sie musste sich an diesem Fluchtplan beteiligen, wenn auch nur der Funken einer Hoffnung bestand, dass er funktionierte.

Für Stift und Papier hätte sie getötet, um ihre Gedanken niederschreiben und sehen zu können, ob es eine Fluchtmöglichkeit gab, bei der niemandem im Wegrennen in den Rücken geschossen wurde.

Sie ging im Kopf das Inventar ihrer Taschen durch, dann tastete sie an ihrer linken Wade hinunter, öffnete die Tasche dort und holte eine Flasche Augentropfen von *Visine* heraus. *Danke, ihr langweiligen Samstagabende vor dem Internet.* Sie hielt Zak die winzige Flasche hin. »Nimm die hier.«

Zak warf ihr einen dieser Blicke zu, die Männer seit der Zeit, als sie das Abendessen jagten, perfektioniert hatten, einen Blick, der sagte: *Ich habe Wichtigeres zu tun, Mädchen, nerv mich nicht!* Ungeduldig meinte Zak: »Ich brauche keine Augentropfen.«

»Wie fändest du es, wenn du diese Männer für mindestens sechs oder sieben Stunden außer Gefecht setzen könntest, ohne dass auch nur ein einziger Schuss abgefeuert wird?«

»Ganz offensichtlich lautet die Antwort: verdammt gut.«

»Dann gib das in die neue Flasche Was-auch-immer, die sie gerade aufgemacht haben«, wies sie ihn mit übertriebener Geduld an. *Also wirklich, las der Kerl denn gar nicht?* »Es verursacht in Wirklichkeit keinen Durchfall. Das ist ein weit verbreiteter Mythos. Aber der aktive Inhaltsstoff Tetryzolin hat wesentlich ernstere Folgen, wenn man ihn einnimmt.«

Er warf dem Fläschchen einen zweifelnden Blick zu. »Sicher, dass das funktioniert?«

»Die Atemschwierigkeiten werden ihnen ganz schön zu schaffen machen«, versicherte Acadia ihm. »Aber es verursacht auch schwere Kopfschmerzen, Muskelschwäche, Krämpfe und möglicherweise Koma.«

»Grundgütiger. Du bist eine gefährliche Frau, Acadia Gray.«

Sie schenkte ihm ein verruchtes Lächeln. »Das versuche ich dir schon den ganzen Tag klarzumachen.«

5

»Leg dich hin, als wärst du kurz davor, ohnmächtig zu werden.«

»Das ist gar nicht so weit von der Wahrheit entfernt.« Acadia durchquerte die kleine Zelle, um sich folgsam auf der dreckigen Steinplatte auszustrecken, und positionierte die Plastikhandschellen so, dass es aussah, als sei sie immer noch gefesselt. Ihr Herz hämmerte vor Angst und auch vor Erwartung, und sie versuchte, ihre Muskeln zu entspannen.

»Okay. Hab Gid vorgewarnt. Entspann dich. Du siehst aus wie einbalsamiert«, sagte Zak trocken und rückte die Handschellen an seinen eigenen Handgelenken zurecht. »Ich will, dass du ohnmächtig aussiehst, nicht tot.«

Ein paar Herzschläge lang durchzuckte sie wie ein Stromstoß das Bewusstsein, dass sein gieriger Blick wie die Liebkosung besitzergreifender Hände über ihren Körper wanderte.

Dachte er an die vergangene Nacht? Offensichtlich nicht. Nach seinem grimmigen Gesicht zu urteilen schien Sex das Letzte zu sein, was er im Sinn hatte. *Reiß dich zusammen, Acadia.*

Sie schloss die Augen und erschlaffte. »Besser?« Es war schwer, ihren unsteten Atem zu regulieren. Angst. Es war Angst. Und die Bilder von ... Sie hielt die Luft an, bis sie dachte, dass sie vielleicht, ganz vielleicht, einatmen konnte, ohne von Erinnerungen daran überflutet zu werden, was diese Hände alles tun konnten.

Unberührt von der greifbaren sexuellen Spannung, die sie zwischen ihnen spürte, schrie Zak durch die Stäbe hindurch. »Hey! Hierher. Die Frau ist ohnmächtig geworden, sie braucht Wasser! Schnell!« Die Panik in seiner Stimme war erstaunlich. Der Mann war ein guter Schauspieler. »Sie rührt sich nicht!« Dann mit leiserer Stimme. »Fünf. Vier. Drei. Zwei.«

Um ihre Lippen zuckte es. Er war so verdammt anmaßend und selbstsicher, absolut überzeugt, dass alles nach seinem Plan verlaufen würde. Bis auf die Tatsache, dass es *ihr* Plan gewesen war. Sie würde ihn daran erinnern. Wenn sie lebend hier rauskamen.

Die Stimmen kamen näher, Spanisch, zu schnell, um es zu übersetzen. Sie widerstand dem Drang, sich zu versteifen, blieb wie verwelkt liegen und wappnete sich für eine Konfrontation.

Die Art, wie Zak und Gideon eine Ablenkung aus dem Ärmel schüttelten, ohne auch nur ein Wort zu sprechen, zeigte, dass sie schon öfter in der Klemme gesteckt und es überlebt hatten. Dass sie Brüder waren, begünstigte das noch, aber Acadia spürte noch eine tiefere Verbundenheit als diese. Sie vertrauten einander vorbehaltlos.

Sie konnte nicht nachvollziehen, wie sich so etwas anfühlte. Sie hatte nie jemanden gehabt, auf den sie sich verlassen konnte, außer auf sich selbst.

Zak rief wieder nach den Wächtern und drängte sie zur Eile. Acadia hörte ihre leicht gelallten Kommentare, während sie sich dem Verschlag näherten. Sie waren bereits angetrunken. Aber trotzdem witterten sie eine Falle.

Es war schwer zu sagen, wie viele Männer sich drinnen versammelten. Nach den Geräuschen und dem Geruch zu urteilen, eine ganze Horde. Der Gestank war penetrant.

»Sie braucht Wasser und medizinische Versorgung«, sagte Zak zu ihnen und ließ seine Stimme ausklingen. Die unausgesprochenen Worte, die diesen Satz beendeten, waren klar, *oder wollt ihr, dass sie stirbt?* Das war selbst für diese Männer überflüssig.

Die Guerillas diskutierten die Situation in maschinengewehrartigem Spanisch. Gerade hatten sie ausgeplaudert, dass Loida Piñero vor Einbruch der Dunkelheit zurück und ziemlich sauer sein würde. Gott, wenn sie nur wenige Stunden länger hiermit gewartet hätten ...

Sie spähte durch den Vorhang ihrer Wimpern, als einer der Zwillinge – Goldzahn – ihr sehr nah kam und sich über sie beugte. Acadia roch den durchdringend säuerlichen Körpergestank schon, bevor sie seine Stiefel auf dem Boden hörte. Sein Atem, feucht und übelriechend, waberte über ihr Gesicht, und sie musste sich ihre kurzen Nägel in die Taille bohren, um nicht zu würgen. *Beeil dich, Zak.*

In ihrem streifenhaften Blickfeld konnte sie sehen, wie Zak hinter die Männer trat, als mache er ihnen Platz. Sie öffnete flatternd die Augen ganz und flüsterte schwach: »*N-necesito a-agua, por favor.*«

Sie entdeckte einen silbrigen Schimmer an dem dreckigen Hals des Soldaten und erkannte die Kette ihres Medaillons des heiligen Christophorus. Acadia hätte am liebsten die Hand danach ausgestreckt und es ihm entrissen, und es kostete sie ihre ganze Kraft, sich zu beherrschen. Medaillon und Kette waren das letzte Geschenk ihres Vaters gewesen, bevor er ihren Namen vergessen hatte. Lachend hatte er es ihr um den Hals gelegt und gesagt: »Damit du sicher zu all den aufregenden Orten reisen kannst, über die du immer liest, Cady-Schatz.«

Gott. Sie wollte ihr Medaillon zurück. Sofort.

Aber anstatt hochzuschnellen und ihren ganzen Fluchtplan zu durchkreuzen, richtete Acadia ihre Aufmerksamkeit darauf, was direkt vor der Tür geschah.

Durch eine schmale Lücke zwischen den Männern erblickte sie Zak und seinen Bruder. Dann war Gideon weg. Vor Erleichterung atmete sie zitternd aus. Fast geschafft. Der Soldat, der ihre Kette trug, klatschte ihr auf die Wangen, und sie schlug die Augen ganz auf, damit er ihr nicht den Kiefer brach.

Er machte Anstalten, sich von ihr abzuwenden, daher schnappte Acadia nach Luft und brach in ersticktes Husten aus, damit er sich wieder auf sie konzentrierte und nicht merkte, dass Zak gerade zurück in die Hütte schlüpfte.

Sie hätte vor Erleichterung heulen können, als Zak mit kompromissloser und verärgerter Stimme sagte: »Ihre Anführerin wird sich ziemlich aufregen, wenn sie hört, dass Sie sich nicht daran gehalten haben, was sie Ihnen gesagt hat. Jeder von uns ist für sie zwanzig Millionen Dollar wert. Wer von Ihnen wird ihr erzählen, dass eine Gefangene gestorben ist, weil Sie sich nicht an ihre Anweisungen gehalten haben?«

Die Männer schwiegen und tauschten alkoholisierte Blicke aus.

Zak gestikulierte mit seinen scheinbar gefesselten Händen.

»Wenn das während Ihrer Wache geschieht, wird es nicht damit getan sein, dass sie Ihnen in den Hintern tritt. Sie hat Ihnen schon vor einer Stunde gesagt, dass Sie uns Wasser bringen sollen. Tun Sie es endlich.«

Acadia streckte die Hand aus und ließ sie dann schwach wieder sinken. »*Por favor, señor. Agua.*«

Die Männer gingen und schlossen die mickrige Tür hinter sich.

Acadia setzte sich in den Schneidersitz und stützte die Ellenbogen auf den Knien ab. Sie starrte mit leerem Blick auf ihre Hände, während ihre Gedanken rasten.

Sie hatten ihr das Medaillon im Hotel abgenommen. Schön und gut, sie hatte sich zwar damit abgefunden, es nie wiederzusehen. Aber jetzt *hatte* sie es gesehen, und sie wollte es verdammt noch mal zurück. Sie hoffte, die Augentropfen wirkten bei Goldzahn zuerst. Und am stärksten.

Das einzige Problem, das sie jetzt hatte, war ihr plötzlicher, unstillbarer Wunsch nach Wasser. Sie hatte so viel Aufhebens darum gemacht, Wasser zu bekommen, dass sie jetzt an nichts anderes mehr denken konnte. Sie hatte sich geweigert, ihren ausgetrockneten Mund und den Durst wahrzunehmen, der sie seit den frühen Morgenstunden geplagt hatte, aber jetzt füllte die Möglichkeit, ihren Durst zu stillen, ihr ganzes Hirn aus.

Würden die Männer sich selbst vergiften, bevor sie ihr Wasser brachten? Sie hoffte es nicht.

»Piñero kommt heute Abend noch zurück.« Sie wandte sich an Zaks breiten Rücken. Auf seinem blauen Hemd bildeten sich Schweißflecken, und sein dunkles Haar kräuselte sich an seinem starken, gebräunten Hals. Es kam ihr wie eine Ewigkeit vor, seit sie seinen empfindlichen Nacken geküsst hatte. Lachend hatte er sie herumgedreht und sie im Gegenzug leicht gebissen, und seine starken weißen Zähne waren über ihre sensible Haut zwischen Nacken und Schultern gefahren und ...

»Ich hö...« Er runzelte die Stirn, und seine Stimme wurde rau. »Sieh mich nicht so an.«

Oje, er hatte sich genau rechtzeitig umgedreht, um ihren lüsternen Blick zu erhaschen. Ihre Wangen wurden noch heißer. Sie blinzelte, um ihn scharf sehen zu können. Großes, unglückliches Mannsbild. Sie atmete tief und hörbar ein. »Vielleicht sollten wir uns zwischen den Bäumen verstecken, bis sie zurück ins Lager kommt«, flüsterte sie. »Den Van nehmen ...«

Zak wandte sich wieder zur Tür. »Es sei denn, sie verspätet sich oder überlegt es sich anders. Wir brauchen Tageslicht, damit das funktioniert.«

»Wir brauchen ein *Transportmittel* , damit das funktioniert«, sagte Acadia, verärgert über ihn, weil er glaubte, die Führung zu haben, und über sich, weil sie vergessen hatte, dass sie ihn nicht leiden konnte.

Stockholm-Syndrom, sagte sie voller Überzeugung zu sich. Das Opfer entwickelte Sympathie für seinen Geiselnehmer, das war das Einzige, das einen Sinn ergab. War es das richtige Syndrom? Technisch gesehen war Zak ja nicht ihr Entführer, sondern ... zum Teufel, sie würde jede Ausrede für ihre unerklärliche Reaktion auf ihn akzeptieren.

»Wer hat dich eigentlich zu meinem Chef erklärt?«, fragte sie. »Ich kann mich nicht erinnern, meine Stimme abgegeben zu haben. Und nur als kleine Auffrischung, *ich* war diejenige, die deine Wunden gesäubert hat, als du bewusstlos warst, deinem

Bruder Aspirin gegen seine Kopfschmerzen gegeben hat, das Werkzeug hatte, um unsere Handschellen durchzuschneiden, *und* die uns die Möglichkeit verschafft hat, all diese Männer außer Gefecht zu setzen, ohne einen einzigen Schuss abzufeuern.«

Er warf einen Blick über die Schulter und sah sie kalt, abschätzig und arrogant an. »Falls das überhaupt funktioniert.« Er drehte sich wieder um und sah nach draußen, die langen, eleganten Finger um die Stäbe geklammert. »Schön. Dann stimmen wir eben ab. Wir drücken die Daumen, dass dein Vergiftungsplan die Guerillas schachmatt setzt. Wir folgen unserer Spur von hier weg *und* halten uns da auf, wo wir angekommen sind, bis Piñero zurückkehrt.«

»Das hat meine Stimme.«

Es war, als teste er sie, was sie noch mehr aufregte, wenn man bedachte, dass sie diejenige gewesen war, die in dieser vertrackten Situation die Ideen gehabt hatte. »Wir folgen ihren Spuren und fahren in die nächste Stadt.«

»Auf der Straße?«, fragte er mit leicht spöttischem Ton.

»Ja.«

»Am helllichten Tag?« Diesmal war sein Sarkasmus klar und deutlich herauszuhören, und ihre Temperatur schoss aus einem ganz anderen Grund in die Höhe.

»Es ist noch nicht ausgereift«, sagte sie durch die Zähne. »Aber, ja, warum nicht?«

»Weil mehr als die Hälfte der Bevölkerung in dieser Gegend auf die eine oder andere Art kriminell ist. Weil drei Amerikaner, darunter eine blauäugige *Blondine* und ein *Verletzter* , sich genauso gut Zielscheiben auf den Rücken pappen könnten. Weil wir keine Ahnung haben, wo zum Geier das nächste Dorf ist, und Piñero direkt hinter uns herfahren könnte und das nächste Mal, wenn sie uns entführt, nicht mehr so nett zu uns sein wird. Sind das genug Gründe für dich?«

Sie ließ sich zurück an die Wand sinken und fühlte sich wie ein Ballon, aus dem jemand die Luft gelassen hatte. »Wir folgen also nicht der Straße?«

»Hast du denn eine Straße *gesehen* ?«

»Nein, aber wir sind, zumindest teilweise, auf einer befestigten Straße hergekommen. Ich glaube, ich kann mich noch an die Abbiegungen erinnern ...«

»*Oder* «, unterbrach Zak sie, »dein teuflischer Plan funktioniert, die Männer sind außer Gefecht, und wir machen einen kleinen Spaziergang durch den Dschungel, bis wir auf den Fluss treffen. Mieten uns ein Boot und essen heute Abend Steak in Caracas. Sag mir Bescheid, wenn du bereit bist, deine Stimme abzugeben.«

Allmählich begann sie, ihn wirklich zu hassen. »Wie weit ist es denn bis zum Fluss? Weißt du überhaupt, in welcher Richtung er liegt? Und was, wenn es ein richtig langer Spaziergang ist?«

»*Laufen* wird uns nicht umbringen. Was nachts da draußen auf Jagd geht, schon. Wir haben ein schmales Zeitfenster bis zur Dunkelheit. Leg dich hin, sie kommen wieder.«

Kochend vor Wut streckte Acadia sich auf der Steinplatte aus. Sie machte sich nicht die Mühe, die Augen zu schließen. Jedes Mal, wenn sie dachte, dass Zakary Stark ein ganz netter Kerl wäre, machte oder sagte er irgendwas Widerliches, was sie wieder umstimmte. Die Tatsache, dass er auf die verschiedensten Arten sexy war und sie anmachte, ohne es zu wollen, setzte dem Ganzen die Krone auf.

Goldzahn schob Zak einen Plastikbecher durch die Stäbe. Er machte eine plumpe Andeutung, die Acadia nur ansatzweise verstand, doch ihr ganzer Körper errötete vor Demütigung.

Ein dickes, fettes Steak, dazu etwa vier Liter Eiswasser, in Caracas und *allein* klang von Minute zu Minute verlockender.

Die Guerillas fielen um wie die Fliegen, was Zak wirklich überraschte. Er hätte gedacht, dass das mit den Augentropfen eine Legende wäre, aber, verflucht noch mal, es funktionierte.

Gideon hatte den ganzen Behälter in die neue Flasche Rum ihrer Wächter geleert, und innerhalb einer Stunde kotzten sich die meisten von ihnen die Seele aus dem Leib, zwei waren bewusstlos, und der Rest wirkte verwirrt und lethargisch, als sie in die Büsche stolperten und sich die Bäuche hielten. Ein Schlag ohne Blutvergießen.

»Ich kann dir was von dem Zeug in deinen Taschen abnehmen, damit du es leichter hast«, bot Zak an und blickte Acadia über die Schulter hinweg an.

Sie warf ihm einen kühlen Blick zu. »Das Gewicht ist gleichmäßig verteilt.« Die Frau wechselte im Handumdrehen von heiß zu kalt und wieder zurück. Er versuchte gar nicht erst, sie zu kapieren. Die Art, wie sie ihr Haar hochgebunden hatte, ließ sie aussehen wie das sexy Mädchen von nebenan.

Das war, wie jeder echte Mann wusste, der gefährlichste und aufreibendste Typ Frau. Er wandte sich von ihrer zarten Haut und dem betäubenden Jasminduft ab.

Blaues Halstuch versuchte, seinem Bruder Wasser zu geben.

Was misslang. Goldzahn konnte den Becher nicht halten. Das Wasser schwappte zu seinen Füßen ins Gras. Blaues Halstuch ging wieder zurück. »Sei nicht so verdammt stur«, sagte Zak zu Acadia, während er dem letzten Widerständler mit den Augen folgte, der jetzt mit der fast leeren Rumflasche in der Hand zu seinem Zwillingsbruder zurückkehrte. *Mach sie leer, Arschloch.* »Du wirst rennen müssen.«

»Das werde ich. Und wie lange noch?«

Mannomann. »Blaues Halstuch ist der letzte standhafte Zinnsoldat. Er hat nicht so viel getrunken wie die anderen. Wir geben ihm noch fünfzehn Minuten, um aufzuholen.«

Sie legte sich hin und schloss die Augen. »Weck mich, wenn wir los müssen.«

Sie machte ein Nickerchen? *Jetzt?* Na ja, zumindest würde sie für eine Weile die Klappe halten.

Zak kehrte wieder an seinen Posten zurück, um zu beobachten, was draußen vor sich ging. Goldzahn war bewusstlos. Sein Zwillingsbruder trank den restlichen Rum auf ex und blickte sich um, sichtlich besorgt und völlig verwirrt. Ein Mann stolperte zwischen den Bäumen hervor, schaffte es zwei Meter weit und brach zusammen.

Zak wusste, in welche Richtung sie ganz bestimmt nicht gehen würden: in die des Eingangs, den die Guerillas als ihre Toilette auserkoren hatten.

Blaues Halstuch lehnte sich an das Küchenhaus und hielt sich den Bauch. Er rief nach Hilfe, aber alle hatten ihre eigenen Probleme. Die Uzi rutschte ihm von der Schulter, als er sich nach vorn beugte, um sich zu übergeben.

»Gehen wir.«

Acadia sprang auf die Beine wie ein batteriebetriebenes Duracell-Häschen. »Wird auch Zeit.«

Zak trat die Tür auf und gab Gideon ein Zeichen, der dasselbe tat. Ein paar der Männer blickten sie trübe an, als sie an ihnen vorbeiliefen und dann über die Lichtung rannten. Einer machte sogar einen schwachen Versuch, nach seiner Waffe zu greifen, aber das war auch schon der Höhepunkt ihres Vorgehens gegen die Flüchtigen.

Wunder aller Wunder, Acadias Plan hatte funktioniert.

Im Rennen schnappte Zak sich eine Machete von einem Kerl, eine Uzi von einem anderen und mehrere Ladestreifen mit Patronen und ein halbes Dutzend Paar Plastikhandschellen von einem dritten, dann joggte er zu den Zwillingen hinüber, die nebeneinander auf dem Boden ausgestreckt lagen. Zak löste das Edelstahlarmband seiner Uhr von Blauem Halstuchs dürrem Handgelenk und befestigte es rasch an seinem. Der Mann blickte mit schmerzerfüllten Augen zu ihm auf, dann drehte er den Kopf weg und übergab sich.

»Rache ist süß«, sagte Zak zu ihm, nicht ohne ein beträchtliches Gefühl der Befriedigung dabei zu verspüren. Rasch stieg er über den kraftlosen, zuckenden Körper des Mannes, packte den anderen Zwilling bei den Haaren, um das leblose Gewicht seines Kopfes zu heben, zog ihm die Silberkette ab, die er vorhin am Hals des Mistkerls entdeckt hatte, und ließ Goldzahns Kopf wieder auf den Boden zurückfallen.

Er stopfte sich die lange Kette mit dem Medaillon in die Brusttasche, wo sie sicher war.

Sie hätte sich lieber einen fleißigeren Schutzpatron aussuchen sollen. Bisher hatte der gute alte Christophorus ihr alles andere als eine sichere Reise beschert. Das Problem, wenn man sich auf jemanden oder etwas verließ, war, dass sie einen letztendlich im Stich ließen. Heiliger oder Mensch, sie alle machten verdammt noch mal Fehler. Manche mehr, manche weniger.

Außer Gideon, sein Bruder war immer für ihn da gewesen, und auf gar keinen Fall würde Zak ihn in diesem Drecksloch sterben lassen. Nicht, dass eine zerstörte Rippe ein Todesurteil war, dachte er grimmig, aber Zak wollte ganz sichergehen, dass das heute die schlimmste Verletzung blieb.

Er lief zum Waldrand hinüber und gesellte sich zu seinem Bruder und Acadia.

Acadia, deren frecher Pferdeschwanz hin- und herschaukelte, trug den Riemen einer Uzi quer über die Schulter geschlungen. Einen unpassenderen Anblick hatte Zak noch nie gesehen, außer im Film: eine sexy Blondine, die eine Automatik trug wie ein Modeaccessoire. Gideon war auch zwischen den sich windenden Körpern shoppen gegangen. Er war schwer beladen mit einer Machete, einer Uzi, und Gott allein wusste, womit sonst noch. Zak grinste ihn an und deutete mit einem Ruck seines Kinns an, dass sie sich in Bewegung setzen sollten.

Mit Acadia in ihrer Mitte rannten sie in den Schutz der Bäume und des dichten Laubwerks. Er und Gideon hatten beschlossen, dass sie hier in den Dschungel vordringen, die Lichtung umrunden und ihre Route in Richtung Fluss starten würden, mehrere Hundert Meter weit weg von ihrem Ausgangspunkt.

Sie hackten nur so viel auf das Buschwerk ein, wie es unbedingt nötig war, ansonsten schoben sie es lieber beiseite oder krabbelten hindurch, um so wenig Spuren wie möglich zu hinterlassen. Selbst ein mittelmäßiger Spurenleser würde herausfinden, in welche Richtung sie gegangen waren, aber in den nächsten paar Stunden würde niemand aus dem Lager in der Lage sein, ihnen zu folgen. Und bis dahin würde sich der Dschungel wieder verdichtet und ihren Durchgang vertuscht haben. So zumindest ihre Theorie. Zak hoffte natürlich inständig, dass sie richtiglagen.

Acadia hatte ihren Ärger überraschend schnell überwunden. Jennifer hatte es immer fertiggebracht, ihren Groll tagelang, manchmal sogar wochenlang zu hegen.

Gideon hatte die Führung übernommen, Acadia war in der Mitte, Zak hinten. Was ihm die perfekte Möglichkeit bot, ihren kurvenreichen Hintern vor sich hin- und herschwingen zu sehen.

Verdammt.

Er hatte eine lebhafte Erinnerung vor Augen, wie er seine Wange auf dem zarten, festen Kissen ihres Pos gerieben hatte, bevor er sie herumdrehte, um sein Gesicht an der duftenden Wölbung ihres Bauchs zu vergraben, und sie dann …

Er hatte seit Jennifer mit anderen Frauen geschlafen, aber er war noch nie *so* abgelenkt durch ihre bloße Anwesenheit gewesen. Er fiel zurück und ließ das Gemurmel von Gideons Stimme und Acadias leisen Antworten im Dschungel vor sich verklingen.

Zak war wieder zurückgefallen und ließ sie vorgehen. Acadia wusste, dass er zwei Schritte lief, wenn sie einen machten, weil er umherkreiste, um sicherzugehen, dass ihnen niemand folgte.

Sie legte einen Zahn zu, um Gideon einzuholen, der die gewaltige Machete schwang, um einen Pfad frei zu machen.

Ihr war leicht übel, und sie presste sich im Laufen eine Hand auf ihren rumorenden Magen. Die Nerven, Stress, Hitze. Zu viel Action. Kein Essen ... Die Liste nahm kein Ende. Aber da die beiden Männer in genau demselben Boot saßen, schlimmer noch, weil sie beide verletzt waren, zickte sie nicht herum. Jetzt, wo sie in relativer Sicherheit waren – so sicher wie menschliche Wesen im natürlichen Lebensraum von Tieren eben sein konnten –, versickerte der Adrenalinüberschuss allmählich. Sie kam fast um vor Durst, und für literweise eiskalte Cola light hätte sie töten können. Gideon zog einen großen Ast weg, den er gerade abgetrennt hatte, und eine Spinne mit langen, dünnen Beinen und schwarzem, haarigen Körper machte förmlich einen Satz auf sein Hemd. Er wischte sie weg, kaum dass er sie eines Blickes würdigte. Sie hielt es für unangebracht, ihn darauf hinzuweisen, dass es sich um eine aggressive und hochgiftige brasilianische Wanderspinne handelte. Acadia erschauderte, als er einen großen Schritt über sie hinweg machte, während sie ins Dickicht krabbelte.

»Das *Visine* -Zeug ist ja echt der Hammer«, sagte Gideon leise zu ihr. »Du bist ein Quell an nützlichen Informationen.«

»Ich bin Filialleiterin bei *Jim's Sporting Goods* . Es hilft, die Fristen für Garantien im Kopf zu behalten, die Warenbestände, und wann man wieder bestellen muss und welche Rechnungen ...« Sie unterbrach sich, als sie merkte, dass sie abschweifte. »Jedenfalls ist mein gutes Gedächtnis meine Geheimwaffe. Das und organisiert zu sein bis zum Gehtnichtmehr.«

»Tja, wärst du es nicht, wären wir jetzt nicht hier. Ich danke Gott für dein Organisationstalent, Jennifer hätte ...«

»Jennifer? Zaks Frau? Wie war sie?« Acadia warf einen Blick

über die Schulter, um sicherzugehen, dass Zak nicht hinter ihr war.

»Schön, furchtlos und ... Himmel, diese Frau ging an Orte, wo sich ausgewachsene Männer nicht hintrauten.« Gideon machte eine Pause. »Außerdem war sie völlig gestört.«

Armer Zak. »Geisteskrank? Oder einfach nur ... du weißt schon?«

»Soweit ich weiß, gab es keine medizinische Diagnose«, räumte Zaks Bruder ein, während er unsanft ein dichtes Geflecht aus Schlingpflanzen beiseiteschob, das ihnen im Weg hing. »Aber sie war laut, theatralisch und eine notorische Lügnerin. Man wusste nie, ob sie spielte oder nicht, so gut konnte sie Blödsinn verzapfen. Ich bin noch nie in meinem Leben einer selbstsüchtigeren, eigennützigeren Frau begegnet. Jennifer war nicht nur furchtlos, sie war rücksichtslos, und sie gefährdete jeden, der dumm genug war, zu versuchen, sie vor sich selbst zu beschützen.« Er machte eine kurze Pause und atmete schwer, als er mehr Muskelkraft anwenden musste, um einen großen Ast zu durchtrennen. »Zak hat das alles nie gesehen. Aus irgendeinem unerklärlichen Grund war sie die Liebe seines Lebens. Ich hab's nie verstanden.«

Acadia half ihm dabei, die Äste aus dem Weg zu räumen, die er abgeschnitten hatte. »Du konntest sie nicht leiden.« Sie stellte fest, was offensichtlich war. Zak tat ihr leid, denn selbst wenn er seine Frau noch so sehr geliebt hatte, konnte es mit so jemandem nicht einfach gewesen sein.

»Ich konnte Zak nicht leiden, wenn er mit ihr zusammen war. Er ...« Er hörte abrupt auf zu reden. Sein schulterlanges dunkles Haar blieb an einem Ast hängen, als er sich umdrehte und ihr seine sehr weißen Zähne zeigte. Aber er blickte hinter sie. »Alles klar dahinten, Zak-Attack?«

Zak legte sich einen Finger auf die Lippen und gab Gideon ein Zeichen, weiterzugehen und die Lautstärke ihrer Unterhaltung runterzuschrauben. Acadia sprach zwar kein Starkesisch, aber das brauchte sie auch nicht. Jemand war hinter ihnen.

Deswegen hatte Zak darauf bestanden, dass sein Bruder voranging. Da Gideon verletzt war, hätte er sich mit voller Absicht zwischen sie und jeden gestellt, der hinter ihnen auftauchte. Na gut, vielleicht wollte er kein Held sein, aber er passte auf seinen Bruder auf.

Trotz seines beißenden Sarkasmus besserte dieses Wissen ihre Meinung über seinen Charakter ein bisschen auf. Dass er die Liebe seines Lebens verloren hatte, war wirklich traurig. Gideon hatte Zaks Frau vielleicht nicht gemocht, aber die Brüder waren sich offensichtlich sehr nahe. Sie passten aufeinander auf. Kümmerten sich umeinander. Wie es in einer Familie sein sollte.

Wie es ihre Familie auch getan hatte, bevor alles den Bach runtergegangen war.

Sie hatte sich immer Geschwister gewünscht. Einen Bruder vielleicht, wie Gideon. Staff Sergeant Dad hätte gern einen Sohn gehabt, statt der absolut mädchenhaften Tochter, die null Interesse am Überleben in der Wildnis oder am Kampftraining hatte. Obwohl, wenn sie darüber nachdachte, wären beide Fertigkeiten im Moment sehr hilfreich.

Gideon ergriff ihren Arm und zog sie hinter sich her, wobei er noch schneller mit der Machete um sich schlug. »Dann weißt du also alles über Sportausrüstung und Camping?« Er sprach mit leiser Stimme, aber da ihr die Frage blödsinnig vorkam, vermutete Acadia, dass es seine Absicht war, Zak Zeit zu geben, hinter die Verfolger zurückzufallen, wer immer die waren.

»Das sollte ich. Ich arbeite in dem Geschäft seit der Junior High.« Sie senkte die Stimme, bis es kaum noch ein Flüstern war. »Bist du sicher, dass wir uns unterhalten sollten?«

»Die haben uns sowieso schon gehört«, flüsterte Gideon zurück. »Wenn wir aufhören, wissen sie, dass wir sie bemerkt haben. Rede weiter, Zak wird sich schon um sie kümmern.«

»Für jemanden, der behauptet, kein Held zu sein, spielt er ihn ziemlich gut.« Wie viele Männer waren dahinten? War Piñero früher zurückgekehrt und hatte ihre Männer auf dem Boden liegend und die Zellen leer vorgefunden? Acadias Adrenalinspiegel stieg rasant an. Zak war ganz allein dahinten ...

Gideon schlug auf die dichte Vegetation ein, und an der Klinge klebte der Saft des Dschungels. »Vor ein paar Jahren gab es einen ... Vorfall. Er will nicht mehr, dass irgendjemand auf ihn angewiesen ist.«

»Seine Frau wurde in Haiti getötet, richtig?«

So gern sie auch alles über Zakary Stark und darüber, was ihn zu dem Mann gemacht hatte, der er war, hören wollte – verdammt, genauso gern wollte sie alles hören, was sie von diesem Schlamassel ablenkte. Ihre Ohren lauschten den Geräuschen um sie herum. Das Rascheln der Blätter, das Kratzen von Krallen auf Baumrinde, wenn kleine Tiere in der Nähe vorbeihuschten und mit großen Augen ihr Vorübergehen verfolgten.

In der Erwartung, den Krach von Automatikfeuer hinter sich zu hören, wappnete sich jede Zelle ihres ausgelaugten Körpers für den Einschlag einer Kugel in ihrem Rücken. »Sie war Kriegskorrespondentin bei CNN, stimmt's?«, fuhr sie fort und schob ein wirres Geflecht blättriger Kletterpflanzen wie einen Vorhang beiseite.

»Sie nahm unnötige Risiken auf sich ... Aber wenn du was wissen willst, frag Zak. Er war der Jennifer-Stark-Experte.«

Acadia war nicht Zaks Typ. Gideon brauchte die Worte nicht laut auszusprechen, die Botschaft kam auch so bei ihr an. Er hob die Hand und blieb stehen. *Gott sei Dank.*

Es schien sowieso nicht richtig zu sein, auf der Flucht mitten im Dschungel über die tote Frau seines One-Night-Stands zu sprechen. Und vielleicht auch sonst nicht. Sie hob die Hand und schob eine weitere dicke, grüne Schlingpflanze beiseite, doch diese bäumte sich auf, blickte ihr in die Augen, öffnete dann ihren gelben Mund und züngelte sie an.

»Ich warte hier«, flüsterte Acadia, nachdem sie einen Satz zurück gemacht hatte, sich ans Herz fasste und es schaffte, wieder zu Atem zu kommen. Ihr Herz raste vor Angst. Obwohl es ihr ganz und gar nicht gefiel, allein zurückgelassen zu werden, sagte sie leise: »Geh zurück und hilf ihm.«

Sie stampfte mit den Füßen auf, als eine wuselige Armee roter Ameisen einen organisierten Marsch über ihre Stiefelspitze begann.

»Er braucht keine Hilfe, Schätzchen. Zak kommt sehr gut alleine klar.«

»Aber warum sollte er, wenn wir doch da sind?«, fragte sie besonnen und kratzte die letzten vier anhänglichen Ameisen mit einem Blatt von ihrem Stiefel.

»Weißt du, wie man die benutzt?«, fragte er mit sehr leiser

Stimme. Sie blickte von ihren Füßen auf und sah, dass er die Uzi meinte, die sie über der Schulter trug. »Die kann ziemlich widerborstig sein.« Ohne auf eine Antwort zu warten, zog Gideon eine der Handfeuerwaffen aus seinem Gürtel. »Weißt du, wie man die benutzt?«

Acadia nahm die Pistole an. Ihr Vater hatte sie immer mit zum Schießstand nehmen wollen, aber es war nie dazu gekommen. Und es war eine Sache, einem Kunden im Geschäft die Eigenschaften einer Pistole zu zeigen, aber eine ganz andere, jemanden kaltblütig zu erschießen. Sie schluckte schwer. »Ich bin ein Crack im Schießen«, log sie wie gedruckt. In diesem Moment reichte *theoretisch* vollkommen aus, und sie dachte sich, genügend Motivation würde ihr dabei helfen, ordentlich zu zielen. »Los.«

Er streckte die Hand aus und entsicherte die Waffe, dann hob er den Lauf mithilfe der Klinge seiner Machete auf Brusthöhe an. »Nicht auf Zak oder mich. Zielen und abdrücken.« In der einen Sekunde war er noch neben ihr, in der nächsten deutete nur noch die Bewegung des Laubs darauf hin, dass er überhaupt da gewesen war.

Unentschlossen blieb Acadia einige Minuten wie angewurzelt stehen. Sie spitzte die Ohren und ihre Handflächen wurden feucht. Jedes Knacken zurückschnellender Äste, jedes Flüstern sich bewegenden Laubs, selbst ihr eigener Herzschlag formten sich in ihr zu einem glitschigen Knoten aus Paranoia und Angst.

Eine fünfzehn Zentimeter große, smaragdgrüne Eidechse beobachtete sie von einem nah gelegenen Ast aus. Die roten Ameisen marschierten in einer breiten, serpentinenförmigen Bahn einen Baumstamm in der Nähe hinauf. Ein Vogel schrie. Blätter raschelten, als irgendein kleines, unsichtbares Tier vorbei – und um hervorragende Wurzeln herum rannte.

Es klang nach ... Natur.

Keine Stimmen. Keine Schüsse.

Oh, Gott. Acadia blieb fast das Herz stehen. Waren Zak und Gideon tot? Die Einheimischen mussten Methoden kennen, ihre Opfer geräuschlos umzubringen. Bei dem bloßen Gedanken, dass die beiden Männer tot sein könnten und sie ganz allein und weit und breit niemand als vergewaltigende, plündernde Guerillas, lief es ihr eiskalt den Rücken runter. Und der kleine verängstigte Teil ihres Gehirns wollte schreien: *Und was ist mit mir?*

Denn in diesem gewaltigen Grün *allein* zu sein, erschreckte sie, und ihre Panik wurde von Sekunde zu Sekunde größer.

Hierbleiben? Weggehen?

Sie hob die Pistole und folgte vorsichtig dem Pfad abgehackter Äste zurück, den sie gekommen waren, kämpfte gegen die Vorstellung wilder Raubkatzen an oder – wahrscheinlich noch schlimmer – schwitzender Guerillas hinter jedem Busch.

Auf halbem Weg kam ihr Zak entgegen, hinter ihm Gideon. Die Erleichterung, die sie verspürte, als sie die beiden Männer erblickte, war grenzenlos. Sie suchte Zaks Gesicht und Körper nach irgendwelchen Anzeichen einer Verletzung ab. Abgesehen von dem blauen Fleck auf seiner Schläfe sah er immer noch aus wie derselbe launische, heiße und verschwitzte, geistesabwesende Typ. Und, Gott mochte ihr beistehen, unglaublich sexy. Er hatte sein Hemd ausgezogen und es sich in den Hosenbund gestopft. Schweiß lief ihm die breite Brust hinunter und funkelte wie Diamanten in seinem Brusthaar, das sich zu einer Linie verschmälerte in Richtung ...

Acadia zwang sich, wieder in sein Gesicht zu blicken. »Was war denn los?«

»Nur ein Jaguar.«

Sie atmete geräuschvoll aus. »Oh, wenn du doch nur das Auto meinen würdest und nicht irgendein ausgehungertes wildes Tier, das in uns einen potenziellen Imbiss sieht.«

Gideon konnte sein Lächeln kaum verbergen. »Sie war bloß neugierig. Hatte mehr Angst vor uns als umgekehrt.«

Acadia atmete noch mal tief ein, ihr Arm, mit dem sie die Waffe hielt, zitterte. »Niemand aus dem Lager folgt uns?«

»Bis jetzt noch nicht«, sagte Zak tonlos. »Aber sie werden kommen. Wenn Piñero wirklich heute Abend noch zurückkommt, kannst du deinen Arsch darauf verwetten, dass sie uns bald an den Fersen klebt. Je mehr Kilometer wir zwischen jetzt und den Sonnenuntergang schieben können, desto besser sind unsere Chancen.«

Er warf einen Blick auf die Pistole in ihrer Hand. »Weißt du, wie man die benutzt?«

»Ich arbeite in einem Sportgeschäft. Was glaubst du denn?«

Seine Augen verrieten genau, was er dachte. Er machte eine rasche Drehung mit der Hand und sagte zu ihrem Rücken, als sie sich auf dem Stiefelabsatz herumdrehte: »Hauptsache, du schießt dir nicht selbst in den Fuß. Ich trage dich nicht.«

Vielleicht würde ihn der Jaguar ja doch noch erwischen.

Zwei zermürbende Stunden später läutete Zak eine Pause ein. Gideon brauchte eindeutig medizinische Versorgung, und Acadia baute ab, obwohl keiner von beiden sich beklagt hatte. Er überprüfte ständig ihre Richtung, sowohl auf dem Navi an seiner Uhr als auch auf dem, das Acadia mitgebracht hatte. Bei dem Tempo, mit dem sie unterwegs waren, lagen noch sechs oder sieben aufreibende Stunden vor ihnen, bevor sie den Fluss erreichen würden. Zak wusste, dass sie nach Einbruch der Dunkelheit nicht weitergehen konnten. Er rechnete die Zeit dazu, die sie bräuchten, um Halt zu machen und ein einfaches Lager zu errichten. Aber je länger sie sich im Urwald aufhielten, desto größer war das Risiko, dass die Guerillas sie einholten.

Wie weit schaffte Gideon es noch? Seine Haut wirkte grau, er hatte sichtlich starke Schmerzen und beugte sich mehr und mehr zur Seite. Angeknackste Rippen waren schon schlimm genug. Aber was, wenn eine gebrochen war? Gid konnte sich eine Lunge durchstechen, bevor sie die Zivilisation erreichten. Und je mehr Zeit Zak mit der auf alles vorbereiteten Acadia Gray verbrachte, desto größer wurde seine Angst, dass das hier jede Sekunde unter die Gürtellinie gehen konnte. Dass Piñero ihre Männer beim zweiten Mal nicht mehr davon abhalten würde ... Sie waren hier draußen, Hunderte von Kilometern von der Zivilisation entfernt, und wild entschlossene, üble Typen näherten sich ihnen in einem Dschungel voll tödlicher Bestien, Schlangen und Insekten. Sie waren verdammt noch mal Essen auf zwei Beinen.

Das Einzige, das Gideon und Acadia Sicherheit bot, war er.

Verdammt noch mal, er wollte diesen Job nicht!

»Hier gibt es Wasser.« Er zeigte auf ein rasch fließendes Rinnsal goldbraunen Wassers, das durch einen moosbewachsenen Bachlauf rann und im Laubwerk verschwand. »Lasst uns unseren Durst stillen und zu Atem kommen.«

Acadia zögerte. »Ich habe einen Steripen, um das Wasser zu

reinigen, aber ich habe keinen Behälter, der groß genug ist, dass wir alle daraus trinken können.«

Natürlich. »Dann hoffen wir das Beste, denn eine andere Möglichkeit haben wir nicht.«

»Ich habe auch Desinfektionstabletten.«

»Wenn wir ungefähr dreißig Minuten warten wollen, bis sie wirken? Nimm das Risiko auf dich oder geh ohne was zu trinken weiter. Wir bleiben nicht so lange hier.«

Sie atmete scharf ein. »Na gut.« Dann sank sie zu Boden, beugte sich vor und formte ihre Hände zu einem Gefäß. Der lange, goldene Schweif ihres Pferdeschwanzes fiel neben ihrem Gesicht ins Wasser, aber es schien sie nicht zu stören, und sie trank einfach nur.

Jennifer hätte das Wasser nicht angerührt, ohne dass ihr jemand versichert hatte, dass es gereinigt und vorzugsweise in Flaschen gefüllt und eisgekühlt war. Seine Frau hatte von Gefahr und schwierigen Situationen gelebt, solange jemand für ihre Sicherheit und ihr leibliches Wohl sorgte. Sie hatte sich schmutzige Orte ausgesucht, hasste es aber, sich selbst schmutzig zu machen. Diese merkwürdige Dichotomie hatte Zak nie verstanden.

Der Unterschied zwischen den beiden Frauen, dachte er mit einem starken Gefühl von Treulosigkeit, war, dass Jennifer zwar dort sein wollte, aber erwartet hätte, dass jemand anderes für sie die Drecksarbeit erledigte und sie beschützte. Und sie hätte erwartet, dass Zak oder sonst jemand für sie ein bequemes Lager errichtet hätte, wenn sie müde geworden wäre.

Acadia schätzte einfach die Situation ein und ließ sich nicht davon unterkriegen.

Es war weise von ihr, keine zu hohen Erwartungen an ihn zu stellen. Und er wusste, diese Erwartungen waren am Tiefpunkt ... im Moment. Noch ein paar Stunden des Trottens durch undurchdringliche Vegetation mit der sehr realistischen Möglichkeit, erschossen zu werden, und die Nörgelei würde losgehen. Es war, als wartete sie, dass der sprichwörtliche zweite Schuh fiel und etwas Schreckliches passierte, weil gerade alles zu schön war, um wahr zu sein, dachte Zak verstimmt.

Er beobachtete, wie vorsichtig sein Bruder sich neben sie kniete und sich mehr nach rechts beugte, als er sich bückte und unwillkürlich vor Schmerz leise aufstöhnte. Acadia legte ihm ihre schlanke, dreckige Hand auf den Arm. »Warte.«

Sie erhob sich und tastete ihre rechte Wade fast bis zum Fußgelenk entlang.

Zak kauerte sich neben den Bach. »Du bist 'ne echte Pfadfinderin«, sagte er sarkastisch. »Hast du eine Wasserflasche da drin?«

»Zak«, warnte Gideon und warf ihm einen vorwurfsvollen Blick zu.

Sie ignorierte den Sarkasmus. »Schön wär's.« Acadia wühlte in einer unsichtbaren Tasche, zog ein kleines, silbernes Dreieck heraus und klappte es auf. Ein Faltbecher. *Natürlich* hatte sie einen Becher dabei. Sie tauchte ihn ins Wasser und reichte ihn Gideon.

Gideon ließ sich vorsichtig auf den Boden sinken, eine Hand auf den Rippen. Als er sich niedergelassen hatte, nahm er das Wasser und trank, dann tauchte er den Becher wieder in den Bach und schenkte ihr ein dankbares Lächeln. »Du bist unglaublich.«

»Ich bin nur *vorbereitet*.« Sie tauchte ihre Finger in das Wasser und rieb sich seufzend damit den Nacken. »Obwohl ich, ehrlich gesagt, nie gedacht hätte, dass das Zeug, das ich einpacke, so lebensnotwendig sein würde. Meine Freundin Julia hat die Flusstour gebucht, aber sie hat drei Nächte Camping beinhaltet, und ich wollte einfach … Na ja, man weiß nie, was man braucht …«

»Einen Faltbecher?«, murmelte Zak, verärgert über sich selbst, weil sie ihm so unter die Haut ging. Gideon war ein sympathischer Kerl. Natürlich fühlte sie sich zu ihm hingezogen. Die Tatsache, dass sie ihren vorlauten Mund noch vor wenigen Stunden überall an *ihm* gehabt hatte, war nebensächlich. Die Freundlichkeit in ihren Augen verschwand, sobald sie ihn ansah. Auch gut. Zak hatte nicht vor, hier Freundschaften zu schließen.

Hier ging es um Leben und Tod, und er war verantwortlich für die Sicherheit von ihnen allen. Er wollte den gottverdammten Job nicht, er hatte nicht um den gottverdammten Job gebeten, zur Hölle, er war nicht qualifiziert für den Job, aber sonst hatte sich niemand freiwillig gemeldet.

»Oder Augentropfen«, sagte sie scharf und zog dann einen in Folie eingepackten Riegel aus einer Tasche an der Seite ihres rechten Knies. »Eiweißriegel.« Dann holte sie noch einen hervor und setzte sich mit gekreuzten Beinen auf den schwammigen Untergrund, hob die Hüfte an, um zurechtzurücken, was immer sie in ihrer Gesäßtasche hatte, und riss mit den Zähnen die Verpackung von den beiden Riegeln. Sie brach von jedem ein paar Zentimeter ab und reichte Zak und Gideon den Rest.

»Alles klar«, sagte Gideon, lehnte sich gegen einen Baumstamm und streckte die Beine aus. »Jetzt hast du mich neugierig gemacht. Was hast du noch in deinen magischen Taschen, Süße?«

Obwohl Zak wusste, dass sein Bruder genauso entschlossen war, schleunigst aus diesem ewigen Grün rauszukommen, wie er, sah er aus, als wolle er sich hier niederlassen und bei Acadia beliebt machen. Aus irgendeinem Grund sträubten sich ihm dabei die Nackenhaare. Sie hatten keine Zeit, hier herumzusitzen, und schon gar nicht, herumzutrödeln und zu plaudern, wie in einer verfluchten Aufreißerkneipe.

Gideon redete mit *dieser Stimme*. Die Stimme, die er benutzte, wenn er einer attraktiven Frau an die Wäsche wollte.

Tja, Bruder. Da war ich schon. Und, Gott mochte ihm beistehen, er wollte da wieder hin.

Warum fühlte er sich bloß wie das fünfte Rad am Wagen?

»Ich bin ja froh, dass du sie hast«, antwortete Gid, und Zak nahm an, dass er ihre magischen Taschen meinte. »Und dass wir dich dabeihaben.« Gideon grinste, strich sich eine dicke, lange Haarsträhne über die Schulter und rückte den Riemen der Uzi zurecht, den er quer über der Brust trug. Um seine Augen herum waren Schatten zu sehen, und seine Haut unter dem Dreitagebart wirkte blass. »Glaub mir, sollte ich je wieder auf einen Überlebenstripp gehen, nehme ich dich mit.«

»Danke, ich brauche keine Abenteuer mehr. Zu dieser Reise haben meine Freunde mich gedrängt, um etwas Pepp in mein Leben zu bringen. Ich glaube, selbst sie müssen zugeben, dass das hier weit über das Ziel hinausgeschossen ist.« Ein Stück Eiweißriegel zwischen die Zähne geklemmt, hielt sie einen Finger hoch, als wolle sie sagen: »Moment mal.«

Sie nahm ein Knäuel Gummibänder aus einer Brusttasche,

löste eines daraus und gab es Gideon. Sie schloss die Lippen um das Stück Eiweißriegel und kaute, während sein Bruder sich aufführte, als hätte sie ihm gerade die Schlüssel zum Traumschloss gegeben, sein viel zu langes Haar zusammennahm und das Band darum befestigte.

»Heirate mich, Weib.«

»Nein, danke«, entgegnete sie fröhlich. »Ich habe das Gefühl, ihr beiden lebt euer Leben auf einem etwas zu schmalen Grad für meinen Kleinstadt-Geschmack. Ich nehme an, du wolltest zusammen mit deinem Bruder den Wasserfall hinunterspringen?«

»Diese Woche den Wasserfall runterspringen, nächste Woche Eisklettern in den Alpen.«

Acadia zuckte mit den Schultern. »Aha, seht ihr? Diese Woche den Wasserfall *ansehen* , nächste Woche wieder im Laden Zelte zusammenfalten. Wir sind einfach zu verschieden.«

Von wegen, den Wasserfall runterspringen. Sie war eine lausige Lügnerin. »Den Wasserfall *ansehen* ?«, fragte Zak mit aalglatter Stimme nach und hob eine Augenbraue, als sie lachend seinem Blick begegnete.

Zak aß den kompakten Schokoriegel und war froh darüber. Es hätte ihn nicht gewundert, wenn Acadia, die Stripteasetänzerin, die keine war, ein sechsgängiges Gourmetmenü irgendwo an ihrem Körper versteckt hätte. »Na gut. Wenn ihr Kinder fertig seid mit Flirten, sollten wir allmählich wei...«

Er erstarrte, als alle Geräusche in der Umgebung plötzlich verstummten. Gideon und Acadia sahen ihn eindringlich an, und Gid rutschte leicht hin und her, um an eine seiner Handfeuerwaffen an seiner Taille zu gelangen.

Zak gab ihnen ein Zeichen, hielt eine Hand hoch, damit sie blieben, wo sie waren, und ging auskundschaften, was los war. Er war in der Stimmung, jemanden windelweich zu prügeln.

Heirate mich , dachte Zak, während er vorsichtig den Weg zurückging, den sie gekommen waren. Gideon war nie verheiratet gewesen. Er glaubte, man würde immer auf Scheißwolke sieben schweben. Er dachte, wenn man erst mal »ich will« gesagt hatte, würde die Liebe von allein wachsen und tiefer werden, und alles wäre ein beschissenes Märchen, und wenn sie nicht gestorben sind und so weiter.

Zak wollte seinem älteren Bruder ungern seine Illusion rauben, aber im wirklichen Leben war die Ehe nicht mit Feenstaub bestreut.

Eine Ehefrau würde ihm unter die Haut gehen. Eine Frau, die das Abenteuer genauso liebte wie er, und Gid würde sich nicht selbst helfen können. Sie würde ihm zu Kopf steigen und so verwirren, dass er beginnen würde, an sich selbst zu zweifeln. Ihn dazu bringen, sich mit sich selbst auseinanderzusetzen und der Sterblichkeit ins Gesicht zu blicken, auf eine Art, die *nichts* mit extremem Adrenalinrausch und alles mit seiner eigenen Hilflosigkeit zu tun hatte, wenn sie in irgendeinem beschissenen, kriegszerrissenen Land starb und er nicht da war, um sie zu retten. Wie Jennifer. *Scheiße.* Gid würde es herausfinden, wenn er überlebte. Aber jetzt musste Zak sich auf das hier konzentrieren.

Die Vögel hatten aufgehört zu singen. Der Dschungel war nun eine schweigende Mauer aus tröpfelnder, klammer Vegetation, und jede Kreatur verbarg sich. Das war nicht die übliche *Ojemine-ein-Jaguar-* Stille.   Menschen   waren zugegen. Der Dschungel erkannte den Unterschied.

Und Zak ebenfalls. Sie versuchten nicht mal, leise zu sein.

Zwei Männer bahnten sich ihren Weg durch das Gestrüpp und kamen direkt auf ihn zu. Mopsgesicht und Shorty. Keiner von beiden blickte auf und sah ihn dort stehen, mitten im Weg, die Beine breit, die Uzi wie einen Baseballschläger über der Schulter.

Die Männer sahen erbärmlich aus. Blass und verschwitzt und nicht gerade standhaft. Alles andere als ein fairer Kampf, aber Zak war im Moment nicht nach Fairness zumute.

Sie standen zwischen ihm und einem Steak, einem kalten Bier, einer noch kälteren Dusche und einem sauberen, leeren Bett.

Statt sich zu ducken, damit sie ihn nicht sahen, griff Zak an. Er holte mit dem Schaft der Uzi aus wie mit einer Keule und traf Mopsgesicht, ehe der sie kommen sah, mit dem flachen Ende frontal auf die Nase, verursachte ein zufriedenstellendes Krachen und Spritzen von Blut und ließ Knochen und Knorpel durch das weiche Gewebe sprießen. Bis ins Hirn des Kerls. Er fiel um wie ein Stein und war schon tot, ehe er auf dem Boden aufkam.

Zak stieg über Mopsgesichts hingestreckten Körper, während Shorty immer noch an seiner Waffe herumfingerte, um sie in eine schussbereite Position zu bringen. Das Isolierband, mit dem die Griffeinheit am hinteren Magazinschacht gehalten wurde, saß ausgezeichnet, aber die Sperrvorrichtung am Bolzenrückholschlitten machte ihm in dieser feuchten Hitze zu schaffen. Mit seinen schweißnassen, zitternden Händen versuchte er den Bolzen zu entriegeln, damit er schießen konnte.

Zak wusste, dass eine Neunmillimeter Parabellumpistole aus dieser geringen Entfernung von nur einem Meter ein ordentliches Loch in ihn reißen würde, wenn Shorty es jemals geregelt kriegen sollte. Er ging leicht in die Knie. »Deswegen kann ich Pistolen nicht ausstehen«, sagte Zak in umgangssprachlichem Spanisch zu dem Mann und richtete den Rücken gerade auf. »Die sind nie bereit, wenn ich bereit bin. Aber die hier«, er beugte sich in der Hüfte. »*Die hier* ist bereit.«

Er packte den vierzig Zentimeter langen Lauf der Maschinenpistole und schwang sie wie einen Golfschläger. Wie jeder Profi wusste, ging es nur darum, bis zum Schluss durchzuziehen. Golf war ein stinklangweiliges Spiel, aber Zak hatte einen kreativeren Weg gefunden, sein Talent einzusetzen. Als Shorty es sich gerade anders überlegte und eine Pistole aus seinem Gürtel zog, rammte Zak ihm den Lauf der Uzi gegen das Kinn und streckte ihn damit zu Boden.

Eine Kugel löste sich aus der Handfeuerwaffe und erschreckte einen Schwarm rot-grüner Papageien zu Tode, die oben aus den Baumkronen geschossen kamen, wild kreischten und mit den Flügeln schlugen. Zaks Herzschlag hatte sich nicht im Geringsten beschleunigt. Vielleicht hatte Jennifer recht gehabt. Er war bereits tot, er hatte es nur nicht gewusst.

Selbst als er rückwärtstaumelte, weil eine Kugel ihn in die Schulter getroffen hatte, fühlte er nichts, weder emotional noch physisch. Aber diese Schießerei war genau das gewesen, was er hatte vermeiden wollen. Genauso gut hätte er ein Hallo-hier-bin-ich-komm-her-und-hol-mich-Leuchtfeuer losschicken können.

6

Zak hob sein Hemd auf, das im Handgemenge auf den Boden gefallen war, streifte es über und knöpfte es hastig zu, dann hievte er sich die Uzi wieder auf die Schulter.

Genau rechtzeitig: Als er aufblickte, standen Acadia und sein Bruder da und warteten auf ihn, und jetzt machte sein Herz einen leichten Satz. Verzögerte Reaktion, vermutete er. Er beugte sich zu dem ersten Mann hinab, um das Blut zu verbergen, das ihm bereits vorne durch das Hemd sickerte. Er suchte nach einem Puls. Nichts. »Beide sind tot. Helft mir, die Leichen zu verstecken, dann lasst uns abhauen. Dieser Schusswechsel wird unsere Richtung preisgeben.«

Verstohlen klaute er Shorty das Halstuch aus der Tasche. Gott allein wusste, was für Dreck daran war, aber es war besser als nichts. Er schob es zwischen seine Haut und das Hemd. Der Riemen der Uzi würde es an Ort und Stelle halten, bis er Zeit hatte, nachzusehen, wie schlimm es wirklich war.

»Bist du ...?« Gideon zeigte auf das Blut auf Zaks Hemd, als er sich aufrichtete.

»Shortys Nase. Mir geht es gut.« Nicht nötig, ihn zu beunruhigen. Zak war früher schon angeschossen worden. Es würde noch früh genug höllisch weh tun, und durch Jammern würde die Kugel auch nicht rauskommen.

Gideon half ihm, die Leichen unter das dichte Blättergewirr

zu zerren.

»Wir müssen uns aufteilen.« Gideon durchbohrte Zak mit seinem Blick, als er sich aufrichtete. »Richtig, sie *werden* uns weiter folgen, aber wir reduzieren ihre Zahl, wenn sie zwei Spuren verfolgen müssen.«

Zak brauchte Gideon gar nicht anzuschauen, um zu wissen, dass er ernsthafte Schmerzen hatte. »Nein. Wir bleiben zusammen, Stärke in der Zahl.«

»Ich bleibe zurück, weit zurück, und gebe euch Deckung, während du Acadia in Sicherheit bringst«, widersprach Gid.

Gideon hörte gar nicht erst zu. Etwas, das Zak grundsätzlich an seinem Bruder auszusetzen hatte. Sie besaßen beide einen starken Willen und einen Dickkopf, aber Gid schoss den Vogel ab. »Wir haben keine Zeit, das auszudiskutieren. Das waren zwei, dahinter kommen noch mehr, wenn unsere Glückssträhne abreißt. Wir bleiben zusammen.«

»Wir trennen uns. Verschwende nicht deine Zeit, mir zu widersprechen, Zakary. Allein bin ich schneller. Wir treffen uns ... wann? ... in drei Tagen? *Gran Melía* ?«

In gewisser Weise ergab es Sinn. *Wenn* beide Parteien unverletzt waren. Scheiße. Gideon würde nicht lockerlassen. Wenn er sich trennen wollte, egal wie verdammt lächerlich das war, würde er für Logik kein offenes Ohr haben.

»Du nimmst sie«, ordnete Zak resigniert an. »Bei dir wird sie sicherer sein. Wir treffen uns in zwei Tagen im *Gran Melía* Hotel, drei am ...«

Gideon unterbrach ihn. »Nein.« Er überprüfte den Ladestreifen seiner Seitenwaffe, dann sah er Zak an.

Zak drehte sich ganz zu seinem Bruder um. »Natürlich wird sie bei dir besser aufgehoben sein, Gideon. Und das weißt du auch.«

»Entschuldigung.« Acadia machte einen Schritt nach vorn. »Kann ich auch was dazu sagen?«

Die beiden Männer ignorierten sie. Dieser Streit währte schon seit zwei Jahren. Gideon lag total falsch.

»Nein«, wiederholte Gideon tonlos. »Ich nehme sie nicht mit. Du wirst deinen beschissenen Todeswunsch aufschieben müssen, bis du sie sicher nach Caracas gebracht hast.«

Der Gedanke, auch nur einen Moment mit Acadia allein zu sein, brachte ihn völlig aus dem Konzept. »Nicht wieder dieser Mist, Gideon. Du kannst es noch so oft sagen, deswegen wird es nicht wahrer.«

»Die letzten zwei Jahre hast du alles in deiner Macht Stehende getan, um Jennifer nachzufolgen. Ich werde das nicht zulassen, und ich habe mich fast umgebracht, um dich zu halten. Bring das Mädchen nach Caracas. Nutze die Zeit, um dich selbst davon abzubringen, etwas Dümmeres zu tun als nötig.«

Aus dem Augenwinkel sah Zak, wie Acadia die Augen aufriss. Gottverdammt.

Grimmig preschte Gideon weiter vor. »Ich habe dich beobachtet, Zak, und ich habe mir den Mund fusselig geredet. Ich komme einfach nicht an dich ran. Du hast diesen ganzen Extrem-kram nicht einfach nur genossen, du hast leichtsinnig gelebt, unverantwortlich, *dumm*, und du hast irrsinnige Risiken auf dich genommen. Du hast alles getan, außer dir selbst eine Knarre an den Kopf zu halten. Wenn du dich um jemand anderen kümmern musst, wird dich das vielleicht daran erinnern, zu überleben.«

Zak ballte die Fäuste. »Derselbe Mist, anderer Tag. Dass ich beschissen in dem Job bin, habe ich doch schon bewiesen«, fuhr er ihn an. »Willst du ihr Leben aufs Spiel setzen, nur um zu beweisen, dass du recht hast?«

»Drei Tage. Sieh es als verfrühtes Geburtstagsgeschenk.«

»Lieber würde ich dir diesen Bugatti Veyron kaufen.«

»Ja. Ich weiß. Komm lebendig nach Caracas, dann kannst du es vielleicht machen.« Gideon packte ihn bei der Schulter. »Pass auf dich auf. Wir sehen uns dann da.«

»Gid, das ist *Wahnsinn,* geh nicht ...«

Anders als Shorty hatte Gideon die dritte Sicherung ab, als er mit der Automatik auf Zaks Brust zielte. Er trat zurück. »Ich kann dir helfen und es jetzt und hier für dich beenden, oder du kannst Acadia in Sicherheit bringen. Deine Entscheidung.«

Acadia rührte nicht einen Muskel.

Zak lachte leicht. »Himmel, Gid ...«

Gideons Augen, die seinen so sehr ähnelten, waren hart und eiskalt, als er wiederholte: »Deine Entscheidung, Zakary.«

Es folgte ein langes, angespanntes Schweigen. Dann ließ Zak ein Knurren durch die Zähne erklingen: »Schön.« Gideon würde ihn nicht erschießen, so sehr er ihn auch provozierte. Aber Zak wollte die ohnehin schon brenzlige Situation nicht noch verschärfen. Gid war verletzt. Ein Handgemenge, so gut gemeint es auch war, würde ihm weh tun. Die Laufmündung löste sich von seiner Brust und senkte sich, bis sie gefahrlos Richtung Boden zeigte. »Gut«, sagte Gideon ruhig.

Als er sich umdrehte, um zu gehen, trat Acadia vor. »Warte mal kurz!« Sie zog den Riemen der gestohlenen Uzi von ihrer Schulter und wühlte mit der anderen Hand in einer ihrer vielen Taschen. »Du kannst das hier besser gebrauchen als ich«, sagte sie rasch, »und hier, für den Fall, dass du, äh ...« Sie zögerte, als sie eine Handvoll geheimnisvolle, magische Eiweißriegel hervorholte. »Protein wird dir Energie geben.« Sie warf Zak einen Blick zu. »Ich gebe deinem Bruder das Navi. Du hast ja eins an deiner Uhr, stimmt's?«

»Ja.« Zak ärgerte sich, dass er nicht selbst daran gedacht hatte. Andererseits würde Gid kein Navi brauchen, wenn sie alle zusammenblieben.

Gideon nahm die Handvoll Sachen an, die Acadia ihm gab, und stopfte sie sich in die Taschen, dann nickte er ihr zu, lächelte kurz, und Zak fühlte sich, als hätte man ihm einen Tritt in die Magengrube verpasst, als sie zurücklächelte. Gideon verschwand im Urwald, und eine lange Weile hörten sie nichts als die rhythmischen, gedämpften Schläge seiner Machete, die Laubwerk kurz und klein hackte.

»Scheiße«, murmelte Zak.

Acadias Augen funkelten böse, als sie sich abrupt zu ihm umdrehte. »Du hast versucht, mich an deinen Bruder abzutreten?«

»Es war nicht persönlich gemeint.« Der Idiot hatte gebrochene Rippen. Wie lang würde er – ganz große Scheiße!

»Ich habe mit dir *geschlafen* «, sagte Acadia verkniffen, und ihre Wangen erröteten. »Für mich ist das verdammt persönlich.«

»Er hätte dich besser beschützt.«

Einen Augenblick herrschte Stille, als sie auf die grüne Wand blickte, hinter der sein Bruder verschwunden war, dann wieder zu Zakary. »Zu dumm, dass er dich nicht erschossen *hätte* .«

Sie schien sich dessen ziemlich sicher zu sein. »Da kennst du meinen Bruder aber schlecht«, sagte Zak halb im Scherz.

Diesen Ausdruck eben hatte er nie zuvor auf Gideons Gesicht gesehen. Und er gefiel ihm nicht. Es gefiel ihm nicht, dass Gid sich Sorgen um ihn machte. Es gefiel ihm nicht, dass er jahrelang taub für diese neu hinzugekommenen Sorgen gewesen war.

Ihm gefiel es verdammt noch mal nicht, dass sein Bruder möglicherweise recht hatte.

Sie neigte den Kopf, und ihr Blick blieb fest. »Hast du einen Todeswunsch?«

Zählte dazu auch, dass es ihn einen Dreck scherte, ob er am Leben war oder tot? »Warum? Willst du nachhelfen?«

»Nein. Weil zwei von uns eine bessere Chance haben, hier lebend rauszukommen, als einer«, sagte sie knapp. »Wenn du nicht gewesen wärst, würde ich in diesem Moment mit meinen Freundinnen Cocktails mit Papierschirmchen schlürfen. Du hast uns in diesen Schlamassel gebracht, und du solltest uns in einem Stück wieder da rausbringen. Wenigstens bin ich jetzt vorgewarnt. Gehen wir.«

Jetzt musste er sich also nicht mehr nur um Gideon Sorgen machen, der verletzt und auf sich allein gestellt irgendwo da draußen war, ohne jemanden, der ihm den Rücken deckte, sondern er musste auch noch dafür sorgen, dass weder er noch Acadia abkratzten, nur um etwas zu beweisen. Ganz große Klasse.

Er lief los.

»Hey!« Sie packte ihn am Handgelenk. Ihre blassen, schlanken Finger wirkten unglaublich zerbrechlich auf seiner gebräunten Haut. Er könnte diese zarten Knochen brechen, ohne es überhaupt zu versuchen. Die Tatsache, dass sie glaubte, er habe einen Todeswunsch, und ihn trotzdem noch anfasste, faszinierte ihn.

Schlimmer noch, nach dem meilenweiten Marsch durch den Dschungel, nach dem Rennen, dem Gejagtwerden und Gott wusste, was noch alles, konnte er immer noch den schwachen zarten, süßlichen Duft von Nachtjasmin riechen, den ihre Haut verströmte.

»Nimmst du die andere Uzi nicht mit?« Sie hielt ihn fest, mit Hartnäckigkeit statt mit brutaler Muskelkraft. Das hitzige Rosa ihrer Wangen ließ ihre grauen Augen beinahe durchsichtig aussehen, und ein fleckiger Streifen Sonnenlicht von oben ließ ihr zerzaustes blondes Haar leuchten wie einen Heiligenschein.

Zak entriss ihr seine Hand und lief weiter, so weit der Weg frei war, und hackte und schob Schlingpflanzen aus dem Weg, wo nicht. »Ich mag keine Schusswaffen.«

»Du magst kei... Du hast doch diesen Kerl ...«

»*Erschlagen.*«

»Das ist doch Haarspalterei.« Sie klang atemlos, als sie ihm auf einem freien Abschnitt hinterhertrabte, der ihm erlaubte, ihn schneller zu durchqueren. »Ohne die hättest du die Männer nicht umbringen können.«

Blätter sanken auf den üppig bewachsenen Boden um sie herum. Er sah nach oben und erblickte drei winzige schwarze

Äffchen, die ihnen folgten, sich hoch über ihren Köpfen von Ast zu Ast schwangen und plapperten. Die hatten auch keine Angst vor ihm. Wollte er, dass Acadia Gray Angst vor ihm hatte?

Ja, wurde Zak klar, aber hallo. Und seit er an diesem Morgen mit einem Ständer und einer Knarre am Kopf aufgewacht war, hatte er alles getan, um das zu fördern.

Er brauchte keinen Seelenklempner, der ihm sagte, dass das daran lag, dass sie die beschissene Fähigkeit hatte, kleine Risse in die Mauer zu schlagen, die er um sich selbst errichtet hatte. Er konnte die Einschläge spüren. Sie redete viel zu viel, und sie sah viel zu viel mit ihren sanften Augen, denen nichts entging.

Sie war wie ein blödes Stehaufmännchen, er konnte sie einfach nicht umhauen. Und während er sie dafür bewunderte, ärgerte dieser Charakterzug ihn gleichzeitig. »Meinetwegen«, sagte er und kämpfte sich weiter voran. »Aber jetzt, wo unser Leben nicht unmittelbar bedroht ist, brauche ich keine Schusswaffen. Das wird reichen.« Er hielt die übel aussehende, sechzig Zentimeter lange Machete hoch, und ihm wurde klar, dass er seine Aggressionen keineswegs an diesen beiden Drecksäcken abreagiert hatte, sondern jetzt noch angefressener war denn je.

»Ich bin auch nicht wild auf Schusswaffen.« Sie trat neben ihn und warf ihm einen unsicheren Blick zu. »Aber Piñero und ihre Männer könnten jeden Augenblick hinter uns auftauchen, und wir könnten zumindest Warnschüsse abgeben, um sie fernzuhalten. Oder so was.« Sie blieb wie angewurzelt stehen. »Kann ich wenigstens zurückgehen und sie holen?«

Zaks Griff um ihren Oberarm wurde fester, als er sie in die

entgegengesetzte Richtung zog. »Lass es.«

»Du bist wahnsinnig. *Die* haben nichts gegen Schusswaffen, und die haben jede Menge davon. Wir *brauchen*sie. Wie sollen wir uns sonst schützen?«

»Du hast den da.« Er zeigte auf den Taurus-Revolver, der in ihrem Gürtel steckte, dann hielt er die Machete hoch. »Und ich die. Und jetzt los. Ich will vor meinem Bruder in Caracas sein.«

»Warum tust du das?«

»Was? Stehst du nicht auf Ehrlichkeit?«

»Das ist keine Ehrlichkeit«, sagte sie und schüttelte den Kopf, bis ihr unordentlicher Pferdeschanz ins Schwingen geriet. »Warum verwandelst du dich immer wieder in einen Vollidioten? Immer wenn ich gerade anfange, dich zu mögen.« Sie sagte es ohne jede Emotion, aber er glaubte es ihr.

Und dass ihm das nicht gefiel, ärgerte ihn.

»Irgendwann hättest du mich sowieso gehasst. Ich habe dir nur Zeit gespart.«

Sie ließ sich nicht so leicht einschüchtern, was einerseits verdammt ärgerlich war und, wie er sich eingestehen musste, ein bisschen – *nur ein kleines bisschen* – faszinierend. Mist. Er wollte nicht fasziniert sein.

Er wollte aus diesem Urwald raus und dieses grauäugige Anhängsel für immer los sein.

Er warf einen Blick auf das Navi in seiner Uhr, dachte an das, welches sie seinem Bruder mitgegeben hatte, und musste zugeben, dass sie ihren Beitrag zu diesem kleinen Abenteuer geleistet hatte, und mehr als das. Er lief grob in Richtung des Flusses und beschloss, bis zur letzten Minute damit zu warten, ein Lager aufzuschlagen.

Die Dunkelheit war Fütterungszeit ... und sie waren das Futter.

Acadias Schritte knirschten hinter ihm, und er dachte an Gideon, der da draußen allein im feuchten Wald unterwegs war. Dieser Mistkerl hatte *ihn* leichtsinnig und verantwortungslos genannt? Zak schnaubte verächtlich. Was ihn betraf, lag Gideon völlig falsch. Der Extremsport, den sie so liebten, hatte sie beide zu wahnsinnigen Adrenalinjunkies gemacht.

So war es immer gewesen. So hatten sie den größten Teil ihres Erwachsenenlebens verbracht. Nichts hatte sich geändert seit Jennifer ... seit Jennifer. Sie war dahergekommen, genauso verrückt wie die beiden, mit ihren ständigen Beutezügen in kriegszerrüttete Gebiete, und hatte ihre Nase für eine Story in gefährliches Zeug gesteckt – zumindest hatte sie behauptet, es wäre für die Story. Aber er wusste es besser.

Er erkannte eine verwandte Seele. Jennifer hatte für den Rausch gelebt.

Und war daran gestorben.

Nichts hat sich dadurch verändert , sagte er sich im Stillen. Die Brüder hatten schon immer die höchsten Berge, den steilsten Eiswasserfall und die schnellste Piste bezwungen. Zuschlagen, aufschlitzen, in Scheiben schneiden. Und anders war es auch jetzt nicht, als er sich einen Pfad durch das Unterholz hackte und seine brennenden Muskeln von heißer Wut angefeuert wurden. Die Machete war scharf, und Zak setzte sie sehr wirkungsvoll ein, als er sich, so schnell er konnte, durch die Vegetation hieb und das Kleingehäckselte hinter sich zurück ließ. Er wusste, dass er ebenso gut einen leuchtenden Pfeil hinter sie malen konnte, aber im Moment war Geschwindigkeit wertvoller als Heimlichkeit. Die Bastarde würden sie einholen, vermutlich eher früher als später, wenn sie dem schönen, deutlichen Pfad folgen konnten.

Sie kannten den Dschungel, er nicht. Aber er war wesentlich entschlossener, am Leben zu bleiben, als sie, ihn zu töten. Das hoffte er zumindest.

Acadias Atem ging etwas unregelmäßig, aber sie hielt sich wacker und blieb standhaft. Er durchtrennte ein Knäuel von Schlingpflanzen so dick wie sein Handgelenk, und ein Regen aus kleinen roten Spinnen ergoss sich über sie. Sie erstickte ihren Schrei und blieb ihm dicht auf den Fersen, während sie die kleinen Biester sich selbst und dann ihm von Schultern und Rücken streifte. Sie war wie eine Affenmutter, die die Flöhe von ihrem Baby sammelte.

Aber Zak bat sie nicht, aufzuhören, selbst als die Spinnen längst weg waren. Er liebte es, ihre Hände an sich zu spüren, auch wenn es nichts Sexuelles war. Was merkwürdig war. Und alles andere als willkommen. Aber er sagte nichts, als sie jede Gelegenheit und jeden Platz nutzte, um neben ihm zu laufen.

Obwohl er die Machete mit dem rechten Arm schwang, brannte seine linke Schulter, als hielte jemand einen glühenden Schürhaken daran. Zak ignorierte den Schmerz. Irgendwann würde die Stelle taub werden, und bis dahin würde er einfach nicht daran denken.

Sie kreischte weder als sie einer Kolumbianischen Riesenvogelspinne begegneten, zwanzig Zentimeter im Durchmesser, die mit ihren stacheligen rosa Beinen nur knapp vor ihrem Gesicht auf und ab schaukelte und zappelte, noch später, als sie beinahe über eine Python gestolpert wären, die so dick war wie ihr eigener Oberschenkel und faul von einem niedrigen Ast herunterhing.

Ein Tapir von der Größe eines Hundes schoss quer über ihren Weg und quiekte, während er durch das dichte Unterholz rannte. Das war eine gute Nachricht, denn es bedeutete, dass sie näher ans Wasser kamen. Zumindest gingen sie in die richtige Richtung.

»Wir zeichnen doch eine Landkarte für alle, die uns folgen, oder?«, fragte Acadia plötzlich, und er brauchte ihr Gesicht nicht zu sehen, um zu wissen, dass es sich um eine rhetorische Frage handelte. Sie hatten seit einer halben Stunde nicht geredet. Zak vermutete, dass das ein Rekord für seine redselige Fluchtgefährtin war.

»Das lässt sich nicht vermeiden.« Und besser er als sein verletzter Bruder. *Verfluchter Idiot.* »Wenn wir Glück haben, haben wir mehrere Stunden Vorsprung vor jedem, der uns folgt.« Er bezweifelte, dass die Guerillas so lange warten würden. Krank oder nicht, sie würden unterwegs sein, ehe Piñero von ihrer Lösegeldforderung zurück sein würde. Zak wettete, dass diese Kerle lieber kotzend und scheißend im Urwald sterben würden, als ihrer Anführerin gegenüberzutreten, wenn sie rausgefunden hatte, dass die Gefangenen verschwunden waren. Als hätten sie seine Gedanken gelesen, schoss ein Schwarm winziger gelb-schwarzer Trupiale aus den Baumkronen und über ihre Köpfe hinweg.

Vögel flogen vor der Gefahr *davon* .

Mist. Er hatte rein gar nichts gehört. Sie waren viel schneller aufgetaucht, als er erwartet hatte.

Zak schlang seinen Arm um Acadias Taille und zog sie fest an seine Hüfte. Ihre Augen wurden groß. Er brauchte ihr nicht zu sagen, dass nun das Schlimme beginnen würde, mit dem sie schon lange gerechnet hatte.

7

Den Arm wie ein Lasso um Acadias Taille gelegt, zog Zak sie hinter einem dichten, dornigen und von orangefarbenen Blüten übersäten Gestrüpp hinunter. Nein, doch keine Blüten, sondern Schmetterlinge, die wie kleine verstreute Herbstblätter auf ihre Bewegung hin emporflogen.

In einem Durcheinander von Armen und Beinen fielen sie unsanft auf den feuchten, lockeren Boden, die Gesichter einander zugekehrt, verborgen unter dem Schmetterlingsbusch. Zak warf ihr schützend einen Arm über den Kopf, drückte sie nach unten, sodass sie sich nicht rühren konnte, während sich der andere Arm warnend um ihre Taille schlang.

Aus der Nähe konnte sie die feinen Linien um seine Augen sehen und den dunklen Bluterguss, der die geschwollene Haut um die Wunde an seiner Schläfe einfärbte, die die alte Narbe verformte.

Offensichtlich ein Mann, der gerne gefährlich lebte, denn Zak hatte viele Narben. Und ihr wurde von Sekunde zu Sekunde bewusster, dass sie eine Frau war, die das nicht tat. Mit einem plötzlichen, innigen Verlangen sehnte sie sich nach ihrem Haus vor den Toren der Armeebasis, wo sie den Großteil ihres Erwachsenenlebens verbracht hatte. Sie vermisste ihre örtliche Bibliothek und ihre Freunde – normale Freunde – und sie vermisste ...

Ihr Leben. Ihr alltägliches, langweiliges, wunderbar ereignisloses Leben. Dieses Dschungelabenteuer war ein skurriler und viel zu dramatischer Übergang von ihrem normalen Leben zu dem Vorhaben, mit dreißig noch aufs College zu gehen. Und Rumjammern würde jetzt auch nichts nützen. Ihr Dad hätte niemals zugelassen, dass sie herumsaß und sich beklagte. Sie war eine kluge Frau. Sie hatte einen starken Mann an ihrer Seite – auch wenn er das gar nicht sein wollte, rief sie sich ins Gedächtnis. Und jetzt war keine Zeit, um an irgendwas anderes zu denken als daran, in Sicherheit zu gelangen.

Na schön, Acadia Gray, Filialleiterin von *Jim's Sporting Goods* , sollte also nicht mit einem launischen, vernarbten Typ mit einem Todeswunsch und einer Machete unter einem bekloppten Gestrüpp liegen. Aber das tat sie. Sie musste also das Beste daraus machen.

Das Schweizer Armeemesser bohrte sich in ihre Hüfte, ein Zweig pikte sie in die Wange, und Zaks Bein war zwischen ihren eingeklemmt. Sein schwerer, um ihre Taille geschlungener Arm rief ihre wieder Erinnerungen an das letzte Mal ins Gedächtnis, als sie sich so nah waren. Und nackt. Okay, also ein launischer, *heißer* Typ.

Die Stimmen kamen näher. Na ja, die *Stimme*. Loida Piñeros Billiger-Fusel-Gekrächze war unverkennbar. Über das Meckern und Nörgeln ihrer Anführerin hinweg hörte Acadia die dumpfen Schläge, das Knacken und Rascheln der Fußtritte der Soldaten, die geradewegs auf sie zukamen.

Ihr Puls machte einen Satz. Gott, sie kamen immer näher, folgten mit Leichtigkeit der Spur, die Zak für sie hinterlassen hatte. Indem sie lediglich ihre Augen bewegte, konnte sie die Blätter und Gräser in der Nähe ihres Verstecks von den schweren, vorbeistampfenden Stiefeln vibrieren sehen. Sie hielt den Atem an und erwartete jeden Augenblick, dass ihr der Lauf einer Pistole auf den Hinterkopf geschlagen wurde.

Eins. Zwei. Drei ...

Auf ihr Kreuz wurde Druck ausgeübt. Ihr ganzer Körper fuhr zusammen, aber es war nur Zaks Hand, flach und fest hielt sie Acadia an Ort und Stelle. Ein stummer Befehl, stillzuhalten. Sie blinzelte, um ihn wissen zu lassen, dass sie seine überflüssige Botschaft laut und deutlich vernommen hatte.

Und erstarrte dann, als etwas sie an der Wange kitzelte. Ihre Haut juckte und kribbelte, als krieche etwas l-a-n-g-s-a-m über ihr Gesicht. Sie biss die Zähne zusammen, wagte nicht, sich zu rühren, und wollte nicht nachsehen. Ein tödlicher Insektenbiss stand nicht zuoberst auf ihrer Ich-mach-mir-vor-Angst-in-die-Hose-Liste. Diese Auszeichnung galt den sieben Paar Stiefeln, die etwa einen Meter vor ihrer Nase vorbeitrampelten. Die Guerillas versuchten gar nicht erst, leise zu sein.

Als Loida Piñero mit ihren Männern in das Lager zurückgekehrt war, war sie nicht begeistert gewesen. Sie war immer noch stinksauer.

Acadia verstand nicht einmal die Hälfte von dem, was sie schrie. Sie wusste nur, dass die Frau wütend war und dass *cabezas rodarán* ... Ein kurzes Kramen in ihrem beschränkten Spanisch und sie fand die Übersetzung: Köpfe würden rollen.

Als das letzte Stiefelpaar vorüber war, versicherte einer der Männer Piñero, dass die Amerikaner ganz bestimmt gefasst und wieder ins Lager gebracht werden würden. Acadias Mund wurde trocken, als Loida Piñero ihrem Ärger Luft machte. Die

Kernaussage verstand sie problemlos, als die Frau eiskalt sagte: »Wir werden sie jagen, bis wir sie finden. Kapiert? Einen der Männer bringt ihr sofort um. Welcher, ist mir egal. Den anderen bringt ihr ins Lager zurück. Und die Frau, die könnt ihr haben, die ist nicht wichtig.«

Acadia war sich nicht sicher, ob sie erleichtert oder beleidigt sein sollte. Sie entschied sich für völlig verängstigt.

Piñeros schrille, krächzende Stimme verhallte allmählich, als die Gruppe sich durch die Bäume fortbewegte und nach ihren vermissten Kameraden rief. Sie waren auf ihrem Weg an den im Gebüsch versteckten Leichen vorbeigekommen, ohne sie zu sehen.

Acadia spitzte die Ohren, als die Stimmen leiser wurden.

Der Dschungel war unheimlich still, als halte er den Atem an. Kein Vogelgesang. Kein Summen von Insekten. Ihr eigener, ungleichmäßiger, überlauter Herzschlag war die einzige musikalische Untermalung zu dem Drama, das sie umgab. Ihrem und ... Ihre Augen wanderten zur Seite, als sie merkte, dass das Pochen dicht an ihrem Ohr Zaks Herzschlag war, genauso schnell wie ihrer, trotz seiner absoluten Bewegungslosigkeit.

Wenige Minuten später schwärmten in einem Aufruhr aus leuchtendem Orange die Mini-Schmetterlinge wieder herbei und ließen sich lautlos auf den glänzenden dunkelgrünen Blättern über ihren Köpfen nieder.

Sie musste sich minimal bewegt haben, denn Zak schüttelte ganz leicht den Kopf. Sie wartete darauf, dass dieses undefinierbare Tier wieder von ihrem Gesicht hinunterkroch. Gleichzeitig versuchte sie ihre chaotischen, panikartigen Gedanken in irgendeine Form von rationalem Prozess zu lenken, der nicht von abgrundtiefer Angst motiviert wurde. Ununterbrochen Angst zu haben war kräftezehrend. Schwer zu ertragen. Sie konnte nicht nachvollziehen, wieso Zak und sein Bruder das tagaus, tagein machten, stundenlang dem Kick hinterherzujagen.

Als sie die Augen wieder aufschlug – denn sie *musste* wissen, was passierte –, war Zaks Gesicht nur Zentimeter von ihrem entfernt. Ein Grinsen stellte seine weißen Zähne zur Schau.

Sie starrte ihn an.

Mein Gott, dieser Verrückte *genoss* das. Es war das erste Mal, das *einzige* Mal an diesem ganzen beschissenen Tag, dass sie ein echtes Lächeln von ihm gesehen hatte. Es war so … *unangemessen* , so irrsinnig, dass sie nicht glauben konnte, was sie sah. Sie schüttelte den Kopf, eine winzige Bewegung der Ungläubigkeit.

Sein Gesicht war dreckig. Morast von der Farbe von Schokoladenguss verteilte sich über seine stoppelige Wange. Seine haselnussbraunen Augen sahen eher grün aus, weil sich die tiefgrüne Vegetation der Umgebung darin spiegelte. Und das Leuchten darin war unmissverständlich.

Er hatte Spaß. *Spaß!*

Obwohl er entführt worden war. Obwohl er fast umgebracht worden war. Gott stehe ihnen bei, obwohl er mitten in einem verdammten Dschungel war, ohne Karte oder Transportmittel, amüsierte der Spinner sich bestens.

Es war so komplett das Gegenteil von dem, was sie fühlte, dass Acadia es einfach nicht kapierte. Sie war verwirrt. Was vermutlich der Grund dafür war, dass sie bezaubert war, als sie dort an ihn gequetscht lag, sich ein Zweig in ihre Wange bohrte und *etwas* darüberkrabbelte.

Er ließ in einer hinterlistigen Liebkosung seine Hand ihren Rücken hinaufgleiten, und sie spürte, wie feucht ihre Kleidung sich auf ihrer Haut anfühlte und wie warm seine Finger durch den Stoff hindurch waren. Sie warf ihm einen wütenden Blick zu.

Der Boden war nass, und überall um sie herum bewegte sich etwas. Große Viecher und kleine Krabbeltiere. Sie erschauderte. »Ich würde gern aufstehen«, flüsterte sie mit Bestimmtheit. »Die sind jetzt weit weg.« Tatsächlich waren die Vögel und anderen zirpenden, quiekenden und trillernden Urwaldbewohner mit voller Stimme zurück. Und ihre ganze rechte Seite war voll mit ... sie nannte es mal *Dreck*.

Die gute Nachricht war, dass das Insekt von ihrer Wange weggeflogen war, aber sie verspürte immer noch den Drang, ihr Gesicht zu berühren, um sicherzugehen. Sie stellte ihre Tiefenwahrnehmung auf Zak ein. Sie konnte jede einzelne Wimper erkennen und das dunkelgrüne Band, das seine Iris einfasste. Sein sinnliches Lächeln ließ die Rille in seiner Wange noch tiefer werden, und in seinen Augen tanzte ein Dämon und vertrieb sämtliche Gedanken an Insekten und Desinfektionsmittel und ... Es war ein lächerlich blöder Zeitpunkt, um ihr zu beweisen, dass er alles andere als ernst sein konnte, oder um ihr ein verborgenes Grübchen zu zeigen.

Das Flattern in ihrem Magen wuchs sich zu einem Sturm aus, während die Stille zwischen ihnen immer greifbarer wurde, unterbrochen vom Tröpfeln von Wasser, dem Quaken eines kleinen Laubfrosches, dem Rascheln von Blättern, wenn sich Tiere um sie herum bewegten.

Der Dschungel erwachte zum Leben, und Zak rührte sich nicht und sagte kein Wort, als sein Blick auf ihren Mund fiel.

Sein Bruder hatte recht. Zak Stark war reif für die

Klapsmühle, und er *hatte* einen Todeswunsch. Was sie beides nicht davon abhielt, ihn auf jede erdenkliche Art zu wollen.

Erneut.

Die nackte Gier in seinen Augen schockierte sie. Aber noch alarmierender war ihre eigene augenblickliche Reaktion, umgehend und hungrig auf eine Art, wie sie es von sich selbst nicht erwartet hätte. Also, wer war jetzt verrückt?

»Gib ihnen noch ein paar Minuten.« Seine ruhige Stimme klang schroff, sein Atem ungleichmäßig, seine Pupillen waren geweitet, und er legte sacht seine große Hand um ihren Nacken und ließ Acadia erzittern. Und trotz der Angst, die durch die rationalen Ausläufer ihres Gehirns jagte, erschauderte sie unter seiner Berührung. Er umschloss ihren feuchten Nacken, und durch einen leichten Druck seines Daumens gegen den Ansatz ihres Kopfes bog er ihr Gesicht nach oben.

Sein langer, schlanker, muskulöser Körper berührte ihren von der Schulter bis zu den Zehen, und sein Mund war nur wenige Zentimeter   entfernt. *Dreck* ,   sagte   sie   sich verzweifelt. *Guerillas, Dschungel. Insekten!*

Dann schloss er die Lücke.

Acadia schloss flatternd die Augen, als sein Mund ihren mit einem heißen, verschlingenden Kuss in Besitz nahm, der sie wieder in jenes schäbige Hotelzimmer zurückkatapultierte, wo das alles begonnen hatte. Sie hatte seinerzeit nicht nachgedacht, und jetzt konnte sie auch nicht denken.

Der Kuss war nicht behutsam oder vorsichtig. Es war ein Kuss zwischen Partnern, die schon in einem stürmischen Sex-marathon, der die ganze Nacht gedauert hatte, jeden Körperteil des anderen geküsst hatten. Es war die Berührung eines Mannes, der genau wusste, dass sie wie warmer Honig dahinschmolz, wenn er ihre Ohrmuschel küsste, und der genau wusste, wie er seine Zunge mit größtmöglicher Wirkung in die sensible Kuhle dahinter tauchen musste.

Betrunken von seiner Gier, davon angestachelt, steuerte Acadia das dazu passende hungrige Verlangen bei, das sie völlig überrumpelte, schonungslos. Sie hatte noch nie in ihrem Leben eine derart starke Anziehungskraft verspürt, und sie hatte das Gefühl, das würde sie auch nie wieder. Alles an Zak machte sie an. Er roch so gut: nach sauberem Schweiß, der Seife, die er benutzt hatte, als sie vor so vielen Stunden zusammen geduscht hatten, wintergrüner Minze, sogar nach Dschungelerde. Zak hatte seinen ganz eigenen Geruch, und sie wusste, sie würde ihn überall wiedererkennen.

Sie griff nach oben, um seinen kratzigen, unrasierten Kiefer zu berühren, während seine Zunge sich ein lebhaftes Duell mit ihrer lieferte. Sein Mund war kühn, ohne Rücksicht auf Verluste, ein plündernder Pirat, der nahm, ohne zu fragen.

Seine Finger glitten ihre heiße Kopfhaut hinauf und verfingen sich in ihren Haaren. Sie hörte das leise Knallen des Haargummis, als er seine Finger in ihren feuchten Strähnen zu einer Faust ballte. Sie rutschte ein Stück, um ihm einen Arm um den Hals zu schlingen und ihre andere Hand gegen das stete Pochen seines Herzens zu pressen. Er glitt mit dem Knie noch weiter hinauf in ihren Schritt, und sie spannte die Muskeln fest gegen den Druck an.

Er stieß einen leisen Fluch an ihrem Hals aus, als sie sich auf dem feuchten Untergrund wand, und versuchte mehr Körperkontakt zu bekommen, als seine Lippen ihre von Neuem bedeckten. Ihr Körper erinnerte sich an jede dekadente, teuflisch köstliche Einzelheit, die zwischen ihnen geschehen war, und wollte mehr davon. Wollte es so sehr, dass sie sich emporwölbte, ihre Brüste an seinen Brustkorb presste, wollte es so sehr, dass ihr Blut zu singen begann, als seine Finger sich in ihrem Haar zusammenzogen.

Plötzlich löste er sich von ihr. Sie blieb, wo sie war, und merkte, dass er an irgendeinem Punkt ihren Kopf auf seinen Arm gebettet hatte. Ihr Körper brummte vor Bewusstwerdung. Und plötzlich einsetzender Vernunft, gemischt mit einer gesunden Dosis Frust.

Er war ein Labyrinth aus Widersprüchen. In der einen Minute ein aufmerksamer Liebhaber und in der nächsten ein totaler Spinner. Sein Bruder behauptete, er hege einen Todeswunsch, dennoch hielt Zak sie so zärtlich im Arm, dass Gefühle, die sie nicht definieren konnte, in ihrer Kehle zu einem Kloß anschwollen. Natürlich konnte er all das tun und trotzdem total durchgeknallt sein, rief sie sich ins Gedächtnis.

Er war kompliziert und gefährlich, und sie war einfach und sicher gewöhnt. Ein Mann wie Zakary Stark würde eine Menge Arbeit bedeuten. Die Frau, die sich für ihn interessierte, musste wissen, dass sie niemals die Liebe seines Lebens sein würde. Nie das Loch ausfüllen würde, wo einst sein Herz gesessen hatte.

Eine Frau würde die Augen weit offen halten und ihr Herz schützen müssen, um jeden Preis.

Sie war nicht diese Art von Frau.

»Sie werden nicht aufgeben«, sagte er mit leiser Stimme zu ihr. Acadia war dankbar zu sehen, dass er nicht so unbeteiligt war, wie er klang. Schweißperlen bildeten sich auf seiner Stirn, und seine Augen trugen einen glasigen Schimmer.

Gut. Sie wollte nicht die Einzige sein, die für ein paar Minuten vergessen hatte, wo sie waren.

»Wir bleiben weit zurück und drehen den Spieß um. Benutzen ihre Spur, um voranzukommen. Und biegen ab, wenn wir in der Nähe des Flusses sind. Bist du bereit für ein kleines Katz-und-Maus-Spiel?«

»Was, wenn ich Nein sage?«

Zak sprang auf die Beine und hielt ihr seine Hand hin. »Ich besteche dich mit der Hälfte von meinem Steak und einer kalten Dusche.«

Acadia glaubte nicht, dass sie auch nur den Hauch einer Hoffnung hatten, mit dieser Geschwindigkeit den Fluss zu finden. Nicht, wenn sie von einer Horde wild entschlossener Guerillas gejagt wurden. Ein Blatt sah für sie genau wie das andere aus. Was sie betraf, konnte Caracas genauso gut auf dem Mond sein und ihr Abendessen ebenso gut da stattfinden.

Aber sie konnten auch nicht bleiben, wo sie waren. »Mach daraus ein eigenes Steak für mich«, sagte sie matt. Sie griff nach seiner Hand und entdeckte einen dunklen Fleck auf ihren Fingern. Noch mehr Dreck, noch mehr klebriger Saft, noch mehr ... Ihre Augen schnellten von ihrer Hand zur Vorderseite seines Hemdes.

Die blaue Baumwolle an seiner linken Schulter hatte rote Flecken. Sie spürte förmlich, wie das Blut ihren Kopf verließ, sie wusste, dass sie blass geworden war. »M-mein Gott. Du bist *angeschossen* worden!«

»Hab ich auch gemerkt.« Zaks Stimme klang trocken. »Du kippst doch nicht um, wenn du Blut siehst, oder?«

Ihr wurde übel, und sie schüttelte den Kopf.

»Gut.« Er hievte sie neben sich auf die Füße. »Hör zu. Ich will dir nichts vormachen. Das ist momentan nicht so optimal. Aber es ist nicht so schlimm, wie es aussieht. Nur eine weitere Narbe, von der ich erzählen kann, wenn ich nach Hause komme.«

Es war wahrscheinlich schlimmer, als es aussah. Und nicht optimal? Eine Schusswunde? Das war die Untertreibung des Jahrhunderts. »Um eine Narbe zu bekommen«, sagte sie geradeheraus, »muss es erst mal heilen. Wir sind im Dschungel, Zakary! Der denkbar schlechteste Ort, um eine offene Wunde zu haben. Sorry, das war nicht besonders diplomatisch, oder? Lass mich mal sehen.«

Er zog leicht an ihrer Hand, damit sie weiterging. »Ich sehe sie mir an, wenn wir unser Nachtlager aufschlagen. Mit etwas Glück treffen wir auf eins dieser Dörfer.«

»Es muss höllisch weh tun. Wir müssen das reinigen. Du weißt doch, wie gefährlich es ist, in dieser Umgebung eine offene Wunde zu haben.« Sie tastete bereits ihre Taschen ab. Diese neue Entwicklung hatte ihr Hirn leergefegt, und sie konnte sich nicht mehr erinnern, in welcher Tasche sie jeden einzelnen Gegenstand so behutsam und methodisch verstaut hatte. »Ich weiß, ich habe ...«

»Ich brauche nichts. Wir haben keine Zeit, stehenzubleiben.«

»Gott«, murmelte sie und wedelte sich beim Reden mit ihrer freien Hand die winzigen Moskitos aus dem Gesicht. »Knöpf dein Hemd auf. Lass mich sehen, womit wir es zu tun haben.«

Sie schob einen Ast voller wachsartiger, lindgrüner Orchideen beiseite. »Ein Wischtuch für eine Schusswunde?«, fragte sie sich selbst laut und versuchte nachzudenken. Wie behandelte man die Wunde am besten, und was hatte sie bei sich, womit sie es tun konnte? »Weißt du eigentlich, wie surreal das alles ist? Du brauchst nicht antworten. Natürlich weißt du das. Ich habe noch nie einen Kerl mit mehr Narben gesehen als dich.«

Zak trieb sie weiter. »Das wird warten müssen. Wir müssen weiter.«

Sie riss sich los. »Sei nicht so ein Egoist! Wenn du schon nicht daran denkst, dass du hier draußen tot umfallen könntest, denk wenigstens daran, was aus mir wird, wenn du umkippst und ich ganz allein bin.« Sie funkelte zurück, als er ihr einen kämpferischen Blick zuwarf. »Wir behandeln das, so gut wir können, und *dann*gehen wir weiter. Sieh mich nicht so an, Stark. Das ist mein Ernst. Steh still, halt die Klappe und mach dein Hemd auf.«

»Oh, heilige ...«

Sie durchbohrte ihn mit einem Blick und blieb standhaft. »Tu es.«

Zak knöpfte mit der rechten Hand sein Hemd auf. Rinnsale aus Blut waren seinen linken Arm und seine Finger hinuntergelaufen und dann zu einer braunen Kruste getrocknet, die sie fälschlicherweise für Dreck gehalten hatte.

Sie sog langsam die Luft ein, als sie das Hemd beiseiteschlug, um zu sehen, wo er angeschossen worden war. Auf Schulter und Brust waren Flecken getrockneten Blutes. Eine Schusswunde blutete, das wusste sie. Aber, Gott, als sie all dieses Rostrot auf seinem muskulösen, gesunden Körper sah, nur Zentimeter von seinem Herz entfernt, krampfte sich ihr Magen zusammen.

Er wollte weg von ihr. Sie warf ihm einen bösen Blick zu, während sie ihre Hosentaschen abklopfte. »Bleib hier.«

Sie fand, was sie gesucht hatte, und holte das Päckchen Mullbinden hervor. Mit den Zähnen riss sie es auf, wühlte in ihren Taschen herum, bis sie ein Reißverschlusstäschchen mit Pflaster und einer kleinen Tube des wasserlosen Desinfektionsgels fand, das während der Schweinegrippehysterie so populär geworden war. Mit Leichtigkeit jonglierte sie mit den Gegenständen, wählte ein paar Kompressen aus, steckte das Täschchen zurück in die verborgene Tasche und begann einen Verband für die Wunde zusammenzustellen.

Hinten an seinem Hemd war kein Rot, was wahrscheinlich bedeutete, dass die Kugel noch da drin war, direkt unter seinem Schultergelenk. Und auch wenn er die lange Machete jetzt mit Eleganz und Kraft schwang, hielt er sie mit der rechten Hand, denn die Schusswunde beeinträchtigte seine dominante Seite. Ein Beidhänder? Wundern würde es sie nicht.

»Wir können doch weitergehen, während du das machst«, schlug er vor.

»Na schön.« Zu beschäftigt, um zu widersprechen, gab sie nach. »Dann geh langsam und halte den Arm ruhig, bis ich fertig bin.«

Um Zaks Lippen zuckte es, als er einen Blick zur Seite warf und zusah, wie Acadia ihm eine Art Verband anlegte, während sie lief, schwitzte und herunterhängenden Schlingpflanzen auswich, die genauso gut Schlangen sein konnten. Sie war eine bemerkenswerte Frau.

»Alles wird gut«, sagte er zu ihr. »Vertrau mir.«

»Das tue ich«, sagte sie geistesabwesend, ohne von ihrer Tätigkeit aufzublicken. Was sie genauso reif für die

Klapsmühle machte, wie er es war.

Acadia Gray war eine erfindungsreiche Frau, die man dabeihaben *musste* – und das war gut so, denn Zak wusste, dass sie in den kommenden Stunden ihren Erfindungsreichtum voll ausschöpfen würde. Er konzentrierte sich darauf, einen Fuß vor den anderen zu setzen, darauf, nun ja, konzentriert zu bleiben. Aber sein Hirn raste mit einer Million Meilen pro Minute und grübelte darüber nach, was mit Acadia passieren würde, wenn er das Bewusstsein verlieren sollte. Nichts Gutes. Er hätte sie nicht gebraucht, um ihn auf das Offensichtliche hinzuweisen. Wenn er bewusstlos wurde – Scheiße, wenn er *starb* –, hatte sie die Arschkarte gezogen.

Allein wäre sie verloren. In einem Urwald, der so groß war, dass die Chancen, gerettet zu werden gegen null tendierten. Hatte Gideon es geschafft, den Guerillas zu entkommen, oder waren sie ihm auch schon dicht auf den Fersen? Piñero hatte keinen zweiten Suchtrupp erwähnt, als sie vorbeigekommen war.

Ohne aus dem Tritt zu geraten, bestrich Acadia die Kompresse mit dem Desinfektionsgel und reichte es ihm zurück. »Reinige sie, so gut es geht. Sag Bescheid, wenn du fertig bist.«

»Das kann warten.«

»Benimm dich nicht wie ein Kleinkind. Es ist besser als nichts. Du könntest dir eine Infektion holen und sterben. Ich will nicht allein hier draußen sein.«

Zaks leises Lachen klang für seine eigenen Ohren etwas schmerzerfüllt. »So gesehen ...« Während er lief und sich dabei die Wunde reinigte, sah er, dass Acadia noch mehr Gel auf der Kompresse verteilte, die sie gerade vorbereitete. Die

Blutung hörte nicht auf, aber sie wurde langsamer. Aber vielleicht war das auch Wunschdenken. Er stopfte sich die blutige Kompresse in die Gesäßtasche und warf einen Blick auf seine Schulter.

»Fertig«, sagte er zu ihr. Nö. Blutete immer noch. Träge, im Vergleich zu vorher nur noch ein Tröpfeln, aber immer noch genug. Verfluchter Mist!

Sie hielt kurz an, um ihm den vorbereiteten Verband zu reichen. Von hinten hatte sie die größten Pflaster draufgeklebt, sodass er ihn auf der Wunde befestigen konnte. Voller Bewunderung für ihre Genialität und ihr schnelles Denkvermögen schob Zak die entsprechende Hälfte seines Hemdes beiseite.

Sie riss die Augen auf, als sie das nasse, frische Blut um das Loch an seiner Schulter glänzen sah. »Verflucht, Zak.«

Er klatschte den Verband auf die Wunde, drückte die Klebestreifen an so gut es ging und knöpfte sich dann das Hemd wieder zu. »Es sieht schlimmer aus, als es sich anfühlt.

»Lügner.«

Vielleicht. »Gehen wir.«

Acadia nickte, und Zak preschte erneut in den Dschungel vor und musste im Stillen zugeben, dass es sich, auch wenn es nur eine mit Pflastern befestigte Kompresse war, mit dem Verband besser anfühlte.

Er hätte sie nicht küssen sollen. Die Frau war eine umstürzlerische Sirene. Das Problem war, dass er sie wieder küssen wollte. Verdammt, er wollte noch viel mehr, als sie nur küssen. Da das nicht so bald passieren würde, behielt er das Bild ihrer blassen Haut mit dem Jasminduft ganz vorne im

Kopf, wo er es jederzeit herausholen und betrachten konnte.

Es würde ein langer Marsch werden. Gegen den Schmerz, der jetzt wie ein glühend heißer Schürhaken in seiner Schulter brannte, konnte er nicht das Geringste tun, also dachte er stattdessen daran, seinen Mund in der moschusartigen Hitze ihres feuchten Hügels zu vergraben, daran, wie ihre Hände sich in seinem Haar zu Fäusten ballten, während ihre Hüften sich vom Bett emporwölbten ...

Mist. Wenn er nur daran dachte, wie sie letzte Nacht gewesen war, rief ihm das intensiv ins Bewusstsein, dass sie jetzt neben ihm lief. Sehr lebendig. Sein Job war es, dafür zu sorgen, dass sie es blieb.

Die Insekten um sie herum schienen lauter zu werden und viel dichter. Zaks Hirn brauchte mehrere Minuten, um zu realisieren, dass es nicht die üppige Insektenwelt des Dschungels war. Als sich das Laub um ihn herum verformte, wurde ihm klar, dass er einen nicht unerwarteten Anfall von Schwindel und Schwäche erlebte. Blutverlust. Ganz große Klasse.

Er war vor über einer Stunde angeschossen worden, und durch den raschen Blutverlust begann er schwarze Punkte vor sich zu sehen, während er sich durch die Bäume fortbewegte. Die Guerillas waren immer noch vor ihnen, weit genug weg, um ihnen ein bisschen Spielraum zu geben. Aber er und Acadia hatten den Pfad verlassen, den die Guerillas geschlagen hatten, um Richtung Fluss abzubiegen. Zak wusste, dass es keine Frage mehr war, *ob* er das Bewusstsein verlor, sondern *wann*.

Acadia fischte ein weiteres Gummiband aus ihren magischen Taschen und wickelte ihr Haar in einem unordentlichen Knoten oben auf dem Kopf zusammen. Sie fanden noch ein

Rinnsal Wasser, stillten daran ihren Durst und folgten ihm mehrere Kilometer weit, ohne jede Spur von Loida Piñero und ihrer fröhlichen Schar von Schlägern.

Und, verflucht noch mal, ohne jede Spur des Flusses.

Verdammt! War er vom Kurs abgekommen? Er hob die Schulter, um sich den Schweiß aus den Augen zu wischen, was Supernovas vor seinen Augen auftauchen ließ. Er winkelte sein Handgelenk an, um auf seine Uhr zu sehen. Richtiger Kurs. Sie liefen bloß viel zu langsam. Die Luft war schwer und verkündete jeden Moment Regen. Sich den klebrigen Schweiß und das getrocknete Blut von der Haut waschen zu lassen wäre ein tolles Gefühl, aber er musste eine Art Unterschlupf errichten. Nicht nur vor dem bevorstehenden Regenguss, sondern vor den Tieren, die bald auf die Jagd gehen würden, wenn die Sonne hinter den Bäumen unterging und die Nacht hereinbrach.

So gern er auch an eine nackte Acadia denken wollte, die energetische Gymnastikübungen machte, während sie rittlings auf ihm saß, hatte Zak andere, drängendere Sorgen. Die Guerillas schienen nicht zu wissen, dass die Brüder sich getrennt hatten, was hoffentlich bedeutete, dass Gideon frei und unbehelligt war. Eine große Erleichterung.

Aber warum wollte Piñero überhaupt entweder ihn oder Gideon lebendig? Sie war weggegangen, um Lösegeldforderungen zu stellen, und hatte vermutlich Bilder in die ZAG-Firmenzentrale und zu Buck in Seattle geschickt. Das war ein Beweis, dass sie lebten. Die Logik besagte, dass sie danach ins Lager zurückkehren würde, um sie zu töten. Warum also den einen und nicht den anderen?

»Warum machst du denn so ein düsteres Gesicht?«, flüsterte Acadia. »Hast du schlimme Schmerzen? Werden wir wieder verfolgt?«

Er schüttelte den Kopf und wünschte sich dann, er hätte es nicht getan, denn er musste sich an einem Baumstamm festhalten, um nicht umzukippen. »Ich frage mich nur, warum die Guerilla-Zicke nicht darauf bestanden hat, dass wir alle sofort umgelegt werden.«

»Vielleicht will sie einen von euch als Versicherung?« Sie wühlte in ihrer Tasche und holte die Pfefferminzdragées heraus.

»Vielleicht.«

»Du hast keine Ahnung, wo wir sind, oder?« Sie hielt Zak den Plastikbehälter hin, und als er den Kopf schüttelte, bediente sie sich selbst und steckte die Dose vorsichtig wieder in die Tasche.

»Piñero ist zurück ins Lager gegangen ... wir haben ihren Pfad vor einer Stunde gesehen, und es war deutlich zu erkennen, dass sie umgekehrt sind.« Zak hatte Probleme, die Worte mit der Zunge zu formen. Scheiße. »Wir gehen Richtung Fluss. Ich beobachte die Sonne, wenn ich sie sehen kann, und das Navi zeigt uns unser Ziel. Wir finden jemanden, der uns ein Boot verkauft, und dann geht's zurück in die Zivilisation. Morgen um die Zeit wirst du eine kalte Dusche nehmen.«

»Ich bin ja ungern der Überbringer schlechter Nachrichten, Zakary Stark, aber das hast du auch schon vor einer Stunde und eine Stunde davor gesagt.« Sie seufzte. »Ich glaube, wir sollten mal an der Tankstelle anhalten und nach dem Weg fragen.«

Er blieb stehen, und sie lief ihm in die Seite und gegen seine Schulter. Er biss die Zähne aufeinander, streckte aber eine Hand aus, um sie näher an sich zu ziehen.

»O Gott. Und was jetzt?«

Mit dem Unterarm zerrte er sie bündig an seinen Körper, das lange Messer hinter ihrem Kopf mit der Faust umklammert. »Ich brauche noch einen Kuss, um weitergehen zu können.«

Sie neigte ihr Gesicht nach oben, und als Zak ihren Mund mit seinem berührte, spürte er, wie ihr Lächeln ihm bis tief in die Brust leuchtete. Er wollte nur einen kleinen Kuss, etwas, das seinen Energiepegel davor bewahrte, einen Sturzflug zu machen. Aber sie schmeckte nach wintergrüner Minze und blauäugigen Versprechen, und plötzlich verzehrte er sich nach ihr.

Nein. Blöde Idee. Sein Blutdruck musste sich einpendeln und nicht das Blut noch schneller durch seine Venen gepumpt werden. Er ließ sie los. »Ich mache mir keine Sorgen«, sagte er. »Wir haben Essen und Wasser, und die Raubtiere schlafen tagsüber.« Zumindest die meisten.

»Die Leute, die uns entführt haben, sind Raubtiere, und ich glaube nicht, dass die eine kleine Siesta einlegen, bloß weil die Sonne scheint.«

»Punkt für dich. Wir gehen weiter, so oder so. Am Fluss gibt es mehrere kleine Siedlungen. Irgendjemand wird bereit sein, uns in die nächste Stadt zu bringen.«

»Und wie bezahlen wir das?«

»Notfalls verhökern wir meine Uhr.«

»Ich habe zwanzig Dollar im Stiefel.«

Zak schnaubte vor Lachen. »Natürlich. Außerdem«, er fischte in seiner Brusttasche und zog ihre Kette mit dem Medaillon des heiligen Christophorus heraus, »haben wir das hier.«

Ihre Augen leuchteten auf, als er die lange Silberkette in ihre ausgestreckte Hand fließen ließ. »Du hast sie für mich zurückgeholt. Danke, Zak.« Ihre Augen glühten. »Mein Dad hat sie mir geschenkt, als … Wir haben früher exotische Ferien geplant. Die wir nie gemacht haben«, gab sie zu, »aber das Planen hat Spaß gemacht. Es war das letzte Geschenk, das er mir gemacht hat, bevor er krank geworden ist. Ich …« Ihre Gesichtszüge wurden weich, und ihr Blick wurde plötzlich etwas verschwommen, als sie sich die Kette um den Hals legte und das Medaillon des heiligen Christophorus unters T-Shirt steckte. »Danke.«

»Sind deine beiden Eltern gestorben? Wie alt warst du da?«

»Dreizehn bei meiner Mom. Komplikationen bei einer OP. Mein Vater ist vor drei Monaten gestorben.«

»Hart.«

»Ja, das war es.«

Das war's? Er war überrascht, dass sie nicht die ganze Geschichte ausschlachtete, so wichtig, wie sie war. Zak sorgte dafür, dass Acadia vor ihm ging, leicht nach links versetzt, und er zwischen ihr und jedem, der ihnen folgen mochte. Einem Tier, dem sie möglicherweise begegneten, hatte er jedoch nichts entgegenzusetzen.

Im Dschungel wimmelte es vor Raubtieren, sowohl vier- als auch zweibeinigen.

So weit, so gut.

Daran, wie ihre Schultern herunterhingen, konnte er erkennen, dass ihre körperliche Leidensfähigkeit bereits ausgeschöpft war, trotzdem hatte sie sich noch nicht ein einziges Mal beklagt oder nach einer Pause verlangt.

Zak verspürte augenblicklich einen Schub Illoyalität und Reue, gepaart mit einer Woge des Ärgers darüber, wieder mal in einer Situation zu sein, die so beschissenen war, dass er nur verlieren konnte.

Als Jens Ehemann war es seine Pflicht gewesen, sie zu lieben und zu beschützen, und in beiden Aspekten hatte er jämmerlich versagt. Sie hatten ein paar Jahre zusammengelebt. Die Heirat war eine Selbstverständlichkeit gewesen. Aber Zak hatte schon lange vor der Hochzeit gewusst, dass er einen schrecklichen Fehler gemacht hatte. Zuerst hatte er alle Schuld für das Scheitern ihrer Ehe ganz auf seine Kappe genommen.

Jennifer zu heiraten war der Weg des geringsten Widerstandes gewesen. Er, Gid und Buck hatten alle Hände voll zu tun, die Firma aufzubauen, sodass wenig Zeit für irgendetwas anderes blieb. Und das hatte er nach ihrem Tod zutiefst bedauert.

Während ihrer sechs Ehejahre hatte sie sich gelangweilt und war rastlos gewesen. Unmöglich zufriedenzustellen. Sie fing damit an, allein Reisen zu unternehmen. Sie bekam den Job bei CNN. Sie lebten sich auseinander, und die Lücke wurde von Tag zu Tag größer.

Plötzlich fiel es ihm auf, und ihm wurde klar, dass die Ehe zerbrechen würde, wenn er nicht daran arbeitete. Aber da war es schon zu spät.

Gideon und Buck glaubten, dass Jennifer die Liebe seines Lebens gewesen sei. Leider war das nicht der Fall – nicht, dass Zak nicht daran glaubte, dass es eine solch perfekte Verbindung geben könne. Nein, Jennifer war schlicht und einfach nicht die Richtige gewesen. Aber er schuldete ihr seine Loyalität, seinen Respekt und seine Zuneigung in der

Öffentlichkeit. Das hatten sie sich in ihren Gelübden versprochen. In guten wie in schlechten Zeiten. Er war für sie verantwortlich gewesen. Es war egal, was sie getan hatte, denn er hatte bei ihr in jeder Hinsicht versagt.

»Ich nehme ein Pfefferminz.« Mist, seine Stimme klang dünn und schwach. Er hätte ein Vermögen gegeben für einen sicheren Ort, wo er sich für eine Stunde hätte hinlegen können.

Acadia kramte die fast leere Dose aus ihrer Tasche und schüttelte sich zwei Dragées in die Hand. »Gute Idee.« Sie warf ihm einen besorgten Blick zu, während sie sie ihm in die ausgestreckte Handfläche legte. »Der Zucker könnte helfen.«

Er war weit über den Punkt hinaus, an dem ihm ein paar Bonbons helfen konnten.

Und während Acadia beharrlich einen Fuß vor den anderen setzte, verebbte seine Kraft mit jedem Schritt. Früher, als es ihm gefiel, brach in dem kleinen Stück blauem Himmel zwischen dem dichten Laub die Dämmerung herein. Innerhalb einer Stunde würde es ganz dunkel sein. Sie hatten keine Unterkunft außer dem, was er noch notdürftig errichten konnte, was im Dunkeln so gut wie unmöglich war. Er hielt Ausschau nach einem passenden Platz. Das fleckige Grün verschwamm ihm bedrohlich vor den Augen.

»Wir müssen einen Platz für ein Nachtlager suchen.« Er hielt sich an einem Baumstamm fest, alles verwackelte vor seinen Augen, als sehe er alles unter Wasser. Seine Beine knickten ein. Nicht gut.

»Wonach soll ich denn suchen?« Ihre Stimme schien von weit weg zu kommen, wie durch einen Tunnel.

Er runzelte die Stirn, versuchte verzweifelt, wieder scharf zu sehen. »Dichtes Unterholz ... Äste ... Verste...«

8

»Zak?« Acadia warf einen Blick über die Schulter, als er seinen Satz nicht beendete. »Stimmt irgendwas n... Oh, Mist, Mist, Mist!« Sein langer Körper lag mehrere Meter hinter ihr auf dem Boden ausgestreckt. Sie rannte zu ihm und sank im schwammigen Morast auf die Knie. Sein Gesicht war fahl, sein Atem angestrengt, und er hatte eindeutig das Bewusstsein verloren. Ihr Herz machte einen dreifachen Satz, während sie sich verzweifelt umschaute.

»Wonach?«, murmelte sie halblaut. »Einem Rettungssanitäter?«

Acadia presste ihre Finger auf den unsteten Puls hinter seinem Ohr und wünschte, sie wüsste, was gut war. Schnell oder langsam? Was konnte sie eigentlich am Puls ändern? Was konnte sie *überhaupt* in diesem Schlamassel tun? Sie setzte sich zurück auf die Fersen, neigte den Kopf und lauschte in den konstanten Lärm des Dschungels hinein nach irgendeinem Anzeichen für die bösen Buben. Es würde sie kein bisschen überraschen, wenn sie jetzt aus den Büschen gesprungen kämen. Murphys Gesetz hatte seine volle Scheißwirkung.

Gott sei Dank war es ruhig im Urwald. Zumindest relativ, wenn man all das unterschiedliche Gequieke und Gekrächze bedachte, das in Stereo aus den Sträuchern um sie herum und dem Laubdach über ihnen ertönte. Dann hörte sie ein lautes *Plopp*. Gefolgt von dem Prasseln großer Tropfen.

Regen. Regen? Sie hob ihr Gesicht empor und erwartete eine leichte, benebelnde Abkühlung, aber er war keineswegs so zahm. Wie aus einem umgestülpten Eimer strömte das Wasser aus dem Laubdach, eine Sturzflut, die sie augenblicklich bis auf die Haut durchnässte. »Nein. Nein. Scheiße, nein!«

Der unerwartete Mundvoll Wasser brachte sie zum Husten, und sie bedeckte rasch Zaks Gesicht mit ihrem Körper. Die Dunkelheit sank schneller herab, als sie es sich hätte träumen lassen, und verwandelte das Laubwerk in einen unheimlichen Vorhang. Sie konnte kaum die Blätter vor ihren Augen sehen, und Gott allein wusste, was das für rote Augen waren, die sie da anstarrten.

Acadia lief ein Schauder über den Rücken, obwohl ihr nicht kalt war. Sie zwang sich, nachzudenken und nach einer logischen Reihenfolge Prioritäten zu setzen, was zu tun war. Zak. Er brauchte einen Unterschlupf, einen trockenen Platz, wo sie seine Wunde versorgen konnte. Da sie ihn nicht tragen konnte, musste sie genau da, wo er hingefallen war, etwas herzaubern. Sie begann damit, ein paar der größeren Blätter in der Nähe zu sich zu ziehen, um ein improvisiertes Zelt über seinem Gesicht und seiner Schulter zu errichten und ihn so vor dem Regenguss zu schützen.

Sie strich sich durchnässte Haarsträhnen von Gesicht und Hals, kam zum Stehen, holte eine kleine Stablampe aus einer Tasche und machte eine Dreihundertsechzig-Grad-Drehung, um das Gelände zu studieren. Sie musste den besten Platz finden, um das Lager aufzuschlagen. Schließlich war das Glück doch auf ihrer Seite. Etwa sechs Meter entfernt befand sich ein dichter Vorhang aus dick belaubten Sträuchern, ein vernünftiges Versteck und zumindest so was wie ein Schutz vor dem Unwetter.

Sie fand einen heruntergefallenen Stock und stocherte und schlug damit auf das Gebüsch ein. Und zwar energisch. Ein Kapuzineräffchen, das lange, seidige Fell triefend nass, kam aus dem Laub geschossen. Acadia machte einen Satz nach hinten, unterdrückte ein Kreischen und starrte zurück, als es kurz sitzen blieb, um sie anzugucken, bevor es einen Baumstamm hinaufsauste, um sie aus sicherer Entfernung zu beobachten.

Sie presste sich die Hand auf ihr rasendes Herz und wandte sich an ihren Zuschauer. »Du hast nicht zufällig die Schlüssel zu einem Jeep bei dir, oder?« Der kleine Kerl legte sein weißes Gesichtchen schief und sah sie mit großen Augen an, ohne zu blinzeln. »Und was ist mit einer Luxussuite mit Zimmerservice?« Der Schwanz des Affen rollte sich um seinen Körper, und er neigte den Kopf zur anderen Seite. »Nein, verstehe«, sagte sie feierlich. »Bei dir sieht es auch schlecht aus mit Ressourcen.« Sie machte eine Pause. »Was hast du gesagt? Beeil dich, bevor Zak ersäuft? Verstanden.«

Er erklomm den Baum und verschwand im Regen, während sie die Klappe einer länglichen, versteckten Tasche öffnete, die die Außenseite ihres rechten Hosenbeins entlanglief. Ihre Freunde hatten sie gnadenlos geneckt, weil sie dieses winzige Zelt mitgenommen hatte. Es wog nur eintausendzweihundert Gramm, aber das kam noch zu dem Gewicht von all dem anderen Zeug dazu, das sich in ihrer Kleidung verbarg. Ehrlich gesagt hatte sie selbst bezweifelt, dass sie es brauchen würde, es aber trotzdem mitgenommen.

Gott sei Dank hatte sie sich dafür entschieden, auf Nummer sicher zu gehen. Wieder ein Punkt für Acadia Gray. Sie trampelte einen kleinen Bereich unter einem der größeren Büsche nieder, drückte kleine Zweige und Blätter platt, um einen weichen Platz zu schaffen, der groß genug war, um das Zelt aufzustellen. Obwohl sie sieben Tage in der Woche Campingausrüstungen verkaufte, war sie in ihrem ganzen Leben noch nie Zelten gewesen. Aber sie hatte in ihrem Garten geübt, Zelte aufzubauen, damit sie den Kunden zeigen konnte, wie es ging. Bei Regen und bei Sonnenschein, jede Marke und jedes Modell.

Sie konnte es.

Im Dunkeln war es nicht ganz so einfach, noch dazu bei unerbittlichem Regen und vor den glühenden Augen irgendwelcher Tiere auf unterschiedlichster Höhe. Acadia konzentrierte sich ganz auf ihre Finger und Daumen, als sie die dünne, biegsame Bogenstange aufstellte und die Heringe mit den Stiefelhacken in Position brachte. Das Zelt war klein, selbst für eine Person, aber es war besser, als die ganze Nacht in der Dunkelheit dem strömenden Regen zu trotzen.

Nach ein paar Sekunden der Unentschlossenheit zuckte sie mit den Achseln, knöpfte dann ihre Weste auf und streifte sie ab, dann dachte sie, *was soll's*, und zog auch ihr schweißgetränktes T-Shirt aus. Von dem Gewicht und dem am Körper klebenden Stoff befreit zu sein war ein tolles Gefühl. Der Regen fühlte sich an wie eine warme Dusche, die jemand auf Pulsmassage gestellt hatte, und wusch ihr den Schweiß und den Dreck von der Haut, während sie das Zelt zu Ende aufbaute.

Die kleine Stablampe wie eine Bergbaulampe in den Knoten auf ihrem Kopf gesteckt kehrte sie zu Zak zurück. Er hatte sich nicht vom Fleck gerührt. Als sie sich herunterbeugte, um ihm die Arme unter die Schultern zu legen, schlug er zuckend die

Augen auf und musterte sie verdutzt von oben bis unten. Seine Stirn warf Falten. »Gib mir ... Minute«, brachte er schwerfällig hervor. »Laufen.«

War das sein Ernst? Er konnte kaum seine Augenlider heben, geschweige denn seinen gesamten Körper aus der Waagerechten in die Senkrechte. Aber wenn er es versuchte, konnte sie ihn vielleicht ohne weiteren größeren Schaden an seiner Schulter zum Zelt bringen. »Das wäre hilfreich«, gab sie zu. »Mal sehen, ob es geht.«

Sie ging um ihn herum, damit sie ihm auf die Beine helfen konnte, wobei sie seinen Arm fest an ihrem Körper hielt. Seine Knie sackten ein, und sie wäre beinahe flach auf dem Rücken gelandet, aber sie schaffte es, die Beine zu spreizen und ihn abzustützen. Heiliges Kanonenrohr, war der schwer.

Sie wandte das letzte bisschen Kraft auf, von deren Existenz sie keine Ahnung gehabt hatte, um ihn aufrecht zu halten. Der schmale Strahl der Taschenlampe tanzte über die Regentropfen und erleuchtete mehrere Paare kleiner roter Augen, die jede ihrer Bewegungen beobachteten.

Das Zelt wirkte plötzlich wie der Himmel. »Alles klar, Riesenkerl, lass uns ...« Als er sich mit seinem ganzen Gewicht gegen sie lehnte, kroch etwas über die Erhebung und das Tal ihrer Brüste. *Was?* Sie blickte hinunter und sah, wie Zaks Hand nach unten fuhr, um ihre regennasse Brust und die hart gewordene Brustwarze zu umschließen.

Das sollte ihr geringstes Problem sein.

»Warm«, murmelte Zak, während er ihr Ohr liebkoste.

Der Mann konnte kaum stehen, aber jetzt strich er mit einem schwieligen Daumen und der Präzision eines Chirurgen über ihre Brustwarze.

Die Intensität des Gewitters, und vielleicht auch die Gefahr, hatten all ihre Sinne geschärft, einschließlich des Tastsinns.

Und es fühlte sich gut an.

Acadia kniff die Augen zusammen und rang mit der absoluten Unangebrachtheit der Situation und mit der Wärme, die sich zwischen ihren Schenkeln bildete. »Zak, du fällst jeden Augenblick um ...«

»Fängst du mich auf?« Seine Lippen bewegten sich über ihrem Ohrläppchen, und sie fuhr fast aus ihrer durchnässten Haut, als seine Zähne sich über dem empfindlichen Fleisch schlossen. »Schöne weiche Landung.«

Sie schnappte nach Luft, als er mit seiner Handfläche ihre Brust umfasste, und ihr Griff an seinem Arm wurde fester. »Ich meine es ernst«, hauchte sie und versagte kläglich, so überzeugend zu klingen, wie sie es gern hätte.

»Ich auch«, murmelte er, während er mit den Lippen eine Linie aus Küssen auf ihr Kinn zeichnete. Der Regen prasselte auf sie beide ein, warm und plötzlich so verdammt intim. Wie eine exotische Dusche. Oder ein tropisches Paradies.

Oder Probleme.

»Der Blutverlust hat dich geschwächt«, ermahnte sie ihn. Ihre Stimme erstickte in ihrer Kehle, als seine Finger ihre aufgerichtete Brustwarze zusammendrückten, während seine andere Hand über ihren nassen Nacken glitt.

»Kann sein«, stimmte er ihr zu, viel zu beschwingt, wenn man bedachte, wie schwer er sich auf sie stützte. Sein Mund neckte ihren Mundwinkel, und sie erschauderte.

»Du hast ...« Sie wandte ihm den Kopf zu und blickte ihm in

die Augen, um zu sehen, ob seine Pupillen geweitet waren –
das war doch ein Anzeichen für eine Gehirnerschütterung,
oder? –, und wusste, dass sie einen Fehler gemacht hatte, als
sich seine Lippen über ihren schlossen.

Der Regen überströmte sie, klebte sie zusammen, während
sein Griff in ihrem Nacken sie festhielt. Sein Mund blieb an
ihrer Unterlippe hängen, neckte und knabberte, bis sich ihre
eigenen Lippen mit einem Seufzen öffneten. Eifrig, mit weit
mehr Energie, als sie ihm zugetraut hätte, tauchte seine Zunge
in ihren Mund, um sie zu schmecken.

Ein Stoß. Ein Zungenschlag. Sie spürte sein Stöhnen mehr, als
dass sie es hörte, während seine Finger sich enger um ihren
Nacken legten. »Schön«, murmelte er an ihren Lippen.

Mehr als schön, stellte sie fest. Und noch schlimmer: total
verrückt. Er war verletzt! Irgendwie glaubte sie nicht, dass der
heilige Christophorus für so was ausgerüstet war. Sie fasste
ihn am Handgelenk und zog seine Hand von ihrer Brust weg.
Das Gewicht seines Arms um ihre Schultern machte das
Laufen schwierig. Aber es war immer noch besser, als zu
versuchen, seinen Körper zum Zelt zu ziehen.

»Also, gut«, sagte sie mit all der Schärfe, die sie aufbringen
konnte. »Es ist Zeit, dich hinzulegen, Zak.«

»Ich glaube nicht, dass das der richtige Zeitpunkt ist, Schatz«,
murmelte er, als Acadia, ganz außer Atem von der
Anstrengung, ihn gegen einen dicken Baumstamm lehnte und
begann, sein durchweichtes Hemd aufzuknöpfen.

Jetzt beschloss er plötzlich vernünftig zu sein? »Du denkst
auch immer nur an das eine, Junge.« Getrocknetes Blut,
das *einzige* Trockene weit und breit, hatte den Stoff an der
Wunde festgeklebt, trotz des Mulls, den sie benutzt hatte. Sie

ließ den Regen eine Weile daraufprasseln, dann griff sie nach seiner Gürtelschnalle. »Wir wollen doch nicht in nassen Klamotten schlafen, oder?«

Er schenkte ihr ein verführerisches Grinsen. »Schlafe nackt.«

Sie auch. Aber wenn er mit ihr im Bett lag, würde sie nicht schlafen. Das Ding, das sie gerade aufgebaut hatte, war ein Einefrauzelt. Irgendwie würde sie es mit ihm teilen müssen. Sie wusste, dass mindestens einer von ihnen nicht würde schlafen können.

Mist. Sie bekam einen Arm aus dem Ärmel, was nicht gerade einfach war, da der klatschnasse Stoff an ihm klebte wie eine zweite Haut. »Gut zu wissen«, sagte Acadia trocken zu ihm, während sie einen fetten Käfer von seiner Brust zupfte und mit den Fingern in die Dunkelheit schnippte.

»Gott, bist du schön. Fröhlich. *Glücklich*, verflucht. Ich kapier's nich«, murmelte er.

Sie strich ihm zärtlich sein triefendes Haar aus den Augen. »*Du* bist ganz schön unwiderstehlich, wenn du weggetreten bist und vergisst, ein Blödmann zu sein, Zakary Stark.«

Er streckte die Hand aus und fuhr mit dem Daumen über ihre Unterlippe. »Sexy. Erfindungsreich. Sexy ...«

Offensichtlich machte er eine Liste ihrer Eigenschaften, dachte sie belustigt. So gesprächig war er nicht, wenn er er selbst war. Sie fragte sich, wann er zuletzt er selbst *gewesen* war. Laut Gideon schon eine ganze Weile nicht mehr. Seine Frau musste einfach wundervoll gewesen sein, wenn sie einen Mann wie Zak dazu brachte, nicht ohne sie weiterleben zu wollen.

Acadia verspürte einen Anflug von Neid. Sie konnte sich nicht vorstellen, wie es war, so von einem Mann geliebt zu werden. »Das bin ich«, sagte sie ihm mit fröhlicher Stimme, während sie versuchte, sich nicht vorzustellen, was sie gerade jetzt umgab. So mickrig das kleine Zelt auch war, es war eine Schutzschicht zwischen ihnen und den Viechern da draußen. »Sexy und definitiv erfindungsreich.«

Die eine Hand an seiner Brust, fummelte die andere an seiner Gürtelschnalle herum, und ihr wurde klar, dass sie ihm die Hose nicht über die Stiefel ziehen konnte.

Trotz des Regens schwitzte sie, als sie sich aufrichtete und begann, behutsam den Stoff von seiner Wunde zu entfernen. Er beugte sich herüber, um ihr einen Kuss auf den Scheitel zu drücken. Die Taschenlampe fiel ihr aus dem Haar, und sie seufzte. »Ein bisschen Kooperation wäre schön. Kannst du vielleicht mal eine Sekunde stillstehen, während ich die Lampe aufhebe?«

»Hinlegen wär besser.«

»In einer Minute, okay? Lass uns erst diese Klamotten ausziehen.«

Er ließ mit einer zielsicheren Berührung den obersten Knopf ihrer Hose aufspringen. Acadia schluckte ein Lachen hinunter. »Na gut.« Solange ihn das ins Zelt brachte, würde sie fast alles versuchen.

Heftiger, strömender Regen war genauso gut wie eine Dusche. Fast. Und wenn sie Zak erst einmal an Ort und Stelle hatte, würde sie sich vielleicht ihrer restlichen Kleider entledigen und sich vor Gott und diese roten Augen stellen und etwas Seife benutzen.

Oder vielleicht auch nicht.

Er klatschte ziemlich unsanft mit seiner Hand auf ihre Wange, die Finger ungeschickt. »Deine Haut ist so zart. Riecht wie ...«

Sie musste ihn herumrollen, um seinen anderen Arm zu befreien, und fand es schrecklich, zu wissen, wie sehr sie ihm dabei weh tat. »Schiere, unverfälschte Angst?«, schlug sie vor und warf sein Hemd ungefähr in die Richtung des Zeltes, das sie kaum erkennen konnte.

Sie machte sich an seinem Gürtel zu schaffen, zog das glitschige Leder aus der Schnalle und löste den Dorn. Als sie den Reißverschluss herunterzog, presste er plötzlich ihre Hand an seine beeindruckende Erektion. »Ja«, flüsterte er und blickte sie lüstern an. Seine Haut war wie ein Brennofen unter ihren Fingern, sogar durch seine Hose hindurch. Sein Penis war steinhart und völlig unbeeindruckt von einer Schusswunde in der Schulter oder davon, in der Dunkelheit mitten in einem tropischen Regenguss zu stehen.

Mit einem Lächeln und einem Kopfschütteln legte sie ihm die Hand auf seine unverletzte Schulter und versetzte ihm einen leichten Schubs zurück zu dem schützenden Baum.

»Wir werden nicht ...«

Er unterbrach ihren Protest mit seinen Lippen. Dieser Kuss strotzte nicht gerade vor Feingefühl, aber was ihm an Technik mangelte, machte er durch Enthusiasmus wett. Nachdem er ein paar Sekunden lang Acadias mentale Schaltkreise gebrutzelt hatte, ließ er sich zurück gegen den Baumstamm fallen. »Muss ... hinlegen.«

Sie seufzte. »Verstanden. Rühr dich nicht vom Fleck und warte auf mich, okay? Zak? Nicht bewegen. Ich bin gleich wieder da.«

Sie kauerte sich hin, um sich an den nassen Knoten seiner

Schnürsenkel zu schaffen zu machen. Genauso wie sie hatte er sich hastig angezogen und trug keine Unterhose. Auf Augenhöhe mit seinem erigierten Penis war sie versucht – nein. Mit einem gedämpften Lachen hob Acadia die Stablampe auf, steckte sie sich wieder ins Haar und schnürte seine Schuhe zu Ende auf.

Sie stand auf und hielt ihn mit einer Hand an seiner Brust gerade. »Steig aus dem Stiefel ...« Sie drückte leicht mit ihrem Knie gegen sein Bein. »Ja, sehr gut. Und jetzt der andere ... Gut gemacht.« Sorgsam mied sie den Penis, der hoffnungsvoll strammstand, und schaffte es, Zak fort vom Baum und zum Zelt zu ziehen, dann manövrierte sie seinen großen Körper in die kleine Öffnung. Ließ ihn mithilfe seines eigenen ungleichmäßigen Dampfes, unter dem er stand, nach und nach hineinrutschen. Es dauerte eine Weile.

Ehe sie selbst hineinkletterte, zog sie sich die Hose aus, brachte das Kleidungsstück hinein und ließ den Rest ihrer durchnässten Klamotten draußen. Noch nasser konnten sie nicht werden. Das Zelt war kaum groß genug für ihn, aber sie schaffte es irgendwie, sich dazuzuquetschen.

Er hatte die Augen geschlossen, und seine Atemzüge waren tief. Sie hoffte, dass er schlief und nicht bewusstlos war. Mit dem schmalen Lichtstrahl der Taschenlampe suchte sie seinen ganzen Körper nach weiteren Verletzungen ab. Jede Menge Narben, aber nichts, was jünger war als der Schnitt und der blaue Fleck an seiner Schläfe und eine verflixte Schusswunde.

Acadia entfernte den Mull von seiner Schulter und sah, dass das Loch immer noch ganz leicht blutete. Die Haut rundherum war rot und fühlte sich heiß an. Nicht gut. Gar nicht gut. Die Sorge nagte an ihr, aber sie hatte keine Zeit, sich ihr hinzugeben. Zak war komplett abhängig von ihr. Sie hatte nicht mal Zeit, daran zu denken, die Fassung zu verlieren.

Acadia war organisiert. Das sagten ihre Freunde immer. Sie machte sich also eine mentale Notiz, erst in zwei Wochen in Hysterie auszubrechen.

Nachdem sie einen Termin für ihren Zusammenbruch hatte, fühlte sie sich besser und leerte methodisch alle Taschen in ihrer Hose und Weste in Hüfthöhe aus und sah ihre Vorräte durch. Methodisch und behutsam säuberte sie Zaks Wunde und legte einen neuen Verband an. Dann deckte sie ihn mit der Foliendecke zu. Er würde Wasser brauchen, wenn er aufwachte. Er würde sich saubere Kleidung wünschen und etwas zu essen ...

Erschöpft, wie sie war, krabbelte sie wieder nach draußen und machte sich daran, die Kleidung von ihnen beiden mit einem kleinen Stück Hotelseife zu waschen, dann ließ sie sie zum Ausspülen über Äste gespannt hängen. Sie würden in null Komma nichts trocknen, sobald dieser verdammte Regen aufgehört hatte. Oder von irgendeinem wilden Tier weggeschleift werden, sodass Zak und sie den Rest ihres Marsches zurück in die Zivilisation nackt hinter sich bringen mussten.

Wenn es so kam, würde sie sich morgen darum kümmern. Im Moment konnte sie nur eins nach dem anderen machen.

Acadia fühlte sich verletzlich und ausgeliefert in dieser beängstigenden Atmosphäre, als sie so nackt in der Dunkelheit stand. Rasch wusch sie sich und ließ den Regen den Rest erledigen. Sie war völlig erschöpft, als sie wieder ins Zelt zurückkroch und den Reißverschluss bis fast ganz unten zuzog. Dann griff sie nach draußen, nahm den blättrigen Ast, den sie dort liegen gelassen hatte, und stellte ihn aufrecht vor das Zelt, bevor sie die Klappe ganz schloss. Es war nicht die weltbeste Tarnung, aber besser als nichts. Hoffte sie zumindest.

Zak schlief auf der Seite und ließ ihr eine schmale Lücke, in die sie sich quetschen und sich neben ihm ausstrecken konnte. Er ließ seinen Arm unter ihren Kopf gleiten, als sie es sich bequem machte, und zog sie an seine Brust. Sein Herz schlug gleichmäßig unter ihrem Ohr.

Zak wusste, dass sie eigentlich in den Schatten gehen sollten. Die tropische Sonne briet seinen Körper und war so grell, dass er seine Augen nicht aufmachen konnte. Aber es fühlte sich so verdammt gut an, sich hier am Strand zu entspannen und nichts weiter zu tun zu haben, als dem Rauschen der Wellen zu lauschen und darauf zu warten, was als Nächstes kommen würde. Es war schon eine Weile her, dass sie sich mit nichts anderem als miteinander zu beschäftigen brauchten.

Eine längst vergessene Zärtlichkeit durchströmte ihn, als er an all die schönen Dinge dachte. Gott, er wollte diese Gefühle zurückhaben.

Sie nahm sein Gesicht in ihre kleinen, geschickten Hände. Komisch, Jens große, knochige Hände waren ihr einziger Makel gewesen, aber jetzt fühlten sie sich so klein und zart auf seiner Haut an. Das gefiel ihm. Ihm fiel wieder ein, dass er sie einmal mehr geliebt hatte, als er es je für möglich gehalten hätte.

Der Duft nach Jasmin, vermischt mit einem fraulichen Moschusgeruch, ließ ihn hart werden wie ein Fels. Zak war froh, dass sie diese *Obsession*-Phase überwunden hatte. Jasmin duftete viel, viel ... Schwach vor Verlangen rutschte Zak auf sie, ließ seine Hüften auf ihren ruhen, denn er war außer Atem vor Lust und der nervigen Hitze, die sich wie eine feuchte Wolldecke um seinen Körper wickelte.

Schatten ...

»Schlaf mit mir, Liebling.« Sie hob ihre rauchgrauen Augen zu ihm, lächelte, ließ ihre Hand nach unten zwischen sie gleiten, um seinen erigierten Penis zu umschließen. Zak stieß ein kehliges Stöhnen aus, senkte seinen Kopf an ihre Brust und fuhr mit der Zunge über eine geschwollene Spitze.

»Zak, *bitte* ... Du wirst dir weh tu...«

Mühsam stützte er seinen Körper über ihrem auf, brachte sich über ihrer feuchten Hitze in Position und murmelte: »Cady.« Und sank in sich zusammen.

Morgens war Zak fiebrig und wollte oder konnte das Wasser nicht schlucken, das Acadia ihm versuchte zwischen die ausgetrockneten Lippen zu träufeln. Und sie konnte ihn nicht abkühlen, egal, was sie versuchte. Und sie versuchte alles.

Zu dumm, dass sie nicht gewusst hatte, dass das passieren würde, sonst hätte sie Gideon im Guerillalager weniger von ihren Aspirinvorräten gegeben. Zaks kraftlose Fitnessübungen während der Nacht hatten ihm wahrscheinlich noch mehr geschadet. Er hatte völlig den Verstand verloren und war fest entschlossen gewesen, wilden, hemmungslosen Sex mit ihr zu haben. Glücklicherweise war er dafür zu schwach gewesen. Sie hätte ihm leicht Einhalt gebieten können. Davon mal abgesehen war das Zelt zu klein, als dass zwei Menschen sich darin bewegen konnten, ohne sich gegenseitig ernsthafte Schäden zuzufügen.

Aber, Mannomann, er war entschlossen gewesen.

Die Wunde war rot und sah übel aus. Sie war entzündet, und langsam ging Acadia das einzige Desinfektionsmittel aus, das sie hatte. Das für die Hände. Sie tupfte seinen Körper von Kopf bis Fuß mit einem Schwamm ab und hielt den kleinen, batteriebetriebenen Ventilator vor ihn, bis die Batterien leer waren. Durch die Netzfenster gab es keine Querbelüftung. Die Luft stand still und war schwer vom Regen. Zak schwitzte extrem. Er faselte. Über seinen Bruder, über Jennifer, über sein Auto und seinen Hund, den er, soweit sie es den Wortfetzen entnehmen konnte, Maus genannt hatte.

Ihre Kleidung war getrocknet, und sie brachte sie ins Zelt, faltete sie ordentlich zu kleinen Quadraten zusammen, die sie als Kopfkissen für Zak benutzte.

Sie aß einen halben Eiweißriegel und bereitete einen kleinen Becher Brühe mit aufgefangenem Regenwasser und einem der kleinen Pulverpäckchen zu, die sie für ihre Freundin Amber mitgebracht hatte, die immer Hunger hatte. Im Kopf machte sie sich eine Notiz, sich bei Amber zu bedanken, denn das Getränk konnte sie Zak nach und nach in den Mund träufeln. Acadia kümmerte sich um ihn, so gut sie konnte, dann ging sie auf Nahrungssuche.

Sie wusste eigentlich gar nicht, was sie tun sollte, also hielt sie sich in der Nähe des Zeltes auf und suchte nach Früchten, um ihre Vorräte aufzufüllen. Affen plapperten in den Bäumen, Vögel sangen, während sie ebenfalls um sie herum nach Nahrung suchten. Insekten summten und erzeugten ein tiefes Brummen, das die unbewegliche Luft erfüllte.

Zumindest war weit und breit keine Spur von den Guerillas, obwohl Acadia keinen Moment vergaß, dass sie und Zak gejagt wurden. Während sie suchte, sprach sie ein Schutzgebet für Zaks Bruder und eines für sich und Zak. Sie hoffte, dass der heilige Christophorus zuhörte. Vielleicht arbeitete der nur für Katholiken?

Durch den Regen gab es Wasser in Hülle und Fülle. Stündlich spülte sie Zaks Wunde aus und legte einen neuen Verband an, und von Stunde zu Stunde sah die Wunde schlimmer aus. Sie musste Hilfe für ihn holen, aber sie hatte keine Ahnung, wie sie das bewerkstelligen sollte. Sie konnte ihn nicht tragen, und selbst wenn, hatte sie keinen blassen Schimmer, in welche Richtung sie gehen sollte.

Das Zifferblatt seiner Uhr hatte einen Sprung, und Wasser war eingedrungen. Nach seiner Aussage waren sie Richtung Fluss gelaufen.

Sie wusste nicht einmal, wie weit der noch weg war, und wenn sie ihn fand, wie schnell sie eine Stadt oder ein Dorf finden würde. Sie würde sich schon mit einer Einhaussiedlung zufrieden geben, wenn sie über irgendeine Art medizinischer Versorgung verfügte. Nicht zum ersten Mal in ihrem Leben fühlte Acadia sich hilflos, hoffnungslos und so ängstlich, dass sie keine Ahnung hatte, was sie als Nächstes tun sollte. Bei ihrem Vater hatte sie wenigstens im Internet nachsehen oder andere um Hilfe bitten können. Hier gab es niemanden als sie. Sie würde noch eine Nacht abwarten, aber wenn es ihm am Morgen nicht besser ging, würde ihr nichts anderes übrig bleiben, als Hilfe zu suchen. Sie strich ihm das Haar aus der Stirn und flüsterte: »Das Leben ist noch nicht fertig mit dir, Zak. Komm zurück zu mir.«

»Du siehst beschissen aus.« Zak hustete, schockiert über das schwache Timbre seiner Stimme. Acadia saß neben ihm, die Beine zur Seite abgeknickt, um sich in den schmalen Zwischenraum zu quetschen. Sie trug ein knappes, blassfarbiges T-Shirt und, soweit er erkennen konnte, sonst nichts. Sie hielt seine Hand und presste sie zwischen ihre Brüste, und ihr Mund berührte seine Fingerknöchel, als befände sie sich im Gebet.

Er stellte fest, dass sie in einem kleinen Zelt waren, dessen dämmriger Innenraum aufgeheizt war wie eine Sauna. Vielleicht lag es daran, dass das Leichtgewichtnylon, das sie umgab, schlammfarben war, oder dass ihre blasse Haut vor Erschöpfung blutleer war, aber sie sah gelblich aus. Strähnen ihres Haars waren aus dem schief sitzenden Knoten auf ihrem Kopf gerutscht und hingen ihr wie schlaffe Fahnen der Kapitulation im glänzenden Gesicht und den Hals hinab.

Als sie den Klang seiner Stimme hörte, schlug sie ihre verschlafenen Augen auf. Es dauerte einen Moment, bis ihr Blick den seinen fand.

Dann verzerrte sich ihr Gesicht, und sie brach in Tränen aus.

»Allmächtiger«, krächzte er. »Was ist denn?«

»Du bist wach!«

»Ja. Sieht so aus. Wie lange habe ich denn geschlafen?« Er reckte sich langsam und bemerkte die Schwäche seiner Muskeln und, als er ein Stück rutschte, das Brennen in seiner Schulter.

Sie griff mit beiden Händen nach seiner und ließ die Tränen auf ihrem geröteten Gesicht trocknen. »Du warst *tagelang* bewusstlos.« Es war eher ein Vorwurf als alles andere.

»Unmöglich ... tagelang? Das Letzte, woran ich mich erinnere, ist, dass wir Richtung Fluss gegangen sind.« Sie streichelte seine Hand wie ein verängstigtes Tier. Es war süß. Verdammt, sie war ... »Wollten vor dem Regen ankommen.« Gott, es war verflucht heiß hier drin. Vielleicht, wenn er rausging ... Regen prasselte auf den Stoff über ihnen. Der Regen würde ihn abkühlen ... Ja. Raus.

»Du bist bewusstlos gewesen. Hör auf, rumzuzappeln, und lieg still. Die Kugel ist immer noch in deiner Schulter.«

»Ich merk's.« Gott, es war heiß. Klaustrophobisch. Laut ...

Zak blinzelte, um sie scharf zu sehen. »Alles klar?«

»Bestens«, sagte sie mit einem Hicksen.

Die Art, wie sie seine Hand an ihr Gesicht hielt, gefiel ihm, genauso wie das Gefühl ihres weichen, feuchten Mundes an seinen Knöcheln. »Wo ist Gideon?«

»Der wartet wahrscheinlich schon ungeduldig im Hotel in Caracas auf dich.« Sie klang selbst auch ungeduldig, ihr Gesicht war rot. »Du warst zwei Tage weg, Zak.«

»Mist. Irgendeine Spur von den bösen Buben?«

»Nicht, seit du angeschossen wurdest.«

Die kleinen Freuden des Lebens. »Was ist denn mit meinen Klamotten passiert?« Ihr verängstigter Gesichtsausdruck machte ihm unheimlich zu schaffen, also neckte er sie ein bisschen. »Hast du sie mir vom Leib gerissen und dich an mir vergangen, während bei mir die Lichter aus waren?«

Ein Lächeln glomm auf, aber nur schwach. »Darauf kannst du wetten. Natürlich ohne Vorspiel, aber dafür gibt es mildernde Umstände.« Sie ernüchterte wieder. »Da war jede Menge Blut dran ...« Sie schluckte schwer. »Ich habe sie gewaschen, während du geschlafen hast. Sie sind jetzt trocken, und dein Kopf liegt auf den Hosen. Wenn du willst, stecke ich auch noch dein Hemd drunter.«

Zak legte seine Finger fester um ihre, als sie sich bewegte. »Danke, dass du dich um mich kümmerst.«

Sie zuckte mit den Achseln. »Ich habe einen miserablen Orientierungssinn. Ich finde nicht mal den Weg aus einer Papiertüte. Ich brauche dich, um wieder zurück in die Zivilisation zu gelangen.«

Er lächelte mühsam, ohne ihre Hand loszulassen. »Wo hast du denn das Zelt gefunden?«

»Es ist unser meistverkauftes Einpersonenzelt. Wiegt unter drei Pfund, ist also leicht zu tragen. Wasserdicht, einfach aufzubauen ...« Sie legte ihm ihre freie Hand auf die Stirn und machte ein ernstes Gesicht. »Du hast immer noch Temperatur. Ich habe deine Schulter so gut ich konnte gesäubert, aber du musst zu einem Arzt. Du hast viel Blut verloren, und die Wunde ist entzündet. Glaubst du, du kannst laufen? Ich habe dir aus einem Ast, den ich gefunden habe, einen Gehstock gemacht.«

»Wie spät ist es denn?«

Sie warf einen Blick auf seine Uhr, die sie sich, wie er mit erschöpfter Belustigung feststellte, um ihr schlankes Handgelenk gelegt hatte.

»Viertel nach sechs. Oder das war, als sie stehen geblieben ist. Das Glas ist zerbrochen. Ich glaube, es ist bald Mittag.«

»Gib mir meine Klamotten und brich das Lager ab. Wir müssen uns sputen. Wir finden irgendwo Zivilisation, und ich ruf in dem Hotel an, wo wir uns mit Gideon treffen.«

Herrje, selbst das Sprechen strengte ihn an. So was war ihm noch nie passiert. Zak wusste, dass er Fieber hatte, und er wusste, dass er verdammtes Glück hatte, wenn er es überhaupt irgendwohin schaffte, bevor er wieder das Bewusstsein verlor. Oder, zum Teufel, starb. Er musste sie in Sicherheit bringen, bevor das passierte.

»*Du* triffst dich mit deinem Bruder«, korrigierte sie. »Ich muss mich bei meinen Freunden melden und ihnen sagen, dass es mir gutgeht. Und mich dann entweder hier oder zu Hause mit ihnen treffen.«

»Nicht hier. Du musst zurück nach Kansas, Dorothy.«

»Zum Glück bist du nicht mein Boss. Sobald wir in eine Stadt kommen, bist du auf dich allein gestellt, Rambo.«

»Sobald ich dich in Sicherheit weiß, kannst du allein weiter«, sagte er und schloss die Augen. »Bis dahin, sieh mich als deinen Aufpasser an.«

»Wer hat denn auf wen aufgepasst in den letzten zwei Tagen?«

Ach ... verdammt. »Punkt für dich.« Schwarze Funken nahmen ihm die Sicht, als er die Augen wieder aufschlug. »Was kann ich tun, um zu helfen?«

»Ich weiß, was du tun kannst, sobald du versuchst, es zu tun«, sagte sie forsch. Sie ließ seine Hand los, wodurch Zak sich merkwürdig beraubt fühlte, und gab ihm einen Faltbecher, der mit irgendetwas Lauwarmem und ekelhaft Salzigem gefüllt war.

Er verzog das Gesicht. »Willst du mich vergiften?«

»Verdammt. Warum habe ich nicht daran gedacht, als du geschlafen hast?« Acadia ließ ihre Hand unter seinen Kopf gleiten, hob ihn hoch und führte den Becher an seine ausgedörrten Lippen. »Es ist Fleischbrühe. Trink sie oder kau auf einem Eiweißriegel. Ich habe dir einen halben übrig gelassen.«

»Gibt's auch Wasser?«

Sie stellte den Faltbecher auf seiner nackten Brust ab und griff über ihn, um einen kleinen Plastikbehälter an seine Lippen zu führen. Es schmeckte stark nach wintergrüner Minze und war nur ein winziger Schluck, aber es war wunderbar.

»Mehr?«, fragte sie.

»Bitte.« Schon das eine Wort machte ihn fix und fertig.

Wieder berührte eine harte Oberfläche seinen Mund. Dieses Mal war es etwas mehr Wasser. Er leerte alles, was sie ihm reichte. Die Bewegung ließ die schwarzen Funken in seinem Sichtfeld auf und ab tanzen. Er ließ die Augen auf Acadia gerichtet, bis sie verschwanden. Sie neigte den Becher an seinen Lippen, und Zak trank gierig, Mund und Hals völlig ausgetrocknet. Das Wasser war lauwarm und absolut köstlich. Er leerte den Becher und wollte mehr. Fünf oder zehn Liter würden vielleicht etwas gegen seinen überwältigenden Durst bewirken können. Das Fieber, vermutete er.

»Mehr?«, fragte sie, während sie immer noch seinen Hinterkopf hochhielt. Er war nur wenige Zentimeter von den weichen, unbefestigten Erhebungen unter ihrem rosa T-Shirt entfernt. Er erinnerte sich vage daran, wie er den Baumwollstoff hochgehoben und ihre warmen Brüste geleckt hatte. Er vermutete, dass das eher Wunschdenken als Realität war.

Fieberträume.

»Bitte.« Seine Stimme verabschiedete sich ärgerlicherweise. Er musste sich zusammenreißen. Die Hand, die seinen Kopf hielt, fühlte sich kühl an. Das konnte nicht sein, sie befanden sich in einem dampfenden, tropischen Dschungel, aber verglichen mit der Temperatur seiner Haut, linderten ihre Finger seine Überhitzung wie nichts anderes. Nicht mal das

Wasser.

»Du bist 'ne echte Pfadfinderin.« Zak war überrascht, wie
schwach er klang. Er räusperte sich. »Wie kommt's, dass dich
noch kein Pfadfinder weggeschnappt hat?«

Sie zuckte mit den Schultern. »Mein Vater war lange krank
…«

Sie neigte den kleinen Faltbecher an seinem Mund und ließ
ihn den auch leeren, bevor sie ihn von der Brühe nippen ließ.
Sanft legte sie seinen Kopf wieder auf dem Kissen ab, das sie
ihm aus seinen zusammengefalteten Kleidern gemacht hatte.
»Tut mir leid. Ich weiß, die Brühe macht dich noch durstiger,
aber du brauchst das Eiweiß, damit es dir bald besser geht. Es
gibt jede Menge Wasser. Die Behälter sind bloß so klein.«

Ein Schwimmbecken wäre noch zu klein, aber sie war sichtlich
erschöpft, und die Falten zwischen ihren hübschen Augen
schienen für immer dort eingemeißelt zu sein.

Sie hatte über ihren Vater gesprochen. »Es gibt
Einrichtungen, in die er hätte gehen können …«

»Niemals.« Ihre Augen flackerten auf. »Ich habe mich mit
Männern verabredet. Hatte ein paar ziemlich ernsthafte
Beziehungen. Aber letztendlich« – sie zuckte mit den Achseln
– »führte ich ein anderes Leben, als du es kennst, schätze ich.
Junction City ist ziemlich ruhig und unauffällig. Ich bin
ziemlich ruhig und unauffällig.«

»Verdammt rechthaberisch.« Er hatte das Gefühl, die Worte
klangen eher wie eine Liebkosung als wie ein Vorwurf.

»Draußen habe ich noch mehr Behälter«, sagte sie ohne ihre
übliche kecke Retourkutsche.

»Ich hole sie, dann kannst du deinen Durst löschen. Gestern konnte ich dich nicht dazu bringen, viel runterzuschlucken. Dadurch und durch das Fieber bist du dehydriert. Ich denke, du wirst dich besser fühlen, wenn du mehr trinken kannst. Ich bin gleich wieder da.«

Sie manövrierte sich rückwärts aus dem kleinen Zelt heraus und nahm die Behälter mit. Und er erhaschte einen Blick auf ihren hübschen blassen, nackten Po.

Acadia Gray war eine bemerkenswerte Frau. Zak sann darüber nach und schloss die Augen gegen das Pochen in seinem Kopf und seinem Arm. Gott allein wusste, was sie noch in all diesen verborgenen Taschen mit sich herumtrug, aber er würde ihr helfen, sobald er ...

Die Dunkelheit fiel auf ihn herab wie ein dichter, schwarzer Nebel.

»Okay«, sagte Acadia, als es im Zelt raschelte, »hier ist noch massenhaft Wasser. Wenn du rauskommen kannst, baue ich das Zelt ab und wir können ... Oh nein!«

Zak hörte ihre Stimme wie durch einen dunklen Tunnel und versuchte sich an die Oberfläche zu kämpfen.

»Zak?« Sein Name wurde von einem leichten Klatschen auf die Wange begleitet. »Komm schon, Zak. Wach auf.«

Er zwang sich, die Augen zu öffnen. Das blasse Oval ihres Gesichts war verschwommen. »Raus hier.«

»Ja. Ich weiß. Aber vielleicht brauchst du noch einen Tag Ruhe.«

»Nein. H-hilf m-mir hoch.«

»Lieg still. Ich bereite alles vor, und dann schaue ich, wie es dir geht.«

»Gut.«

Acadia legte ihm sanft ihre kühlen Finger auf die brennend heiße Wange. Er wollte seinen Mund in ihre Handfläche pressen, aber ihre Hand berührte für einen viel zu kurzen Augenblick seine Stirn, bevor sie wieder verschwand. »Ich seh's.« Sie stieß einen zittrigen Seufzer aus. »Mach die Augen zu. Ich bin gleich wieder da.«

Da er keine andere Wahl hatte, ließ er seine Lider zufallen. Gott. Es war schlimm. Richtig schlimm. Er war zu schwach, um sich zu bewegen, sein Gehirn zu duselig, um auch nur einen zusammenhängenden Gedanken zu verfolgen. Er wusste nur mit Sicherheit, dass sie beide im Arsch waren.

Sie saßen ganz tief in der Scheiße.

Acadia schlang die Arme um ihre angezogenen Knie und starrte in ein Gewirr aus grünem Urwald. Sie wusste, dass sie sich eine ganze Weile nicht bewegt hatte, denn wenn sie in Bewegung war, war es still im Dschungel. Jetzt plapperten kleine, schwarzgesichtige Affen miteinander, während sie über ihrem Kopf von Ast zu Ast hüpften. Ein großer gelb-brillantblauer Papagei hockte auf einem Ast direkt über ihrem kleinen Zelt. Sein Gefieder trug weiße Ringe an seinem Kopf, die wie Augen aussahen, und er beobachtete sie mit schief gelegtem Kopf. Eine schwarze Spinne von der Größe eines Tennisballs mit einem grellroten Mund wartete mitten in ihrem riesigen Netz darauf, dass ein summendes Insekt mit leuchtenden Flügeln darin landete.

Im Urwald ging alles seinen gewohnten Gang.

Das frühmorgendliche Sonnenlicht drang zwischen den Baumkronen hoch über ihrem Kopf hindurch, und die

Feuchtigkeit auf den Blättern vom gestrigen Regen verdampfte in Nebelschwaden, die wie durchsichtige Streifen blassen Chiffons tief über dem Boden hingen. Sie wusste, sie hätte die leeren Behälter rausstellen sollen, um aufzufangen, was sie konnte, dass sie nach Zak sehen und alles tun sollte, was irgend möglich war, um wenigstens so zu tun, als helfe sie. Aber sie war wie gelähmt vor Angst, und ihre Gedanken rasten wie Ratten im Laufrad. Schweiß tropfte ihre Schläfen hinab und sammelte sich in ihrem Kreuz unter ihrem ohnehin schon feuchten T-Shirt.

Zak würde nicht mehr aus eigener Kraft aus dem Dschungel kommen. Geistesabwesend kratzte sie an ein paar roten Bissen, die sich entlang ihres Arms aufreihten. Sie konnte ihn nicht tragen. Sie fing wieder bei Null an, nur dass er nun noch dringender medizinische Hilfe brauchte. Seine trüben Augen und die gerötete Haut waren deutliche Anzeichen, selbst für ihr medizinisch ungeschultes Auge, dass er nicht von allein genesen würde.

»Ich schätze, ich könnte hier noch einen oder zwei Tage rumsitzen und mich selbst bemitleiden«, sagte sie zu dem Affen, der sie ignorierte. »Die Sorge um seine Gesundheit würde mir mit Sicherheit aus den Händen genommen werden. Denn wenn er keine ordentliche medizinische Versorgung bekommt, wird er sterben. Ich kann auch hier warten, bis irgendwas vorbeikommt und mich auffrisst. Oder mich erschießt, oder bis die Entführer zurückkommen und mich wieder gegen Lösegeld festhalten. Ich kann tun, was ich will, oder alles, oder ...« Sie rieb sich die Stirn. »Genauso gut nichts.«

Aber das sah ihr überhaupt nicht ähnlich. Acadia sprang auf, und der Dschungel um sie herum verstummte. »Oder ich könnte meine Mitleidsparty verlassen und mich auf die Suche nach Hilfe machen«, sagte sie in die plötzlich totenstille Luft. Denn alles, wovor sie Angst hatte, konnte immer noch passieren, aber bis dahin würde sie wenigstens etwas tun.

»Stimmt's?«, fragte sie den Papagei, der sie, ohne mit der Wimper zu zucken, anstarrte. »Freut mich, dass du zustimmst.« Sie klopfte sich Zweige und Blätter vom Po und sah sich um. Sie würde Zak alles dalassen. Vor allem Wasser. Wenn er aufwachte, würde er wieder Durst haben.

Sie füllte die verschiedenen kleinen Behälter und stellte sie in einer Reihe entlang der Zeltwand auf, sodass er leicht drankam. Dann legte sie die letzte Hälfte eines Eiweißriegels, in mundgerechte Stücke gebrochen, dahin, wo er sie sehen würde, *wenn* er die Augen öffnete. Sie legte noch die lange Machete dazu. Sie wusste nicht, wie man das verdammte Ding benutzte, und sie war viel zu schwer für sie, selbst wenn sie versuchte, mit beiden Händen auf die Äste einzuschlagen.

Die Uzi gesellte sich zur Machete. Auch wenn sie wusste, wie man sie benutzte, sie wollte nicht das bisschen Kraft, das sie noch hatte, verschwenden, um sie zu schleppen.

Nachdem sie die Blätter erneuert hatte, mit denen sie vor Tagen das Zelt vor menschlichen Augen geschützt hatte, blieb Acadia noch einmal stehen und blickte auf das Lager. Sie wollte ihn nicht zurücklassen. Allein die Vorstellung jagte ihr mehr Angst ein als alles, was sie bisher erlebt hatte, aber sie konnte ihm nicht helfen, wenn sie hierblieb. Sie half sich selbst nicht, indem sie hierblieb.

Sie wünschte bei Gott, und das nicht zum ersten Mal, sie wäre von einem anderen Schlag Mensch. Ja, sie war organisiert und ganz bestimmt erfindungsreich, aber sie wünschte, sie wäre tapferer und wagemutiger. Das Wagemutigste, abgesehen von dieser Reise, das sie je geplant hatte, waren ihre Pläne, aus

Junction City wegzuziehen, um mit dreißig Jahren am College anzufangen. Bisher war das Furchteinflößendste, das sie sich für ihre Zukunft vorgestellt hatte, neben einem Haufen Zwanzigjähriger zu sitzen.

Junge, hatte sie falschgelegen.

Jennifer Stark hätte diese Prüfung sicher mit links gemeistert und nebenbei noch Brownies gebacken. Zu blöd, dass sie nicht Jennifer Stark war. Aber so jämmerlich sie auch als Ersatz war, jemand anderen als Acadia Gray gab es hier weit und breit nicht.

Sie kroch wieder in das Zelt, um das Unvermeidliche hinauszuzögern. Die Klappen waren geöffnet, aber nicht ein Luftzug kam durch das feine Netz, und Zaks nackter Körper glänzte vor Schweiß.

»Ich gehe Hilfe holen«, sagte sie zu ihm und holte ein paar Feuchttücher heraus, um damit über seinen Körper zu fahren und ihn abzukühlen. »Du hast Wasser, Essen und die Machete gleich hier, okay?« Um die Wunde herum war es rot und fühlte sich heiß an. Röter und heißer als gestern? »Ich bin nicht lange weg. Verbände. Alkohol ist nicht mehr viel da, also schmeiß keine Party, während ich weg bin. Ich nehme deine Uhr mit, damit ich das Navi benutzen kann … also geh nicht ohne mich spazieren.«

Acadia beugte sich hinab, um ihm einen langen Kuss auf den Mund zu geben, fuhr mit den Fingern durch seine nassen, dunklen Haarsträhnen, die ihm an den Wangen klebten, und über seinen starken, braunen Hals.

Er musste wieder gesund werden. Dafür würde sie sorgen.

Sie küsste ihn noch mal. Diesmal schneller, als trinke sie aus jenem Brunnen der Kraft, den er in sich zu tragen schien. Sie nahm die Kette mit ihrem Christophorus-Medaillon ab, hielt die Münze einen Moment in ihrer Hand und kniff die Augen zu. *Bitte* , dachte sie und wusste dann nicht weiter. Vorsichtig legte sie Zak die lange Kette um den Hals.

»Das wird dich beschützen.« Ihre Finger zitterten ein wenig, als sie die Kette gerade zog, und sie glänzte im dunklen Haar auf seiner Brust. »Ich bin wieder da, ehe du es überhaupt merkst.«

Die Alternative war nicht auszudenken.

9

*E*s stellte sich heraus, dass Acadia das Zelt ungefähr einen Kilometer von einer Siedlung entfernt aufgestellt hatte. Unglücklicherweise dauerte es den Großteil eines schrecklichen Tages, bis sie über das kleine Yanomami-Dorf stolperte, und das auch nur durch Zufall, nicht mit Absicht. Niemand sprach Englisch, und ihre paar Brocken Spanisch reichten nicht mal für ein einfaches Gespräch aus.

Dennoch schaffte sie es durch Gesten und ihre sehr real drohende Hyperventilation, den Eingeborenen eine gewisse Dringlichkeit zu vermitteln, und brachte vier Männer dazu, ihr dorthin zu folgen, wo sie Zak zurückgelassen hatte.

Der Rückweg dauerte nur eine Stunde, da die vier Männer sich nicht durch die Wildnis, Unentschlossenheit, Hunger oder Durst aufhalten ließen.

Okay, die Männer tauschten ein paar Bemerkungen aus, die vermutlich nicht gerade Komplimente waren, als klar wurde, dass sie mindestens zweimal im Kreis gegangen war, aber sie wussten anhand ihrer vagen Beschreibung einen direkten Weg zu finden, und das war alles, was zählte.

Sie war so verdammt froh, das Zelt zu sehen – zu wissen, dass sie es zurück geschafft hatte –, dass sie geweint hätte, hätte sie noch einen Rest Feuchtigkeit in ihrem Körper gehabt. Sie zog den Reißverschluss an der Eingangsklappe auf und krabbelte halb hinein.

»Zak? Zak! Ich habe Hilfe geholt. Du wirst … oh, mein Gott.« Seine fiebrige Haut, die die ohnehin schon unerträgliche Temperatur im Zelt noch zusätzlich aufheizte, zischte vor Hitze. Er war bewusstlos und lag da wie tot.

Die Situation rüberzubringen war nicht schwer. Ihre wilden Gesten und Gesichtsausdrücke mochten vielleicht verworren sein, aber Zaks physischer Zustand bedurfte keiner Erklärung. Sie stellte pantomimisch dar, was sie von ihnen wollte, und innerhalb von Minuten hatte sie das Zelt abgebrochen und sammelte ihre mageren Vorräte ein. Die Männer aus dem Dorf bauten rasch eine Trage aus dem Zeltstoff und den Stangen, die sie mit ihren Macheten zurechtschnitten, luden Zak vorsichtig darauf und bedienten sich einer der Reißleinen, um ihn an Ort und Stelle zu halten.

Acadia war so erschöpft, dass sie versucht war, den Rest ihrer Notfallrationen einfach in den Urwald zu werfen, steckte jedoch alles wieder an seinen Platz. Die zusätzlichen Pfunde fühlten sich an wie Backsteine.

Zak lag beängstigend still in der Kuhle der Trage. Acadia lief nebenher, wenn sie konnte, und fiel zurück, wenn nicht, ließ ihn aber keinen Moment aus den Augen. Seine Wangen waren stark gerötet, aber er schwitzte nicht. Fieber und Dehydrierung: genauso tödlich wie eine entzündete Wunde im Dschungel.

Die Männer schlugen sich mit Leichtigkeit durch die Vegetation, ihre langen Macheten durchtrennten verwickelte Lianen und verknotete Pflanzen viel schneller, als sie und Zak es geschafft hatten. Aber anstatt sie zurück ins Dorf zu bringen, von dem sie annahm, dass es sich in der Nähe eines Flusses befand, gingen sie in die andere Richtung.

»Nein. Warten Sie! *Espera…* « Sie rannte nach vorne zu den

beiden Männern, die die Führung hatten, streckte die Hand aus, um nach einem nackten, eingeölten Arm zu greifen, überlegte es sich anders und ließ die Hand sinken. »Müssen wir nicht ... ¿no debemos ...?« Mist, sie brauchte einen Dolmetscher. »Bringen Sie uns in ein Krankenhaus? Hos-pi-tal?« Sie sahen sie mit leeren Blicken an und schienen das Wort nicht zu kennen, obwohl sie es laut und deutlich sagte und so langsam es ging.

Sie fühlte sich wie eine Idiotin, als sie weitergingen, ohne ihren Schritt zu verlangsamen. Wo auch immer sie Zak hinbrachten, sie brachten ihn rasch dorthin und ohne jede Unterbrechung durch sie. Sie gab auf, kehrte an ihre Position neben ihm zurück und griff nach seiner heißen, trockenen Hand.

Sie wusste nicht genau, wie lange sie marschierten, aber endlich traten sie aus den Bäumen heraus. Dieses neue Dorf war etwas größer als das, wo sie die Männer gefunden hatte, aber nicht viel. Und die Gebäude bestanden aus Lehmziegeln mit Wellblech anstatt Strohdächern.

»Doktor? ¿Un médico?« , fragte sie hoffnungsvoll, als sie vom Wald auf eine unbefestigte Straße gelangten. Sie war zwar nicht asphaltiert, aber zumindest deutete sie auf Zivilisation hin.

»Padre Araujo«, sagte einer der Männer mit fester Stimme zu ihr.

Zak brauchte doch keinen Priester. Sie wollte nicht einmal in Betracht ziehen, dass er einen Priester brauchte. Was er brauchte, war ein Arzt. Vielleicht wusste der Priester, wo man einen Arzt fand.

Der Urwald fand von allen Seiten Einzug in das ländliche

Dorf. Wie eine lebende Wand rückte er unaufhörlich vor. Falls sie sich in der Nähe des Flusses befanden, konnte Acadia keinerlei Anzeichen dafür sehen oder hören. Und sie sah auch keine Fahrzeuge.

Es bereitete ihr Unbehagen, nicht genau zu wissen, wo sie sich befand, und sie war so erschöpft, dass sie das Gefühl hatte, schon ihr ganzes Leben im Dschungel verschollen gewesen zu sein. In diesem Moment hätte sie wirklich alles gegeben, um sich aus dem Staub machen und zurück nach Kansas fliegen zu können. Selbst ein Blick auf das kleine Navi nützte ihr nichts. Es funktionierte jetzt sporadisch, was ihr Hoffnung gab, dass sie sich nahe der Zivilisation befanden, aber ohne eine Karte war es nichts als ein Haufen Zahlen, *sie befinden sich hier*.Am Arsch der Welt. Eine Riesenhilfe.

Denn das wusste sie bereits.

Eine Handvoll Männer sah zu, wie sie vorbeizogen. Zaks Träger nahmen sie nicht zur Kenntnis, und die Einheimischen sprachen keine Begrüßung aus. Es war irgendwie unheimlich, als befänden sie sich in einem düsteren, unsichtbaren Vakuum.

Acadia rieb sich die Oberarme, denn es fröstelte sie, obwohl die Sonne schien. Der köstliche Geruch nach gebratenem Fleisch und Zwiebeln ließ ihr das Wasser im Mund zusammenlaufen, und ihr Magen rumorte. Als sie zurückrechnete, wurde ihr klar, dass sie seit Tagen nicht mehr als ein paar Minzdragées und einen Eiweißriegel gegessen hatte. Sobald Zak in guten Händen war, konnte sie vielleicht irgendetwas, das sie noch in ihren Taschen hatte, gegen etwas zu essen eintauschen.

Sie würde für zwei essen müssen. Die Alternative war ... unakzeptabel.

Endlich wurden die Männer vor einer Ansammlung von Bauten, die schon wesentlich bessere Zeiten gesehen hatten, langsamer. Sie blieben vor einem Gebäude stehen, dessen Fenster mit Brettern vernagelt waren und das mit schimmelfleckigem Sperrholz gedeckt war. Wenn die Wände jemals angestrichen worden waren, war die Farbe schon lange verblasst und abgeblättert. Ein rostiges Wellblechdach sackte zur einen Seite herunter und wurde auf der anderen von mehreren aufeinandergestapelten alten Zweihundertliter-Benzinfässern gehalten.

Eine ältere Frau mit schneeweißem, fast bis auf die Kopfhaut geschorenem Haar tauchte auf der schmalen, überdachten Veranda auf, kurz bevor sie die Eingangstür erreichten. Sie trug knielange Khakishorts und ein kurzärmeliges Hemd mit einem schrillen Blumenmuster, die tief gebräunte Haut war vom Wetter gegerbt und robust. Sie winkte sie alle herein, redete mit den Männern in schnellem Tempo und führte sie dann durch einen dämmrigen Flur in den hinteren Teil dessen, was ihr Zuhause zu sein schien. Doch als sie in jedem Raum an Betten vorbeikamen, wurde Acadia klar, dass es sich um eine Art Klinik handelte.

Sie hätte die Männer vor schierer Dankbarkeit auf den Mund küssen können.

Die Frau wies die Männer an, Zak auf eins von vier Betten mit Eisengestell in einem ansonsten leeren Zimmer zu legen, in dem es nach Desinfektionsmittel und dem Rauch billiger Zigarren roch. Sie scheuchte sie ungeduldig davon, und sie verschwanden, ehe Acadia sich bei ihnen bedanken konnte.

Ein lautes *Raaatsch* ließ sie schnell an die andere Seite von Zaks Bett treten, als die Frau – eine Nonne, vermutete Acadia aufgrund des Rosenkranzes, den sie um den Hals trug – ihm mit beiden Händen das Hemd vom Leib riss. Knöpfe sprangen über den Fliesenboden. Den Kopf geneigt wie ein neugieriges Kapuzineräffchen, ließ die Frau ihren Blick über Zaks Brust wandern und ließ das getrocknete Blut und das Glänzen der silbernen Kette von Acadias Medaillon des heiligen Christophorus auf sich wirken.

Die Frau schlug ein Kreuz, schloss die Augen und murmelte etwas, das Acadia nicht verstand, dann hob sie das Kreuz am Ende ihres Rosenkranzes hoch und küsste es rasch. »Hmmm.« Sie warf einen Blick über die Schulter, mit wachen, schwarzen Augen, die das weiße Haar Lügen straften. *¿Su esposo, no?*« Der Dialekt war ihr nicht vertraut, aber Acadia verstand die Kernaussage. Was, wenn sie zugab, dass sie *nicht* Zaks Frau war? Würde er dann nicht behandelt werden? Würde die Schwester dann darauf bestehen, dass jemand, der dazu befugt war, die Erlaubnis erteilte?

Wahrscheinlich keins von beidem, aber Acadia wollte kein Risiko eingehen. Sie log, ohne mit der Wimper zu zucken. »*Si.*«

»Das. *Tiene una herida de bala.* « Eine Schusswunde. Es war natürlich keine Frage. Die Schwester hatte es offensichtlich nicht so mit dem Zuhören. Sie war wie eine kleine Dampfwalze mit ihrem rosa Hawaiihemd, weiten Shorts und sportlichen grünen, knöchelhohen Leinentennisschuhen, deren Spitzen zur besseren Belüftung abgeschnitten worden waren.

Zu müde, um über das Hier und Jetzt hinauszudenken, die Aufmerksamkeit auf Zak gerichtet, nickte Acadia. »Wir sind entführt worden«, sagte sie auf Englisch. Die ganze Entführungsgeschichte überstieg ihre Spanischkenntnisse, und die Schwester schenkte ihr sowieso keine Beachtung.

»Wir wurden festgeha... *Oh!* « Sie zuckte zusammen, obwohl Zak viel zu weit weg war, um es selbst zu tun. Seine Atmung, mühsam und flach, wie sie war, geriet nicht mal aus dem Takt, als die Nonne den Verband abriss. »Hätten Sie das nicht vielleicht vorher *einweichen* sollen?«

Die Blutung an Zaks Schulter fing wieder an. Die Wunde roch – Oh, Gott. Sie roch ekelerregend.

»Ist entzündet«, sagte die kleine Nonne auf Englisch. »Hier. Hier.« Sie zeigte darauf, aber selbst für Acadias ungeschultes Auge war offensichtlich, dass die geschwollene, rote Haut um das Einschussloch herum entzündet war. Die Frage war, ob diese Frau das behandeln konnte? Und falls nicht, wer dann? »Werde Kugel rausholen«, informierte die Nonna Acadia, während sie zu einem altmodischen Summer an der Wand ging und mehrmals mit einem stumpfen Nagel daraufklopfte. »Kommen Sie morgen wieder.«

»*Morgen?* Nein. Ich lasse ihn ... meinen Mann nicht allein«, erklärte sie, nur für den Fall, dass irgendein Zweifel bestand. »Sind Sie Ärztin?« Sie nahm sich einen Moment Zeit, um es im Kopf zu übersetzen, und sagte dann hölzern: »Ah – *¿Es usted médico? ¿Mi esposo necesita una cirugía?*«

Die Frau warf ihr einen strengen Blick zu. »*Yo soy mejor que un médico .*«

Sie fuhr zusammen. »Ich will ja nicht unhöflich sein, und ich bin sicher, dass Sie besser sind als ein Arzt, aber ich glaube, in diesem Fall brauchen wir einen *richtigen* Arzt.«

Es folgte ein Schlagabtausch, den Acadia nicht gewinnen konnte. Sie entnahm den Brocken, die sie aus den auf sie einprasselnden Erwiderungen herauspicken konnte, dass Schwester Clemencia die Verantwortung für die

Missionsklinik trug, während Vater Vicente Araujo sich in Caracas aufhielt. Und da der Vater erst in einer Woche zurückkehren würde, musste die Schwester die Kugel selbst aus Zak herausholen, ob es Acadia gefiel oder nicht.

Clemencia hatte keine Zeit für aufgescheuchte Ehefrauen und schlug vor – *befahl* –, dass Acadia gehen, etwas essen, sich ausruhen und morgen wiederkommen sollte.

Acadia ging aus dem Weg.

Zwei Männer erschienen und kümmerten sich um den Patienten, während sie hilflos an der Wand stand. So unsicher sie auch war, ob sie Zak in den Händen dieser merkwürdigen Nonne lassen konnte, Zak sah beängstigend aus. Und sie hatte keine andere Möglichkeit.

Die Nonne nahm Zak das Medaillon des heiligen Christophorus ab und reichte es Acadia, während die Männer Zak auszogen, ihn mit einem alten, aber sauber aussehenden Laken zudeckten und ihn dann rasch hinausfuhren. Schwester Clemencia folgte ihnen durch den Flur, gab ihnen dabei Anweisungen und ließ Acadia allein im Raum zurück.

Sie starrte mit leerem Blick auf die abgeplatzten, fleckigen, altersvergilbten Wände und die rostigen Metallbettgestelle. Der Austausch mit Schwester Clemencia war so rasant, so voller Sprachbarrieren und so verdammt einseitig gewesen, dass Acadia sich nicht sicher war, ob die Nonne überhaupt qualifiziert genug war, um eine Operation durchzuführen. Acadia wollte verdammt sein, wenn sie es war, und war verdammt, wenn sie es nicht war. Sie wusste nicht, ob Zak im Zelt schlechter dran gewesen wäre oder am Ende des Flurs, hilflos der Schwester ausgeliefert. Sie blickte zu den Holzkreuzen an den Wänden empor und fragte sich, ob beten helfen würde.

Vielleicht, aber sie bezweifelte es. Sie schüttelte den Kopf und sagte sich, dass sie einfach dankbar sein sollte, dass sie nicht mehr im Dschungel umherirrte und nach irgendetwas suchte, das auch nur annähernd nach Hilfe aussah. Sie schlenderte zum Fenster, um hinauszusehen, während sie wartete. Es gab nur eine Hauptstraße, die zwischen den Gebäuden entlangführte, die aussahen, als ständen sie schon hundert Jahre dort. Ein Dutzend der Gebäude war nur noch einigermaßen intakt.

Die Klinik war das größte Gebäude im Ort. Auf der anderen Seite der schmalen Straße saßen drei Männer auf Stühlen mit geraden Lehnen vor etwas, das aussah wie eine Bar, und dösten in der frühabendlichen Sonne. Ein Huhn und ein räudiger schwarzer Hund liefen ohne weitere Beachtung vor ihren Füßen umher.

Sie wollte Zak hier nicht schutzlos zurücklassen. Aber Schwester Clemencia hatte nur allzu deutlich gemacht, dass sie Acadia nicht mal in die Nähe von Zak lassen würde, bis sie die Kugel rausgeholt hatte, und so lange konnte Acadia nicht einfach nur herumstehen.

Sie würden ein Transportmittel nach Caracas brauchen. Sie würden Geld brauchen. Sie brauchte ein Telefon. Essen stand ganz oben auf der Liste. Sie ging nach draußen in die feuchte Luft und das weiße Sonnenlicht und sah sich auf der Straße um.

Der Duft nach gebratenen Zwiebeln war jetzt stärker, und Acadia konnte das Steak unter einem Riesenhaufen goldbraun gebratener Zwiebeln förmlich schmecken. Eine große gebackene Kartoffel. Mit reichlich Butter und Sour Cream. Ein großes Glas eiskalte Cola light.

Sie seufzte, und ihr Magen krampfte sich unangenehm

zusammen. Wie hatte Staff Sergeant Dad immer gesagt? Es ist gut, etwas zu wollen.

Und, Gott, plötzlich vermisste sie ihn. Den Dad, den sie als Kind gekannt hatte. Witzig, streng, ideenreich, und – für sie da. Immer für sie da, egal wozu sie ihn brauchte. Er hatte Kekse für die Schule gebacken, er war mit ihr den ersten BH kaufen gegangen und hatte geduldig dagesessen und gewartet, als sie Dutzende von Kleidern für den Abschlussball anprobiert hatte.

Erst danach hörte er nach und nach auf, der Dad zu sein, den sie kannte, und war nicht mehr ununterbrochen anwesend. Und dann, eines Tages, war er zwar da, aber keineswegs mehr anwesend.

Er hatte sie aus verwirrten grauen Augen angesehen, die ihren so ähnlich waren, und nicht gewusst, wer sie war. Ein paarmal hatte er sie mit dem Namen ihrer Mutter, Sylvia, angesprochen. Und die letzten fünf Jahre seines Lebens hatte er sie überhaupt nicht mehr angesprochen.

Aber sie wusste, was er in dieser Situation gesagt hätte.

Acadia straffte die Schultern und befahl ihrem rumorenden Bauch, Ruhe zu geben. Es war gut, etwas zu wollen. Es bedeutete, dass sie noch am Leben war und ehrgeizig genug, um es zu wollen.

Es bedeutete nicht, dass sie bekam, was sie wollte.

Der dürre Köter, nur Haut und Knochen und Schlappohren, trottete über die Schotterstraße, wackelte mit dem langen Schwanz und kam ihr auf halbem Weg entgegen.

»Na, Kleiner.« Er war wahrscheinlich voller Flöhe, aber sie beugte sich trotzdem zu ihm hinunter und kraulte ihn hinter einem der herabhängenden Ohren. Er drückte ihr seine nasse Nase gegen die Hand, während sie die drei Männer fragte, ob es jemanden gab, bei dem sie ein Verbrechen anzeigen konnte.

Ein alter Kerl lachte, was unappetitlich aussah, denn sein Gebiss lächelte sie von der Armlehne aus an, während sein eigenes Lächeln nichts als geschwärztes Zahnfleisch entblößte. Er wies mit dem Daumen über seine Schulter. »*¿Policía?* José Fejos ...« Er sagte noch mehr, aber der Dialekt war schon schwer genug zu verstehen ohne das zusätzliche Hindernis fehlender Zähne. Acadia wich zurück, als er die Worte regelrecht ausspuckte, bedankte sich hastig bei ihm und öffnete die Tür des Gebäudes, auf das der alte Mann gedeutet hatte. Der Hund folgte ihr wie ein Schatten.

Die gute Nachricht war, dass es in der Stadt jemanden gab, der für das Gesetz stand.

Die schlechte Nachricht war, dass das Gesetz in Venezuela so korrupt war, dass Polizei und Kriminelle praktisch ein und dasselbe waren. Bei ihren Recherchen hatte sie gelesen, dass mehr als zwanzig Prozent der Verbrechen im Land von Polizeibeamten begangen wurden. Sie hatte das dumpfe Gefühl, dass diese Bar nicht die Polizeistation war, und sie hatte ein noch mulmigeres Gefühl, die *policía* in einer Bar vorzufinden, aber sie ging trotzdem hinein.

Der Raum war schwach beleuchtet. Nicht der Atmosphäre wegen, sondern weil das einzige Licht durch die geschlossenen Läden eines Fensters am hinteren Ende drang, wo drei Männer saßen und Karten spielten. Auf einer Theke, die aus einigen Stücken Sperrholz und denselben Ölfässern gebaut war, die das Dach der Mission zusammenhielten, standen ein paar schmutzige Gläser und eine leere Flasche.

Außerdem lag da ein zerbrochener Besenstiel. Ein altmodischer Deckenventilator, dem ein Blatt fehlte, gab ein merkwürdig seufzendes *Flapp-Flapp-Wamm* von sich, während er sich träge über ihren Köpfen drehte. Obwohl die Cantina recht klein war, roch es nach einem großen Saufgelage, und hier hatte auch der verlockende Duft gegrillter Zwiebeln seinen Ursprung. Ihr lief das Wasser im Mund zusammen. Vielleicht kam sie gerade rechtzeitig zum Abendessen.

Die Kartenspieler waren eindeutig nicht besonders interessiert an einer Fremden in ihrer Stadt und blickten nur kurz auf, als sie eintrat. Niemand sagte ein Wort, sodass die Tritte ihrer Stiefel auf dem kaputten Fliesenboden sich sehr laut anhörten, als sie durch den kleinen Raum nach hinten ging. Die einzigen *sauberen* Stellen auf dem Boden befanden sich dort, wo einmal etwas verschüttet worden war, und ihre Stiefel machten bei jedem Schritt klebrige Geräusche.

»*Buenas tardes,* Gentlemen.« Der Hund hockte sich neben sie, als sie neben dem verschrammten, mitgenommenen Eichentisch stehen blieb. »*¿Quién de ustedes es el oficial policía?*«

»Ich spreche Englisch.« Der Mann, der ihr am Nächsten saß, schlang einen speckigen Arm um die Lehne seines Stuhls und sah sie unter dem Rand einer schmierigen schwarz-orangenen Baseballmütze hervor an, auf deren Vorderseite ein brüllender Tiger prangte. Ein ausgewaschenes, schwarzes, kurzärmeliges Hemd spannte sich über seinem dicken Bauch und gab den Blick frei auf dichtes schwarzes Brusthaar und ein bauchfreies »Lächeln« zwischen Hemd und Hose.

Acadia hielt die Augen auf sein Gesicht gerichtet. Kleine, eng stehende, dunkle Augen. Dicke Wangen und ein schwarzer

Fünfuhrschatten. Bei Gott, er sah aus wie der personifizierte korrupte Bulle, den sie so schon in zahlreichen Filmen gesehen hatte. Er hatte einen starken Akzent, als er stolz verkündete: »Ich bin Polizeichef José Fejos.«

Natürlich war er das. »Chief, mein Name ist Acadia Stark. Mein Mann befindet sich im Moment in der Mission und kämpft um sein Leben. Er wurde von Entführern angeschossen ...«

Er beugte sich vor, wobei unten an seinem Hemd zwei Knöpfe absprangen. »Sind Sie *Amerikaner*?«

»Ja, wir ...«

»Haben Sie die *Bengalischen Tiger* gesehen?«

Sie runzelte die Stirn. Wieso kam er jetzt auf dieses Thema? »Gibt es hier Tiger?« Nicht, dass sie je davon gehört hätte.

»Cincinnati.«

»Cincin... oh!« Jetzt fiel der Groschen. »Das *Footballteam Cincinnati Bengals*. Nein, das habe ich nie gesehen.«

»Ah. Wer hat Ihren Mann angeschossen?« Jetzt klang er enttäuscht und alles andere als an ihrem Mann interessiert.

Sie atmete tief durch. »Wir wurden aus unserem Hotelzimmer entführt von einer Frau namens Loida Piñero. Haben Sie schon mal von ihr gehört?«

»Nein.« Er wandte sich wieder dem Spiel zu und nahm seine Karten auf. »Haben Sie Papiere, dass Sie sich in meinem Land aufhalten dürfen?« Er sah sie nicht an, als er ihr die Frage stellte, sondern griff stattdessen nach einer nicht angezündeten Zigarre mit durchweichter Spitze, die in einem überquellenden Aschenbecher neben ihm lag.

Der Hund lehnte sich mit seinem dünnen Körper an ihr Bein, als borge er ihr seinen zittrigen Mut, und sie streichelte ihm den Kopf. »Nein«, sagte sie zu dem Arschloch von Polizeichef. »Ich habe Ihnen doch gesagt, dass wir *entführt* wurden. Nur mit unseren Kleidern am Leib ...«

Der Polizeichef nahm ein rosafarbenes Feuerzeug, das neben dem Aschenbecher lag, und fuhr ein paarmal mit der Flamme über die Zigarre, bis das Ende rot glühte, dann paffte er ein paarmal, um sie in Gang zu bringen.

Der strenge Geruch stieg ihr in die Nase. Meine Güte, rauchte der Kuhdung? Ekelhaft. Der Gestank überdeckte den leckeren Duft nach Zwiebeln, ganz zu schweigen von ihrem Wunsch nach Essen.

Er wandte ihr seine Bengals-Mütze zu und stieß eine stinkende Wolke aus. »*Por la ley – laut Gesetz –* müssen Sie Ihren Pass und *tarjeta de ingreso –* Ihre Einreiseerlaubnis – jederzeit bei sich führen.«

»*Si*«, pflichtete ihm der Typ neben ihm bei. Er war kahl wie eine Billardkugel, ihm fehlten beide oberen Eckzähne, er trug einen mit Farbe bekleckerten Blaumann und ein Tattoo, das eine Schlange mit offenem Maul darstellte, die seinen dünnen Hals hinaufkroch. Reizender Typ.

»*Por la ley*«, sagte Acadia knapp und blickte dem fetten Polizeichef ins Gesicht, »sollten Amerikaner nicht am frühen Morgen entführt und gegen Lösegeld festgehalten werden. Es ist ziemlich besch... äh, schlecht für uns gelaufen. Nein, ich habe keine Papiere. Aber ich würde gerne die Entführung anzeigen, und dann brauche ich Ihre Hilfe, um zurück nach Caracas zu kommen, sobald es meinem Mann wieder so gut geht, dass er reisen kann. Bis dahin würde ich gern ein Telefon benutzen, um ...«

»Haben Sie amerikanische Dollars zum Bezahlen?« Er gab dem Mann zu seiner Linken mit seinen Karten ein Zeichen, sein Blatt zu spielen.

»Um *was* genau zu bezahlen? Eine neue Einreisegenehmigung?«

Der große, dünne Mann zu Fejos Linken sah aus, als wäre er hundert Jahre alt. Sein schulterlanges weißes Haar war so fein wie der Flaum einer Pusteblume, und sein tief zerfurchtes Gesicht war von der tropischen Sonne dunkelbraun gebrannt. Sichtlich unberührt von der Unterhaltung warf er ein paar Münzen auf den Tisch und starrte weiter in seine Karten.

»Wie wollen Sie denn für Schwester Clemencias« – der Polizeichef warf dem Typ gegenüber einen forschenden Blick zu – »Gastfreundschaft bezahlen?«

Genauso wie bei den Guerillas, die sie geglaubt hatte, hinter sich gelassen zu haben, hätte Acadia keinem von diesen Männern in einer dunklen Gasse begegnen wollen. Insbesondere dem Typen, der José Fejos gegenübersaß, wollte sie nicht mal am helllichten Tag begegnen.

Wenn es nach ihr ginge, würde sie ihm sogar aus dem Weg gehen.

Er sah aus wie ungefähr dreißig, kampfbereit, mit aufgeblähten Muskeln und einer Haltung, die jeden dazu herausforderte, ihm seinen Dickschädel von seinen footballbreiten Schultern zu hauen. Wahrscheinlich lediglich, um den Angreifer dann eiskalt umzulegen.

Er sah aus wie ein Häftling, ein Gangster und ein Albtraum,

alles in einem. Seine Augen, die schwarz waren wie der Tod, wanderten über sie wie eine unheimliche Liebkosung, blieben an ihrem Mund hängen, bevor sie einer schlüpfrigen, unsichtbaren Spur folgten, um ihre Brüste zu vermessen. Sie hielt sich zurück, nicht am ganzen Körper zu erschaudern, blickte den Polizeichef an und sagte mit fester Stimme: »Ich schicke ihr Geld aus Caracas.«

»Wie viel Geld?«, wollte Fejos wissen.

»Kommt darauf an … Sehen Sie. Wenn Sie mir nicht helfen können, sagen Sie es einfach. Aber gibt es jemanden in dieser Stadt, der zwei Amerikanern helfen kann und will, zurück nach Caracas zu kommen? Wir bezahlen gut.«

»Sie können mein Mobil-*teléfono* benutzen«, bot der Polizeichef an und holte ein nagelneues iPhone aus seiner Brusttasche. Acadia war so müde, dass sie nicht mal mit der Wimper zuckte angesichts dieser Unstimmigkeit, es in dieser Umgebung zu erblicken.

Fast schon geschwächt vor Erleichterung wollte sie danach greifen. Er zog es wieder weg. »Fünfhundert amerikanische Dollar.«

»Kommen Sie …« Sie zügelte den Zorn in ihrer Stimme. Sie war blond, sie war relativ attraktiv. Mit Honig würde sie mehr Fliegen fangen. Sie entspannte die Schultern, glättete ihre verkrampften Gesichtszüge und kramte ein Lächeln hervor. »Helft mir doch, Jungs. Ich will Ihr Telefon nicht kaufen, und ehrlich gesagt kann ich mir fünfhundert Dollar nicht leisten.« *Du opportunistischer Drecksack!*

Fejos packte ihre linke Hand, und sie hätte beinahe geschrien, dass die durchgerostete Decke heruntergekommen wäre, weil sie a) nicht darauf gefasst war, berührt zu werden, und –

verdammte Scheiße – b) nicht von ihm angefasst werden wollte. »Wo ist denn Ihr Ehering?«

»Die Entführer haben unseren ganzen Schmuck gestohlen. Alles.« Die Lüge ging ihr mühelos über die Lippen. Zaks Uhr steckte in einer ihrer Hosentaschen gleich neben dem Medaillon des heiligen Christophorus. »Und dabei war er so schön ...«

»Wie viel Geld haben Sie bei sich?«

»Ich habe kein ...« Eine Idee blitzte wie eine Glühbirne in ihrem Kopf auf, und sie sagte schnell: »Ich habe noch zwanzig amerikanische Dollar. Ich gehe sie für Sie holen. Kann ich dann telefonieren?«

Er winkte mit seinen Wurstfingern, als sei er der verdammte König von Siam, und blies bei seinen Worten eine Wolke giftigen Qualm heraus. »Gehen Sie.«

Acadia ging. Der Hund hielt mit ihr Schritt, als sie über die Straße joggte, die Mission betrat und in das Zimmer zurückkehrte, in dem Zak gewesen war. Sie blickte sich rasch um und schnürte ihren linken Stiefel auf, zog ihn aus und holte den gefalteten Zwanziger heraus, den sie vor einem gefühlten Jahrhundert dort hineingesteckt hatte.

Staff Sergeant Dad hatte recht gehabt. Ein Mädchen sollte immer eine kleine Geldreserve bei sich haben.

Sie und Zak hatten zusammen genau zwanzig Mäuse. Aber ein Anruf bei ihren Freunden, und sie konnte Geld hierhaben – wo auch immer »hier« war –, und zwar innerhalb von Stunden. Oder schlimmstenfalls bis zum nächsten Tag.

Sie und der Hund kehrten in die Bar zurück.

Acadia hielt den Zwanziger fest und streckte die andere Hand nach dem Telefon aus. »Danke, es ist so nett von Ihnen, dass ich ihr Telefon benutzen darf.«

Fejos rupfte ihr den Geldschein aus der Hand. Ernsthafte Zweifel prasselten auf sie ein wie Flugsaurier im Sturzflug. Sie traute ihm nicht weiter, als sie seinen fetten Arsch hätte werfen können, wozu sie einen Kran gebraucht hätte, aber sie brauchte dieses Telefon.

»Ein Anruf.«

»Genau.« Zum Glück wusste sie noch die Nummer des Hotels, denn sie hatte ihre frühe Reservierung bestätigt. Zweimal. Ihre Freunde würden da sein, verrückt vor Sorge, Sturm laufen auf die Polizei und Suchtrupps losschicken ...

Das Telefon klingelte. Und klingelte. Und klingelte.

Die Männer am Tisch beobachteten sie, und Acadia konnte fast deren Gedanken lesen. Und wünschte sich, sie könnte es nicht. Sie kehrte ihnen halb den Rücken zu.

Geh dran. Geh dran. Geh dran.

Der Hund knurrte aus tiefster Kehle, als ihr das Telefon mitten im Klingeln plötzlich aus den Fingern gerissen wurde. Fejos stand dicht hinter ihr. »*Sólo una llamada telefónica* «, sagte er grob, steckte das Telefon in seine Tasche und ließ sich wieder auf seinen Stuhl plumpsen. Er nahm seine Karten wieder in die Hand. »Haben Sie verstanden? Nur ein Anruf. Mein Telefon ist nur für Polizeiangelegenheiten.« Er winkte sie fort, während er ihren Zwanziger in den Pot warf. »Gehen Sie zurück zu ihrem Mann. Wo Sie hingehören.«

Die Angst lag ihr im Magen wie eine Eisenkugel. Acadia verließ die Bar, überquerte die schmale Straße und betrat wieder die Klinik.

Weil ihr nichts anderes zu tun blieb, rollte sie sich auf dem Bett zusammen, auf das Zak vor gefühlten Stunden gelegt worden war. Sie lehnte sich gegen das Kopfende aus hartem Metall, das jedes Mal gegen die Wand schlug, wenn sie sich bewegte, um den Hund zu streicheln, der sich zu ihren Füßen zusammengerollt hatte. »Wir beide sind echt am Arsch, Dogburt. Aber ich bin erfindungsreich. Ich habe uns hergebracht, oder etwa nicht?« Sie warf einen Blick auf Zaks Uhr, die sie sich jetzt um das Handgelenk gelegt hatte. Sie war viel zu groß, und das Zifferblatt rutschte immer wieder nach unten, aber jetzt schien sie zu funktionieren. Das gebrochene Zifferblatt war voller Kratzer und Gebrauchsspuren, und es erinnerte sie an Zak. Viele Narben, viele Geschichten.

Sie fragte sich, ob sie je welche davon hören würde. »Er ist jetzt seit über einer Stunde im OP«, sagte sie zu dem Hund, der seine kalte, nasse Nase an ihren nackten Fuß presste. »Warum dauert es so ...«

Da flog die Zimmertür auf und knallte gegen die Wand. Der Hund sprang vor Schreck auf der dünnen Matratze auf, und Acadia schoss in die Höhe. Der Mann mit einer schockierend blutverschmierten Schürze und irrem Blick machte ihr Zeichen, mitzukommen. *Und zwar schnell.* »*Señora, señora, dale prisa, su marido está muerto.*«

Acadia sprang aus dem Bett. »Oh Gott – was ...?«

Er gestikulierte wild. »*¡Rápido! Entre por aqui!*«

Muerto. Wie ... Ihre Knie gaben nach, sie plumpste wieder auf die harte, nachgebende Matratze und starrte ihn mit leeren Augen an. »Zak ist ...« Ihr Mund wurde trocken wie bittere Watte. »*Tot?*«

10

*E*s regnete immer noch.

Zak schlug überraschend schwere Augenlider auf. Nein, er war drinnen. Kein Regen. Ein hartes, schmales Bett.

Ungewohnt.

Jennifer?

Er wartete darauf, dass sich das typisch schwere Gefühl von Verlust in seiner Magengrube breitmachte, wartete darauf, dass sich jener kalte Knoten bemerkbar machte, wie immer beim Aufwachen.

Zwei Herzschläge. Drei. Das erwartete Gefühl kam nicht.

Er blinzelte in rascher Folge, sah aber immer noch verschwommen und kam nicht darauf, wie er hingekommen war, wo immer er sich befand. Waren sie drei denn schon vom Burj Khalifa, dem Wolkenkratzer in Dubai, gesprungen?

Ja, schon vor einer ganzen Weile.

Zak runzelte die Stirn. Tibet, wo sie mit dem Kajak den Sanpo-Fluss runterfahren wollten? Nein. Er erinnerte sich an diese Reise mit Gideon und diverse andere Extremsportreisen, auf die die beiden danach gegangen waren.

Er blätterte durch seine Erinnerungen wie durch alte

Postkarten. Jennifer in Dubai, das dunkle Haar weht, und sie lacht in den Wind. Jene letzte Reise mit ihr. Türkei ... das Lächeln verkniffen, die Augen hart ... Haiti ...

Zerzaustes honigblondes Haar und sanfte, lächelnde graue Augen. Der süße, zarte Duft von Nachtjasmin ...

Etwas in ihm erhellte sich, flog in die Freiheit.

Acadia. Venezuela.

Ach ja. Eine Welle der Erleichterung entspannte seine Glieder, als sein Hirn allmählich in Gang kam und ihn in die Gegenwart beförderte. Nicht die Zelle. Nicht der Dschungel. Zelt? Er blinzelte rasch, und sein Blick wurde wieder schärfer. Der Geruch, Desinfektionsmittel? Also ein Krankenhaus. Sein Gehirn verband die Punkte miteinander.

Angeschossen.

Nach dem ordentlichen weißen Verband über seiner Brust und seinem ruhiggestellten linken Arm zu urteilen, musste er sich in einer Art medizinischer Einrichtung befinden.

Was tat weh? Nichts.

Die an der Seite seines Bettes befestigte Infusion tropfte in seinen linken Arm. Kein Schmerz. Nun, das erklärte seine seltsam gedämpften Emotionen. Aber es verriet ihm immer noch nicht, wo in aller Welt sie waren. Caracas? Hatte Acadia es tatsächlich geschafft, sie zurückzubringen, während er weg war? Unmöglich. Sie war gut, auf eine allzeit bereite Pfadfinderart, aber nicht *so* gut.

»Hallo?«, sagte er in das Halbdunkel. Niemand antwortete, und er wandte seinen Blick in Richtung Bad, wo jemand duschte.

Die Badezimmertür stand ein Stück offen, und eine schattenhafte Gestalt war hinter einem dünnen Plastikvorhang zu sehen, es roch medizinisch, nach billiger Seife und chemisch behandeltem Wasser. Er schloss die Augen, während er seine Kräfte sammelte und versuchte, die Abfolge der Ereignisse zusammenzukriegen.

Acadia. Seine Augen flogen auf. War sie ...?

Durch die halb geöffnete Tür sah er kurz die Kurve ihres Pos aufblitzen, den Schwung ihres Rückens. Weißgoldene Haut schimmerte im Licht, als sie im silbrigen Strom des Wassers und dem zarten Nebel aus Dampf eine halbe Drehung machte.

Er atmete tief durch. Sie war da. Irgendwie – Gott allein wusste, wie – hatte sie es geschafft, ihn in ein Krankenhaus zu bringen. Auf primitive Weise, aber doch irgendwie, hatte ihm jemand die Kugel rausgeholt, ihn verbunden und ihm eine Infusion angelegt ...

Kein Schmerz ... Müdigkeit.

Langsam fielen ihm die Augen wieder zu. Er war unglaublich erschöpft. Sein Gehirn war immer noch nicht voll da, aber auch nicht gewillt, wieder komplett wegzutreten.

Sie verwirrte ihn bis zum Gehtnichtmehr mit ihrem vorlauten Mundwerk, ihrem schrägen Humor und ihrer nervigen, aber liebenswerten Art, immer auf alles vorbereitet zu sein. Er hatte sich so lange über ihre mit Campingutensilien vollgestopften Taschen lustig gemacht, bis ihr Leben davon abgehangen hatte. Zum Teufel, es bewies nur wieder mal, dass er kein Held war.

Der Vorhang wurde beiseitegeschoben, als sie sich seitlich in seine Richtung drehte, die Arme über den Kopf gestreckt, die Haare und Hände mit weißem Schaum bedeckt. Sein Blick verfolgte einen Klecks, der langsam das Gefälle ihrer linken Brust hinunterrutschte. Sein Schwanz rührte sich unter dem dünnen Laken.

Acadia legte unter der Brause ihren Kopf in den Nacken, ihr Haar, nass und dunkel vom Wasser, passte sich ihrem Rücken in einer hübschen S-Kurve an, die Zak die Finger ins Laken krallen ließ. Sie drehte sich langsam ganz zu ihm um, und die Inseln weißen Schaums glitten wie in Zeitlupe ihre glänzende, nasse Haut hinunter. Den Abhang ihrer Brüste hinab verweilten die Schaumtupfen einen atemlosen Moment lang auf den zarten, aprikosenfarbenen Spitzen ihrer Brustwarzen, rutschten dann darüber hinweg und setzten ihren Weg über die sanfte Kurve ihres Bauchs fort, um in dem zarten, hellbraunen Nest zwischen ihren Oberschenkeln zu verschwinden.

Zak, der plötzlich schmerzhaft hart wurde, ließ seinen Blick auf Acadia gerichtet und fuhr mit der Hand unter das Laken. Er umfasste mit der geballten Hand den harten, seidigen Speer seines Schwanzes.

Undeutlich hörte er die Rohre rappeln, als das Wasser abgedreht wurde. Seine Hand bewegte sich. Nicht gerade optimal, aber ... Sie stieg aus der Wanne. Alles in ihm erstarrte vor ... Lust? Himmel, ja. Aber da war noch mehr.

Sehnsucht.

Wenn er ihr zusah, fühlte er sich auf einmal lebendig – zum ersten Mal seit mehr als zwei Jahren. Nein, es war viel länger als zwei Jahre her. Er war sicher gewesen, dass Jennifer alles Zärtliche und Liebevolle in ihm abgetötet hatte. Bis Acadia in diesem dünnen Kleidchen und mit einem offenherzigen Lächeln diese Cantina betreten hatte ... Zak wurde plötzlich klar, dass er seit sehr, sehr langer Zeit kein echtes Gefühl mehr gehabt hatte. Und so sicher wie das Amen in der Kirche war er nicht *glücklich* gewesen.

Er bezweifelte, dass er je in Worte fassen konnte, wie dankbar er ihr war, dass sie ihm den Arsch gerettet hatte. Sie war ganz anders als Jen. Nicht nur, dass sie wahrhaft tapfer war, zu ihren Handlungen stand, jede Menge Mumm hatte und extrem loyal war.

Zu einer anderen Zeit an einem anderen Ort ...

Die schwache Beleuchtung hüllte ihre nasse Haut in einen Schleier funkelnden, flüssigen Goldes. Zaks Finger packten fester zu, als sie sich nach vorn beugte und ihren herzförmigen Hintern zur Schau stellte, während sie sich das Wasser aus dem Haar wrang. Wie er es liebte, wenn eine Frau einen hübsch geformten Arsch hatte!

Im Hotel hatte er ihn in beide Hände genommen, seine Finger in ihr zartes Fleisch gebohrt, während er von hinten in sie hineinstieß. Dann hatte er sie herumgedreht und von vorne genommen, ihre seidigen Beine rechts und links von seinem Kopf, sein ... Zaks Hand bewegte sich auf und ab. Schnell. Schneller. Sein Kopf grub sich in das flache Kissen, und seine Hüften wölbten sich von der dünnen Matratze in die Höhe. Er wollte die Augen nicht schließen, aber Himmel ...

Acadia schob einen Plastikeimer unter den rostigen Wasserhahn und drehte ihn wieder auf. Bei dem kaum vorhandenen Wasserdruck würde es eine Weile dauern, bis er voll war. Sie wickelte sich ein abgewetztes Handtuch, das früher mal weiß gewesen war, unter den Armen um den Körper. Es war zu klein, um zu überlappen, und ließ vorne ein breites Stück Haut frei. Sie ließ das Licht im Bad an und betrat das spärlich beleuchtete Zimmer. Wie gut es sich anfühlte, sauber zu sein. Eine halbe Stunde zuvor hatte sie mit

Schwester Clemencia an einem spillerigen Tisch in der Missionsküche gesessen und einen deftigen *pabellón* inhaliert – geschmortes, klein geschnittenes Fleisch mit Reis, schwarzen Bohnen und etwas, das aussah wie eine Banane. Sättigend und lecker.

Zak lag noch genauso da, wie sie ihn vor einer Stunde zurückgelassen hatte. *Er schlief.* Gott sei Dank. »Ich bin vor Schreck um zehn Jahre gealtert, als er einfach so wegsterben wollte«, flüsterte sie Dogburt zu, der mit seiner Nase auf den Pfoten neben Zaks Bett lag, wo sie ihn angewiesen hatte, Wache zu halten. Die Augenbrauen des Hundes bewegten sich, während er ihre Bewegung durch den Raum zum Bett verfolgte. »Und er *ist*gestorben.« *Nulllinie. Herzstillstand. Drastische Maßnahmen.*

Für eine einzige, ewig dauernde Sekunde hatte sich ihre Welt in einen Tunnel nackter, erstickender Angst verwandelt. Und, großer Gott, sie wollte nie wieder zusehen müssen, wie jemand starb.

Das hatte sie schon zu oft gemusst.

»Okay, als ich mich einfach so auf ihn gestürzt habe, das war nicht gerade meine Glanzstunde.«

So durchgedreht war sie nicht mal, als ihr Vater gestorben war. Zakary Stark war eine Landplage. Ein arroganter, humorloser Roboter von einem Mann, der einen starken Todeswunsch in sich trug. »Aber nicht während *meiner* Wache!«

Sie hätte ihn fast verloren. Es schauderte sie, und sie rieb sich die Gänsehaut an ihren Armen, Überbleibsel ihrer Angst. Sie tappte zu einem der Betten hinüber, ließ das Handtuch auf das verschnörkelte Fußende fallen und zog ein sauberes weißes

Männeroberhemd an, das Schwester Clemencia ihr gegeben hatte. Es roch nach Seifenlauge und Sonnenschein, als sie es über ihrer feuchten Haut zuknöpfte.

Das Bad war hässlich, primitiv und alles andere als sauber. Aber das war ihr egal gewesen. Die lauwarme Dusche hatte einiges dazu beigetragen, sie wach zu halten und ihre Geister wiederzubeleben. Der Stuhl mit der hohen Lehne, den sie unter den Türgriff geschoben hatte, würde sein Übriges tun.

Die Vorstellung, sich hinzulegen, war fast wie der verdammte Heilige Gral, aber Zak brauchte etwas Zuwendung, bevor sie für ein paar Stunden wohlverdienter Ruhe das System runterfuhr. Wenn sie damit fertig war, ihn zu waschen, würde sie eins der anderen Betten neben seins schieben, damit sie ihn berühren konnte und mitbekam, wenn er in der Nacht etwas brauchte, und dann würde sie schlafen, bis jemand sie weckte. Vorzugsweise zum Frühstück.

Vorzugsweise *nicht* , indem er ihr Behelfsschloss eintrat und sie wieder entführte.

Sie ging ins Badezimmer zurück, stellte den Wasserhahn ab und schleppte den halb voll mit warmem Wasser gefüllten Eimer mit einem Stück stark riechender Seife neben Zaks Bett und zog das Laken bis zum Fußende herunter.

Sein Körper war von oben bis unten gebräunt, und die Proportionen, von den breiten Schultern bis hin zu den schlanken Hüften, waren einfach perfekt.

Acadia grinste. Obwohl ihr vor Erschöpfung schwindelig war, amüsierte es sie, zu sehen, dass Zak seine Finger um eine eindrucksvolle Erektion gelegt hatte. »Schlimmer Junge, selbst halbtot heischst du noch nach Aufmerksamkeit.« Behutsam legte sie seine Hand beiseite, dann tauchte sie den

Waschlappen ins Wasser und rieb das Stück Seife in den Stoff.

»Du wirst es *so* bedauern, wenn du morgen aufwachst und herausfindest, dass dir die Waschung von einer halbnackten Krankenschwester entgangen ist.« Sie sprach so leise wie möglich, um ihn nicht aufzuwecken. Sie fuhr ihm mit dem Lappen über die Stirn und betrachtete die Beule und den blauen Fleck im dämmerigen Licht.

»Du hättest *dadurch* schon sterben können. Als dieser Schläger dir eins mit der Uzi übergezogen hat. Gut, dass du so einen Dickschädel hast, Zakary Stark. Und jetzt hast du wieder eine Narbe mehr, mit der du bei deinem nächsten Abenteuer vor den Damen angeben kannst.«

Die Vorstellung von anderen Frauen gefiel ihr nicht. Ganz und gar nicht. Sie redete weiter, denn sie erinnerte sich an einen Artikel, den sie irgendwo gelesen hatte, dass selbst bewusstlose Patienten auf den beruhigenden Klang vertrauter Stimmen reagierten. Sie war nicht sein Bruder oder seine geliebte verstorbene Frau, aber sie war im Moment die einzige Stimme hier.

»Das ist doch eine typische Männerfantasie, stimmt's? Doktorspiele?« Sie strich mit dem Lappen über seine Wimpern, seine Nase und dann erst die eine Wange hinunter und dann die andere. Sein Gesicht war stoppelig vom Bartwuchs mehrerer Tage. Selbst wenn er schlief, sah er aus wie ein Kerl, der entspannt durch eine dunkle Gasse laufen konnte, in dem Wissen, dass sich niemand mit ihm anlegen würde, weil sein ganzes Gebaren laut verkündete: *Es ist mir scheißegal, ob ich sterbe, also beweg deinen Arsch her und versuch dein Glück.*

Wenn ein Mann keine Angst hatte zu sterben, überlegten die Leute es sich zweimal, sich mit ihm anzulegen.

Kein Wunder, dass er mit Kratzern und Narben übersät war.

Acadia achtete darauf, dass nichts an Schwester Clemencias Verband kam, und wusch das getrocknete Blut von seinem Hals und den langen Armen, und seine robusten, zähen Muskeln spannten sich unter ihrer liebevollen Fürsorge an und sahen tödlich stark aus. Er hatte eine kraftvolle Brust, sie streifte leicht mit den Fingern darüber. Als sie vor einer halben Ewigkeit ihren wilden Sexmarathon im Hotel zusammen gehabt hatten, hatten sie sich nicht die Zeit genommen, einander kennenzulernen. In der Dunkelheit zu forschen. Der Sex war hart und schnell und endlos gewesen.

Sie sah es als Luxus an, sich an ihm sattsehen zu können.

Er hatte nicht ein Gramm Fett an sich. Seine Brustmuskeln waren hart wie Eisen, bedeckt von weichem, dunklem Haar, das zwischen seinen beeindruckenden Bauchmuskeln nach unten lief, um dort ein dunkles Nest für seinen erigierten Penis zu bilden. Acadia unterdrückte ein nicht sehr krankenschwesterhaftes Kichern. *Meine Herren. Ich meine, wow.*

Sie wandte sich dem Eimer auf dem klapprigen Tisch neben dem Bett zu, spülte den Waschlappen aus und drehte sich dann wieder zurück, um mit Zaks Waschung fortzufahren. Sie nahm sich einen Augenblick, um noch einmal seine Länge, Breite und sein ganzes Ausmaß zu bewundern. *Im Ernst. Wow.*

Ohne Vorwarnung schnellte seine rechte Hand hervor, und seine Finger schlossen sich um ihr Handgelenk. Erschrocken stieß Acadia einen kurzen Schrei aus und begegnete einem Paar sündhaft glimmender haselnussbrauner Augen, die kein bisschen verschlafen wirkten.

»Entweder hörst du auf, ihn zu reizen, oder du tust was dagegen.«

Ihr Blick flog in sein Gesicht. Seine Wangen waren gerötet. Nicht vom Fieber, wie ihr klar wurde, sondern vor *Lust*. In seinen Augen spiegelten sich Scherben goldenen Lichts aus dem Bad, als er ihr einen wissenden Blick zuwarf.

»Du bist ja wach«, sagte sie vorwurfsvoll und versuchte, ihre Hand seinem unerbittlichen Griff zu entziehen.

»Und geil wie Nachbars Lumpi.«

»Das sehe ich. Aber wir können doch nicht ... Das solltest du nicht.« In ihrem Hirn gab es einen Kurzschluss, als sein aufgeheizter Blick wie eine Liebkosung über sie glitt. »*Nein.*«

Ein durchtriebenes Grinsen brachte seinen Mundwinkel zum Zucken. »Stell dein Knie aufs Bett.«

»Auf gar keinen Fall«, entgegnete sie entrüstet. »Vor zwei Stunden warst du *tot*, Zak. Es war harte Arbeit, dich zurückzuholen. Du hast einen Tropf im Arm. Du bist ...«

Er strich mit seiner Hand ihren Oberschenkel hinunter und krallte seine Finger dann in ihre empfindliche Kniekehle. Köstlich und verlockend erzeugte seine Berührung bei ihr eine Gänsehaut und brachte sie völlig durcheinander.

»Je schwerer du mich dafür arbeiten lässt, umso wahrscheinlicher ist es, dass ich mir diesen Tropf herausreiße, ganz zu schweigen von meinen Nähten.«

»Das ist doch kindisch«, schalt sie ihn. »Und so überzeugend deine Mitleidsgeschichte auch ist, ich werde *keinen* Sex mit dir haben, solange du den Tropf hast und nicht aus eigener Kraft hier rausgehen kannst.«

»Ich bin aber jetzt geil.«

»Und du wirst wieder geil werden«, sagte sie ihm ohne jedes Mitleid und fuhr mit dem warmen, seifigen Waschlappen sein linkes Bein hinunter. Narbe am Knie. Narbe am Oberschenkel. Narbe am großen Zeh. »Stell dir mal vor, wie traumatisiert ich wäre, wenn wir Sex hätten und du würdest mittendrin sterben. Ich wäre für den Rest meines Lebens erledigt, und was würde dann aus mir werden? Die beste Zeit meines Lebens, und ich würde sie in Enthaltsamkeit verbringen. Denk doch nur, was für eine Verschwendung es wäre, wenn ich nie wieder Sex haben könnte, weil mein letzter Liebhaber dabei abgenippelt ist. Nein, danke.«

Sie ging zum anderen Bein über und stellte fest, dass seine Erektion gar nicht mehr so stark war. Obwohl das bei Zaks enormer Größe schwer zu sagen war.

»Also entspann dich einfach, denn wie sehr du auch bettelst, es wird nicht geschehen.« Sie versuchte, ihre Berührungen unpersönlich zu halten, und wusch ihn in Rekordzeit zu Ende, dann zog sie das Laken wieder hoch, um ihn zuzudecken.

»Spielverderber.« Seine Stimme klang schläfrig.

Acadia trug den Eimer zurück ins Badezimmer, schüttete das Wasser weg und machte das Licht aus. Klares, weißes Mondlicht erhellte den Raum und wurde von den weißen Wänden zurückgeworfen.

Als sie dastand und auf ihn hinabblickte, ergriff Zak ihre Hand. »Bleib hier.«

Acadia strich ihm das dunkle Haar aus der Stirn. »Ich habe nicht vor, dich auch nur eine Sekunde allein zu lassen«, versicherte sie ihm sanft. »Lass mich los, damit ich das andere Bett neben dich schieben kann.«

»Komm in meins.«

Die Betten waren viel zu schmal, als dass zwei Erwachsene nebeneinander hätten liegen können, vor allem, wenn einer von beiden an einem Tropf und mehreren piependen Bildschirmen hing. Sie zog das zweite Bett dicht an seine gesunde Seite und stieg auf die Matratze.

Dogburt sprang sofort darauf und rollte sich am Fußende zusammen. Acadia streckte sich aus, dann legte sie ihre Hand in Zaks. Sein Atem ging gleichmäßig, seine Hand fühlte sich kühl an. Die Monitore zu seiner anderen Seite piepten unaufhörlich. Er war – Gott sei Dank – nicht tot. Sie schickte ein kleines Dankgebet zum Himmel und lag dann da und starrte an die mondbeschienene Zimmerdecke.

Sie war hellwach, stand noch unter dem Einfluss des Restadrenalins und der Angst davor, dass wieder etwas geschah. Wo waren Piñero und ihre Männer? Wie bald konnte Zak transportiert werden? Woher würde sie das Geld bekommen, um jemanden zu bezahlen, der …

»Hör auf, so scharf nachzudenken. Ich kann praktisch hören, wie sich in deinem Hirn die Räder drehen.«

»Schlaf jetzt.«

»Deine Gedanken halten mich hellwach.«

Er war alles andere als hellwach. Seine Stimme klang ein bisschen schwerfällig. Kein Wunder unter den Umständen: Er war nach seinem todesverachtenden Stunt heute Nachmittag vollgepumpt mit Antibiotika und anderen Drogen. »Sprich mit mir.«

Acadia drehte sich zu ihm um. »Erzähl mir, wie du diese Narbe bekommen hast.« Sie berührte zärtlich die feine Narbe an seiner Schläfe. Der Schnitt daneben, wo er bewusstlos geschlagen worden war, heilte, die Schwellung war zurückgegangen, und die ganze Umgebung wies gelbe und blaue Flecken auf.

»Wakeboarden in Bulgarien. Eine hammermäßige Fahrt, die unglücklicherweise in den Felsen endete. Aber das war es wert. Davon sind auch ein paar meiner Kratzer an den Beinen.«

»Wahnsinniger. Warum tust du das?«

Er lächelte. »Du fühlst dich nie lebendiger, als wenn dein Herz wie wild rast und du auf diesem schmalen Brett stehst und das Schicksal zu einem Duell herausforderst. Das ist ein Rausch, ein Gefühl der Euphorie, das schwer zu beschreiben ist.«

»Warum glaubt dein Bruder, dass du einen Todeswunsch hast?«, fragte sie leise und kämmte mit ihren Fingern durch die seidige Haarsträhne an seiner Schläfe. »Er hat doch denselben Rausch wie du.«

»Jennifer ...«

Was war mit Jennifer? Acadia hätte zu gern gewusst, wer diese Frau gewesen war, dass sie noch Jahre nach ihrem Tod einen solchen Einfluss auf ihren Mann hatte. »Wie lang wart ihr denn verheiratet?«

Seine Augen waren geschlossen, und seine Wimpern warfen Schatten in Form dunkler Fächer auf seine Wangenknochen. Als sie schon dachte, er würde nicht antworten, sagte er tonlos: »Sechs Jahre.«

An der Art, wie er es sagte, konnte sie hören, dass er seine Frau sehr geliebt hatte. Ihre Brust schnürte sich zusammen. Eines Tages würde ein Mann auch sie so sehr lieben. »Sie war

Reporterin bei CNN, stimmt's?«

»Freiberuflich. Jen liebte extreme Kriege genauso wie Gid und ich extreme Sportarten. Sie war furchtlos.«

Natürlich war sie furchtlos gewesen. Ein Mann wie Zakary Stark würde keine Frau lieben, die nicht so cool und abenteuerlustig wie er selbst war. »Hübsch?« Dumme Frage.

»Eher auffällig als hübsch. Schwarzes Haar, blaue Augen. Männer drehten sich nach ihr um. Himmel, sogar Frauen.« Er war so lange still, dass Acadia dachte, er wäre eingeschlafen. Gut, er brauchte Schlaf. »Sie kam vor zwei Jahren durch eine Autobombe in Haiti ums Leben.«

Allmächtiger. »Warst du mit ihr da?«

»Gideon und ich sind mit dem Kajak um Kap Hoorn herumgefahren, eigentlich wollte sie mitkommen, doch sie wollte die Erdbebenschäden mit eigenen Augen sehen. Jemand hat eine Autobombe in ihrem Mietwagen angebracht. Wir haben es erfahren, als wir am nächsten Tag in Kapstadt gelandet sind.

»Oh, Zak ...«

»Ich trage eine Wagenladung Schuldgefühle mit mir rum, und dazu jede Menge anderen Mist«, sagte er, und Acadia vermutete, dass das stark untertrieben war. »Wir haben uns mit ihr gestritten, weil sie unbedingt dahin wollte. Haiti war schon gefährlich und unberechenbar, bevor Tausende von Menschen gestorben sind oder ihr Zuhause verloren haben ... Jen ging an Orte, an die sich sonst niemand wagte. Sie lebte für solche Adrenalinkicks, und am Ende haben sie sie das Leben gekostet.«

»Es tut mir so leid, Zak.«

»Ja. Mir auch. Viele ungelöste ...«

Sie wartete darauf, dass er zu Ende sprach, dann sah sie, dass seine Brust sich unter gleichmäßigen Atemzügen hob und senkte. Er war eingeschlafen.

Acadia brannten die Augen, und ihre Brust schien sich zusammenzuziehen, als sie seine Hand unter ihr Kinn zog und die Augen schloss. Armer Zak. Kein Wunder, dass er sich nicht für einen Helden hielt. Er hatte es nicht geschafft, seine Frau davon abzuhalten, in ein bereits vom Krieg geschütteltes Land zu gehen.

Zak würde es morgen gut genug gehen, um abzureisen. Aber wenn sie nicht zu Fuß nach Caracas laufen wollten, musste Acadia sich etwas überlegen, wie sie schnell an Geld kommen konnte. Es war so dämlich von ihr gewesen, Fejos und seinen betrügerischen Kumpels ihre letzten zwanzig Dollar anzuvertrauen. Keine Kreditkarten. Keine Pässe. Das Dorf war so winzig, dass es nicht einmal eine Telefonzelle gab, geschweige denn eine Bank.

Und irgendwie hatte sie auch nicht das Gefühl, dass die Einheimischen sie mit Geld überschütten würden, wenn sie ihnen erzählte, dass heute ihr dreißigster Geburtstag war.

Sie nahm an, dass Zak, wenn sie wieder in der Zivilisation waren, mit leeren Taschen in jede Bank marschieren konnte und schon allein für sein gutes Aussehen einen Vorschuss in bar bekam. Er würde ihr sicherlich was leihen, bis sie zu Hause war und es ihm zurückzahlen konnte. Aber von da, wo sie waren, an einen Ort zu kommen, der groß genug für eine Bank war, würde mehrere Hundert Dollar kosten. Die sie nicht hatten.

Zak schlief neben ihr weiter. Er hatte eine bessere Farbe, und

die Schwellung und Rötung an seinem Arm war so gut wie
weg. Acadia legte ihm die Handfläche auf die Stirn, während
er einen heilsamen Schlaf schlief. Kühl, kein Fieber mehr. Er
hatte schon vor Stunden abfahren wollen. Es hatte sie ihre
ganze Überzeugungskraft gekostet, ihn zu überreden, noch
einen Tag zu bleiben. »Du bist ziemlich willensstark, nicht
wahr, Zak Stark?«, fragte sie leise. »Und so was von nicht
meine Liga, dass es schon nicht mehr lustig ist. Hättest du
mich überhaupt eines Blickes gewürdigt, wenn wir uns auf
dem Kuchenbasar der Kirche begegnet wären? Nicht in einer
Million Jahren.«

Sein Typ Frau stürzte sich in die Kriege anderer Menschen
und lieferte die Berichte ab, die sie jeden Abend in den
Nachrichten sah. Jennifer Stark war eine Macherin gewesen,
genauso wie Zak ein Macher war. Während Acadia ... Plötzlich
fiel ihr auf, dass auch sie in der letzten Woche eine Macherin
gewesen war.

Sie war nicht nur hundert Prozent dabei gewesen, sie hatte
geholfen. Und zwar sehr. Der Gedanke erstaunte sie wirklich.
Sie. Hatte. *Geholfen.*

Hammer.

Sie strich die Decke glatt und rückte das Glas Wasser näher
für den Fall, dass er aufwachte und Durst hatte. Es gab absolut
nichts mehr für sie zu tun. Sie hatte sauber gemacht, was
sauber zu machen war, einschließlich sich selbst und Zak, und
sie hatte aufgeräumt, was aufzuräumen war. Selbstsüchtig
wünschte sie sich, dass er aufwachen würde, damit sie
wenigstens ihn hätte, um sich zu unterhalten.

Stattdessen zog sie den Stuhl mit der hohen Lehne rüber an
das offene Fenster und beobachtete ein paar Frauen, die vom
Markt zurückkehrten. Zwei sehr alte Männer saßen im

Schatten eines ausladenden Baumes und spielten Schach. Sie scheuchte mit der Hand eine Fliege weg und stützte die Ellbogen auf der abblätternden Farbe des Fensterbrettes ab, als drei Männer die Straße entlangschlenderten, auf die Cantina zu. Einer von ihnen war Polizeichef José Fejos, und bei ihm waren der Zahnlose und der muskelbepackte Motorradfahrer. Sie rauchten fette Zigarren und lachten, als sie die Tür aufstießen und drinnen verschwanden.

Acadia kniff die Augen zusammen, während in ihr ein Plan Gestalt annahm. Ihr letzter Gedanke, bevor sie in den Schlaf hinüberglitt, war, dass Zaks auffällige, furchtlose Frau eine Idiotin gewesen war, ihn zu verlassen.

Als Zak erwachte, war das Zimmer von der Nachmittagssonne erfüllt. Enttäuscht stellte er fest, dass er alleine war. »Acadia?«

Keine Antwort. Behutsam stieg Zak aus dem Bett und streckte sich vorsichtig. Die Schwester hatte ihn auf sein Beharren hin von der Infusion befreit, als sie eine Weile zuvor nach ihm gesehen hatte. Sie war nicht begeistert gewesen und hatte den Mund verzogen, als hätte sie in eine Zitrone gebissen. Sie hatte seine Temperatur gemessen und den Verband gewechselt, bevor sie bereit war, den Tropf abzumachen.

Nonne hin oder her, früher oder später brauchte er seine Kraft wieder. Gideon würde ausflippen, wenn er in Caracas ankam und feststellte, dass Zak noch nicht aufgetaucht war. Er würde nicht wissen, wo er nach ihm suchen soll, und das Schlimmste vermuten. Zak scherte sich vielleicht einen feuchten Dreck um sich selbst, aber er hasste es, seinen Bruder zu beunruhigen. Und was wäre, wenn Gideon es sich in den Kopf setzte, zurückzugehen und im Dschungel nach ihnen zu suchen? Zak würde es ihm zutrauen.

Er fühlte sich hundert Prozent besser als noch am Tag zuvor. Auch wenn er es ungern zugab, er war froh, dass er Acadias Drängen nachgegeben hatte, noch vierundzwanzig Stunden zu bleiben. Er ging ins Badezimmer, das schockierend sauber aussah, und vermutete, dass das Acadias Werk war. Er ignorierte sein Bild in dem fleckigen Spiegel, pinkelte, putzte sich die Zähne und genoss, so gut es ging, eine lange, lauwarme Dusche. Es kostete ihn einige Mühe, seine linke Körperseite trocken zu halten, aber abgesehen von dem einen oder anderen Spritzer schaffte er es, indem er sich den Duschvorhang aus Plastik wie eine Toga über die Schulter legte. Im Großen und Ganzen erfüllte es seinen Zweck.

Schwester Clemencia betrat gerade den Raum, als Zak zurückkam und sich ein Handtuch um die Taille schlang. In den Händen hielt sie ein Tablett mit zwei abgedeckten Tellern. *»Buenas tardes, señor.* Sie sehen gut aus.«

Lächelnd nahm Zak seine Uhr an sich, um Platz zu schaffen, und legte sie sich ums Handgelenk, während die Schwester das Tablett auf den wackeligen Tisch stellte. Er blinzelte, als ein heller Streifen vor seinen Augen aufblitzte. Es dauerte nur eine Sekunde, dann war es vorbei.

Die Schwester warf ihm einen besorgten Blick zu, als er die flache Hand an das Fußende des Bettes legte. »Ist Ihnen schwindelig? Setzen Sie sich. Setzen Sie sich.«

»Nein, mir geht es gut. Schon viel besser, danke für Ihre Fürsorge, Schwester. Haben Sie meine Frau gesehen?«

Ihr sonst so warmherziges Gesicht nahm einen verkniffenen Ausdruck an. »Elvis hat sie vor zwei Stunden in die Cantina gehen sehen. Ihre Frau hat ein Alkoholproblem, señor.« Die Nonne bekreuzigte sich. »Ich habe für sie gebetet.«

»*Gracias*. Ich bin sicher, dass sie alle Gebete braucht, die sie bekommen kann.« Elvis war der unpassende Name eines der älteren Männer, die ihr bei Zaks Pflege geholfen hatten.

Was seine streunende *Frau* anging, war es nicht besonders klug von ihr, alleine herumzulaufen, vor allem abends, vor allem hier. *Wo bist du, Weib?* Verdammt. Sie war nicht sicher da draußen, Acadia wusste das genauso gut wie er. Wenn nun einer der Einheimischen Piñero gegen Bezahlung einen Hinweis gegeben hatte? Was wäre, wenn Acadia, während er hier rumlag, schon längst wieder ins Basislager der Guerilla-Zicke verschleppt worden war?

Zak blickte aus den verschmierten Fenstern. Die untergehende Sonne war hinter den Bäumen verschwunden und erzeugte ein surreal wirkendes, violettes Zwielicht, das wie aus einer anderen Welt erschien.

Er machte sich Sorgen um sie, und doch war sie es gewesen, die *sein* Leben gerettet hatte. Mehrmals.

Zak spürte einen kalten Schauder, das Gefühl, gerade noch rechtzeitig am Genick den Fängen des Todes entrissen worden zu sein.

Er war fast *gestorben*.

Der Gedanke daran, abzukratzen, hatte ihn in der Theorie nie beunruhigt. Sonst hätte er sich nie in all die Extremsportarten stürzen können, die er so genoss. Aber jetzt, wo er beinahe gestorben *war* , erschütterte ihn allein der Gedanke, Gideon oder Acadia nie wiederzusehen, bis ins Mark.

Der Drang, bei Acadia zu sein, sie in den Armen zu halten, wurde stärker, und er zupfte an dem mickrigen Vorhang, um hinaus auf die Straße zu blicken. Er ließ den Vorhang wieder fallen. Er konnte ihr nicht nachlaufen, als hätte er ein Recht auf ihre Gesellschaft. Scheiße, er hatte schon mehr von ihr verlangt, als er je zurückzahlen konnte. Wenn das erst vorbei war, und das war es beinahe, würden sie wieder getrennte Wege gehen. Der Gedanke hätte ihn zufriedenstellen sollen. Aber das tat er nicht.

Er wandte sich wieder an Schwester Clemencia, die dabei war, die ohnehin schon wie aus dem Ei gepellten Laken auf seinem Bett glattzustreichen. »Danke, Schwester. Ich weiß zu schätzen, was Sie alles für mich getan haben. Für uns.«

Und er würde dafür sorgen, dass sie und die Mission für ihre Mühen reichlich belohnt würden. Zum Teufel, er würde ihr ein komplett neues Krankenhaus bauen, wenn sie wollte.

Die Schatten im Zimmer wurden länger, und die geschäftig zupackende Nonne knipste mehrere Lampen an, was an der dämmerigen Beleuchtung nicht großartig etwas änderte. Schließlich, als es nichts mehr aufzuräumen gab, nahm sie eine der abgedeckten Mahlzeiten vom Tablett, als wäre es das letzte Abendmahl. »Das hier nehme ich wieder mit in die Küche. Wenn Ihre Frau Hunger hat, soll sie zu mir kommen.«

»Ich bin sicher, sie wird ...« Einen Moment wurde ihm schwarz vor Augen, und er ließ sich unsanft auf die Bettkante fallen, als vor ihm ein Streifen mit einem Durcheinander von Linien auftauchte. Er schloss die Augen, presste sich die Daumen auf die Lider und wartete darauf, dass sein Sichtfeld wieder klar wurde. Was nicht geschah. Die Linien formten sich zu Buchstaben ... nein, nicht das Alphabet. Es waren Zahlen. Eine Folge von Zahlen zog vor seinen Augen vorbei wie der Kriechtitel am unteren Rand einer Nachrichtensendung im schnellen Vorlauf. Er blinzelte mehrmals.

Immer noch da. Halluzinationen?

»Señor Stark?«

Zak hob den Kopf, rieb sich die Schläfe, als seine Sicht sich wieder normalisierte. »Alles in Ordnung.« Mit seiner Sicht war alles in bester Ordnung. Wenn da nicht diese Zahlen gewesen wären, die die unteren zehn Prozent von allem verdeckten, was er anschaute. Wenn er schon halluzinieren musste, fielen ihm eine Million andere Dinge ein, die er lieber sehen würde als die immer gleichen Zahlen, die sich in einer Endlosschleife durch sein Sichtfeld bewegten.

Es war nicht alles in Ordnung mit ihm, aber er war auch nicht tot. Wenn sein Hirn defekt blieb, würde er einen Spezialisten aufsuchen, sobald er zu Hause war. Aber erst würde er dem Plan folgen.

Nach Caracas fahren und sich mit Gideon treffen.

Denjenigen finden, der ihre Entführung angezettelt hatte, und ihn dafür bezahlen lassen.

11

Acadia blinzelte in die letzten tropischen Sonnenstrahlen, die blendend von den hellen Hauswänden reflektiert wurden. Die Straße war menschenleer, bis auf das Huhn, das auf der verbliebenen Sprosse eines leeren Schaukelstuhls hockte. Dogburt hatte sie zurückgelassen, um den schlafenden Zak zu bewachen.

Ihr Herzschlag erhöhte sich angenehm, als sie die Tür zur Cantina aufriss. Sobald die Tür hinter ihr zuschwang, war der Raum in verschiedene Facetten von Dunkelheit getaucht. Sie bezweifelte, dass die Atmosphäre oder die sich darauf auswirkende Dekoration beabsichtigt war. Der nutzlose Ventilator an der Decke vollführte seine ungleichmäßigen Drehungen. *Flapp-flapp-wamm. Flapp-flapp-wamm.*

Es stank nach Schnaps und billigen Zigarren, amerikanischen Zigaretten und Körpergeruch. Und über allem lag der durchdringende Gestank nach angebranntem Fleisch. Sie fand die Männer hinten im Raum an dem Tisch, der vermutlich ihr Stammplatz war. Acadia rieb sich im Geiste voll diebischer Freude die Hände. *Ich werde Ihnen in den Arsch treten, Herr Polizeichef.*

Der Barkeeper, ein großer Mann mit langem, fettigem Haar und einem schmutzigen, lindgrünen T-Shirt, das seinen gewaltigen Bauch hinaufkroch, sah sie von hinter der Ausdehnung aus Sperrholz, das die Theke darstellen sollte, verdutzt an, bevor er hinter dem dünnen Vorhang eines Durchgangs verschwand und sie mit den vieren am Pokertisch allein ließ.

Keiner von ihnen blickte auf. *Oh, ihr wisst genau, dass ich hier bin, ihr Arschlöcher.* Sie näherte sich dem Tisch mit extra schweren Schritten und ignorierte die platschenden, knallenden Geräusche, die ihre Stiefel auf dem von Likör klebendem Boden machten.

Polizeichef, Trickbetrüger und Erpresser José Fejos wollte gerade austeilen, aber als sie nicht wegging, blickte er auf, den Stapel Karten in der Hand, und tat überrascht, sie zu sehen. »Ach! Die Amerikanerin. Sie sind immer noch hier?« Sein Tonfall sagte, *scher dich zum Teufel.*

»*Sí* «, sagte sie mit einem leichten Achselzucken. Was glaubte er, wo sie hingehen könnte ohne Geld und mit einem außer Gefecht gesetzten Ehemann?

»Señora Stark. *Qué sorpresa maravillosa.* Wie geht es Ihrem Mann?«

»Viel besser, danke.« Sie lächelte und strich sich mit einer absichtlich femininen Geste eine Haarsträhne hinters Ohr. »Im Moment schläft er. Ich hoffe, ich störe Sie nicht, aber mir ist so langweilig, dass ich schreien könnte.« Das letzte Mal war sie so süß und mädchenhaft gewesen, als sie in der neunten Klasse Skip Thomson ein hausgemachtes Schullunch abgeluchst hatte, indem sie ihn überzeugte, dass die Schulrowdys sie bedroht und ihr das Essen weggenommen hätten. Er hatte ein Thunfischsandwich, Apfelschnitze und einen Schokoriegel dabei – um Himmels willen.

Wenn sie sich recht erinnerte, hatte sie sogar ein paar Tränen hervorgebracht. Er hatte keine Chance gehabt. Es hatte ihr damals Mamas Lunch eingebracht, und es würde ihr jetzt das Geld einbringen, das sie brauchte, um die Stadt zu verlassen.

»Nein. Nein, Sie stören überhaupt nicht. Schließlich ist das hier ein Ort, wo jeder hingehen kann, nicht wahr?« Er blickte sie finster an. Er trug dieselben Kleider wie gestern, und scheinbar dieselbe ekelhaft stinkende Zigarre glomm im überfüllten Aschenbecher neben ihm vor sich hin. Die Tortillachips neben dem Aschenbecher waren großzügig über seinen haarigen Bauch verteilt.

Sie unterdrückte einen leichten Schauder. An einen haarigen Bauch und etwas zu essen sollte man niemals in einem Satz denken. Sie versuchte, den Augenkontakt beizubehalten. »Hmm.«

»Ich würde Teos Essen nicht empfehlen«, warnte er, und seine eng stehenden Augen lagen im Schatten seiner Schirmmütze. Er klopfte irritiert mit dem Kartenstapel auf den Tisch, während er redete. »Sie sollten besser drüben in der Mission essen.«

Da musste sie ihm mal zustimmen. Wenn sie hier aß, würde sie sich wahrscheinlich irgendeine tödliche Darmkrankheit holen. »Danke für die Warnung«, sagte sie fröhlich und schenkte ihm ein strahlendes, offenherziges Lächeln. Sie wartete und blickte auffällig auf die Karten und den Pokertisch. »Aber ich habe sowieso keinen Hunger.« Sie schob die Hüfte nach der einen Seite und lächelte schüchtern.

Polizeichef José Fejos sah sie erwartungsvoll an und hielt die Karten mit einer dezenten Geste hoch, die sagte, *wir würden gern weiterspielen.*

»Oh! Halte ich Sie etwa vom Spielen ab?« Sie führte eine Hand an den Mund. »Tut mir leid, aber ich sehe unheimlich gern Männern beim Kartenspielen zu«, erklärte sie und ließ die Finger beiläufig in die Taschen ihrer Khakihosen gleiten, als hätte sie nicht die geringsten Sorgen. »Mein Daddy hat mich als kleines Mädchen hin und wieder aufbleiben und zusehen lassen, wenn er mit seinen Freunden gespielt hat. Er ist jetzt acht Jahre tot, und ich habe immer noch tolle Erinnerungen daran. Es war wirklich ein seltenes Vergnügen, den Männern zuzuschauen, die richtig gut spielen konnten.«

Als er seufzte, fielen die Chips wie goldene Schneeflocken von seinem T-Shirt herab. Sie kannte dieses Seufzen. Es war kein Laut, der davon zeugte, dass er eine besonders hohe Meinung von Frauen im Allgemeinen hatte, und von ihr im Besonderen nicht. »Spielen Sie auch Poker, Señora Stark?«

Acadia lachte leise. »Na ja, *spielen* würde ich nicht direkt sagen. Es ist so lange her. Ich weiß nicht mal mehr die Regeln. Aber ich habe immer gern zugesehen. Darf ich …?«

Sein kriecherisches Lächeln war fast ebenso abstoßend wie sein fetter, haariger Körper. Auch Mundhygiene stand offenbar nicht besonders weit oben auf seiner Körperpflegeliste. »Aber wir spielen um Geld, *querida* , und Sie haben keins, oder?«

Weil du dir meinen letzten Zwanziger gekrallt hast, du hinterhältiges, ungehobeltes, widerliches Schwein.

Sie tat, als sei sie enttäuscht, dann erhellte sich ihre Miene, als sie in ihrer Gesäßtasche kramte. »Ich habe das hier. Es ist echtes Silber.« Sie legte die Kette auf den Tisch und rückte das Medaillon behutsam zurecht.

Die Behutsamkeit war nicht gespielt. Ihr Vater hätte seine wahre Freude daran gehabt, was sie gleich tun würde. Wehe, der heilige Christophorus nahm die Herausforderung nicht an.

Acadia strich sie mit der Fingerspitze glatt. »Reicht das für ein oder zwei Runden?« *Oder zwanzig.* Je nachdem, wie schnell sie es schlucken und sie heimschicken würden.

Die Zigarre zwischen zwei Fingern hob er die Kette mit dem Nagel seines kleinen Fingers hoch. »Das ist nichts wert, *señora*. Was haben Sie sonst noch?«

Danke der Nachfrage. Sie stieß einen enttäuschten Seufzer aus. »Hier leider nichts, fürchte ich.« Dann hellte sich ihr Gesicht auf. »Aber zu Hause habe ich eine Menge Geld. Ich habe gerade in der Kansas-Lotterie gewonnen, müssen Sie wissen, gerade rechtzeitig zu meinem Geburtstag!« Ihr Lächeln wurde noch breiter. »Der ist nämlich heute. Deswegen dachte ich mir, zur Feier des Tages könnte ich vielleicht ein bisschen spielen. Aber hier habe ich natürlich keinen Zugang zu meinem Lottogewinn ...« Sie verstummte und ließ den Köder auf dem Wasser liegen, wie ihr Vater es ihr beigebracht hatte.

»Sie haben im Lotto gewonnen?« Fejos dicke Backen bebten, und seine Schweineaugen fingen an zu leuchten. »Wie viel denn?«

Acadia warf einen nervösen Blick auf den Motorradtypen, einen unsicheren, hoffnungsvollen auf den Alten und lächelte schüchtern den Kahlköpfigen an, der vor diebischer Freude fast von seinem Stuhl abhob. »Ich habe *zehntausend* Dollar gewonnen«, offenbarte sie ihnen in verschwörerischem Flüsterton voller Ehrfurcht und Erregung. Für zehn würden sie sie akzeptieren. Für fünfhunderttausend würden sie sie umbringen. »Kaum zu glauben, oder? Ich wünschte, ich könnte von hier aus drankommen. Aber es ist Wochenende, und außerdem gibt es hier in der Nähe keine Banken.«

»Sagen Sie mir die Bank und die Nummer, dann kümmere ich mich um alles«, versicherte Fejos ihr. Noch mehr Tortillastückchen regneten herunter, als er seine ohnehin schon geschwollene Brust noch mehr anschwellen ließ. »Es wäre mir eine Ehre, Ihnen zu helfen. *Feliz compleaños, señora.* «

Herzlichen Glückwunsch. Er wollte sie bis aufs Hemd ausziehen.

Sie machte große Augen angesichts seiner Klugheit. Die Falle war zugeschnappt. »*Könnten* Sie das tun? Also, wenn ein Mädchen dem Polizeichef nicht trauen kann, wem *dann*?« Sie lächelte froh. »Nehmen Sie ... was meinen Sie, wie viel Sie brauchen, damit ich ein paar Stunden spielen kann, bis mein Mann aufwacht? Fünfhundert Dollar vielleicht? Nein, machen Sie tausend draus.« Sie sorgte dafür, dass ihr Lächeln auch ihre Augen miteinschloss. »Ich glaube, heute habe ich Glück. Okay. Heben Sie tausend Dollar ab. Ach, das ist ja so aufregend! Ich schreibe Ihnen meine Kontonummer auf.

»Haben Sie ...? Danke.« Acadia nahm den Bleistift und das Stück Papier, auf dem sie die Punkte festgehalten hatten, drehte es um und schrieb die Nummer des Kontos darauf, das sie für die Pflegekosten ihres Vaters benutzt hatte. Eventuell kürzlich abgegangene Bankgebühren nicht eingerechnet, befanden sich darauf noch siebzehn Dollar und elf Cent.

Nachdem die Männer einige vielsagende Blicke gewechselt hatten, bedeutete Fejos dem dürren Alten, einen weiteren Stuhl von einem der Nachbartische zu holen. Es war nicht schwer zu erraten, wo sie platziert werden würde. Zwischen Darwin und dem rundlichen Polizeichef, wo sie links vom Kartengeber saß. Was bedeutete, dass sie den ersten Einsatz machen musste.

»Oh, das ist so cool.« Sie zog den Stuhl näher an den Tisch, mit leuchtenden Augen und so eifrig und mädchenhaft sie nur konnte. »Danke, Jungs.«

Darwins dunkles, zerfurchtes Gesicht knüllte sich zu einem Grinsen zusammen. Er hatte viele Zähne. Große Zähne. »¿*Conoce usted el juego de cartas* Texas Hold'em?«

Acadia schüttelte den Kopf, und ihr Pferdeschwanz, den sie kindlich und extra weit oben gebunden hatte, wippte auf ihrer Schulter auf und ab, als sie ihn mit großen Augen ansah. »Sagen Sie mir einfach die Regeln. Ich lerne beim Spielen.« Sie drehte sich zu Fejos und warf ihm ein bescheidenes Lächeln zu, das ihn garantiert glauben ließ, dass ihr IQ gerade um weitere zehn Punkte gesunken war. »Ich will Sie nicht bremsen oder so. Aber können Sie versuchen, mir nicht zu schnell mein ganzes Geld abzunehmen? Ich würde gerne eine Weile spielen, zumindest bis mein Mann aufwacht!«

Der Polizeichef gab ihr einen ungenauen Abriss der Spielregeln, wobei er ein paar wichtige Details unterschlug. Natürlich.

Wenn sie Dogburt gewesen wäre, hätte sie mit dem Schwanz gewedelt. Dezent, natürlich. Bloß weil sie die Karten noch nicht in der Hand hielt, hieß das nicht, dass das Spiel nicht schon begonnen hatte. Ihr Pokerface hüllte sich in ein hohles Lächeln.

»Ich bin großzügig und leihe Ihnen zwanzig amerikanische Dollar, ja? Ladys first«, sagte der Polizeichef ausholend. Alle richteten sich auf, und er teilte jedem Spieler zwei Karten aus. Acadia sah in ihre roten Karten. Nicht schlecht. Eine Karo-Zehn und eine Herz-Zehn. Ein Pocket Pair.

Fejos fuhr mit dem Daumen über den Stapel Geldscheine vor sich. Wie ihr Vater immer zu sagen pflegte, ein deutliches Zeichen. Er konnte es kaum erwarten, zu setzen. *Immer her damit.*

Sie konnte es sich leisten, ein paar Hände zu verlieren, bevor sie ein bisschen was gewinnen musste, um im Spiel zu bleiben. Drei oder vier Hände sollten reichen, um die Männer zu beobachten und ihre Tells zu studieren, also ihr Verhalten während des Spiels. Sie würde diese Hand verlieren. Stirnrunzelnd blickte sie in ihre Karten.

»Ich bin mir bei meinen Karten nicht so sicher«, sagte sie kleinlaut und presste sie sich viel zu fest an ihre Brust. »Wie nennt man das, wenn man nicht setzen will?«

José blickte zu ihr hoch. »Klopfen Sie auf den Tisch und sagen sie › check‹. «

Ungeschickt klopfte Acadia zweimal auf den Tisch, als wolle sie ein zweites Getränk an der Bar bestellen. »Check!«

Der Polizeichef warf das Äquivalent von fünf Dollar in die Tischmitte. Darwin und der Gangster-Häftling Gomez taten es ihm nach und murmelten: »Passe.«

Fejos blickte kurz auf und sah dann wieder weg. Oh, ja. Der Schleimbeutel hatte auch eine vernünftige Hand. Er warf noch mal fünf Dollar in den Pot.

Sie war dran. »Ich schätze, ich will sehen?« Unschuldig blickte sie auf. José teilte den Flop aus und legte drei Karten mit dem Bild nach oben auf den Tisch. Herz-König, Pik-Dame und Pik-Zehn. Acadia bemerkte, wie seine Lippe zuckte, und schloss daraus, dass er entweder Könige oder Damen auf der Hand hatte. Ein Paar, wenn sie die Zeichen nicht missdeutete, und sie wusste, das tat sie nicht.

Es versetzte ihr einen Stich ins Herz. Gott, sie vermisste ihren Vater. Er und seine Pokerfreunde würden sich kaputtlachen, wenn sie sie jetzt sehen könnten. Gomez warf die Entsprechung von zehn Dollar in den Pot.

Der Chief lehnte sich in seinem Stuhl zurück und heuchelte Desinteresse, während er mit seinen Wurstfingern über seinen Geldstapel streichelte. »Ich gehe mit und erhöhe um fünf.« Er paffte an seiner Zigarre und blies eine Wolke stinkenden Qualm heraus.

Acadia ließ ein Husten in ein frustriertes Seufzen übergehen. »Ich glaube, bei dieser Hand sollte ich nicht setzen.« Sie warf die Karten mit dem Gesicht nach ob hin, sodass der ganze Tisch sie sehen konnte.

Gomez lächelte, als er den perfekten Drilling sah, den sie weggeworfen hatte, und blickte zu Fejos auf, der überrascht die Augenbrauen hob. »Nächstes Mal, *señora*, legen Sie Ihre Karten mit dem Bild nach unten ab«, sagte er irritiert.

»Oh! ' tschuldigung!« Sie griff nach den Karten und drehte sie rasch um, wobei sie ihm einen dämlichen Blick zuwarf.

Alberto passte, die Kobra mit dem offenen Maul an seinem Hals sah ein bisschen zu realistisch aus, und der Polizeichef strich den ersten Pot ein. Es schmerzte, zu sehen, wie ihr Christophorus-Medaillon auf einen Haufen zerknüllter Geldscheine und Krümel von Chips und Zigarrenasche gefegt wurde.

Sie spielte noch ein paar Hände, studierte ihre Gegner dabei gründlich und bemerkte deren kaum unterdrückte Erregung. Sie hielt sich an ihren mageren Gewinnen fest, tat, als sei sie überrascht und erfreut, wenn sie gewann, und runzelte enttäuscht die Stirn, wenn sie verlor.

Der Chief teilte ihr eine Fünf und eine Vier aus. Mit finsterer Miene schüttelte sie den Kopf, und ihr Pferdeschwanz wippte. »Wieso kriege ich immer so miese Karten?« Die ganze Runde setzte einen Dollar.

Die Pupillen des Polizeichefs weiteten sich vor Aufregung, als hätte er ein Pocket Pair Asse. Oh, sie hatte diesen Ausdruck schon mal gesehen. Er hatte eine ordentliche Hand. Sie leider nicht. Mist.

Er teilte noch drei Karten aus. Acadias Herz begann zu rasen, und sie gab sich alle Mühe, resigniert auszusehen. Eine Zehn und eine Zwei. Für sich allein nichts wert, aber zusammen mit den beiden anderen Zweien auf dem Tisch wusste sie, sie hatte es. »Check.«

Alberto setzte fünf. Darwin und Gomez gingen beide mit. Der Chief ging mit und erhöhte. Acadia ging einfach nur mit, sie wusste, sie musste schwach aussehen. Noch eine Karte.

Ein Ass.

Der Polizeichef atmete verräterisch ein. Er hatte Asse, und alle anderen am Tisch hatten ...? Ihr Hirn raste und berechnete die Karten, die sie bereits gesehen hatte ... mit den Wahrscheinlichkeiten der verdeckten Karten möglicherweise ein Full House.

Die vier Männer blufften sich gegenseitig. Der Geldhaufen in der Mitte des Tisches wuchs und wuchs.

Eine letzte Gemeinschaftskarte war noch auszuteilen. Die fünfte Karte, die River-Karte, alles oder nichts. Der Pik-Bube.

Alberto schob.

Darwin schob.

Gomez schob.

Der Polizeichef rollte seine Zigarre von einer Seite seiner fleischigen Lippen zur anderen, und der Speichel glänzte außen am Tabak. Er konnte sich kaum beherrschen und setzte alles.

Acadia ging ohne zu zögern mit. Dabei sorgte sie aber dafür, dass sie große, arglose Augen machte. Alberto hielt kurz inne, dann ging er mit. Darwin ging mit. Gomez ging mit.

Mit einem Unschuldsblick fragte sie den Chief: »Ist es okay, wenn ich Ihre Karten sehe?«

Sein Grinsen verteilte sich von Ohr zu Ohr, als er seine Asse umdrehte. »Drei Asse und zwei Zweier. *Completo.*« Full House.

Alberto konnte die Hand nicht schlagen. Er passte. Darwin und Gomez passten.

Fejos starrte Acadia an, die mit einiger Mühe einen ernsten, wenngleich leicht verwirrten Gesichtsausdruck beibehielt. Sie hätte Luftsprünge machen können.

»Was haben Sie, *señora*?«

Sie drehte langsam ihre Zehn um. »Ich bin nicht sicher ... Ich glaube, ich habe vielleicht gewonnen?« Gott, sie genoss es, zuzusehen, wie es ihnen dämmerte, dass sie sie alle nassgemacht hatte.

Anfängerglück oder Können? Sie würden es nie erfahren.

Acadia zupfte einen fleckigen Geldschein aus dem Haufen Bargeld, den sie näher zu sich zog, und legte ihn freudestrahlend vor ihn. »Was für ein *toller* Geburtstag. Hier sind die zwanzig, die Sie mir vorgestreckt haben, Chief. Danke, dass ich mitspielen durfte!«

Er kniff die Augen zusammen. »Ihre andere Karte, *señora*.«

Mit einem breiten Grinsen drehte sie die Zehn herum und

knallte die Zwei auf den Tisch. »Ja«, sagte sie wesentlich fröhlicher, als sie vielleicht hätte sein sollen. »Ich glaube schon, dass ich gewonnen habe.« Sie sammelte den Pot ein und stopfte sich die Geldscheine in die Taschen. »Danke, Jungs, das hat wirklich Spaß gemacht! Das müssen wir mal wieder machen. Ich gehe jetzt besser mal nach meinem Mann sehen, ich wette, er ist jetzt wach, und ihm fällt sicher die Decke auf den Kopf.«

Sie stand vom Tisch auf, nahm ihr Christophorus-Medaillon und hängte sich die lange Kette um den Hals, dann schlenderte sie vom Tisch weg.

Offenbar machte der gute alte Chris gerade eine Kaffeepause. Finger packten sie hart am Handgelenk. Acadia rutschte das Herz in die Hosen.

»*Un momento, señora* «, sagte der Polizeichef sanft, wenn man von der unterschwelligen Drohung absah, die in jeder Silbe mitschwang. »Ich glaube, da liegen Sie falsch.«

»Nein«, begann sie langsam, und ihre Augen flogen zu den drei anderen Männern am Tisch, die mit Entschlossenheit aufstanden. Ach, du Scheiße. Hatte sie wirklich geglaubt, dass es so einfach sein würde? Ihre Wimpern flatterten, als sie die Augen so weit wie möglich aufriss, während sie unsicher fragte. »Ich habe doch gewonnen, oder? So gewinnt man doch.« *Arschlöcher.* »Oder? Und ich habe Ihnen Ihr Geld zurückgezahlt, also müssen Sie noch nicht mal was von meinem Bankkonto abheben«, fügte sie freudig hinzu, um ihn daran zu erinnern, dass er eine Menge gewinnen konnte, wenn er sie gehen ließ.

Der Griff an ihrem Handgelenk war brutal, aber sein Gesichtsausdruck veränderte sich. Er hatte den größeren Preis vergessen. Er hielt sie weiter fest, während er sich entschied, ob er beides haben wollte, das Bargeld *und* den Lottogewinn, was nicht lange dauerte. Aber ehe José Fejos irgendwas sagen oder tun konnte, wurde hinter Acadia die Tür aufgerissen.

»*¡Señora!*« Die schrille alte Stimme zerschnitt die Luft der Cantina wie ein rostiges Sägeblatt. Acadia sah die Augenlider des Polizeichefs zucken. »*Durante una hora, su esposo ha estado buscando a usted, y ahora ¿le encuentro aquí, en la cantina?*« Schwester Clemencia marschierte wie ein Miniatursoldat in Hawaiiblau über den unebenen Boden der Cantina. Ihre kleinen Knopfaugen fixierten Acadia, während sie auf sie zeigte und ihre Schimpftirade ihren Höhepunkt erreichte. »*¡Bebiendo como una borrachera! ¿Jugando las cartas?*«, spuckte sie aus. *Betrunken und Karten spielend.* »*¡Usted es una mujer ingrata!*«

Acadia fuhr zusammen. Sie war keine alkoholkranke, undankbare Ehefrau. Sie besorgte Geld, um ihren ungeduldigen *Ehemann* hier fortschaffen zu können! Trotzdem biss sie sich auf die Zunge und ließ den Kopf hängen. »Tut mir leid«, jammerte sie und warf José einen Seitenblick zu. »Ich wollte gerade zurück in die Mission gehen, wenn Police Officer Fejos fertig ist.«

Schwester Clemencia feuerte eine maschinengewehrartige Salve Spanisch ab, die Josés Lippen sich zu einer dünnen, blassen Linie formen ließ. »*Sí*«, knurrte er regelrecht und ließ sie los. Vielleicht begnügte er sich doch mit dem Lottogewinn. Er warf den anderen Männern einen eindringlichen Blick zu und wandte sein Gesicht mit einem wissenden Grinsen von der wütenden kleinen Nonne ab.

Acadia bewegte sich mit hängenden Schultern an die Seite der Alten, während Clemencia ihnen mit ihrem knorrigen Finger drohte. Sie verstand nicht alles, aber es reichte, um zu wissen, dass die winzige Nonne nicht besonders viel von Männern hielt, die eine junge Frau zur Sünde verführten.

Sie zuckte zusammen, als die Nonne sich gegen sie richtete. »Ihr Mann«, sagte sie tonlos. »Er ist wach und sucht seine Frau. Gehen Sie. Seien Sie eine gute Ehefrau.« *Sonst ...* hing in der Luft, solange Acadia neben der Nonne hermarschierte, durch die Bar und auf die Tür zu.

Die Männer sahen ihr hinterher, bis sie aus der Tür und ins Abendlicht trat.

Als die Tür hinter Schwester Clemencia zuschwang, atmete Acadia tief ein, flüsterte: »*Muchas gracias«,* und rannte, was das Zeug hielt, über die Straße und zu Zak zurück.

Happy Birthday. Sie hatte gerade den sicheren Weg hier raus gewonnen.

558 362 328 559 675 625 355 565 583 623 285 967 562 535 556 558 362 328 596 756 ...

Zak sah dieselbe nicht endende Zahlenfolge, die ununterbrochen vor seinen Augen vorbeizog, mit absoluter Klarheit. Wie ein gottverdammter Börsenticker wälzte sie sich von links nach rechts.

Die Zahlen verschwanden nicht, sondern schienen sich für immer in seinem Kopf eingenistet zu haben. Tag und Nacht. Bei Licht und im Dunkeln. Egal, wo er hinschaute, die Zahlen verdeckten den unteren Rand von allem, was er ansah. Wenn er die Augen schloss, sah er sie ebenso klar. Der einzige Zustand, in dem er die verdammten Dinger *nicht* sah, war, wenn er schlief.

Ein Morsecode? Irgendein Algorithmus? Eine Chiffrierung?

Scheiße. Er musste aufhören, Sinn in etwas zu suchen, das ein Produkt seiner Fantasie war.

Er war nie krank gewesen. Himmel, er ging so gut wie nie zum Arzt, außer vielleicht, um sich für eine Reise impfen oder einen gebrochenen Knochen richten zu lassen, aber hiermit würde er schnellstens hingehen.

Es lenkte ihn nicht nur ab, sondern bereitete ihm auch ernsthafte Sorgen. Es gefiel ihm nicht, obwohl er sich vorstellen konnte – wie verrückt hoffte –, dass es sich um eine Art vorübergehende Halluzination handelte. Für ihn sah es verdammt echt aus. Vielleicht war es noch eine Nachwirkung des Fiebers? Oder bei dem Schlag auf den Kopf im Hotel, wo alles angefangen hatte, hatte sich eine Schraube gelockert.

Gideon hätte das bestimmt sehr lustig gefunden!

Zak und Acadia saßen in einem länglichen *Curiara,* einem Einbaum, und ein ältlicher Pemón und sein Enkel fuhren sie den Orinoco hinunter bis nach Ciudad Bolívar.

Der Himmel war tiefblau. Es war noch nicht ganz dunkel, aber einige Sterne blitzten schon am gewaltigen Himmelszelt über ihnen auf. Die Bäume, die das Flussufer säumten, waren voll mit roten, gelben und blauen kreischenden Papageienschwärmen und Hunderten großer schwarz-orangener Trupiale, die mit ihren langen Schwänzen und dicken Schnäbeln heruntergeschossen kamen, sich ins Wasser stürzten und die Insekten fraßen, die herumschwirrten. Ein Reiher stand auf einem Bein und sah zu, wie sie an ihm vorbeischossen. Ein Stück Holz oder ein Alligator lauerte im hohen Gras am Ufer. Zak hielt die Augen nach jeder raschen Bewegung offen.

»Ich werde ihn vermissen«, sagte Acadia, als der Junge heftig winkend am Ufer stand, den dürren Hund an seiner Seite.

»Wir haben uns wahrscheinlich Flöhe bei ihm geholt.«

»Nee.« Sie winkte ebenso enthusiastisch zurück und brachte das Kanu dazu, sich zu neigen. »Doch nicht bei Dogburt.«

»Sitz still, sonst bringst du uns noch zum Kentern. Reiß dich zusammen, es wird eine Weile dauern.«

Selbst in der Wildnis des Regenwaldes war mit Geld alles möglich. Acadia hatte den Jungen kurz nach ihrem Sieg beim Pokern in der Missionsklinik getroffen. Der Junge war da, um seinen Hund zu holen. Acadia war mit roten Wangen und umwerfend schön hereingesprungen gekommen und hatte den Jungen unglaublich überrascht, als sie ihre Taschen voller Bargeld vor ihm geleert hatte.

Es war wie eine Vorsehung gewesen. Der Cousin zweiten Grades vom Bruder des Onkels des Jungen − er war sicher, dass ihm bei der umgangssprachlichen Übersetzung etwas durch die Lappen gegangen war − hatte ein Boot. Und keine Angst vor dem Polizeichef, den Acadia um seine Kohle erleichtert hatte.

Als sie so dastand, mit geröteten Wangen und funkelnden Augen und bergeweise Geld in den Händen, da sprach Zak nicht darüber, dass er sich vor Angst fast in die Hosen machte, dass Piñero sie doch noch aufspüren könnte. Er wollte, dass sie von hier verschwanden, und zwar sofort. Zak ignorierte Schwester Clemencias Ermahnungen, dass es ihm noch nicht gut genug ginge, um abzureisen. Er war fast *gestorben*, ermahnte sie ihn. Mehrmals. Gott hatte einen Plan für ihn.

Ja, und zwar, seinen Bruder zu treffen. Aufzudecken, für wen die Entführer arbeiteten, und in sein Leben zurückzukehren. Es war ein toller Plan. Aber er konnte Acadia nicht das Wasser reichen – diese Frau plante alles bis auf den letzten Peso. Er wünschte, er hätte sie sehen können, wie sie gegen den betrügerischen Polizeichef und seine Kumpane gepokert hatte.

Sie war eine aufregende Frau.

»Was denkst du, ist aus Piñero und ihren Männern geworden?« Acadia starrte ihn an, als wolle sie in seinen Kopf blicken. Nein, danke. Da war es überhaupt nicht aufgeräumt.

Der alte Mann und sein Enkel paddelten sie in die Mitte des Flusses, wo das Wasser klar und tief war und die Strömung half, sie flink voranzubringen. »Vielleicht hat sie ja aufgegeben.«

Sie schnaubte und rutschte hin und her, um es sich auf der harten Bank ihm gegenüber bequem zu machen. »Wenn sechzig Millionen Dollar zum Greifen nah sind? Niemals.«

Loida Piñero *hatte* nicht aufgegeben. Und wenn sie nicht aufgegeben hatte, wo war sie dann? Zak suchte die üppige Vegetation an beiden Ufern des Flusses ab, als könnte die Guerilla-Zicke urplötzlich wie ein Springteufel zwischen den Bäumen auftauchen.

Obwohl ihn nicht das übliche Jucken im Nacken plagte, wenn sich etwas zusammenbraute, so hatte er doch ein eindeutiges Gefühl, dass der zweite Schuh kurz davor war, auf den Boden zu fallen, und das lag ihm wie ein Stein im Magen. Sechzig Millionen US-Dollar waren extrem viel Geld, um es einfach aufzugeben. Und Piñero hatte auf Zak nicht wie eine Frau gewirkt, die so leicht aufgab, wenn überhaupt. Nein, sie war sicher hinter ihnen her.

Sie hatte sich nur bisher nicht auf sie gestürzt. Noch nicht.

Oder Piñero hatte Gideon geschnappt und wollte ihn als Köder benutzen, um an Zak zu kommen. Doch diese Möglichkeit wollte er sich lieber nicht ausmalen. Aber Gideon war klug und erfindungsreich, dieses Szenario war also ebenso unwahrscheinlich wie unerwünscht.

»Was werdet ihr nun tun?«, fragte Acadia. »Du und Gideon?«

»Den Spieß umdrehen und die Zicke jagen. Wir wollen ein paar Antworten von ihr haben, und ich habe nicht die geringste Lust, mich ständig verfolgt zu fühlen. Irgendwas sagt mir, dass sie die Entführung nicht selbst angezettelt hat. Aber ich verwette meinen Arsch, dass sie weiß, wer es war. Gideon und ich sind Profis darin, auf den Busch zu klopfen.«

»Ihr könntet doch einfach heimkehren nach ...?« Sie ließ es so stehen und wartete auf ihn.

Die Muskeln um seinen Kiefer spannten sich an. »Seattle«, teilte er ihr mit, »und das könnten wir nicht einfach. Auf *gar* keinen Fall. Nicht, bevor das vorbei ist.«

»Na gut.« Sie ließ einen Finger durch das Wasser gleiten. »Wirst du dich körperlich erholen, bevor du diesen abenteuerlichen Plan in die Tat umsetzt? Oder hoffst du dich durchzuschlagen, bis du richtig krank bist, und ...« Er merkte, dass sie sich fing, bevor sie ihn *wieder* fragte, ob Gideon recht hatte und Zak wirklich sterben wollte.

»Bis du nichts mehr machen kannst, außer im Bett zu liegen und hin und her zu zappeln wie ein, wie ein gestrandeter Thunfisch?«

Gott, sie war so lustig. Ein gestrandeter Thunfisch? Wo hatte sie bloß diesen Blödsinn her? Um seine Lippen zuckte es. »Ich habe mich schon ziemlich gut erholt.« Abgesehen von dem nervigen numerischen Ticker in seinem Hirn, fühlte er sich tatsächlich überraschend *großartig* für jemanden, der kürzlich fast abgenippelt war. »Nimm die Hand aus dem Wasser«, fügte er hinzu. »Da unten gibt's Viecher, die beißen.«

Sie riss die Augen auf und zog ihre Finger so schnell zurück ins Boot, dass er zweimal gucken musste, ob nicht schon etwas zugebissen hatte. »Warum machst du dann so ein finsteres Gesicht?«, fragte sie und machte selbst eins.

Er rieb sich mit einer Hand die Augen. »Mach ich gar nicht.«

»Du hast Kopfschmerzen, oder?«

Er sah eine Anakonda durch das Wasser schießen, nur etwa einen Meter vom *Curiana* entfernt. Das Ding war so dick wie sein Oberschenkel und knapp zwei Meter lang. »Nicht mal meine Mutter hat sich je darum geschert, ob ich Kopfschmerzen habe.« Seine Stimme überschlug sich. »Bemuttere mich nicht, Acadia, ich kann das nicht gebrauchen.«

»*Jeder* braucht es hin und wieder, bemuttert zu werden.« Ihre grauen Augen wirkten ruhig, ihr Mund war zu einer entzückenden Linie geformt, an der er erkannte, wenn Acadia Gray fest zu etwas entschlossen war. »Was ist mit deiner passiert?«

»Twenty Questions?« Seine Schulter schmerzte, und er veränderte seine Position, um den dumpfen Schmerz zu lindern. Es ärgerte ihn ziemlich, dass er nicht rudern helfen konnte. Er versuchte, darauf zu kommen, was die Zahlen bedeuten konnten. Eine Kontonummer? Ein Tresorfach? Verdammt, zufällige Zahlen ohne Sinn und Verstand? Es waren viele Fünfen dabei ...

Sie stellte irgendetwas extrem Weibliches mit ihrem hoch

sitzenden Pferdeschwanz an und drehte diesen oben auf dem Kopf zu einem unordentlichen Nest. An ihrem Nacken würden sich schon bald die Moskitos gütlich tun. Zak rief sich ins Gedächtnis, dass auch er nicht ihre Mutter war.

Sie ließ die Hände wieder sinken und hielt sich an den Seiten des Kanus fest. »Hast du was Besseres zu tun?«

Da würde ihm einiges einfallen. *Moment!* »Hat dir schon mal jemand gesagt, dass du zu viel redest?«

»Komischerweise nicht.« Sie legte den Kopf schief, und das nachlassende Licht, das über ihre makellose Haut streifte, ließ ihre Augen fast durchsichtig erscheinen. Sie wurden dunkel und verrucht, wenn sie Sex hatte. Und verschleiert und trüb, wenn sie danach schlapp und erfüllt in seinen Armen lag.

»Okay, ja«, gab sie mit einem verzagten Lächeln zu, das seinem Herz auf angenehme Weise einen Kickstart verpasste. »Ab und zu schon. Und weißt du auch warum?«

»Wahrscheinlich nicht, aber du wirst es mir so oder so erzählen.« Er hörte sie gern reden. Hörte gern, wie ihr lebhaftes, witziges Gehirn arbeitete, wie ihr Kopf Probleme abhakte und wie sie sich auf ihre eigene komplizierte Art Lösungen einfallen ließ.

»Es ist reine Nervensache. Ich habe das ja schon mal erwähnt.« Er erinnerte sich. »Aber es hat sich auch bei mir entwickelt, um ein bisschen Aufmerksamkeit zu bekommen. Meine Eltern haben sich wie wahnsinnig geliebt, und meistens vergaßen sie alles und jeden um sich herum. Sie mussten zehn Jahre warten, bis sie mich bekamen – mit künstlicher Befruchtung und allem Drum und Dran. Als ich endlich kam, liebten sie mich auch wie wahnsinnig, aber sie waren in ihren Gewohnheiten ziemlich festgefahren, und manchmal bemerkten sie nicht, dass ich darauf wartete, bemerkt zu werden.«

Ihr Blick driftete an ihm vorbei, hinaus in den wuchernden Dschungel, der den Fluss einschloss. Die Geräusche waren hier irgendwie anders, gedämpft, aber nicht weniger voll. Das plötzliche Klatschen von irgendwas, das unter der Oberfläche hinweghuschte, das Rascheln von Tieren – selbst Vögel ließen von allen Seiten ihre Tiraden erklingen.

Und doch, abgesehen vom schrillen Zahlenschwanz in seinem Hirn war Zak im Moment mit sich im Reinen und fasziniert von allem an Acadia Gray.

Ihre Finger wanderten wieder über die Bootskante, bevor sie sich besann und ihre Hand um die Wölbung ihres Oberschenkels legte. Er fragte sich, was sie tun würde, wenn er sie fragte, ob sie ihre Hand stattdessen auf *sein*Bein legte. »Ich redete viel«, fuhr sie leise und sachlich fort, »und ziemlich schnell, damit ich ihnen von meinem Tag oder was auch immer erzählen konnte, bevor sie das Interesse verloren.«

Er zwang sich, seine Konzentration wieder voll auf das Gespräch zu richten. »Und was ist mit deiner Mutter?«

»Meine Mom ist gestorben ...« Sie machte eine Pause, und Zak runzelte die Stirn, als etwas Zartes in seiner Brust aufwallte. Mitleid?

Zum Teufel ...

»Eigentlich ein Routineeingriff, aber sie wachte nicht wieder auf.« Ihr Mund verzog sich. »Genauer gesagt eine Brustverkleinerung. Du kannst dir also vorstellen ... oder vielleicht auch nicht«, fügte sie ironisch hinzu, »dass ich Angst hatte, dass meine Brüste so groß werden würden wie ihre. Ich war gerade dreizehn geworden.«

Taff für einen Teenager. Zak hatte das Gefühl, etwas sagen zu müssen, irgendwas, und entschied sich für das Erste, was ihm in den Sinn kam. »Deine Brüste sind absolut perfekt.« Er liebte es, wenn ihre Augen vor Belustigung kleine Fältchen warfen. »Und wann ist dein Vater gestorben?«

Die Belustigung verschwand. »Einen Monat, bevor ich im Lotto gewonnen habe.«

Jesus Christus. »Das tut mir leid.«

»Danke.« Acadia zog die Knie an und ließ ihr Kinn darauf ruhen. Das Kanu schwankte, und Wasser spritzte auf ihre Füße. Sie warf dem Vater-Enkel-Team einen entschuldigenden Blick über die Schulter zu. »*Lo sentimos!*« Dann sagte sie zu Zak: »Mir auch. Er war ein toller Mann, und ich habe ihn verehrt. Ich denke, man kann sagen, dass ich dreizehn wundervolle Jahre mit den beiden hatte. Dann ist meine Mutter gestorben, und mein Vater begann ... komisch zu werden. Ich dachte, er wäre vor Kummer zerstreut. Sie waren sich so nah. Erst Jahre später wurde bei ihm eine frühe Form von Alzheimer diagnostiziert. Es war ein langsamer, schrecklicher Weg. Aber diese ersten Jahre waren ... zauberhaft.« Sie lächelte. Nicht traurig, nicht selbstmitleidig. Ein stilles Lächeln voller Liebe.

Sie schöpfte eine Handvoll Wasser und ließ es durch ihre Finger rinnen. Aber er sagte nichts. »Ich hoffe, eines Tages auch so eine Ehe führen zu können wie meine Eltern. Sie waren so glücklich zusammen.« Sie machte eine Pause. »Obwohl ich auf jeden Fall vorhabe, meinen Kindern mehr Beachtung zu schenken. Was ist mit dir und Gideon und euren Leuten? Steht ihr euch nahe?«

»Nicht mal geografisch«, gestand Zak. »Crystal, meine Mutter, hat unserem Vater gegeben, was er wollte. Ein paar Erben für das Imperium, das er wie ein Königreich um sich errichtet hat. Sie hatte nie behauptet, dass sie Kinder mochte. Was in Ordnung war«, fügte er rasch hinzu, als er bemerkte, dass ihre Augen ganz weich und feucht wurden. »Wir hatten sexy Kindermädchen, eine herausragende Bildung, Weltreisen und absolut keine Grenzen.«

Ihr Mitleid wurde nur noch stärker. »Kein Wunder, dass ihr beiden für einen Kick das Schicksal herausfordert. Was ist mit eurem Dad?«

»Wenn er uns nicht gerade für einen Fototermin brauchte, waren wir für ihn so gut wie unsichtbar.« Sein Vater war ein egoistisches Arschloch gewesen. Strotzte vor Selbstgefälligkeit. Und sein Ego hatte Risse bekommen, als Zak und Gideon zusammen mit Buck und ein paar Riesen, die sie als Startkapital zusammengekratzt hatten, ZAG gegründet hatten.

Er hatte jedoch immer Gideon gehabt. Sein Bruder war seine wahre Familie gewesen. »Gleichgültigkeit wäre besser gewesen. Es gab nur Gideon und mich.« Und eine Weile noch Jennifer, aber damit würde er jetzt definitiv nicht anfangen.

»Das mit deiner Frau tut mir leid. Das muss so hart gewesen sein. Zumindest gab es keine Kinder?«

Himmel! Noch ein beschissenes Hornissennest. »Wir waren kurz davor, eins zu adoptieren. Ich habe das Verfahren abgebrochen, als Jen ...« Er hatte die Adoption nicht gewollt. Jens Vorstellung von Familie unterschied sich nicht groß von seiner eigenen. Und ihre Vorstellung von Mutterschaft war es gewesen, Kindermädchen einzustellen und ihren wilden Ritt durch das Leben ungestört fortzusetzen. Seine Lippen formten sich zu einer unkontrollierbaren Grimasse. Er hatte an dem Tag, als Jennifer starb, nicht nur seine Frau verloren. Er hatte auch ein Kind verloren. Niemand hatte von Jens Schwangerschaft gewusst.

»Sie wollte sechs, das hat sie immer gesagt. Sechs Kinder verschiedener Rassen.«

Acadia runzelte die Stirn. »Wolltest du kein Kind adoptieren, oder wolltest du keine Kinder verschiedener Rassen?«

»Mir war es scheißegal, welche *Farbe* mein Kind hat, aber ich fand es sinnvoller, erst mal mit einem anzufangen und dann zu sehen, wie es läuft.« Er erwähnte nicht, dass das Thema Kinder in dem Jahr nach ihrer Hochzeit fallen gelassen worden war, und auch nicht, dass er und Jen ein paar Monate, bevor sie getötet worden war, das erste Mal seit sechs Monaten miteinander Sex gehabt hatten. Sie war kaum drei Monate schwanger gewesen und hatte ihn auf seinem Flug nach Kapstadt angerufen, um es ihm zu erzählen.

Er hatte eine Woge der Freude verspürt, vermischt mit einer Woge des Abscheus. Die Scheidung lag auf dem Tisch. Ihr Timing hätte nicht ungünstiger sein können.

Gottverdammt, diese scheiß Zahlen! Er presste sich die Faust zwischen die Augen und versuchte so, sie abzublocken.

Wenn er ehrlich war, hatte er die Nase voll davon, Lebensgeschichten auszutauschen, also machte er großes Aufhebens daraus, sich die Stirn zu reiben. »Ich werde eine Weile die Augen zumachen und mich ausruhen.« *Und mir von dir nicht Ruderschlag für Ruderschlag meine Lebensgeschichte aus der Nase ziehen lassen.*

12

Als sie die Außenbezirke von Caracas erreichten, war es bereits stockdunkel. Neben seinem Dank übergab Zak dem Mann den Großteil von Acadias Pokergewinn, und das kleine Boot verschwand in der Finsternis des Flusses.

»Das hier ist nicht direkt die Zivilisation«, bemerkte Acadia. Es war eine ländliche Gegend mit ein paar wenigen Gebäuden und mehreren Geschäften, die in der Dunkelheit hell erleuchtet waren. Dutzende von Menschen liefen auf der Straße herum. Und alle glotzten sie an. Sie rückte dichter an Zak heran.

»Aber nah genug dran.« Er zog sie in den nächstbesten Tabakladen und bat darum, das Telefon benutzen zu dürfen. Nach einem maschinengewehrartigen Wortwechsel reichte der skeletthafte Mann hinter der Theke Zak ein Telefon mit Wählscheibe. Zak bezahlte ihn mit dem restlichen Geld.

In dem winzigen Laden roch es stark nach Tabak, und die Luft war von dem Qualm dreier alter Männer erfüllt, die an der Seite standen und stinkende Zigarren pafften, während sie Acadia beobachteten. Acadia lehnte sich an den gläsernen Ausstellungstresen und hörte Zaks Gespräch nur halb zu.

Zak bedankte sich und schob das schwere, schwarze Telefon über die Theke zurück, dann nahm er ihre Hand und führte sie nach draußen. »Die Empfangsdame des *Gran Meliá* Hotel kennt Gideon und mich. Wir waren schon oft da. Sie schickt uns einen Wagen.«

Acadia nahm zur Kenntnis, dass es sich um eine Frau handelte, und fragte sich plötzlich, ob es wirklich allein an Zaks Ruf lag, dass alles nur einen Telefonanruf entfernt war.

»Wie geht es Gideon?« Die erste Frage, die er der Frau im Hotel gestellt hatte.

Zak biss die Zähne aufeinander, und sie wusste die Antwort schon, bevor er verbittert sagte: »Hat noch nicht eingecheckt.«

Zwanzig Minuten später wurde die Luxuslimousine, die geschickt worden war, um sie abzuholen, im Fünfsternehotel *Gran Meliá* von einer umwerfend schönen Frau in Empfang genommen, die Zak rasch als Carina García-Ramirez vorstellte. »Ist mein Bruder schon ...?«

»Noch nicht, *señor* . Tut mir leid.« Carina brachte sie in die Präsidentensuite. »Ich habe versucht, Ihre Bedürfnisse zu erraten, Señora Stark«, sagte die Empfangsdame zu ihr und schob sie beide in eine in Gold und Creme dekorierte Luxussuite. Acadia wollte den cremefarbenen Teppich nicht mit ihren vom Urwald dreckigen Stiefeln betreten, also blieb sie im Türrahmen stehen, um sie aufzuschnüren und sie nebeneinander an der Tür abzustellen. Zak schien es nicht zu stören, als er in den Raum schlenderte, als gehöre ihm der Laden. Möglich wäre es.

Erst als sie hinter den anderen beiden her ins Zimmer tappte, fiel ihr auf, dass die Frau sie gerade »Mrs Stark« genannt hatte. Sie bekam ein Schmetterlingsgefühl im Bauch, was total blödsinnig war. Es war doch bloß eine Form der Anrede. Ein Missverständnis. Das Zak nicht berichtigt hatte.

Zak ging sofort zum Telefon. Sie wusste, er rief seinen Partner an. Um nachzufragen, ob Gideon sich gemeldet hatte, und ihn auf den neuesten Stand zu bringen.

Carina zeigte auf den überladenen Couchtisch zwischen zwei goldenen Brokatsofas. »Ich habe mir die Freiheit genommen, eine leichte Mahlzeit zu bestellen, Señor Stark, aber falls sie etwas Deftigeres brauchen, lassen Sie es mich bitte wissen.« Sie lächelte. »Ihre Toilettenartikel befinden sich im Bad, *señora*, und ich habe ein paar Kleidungsstücke ausgewählt, von denen ich dachte, dass sie sie vielleicht bis morgen gebrauchen können. Wenn Sie mir eine Liste geben, was sie sonst noch benötigen, sorge ich dafür, dass alles bis morgen früh in Ihre Suite gebracht wird.«

»Danke. Das ist ...« Schön, unglaublich, der Wahnsinn. »Toll.« Der Prunk – zum Teufel, die Sauberkeit – war im Vergleich zu dem, wo sie gewesen waren, gelinde gesagt, erstaunlich, verwirrend und surreal. Acadia ging zu den Fenstern, während Zak leise telefonierte.

Die Fensterfront, die von der Decke bis zum Boden reichte, umrahmte einen spektakulären Ausblick auf die Lichter und Wolkenkratzer der Innenstadt von Caracas, und in der Ferne sah man die dunstigen Umrisse der Berge. In der Spiegelung der Scheiben sah sie den beiden dabei zu, wie sie sich unterhielten. Die Empfangsdame beugte sich ein kleines bisschen vor. Sie mochte Zak. Sehr. Sie berührte seinen Arm. Er schüttelte den Kopf.

Acadia riss sich von ihnen los. Eifersucht war ein Gefühl, das sie in ihrem Leben noch nie gehabt hatte. Dass sie jetzt welche verspürte, war ... *bescheuert.*

Sie blickte sich um. Links, durch ein halbhohes Sideboard vom Rest des Zimmers abgetrennt, stand ein auf Hochglanz polierter Esstisch aus dunklem Holz, an dem Platz für acht

Personen war. Rechts ein Wohnbereich. Der Raum war so groß wie ein Luxusapartment, ein gewaltiger Kontrast zu der armseligen Zelle, die sie sich noch vor ein paar Tagen geteilt hatten. Aber auch sonst glich er keinem Ort, an dem sie je gewohnt hatte. Es war wie in einem Film, nicht ihre Version vom wahren Leben.

Auf dem Couchtisch standen ein halbes Dutzend abgedeckter Servierplatten, mehrere große Kannen Kaffee und eine Platte mit kunstvoll aufgeschnittenem frischen Obst.

Zak wandte sich ihr mit einem müden Lächeln zu, als er ihre leisen Fußtritte vernahm. »Ja. Bei wem er sich auch immer zuerst meldet«, sagte er ins Telefon. Er streckte die rechte Hand aus, und Acadia ließ ihre Finger hineingleiten. Ihr Herz schwoll an vor vorsichtiger Emotion, aber sie kämpfte sie unerbittlich nieder.

Zak legte auf. »Piñero hat ihre Lösegeldforderung vor einer Woche gestellt. Buck ist total durchgedreht. Seitdem hat er nichts von ihr gehört.« Er rieb sich mit der Hand über das Kinn. »Kein Wort von Gideon.«

»Weil er unterwegs ist.«

»Wenn du das sagst ...« Er sah sie genauer an, streckte die Hand aus und strich ihr eine Haarsträhne hinters Ohr. »Hunger?«

Acadia hatte langsam das Gefühl, an den Rändern auszufransen. Die Erschöpfung nahm mehr und mehr Besitz von ihr. Das Ende der Gefahren und dieses Dramas, ohne jedoch zu wissen, was als nächstes Furchteinflößendes passieren würde, die schreckliche Erkenntnis, dass Zak gestorben, und dann die absolute Erleichterung, als er zurückgekommen war, hatten alle zusammengespielt, ihr das letzte bisschen Energie abzuzapfen.

»Erst würde ich gerne duschen. Dann essen.«

»Die Dusche ist dahinten.« Zak zeigte auf einen breiten Durchgang zu einem anderen Raum. »Und alle Cremes und Lotionen, die du so brauchst. Wenn was fehlt, wähl die Acht. Carina wird sich darum kümmern.«

»Ist gut.« Sie wollte seine Hand nicht loslassen. Plötzlich fühlte sie sich wie ein Kindergartenkind am ersten Schultag. In diesem Moment stand Zak für alles, was Sicherheit und Geborgenheit bedeutete.

Und genau das war das Problem.

Sie löste ihre Finger von seinen. »Danke.« Sie wandte sich ab, um das Schlafzimmer zu durchqueren, aber Zak erwischte sie im Vorbeigehen am Ellbogen. Sie stolperte, und er schlang seinen freien Arm um ihre Taille. Haselnussbraune Augen suchten ihr Gesicht ab. Gott. Sie musste furchtbar aussehen. Ihr Haar hing kreuz und quer, ihr Gesicht war wahrscheinlich dreckig.

Zärtlich schob er mit einem Finger eine Haarsträhne von ihrer Wange und sagte sehr sanft. »Danke, dass du mir das Leben gerettet hast.«

Ihre Brust streifte seine Finger, die in der schlichten, schwarzen Schlinge quer über seinem Brustkorb gefangen waren. »Gern geschehen.«

»Du brauchst nicht mehr auf der Hut zu sein, okay?«, sagte Zak sanft zu ihr, als könne er ihre Gedanken lesen. »Zur Abwechslung passe ich mal auf dich auf.«

»Klasse.«

Mit seinem Finger hob er ihr Kinn an. »Acadia Gray, die Kriegerin ... sprachlos?«

Sie sah langsam auf und begegnete seinem Blick. »Lustig, was?« Ihre Brust fühlte sich zittrig und eng an. Es war nicht nur die schockierende Realisierung seines Reichtums. Oder dass sie auf einem zentimeterdicken Teppich stand, umgeben vom Aroma frisch gebrühten kolumbianischen Kaffees und dem üppigen, zivilisierten Duft von Gewächshausblumen, die in Kristallvasen überall im Raum verteilt waren. Also, schon, es war das alles. Aber noch mehr war es die verblüffende Erkenntnis, dass dieser Zakary Stark so weit vom Lebensstil der Acadia Gray entfernt war wie Alpha Centauri von der Sonne.

»Du bist hier sicher. Du brauchst nicht mehr auf der Hut zu sein«, wiederholte er.

Falsch. Sie würde weiter auf der Hut sein. Selbst auferlegt und ungebrochen. Sie hatte keinen Platz in seiner Welt, und er würde sich in ihrer zu Tode langweilen. »Wow«, sagte Acadia fröhlich, als sie sich in der teuer und exquisit dekorierten Suite umsah. Alles, von den Originalkunstwerken über die goldenen Brokatsofas bis hin zu den geschmackvollen Antikmöbeln, war vom Allerfeinsten. »Wir sind vom Lächerlichen zum Erhabenen gelangt.«

»Du willst bestimmt duschen«, murmelte er mit einem Lächeln in der Stimme, und sein Blick wurde heiß, als er auf ihren Mund sah.

Sie blickte ihn mit leicht zusammengekniffenen Augen an und sah ihn wie durch einen funkelnden Schimmer hindurch. »Also, das ist ziemlich unhöflich, Zakary Stark. Du bist auch nicht sauberer als ich ...«

Ihr war nicht klar gewesen, wie nah er ihr war, bis er ihr seine Hand um den Nacken legte und sie an seinen verbundenen Arm zog.

Ein erwartungsvolles Flattern ließ sie ihr Gesicht zu ihm emporheben. »Pass auf deine Schu...«

Sein hungriger Mund brachte sie zum Schweigen. Er machte sich nicht die Mühe, sich erst warmlaufen zu lassen oder um Erlaubnis zu fragen. Sein Mund war heiß, fordernd und ungeduldig. Sie fühlte sich, als sei sie den ganzen Tag kurz vor dem Verdursten gewesen und tauche jetzt in einen See kühlen frischen Wassers, um ihren Durst zu stillen. Aus dem Flattern wurde eine Flutwelle des Verlangens, der Gier.

Widerstand wäre zwecklos gewesen und total blöd. Wem wollte sie etwas vormachen? Zum Teufel mit reifen, wohlüberlegten Absichten. Sie wollte ihn auf jede Art, auf die sie ihn kriegen konnte. Acadia schlang Zak ihre Arme um den Nacken, ballte in seinem Haar die Fäuste zusammen, während er sie mit einer zielstrebigen Intensität küsste, die schon an Territorialansprüche grenzte. Ihre Zungen trafen sich, ihre genauso unersättlich und notleidend wie seine.

Seine Hand wanderte ihren Rücken hinab, und er begann, ihr das T-Shirt aus der Hose zu ziehen, während sie seine Intensität erwiderte, ihren Kopf neigte und auf die Zehenspitzen ging, um seinen Mund besser erreichen zu können. Sie wollte ihn so sehr, dass es ihr überhaupt nicht in den Sinn kam, Nein zu sagen. Oder zu warten. Oder ... Ihr Hirn war völlig leer.

Als Nächstes bekam sie mit, dass ihr Rücken auf einer festen Oberfläche landete. Der Arm, der sie stützte, verschwand für einen Augenblick, als er ein riesiges Arrangement frischer Blumen und mehrere nutzlose Goldkästchen vom Sideboard fegte, die auf dem Boden landeten. Sie spürte Wasserspritzer an ihren Füßen, die nur in Socken steckten, als die Vase mit den Blumen auf den edlen Teppich klatschte. Dann lag sie flach auf dem Rücken, und ihre Beine baumelten rechts und links von dem Mahagonischrank herunter, zwischen ihren Schenkeln war Zak eingekeilt.

Sein Ellbogen grub sich in ihre Brust.

Acadia begann zu kichern. Die ganze Situation war total verrückt.

Er ließ seine Stirn auf ihre sinken. »Ich hab noch nie erlebt, dass eine Frau sich kaputtgelacht hat, als ich alles gegeben habe, um sie zu verführen.« Er klang belustigt.

Da seine freie Hand damit beschäftigt war, den Reißverschluss ihrer Weste zu öffnen, stützte er sich nicht über ihr ab und war extrem schwer. Ihr gefiel es, zu spüren, wie sich seine Erektion intim gegen sie presste und wie das Gewicht seiner Hüften sie an Ort und Stelle festhielt. Sie begann, ihm das T-Shirt hinten aus der Hose zu zerren.

»Wir könnten doch eine schöne heiße Dusche nehmen«, schlug sie vor und küsste seinen Hals und Kiefer, während sie mit den Fingern seinen nackten Rücken hinauffuhr. Seine Haut war heiß, glatt und fühlte sich sehr gut an. »Mit *Seife* . Dann könnten wir anziehen, was immer uns deine Freundin zum Anziehen dagelassen hat ...«

»Nichts.«

»Okay. Dann setzen wir uns nackt an den Tisch und essen zu Abend. Wir trinken ein Glas Wein, und dann kommen wir hierher zurück und ...«

»Ausgezeichnete Idee. Nur eine kleine Abänderung.«

»Und die wäre?«

»Wir bringen hier erst zu Ende, was wir angefangen haben. *Dann* gehen wir nach deinem ganz hervorragenden Plan vor.«

All seine harten Stellen schmiegten sich an ihre weichen, feuchten. *Eine Win-win-Situation*, fand Acadia. Hitze breitete sich in ihrem ganzen Körper aus, und die Feuchtigkeit sammelte sich zwischen ihren Schenkeln.

Er zog sich die Armschlinge über den Kopf, warf sie durch den ganzen Raum und konzentrierte sich auf ihre Reißverschlüsse. Er zuckte kaum mit der Wimper, obwohl er offensichtlich Schmerzen in der Schulter hatte. Ganz der große, tapfere Macho. »Zak! Du reißt dir noch die Nähte ...«

Er verschloss ihr den Mund mit einem Kuss, der so heiß, so explosiv war, dass sie vergaß, was sie eigentlich sagen wollte. Sie würde ihm später eine Standpauke halten, wenn sie nach dem Arzt rief, um ihn wieder zusammenzunähen. Dummer, dummer Mann ...

Als drei Hände verzweifelt versuchten, Reißverschlüsse aufzumachen und ihr das T-Shirt auszuziehen, gab Zak schließlich auf, nahm eine Seite ihrer Weste zwischen die Zähne und die andere mit der Hand und riss daran. Sie schnappte nach Luft. »Ich kauf dir ein Dutzend neue«, knurrte er. »Zieh die aus, sie ist mir im Weg.«

Sie bekam sie nicht aus. Es gelang ihr, den Reißverschluss herunterzuziehen und ihr T-Shirt nach oben zu schieben. Und während sie das tat, fuhr Zak mit dem Mund von ihrem Hals bis zu ihrem Bauchnabel. »Das ist sehr aah ... verwirr...«

Er öffnete den obersten Knopf ihrer Hose mit den Zähnen, was ein ziemlich raffinierter Trick war, dann riss er den

Reißverschluss mit den Fingern nach unten und spreizte mit einer großen Hand die beiden Hälften der Khakihose auseinander. »Wieder mal keine Unterhose. Das spart Zeit.« Er vergrub seine Nase im Winkel zwischen ihren Beinen. »Gott, ich liebe deinen Geruch. Erdig. Sexy. Heiß auf mich.«

Acadia umfasste ihre Brüste mit den Händen, da er beschäftigt war und irgendjemand es schließlich tun *musste*. Ihre Brustwarzen waren feste kleine Knospen, hart und nach Aufmerksamkeit heischend und so empfindlich, dass schon ihre leichteste Berührung sie zu einem explosionsartigen Orgasmus bringen würde.

Alle Lichter im Zimmer waren an. Die Vorhänge waren weit geöffnet, und falls irgendjemand da draußen in einem der hohen Gebäude der Innenstadt zufälligerweise gerade guckte, würde er sie flach auf dem Rücken und mit gespreizten Beinen auf einem edlen Möbelstück sehen. Alles zum ersten Mal.

Zak war keineswegs eingeschränkt, weil er mit nur einem voll funktionstüchtigen Arm vorliebnehmen musste, und zog ihre Hose die Beine hinunter. Er wies sie an: »Hoch«, während sich sein Mund auf sie presste.

Sie wölbte ihren Rücken, hob das Becken an und drückte sich fest gegen seinen offenen Mund. Er brummte vor Lust, die geradewegs durch sie hindurchvibrierte. Das glatte Holz unter ihrer nackten Haut erwärmte sich, aber es war immer noch genauso hart, als sie sich wieder darauf niederließ.

»Könnten wir vielleicht ins Schlafzimmer ...? *Aaaah!*« Sie hob förmlich von der harten Fläche ab, als er sie mit seiner Zunge öffnete und unbeirrbar die geschwollene Knospe fand.

Ihre Hände umschlossen ihre Brüste noch fester, als er seine Zunge um den Nervenknoten kreisen ließ und sie sanft und mit voller Absicht mit den Zähnen umschloss.

Der Höhepunkt durchströmte sie Welle für Welle in bunten und herrlichen Empfindungen, sodass sie die eine nicht von der nächsten unterscheiden konnte. Das Feuerwerk am Schluss ließ sie taub und blind zurück, als ihr sinnesüberladener Körper in tausend Stücke zersplitterte.

»Gut?«, fragte Zak, der jetzt zwischen ihren schlaff herabhängenden, gespreizten Beinen stand.

Ihre Wimpern öffneten sich flatternd. »W-was?«

Er steckte seinen Unterarm unter ihren Knien hindurch und zog sie hinunter bis an die Kante des Sideboards. »Wollte nur sichergehen, dass dir das gutgetan hat.«

Acadia hob schwach eine Hand. »Da musst du noch fragen?«

Zak kicherte, als er seine schmalen Hüften zwischen ihre gespreizten Knie klemmte. »Bereit für mich?«

»Bist du wahnsinnig? Ich kann nicht atmen, geschweige denn ... Oh. Mein. Gott. Z-Zakary!« Sein Penis war hart wie ein Felsen, dick und glatt, als er seine Hüften vorschob und mit einem einzigen kraftvollen Stoß so tief in sie drang, dass sie das Sideboard wieder hinaufrutschte und erneut kam. Er legte ihr eine gespreizte Hand auf den bebenden Bauch und setzte sein Rein-und-Raus fort, während sie mühsam versuchte, ihre verwirrten Gedanken zu ordnen. Unmöglich.

Der nächste Orgasmus kam direkt nach dem ersten, bis sie nicht mehr sagen konnte, ob sie wieder und immer wieder kam oder ob es ein einziger gigantischer Orgasmus war, der sie vor Lust umbringen würde. War das nicht unglaublich?

Sie kam noch einmal, heftig, und die Lichter um sie herum

wurden zu Feuerrädern, als sie mit jedem Pulsschlag sein Herz pochen hörte.

Mit einem kehligen Laut brach Zak auf ihr zusammen und raubte ihr das letzte bisschen Luft in ihren ohnehin schon kollabierten Lungen. Sie hatte nicht die Kraft, nach Luft zu schnappen, damit er sich bewegte.

Schweiß klebte ihre Haut zusammen, und er war immer noch tief in ihr. Acadia war noch nie gesättigter gewesen. Wenn nur noch ein Quäntchen Energie in ihr gewesen wäre, hätte sie sich die Hose hochgezogen und wäre schnell weit weg gerannt, bevor er ihr das Herz herausriss und von irgendeinem weit entfernten Mörderberg warf.

Kurz bevor er das verdammte Ding mit dem Snowboard hinunterraste.

»Dusche?« Seine Stimme klang gedämpft durch die heiße, verschwitzte Kurve ihres Halses, als er sie küsste.

»Moment. Kann nicht laufen.« *Kann nicht atmen. Kann nicht reden. Kann nicht geradeaus denken.*

»Ich trage dich.«

Acadia verschluckte sich an einem Lachen. »Oh!«

Zak hob sie mit seinem heilen Arm und warf sie sich mit einer sehr wirkungsvollen Feuermannmethode über die bandagierte Schulter, sodass sich ihr nackter Hintern direkt neben seinen Lippen befand. »Zeit für die Dusche.«

Da sie plötzlich an seinem Rücken herunterbaumelte, schmeckte sie seine feuchte Haut, während sie versuchte, ihm seine Hose die Hüften hinunterzustreifen. Es dauerte eine Weile, bis sie es in die Dusche schafften.

13

Zak ließ Acadia schlafend zurück und folgte dem Dämmerlicht ins Wohnzimmer. Als er an dem mächtigen Mahagonischreibtisch saß, nahm er einen Füller in die Hand und hielt ihn über einem Blatt Hotelbriefpapier in der Schwebe.

In der schattigen Suite roch es nach Sex und den zerdrückten Blumen, die er wieder vom Boden aufgehoben und in die Vase zurückgestopft hatte. Er lächelte. Vielleicht kaufte er einfach dieses Anrichtenteil und ließ es heim nach Seattle verschiffen.

Obwohl er beim Sport mit beiden Händen spielen, sich sogar mit beiden Händen die Zähne putzen oder eine Waffe abfeuern konnte, war es ein sehr mühsamer Prozess, mit rechts zu schreiben. Aber die verdammte Sache mit den Zahlen hatte ihm den Schlaf geraubt.

Er machte sich tierische Sorgen um seinen Bruder. Hatte dieses Miststück ihn wieder geschnappt? Saß Gideon in diesem Augenblick wieder in einer dieser stinkenden Zellen irgendwo am Arsch der Welt?

Zak rieb sich die Stirn. Was hatte sie neulich zu ihren Männern gesagt? »Wir werden sie jagen, bis wir sie finden. Einen der Männer bringt ihr sofort um. Den anderen bringt ihr zurück.« Er drückte sich zwei Finger in die Augenhöhlen und versuchte die Zahlen loszuwerden, damit er sich konzentrieren konnte.

Loida Piñero hatte ihren Männern befohlen, *einen* von ihnen umzubringen.

Warum nicht beide? Sie hatte doch ein Lebenszeichen geschickt. Die Lösegeldforderung war gemacht worden. Warum einen behalten? Und den anderen töten?

Zak wollte nicht das Schlimmste denken, aber er und Acadia waren mehrere Tage zu spät zum Rendezvous erschienen. Gideon konnte Schwierigkeiten gehabt haben, ein Transportmittel raus aus dem Dschungel zu bekommen. Er hatte sich vielleicht auch medizinische Hilfe für seine gebrochenen Rippen gesucht. Wunden begannen bei dem heißen, feuchten Klima schnell zu eitern ... Und wenn es innere Blutungen gegeben hatte ... Scheiße. Er wollte nicht einmal daran denken.

Himmel. In Zaks Hirn kreisten tausend unangenehme Szenarien.

Er nahm den Telefonhörer ab und wählte Seattle, um zu hören, ob Buck schon was von Gideon gehört hatte. Zak sah auf die Uhr an der Wand und ließ das Telefon weiterklingeln. Anthony Buckner war einer der ruhigsten Männer, die Zak kannte. Nichts beunruhigte ihren Partner, nicht einmal morgens um fünf, wenn er aus dem tiefsten Schlaf gerissen wurde, und Gott wusste, es hatte im Laufe der Jahre viele solcher Anrufe gegeben.

Buck ließ ihn gar nicht erst zu Wort kommen. »Bevor du irgendwas sagst, nein, verdammt, ich habe immer noch nichts von Gideon *oder* den Entführern gehört. Und ja, mir ist klar, dass wir eine Klausel in der Police haben, aber ich zahle das Lösegeld so oder so. Ich bin dabei, persönliche Gelder zu liquidieren, um es abzudecken.«

Zak schloss für einen Moment die Augen, in tiefster Dankbarkeit. Buck, der ein paar Jahre älter war als Gideon, war von Anfang an dabei gewesen, als sie die Idee einer revolutionären neuen Internetsuchmaschine gehabt hatten. Buck hatte sich mit ihnen zusammen den Arsch aufgerissen, um ZAG Search zu dem zu machen, was es heute war: die größte Suchmaschine der Welt. Es war eine Wahnsinnsleistung und hatte sie alle drei so reich gemacht, wie sie es sich in ihren kühnsten Träumen nicht ausgemalt hätten.

Buck genoss das Alltagsgeschäft, und Zak und Gideon hatten es ihm gerne überlassen. Die Brüder hatten hart gearbeitet, aber sie hatten auch hart gespielt. Wozu, zum Teufel, sollte all das Geld gut sein, wenn sie es nicht genießen konnten?

Irgendwann am Anfang hatten sie sich gegenseitig darin übertrumpft, Workaholics zu sein. Überstunden, Marathonbesprechungen, stundenlanges Überprüfen von Programmiercodes und all die Rechtsfragen hatten für koffeinträchtige Sitzungen gesorgt, die nicht unterbrochen wurden, komme, was wolle. Aber jetzt hatten sie Tausende von Mitarbeitern, die die Drecksarbeit für sie machten.

Die Regelung funktionierte.

Buck war verheiratet, hatte zwei tolle Teenager und eine ziemlich heiße Frau. Er, Nikki, Zak und Jennifer hatten sich sehr nahgestanden, als Zak und Jen frisch verheiratet gewesen waren. Als ihre Ehe begonnen hatte, zu scheitern, hatte Nikki für Jen Partei ergriffen und Buck für Zak. Zak wusste, dass diese Eheprobleme seinen Freund sehr belastet hatten. Und jetzt zahlte der Mann zig Millionen Dollar aus der eigenen Tasche.

Herrje, das zeigte Zak, was für ein Kerl Anthony Buckner war – immer gewesen war. Zak hörte, wie sein Kumpel aus dem Bett stieg und das Telefon mit in sein Arbeitszimmer seines opulenten Queen-Anne-Hauses in Seattle nahm, um Nikki nicht zu wecken.

»Was hast du denn gedacht? Scheiß auf die Police. Es ist doch nur Geld ... du und Gid, ihr seid wichtiger. Ich habe die sechzig Millionen liquidiert und hole sie später ab.«

Zak ballte die Faust. »Gideon hat nicht zufällig eine Nachricht bei dir zu Hause oder auf deiner Firmendurchwahl hinterlassen, die dir entgangen ist?« Er klammerte sich an Strohhalme. Wenn sein Bruder Buck auf irgendeine Art und Weise kontaktiert hätte, hätte sein Freund ihm das gesagt. »Sieh mal, Gideon könnte morgen früh hier hereingeschlendert kommen, fix und fertig, aber es ist vielleicht gut, das Geld für den Fall der Fälle bereitzuhalten. Du hättest das Firmengeld nehmen sollen.«

»Ich wollte nicht, dass du dich aufregst, weil ich die Firmenpolitik verletzt habe, und als dein Partner und Freund weiß ich, dass du das fertigbringen würdest. Ich werde dir das Geld persönlich in bar ins Hotel liefern lassen. Wir müssen euch Sicherheitsleute schicken«, sagte Buck. »Mit einer Entführung ist nicht zu spaßen. Schon gar nicht in Venezuela, wo sie zur Freizeitgestaltung gehört. Wenn diese Guerillas Gideon wieder in ihren Fängen haben ... Mist. Tut mir leid. Du bist die Variablen bestimmt selbst schon Tausend Mal durchgegangen.«

»Mindestens.« Zak hörte das Klappern von Keramik, als Buck sich in der Küche einen Becher Kaffee eingoss. Er kannte Bucks Haus so gut wie sein eigenes.

»Versuch, dir keine Sorgen zu machen. Ich weiß genau, wen ich anrufen muss, Zak. Wenn wir darauf warten, ob und wann Gid im *Gran Meliá* auftaucht, könnte es vielleicht zu spät sein. Denk darüber nach. Lass mich das Bargeld lockermachen, ein Team zusammenstellen und zu euch schicken, nur für den Fall. Als Versicherungspolice. Okay, Kumpel? Und wenn ihr sie doch nicht braucht, könnt ihr, du und Gideon, mit dem Firmenjet nach Hause kommen.«

Zak und Buck diskutierten die Logistik und welche Vermögenswerte sofort liquidiert werden konnten, dann legten sie auf. Wenn Buck eines war, dann effizient. Bis Einbruch der Dunkelheit würde er die Sicherheitsleute in einem der Firmenflugzeuge hergeschickt haben. Das Geld in der Hand und bereit, die Guerillas zu jagen, falls Gideon bis dahin nicht aufgetaucht war.

Es war ein vernünftiger Plan. Zak betete, dass er Bucks Sicherheitskräfte nicht zu aktivieren brauchte. Er wollte unbedingt glauben, dass sein Bruder noch eintrudelte, mit seinem zu langen Haar und diesem rotzfrechen, selbstzufriedenen Blick, der immer bedeutete, dass er glaubte, gewonnen zu haben.

Der Konkurrenzkampf zwischen ihnen hatte ihre enge Beziehung am Leben erhalten. Die Stark-Brüder waren ihr ganzes Leben lang beste Freunde und Vertraute gewesen. Die zehn Monate Altersunterschied hatten eine tiefe Freundschaft und Liebe geschmiedet, die Zak Angst hatte zu verlieren. Verdammt, er hatte keine einzige Kindheitserinnerung, in der Gid nicht vorkam.

Eine Versicherungspolice , sagte er sich. Mehr waren diese Vorsichtsmaßnahmen nicht. Eine Versicherungspolice. Denn wenn er das Weiße in den Augen seines Bruders nicht innerhalb der nächsten vierundzwanzig Stunden sah, würde er in den Dschungel zurückmarschieren, um das Miststück aufzuspüren und seinen Bruder eigenhändig zu holen.

Die Räder waren in Gang gesetzt. Buck würde den Bankdirektor anrufen und aus dem Bett werfen. Zak konnte nichts anderes tun, als zu warten. Er presste sich die Faust zwischen die Augen und schrieb die Zahlen nieder – 625 355 565 – so wie sie ununterbrochen in seinem Kopf vorüberkrochen.

Was bedeuteten sie, verdammt noch mal? Oder versuchte er etwas einen Sinn zu geben, das völlig irrational und unsinnig war? Er fügte die Zahlen zu einer Gruppe zusammen, obwohl sie in seinem Hirn alle hintereinander kamen, wie ein beschissenes Endlosband.

558 362 328 59 675 625 355 565.

Rächten sich jetzt mit dieser Gehirnerschütterung die langen Nächte vor dem Börsenticker, die er sich um die Ohren geschlagen hatte?

Lächerlich.

Er nahm den Füller und teilte die Nummern in Paare ein. Dann starrte er darauf. Nichts kam ihm in den Sinn. Er schrieb sie erneut und sortierte sie in Dreiergruppen. Wieder nichts.

Frustriert riss er das oberste Blatt von dem kleinen Block, dann begann er es in kleine Quadrate zu zerpflücken.

Er hörte Acadias leise Schritte auf dem dicken Teppich und streckte den Arm aus, um sie an sich zu ziehen. Er hatte die Empfangsdame angewiesen, das Bad mit Produkten mit Jasminduft auszustatten, und der frische, vertraute Duft von Acadias Haut machte ihn tierisch geil. Er konnte nicht genug von ihr bekommen. Er fühlte sich unheimlich ruhig und in seiner Mitte, wenn sie in der Nähe war. Entspannt und auf eine Art wohl, wie er es in all den Jahren mit Jennifer nie erlebt hatte. Einhändig löste er den lose gebundenen Gürtel ihres weißen Frotteebademantels, dann ließ er die Hand zwischen den Stoff und ihre unfassbar glatte Haut gleiten.

»Konntest du nicht schlafen?«, fragte sie sanft, lehnte ihre Hüfte an seinen Arm und fuhr mit den Fingern zart durch sein

Haar, während sie über seine Schulter auf sein Gekritzel und die Papierfetzen spähte. »Woran arbeitest du denn?«

Zak zögerte. Irgendwie störte es ihn gar nicht, wenn Acadia von seinen Halluzinationen erfuhr. Er hatte einen treulosen Gedanken ... dass er Jennifer niemals davon erzählt hätte. In sechs Jahren Ehe hatten sie tatsächlich niemals eine solche Vertrauensebene erreicht. Jen hätte irgendeinen Weg gefunden, das, was sie als Schwäche angesehen hätte, gegen ihn zu verwenden. Vermutlich hätte sie es so angestellt, dass Zak erst sehr, sehr spät auf den Trichter gekommen wäre, mit der Rasierklinge aufgeschlitzt worden zu sein und zu verbluten.

»In meinem Kopf laufen die ganze Zeit Zahlenfolgen vorbei.«

Sie nahm die Information ruhig auf, und ihre sanften Augen sahen ihm prüfend ins Gesicht. »Wann hat das angefangen? Nachdem du bei unserer Gefangennahme den Schlag auf den Kopf bekommen hast? Gott, Zak, ich wusste, dass du eine Gehirnerschütterung hattest! Du hast immer noch eine Beule, und der Bluterguss ...«

»Man könnte meinen, es wäre eine Gehirnerschütterung. Aber nur, wenn es eine verzögerte Reaktion ist. Nein. Die Zahlen haben in der Mission angefangen.«

»Nachdem du gestorben bist.«

Zak schnaubte vor Lachen. »Genauer gesagt, nachdem ich wieder zum Leben erwacht bin. Okay, das *klingt* merkwürdig, aber es ist nicht irgendein neu entwickelter sechster Sinn oder irgend so ein Hokuspokus. Ich denke, es könnte eine Halluzination sein. Oder eine Fehlfunktion des Gehirns. Vielleicht brauche ich einen Neustart. Oder einen Seelenklempner.«

Sie warf ihm einen besorgten Blick zu. »Lass Carina einen Arzt rufen. Vorzugsweise einen Spezialisten ...«

»Wenn ich die Probleme dann immer noch habe, gehe ich in Seattle zum Arzt.«

»Bist du ...« Sie seufzte. »Ja, ich sehe, dass du es bist. Na gut. Dann lass uns erst mal überlegen, was das sein könnte.« Mit ihren Fingern hob sie Strähnen seines Haars an und ließ sie wieder fallen, während sie sich an seine gesunde Schulter lehnte. »Was denn für Zahlen?«

Er strich mit der Handfläche die satinglatte Haut ihrer Hüfte hinab und setzte dabei den Duft von Nachtjasmin frei. Er atmete tief ein, bevor er antwortete: »Keine Ahnung.«

»Ich bin ziemlich gut mit Zahlen. Soll ich mal schauen?« Sie ließ sich auf seinen Schoß gleiten.

»Du denkst nicht, dass ich spinne und halluziniere?«

»Ersteres schon, aber das hat nichts mit diesen Zahlen zu tun«, antwortete sie mit einem Lächeln in der Stimme. »Und Grund zur Sorge, falls Letzteres zutrifft«, neckte sie ihn und rutschte hin und her, um es sich bequem zu machen, wobei sie es ihm extrem *unbequem* machte, weil sie direkt auf seinem erigierten Schwanz saß. Er fuhr mit der Hand in den offenen Bademantel, um ihre Brüste zu umschließen.

»Kein Techtelmechtel. Lass uns einen Blick daraufwerfen. Was soll das Konfetti?«

»Ich dachte, wenn ich jede Zahl auf ein eigenes Stück Papier schreibe, könnte ich sie in Gruppen einteilen. Und sehen, ob irgendwas sichtbar wird, das irgendwie Sinn ergibt.«

»Haben wir sie irgendwo so stehen, wie du sie siehst?«

Widerwillig löste er seine Finger von der samtigen Zartheit ihrer linken Brust und blätterte die Seite um, damit sie sie sehen konnte.

Ihre Wimpern flatterten auf ihren Wangen, als sie die Zahlen las. Dann blickte sie in seine Augen. »Wie erscheinen sie dir? Wie sehen sie aus?«

»Sie laufen am unteren Rand vorbei, egal, wo ich hinschaue, wie der Kriechtitel einer Nachrichtensendung oder der Börsenticker.«

Hoch konzentriert kaute sie auf ihrer Lippe herum und nickte. »Sieh auf die Wand da drüben. Wie groß sind die Zahlen?«

»Sie nehmen höchstens zehn Prozent von dem ein, was ich sehe.«

»Gibt es einen Anfang, eine Mitte und ein Ende?«

Zak legte seine Hand zurück, um wieder ihre Brust zu streicheln. Wie ein Handschmeichler. *Oder eine verflixte Sucht.* »Soweit ich erkennen kann, sieht es wie eine Endlosschleife aus.«

Sie hob den Füller auf und klopfte damit auf den Tisch, während sie die Zahlen vor sich betrachtete. Ihr Haar kitzelte ihn an der Lippe, und der Duft nach Jasmin würde Zak für immer an sie erinnern. »Sozialversicherungsnummer? Kontonummer? Schweizer Kontonummer?« Sie rieb ihren Scheitel an der Unterseite seines Kinns. »Was ist mit der Nummer einer Fernsprechkarte, einer PIN oder einer Hausnummer? Irgendwas, wo du als Kind mal gewohnt hast?«

»An eine Hausnummer habe ich noch nicht gedacht – aber nein, nichts dergleichen. Und ich kenne nicht alle meine Kontonummern aus dem Kopf, aber das kann ich morgen früh mit einem Anruf bei meinem Finanzberater klären.«

Er vergrub sein Gesicht in den seidigen Strähnen an ihrem Hals. Obwohl Acadia genauso kompliziert war wie eine Reihe unzusammenhängender Zahlen, die durch seinen Kopf liefen, war sie wesentlich leichter abzulenken. »Es ist nicht Pi.« Oder ein Dutzend anderer unwahrscheinlicher Theorien.

»Pipi?«

Sie warf einen Blick über die Schulter und grinste ihn frech und überheblich an. »Pi ist eine mathematische Konstante, deren Wert dem Verhältnis des Umfangs eines Kreises im euklidischen Raum zu seinem Durchmesser entspricht«, ratterte sie mit Leichtigkeit herunter. »Derselbe Wert wie das Verhältnis der Fläche eines Kreises zum Quadrat seines Radius. Was schaust du so komisch?«

»Du hast das auswendig gelernt?«

»Wiki. Ich lese es nur so zum Spaß. Aber, ja, ich behalte so verrücktes Zeug wie Pi ganz gut.« Der Füller machte klopf-klopf-klopf. »In letzter Zeit Probleme mit irgendwelchen Kreisen gehabt?«

»Zählt das hier als Kreis?« Zak zwickte leicht ihre Brustwarze und spürte, wie sie am ganzen Körper erzitterte. Sie presste sich fester auf seinen geschwollenen Schwanz und rückte sich so zurecht, dass er vor Lust die Zähne aufeinanderbeißen musste.

»In diesem Fall nicht, nein. Wir brauchen einen Computer.«

»Ja. Das Hotel würde uns einen zur Verfügung stellen, aber ich dachte mir, ich warte lieber bis morgen und kaufe uns einen.«

Acadia drehte sich um, bis sie rittlings mit dem Gesicht zu ihm saß. Der Bademantel betonte ihren geschmeidigen Körper und die schönen Brüste in der perfekten Größe. Allein sie anzusehen ließ Zak nach Luft schnappen. »In diesem Fall, da es noch in aller Herrgottsfrühe ist ... lass uns wieder ins Bett gehen und noch ein bisschen schlafen.« Bett, gute Idee.

Schlafen, wohl kaum.

»Ich wette, morgen früh ist Gideon hier«, fuhr sie sanft fort. »Halb verhungert und bereit für eine Rumba. Und wenn du dich richtig ausruhst, wird vielleicht dein Gehirn neu booten, und die Zahlen verschwinden.« Sie hob die Hand und fuhr ihm mit den Fingern über die Lippen, als er den Mund aufmachte, um zu widersprechen. »Und wenn *nicht*, dann lösen wir dein Zahlenproblem zu dritt, mit links.«

Zaks Bruder checkte bis zur Morgendämmerung nicht im Hotel ein. Und Zaks Hirn bootete auch nicht neu. Er sah immer noch die vorbeiziehenden Zahlen. Acadia merkte, dass er das Hotel am Morgen eigentlich gar nicht verlassen wollte, aber er brauchte ein Telefon und einen Computer. Und obwohl Carina Acadia mit einem Paar schwarzer Hosen und einem frischen weißen Hemd versorgt hatte und die Kleider gut passten, brauchte sie eigene Kleidung, wenn sie noch ein paar Tage bei Zak bleiben wollte, während sie darauf wartete, dass ihre Papiere fertig waren. Wenn ein paar Tage überhaupt reichten. Sie hatte keine Ahnung, wie lange es dauern würde: Wochen, Monate? Sie hatte keinerlei Ausweis bei sich.

Sie musste zum amerikanischen Konsulat gehen, und sie brauchte Zugang zu ihrem Bankkonto. Jetzt, wo sie in die Zivilisation zurückgekehrt waren, erwartete sie nicht von Zak, dass er sie aushielt. Sie hätte das nicht akzeptiert, bevor sie im Lotto gewonnen hatte, und jetzt war sie nicht darauf angewiesen. Sie brachte ihr Bedürfnis nach eigenem Geld und eigenen Kleidern nicht zur Sprache, denn sie wusste, dass er anfangen würde, mit ihr zu diskutieren, und sie war nicht in der Stimmung für einen Kampf.

Sie wollte die restliche Zeit, die ihr mit ihm blieb, genießen, so kurz sie auch sein mochte. Dann würde sie sich zusammenreißen und, sobald sie allein war, Trübsal blasen.

Aber bis zu diesem Moment würde sie jede Minute mit Zak in Venezuela genießen.

»Wenn Gideon hier ankommt, wird er erschöpft, dreckig und hungrig sein«, redete Acadia ihm zu, als sie in der Suite frühstückten. »Er wird sich nicht hinsetzen und Erfahrungen austauschen wollen. Lass uns gehen und unsere Erledigungen machen und in ein paar Stunden zurückkehren, um ihm Gelegenheit zu geben, sich zu erholen.«

Zuerst nahmen sie das US-Konsulat in Angriff. Dank Zaks fließendem Spanisch drang allmählich zu den Beamten durch, dass sie *keineswegs* an den Tatort zurückkehren würden, um bei der Polizei Anzeige über ihre gestohlenen Papiere zu erstatten. Acadia glaubte irgendwann, es nicht verkraften zu können, sich noch einmal anzuhören, dass ihnen ohne einen Polizeibericht keine neuen Papiere ausgestellt werden konnten. Man verlangte einen Bericht, in dem die Einzelheiten über das Wie, Wo und Warum des Verlusts ihrer offiziellen Papiere dargelegt wurden.

Zak arbeitete sich methodisch und geduldig eine sehr lange Nahrungskette entlang, bis er endlich die korrekte Antwort erhielt.

Sie sollten in achtundvierzig Stunden wiederkommen, um ihre Papiere zu erhalten. Acadia hoffte, dass es Pässe bedeutete, denn ohne einen Pass konnte sie das Land nicht verlassen. Aber Pässe, wurde ihnen gesagt, konnten bis zu zwei Wochen dauern. Sie mussten aus den Staaten geschickt werden. Zak versicherte ihr, dass er die Zeit mit dem richtigen Bestechungsgeld verkürzen konnte. Aber zuerst mussten sie die Papiere bekommen.

Als Nächstes gingen sie zur Bank. Dort kannte Zak glücklicherweise den Bankdirektor, der zu Hause angerufen wurde und innerhalb einer Stunde da sein und sich um alles kümmern würde, was Zak brauchte.

Was in Venezuela mindestens zwei Stunden bedeutete, wie Zak ihr sagte.

»Ich komme um vor Hunger«, gestand Acadia ihm, als sie vor dem Bankgebäude mit den marmornen und vergoldeten Ornamenten standen. »Sollen wir vielleicht zum Mittagessen wieder ins Hotel gehen und nachsehen, ob dein Bruder schon da ist?«

»Wir rufen Carina an, ob Gid gekommen ist. Aber ansonsten, nein. Wir wollen keine Zeit verschwenden. Ich habe eine lange Einkaufsliste, die ich abarbeiten will, bevor wir zurückkehren.«

Acadia lächelte. »Und womit bezahlst du? Mit deinem guten Aussehen?«

»Ich habe ein bisschen Taschengeld von Carina bekommen. Was wir brauchen, wird dem Hotel in Rechnung gestellt. Das habe ich schon mit ihr geklärt.«

Sie konnten in ein Geschäft gehen und alles, was sie kauften, auf das Hotel anschreiben lassen, und das kam Zak überhaupt nicht komisch vor? »Okay«, Acadia hakte sich an seinem gesunden Arm ein. »Gehen wir einkaufen.«

Es gab einen Computerladen, der praktischerweise direkt neben einer Damenboutique lag. Sie trennten sich an der Tür zur Boutique und verabredeten sich in einer halben Stunde. Acadia ging nicht besonders gerne einkaufen. Entweder gefiel ihr etwas oder nicht. Entweder saß es direkt oder nicht. Sie konnte es sich leisten oder nicht. In diesem Fall jedoch konnte sie sich einiges leisten, denn Zak gab der Geschäftsführerin alle Informationen, die sie brauchte, um Acadias Neuerwerbungen dem Hotel in Rechnung zu stellen.

Zaks Gesicht, als er ihr neues schokocremefarbenes Wickelkleid mit hochhackigen Sandalen zur Kenntnis nahm, ließ ihr Herz einen hoffnungsvollen Satz machen. Die Hitze in seinen Augen, als sein Blick langsam an ihr hinauf-, hinunter- und wieder hinaufwanderte, brachte ihren Puls zum Hüpfen und Tanzen. Sie hatte nicht viel Zeit gehabt, aber in dieser Zeit hatte sie eingekauft wie eine Wahnsinnige, sogar Make-up, das sie auch gleich benutzt hatte. Sie fühlte sich wie eine neue Frau.

Er strich ihr mit der Rückseite seiner Finger über die Wange, und seine Aufmerksamkeit war unmissverständlich. »Du siehst ... umwerfend aus.«

»Danke«. Acadia schenkte ihm ein laszives, vielversprechendes Lächeln. Mit ihren hohen Absätzen war sie auf Augenhöhe mit seinem Mund. Und sein Mund war zum Anbeißen. Fest, wohlgeformt und ...

»Du hast dieses Kleid gekauft, um mich in den Wahnsinn zu treiben, oder?«, sagte Zak vorwurfsvoll und mit rauer Stimme. Seine offene Hand glitt von ihrem Gesicht ihren Hals hinunter, bis er das tiefe V zwischen ihren Brüsten erreichte. Er bedrängte sie, bis sie mit dem Rücken an das Schaufenster stieß, dann fuhr er mit einem Finger träge die eine Kante des Vs hinauf und auf der anderen Seite wieder hinunter.

Er war so groß, dass er ihr die Sonne nahm, aber sie leuchtete auf seinem Haar und seinem starken, gebräunten Hals. »Dir ist schon bewusst, dass wir auf einer belebten Straße stehen.« Weil er wie ein Magnet war, erwischte sie sich dabei, wie sie sich an ihn lehnte und ihm die Hand auf die Brust legte. »In der Öffentlichkeit«, murmelte sie, als Zak seinen Kopf senkte. »Am helllichten Tag ...«

Acadias Lippen nahmen seine in Empfang, als sein Mund in einem viel zu kurzen Kuss den ihren streifte, der sie nach mehr verlangen ließ.

Er lächelte, als er sich wieder aufrichtete. »Du schielst, wenn du geil bist, weißt du das?«

Geschielt hatte sie nicht – glaubte sie zumindest –, aber es dauerte ein paar Sekunden, bis sie wieder scharf sehen konnte. »Tu ich nicht.« Sie boxte ihn leicht gegen den Arm. »Sie überschätzen Ihren Charme, Mr Stark. Wer könnte mitten auf einer der belebtesten Einkaufsstraßen von Caracas geil sein?«

»Du? Ich?«

Ja und ja. »Hast du nicht gefunden, was du gesucht hast?«, fragte sie und umfasste seinen Bizeps. Sie hatte nie viel für öffentliche Zurschaustellung von Gefühlen übriggehabt, aber bei Zak hatte sie die Befürchtung, dass es zur Normalität werden könnte.

Wenn er sie berührte, schien alles und jeder andere zu verschwinden.

»Ich habe einen Computer«, sagte er beiläufig, während er losging. »Habe ihn ins Hotel schicken lassen. Hier, halt mal.« Er reichte ihr einen kleinen weißen Beutel mit dem vertrauten Apple-Logo. »Ich habe dir ein Telefon besorgt. Es ist voll aufgeladen, und meine Nummer und die der Empfangsdame sind auch schon drin. Ich habe auch die Nummern meines Partners Anthony Buckner und meiner persönlichen Assistentin Debra McGuire in Seattle eingespeichert. Falls wir aus irgendeinem Grund getrennt werden sollten oder du irgendwas brauchst, während wir hier sind, setz dich zuerst mit Deb in Verbindung.«

Sie *würden* getrennt werden. Bald schon würde jeder seiner Wege gehen. Sie bezweifelte, dass Zak wollte, dass sie sich dann noch mit seinem Büro in Verbindung setzte. »Danke für das Telefon.« Acadia nahm das iPhone aus dem Beutel und ließ es in einer Außentasche der Handtasche verschwinden, die sie gerade erworben hatte und die sie sich sicher schräg über den Körper gehängt hatte. Viele Taschendiebe in Caracas.

Sie kämpfte einen Anflug von Trennungsangst nieder. Trotz all der Angst und Unsicherheit der letzten paar Tage hatte sie sich noch nie in ihrem Leben so lebendig gefühlt und so viel Spaß gehabt. Auch wenn der Spaß von Gefahr und Chaos überdeckt wurde. Und egal, wie sehr Zak dagegen protestierte, ein Held zu sein, sie würde ihm ihr Leben anvertrauen.

Nach einem gemütlichen Mittagessen nahm Zak Acadia wieder mit zur Bank, wo er ihr einen Barvorschuss verschaffte. Überflüssig, zu erwähnen, dass der Banker, Landro Méndez, das allein aufgrund von Zaks Unterschrift machte. Sie war eine Unbekannte ohne Identifikation, während Zak schon bei diversen Gelegenheiten Geschäfte mit Méndez gemacht und bei seinem letzten Besuch bei ihm zu Hause zu Abend gegessen hatte. Gideon hatte Zak auf einen Trip mitgeschleppt, um den Pico Bolívar ganz im Norden der Anden zu besteigen, sechs Wochen nachdem Jennifer ...

Es war noch zu früh gewesen und der Marsch und die anschließende Besteigung als Herausforderung nicht annähernd groß genug dafür, wie Zak sich damals gefühlt hatte. Er hatte die gesamte Reise in einer missmutigen Stimmung verbracht, obwohl er den Versuch seines Bruders, ihn abzulenken, im Nachhinein weiß Gott zu schätzen wusste.

Himmel, Gideon. *Wo zum Teufel bist du?*

Méndez bot Zak an, sein Auto zu benutzen, was dieser dankbar annahm. Einen Wagen ohne Ausweispapiere zu mieten war mit dem nötigen Kleingeld zwar nicht unmöglich, wäre aber zeitaufwändig gewesen. Und Zak konnte förmlich spüren, wie die Zeit wie in einer Sanduhr zerrann. Die vorbeiziehenden Zahlen hatten nicht aufgehört, auch nach ein paar Stunden morgendlicher Ruhe nicht. Sie änderten sich nicht. Sie wurden nicht schneller. Sie wurden nicht langsamer. Zak hatte sich schon fast an die monotone Störung gewöhnt, bis auf die Tatsache, dass sie etwas ... Bedenkliches an sich hatte.

Acadia lehnte sich in dem schwarzen, ledernen Luxussessel des geliehenen Mercedes zurück und schloss den Sicherheitsgurt. »Zurück ins Hotel?«

»Nein«, sagte er mit grimmiger Stimme und angespanntem Kiefer, als er in eine Lücke im Verkehr einscherte. »Ich brauche deine Erfahrung. Ich nehme dich mit in ein Zuhause, weit weg von zu Hause.«

Zak hatte vor fünf Minuten mit dem Hotel telefoniert. Gideon wurde immer noch vermisst, obwohl Carina Gideon ein Zimmer vorbereitet hatte, frische Klamotten und einen Arzt auf Abruf für den Fall, dass Gid einen brauchte. Zak hatte ihr seine und Acadias Handynummer gegeben und ihr aufgetragen, augenblicklich anzurufen, falls sein Bruder auftauchen sollte.

Zak hatte ein mieses Gefühl. Gid dürfte nicht so lange brauchen, um nach Caracas zu gelangen, es sei denn, etwas war komplett schiefgelaufen. Er warf Acadia einen raschen Blick zu, während er sich durch den Verkehr schlängelte, und bemerkte, wie sich der seidige Stoff ihres Kleides über ihren Oberschenkeln öffnete, als sie die Beine übereinanderschlug. »Was hast du denn unter diesem Kleid an?«

»Die passende Unterwäsche. Wieso?«

Seine Finger umklammerten das mit Leder bespannte Lenkrad. »Zieh deinen Schlüpfer aus.«

»Direkt neben uns ist ein Bus.« Aber sie sagte nicht Nein.

»Jetzt.«

»Wir sehen diese Leute nie wieder, stimmt's?« Sie zog den Rock ihres Kleides höher und legte ein langes Stück glatter, leicht gebräunter Haut frei. Sie lehnte sich gegen seinen Arm und hob eine Backe, um ihre Daumen in das zu haken, was Zak flüchtig als lediglich einen schmalen Streifen Aquamarinblau erkannte. Viel war da nicht, und sein Schwanz stand parat, als sie ihren Rücken wölbte, um das Höschen ihre Beine hinabzustreifen.

»Zufrieden?« Sie steckte sich den Stofffetzen in die Handtasche.

»Ich hab es gern, wenn es nichts gibt zwischen dem, was ich will und wo ich es will, *wenn* ich es will.«

»Also bei hundertzwanzig km/h kriegst du es bestimmt nicht, Mr Stark.«

»Aber ich weiß ja, wie gern du gut vorbereitet bist für den Notfall.«

Sie lachte. »Du hältst Sex für einen Notfall?«

»Mit dir, ja. Zu wissen, dass du nichts drunter trägst, wird mich bei Laune halten, bis wir wieder im Hotel sind.«

Sie lehnte sich wieder in ihrem Sitz zurück und überschlug die Beine, wobei sie das Kleid eng an ihren Körper gleiten ließ, zwar ohne etwas zu entblößen, dennoch regte es Zaks Fantasie so an, dass er beinahe in einen mit Schweinen beladenen Pickup fuhr, als seine Libido mit ihm durchging.

Zwanzig Minuten später im Sportgeschäft war Acadia in ihrem Element. Sie zerrte ihn eine Runde durch den Laden, dann besorgte sie einen Einkaufswagen. »Du willst ja wohl nicht allein zurück in den Dschungel gehen, oder?«, fragte sie, als sie darauf warteten, dass der Verkäufer, der nach hinten gegangen war, mit Munition zurückkehrte. Zak hatte die Waffen einfach in den Wagen geladen, ohne dass jemand Fragen stellte oder er gebeten wurde, sich auszuweisen. »Es ist zu gefährlich, Zak. Vor allem, solange deine Wunden noch nicht verheilt sind.«

»Buck schickt ein Sicherheitsteam mit Dschungelerfahrung. Sie werden heute Abend hier sein. Kannst du eine Karte auftreiben, während ich warte?«

Acadia machte sich auf die Suche nach einer topografischen Karte des Nationalparks Canaima. Er blickte ihr nach, voller Zuversicht und Energie. Gott, sie war so heiß und sexy in diesem Kleid, mit ihren langen Beinen und den High Heels, dass er sich praktisch den Sabber aus dem Gesicht wischen musste. Zu wissen, dass sie unter dieser dünnen Stoffschicht nackt war, brachte sein Herz zum Hämmern und seinen Puls zum Rasen.

Sie war süß und aufrichtig und lustig und lebhaft und frech. Er kannte den Geschmack und die Beschaffenheit von jedem Zentimeter ihres Körpers, und er brauchte nur auf ihren Hintern zu schauen, der sich verführerisch unter der schokoladenfarbenen Seide abzeichnete, um einen Steifen zu kriegen. Ihr sonniges blondes Haar hing ihr offen den Rücken herab und sah so glänzend und weich aus, wie es sich anfühlte, wenn er es durch seine Finger gleiten ließ.

Verdammt. Wenn sie sich nur zu einer anderen Zeit an einem anderen Ort begegnet wären ... wenn er bloß jemand anderes wäre.

Der Verkäufer kehrte zurück, die Arme voller Schachteln mit Munition. Zak stapelte sie in den Einkaufswagen und warf dann einen Blick auf die Liste, die sich Acadia im Auto gemacht hatte. Bei jedem Artikel hoffte er, sein Geld zu verschwenden. Und dass Gid im Hotel schon ungeduldig auf ihn wartete.

Aber wenn es so wäre, hätte Carina ihn schon angerufen.

Ein paar Minuten später reichte Acadia ihm eine zusammengefaltete Karte und warf einen Armvoll Khaki in den Einkaufswagen auf die Schachteln. »Westen von Scottevest für uns beide. Sehr praktisch im Dschungel, wie du weißt.«

Zak hämmerte das Herz bis zum Hals, und unerwartete Angst hinterließ einen ungewohnten und unwillkommenen Geschmack in seinem Mund. Er trat dicht vor sie und erfasste ihren Arm. »Du kommst *nicht*mit.«

Acadia hob beschwichtigend beide Hände. »Komm runter, Junge. Du hast vollkommen recht. Ich komme nicht mit.« Sie legte ihm die Hände flach auf die Brust, damit er ihr von der Pelle rückte. Dort, in ihren Armen, wäre er gern noch länger geblieben, wenn sie sich nicht inmitten von Waffen und Notzelten befunden hätten. »Aber du schuldest mir eine neue Weste. Ich treibe deine Schulden ein.«

Zak machte den Mund auf.

»Schsch!« Sie drückte ihm mit zwei Fingern den Mund zu. »*Eine* Weste. Nicht ein Dutzend.« Sie zog die Liste aus der Tasche. »Okay, was brauchen wir noch? Langsam kriege ich wieder Hunger.«

Er hatte auch Hunger. Sein Mund wollte sie schmecken, seine Hände wollten sie spüren, und dann wollte er sich bis zum Anschlag in ihrer heißen, feuchten, seidigen Hitze vergraben.

Sie tat, als nehme sie seine Gedanken nicht wahr, und suchte wie ein effizienter Ausbilder alles zusammen, was Zak glaubte zu brauchen. Gegen Sachen, die sie für minderwertig oder überflüssig hielt, legte sie ihr Veto ein, weil sie etwas gefunden hatte, das die Funktion für drei übernahm. Sie kannte sich zweifellos aus auf ihrem Gebiet und sparte ihm sowohl Zeit als auch Gewicht, als sie den Wagen mit dem Nötigsten füllte.

Bald waren sie auf dem Weg durch den sich langsam voranschiebenden Feierabendverkehr zurück zum *Gran Meliá* . Zak sah auf sein Telefon, ob entweder Buck oder, Gott, bitte, sein Bruder angerufen hatte. Keiner von beiden. Er steckte sich das Handy wieder in die Hosentasche. »Abendessen im Hotel oder Restaurant?«

»Hotel. Du willst doch da sein, wenn dein Bruder kommt. Wir können an der Sache mit den Zahlen arbeiten und uns die Karte ansehen, um rauszufinden, wo die Guerillas uns gefangen gehalten haben.« Sie machte eine Pause und schenkte ihm ein lüsternes Lächeln. »Und du kannst deine Fantasien ausleben, die dich schon den ganzen Nachmittag beschäftigen.«

»Wie? Beim Einkaufen?«, fragte er und spielte den Ahnungslosen.

»Stimmt«, murmelte Acadia. »*Ziemlich* unpassend. Ich bin sicher, dass du nicht daran gedacht hast, deine Hand unter mein Kleid zu stecken, um mir am Arsch rumzuspielen, als ich mich gebückt habe, um mir die Jagdmesser in dieser Kiste dahinten anzusehen. Und ganz bestimmt hast du nicht bis auf die letzte Nanosekunde ausgerechnet, wie lang es dauern würde, diese kleine Schleife an meiner Taille aufzumachen, um mich von dem Kleid zu befreien. Oder dich gefragt, ob mein neuer BH so hübsch und klein ist wie der hier.« Sie wirbelte den Tanga in Briefmarkengröße vor seiner Nase herum. »Ich bin sicher, überhaupt nichts davon ist dir in den Sinn gekommen.«

Er lächelte sie mit einem wilden Blick an, denn sie hatte voll ins Schwarze getroffen, und es hatte den Nachmittag über noch eine ganze Reihe weiterer Sekunden-Inspirationen gegeben. »*Nervös*, Miss Gray? Weil du rennen musst, was das Zeug hält, wenn wir in unserem Stockwerk ankommen. Ich bin nicht sicher, ob wir es bis ins Zimmer schaffen, bevor ich es rausfinde.«

»Oh. Habe ich vergessen zu erwähnen, dass ich viel rede, wenn ich so heiß bin, dass ich fast schon ohne deine Hilfe explodiere?«

»Mach die Beine breit«, befahl er gedehnt, während er auf den von Bäumen eingerahmten Parkplatz neben dem Hotel bog.

»Auf gar keinen Fall!«

»Dir werd ich helfen, ohne mich zu kommen.«

Sie nahm die Beine auseinander, und er konnte ihre würzige Wärme riechen. »Fass mich nicht an, Zak«, grummelte sie mit angestrengter Stimme. »Ich meine es ernst. Ich hänge an einem seidenen Faden.«

Hand in Hand rannten sie in die Suite und knallten die Tür hinter sich zu. Es dämmerte bereits, und der Himmel draußen vor den Panoramafenstern war von einem tiefen Indigoblau, vor dem die Lichter der Stadt funkelten. Acadia nahm den Haufen Pakete auf dem Wohnzimmertisch kaum zur Kenntnis, als Zak sich die Kleider vom Leib riss und sie in Warp-Geschwindigkeit ins Schlafzimmer zerrte. Sie waren kaum stehen geblieben, bevor sie in die Suite kamen, um bei Carina persönlich einzuchecken, und noch einmal nachfragten, ob Gideon während ihrer Abwesenheit angekommen war. Was er nicht war.

»Ich geh duschen«, sagte sie atemlos, und ein Lachen stieg in ihr hoch, als Zak sich nackt auf das Bett warf und sie mit einem Finger und einem dreisten Lächeln lockte. Gott, er war unwiderstehlich, obwohl sie den Schmerz in seinen Augen sah und die Sorge, die er, so gut es ging, verbarg. Und dennoch war das der entspannteste Zustand, in dem sie ihn seit ihrer ersten Begegnung in einer kleinen, lauten Cantina gesehen hatte. Es schien eine Ewigkeit her zu sein.

»Ich dusche mit dir.« Er bekam ihre Hand zu fassen und zog leicht daran. »Nachher.«

»Mir ist heiß und ich schwitze.«

Ohne zu lächeln, zog er ein bisschen fester. »Du wirst gleich noch viel mehr ins Schwitzen kommen. Stell dein Knie genau hier hin.« Er klopfte mit seiner freien Hand neben sich auf die Matratze und zuckte, als schmerze seine Schulter.

»Du reißt noch deine Nähte auf, wenn du nicht aufpasst.«

»Dann wirst du wohl die schweren Sachen heben müssen.« Er übte ein bisschen Druck auf ihre Hand aus, und Acadia beugte ihr Bein und stützte ihr Knie neben seiner Hüfte ab.

»Im Großen und Ganzen war ich es bisher, die die schweren Sachen gehoben hat, Stark.« Sie lächelte, und ihr Körper vibrierte praktisch vor Erwartung. Der Anblick seines harten Körpers, der ausgestreckt vor ihr lag, schnürte ihr die Kehle und die Lungen zusammen. Er war komplett und auf beeindruckende Weise erigiert und lag da wie eine Art heidnischer Gott, der darauf wartete, bedient zu werden.

»*Ich* war tagelang *dein* Held«, sagte sie ernst, und ihre Nippel zeichneten sich deutlich unter ihrer Kleidung ab. Feuchtigkeit sammelte sich zwischen ihren Schenkeln, als sie auf ihn hinunterblickte. »Du solltest nackt vor mir umherstolzieren und mich mit geschälten Trauben füttern vor lauter Dankbarkeit, dass ich so erfindungsreich, so hilfsbereit und so gut ausgerüstet war, um dir das Leben zu retten.«

»Wie wahr«, sagte er nüchtern und, das konnte sie in seinem Gesicht sehen, mit absoluter Aufrichtigkeit. »Ich bin zwar nackt, aber im Moment stolziere ich nicht herum. Aber« – er schenkte ihr ein verruchtes Lächeln – »ich habe vor, mich bei dir zu revanchieren, indem ich für viele wunderbare Stunden dein Sexsklave bin. Und sobald wir fertig sind, bestelle ich einen ganzen *Weinberg* voller Trauben, und wir fangen an, jede einzelne deiner Fantasien wahr werden zu lassen. Schwing dein Bein rüber.« Seine Stimme klang rau und leicht unstet.

Ihr Körper schirmte die Lichter der Stadt von ihm ab, die durch das Fenster hereinschienen, wodurch der größte Teil von ihm in einen bedrohlichen Schatten getaucht wurde.

Acadia warf ihm einen ernsten Blick zu. Wenn er sie jetzt berührte – selbst die leichteste Berührung würde sie in Flammen aufgehen lassen. »Du hast völlig den Verstand verloren, weißt du das?«

Das verruchte Grinsen wurde breiter. »Tu es.«

Acadia stieg auf seine schlanken Hüften, ließ sich aber nicht auf seine Erektion hinab. Sie verschränkte die Arme unter ihren Brüsten und machte ein böses Gesicht. Der Mann war reif für die Klapse.

Er wies mit seinem Kinn auf die Schleife an ihrer Taille, hielt dabei aber ihrem Blick unbeirrbar stand. »Mach die auf.«

Der Rock ihres Kleides breitete sich um seine Hüften herum auf der Matratze aus, aber unter dem Kleid war sie nackt, und das war ihr auf delikate Weise bewusst.

Sie hatte sich den ganzen Nachmittag unanständig und dreist und wunderbar sexy gefühlt, weil er wusste, dass sie unter dem absolut korrekten Kleid nackt war. Sein dicker Penis rieb sich an der Innenseite ihres Oberschenkels.

Nach ein paar Sekunden nonverbaler Kommunikation zupfte sie langsam an einem Ende des Schnürbandes, und die Schleife löste sich.

»Gott.« Zak schloss die Augen, als hätte er Schmerzen. »Du meinst, das war alles, was es heute Nachmittag gebraucht hätte, und du wärst nackt gewesen?«

Sie senkte ihren Körper immer noch nicht herab, obwohl sie beide atemlos vor Begierde waren, sich endlich zu vereinen. »Ich hätte Trauben erwartet.«

Er berührte sie nicht, sondern lag nur zwischen ihren gespreizten Beinen, während sie rittlings über seinen Hüften schwebte ... und wartete. »Ich hab dir doch gesagt. Einen Weinberg.« Seine Augen glänzten.

»Das ist ein bisschen extravagant, findest du nicht?« Acadia konnte ihre Augen nicht von ihm lassen. Die beiden Hälften ihres geteilten Kleides ließen zwischen den Rändern einen Streifen Haut zum Vorschein kommen.

»Nein.« Seine Hand glitt zwischen ihre Beine und streifte dort ihre taunassen Blütenblätter, was ihr einen elektrischen Schlag durch den ganzen Körper jagte. »Du bist ziemlich nass.« Er drang mit einem Finger in sie ein und brummte. »Mach weiter.« Dabei wies er mit dem Kinn auf ihre tatenlosen Hände.

Sie zuckte die Achseln, und das Kleid fiel von einer Schulter herab und enthüllte einen schokobraunen Satin-BH. Er steckte zwei Finger in ihren feuchten Eingang. Ihr Rücken wölbte sich, als ein wohliges Beben und heiße Lust durch ihren Körper fuhren.

»Meine Güte«, sagte er gedehnt, die Augen so tief und dunkel wie der Dschungel bei Nacht. »Sieh dich an.« Sein

Blick liebkoste sie, wanderte über ihren Körper, um da hängen zu bleiben, wo seine Hand zwischen ihren Schenkeln verschwunden war.

Mit schweren Augenlidern murmelte er: »Ich will jeden köstlichen Zentimeter von dir kosten. Dich lecken wie ein Eis in der Waffel ...«

Acadia, die nichts mehr wollte, als sich aufzuspießen, ließ langsam die Hüften hinab.

»Noch nicht.« Das Feuer loderte in seinen Augen.

Sein aufgeheizter Blick brachte ihr Blut noch mehr zum Kochen, und ein Schweißfilm bedeckte ihre Haut. Sie versuchte, ihre unterversorgten Lungen zu füllen, aber es war zu stickig im Raum.

»Lass den BH an.« Er drang mit seinen Fingern tief in sie ein. Acadias Blick wurde von seiner Hand angezogen, die sich zwischen ihren Beinen bewegte. Sein Penis ragte gewaltig bis über seinen Bauchnabel hinaus, ein Netzwerk aus angeschwollenen Venen, das über seine ganze Länge verlief. Seine Hand rieb mit jeder Bewegung seiner Finger in ihr seinen langen Schaft auf und ab.

Er streichelte sich selbst, während er sie befriedigte.

Mit weichen Knien ließ sie sich das Kleid von den Schultern gleiten, streifte es von den Armen und warf es weg. Es landete mit einem sanften *Wusch* auf dem Boden neben dem Bett.

Zak schob noch einen Finger in sie, während sein Daumen ihre Klitoris fand. »Zieh die Körbchen runter und berühr deine Nippel.«

Ihre Brustwarzen waren harte, feste Knospen, die sich nach ihm verzehrten, doch sie zögerte. »Zak ...«

»Sachte.«

Viel Körbchen war da nicht, nur ein Bogen aus Satin und ein bisschen Spitze. Sie schob den Stoff nach unten, legte die Hände auf ihre warmen Brüste und fuhr probehalber mit den Daumen über die erhärteten Spitzen.

»Wie fühlt sich das an?«

Noch besser, wenn *er* es tun würde, aber ... »Gut«, sagte sie heiser. Wirklich gut.

»Drück sie nur zwischen den Fingerspitzen. Nein, nicht die Augen zumachen. Sieh mich an.« Zaks Hand war feucht von ihr, während er seine Finger rein und raus bewegte, bis sie sich wand und nach mehr verzehrte.

Er nahm das empfindliche Häubchen ihres Geschlechts zwischen Daumen und Zeigefinger, und sie erschauderte, schnappte vor Verlangen nach Luft, und ihre Finger umfassten noch fester die Kuppeln ihrer Brüste. Sie spürte, wie ihr eigenes Herz unter ihren Fingern raste, konnte fühlen, wie die Temperatur ihrer feuchten Haut noch mehr anstieg.

Klar zu denken war schwer. Sie drückte ihre Brustwarzen so fest, dass sie laut aufstöhnte. Sie tat es noch mal, härter, fester. Ihr Kopf fiel nach hinten, sodass sie spürte, wie ihr nasses, langes Haar kühl ihren nackten Rücken streifte. Die ruhelose Hitze, die sich in ihr aufbaute, machte sie wahnsinnig vor Lust. »*Zak!*«

»Soll ich deine hübschen Nippel küssen, Cady?«

Sie öffnete benommen die Augen. Knetete ihre Brüste, spürte, wie sich die harten Spitzen ihrer Brustwarzen gierig gegen ihre Handflächen pressten. »J-ja.«

»Beug dich vor.«

Sie wollte ihre Hände nicht von ihren Brüsten nehmen, aber noch mehr wollte sie seinen Mund spüren. »Ich ...«

»Stütz deine Arme auf dem Kopfkissen ab ... Ja. Genau so.«

Sie krallte ihre Finger rechts und links von seinem Kopf in das Kissen und beugte ihren Oberkörper nach unten, damit er mit seinem Mund ihre Brüste erreichen konnte, während seine Finger ihren unerbittlichen Angriff fortsetzten. Ihr Haar bildete einen Vorhang aus goldener Seide, der ihre beiden Köpfe umhüllte. Sein heißer Mund schloss sich um eine ihrer Brustwarzen und saugte an ihnen.

»Ich halte das nicht aus. Zak, *bitte* ...«

Seine Zähne packten ziemlich unsanft die geschwollene Spitze, und ihr Rücken wölbte sich, als er daran knabberte und leckte, bis ihr Körper nur noch aus sensibelsten Nerven zu bestehen schien.

Seine Finger rutschten aus ihr heraus. Sie hob den Kopf und bewegte die Hüften, um den Kontakt wiederherzustellen. »Verdammt, Zak, quäl mich nicht so.«

Seine Hand glitt feucht ihren Rücken hinauf und teilte ihr ohne Worte mit, wo und wie er sie positioniert haben wollte, rittlings auf seinen Hüften. Die Spitze des dicken, stumpfen Kopfes seines Penis verlangte Einlass zwischen ihren nassen, glatten Falten. Sie stieß einen erstickten Schrei aus, als er sich langsam, unaufhaltsam und tief in sie hineinschob. Seine Hand verfing sich in ihrem Haar, während er ihren Mund zu seinem herunterzog zu einem Kuss, der ihr die Seele raubte.

Acadias Scheide schloss sich um ihn, und sie atmete bebend ein, mit dem erfüllenden und unglaublichen Gefühl, ihn tief in sich zu spüren. Rasch fand sie einen Rhythmus, und ihre Hüften hoben und senkten sich auf ihm, bis sie den Gipfel erklomm und viel zu schnell kam. Während sie erzitterte und ihre inneren Muskeln sich anspannten, kam er mit ihr, und sein gesamter Körper spannte sich in den Nachwehen seines gewaltigen Orgasmus an. Als sie spürte, wie sich sein Körper unter ihr aufbäumte, fiel sie erneut ins Bodenlose und kam noch einmal.

Als ihr Körper immer noch von den Nachbeben erzitterte und der Schweiß auf ihrer Haut allmählich abkühlte, fragte sich Acadia, wie sie hiernach je wieder ein normales Leben führen sollte? Nach Zakary Stark?

Während Zak an seinem neuen Computer arbeitete, saß Acadia mit den Einkaufstüten daneben auf dem Boden. Sie verteilte alles um sich herum und begann dann, zu sortieren und systematisch Zaks Westentaschen mit Dingen zu füllen, die er ihrer Meinung nach auf dem Trip zurück in den Dschungel brauchen würde. *Falls* er in den Dschungel zurückkehrte. Und sie betete inständig, dass er es nicht würde tun müssen.

Erst das Oberteil, dann die Hose. Sie war kein religiöser Mensch, aber mit jedem Gegenstand, den sie in eine seiner achtundzwanzig Taschen steckte, sprach sie ein kleines Gebet, dass er beschützt werden möge.

Zuletzt nahm sie ihr Medaillon des heiligen Christophorus und verstaute es sicher in der Brusttasche direkt über seinem Herzen.

Zak hatte großzügig alles ersetzt, was sie im Dschungel verloren oder verbraucht hatte, und da es sonst nichts zu tun gab, während er nach Zahlen suchte, die zu seinen passten, füllte sie ihre neue Weste mit Gegenständen. Nicht, dass es wahrscheinlich war, dass sie die Kleidung je wieder tragen würde. Aber sie waren eine nette Erinnerung an die ... Nein, sie wollte nicht daran denken.

Sie stand vom Boden auf, schleppte die extrem schweren Kleidungsstücke ins Schlafzimmer und legte sie auf einen der Stühle. Ihre würde sie bestücken, wenn sie nach Hause flog.

Wenn es länger als ein paar Tage dauerte, würde sie sich ein günstigeres Hotel suchen, während Zak losging, um nach Gideon zu suchen.

Zak würde seine Weste tragen, wenn er sich auf die Suche nach seinem Bruder machte. Mittlerweile war ihr klar, dass Gideon Stark nicht allein den Weg zurück ins Hotel in Caracas finden würde – auch wenn ihr der Gedanke nicht gefiel. Er war immer noch da draußen.

Sie ging zurück ins Wohnzimmer und zog einen Stuhl aus dem Esszimmer zum Schreibtisch neben Zak am Computer. Auf der Etage gab es noch vier andere Suiten, ein an ihre angrenzender Raum war für Gideon reserviert. Hin und wieder hörte sie schwach das Klingeln des Aufzugs oder die gedämpften Stimmen Vorbeigehender. Aber keine Schlüsselkarte klickte im Schloss. Kein Gideon.

»Irgendwas gefunden?« Acadia zog ihre nackten Füße auf die Querstange unter der Sitzfläche und lehnte sich an seinen gesunden Arm.

»Kein Bankkonto. Überhaupt nichts Finanzielles.«

»Was ist mit ... verdammt. Ich weiß auch nicht. Lass uns einfach drauflosraten, bis irgendetwas Klick macht. Die Fibonacci-Zahlen?«

Er schüttelte den Kopf. »Sie haben nicht die richtige Reihenfolge.« Er blätterte zu der Seite, wo er die Zahlen aufgeschrieben hatte, 558 362 328 59 675 625 355 565, damit sie sie sehen konnte.

»Trifft nicht annähernd zu. Okay. Was ist mit ... dem Goldenen Schnitt? Stellen die Zahlen die *Größe* von irgendwas dar? Nein? Primzahlen?« Sie richtete sich auf, als er eine Liste mit Zahlen zur Ansicht tippte. »Wie wär's mit noch einer Tasse Kaffee und ein bisschen von diesem ... wie heißt es doch gleich? *Bien meirgendwas?*«

»*Sabe* «, führte er geistesabwesend zu Ende, während er tippte.

Acadia ging zum Tisch, wo für die Mahlzeit gedeckt worden war, die sie vorhin beendet hatten. Sie stellte die benutzten Teller zurück auf den Servierwagen und trug dann zwei Portionen eines in Likör getränkten Kuchens auf, gefüllt mit Schichten von Kokossahne und mit Baiser obendrauf.

»Ich roll den mal raus in den Flur«, rief sie ihm zu und schob den Wagen vor sich her.

Sie entriegelte und schloss die Tür auf, hielt sie mit ihrer Hüfte offen und schob den beladenen Wagen zur einen Seite, bevor sie wieder hereinkam.

Sie nahm die beiden Desserts, brachte sie zu Zak, stellte sie auf den Tisch neben dem Computer. »Wie wär's, wenn wir den Zahlen mal eine Pause gönnen? Lass uns die Karte da drüben ausbreiten und sehen, ob wir rausfinden, wo Piñero haust und ...«

Eine donnernde Explosion erschütterte das Gebäude. Sekunden später stieg eine gewaltige Säule aus Flammen und schwarzem Qualm von dem Parkplatz achtzehn Stockwerke weiter unten auf.

14

»**M**ann. War das laut«, Acadia streckte die Beine wieder aus und stand auf. »Ich frage mich, wa...«

Zak, dem das Geräusch vertraut war, sprang von seinem Stuhl auf. »Autobombe!« Er packte sie am Arm und schleuderte sie in Richtung des anderen Zimmers. »Zieh dich an. Sofort.«

Er hatte Autobomben in Irland, Jemen, verdammt, sogar in Bangkok gehört. Er hatte keinen Zweifel, dass der zweite Schuh, auf den er schon so lange gewartet hatte, gerade mit einem sehr lauten Knall und Schwaden von Rauch und Flammen gefallen war.

Sie warf ihm einen verdutzten Blick zu, stellte aber keine Fragen. Sie machte auf dem Absatz kehrt und sprintete so schnell ins Zimmer, dass er nur noch einen Blick auf lange nackte Beine erhaschen konnte, als ihr Bademantel wie Flügel hinter ihrem Körper herflatterte. Zak knipste die Schreibtischlampe aus, rannte zu den beiden anderen Lampen, um sie auszuschalten und den Raum in Halbdunkel zu tauchen.

Nachdem er gerade entführt und gegen Lösegeld festgehalten worden war und sein Bruder immer noch vermisst wurde, lag es nahe, dass Zak das Ziel war. Sein Bauchgefühl gebot ihm, nicht länger herumzutrödeln, sondern sich in Bewegung zu setzen, bevor derjenige, der hinter der Bombe steckte, in die Suite platzte, um ein für alle Mal zu Ende zu führen, was er begonnen hatte. Er schätzte, dass ihm weniger als fünf Minuten blieben, bevor sie ungeladenen Besuch bekamen.

Einen lebendig. Einen tot. Bedeutete das, dass sie Gid hatten und Zak zum Schweigen bringen wollten? Oder dass Gid ihnen entkommen war und sie stattdessen jetzt hinter Zak her waren? Er schaltete alle Lichter aus. Klick. Klick. Klick. Während sich die Augen eines Eindringlings erst an den Helligkeitsunterschied zwischen dem Flur und hier drinnen gewöhnen mussten, würde er durch die hereinscheinenden Lichter der Stadt genug sehen. Zak hätte etwa fünfzehn Sekunden, bis sich die Augen des anderen anpassten und er den Heimvorteil verlor.

Er schnappte sich zwei Stühle, warf sie auf die Seite und ließ sie mitten im Raum liegen, dann zog er noch eine Ottomane hervor. Alles tief unten auf dem Boden. Eher ein Hindernisparcours als eine Falle. Er nahm alles, was sie aufhalten konnte. Als Zugabe leerte er die beiden Schalen breiigen Desserts an verschiedenen Stellen auf dem Boden, sodass sie zu rutschigen Pfützen wurden. Das Adrenalin raste durch seine Venen, als er den Computer sah, auf dessen Bildschirm die Ergebnisse ihrer Nachforschungen aufleuchteten.

Er knallte den Computer zu, machte sich nicht die Mühe, unter den Schreibtisch zu kriechen, sondern riss das Kabel einfach heraus, dann klemmte er ihn sich unter den Arm wie einen Fußball. Im Schlafzimmer angekommen, machte er die Tür zu und schloss ab. Noch ein mickriges Hindernis, das niemanden ernsthaft abhalten würde, ihm und Acadia aber vielleicht die wenigen wertvollen Minuten verschaffte, um freizukommen.

Acadia warf ihm ein tapferes Grinsen zu, als sie die Füße in die Stiefel steckte und dann einen Ladestreifen in die Selbstladepistole, die sie heute Nachmittag gekauft hatten. Weder ihre Hose noch ihr Hemd waren zugeknöpft und flatterten über ihrem nackten Körper.

»Braves Mädchen«, flüsterte er, warf seinen Bademantel ab und zog hastig Hose und Hemd an. Gott sei Dank war Acadia eine so methodisch denkende Frau: Sie hatte das Gewicht gleichmäßig verteilt, und seine Bewegungsfreiheit wurde überhaupt nicht beeinträchtigt. Er zwängte die nackten Füße in seine Stiefel.

Er schnappte sich noch ein paar Pistolen, schob sie sich hinten in den Hosenbund und in eine der Cargotaschen, dann stopfte er den Rest in eine große Tasche und den Computer in eine Vordertasche. Er hasste Pistolen, aber er hatte noch nie mehr Grund gehabt, eine zu tragen. Oder zwei. Oder drei. »Nimm nur, was wir tragen können«, flüsterte Zak, obwohl niemand da war, der ihn hören konnte. Noch nicht.

Sie nickte, dann deutete sie ihm mit einer erhobenen Hand an, zu warten. Sie griff nach den Kopfkissen und ihren Bademänteln und formte Haufen auf dem Bett unter der zurückgeschlagenen Bettdecke, dann warf sie die Decke über alles. Ihr Hemd stand immer noch offen, und sie warf ihm einen forschenden Blick zu, gerade als ihn ein Geräusch alarmierte, dass jemand die Vordertür eingerannt hatte. Vorsichtig öffnete Zak die Tür zur angrenzenden Suite, huschte hinein und hielt sie offen. »Schsch«, hauchte er und ließ Acadia unter seinem Arm hindurchschlüpfen, bevor er sie lautlos wieder schloss und hinter ihr verriegelte.

Das Ohr an das dicke Holz gepresst, hörte Zak Stolpern und Fluchen, als sein Hindernisparcours zumindest einen der Schläger zu Fall brachte. Acadias Finger krampften sich um seinen Arm, während sie lauschte.

Als Nächstes wurde die Badezimmertür eingetreten, und Zak hörte mindestens ein Paar Schritte. Augenblicklich gefolgt von zwei dumpfen Schlägen.

Schalldämpfer.

Acadia riss die Augen auf.

»Vergewissere dich, dass die Ehefrau tot ist.« Die Stimme war männlich. Und amerikanisch.

»*Sí, jefe.* «

Das Bett stand an der Wand neben der Tür zum Verbindungszimmer, das für Gideon reserviert war. Das Geräusch, als die Bettdecke zurückgezogen wurde, war undeutlich, doch der amerikanische Fluch war laut und vernehmlich. »Du gottverdammter Schwachkopf. Du hast doch gesagt, sie wäre im Zimmer.«

»*Sí. Sí.* Sie hat den *carrito de alimentos* rausgebracht. Das alte Essen, *¿sí?* Ich habe sie gesehen.«

»Tja, sie ist aber nicht hier, du Vollidiot! Wir haben den Wagen, den sie sich geliehen haben. Also, wo sie auch immer ist, sie ist mit Stark zusammen. Offensichtlich weiß er, dass wir hinter ihnen her sind, aber die sind zu Fuß unterwegs. Gehen wir.«

Zak hieß Acadia noch gut zwanzig Minuten neben der Tür im dunklen Zimmer stehen, bis er sicher war, dass die beiden Männer über alle Berge waren. Natürlich nicht hundert Prozent sicher, aber schließlich konnten sie nicht für immer dort stehen bleiben.

Zak überlegte, dass Bucks Sicherheitsleute mittlerweile

gelandet sein müssten. Sie würden im Hotel auftauchen und feststellen, dass er weg war. Er fügte auf seiner ständig anwachsenden To-do-Liste einen Anruf bei Buck hinzu, um ihm ihren neuen Standort durchzugeben.

Er zeigte auf ihre halb angezogenen Sachen. »Zieh dich fertig an. Vergiss nicht deine Schnürsenkel. Wir werden rennen müssen.« Und zwar, was das Zeug hielt.

Der Lärm von Einsatzfahrzeugen, Feuerwehrautos und Polizeiwagen war schwach, aber unverwechselbar, selbst achtzehn Stockwerke über der Straße. Die Kavallerie war eingetroffen, obwohl die Kavallerie in diesem Ausläufer der Urwälder genauso gut mit den bösen Jungs unter einer Decke stecken konnte.

Er war fertig mit Zuknöpfen und Reißverschlüssezuziehen. »Leer das meiste von dem Zeug in deinen Taschen aus. Es wird dich bremsen.«

Ausnahmsweise widersprach sie nicht. Er merkte, dass sie blasser aussah als sonst, aber mit schmallippiger Entschlossenheit legte Acadia die Pistole auf einen Stuhl neben sich und begann rasch, einiges aus ihren Taschen auszuräumen. Sie warf den schwersten Gegenstand – das Zelt – hinter den gepolsterten Stuhl in die Ecke. »Alles andere, was ich bei mir habe, brauche ich.«

»Klingt, als wäre derjenige, der die Guerillas angeheuert hat, Amerikaner. Und sie sind nicht froh darüber, uns gesund und munter vorzufinden – und nicht hier.«

»Hast du gehört, was der Amerikaner gesagt hat? › Vergewissere dich, dass die Ehefrau tot ist.‹ «

»Ja. Hab ich mitgekriegt.« Dieses kleine Detail fügte dem Giftgemisch dieser ganzen Scheiße noch eine unangenehme

Nuance hinzu. Wer sonst sollte von seiner »Ehefrau« wissen, außer dem Hotelpersonal, der Schwester in der Mission und dem Arschloch von einem Polizeichef, den sie beim Poker geschlagen hatte?

Sie machte einen tiefen, beruhigenden Atemzug. »Die spanische Stimme war einer der Guerillas.«

»Was? Wer denn?«

»Der Entführer im Hotelzimmer, der klang, als sei er erkältet. Der war es. Ich habe seine Stimme erkannt. So komisch hoch«, erklärte sie, »als müsste er durch die Nase sprechen.«

Oder als hätte er ein kleines Koksproblem, dachte Zak. Verdammt. Wenn es derselbe Typ war, und Zak tendierte dazu, das zu glauben, dann hatte Loida Piñero sie eingeholt. *Wie* sie ihnen auf die Schliche gekommen war – er hatte keinen blassen Schimmer.

»Okay. Wir schleichen uns raus, gehen nach links und rennen so schnell es geht durch den Flur zum Notausgang. Bleib nicht stehen, was auch passiert. Wenn wir getrennt werden ...«

»Wir werden nicht getrennt.«

»Wenn wir getrennt werden«, wiederholte er und kämpfte gegen den blödsinnigen Drang zu lächeln an, »will ich, dass du dich irgendwo versteckst. Dann ruf Buck an und lass dich von seinen Sicherheitsleuten holen. Sie werden dafür sorgen, dass du wieder nach Hause kommst. Versprich mir das.«

»Gut.«

Zak packte sie vorne am Hemd und küsste sie schnell und heftig. Er berührte mit den Fingern ihre weiche, warme Wange. »Tu nichts Unüberlegtes. Hörst du, Acadia Gray?«

Ihr Kinn hob sich, auf ihren Augen lagen Schatten. »Dito, Mr Stark.«

»Lass die Waffe gezückt und sei darauf gefasst, zu schießen, ohne Fragen zu stellen. Mit diesen Arschlöchern ist nicht zu spaßen. Ich will nicht, dass du zusätzliche Löcher bekommst, verstanden?« Ihre Lippen zuckten, als finde sie das lustig. Sie nickte.

Zak öffnete die Tür und hielt die Hand hoch, damit sie hinter ihm blieb. Der Flur war menschenleer. An der Anzeige war zu sehen, dass sich alle Aufzüge in der Lobby befanden. Er winkte sie heraus. Zusammen blieben sie dicht an der Wand und rannten auf das Ausgangsschild zu. Niemand hielt sie auf, aber Zak rechnete ständig damit, dass ihm jemand auf die Schulter tippte. Oder, noch schlimmer, dass der schallgedämpfte Knall einer Feuerwaffe erklang.

Vorsichtig machte er die Tür zum Treppenhaus auf, und Acadia ging hindurch. Er schloss die Tür hinter ihnen und spähte dann durch das kleine Fenster, um nachzusehen, ob sie verfolgt wurden. Niemand zu sehen.

»Achtzehn Stockwerke«, erinnerte er sie. »Teil dir deine Kräfte ein.«

Sie musste unbedingt die Mitgliedschaft im Fitnessstudio erneuern. Achtzehn Stockwerke im Laufschritt führten bei Acadia zu Atemproblemen, bevor sie unten angekommen waren. Ihre Knie schmerzten. Ihre Beine fühlten sich an wie Gummi, und ihr war schwindelig.

»Komm wieder zu Atem«, sagte Zak. Er selbst atmete nicht mal schneller. Sie befanden sich an einem Absatz am Fuß der Treppe, immer noch drinnen, aber an der Metalltür stand *Salida.* »Ich besorge uns ein Transportmittel.«

Sie legte die Hand auf ihre stechende Seite. »I-ich b-brauche L-luft.«

Zak zögerte, dann stieß er die Tür nach draußen auf, wo schwüle Nacht war. Sie traten in eine schmale Gasse, wo aufleuchtende rote und blaue Lichter verschiedener Einsatzfahrzeuge wie Diskobeleuchtung von einer nahen Mauer zurückgeworfen wurden, aber glücklicherweise wurden sie von einem niedrigen Nebengebäude verdeckt. »Okay. Bleib genau hier stehen.« *Hier* bedeutete eine Stelle zwischen zwei großen, ekelhaft stinkenden Abfalltonnen. »Rühr dich nicht vom Fleck.«

Die Hände auf den Knien, den Kopf eingezogen, ächzte sie zur Bestätigung. Sie spürte, wie seine Hand über ihren Nacken strich. »Du bist verdammt …« Plötzlich piepte Zaks Telefon. »Himmel …«

Acadia hätte gern den Rest des Satzes gehört. Sie richtete sich auf, als Zak den Anruf annahm und forsch »Ja?« ins Telefon sagte. Er machte eine Pause, und seine Gesichtszüge entspannten sich, während er dem Anrufer lauschte, wer es auch immer war. »Wirklich? Gut zu wissen. Wo ist der Flieger?« Zak hörte ein paar Sekunden lang zu. »Die Entführer sind in unser Hotelzimmer eingebrochen. Ja. Nein, wir sind beide wohlauf. Sag dem Piloten, er soll bleiben, wo er ist. Reich einen neuen Flugplan ein. Ich bin in zwanzig Minuten da. Ja. Danke, Buck.« Er legte auf.

»Die Sicherheitsleute sind da«, klärte er sie auf. »Das Flugzeug wird in diesem Moment betankt. Warte hier. Ich bin gleich wieder da.« Er hob ihr Kinn an und sah ihr forschend ins Gesicht. »Wie geht's dir?«

»Beschissen. Ach, warte!« Sie streckte die Arme aus und umfasste mit beiden Händen sein Gesicht. Auf den

Zehenspitzen stehend küsste Acadia ihn mit allem, was sie noch hatte, ein längerer und nasserer Kuss als der, den er ihr oben gegeben hatte, aber sie war wesentlich bedürftiger als er. Und das wusste sie.

Es ging immer noch zu schnell vorbei. Sie ließ ihn los und strich mit den Handflächen sein zerknittertes Hemd glatt. »Beeil dich.«

Sein Grinsen sagte, dass er das tun würde, vor allem, wenn noch mehr dergleichen in Aussicht stand. Er verschmolz mit der Dunkelheit, und sie war allein. Das Adrenalin pumpte heftig und schnell durch ihren Körper und pochte in ihren Schläfen. Das, genau das hier war der Grund, warum sie und Zak niemals zusammen sein würden. Er steckte alles einfach so weg –, die Autobombe, das Schießkommando, die Flucht – als trinke er eine Tasse Kaffee und läse dabei die Sonntagszeitung.

Eine Katze miaute kläglich in der Nähe. Ein Stück Zeitung, von der warmen Brise hin und her geworfen, flatterte die Gasse entlang, in der sie wartete. In der Ferne ertönte eine Autohupe. Und die Stimmen des Einsatzpersonals von der anderen Seite des Gebäudes her waren kristallklar. Sie versuchten herauszufinden, wem der Wagen gehört hatte und ob jemand daringesessen hatte.

Gott sei Dank nicht.

Reifen knirschten laut auf dem Kies, und sie drückte sich an die Wand, als ein Polizeiwagen mit ausgeschalteten Lichtern an den Mülltonnen vorfuhr. Wenn sie das Fahrzeug sehen konnte, konnten die Insassen logischerweise auch sie sehen. Oh, Scheiße. Scheiße. Scheiße. Ein erneuter Adrenalinschub machte sie für einen Moment schwindelig, und sie presste sich ihre schwitzenden Handflächen an die Schläfen. *Atmen,*

Acadia, atmen. Das ist nicht der richtige Zeitpunkt, um ohnmächtig zu werden.

Die Beifahrertür flog auf. »Steig ein!« Zak, der die Tür aufgestoßen hatte, richtete sich wieder auf, als sie reinsprang und sie hinter sich zuknallte.

»O mein Gott!« Acadia sah ihn entgeistert an. »Du hast ein *Polizeiauto* geklaut?«

Er schaltete das Licht ein. »Keiner hat es benutzt«, sagte er trocken und fuhr mit gemächlichem Tempo die Gasse entlang, weg von dem Parkplatz auf der anderen Seite des Gebäudes und dem wachsenden Aufgebot an Beamten. »Schnall dich an.«

»Es wird nicht lange dauern, bis die den vermissen.«

»Wahrscheinlich. Darüber machen wir uns Gedanken, wenn es so weit ist. Lass die Pistole auf dem Schoß und nimm die Sicherung raus. Wir fackeln nicht lange, wenn uns jemand auf den Fersen sein sollte. Sei darauf vorbereitet, sie zu benutzen.«

Acadia schluckte schwer, dann klammerte sie die Finger um den Griff der Pistole. »Wohin fahren wir? Zum Flughafen?«

»Zum Firmenjet.« Im Profil wirkte sein Kiefer angespannt, die Knöchel seiner Finger am Lenkrad waren weiß angelaufen, und er ließ beim Fahren den Rückspiegel nicht aus den Augen. Acadia tat es ihm gleich, nachdem sie den Seitenspiegel für sich eingestellt hatte.

Im Polizeifunk knatterte Spanisch ohne Punkt und Komma.

»Buck hat den Piloten und zwei Sicherheitsmänner angewiesen, an Bord zu bleiben«, erklärte Zak. »Der Rest seiner Leute ist mit dem Geld auf dem Weg zu mir ins Hotel. Sobald dein Flieger abhebt, soll Buck sich mit den Sicherheitsleuten absprechen, dann nehme ich sie mit, um Gideon zu finden.«

Ein vernünftiger Plan. Der sie komplett ausschloss. Natürlich. Das wusste Acadia doch. Ihre Zeit mit Zak war endgültig vorbei. Trotzdem wollte sie helfen. »Soll ich dir zeigen, was ich auf der Karte im Hotel entdeckt habe?«

»Na klar.«

Sie griff nach Zaks Brusttasche und zog die gefaltete Karte heraus, dann nahm sie eine kleine Stablampe aus ihrer eigenen. Die Karte war riesig, und um sie besser halten zu können, faltete sie sie zu dem Bereich, den sie brauchte, dann verfolgte sie eine Linie vom Hotel in der Nähe des Wasserfalls, wo sie gefangen genommen worden waren, bis ungefähr zu der Mission und stellte eine wohlbegründete Vermutung an, wo man sie abgesetzt hatte, nachdem sie flussabwärts gefahren waren. Dann zog sie mit dem Finger eine Linie nach Caracas. Sie notierte sich die Koordinaten von jedem Gebiet auf dem weißen Rand der Karte.

»Was hast du?«

»Moment«, murmelte sie, als sie den Salto Ángel auf der Karte fand. Sie schrieb die letzten Zahlen hin und strich über ihre säuberlichen Ziffern. »Okay, ich habe eine Liste von Koordinaten all unserer bekannten Aufenthaltsorte, und einer Schätzung, die auf Zeit und ungefähr zurückgelegter Strecke beruht.«

»Lass mich mal sehen.«

Sie gab ihm die Liste, Zak hielt sie vor das Lenkrad, und seine Augen blickten beim Fahren von Zeit zu Zeit auf ihre ordentliche Zahlensäule hinab.

Seine Stirn legte sich in Falten. »Acadia.«

Ihr Blick schnellte zum Rückspiegel. »Sind sie ... Was?«

»Was ist die letzte Zahlenreihe?« Acadia sah auf der Karte nach. »Der Salto Ángel, warum?«

»Himmel! Die Koordinaten sind identisch mit den Zahlen, die ich sehe.«

Sie sah sich die Liste mit Koordinaten an. Ihr Mund blieb eine Weile offen stehen, bevor sie langsam sagte: »Die GPS-Koordinaten für das Gebiet um den Salto Ángel?«

»Schon klar.« Er warf ihr einen finsteren Blick zu. »Aber wie ...?«

»Guck auf die Straße!«, warnte sie ihn hastig, und er zwang sich, sich wieder auf den Verkehr zu konzentrieren, und scherte wieder auf seine Spur zurück. Der Fahrer des Lieferwagens, den sie beinahe gestreift hätten, lehnte sich auf seine Hupe, blieb dort eine Weile und blendete noch auf, als sie längst an ihm vorbei waren. Acadia erhaschte einen Blick auf sein Gesicht und war dankbar, dass sie nicht hören konnte, was er sagte.

»Du konzentrierst dich darauf, zu fahren wie ein geölter Blitz, um den bösen Jungs zu entkommen, und ich schau mir das noch mal an.« Sie widmete sich wieder der Karte auf ihrem Schoß und überprüfte ihre Zahlen noch mal. »Kein Zweifel. Es sind dieselben.«

»Wie ist das möglich?«, fragte Zak. »Zum Teufel, warum ist das möglich? Und was bedeutet es?«

»Seit wir im Hotel angekommen sind, hast du die Zahlen

ununterbrochen gesehen, oder haben sie gelegentlich auch mal aufgehört?«

Zak lächelte, und sein Blick fiel kurz auf sie. »Ehrlich gesagt gab es ein paar Gelegenheiten, wo ich nicht mal gemerkt hätte, wenn die Zahlen drei Meter hoch und in Neonfarben gewesen wären.«

Sie bemühte sich, sich nicht von diesem Lächeln vereinnahmen zu lassen. »Als wir zusammen waren, meinst du? In der Dusche? Im Bett? Wo?«

»Ich nehme an ...« Seine Augen schnellten in den Rückspiegel.

»Okay. Lass uns das mal zurückverfolgen. Wann hast du angefangen, die Zahlen zu sehen?«

»In der Mission.«

»Sobald du aufgewacht bist?«

»Nein ... Die Nonne kam rein, um nach mir zu sehen. Ich habe darauf bestanden, dass sie die Infusion abmacht. Ich habe geduscht. Ich kann mich nicht erinnern, irgendwas Ungewöhnliches gesehen zu haben. Schwester Clemencia kam rein und war ziemlich angepisst, weil du einen trinken gegangen warst ...« Zak runzelte die Stirn, als er am Schild zum Maiquetia Simon Bolívar Airport rechts abbog. Zu dieser späten Stunde war wenig Verkehr. Niemand folgte ihnen. Gut so. Sie näherten sich dem Flugzeug. Noch besser.

Aber Acadias Wachsamkeit ließ nicht nach. Ihre Hand umklammerte unter der Karte immer noch den Griff der Pistole.

»Sie trug ein Tablett mit Essen. Sie stellte es ab ... Nein, meine

Uhr lag im Weg. Ich habe sie angezogen, um sie ...« Seine Stirn legte sich noch mehr in Falten. »Meine Uhr.«

»Zieh sie aus!«

»Wird schwierig, mit dem Knie zu lenken. Du musst wohl das Armband abmachen.«

Acadia griff nach seinem Handgelenk, dann hielt sie inne, die Hand auf dem Metallarmband. »Siehst du die Zahlen jetzt?«

»Ja.«

Sie löste die Schnalle und ließ die schwere Uhr in ihre Hand fallen. »Und jetzt?«

»Ich ... Himmel! Nein. Die Zahlen sind komplett verschwunden. Zieh sie mir wieder an.«

Sie tat es und legte ihm die multifunktionelle Armbanduhr ums Handgelenk, während er fuhr. Sie hatte sie noch nicht mal festgemacht, als er ungläubig sagte: »Und da sind sie wieder. Herr im Himmel. Das ist ja wirklich total bekloppt.«

Acadia nahm sie ihm wieder ab und drehte sie herum. Sie leuchtete mit ihrer Taschenlampe auf die Unterseite und las laut vor: »*Gideon Stark. August 2008*. Das ist die Uhr von deinem Bruder, Zak.«

»Oh, Scheiße.« Seine Stimme wirkte ungläubig, sein Gesicht eifrig, als er sich abmühte, das Fahren unter einen Hut zu bringen mit dem Versuch, diese ... Visionen zu begreifen. Oder was es auch immer war.

Was es auch war, dachte Acadia, es war unglaublich. »Habt ihr beide dieselbe?«

Er nickte. »Unsere Großmutter mütterlicherseits hat in dem

Jahr jedem von uns eine Uhr zum Geburtstag geschenkt. Meine im Mai, Gideons im März. Ich muss nach der Falschen gegriffen haben, als wir aus dem Guerillalager getürmt sind. Gott, das ist ...« *Verrückt?* »Erstaunlich.«

»Was, wenn die Uhr deines Bruders dir irgendwie seine GPS-Koordinaten sendet?«

Zak kniff die Augen zusammen. »Wie ist das überhaupt möglich?«

Acadia biss sich auf die Lippen. Wie *sollte* das möglich sein? Es sei denn ...

Der heilige Christophorus beschützte Reisende. Vielleicht beschützte er ihn immer noch, oder irgendein anderer Heiliger oder irgendeine Macht oder, verdammt, sie hatte keine Ahnung, vielleicht das Band zwischen Brüdern? »Zak, ich weiß, das klingt ...« Sie zögerte und starrte auf die Karte hinunter. »Also, es klingt verrückt. Aber ich glaube, als du bei der Operation in der Mission gestorben bist«, ihr versagte die Stimme, »du wurdest für klinisch tot erklärt. Ich glaube, als du mit Elektroschocks wieder ins Leben zurückgeholt wurdest, hast du irgendwie diesen unglaublichen neuen Sinn entwickelt.«

»Komm schon, das ist doch lächer...«

Acadia lehnte sich hinüber und brachte mit beiden Händen die Uhr wieder an seinem Handgelenk an. »Sag das noch mal.«

Er blinzelte. Der Flughafen kam in Sichtweite, ein niedriges, weißes, hell erleuchtetes Gebäude mit einem vollen Parkplatz mit ein- und ausgehendem Verkehr. Und die Zahlen materialisierten sich augenblicklich und begannen im unteren Quadranten seines Blickfelds von links nach rechts zu laufen.

»Lies die Koordinaten noch mal vor«, bat er sie knapp. »Ohne die Gradzahlen und Leerschritte.«

Acadias Herz hämmerte vor Aufregung, als sie sorgfältig mit einem Finger über den oberen Rand der Karte und mit einem anderen an der Seite hinunterfuhr. »558 362 328 59 675 625 355 565? Das sind sie, oder?«

Er hörte die laut vorgelesenen Zahlen und las sie gleichzeitig, als sie vor ihm vorbeizogen. Es war ... Gott. Er wusste nicht, was er denken sollte. Aber ... »Gütiger Himmel, Acadia! Ich weiß, wo wir Gideon finden – wir können direkt zu ihm.«

Sie legte ihm die Hand auf seinen festen Oberschenkel und drückte ihn, und Zak wurde klar, dass er das Staunen und die tief empfundene Erleichterung, die er spürte, nicht auszusprechen brauchte. Er brauchte ihr nicht zu sagen, dass das, was er gerade erlebte, ergreifend war. Erschreckend. Überwältigend. Unbeschreiblich.

Er wusste, er brauchte ihr nichts darüber zu sagen, denn sie hatte es verstanden. Alles. Sie hatte *ihn*verstanden. Und, was noch unglaublicher war, sie wurde nicht hysterisch, schrie herum oder flippte aus, nicht im Geringsten. Sie akzeptierte ihn einfach so, wie er war, ohne Einschränkung.

Zak wünschte sich inständig, dass er sie nicht in ein Flugzeug setzen musste. Wünschte, dass er ihr keinen Abschiedskuss zu geben brauchte. Wünschte ... Verdammt, er wünschte sich so vieles. Das bedeutete noch lange nicht, dass irgendetwas davon in Erfüllung gehen würde.

»Gehen wir nicht durch das Terminal?«, fragte sie, während ihre Handfläche mit einer beruhigenden Bewegung seinen Oberschenkel auf und ab fuhr, was irgendwie seine Seele tröstete. Nicht nur das, sie milderte die Angst, die er in sich trug, seit Gid vor einer halben Ewigkeit im Dschungel darauf bestanden hatte, dass sie sich trennten.

»Der Firmenjet wird im Nebenterminal stehen«, erklärte er. »Das ist nur ein paar Hundert Meter von hier entfernt. Keine Sorge. Keiner verfolgt uns.«

»Ich weiß«, sagte sie leise. »Deswegen mache ich mir keine Sorgen.«

»Ich schaffe das schon. Jetzt, wo ich weiß, wo Gideon ist, fliege ich direkt hin und hol ihn da raus, ob er frei oder in Gefangenschaft ist.«

»Du hast einen Hang, in Schwierigkeiten zu geraten, Zakary Stark. Was wirst du bloß ohne mich und meine magischen Taschen machen?«, sagte sie in neckendem Ton, aber aus ihrer Stimme war auch die Angst herauszuhören.

Gott, er wollte nicht, dass sie ging. Wollte sich nicht von ihr trennen, aber er konnte auch nicht zulassen, dass sie blieb.

Zak war überrascht zu sehen, dass Buck den Falcon geschickt hatte. Es war ein kleines Flugzeug, in dem nur Platz für zwanzig Personen war.

Zugegebenermaßen zwanzig im absoluten Luxus. Aber nicht das Flugzeug, das er gewählt hätte, um einen Haufen Exmilitärs und ihre Ausrüstung zu transportieren. Nichtsdestotrotz: Das Flugzeug war hier, der Pilot war an Bord, und Acadia würde zwei ausgebildete, professionelle Bodyguards bekommen, die sie nach Hause eskortierten.

Die Situation, in die er zurückkehrte, war voller Gefahren, selbst mit fähigem Personal an der Hand. Er hatte keine Ahnung, in welchem Zustand sich Gideon befinden würde. Keine Ahnung, wie viele Männer Loida Piñero diesmal dabeihaben würde. Die Befreiung würde kein Spaziergang werden, und er wollte Acadia nicht mal in der Nähe davon wissen.

Auch nicht in seiner Nähe, wenn er den Siedepunkt erreichte und Kugeln fliegen würden. »Aber ich werde das, was ich tun muss, viel besser erledigen können, wenn ich weiß, dass du zu Hause in den Staaten bist«, fügte er hinzu und wusste, dass es eine Lüge war. »Sicher und unversehrt.«

Sie sah aus dem Fenster, als Zak auf das Rollfeld fuhr, um näher an die Falcon heranzukommen. »Ich könnte hier warten«, schlug sie vor. »Du hast gesagt, da sind zwei Männer plus die Piloten. Sieh dich um. Niemand kann sich dem Flugzeug nähern, ohne dass wir sie se...«

»Acadia?« Er fuhr mit dem Polizeiwagen an die Treppe, und die Innenbeleuchtung strahlte ein warmes, zivilisiertes Willkommen aus.

Sie funkelte ihn an. »Was?«

Zak musste ein Lächeln angesichts ihrer Kampfeslust unterdrücken. »Macht Fliegen dich nervös?«

»Nein.« Sie öffnete ihre Tür, stieg aus, und er folgte ihrem Beispiel und ging um das Auto herum, um ihr direkt gegenüberzustehen.

Er nahm ihr Gesicht zwischen seine Hände. Obwohl es eine schwülwarme Nacht war, fühlte ihre Haut sich kühl an. Ihre grauen Augen waren dunkel und aufgewühlt, als sie zu ihm aufblickte.

Zak strich mit seinen Daumen über ihre Wangenknochen, und seine Brust fühlte sich eng und zusammengeschnürt an. Scheiße. Er hasste Abschiede. »Wovor hast du dann Angst?«

»Angst? Ich? Hab ich nicht.«

»Geschwätzig und verlogen.«

Sie sah ihn beleidigt an, hob aber die Hände, um sie auf seine Finger auf ihrem Gesicht zu legen. »Niemand hat mich jemals so nervös gemacht wie du, Zakary Stark.«

Er hauchte einen Kuss auf ihren weichen, zitternden Mund und sagte dicht an ihren Lippen: »Du machst mich auch nervös.«

»Ich mache dich nervös?« Sie prustete vor Lachen. »Es gibt nichts im ganzen Universum, das dich nervös macht.«

Er fuhr ihr mit den Fingern durchs Haar, während sie auf Zehenspitzen dastand, um seinen Mund zu erreichen. »Du wärst überrascht.« Er konnte jetzt nicht anfangen, ihr zu erzählen, was er empfand. Es war schon schwer genug, es sich selbst einzugestehen. Also ließ er seinen Kuss alles erledigen, was er nicht konnte: sie necken, sie verführen. Sie loben. Ihr danken. Seine Zunge berührte ihren Mundwinkel, glitt über ihre Unterlippe, als sie standhaft versuchte, ungerührt zu bleiben.

Es gefiel ihm, dass sie in seinen Händen zu Wachs wurde, und er drückte sie zurück an das Auto. Sie erschauderte, ihre Lippen öffneten sich unter seiner sanften Attacke, als er ihre scharfen Kurven an seinen Körper anpasste und mit den Händen in ihr offenes Haar glitt, um seinen Kuss zu intensivieren.

Sie schmeckte süß und traurig und himmlisch, alles gleichzeitig. Die Zahlen liefen durch seinen Kopf, aber alles, was er riechen, schmecken und spüren konnte, war die Frau in seinen Armen. Er hörte ihren ungleichmäßigen Atem, fühlte das rasche Hämmern ihres Herzens an seinem

Brustkorb, als ihre Zunge sich nass an seiner rieb. Oder war es vielleicht sein eigener Herzschlag?

Scheiße.

Widerwillig riss er sich los. »Der Motor läuft schon, sie sind startklar. Komm.«

Acadia legte ihm die Hand auf den Arm. Ihr Blick war fest, trotz der Röte ihrer Wangen. »Ich bin ein großes Mädchen. Keine Sorge. Geh, Gideon finden.«

Zak legte ihr seinen heilen Arm um die Taille. »Komm. Ich will dich anschnallen und« – *noch ein paar Augenblicke mit dir haben* – »dich zur Ruhe kommen lassen. Du kannst den ganzen Weg bis Kansas schlafen.« Sie stiegen gemeinsam die Treppe hoch. Er sagte nicht, dass er sie anrufen würde, und sie fragte ihn nicht danach. Solange er Gideon nicht gefunden hatte, würde er an nichts anderes denken *können* .

Die Tür stand offen, und er fragte sich für einen Moment, warum keiner der Männer zumindest mal rausgekommen war, um nachzusehen, warum die Bullen draußen auf dem Rollfeld parkten.

Er duckte sich unter dem Türsturz durch und betrat das Flugzeug, in dem er schon Dutzende Male gewesen war. Elegante kamelbraune Ledereinrichtung, poliertes Teakholz. Alles vom Feinsten, wie zu Hause, und das tausend Meter über dem Boden. Die Klimaanlage war voll aufgedreht und blies ihnen im Türrahmen, wo Zak Acadia festhielt, einen kalten Luftstrom ins Gesicht.

Da sträubten sich ihm die Nackenhaare, als er einen schwachen, rötlich braunen Handabdruck an der Tür zum Cockpit entdeckte.

Er legte die Arme noch enger um sie, machte auf dem Absatz kehrt und zog sie in hastiger und lautstarker Eile die kurze Metalltreppe wieder hinunter. »Ins Auto! Los. Los. Los!«

Er riss die Fahrertür auf und warf sie praktisch quer über den Sitz, sprang ins Auto und ließ den Motor an, noch bevor seine Tür zuflog. Er trat aufs Gas und raste mit quietschenden Reifen über das Rollfeld davon.

»Zak? Mein Gott, was ... ich ...«

Ihr Protest klang gedämpft, als Zak ihren Kopf nach unten drückte, das Gesicht auf seine Oberschenkel.

Im Rückspiegel explodierte das Flugzeug. Eine Kugel aus schwarzem Qualm und orangefarbenem Feuer stieg in den Himmel auf. Sekunden später erreichte die Druckwelle das Auto.

15

Ihr Fahrzeug hob ab. Die Räder drehten mit einem hochtönigen Kreischen durch und fingen sich, als sie mit einem holprigen Schütteln wieder auf dem Boden aufkamen. Der Polizeiwagen riss zur einen Seite aus, rutschte dann in die andere Richtung, ehe die Reifen auf dem Rollfeld wieder Haftung bekamen. Sie rasten wie von der Tarantel gestochen über die Startbahn.

Zaks Muskeln plusterten sich auf und spannten sich an, als er mit dem Steuer kämpfte, um gegenzulenken. Acadia sah seinen wilden Blick, stemmte die Beine in den Boden und klammerte sich mit beiden Händen am Armaturenbrett fest. Er trat das Gaspedal komplett durch.

Schockiert und völlig orientierungslos blickte Acadia zurück. Es sah genauso aus, wie es sich angehört hatte. Eine *riesige* beschissene Explosion. »Was ... Was in aller Welt ist da gerade passiert?« Ihre Stimme war ebenso ungleichmäßig wie ihr Herzschlag.

Sie ließ sich in den Sitz zurückfallen und musterte Zak, den Kiefer angespannt, die Augen durchdringend, die volle Konzentration auf die Straße vor sich gerichtet. Er hatte beide Hände am Steuer, und er trug seine Schlinge nicht. Dass er sich die Fäden rausreißen würde, wenn er seine Schulter so viel Druck und Bewegung aussetzte, schien ihm nicht in den Sinn zu kommen. Oder vielleicht – sie schnappte nach Luft – war diese Um-Leben-und-Tod-Sache genau sein Lebensstil.

»Ich kapier auch nicht, was passiert ist«, knurrte er, und mit jedem Wort versuchte er, sich im Zaum zu halten, »aber so langsam wird es mir klar, und ... *Scheiße!* « Er schlug heftig mit der Hand auf das Lenkrad.

Acadia wusste nicht, was sie tun sollte. Wie sie helfen konnte. Sie saß stocksteif da, und ihr Herz hämmerte zu stark und zu schnell. Selbst als zwei Löschzüge und ein halbes Dutzend Polizeiautos mit Blaulicht und Sirenen vom Terminal auf sie zukamen, sagte sie kein Wort. Hatte sie nicht gerade erst den Schauplatz einer anderen Explosion verlassen und war von einem anderen Parkplatz voller Einsatzfahrzeuge entkommen? Es war ein furchtbares Déjà-vu.

Dann meldete sich ihr Überlebensinstinkt, sie griff über das Armaturenbrett und schaltete Sirene und Blaulicht an.

»Gutes Mädchen. Gib mir das Funkmikrofon.«

Acadia begriff sofort, was er vorhatte, und nahm es vom Haken am Armaturenbrett. »Fertig?«

»Ja. Los.« In fließendem Spanisch informierte Zak seine »Kollegen«, dass er einen der Verursacher der Explosion verfolgte, dass jedoch drei Fahrzeuge den Tatort verlassen hätten. Er beschrieb zwei Wagen detailliert, mit unvollständigen Nummernschildern. Er versicherte den anderen Beamten, dass er seinen Mann schnappen würde, dann nickte er Acadia zu, dass sie das Mikrofon ausschalten konnte.

Sie beobachtete, wie zwei Polizeiwagen sich plötzlich hinter ihnen aus der Reihe lösten und in die Richtung davonfuhren, die er genannt hatte. »Sehr clever.«

Sie fuhren mit über hundertvierzig Stundenkilometern an dem Parkplatz des Terminals vorbei auf die Hauptstraße, die vom Flughafen wegführte, dann auf die Schnellstraße – mit einer Höllengeschwindigkeit, mit der sie andere Autos aus dem Weg scheuchten, wenn sie mit Blaulicht und Sirene hinter ihnen angerast kamen.

Acadia schnallte sich an, ließ die Augen auf den Seitenspiegel gerichtet, und ihr Herzschlag war so schnell, dass sie ihn in ihren Augäpfeln spüren konnte. *O Gott, o Gott, o Gott.* Sie sah nach, ob eins der anderen Polizeiautos sich beschloss, ihnen und ihrem Phantomtäter zu folgen oder nicht.

So weit, so gut.

Andererseits wusste sie auch, dass das berühmte letzte Worte waren. Insbesondere, wenn man mit Zak zusammen war.

Sie stützte eine Hand auf dem Armaturenbrett ab, packte mit der anderen fest die Armlehne, während er an Tempo zulegte. Sie sah nicht auf den Tacho. Sie wollte es absolut nicht wissen.

Sie sagte nichts, vor allem, weil sie bei dieser Geschwindigkeit seine Konzentration nicht mal für eine Nanosekunde stören wollte, aber auch, weil ihr Mund vor schierer, nackter Angst völlig ausgetrocknet war.

Nicht gerade ein Fan schneller Autos oder vom Chaos im Allgemeinen, bevorzugte Acadia es, einen Plan verfolgen zu können. Das hier war kein Plan. Hier gab es nicht mal lockere Richtlinien. Sie wollte Anweisungen. Schriftlich wäre toll, noch besser in dreifacher Ausfertigung. Ihr gestohlenes Polizeiauto schlängelte sich zwischen zwei beladenen Obst- und Gemüselastern hindurch, schrammte an der Mittelleitplanke entlang und ließ die Funken sprühen wie ein Feuerwerk.

Mit einem heftigen Ruck am Lenkrad scherte Zak aus, um einen Pick-up zu überholen. »Hol dein Telefon raus«, wies er sie an, den Blick auf die Straße gerichtet.

Sie würde lieber ihre *Pistole* rausholen, wenn sie darüber nachdachte. Aber sie hob das Hinterteil an und nahm das Handy aus der Gesäßtasche.

Zak drehte am Steuer, um einen Reisebus zu überholen, und verfehlte dessen hintere Stoßstange nur um ein Haar. »Bereit?«

Sie schaltete das Handy ein und fand das Fenster mit dem beleuchteten Nummernfeld. »Okay.«

Zak ratterte eine Nummer herunter.

»Ich glaube nicht, dass das eine Ortsvorwahl ist, Zak …«

»Ist es, vertrau mir. Stell auf Lautsprecher.«

Acadia wählte die viel zu lange Nummer und rechnete fest mit irgendeiner Fehlernachricht, aber das Telefon klingelte.

Ein Mal. Zwei Mal. Ein Mann, der nicht besonders glücklich klang, knurrte: »Ich kann nur hoffen, dass das was verdammt Gutes ist. Es ist vier Uhr siebzehn in der Früh.«

»Zakary Stark. Ich habe eine Situation.«

Acadia hielt das Telefon für ihn hoch. *Eine Situation?* Sie lehnte sich hinüber und drückte auf die Hupe am Lenkrad, um zwei Kühe daran zu hindern, auf die Straße zu spazieren. Ja, in der Tat. Es war mit Sicherheit eine *Situation*.

»Wo bist du?« Der Mann am anderen Ende der Leitung klang plötzlich hellwach.

»Caracas. Wir könnten die Bösen jede Sekunde am Hals haben.«

»Erklär es mir später«, sagte der Mann forsch. »Habt ihr ein Fahrzeug?«

»Hab ein Polizeiauto gekapert.«

Der andere Mann lachte in sich hinein. »Wie unauffällig. Navi?«

»Ja.«

Acadia setzte ihr Leben aufs Spiel, denn sie musste ihren Sicherheitsgurt lösen, um das Navi einzuschalten. Ihr Magen drehte sich um, als Zak ein bisschen zu schnell ausscherte.

Die Stimme in der Leitung gab Zak knappe Richtungsangaben, die Acadia ins Navi einprogrammierte, während das Fahrzeug beim Überholen anderer Autos schaukelte, aufheulte und zitterte. Vor ihnen wurde die Lichtkuppel über der Stadt heller, während sie sich in vollem Tempo näherten.

Die Stimme fragte: »Habt ihr das?«

Acadia versuchte dahinterzukommen, wie man die fremden Straßennamen schrieb, und tippte sie zu Ende ein.

»Ja«, sagte sie und drückte auf Start.

»Bei dieser Hausnummer gibt es eine Seitenstraße. Blauer Ford Taurus, Kennzeichen ... Moment. Bereit?« Ohne zu warten, leierte er das Kennzeichen herunter. »Die Schlüssel sind mit Klebeband im Auspuff befestigt. Kleider zum Wechseln, Bargeld und ein bisschen Spielzeug unter dem Rücksitz. Werdet das Polizeiauto los. Taucht unter. Ruft mich an, wenn neue Schwierigkeiten auftreten.« Die Leitung starb ab.

Acadia ließ das Telefon sinken, behielt es aber in der Hand, für den Fall, dass Zak noch jemanden anrufen musste. Ihre Knöchel liefen weiß an, als sie es mit den Fingern umklammerte. »Wer war das?«, fragte sie, amüsiert, dass der Mann sich nicht mal die Mühe gemacht hatte, zu klären, was mit diesem Auto geschehen würde, wenn sie es nicht mehr brauchten. Andererseits war sie eindeutig in ein Spionage-Paralleluniversum in der Art von *Die Bourne Identität* geraten.

Sie war bereit, es wieder zu verlassen.

Zak runzelte die Stirn. »Ein alter Freund von mir. Savin war ein Personalvermittler, damals, als ich am MIT war.«

Wohl kaum ein Vermittler für das Institut für Technologie Massachusetts, wettete sie. »Und er befindet sich wo?« Denn was sie eingetippt hatte, war keine normale Vorwahl gewesen.

»Irgendwo in den Staaten.«

Ungenauer ging es kaum. »Und rein zufällig hat er ein Auto in einer Seitenstraße in Caracas stehen?«

Zaks Lippen zuckten, und er stellte fest, dass seine Schultern nicht mehr so angespannt waren wie noch vor wenigen Minuten. »Ja, so jemand ist er.«

Sie wartete, dass Zak den Vorgaben des Navis folgte. Sie stemmte ihren Fuß fest in den Boden, an die Stelle, wo sich die Bremse befunden hätte, wenn sie gefahren wäre, als er über drei stark befahrene Spuren wechselte, um von der Autobahn abzufahren. Ihr Herz hörte auf zu schlagen, als sowohl ein Kleinbus, ein Pritschenwagen als auch ein herumstreunendes Lama fast von den Kotflügeln des Wagens gestreift wurden.

»Was für ein Typ ist das denn?«, fragte sie schwach, als er die

Ausfahrt nahm. Unten angekommen, stellte er Sirene und Blaulicht ab, und ihre Ohren pochten in der plötzlichen Stille.

»Er wollte damals, dass ich für ihn arbeite. Geheimoperationen«, erklärte er, und plötzlich ergab es einen Sinn. Militär oder so was. »Wir arbeiteten gerade an ZAG. Ich habe abgelehnt.«

»Wenn er uns aus diesem Schlamassel rausholt, dann liebe ich ihn, glaube ich«, bemerkte Acadia trocken.

»Verheiratet, Kinder. Du wirst dich woanders umsehen müssen.«

Dich habe ich auch gefunden, ohne zu suchen. Sie hielt den Mund.

Der Verkehr um sie herum wurde weniger, als sie in die Stadt fuhren und auf eine normale Geschwindigkeit verlangsamten. *Normal* für Venezuela war verdammt schnell, stellte sie fest. Sie fragte sich, ob ihr Haar bereits schneeweiß geworden war, seit sie das Hotel verlassen hatten.

Zehn Minuten später zeigte Zak ihr die Seitenstraße, dann fuhr er ein paar Blocks weiter und parkte zwischen zwei Lieferwagen. Es war ziemlich eng, und sie hielt die Luft an, als würde das helfen, den Wagen in die kleine Lücke zu manövrieren.

»Gehen wir.« Er stieß seine Tür auf, ging vorne um das Auto herum und nahm ihre Hand, als sie auf ihrer Seite ausstieg. Über die bandagierte Schulter geschlungen, trug er die schwere Tasche, die sie hastig gepackt hatten, in der rechten Hand hatte er eine der Pistolen, die sie während der Fahrt zum Flughafen auf dem Schoß liegen gehabt hatte.

»Ich weiß, dass du eine Abneigung gegen Schusswaffen hast«,

sagte sie feierlich, »und ich will nur, dass du weißt, dass ich dir sehr dankbar bin, dass du sie für den Moment beiseitegeschoben hast.« Sie glaubte, den Anflug eines Lächelns zu entdecken, aber er sagte nichts.

Der Motor pochte, qualmte und knackte laut, als die überhitzten Teile abkühlten.

Acadia verschränkte ihre Finger mit seinen. Seine Hand fühlte sich groß und fest an, in einer total durchgedrehten Welt. Die Nacht war warm, aber sie merkte, dass ihre Zähne klapperten und ihr kalte Schauder über den Rücken liefen. Vor Angst bildete sich eine Gänsehaut. Sie nahm ihre Stablampe heraus und leuchtete den brüchigen Bürgersteig aus, der voller Unkraut war.

»Warum lässt dein Freund uns mitten in der Nacht durch die Hauptstadt der Mörder laufen?«, fragte Acadia mit gedämpfter Stimme. Sie verschlang ihre Finger noch enger mit Zaks. »Die Mordrate in Caracas ist höher als in jeder anderen Stadt der Welt. Hier gibt es alle neunzig Minuten einen Mord«, klärte sie ihn auf. Und wünschte sich, die Klappe halten zu können, war jedoch zu ängstlich, um sich zu bremsen.

In diesem Teil der Stadt gab es keine Straßenbeleuchtung. Und während die Lichter der Stadt den schwarzen Himmel erhellten, war es da, wo sie jetzt entlanggingen, dunkel und verdammt furchteinflößend. Es war nicht gerade sicher, um Mitternacht in Caracas herumzulaufen. Die Straße, in der sie geparkt hatten, war schon dunkel, aber diese Gasse, eng und schmal, war noch viel dunkler. Es roch stark nach Urin und Kot, und sie liefen in der Mitte, wo nicht ganz so viele schmutzige Zeitungen und andere schwer zu identifizierende Gegenstände herumlagen wie am Rand. Sie achtete darauf, wo sie hintrat, und versuchte, nicht zu atmen. Von Zeit zu Zeit hörte sie etwas dicht an den Wänden entlangtippeln. Ratten?

Drei heruntergekommen wirkende Autos standen in der Mitte des Blocks. Der blaue Ford ganz vorne. Es war das einzige Auto, das noch alle vier Räder hatte, aber das hintere Fenster war eingeschlagen oder eingeschossen worden. Und das Seitenfenster der Beifahrertür wurde mit großzügig verwendetem Isolierband zugehalten. Zak ließ ihre Hand los, um an der hinteren Stoßstange in die Hocke zu gehen.

Acadia fühlte sich wie eine Zielscheibe und so verängstigt, dass sie fast aus der Haut fuhr. Und sie war verärgert, aber wusste nicht, wohin mit ihrem Ärger. Zak hatte alles getan, was in seiner Macht stand, um sie nach Hause zu schicken. Und Gott, sie wollte nach Hause in ihr kleines Haus in der Nähe des Stützpunktes, sofort. Sie wollte alle Lichter anschalten und den frischen Blumenduft aus ihrem Garten riechen, der durchs Fenster hereinwehte.

Sie sah auf ihre Knie, schlang einen Arm fest um ihre Taille und hielt die Lampe für Zak.

Sie holte zitternd Luft, als er mit zwei Fingern in den Auspuff fuhr. Er bekam etwas zu greifen, riss daran, und dann richtete er sich wieder auf mit einem Schlüsselbund in der Hand. Matt gewordenes Panzerband flatterte, als er es von seiner Hand löste. »Steig auf meiner Seite ein.«

Acadia machte den ersten gleichmäßigen Atemzug seit Stunden, als sie über den Fahrersitz ihres Fluchtwagens kletterte.

Zak stieg ein, startete den Motor und fuhr Richtung Norden. Er warf einen kurzen Blick auf Acadia. Ihr langes blondes Haar hing wild durcheinander. Sie sah aus wie vom Sex aufgewühlt. Er nahm den verängstigten Ausdruck in ihren sanften grauen Augen und die Anstrengung in ihrem bleichen Gesicht wahr, was ihn daran erinnerte, dass er an Abenteuer auf Leben und Tod, die Suche nach dem nächsten Kick, gewöhnt war, während das auf sie nicht zutraf. Und nach einem unerwarteten Adrenalinschub wieder herunterzukommen konnte verdammt hart sein.

Er wünschte sich mit aller Macht, sie wäre tausend Meter über dem Boden und auf dem Weg nach Junction City und in Sicherheit. »Du weißt gar nicht, wie leid es mir tut, dass ich dich in diese Scheiße mitreingezogen habe.«

»Spar dir das«, fuhr sie ihn an. »Du kannst dich entschuldigen, wenn wir das hier überleben.«

Das Fahrzeug sah aus wie ein Schrotthaufen, aber der Motor schnurrte. Wahrscheinlich frisiert. Dem Klang nach befand sich unter der Haube ein Achtzylinder-Turbomotor. Zak hoffte inständig, dass er ihn keinem Test zu unterziehen brauchte. »Bist du in Ordnung, ja?«

»Vielleicht sollten wir aufhören, diese Frage zu stellen«, schlug Acadia mit ironischem Tonfall vor. »Denn alles, was einer von uns darauf antworten könnte, wäre eine dicke, fette Lüge.«

Zak stieß angestaute Luft aus. »Himmel. Ich war so heiß auf dich, dass ich die Zeichen beinahe übersehen hätte.«

»Zeichen?«

»Am Flieger. Ich habe sie gesehen, aber mein Hirn war nicht im Rechenmodus.« Denn er war so mit nonverbaler Kommunikation beschäftigt gewesen, so darauf bedacht, sie in Sicherheit zu bringen, ohne ihr all die Dinge zu sagen, die ihm im Kopf herumgingen, dass sie fast umgebracht worden wäre. »An der Tür zum Cockpit war ein blutiger Handabdruck. Er war nicht groß, nur ein Fleck, aber das Bild habe ich erst richtig verarbeitet, als wir uns aus dem Staub gemacht haben.«

Es hätte sich als schwerwiegender Fehler erweisen können. Gott sei Dank hatte er schnelle Reflexe. In dem Augenblick, als er gespürt hatte, wie der Teppich nachgegeben hatte, als er von der Treppe in den Passagierraum getreten war, hatte er sie wieder die Treppe hinunter von Bord gerissen und auf direktem Weg zum Auto.

Ein Sprengkörper, der auf Druck reagierte, hatte den Rest erledigt.

Acadia baute rasch ab. Das Adrenalin, mit dem sie nicht wusste, wohin, würde sie umhauen. Seine Schulter tat höllisch weh, und seine Gedanken liefen in eine Richtung, in die er garantiert nicht gehen wollte.

Sie brauchten beide Ruhe. Gott wusste, davon hatten sie in den letzten paar Tagen nicht viel gehabt. Normalerweise war er schnell auf den Beinen, aber wenn sich diese Situation so entwickelte, wie er es sich nicht vorstellen wollte, würden ihm schon bald die Beine weggezogen werden.

Er musste seinen Körper ausruhen und wieder einen klaren Kopf bekommen, bevor er voreilige Schlüsse zog. Egal, welche.

Selbst den Offensichtlichen.

Er begann nach einem kleinen, abgelegenen Hotel zu suchen. Einem, wo keine Fragen gestellt wurden. Kaltes Hartgeld würde ihr Ausweis sein. Zak fand einen Fastfoodladen, der noch geöffnet hatte, steuerte den Drive-in-Schalter an und fuhr dann weiter, bis er am Rande einer besseren Gegend ein kleines Hotel fand. Soweit er sehen konnte, war ihnen niemand gefolgt. Trotzdem fuhr er ein paarmal um den Block, um sicherzugehen. In dem ruhigen Mittelklasseviertel würde ein Verfolger leicht zu entdecken sein. Paranoia hatte ihm schon so oft den Arsch gerettet, dass er aufgehört hatte zu zählen.

Sie checkten als Señor und Señora Montoya im Hotel *Altamira Centro* ein, fuhren mit dem Fahrstuhl ganz nach oben und sagten die ganzen fünf Stockwerke, während der Aufzug leise ratterte, kein Wort. Zak fand die Zimmernummer, öffnete die Tür und schob Acadia hinein.

Er schlug mit der Hand auf den Lichtschalter, schloss beide Türschlösser ab, stellte die Tüten mit dem Essen auf die nächstbeste Kommode und schob das Monstrum dann quer durch den Raum, um die Tür zu versperren.

Acadia stand immer noch am selben Fleck, als er fertig war. »Hunger?«, fragte er leise und blickte ihr prüfend ins Gesicht. Sie sah ängstlich und erschöpft aus, und sie so zu sehen, wegen ihm, fühlte sich an, als drehe ihm jemand ein Messer in den Eingeweiden herum.

»Ich bin nicht sicher«, murmelte sie, und ihre Lippen bewegten sich dabei kaum. Eindeutig ein Schock. »Ich glaube, ich will erst duschen.« Aber sie rührte sich nicht.

Verdammt. Das war schlecht. Zak kam über den goldenen Flauschteppich zu ihr und nahm ihr Gesicht zärtlich zwischen beide Hände. Ihr seidiges Haar fiel über seine Finger. Ihre Haut fühlte sich warm und glatt an, aber ihre Augen sahen ein bisschen wund aus, und ihr weicher Mund zitterte. »Brauchst du Hilfe?«, fragte er sanft.

Ihre Wimpern flatterten heftig, als sie versuchte, ihm in die

Augen zu sehen. Um ihren Mund zuckte ein leichtes Lächeln. »Kann ich in der Dusche essen?« Zumindest hatte sie ihren Humor noch. Immerhin etwas.

»Ich bezweifle, dass die Hamburger noch schmecken, wenn sie sich voll Wasser gesaugt haben, aber beeilst du dich bitte?«

Im Gehen schaltete Zak das Licht an, legte ihr den Arm um die Taille und begleitete sie in ein kleines, sauberes Bad. Sie lehnte sich rückwärts ans Waschbecken und beobachtete ihn mit glasigen Augen.

»Heiß oder kalt?«

»Heiß.«

Er drehte die Brause für sie auf. Ihre Bedürfnisse vorausahnend wickelte er ein Stück Seife aus dem Papier und legte sie in die Dusche auf ein in die Fliesen eingelassenes Regal. Das Bad füllte sich rasch mit Dampf. »Soll ich dir beim Ausziehen helfen?«, fragte er, und sein Puls pochte plötzlich laut und heftig in seinen Ohren.

Ihre Arme fielen kraftlos an den Seiten herunter, als er ihr das Hemd aus dem Hosenbund zog. Sie hatte die hübschesten Brüste, die er je gesehen hatte. Klein und voll, mit zarten, aprikosenfarbenen Brustwarzen, die sich aufstellten, als seine Hand über ihren Brustkorb streifte, um den anderen Arm zu befreien.

Er hatte vergessen, dass ihre Kleidung mit allem möglichen Zeug gefüllt war. Schnell zog er den Reißverschluss der Weste auf, und es gefiel ihm, dass sie keinen BH trug. Er streifte ihr die Weste von den Schultern, warf sie durch die offene Tür hinaus, zog ihr das T-Shirt aus, fand dann ihren Hosenknopf und öffnete den Reißverschluss. Mit einem breiten Lächeln sagte er: »Es war noch nie *so* einfach, eine Frau ihrer

Kleidung zu entledigen.«

»Du musst sie erst entführen lassen und dann ein paarmal versuchen, sie in die Luft zu sprengen.« Ihre Lippen bogen sich. »Die kriegen wir aber nicht über meine Stiefel«, machte sie ihn aufmerksam, als er die locker sitzende, mit Taschen übersäte Khakihose ihre langen, umwerfenden Beine hinunterzog.

Zak ging in die Hocke, um ihr die Schnürsenkel an den Stiefeln zu öffnen. Acadia legte ihm leicht eine Hand auf die gesunde Schulter.

»Und dann«, fuhr sie in ernstem Ton, aber etwas lebendigerer Stimme fort, »musst du darauf eine todesverachtende Autojagd in einem Affenzahn folgen lassen. Versuch's noch mal. Du wirst sehen, die Frauen werden zu Wachs in deinen Händen.«

Mit seinem letzten bisschen Willenskraft ignorierte Zak das flauschige Dreieck unmittelbar vor sich, das ihre Weiblichkeit hütete, und beugte sich tiefer hinunter, um ihr die Stiefel abzustreifen. Sie hatte eine rote Blase an einem ihrer kleinen Zehen, und er hielt inne, um diese zu küssen, bevor er ihr die Hose herunterzog. Dabei sah er den blauen Fleck von der Größe eines Vierteldollars an ihrem Oberschenkel. Den musste er auch küssen.

Endlich zog er ihr die Hose aus. Ohne BH war toll, ohne Unterhose war ein Stück vom Himmel.

Sie verschränkte die Arme unter den Brüsten. So aufgebauscht mochte Zak sie. Sehr. Aber obwohl er einen Steifen hatte, der ohne ihre Hilfe nicht verschwinden würde, unterließ er es, nach irgendetwas zu greifen.

Sie war erschlagen. Er hatte sie durch die Mangel gedreht. Sie verdiente es, allein zu sein und ungestört eine Dusche zu nehmen, bevor sie ihre wohlverdiente Ruhe bekam.

»Ich warte.«

Er hob eine Augenbraue, als er sich aufrichtete. »Worauf?«

»Dass du nackt bist«, sagte sie, und alles Blut, das er noch im Kopf hatte, stürzte zwischen seine Beine. Verdammt. Acadia plus heißes, dampfendes Wasser?

Zwei Bomben hatten ihn nicht umbringen können, aber das hier hatte *ernsthafte* Aussichten auf Erfolg. Und auf gar keinen Fall würde er ihr widersprechen.

»Gut.« Er zog sich in Rekordzeit aus und warf seine Kleider hinaus ins Schlafzimmer. Es war unmöglich, seine Erektion zu verbergen, also stieg er einfach in die Wanne und streckte ihr die Hand hin, um ihr beim Hineinklettern zu helfen.

Sanfte graue Augen musterten ihn in aller Ruhe von oben bis unten, und ihr diabolisches Lächeln wirkte trügerisch unschuldig, ihre Wimpern flatterten, als sie ihm wieder ins Gesicht blickte und neben ihn trat. »Dein Verband wird nass.«

Sie sah gar nicht auf den blöden Verband, und dass sie ihn bei der Taille fasste, um nicht das Gleichgewicht zu verlieren, förderte auch nicht gerade seine guten Absichten. »Das trocknet wieder. Dreh dich um. Ich wasche dir zuerst die Haare.«

Mit seiner Hilfe wandte sie sich dem Strahl zu und stützte die Hände an der gefliesten Wand unter dem Duschkopf ab. Sie hatte einen kleinen Schnitt am Handrücken und einen blauen Fleck am Ringfinger, was ihn daran erinnerte, was sie durchgemacht hatte, und ihm wieder ins Gedächtnis rief, warum das hier *nicht mehr* als eine Dusche werden sollte.

Der Anblick von hinten war fast so köstlich und spektakulär wie von vorne. Er hatte nie wirklich über die Rückseite einer Frau nachgedacht, sondern sich immer wesentlich mehr für die Vorderseite interessiert. Aber die von Acadia war zart und glatt, und auf den Schultern hatte sie einige goldene Sommersprossen, die ihm vorher gar nicht aufgefallen waren. Ihr fester Po war wie ein umgekehrtes Herz geformt. Er hatte sie schon mal ein bisschen gezwickt und ...

»Zak?«

Mit einem unverbindlichen Grunzen riss er sich von ihrem Hintern los, goss sich Shampoo in die Handfläche und seifte ihr dann die langen Strähnen damit ein, indem er mit den Händen durch die nassen Enden fuhr, die ihr auf den Rücken herabhingen.

Sie stöhnte, als er mit seinen schaumigen Fingerspitzen ihre Kopfhaut massierte. Das Stöhnen ließ seinen Schwanz wachsen wie Pinocchios Nase nach einer Riesenlüge. Er spülte aus, seifte ein und spülte wieder aus. Er hätte eine verdammte Ehrenmedaille kriegen müssen für seine Entschlossenheit zur Pflichterfüllung angesichts des fast sicheren Todes durch blau gefrorene Hoden. »Spülung?«

»Hmm.«

Er trug die besänftigende Flüssigkeit auf ihr nasses Haar auf und griff dann nach der Seife. Einseifen, ausspülen. Wahrscheinlich gab es irgendwo einen Waschlappen, aber er benutzte seine Hände. Seine Hände und eine Menge von dem glitzernden Schaum verwandelten ihre Haut in eine Spielwiese mit Erhebungen, Vertiefungen und Vorsprüngen, in die er versinken wollte.

Zak biss die Zähne zusammen und bemühte sich, seine

Berührungen so unpersönlich wie die eines Arztes zu halten. »Dreh dich um.«

Er musste ihren Arm festhalten, damit sie nicht ausrutschte, was bedeutete, dass sich seine Hand neben ihrer Brust befand. Sie musste gewaschen werden. Einseifen, waschen, einseifen ... noch ein bisschen waschen. *Konzentrier dich, Kumpel. Und nicht das Atmen vergessen.*

»Wenn du so weitermachst, wäre es nur höflich, mich erst zu küssen.«

Er erstickte ein Lachen. »Ich will dich nicht in Fahrt bringen. Du bist müde.«

»Ich bin in Fahrt, ich bin nur zu müde, um es durch überschwängliche Bewegungen und wilde Lustschreie zu zeigen.« Ihre Augen schimmerten unter einem stacheligen Fächer aus Wimpern hervor. »Ich bin *ruhig* in Fahrt.«

Oh, Mann, wie verdammt bewundernswert sie war! Zak glitt mit seinen seifigen Händen ihre Hüften hinab, dann fuhr er mit einer in ihr schaumiges Lockennest. »Ich bin auch ruhig in Fahrt.« Die Untertreibung des Jahrhunderts.

Er rieb seinen Schwanz an der glatten, nassen Haut ihres Bauches und lächelte an ihrem Mund. »Was schwer zu verbergen ist.«

Sie knabberte an seiner Unterlippe. »Ich habe das perfekte Versteck. Keiner außer uns wird es je finden.« Mit einem Lachen drehte Zak das Wasser ab und hob sie hoch, voller Schaum und triefend nass, wie sie war, und trug sie mit wenigen Schritten ins Schlafzimmer. Er machte einen Schritt über die verstreuten Kleider und Stiefel, ließ sie auf die Matratze fallen, wo sie leicht nachfederte, und gesellte sich dann zu ihr.

Ihre Körper waren tropfnass und glitten erotisch übereinander, als er sich zwischen ihren gespreizten Beinen in Position brachte. Acadia schnurrte praktisch, als sie träge ihre Arme um seinen Hals legte, ihre Beine um seine Taille schlang und ihre Hüfte bewegte, um ihm entgegenzukommen.

Zaks Penis glitt ohne großes Aufheben in ihre enge, nasse Scheide. Er schürzte die Lippen, um sie zu küssen, liebte ihre Erwiderung, liebte es, wie sich ihre Arme und Beine anfühlten, während sie ihn einhüllten. Liebte ... verdammt, einfach alles.

Ihr träges Liebesspiel, beinahe wie im Traum, verstärkte die Intensität ihres gemeinsamen Höhepunktes noch, als er sie innerhalb von Sekunden nach dem Eindringen überkam. Zaks Muskeln spannten sich unerträglich an, als eine Druckwelle wie von einer Rakete durch seine Muskeln und Sehnen schoss und ihn nach Luft schnappen ließ.

Der Orgasmus nahm gar kein Ende. Einer ging in den nächsten über.

Zak bildete sich ein, dass Acadia seinen Namen stöhnte. Aber sein Gehör war auf stumm geschaltet, er konzentrierte sich ganz allein auf die Stelle, wo ihre Körper miteinander verbunden waren.

Er wusste nicht, ob es eine winzige Sekunde oder ein Jahr später war, als ihre Beine schlaff von seinen Hüften fielen und ihre Arme von seinen Schultern. Sie atmete zitternd ein, hob schwach ihre Hand, um ihn zu berühren, ließ sie wieder auf das Bett fallen und sah mit benommenem Blick zu ihm auf. »Tod durch Sex.«

»Gibt's was Schöneres?« Er strich ihr zerzauste, nasse Haarsträhnen aus dem Gesicht und von der Schulter, und sie schloss die Augen. »Es tut mir so unendlich leid, dass ich dich in diesen Mist mitreingezogen habe. Willst du …«

Sie gab ein sanftes, aber unmissverständliches Schnarchen von sich.

ᴥ 16 ᴥ

Acadia gähnte, das Gesicht in dem dicken Kopfkissen vergraben, entschied, dass sie wach war, und machte ein Auge auf. Sonnenlicht schien durch die billigen, verwaschenen roten Vorhänge herein, und durch einen Schleier halbwachen Bewusstseins hindurch drangen Geräusche zu ihr.

Tapp-tapp-tapp. Finger auf einer Tastatur. Das Dröhnen eines billigen Staubsaugers, der sich auf der anderen Seite der Tür den Flur entlangarbeitete. In der Ferne bellte ein Hund.

Sie öffnete das andere Auge, drehte sich um und reckte sich. Nackt und gut ausgeruht fühlte sie sich schrecklich, wenn sie daran dachte, was sie in den letzten paar Tagen alles durchgemacht hatten. Es musste an dem vielen Sex liegen, dass sie immer noch so viel Energie hatte. Was es auch immer war, sie wusste, dass es alles mit Zak zu tun hatte. Es hatte ihr gestern widerstrebt, sich zu verabschieden, und heute würde es ihr genauso widerstreben. Wahrscheinlich noch mehr. Jede Stunde, die sie mit ihm verbrachte, machte es so viel schwerer, nüchtern und vernünftig Auf Wiedersehen zu sagen.

Angezogen und frisch rasiert sah Zak umwerfend und zugleich entschlossen aus. Ein Muskel arbeitete in seinem Kiefer, und er runzelte die Stirn, als er an dem kleinen Tisch saß und am Computer arbeitete.

»Schläfst du eigentlich nie?«, fragte sie und gähnte erneut.

Als er ihre Stimme hörte, drehte er sich um und legte den Arm auf die Rückenlehne. Sein Gesichtsausdruck ließ Acadias Herz ein paar Schläge aussetzen. Befriedigtes Männchen. Eindeutig. Aber da war auch eine Wärme und Sanftheit, die sie in seinen Augen bisher noch nicht gesehen hatte.

Wahrscheinlich genauso wie ihr eigenes postkoitales Glühen, warnten sie die Schmetterlinge, die in ihrem Bauch herumflatterten. Gefährlich nah an ihrem Herzen.

»Ich brauche nur vier Stunden.« Die Hitze flackerte in seinen haselnussbraunen Augen auf, als sie ihre Arme über den Kopf streckte. Sie wusste, dass ihr Körper ihm gefiel, und sie hielt die Pose, während sein glühender Blick gemächlich über ihre Brüste und ihren Bauch hinunterwanderte, im Winkel zwischen ihren Oberschenkeln hängen blieb und dann träge wie eine Liebkosung bis zu ihren Zehen wanderte. Dann kletterte er ohne Eile wieder hinauf.

»Ich brauche mindestens acht, sonst bekomme ich schlechte Laune.« Sie wölbte ihren Rücken und versorgte ihn mit einer Erinnerung für später, wenn sie weg war.

Die Haut über seinen Wangenknochen spannte sich, als sein Blick in ihr Gesicht zurückkehrte, und in seinem Kiefer klopfte es. Mit belegter Stimme sagte er: »Du siehst aus wie Aphrodite, wie sie gerade aus dem Meer steigt.«

Er konnte sie wahrscheinlich allein schon dadurch zum Kommen bringen, dass er sie so ansah. »Ha!« Sie bewegte sich, und das Aufflackern in seinen Pupillen erregte sie. Ihn zu necken brachte sie wieder in Fahrt. Der Mann war ein Sexflüsterer. »Du bist bloß zu höflich, um mir zu sagen, dass ich wie Medusa aussehe. Ich weiß es, weil ich mit nassen Haaren geschlafen habe.« Sie zog ein Gesicht, als sie versuchte, das Wirrwarr auf ihrem Kopf mit den Fingern zu durchdringen. Sie wurde rot, als sie die Absicht in seinen Augen las, setzte sich auf und schlang die Arme um ihre angezogenen Knie. »Wie sieht der Plan für heute aus?« *Die Blondine loswerden, Bomben und Entführern aus dem Weg gehen, dem Tod ein Schnippchen schlagen, Bruder finden.*

»Zum einen habe ich es satt, immer in der Defensive zu sein.« Zaks Miene erhärtete sich. Acadia rieb sich mit beiden Händen ihre Schienbeine. Sie würde nicht wollen, dass Zak sie jemals *so* ansah. »Zeit, in die Offensive zu gehen«, sagte er, mehr zu sich selbst als zu ihr, vermutete sie.

»Ausgezeichnet. Da bin ich ganz deiner Meinung. Trägst du deine Uhr gar nicht? Nerven dich die Zahlen?«

»Das Armband sollte mal erneuert werden, es zeigt langsam Gids Abnutzungserscheinungen. Wenn ich nicht so verdammt abgelenkt gewesen wäre, hätte ich das bemerkt. Er geht mit seinen Sachen viel brutaler um als ... Ich will sie nicht verlieren. Und nein, die Zahlen zu sehen, stört mich jetzt nicht mehr, wo ich weiß, was sie bedeuten. Sie geben mir sogar Hoffnung. Ich denke mir, solange ich sie noch sehe ist er auch noch am Leben und ich werde ihn finden.«

Er nahm die Uhr vom Tisch neben dem Computer und sah auf die Uhrzeit. »Die Botschaft macht in elf Minuten auf. Ich rufe an, wie weit sie mit unseren Papieren sind. Wenn noch ein paar Leute die Hand aufhalten und Bargeld haben wollen, um das voranzutreiben, ist das heute Morgen Punkt eins auf unserer Tagesordnung. Das Nächste ist, dich in einen Privatjet zu kriegen. Leider kann ich keinen bekommen, bevor ich abfliege. Ich will *unbedingt* wissen, dass du in Sicherheit und auf dem Weg nach Hause bist, bevor ich mich mit Bucks Sicherheitsleuten davonmache.«

Geistesabwesend legte er sich die Uhr ans rechte Handgelenk, und an dem verräterischen Zucken seiner Wimpern konnte sie erkennen, dass er wieder die vorbeiziehenden Zahlen sah.

»Bleibt nur ein kommerzieller Flug, aber ohne richtige Zollabfertigung wird es nicht gehen. Oder vielmehr fliegen.«

Bei der Botschaft war ihnen gesagt worden, dass es bis zu zwei Wochen dauern konnte, neue Pässe zu bekommen. Sie wollte gar nicht wissen, was für Fäden Zak gezogen haben musste, um sie in einen Flieger zu kriegen. »Du hast einen Flug für mich besorgt? Heute?«

»*Eventuell.* Wenn die verdammten Sterne günstig stehen. Zwei Uhr zwanzig. Zwischenlandung in Houston. Zu einem späten Abendessen bist du zu Hause.«

»Super«, sagte sie und bemühte sich, optimistisch zu klingen, trotz des riesigen Kloßes, der unangenehm in ihrem Hals anschwoll. Langsam fühlte sie sich wie ein nerviges, verloren gegangenes Gepäckstück, das hin und her geschoben wurde. »Ich schätze nicht, dass in der Tasche, die wir mit raufgenommen haben, saubere Kleidung war?«

Das Wrack von einem Taurus hatte ein gut verborgenes Fach, das sichtbar wurde, wenn man den Rücksitz anhob, letzte Nacht hatte Zak nicht nur ihre Tasche, sondern auch einen Matchsack aus dem Auto seines Freundes mit ins Zimmer genommen.

»Boxershorts oder Slips?«

»Boxershorts natürlich.«

»Dann hast du Glück. Es gibt mehrere zur Auswahl, außerdem ein paar große T-Shirts und Cargohosen, in die wir beide zusammen reinpassen.«

»Dann wird es aber schwierig mit dem Laufen.« Sie lächelte, türmte ihr Haar auf dem Kopf auf und hielt es dort fest. »Irgendwelche Fortschritte, was Gideons genauen Aufenthaltsort betrifft?«

»Ja. Ich glaube, irgendwo zwischen dem, was der Computer sagt, der Karte und den Zahlen, die ich sehe, habe ich eine ziemlich genaue Ortung. Ich habe gestern Nacht mit Buck telefoniert, als bei dir die Lichter aus waren. Er war leicht angefressen wegen des Flugzeugs und froh, dass uns nichts passiert ist.«

Leicht angefressen? Acadia hatte keine Ahnung, was es kostete, einen Privatjet zu ersetzen, aber sie war sich ziemlich sicher, dass es für mehr reichte als für »leicht«. »Hast du ihm gesagt, dass ich bei dir bin?«

»Ehrlich gesagt, nein. Es war nicht relevant.«

Sie ließ das einen Moment auf sich wirken. Sie war mit ihm durch die verdammte Hölle gegangen, und es war nicht *relevant* ? Es ärgerte sie festzustellen, wie sehr sie diese beiläufige Bemerkung ärgerte. »Komisch. Ich fühle mich sehr relevant«, sagte sie. Vielleicht würde er sie für relevanter halten, wenn er ihren Freunden zu Hause ihr Dahinscheiden erklären musste. Sie ließ ihre Beine aus dem Bett gleiten und stand auf. »Ich nehme noch eine Dusche, und dann will ich versuchen, meine Freunde zu Hause anzurufen. In fünfzehn Minuten bin ich abfahrbereit.«

»Acadia ...«

Sie wusch sich gründlich, versuchte, nicht überzureagieren, und stieg aus der Wanne. Die einzigen beiden Handtücher im Bad waren noch nass, obwohl sie ordentlich auf die Stange gehängt worden waren. Tränen brannten in ihren Augen, was dämlich war. Sie trocknete sich ab, so gut es ging, kämmte sich dann mit den Fingern durch die Haare und ließ sie sich von dem schwächlichen Haartrockner an der Wand trocken pusten.

Zak hatte mehrere Paar Boxershorts und zusammengelegte Kleidung seitlich auf die Ablage gelegt, während sie sich hinter dem billigen Plastikvorhang befand. Er war nicht zu ihr reingekommen wie in der Nacht zuvor. Er hatte nicht mal ...

Halt die Klappe, Acadia. Mach kein Drama draus.

Es gab genug echtes Drama um sie herum, auch ohne dass sie ausrastete wegen dem, was er zu einem Mann gesagt hatte, den sie nicht mal kannte. Weder bei Tom noch bei Jeff war sie so gewesen. Beides Langzeitbeziehungen. Wenn die etwas Blödes gesagt hatten, wurde darüber gesprochen, sie diskutierten und die Sache war gegessen.

Acadia konnte diese neue, unsichere ... *mädchenhafte* Seite an ihr, wenn sie mit Zak zusammen war, nicht leiden. Sie war eine nüchterne und pragmatische Frau, die mit beiden Beinen auf dem Boden stand. Die Wahrheit war, dass sie dankbar sein sollte, dass er alles in seiner auch nicht unbegrenzten Macht Stehende tat, um dafür zu sorgen, dass sie nach Hause kam, wo sie ihr langweiliges, wenn auch viel sichereres Leben weiterführen konnte.

Sie konnte ihre letzten gemeinsamen Stunden entweder damit verbringen, sich wie ein Schulmädchen zu ärgern, dass er seinen Freunden nicht von ihr erzählt hatte, oder sie konnte jede Sekunde, die ihr noch blieb, genießen und das Beste daraus machen.

Sie war nie zuvor einem Mann wie Zakary Stark begegnet, und sie bezweifelte, dass sie je wieder so jemanden treffen würde.

Sie hatte die Wahl. »Wähl weise, Grashüpfer«, flüsterte sie ihrem Spiegelbild zu.

Sie griff nach den erstbesten – lila Seiden-Boxershorts – und zog die Hose an. Sie schichtete das schwarze T-Shirt und die Weste mit den Taschen übereinander und ließ sie offen. Dann betrat sie den Raum. »Fertig. Hast du mit der Botschaft gesprochen?«

»Sie haben angerufen, als du in der Dusche warst. Sowohl unsere Pässe als auch unsere Papiere sind durch. Ich ...«

»Das ging aber schnell. Toll. Dann gibt's ja keinen Grund mehr, hier rumzuhängen. Wir gehen meinen Pass holen, und ich bin in null Komma nichts im Flieger und dir aus den Füßen.« Sie fand einen ihrer Stiefel unter dem Bett und den anderen unter der Kommode klemmend. Sie musste sich flach auf den Bauch legen, um ihn hervorzuangeln. »Übermorgen muss ich wieder arbeiten, passt also perfekt.«

Mit ihren Stiefeln in der Hand ließ sie sich auf die Bettkante plumpsen, mit dem Rücken zu ihm. »Natürlich werden alle Fotos sehen wollen, aber ich ...«

»Du kannst nicht bei mir bleiben«, sagte er, und er klang angriffslustig und extrem sauer. »Ich muss Gideon finden. Das ist verdammt noch mal zu gefährlich für dich ...«

Sie blickte ihn über die Schulter an, und er unterbrach sich, denn offensichtlich war sie nicht so reif und erwachsen, wie sie es gerne wäre. Mit zusammengebissenen Zähnen stopfte sie einen Fuß in den Stiefel und verrenkte sich fast das Bein, als sie einen Fuß neben sich auf das Bett stellte, um sich die Schnürsenkel zu binden. »A habe ich dich nicht *gebeten,* hierbleiben zu dürfen. B *will* ich nicht hierbleiben. Ich bin echt nicht besonders wild auf Venezuela und auch nicht darauf, in die Luft zu fliegen. Und C bin ich, im Gegensatz zu dir, nicht süchtig nach Gefahr oder danach, von einer Schockminute zur nächsten zu leben. Glaub mir, Zak, so spaßig das auch war, ich will jetzt wirklich nach Hause. Ich bin nicht geschaffen für das Leben eines Adrenalinjunkies.«

Er hielt ihrem Blick stand. »Du hast Angst.«

»Jeder, der bei klarem Verstand ist, hätte Angst. Was eine Menge über dich aussagt.« Sie steckte den anderen Fuß in den anderen Stiefel und zog an den Schnürsenkeln. Oh ja, sie hatte Angst. Angst, dass dieser Mann begann, ihr nach so kurzer Zeit mehr zu bedeuten, als sie es je für möglich gehalten hätte. Sie hatte Angst, irgendeine persönliche Grenze überschritten zu haben und sich nie mehr davon zu erholen.

Sie warf ihm noch einen Blick über die Schulter zu. »Das letzte Mal, als ich an Bord eines Flugzeugs gegangen bin, ist es in die Luft geflogen.« Sie musste die Schnürsenkel wieder lösen, weil sie sie zu fest geschnürt und sich den Fuß eingequetscht hatte. »Ich hoffe nur, dass die nicht versuchen, einen voll besetzten, kommerziellen Flug in die Luft zu ja...« Sie machte ein mürrisches Gesicht, als er aufstand und um das Bettende herumging. »Was denkst du ... Oh!« Er zog sie hoch, und seine Finger bohrten sich in ihre Schultern. Hoch. Auf die Beine. In seine Arme. Eins. Zwei. Aller guten Dinge sind drei.

Er fuhr mit einer langfingerigen Hand unter ihr Haar, um ihren Nacken zu umschließen, und senkte seinen Mund zu ihrem. Flatternd schlossen sich ihre Lider, als sie den vertrauten Duft seiner Haut einatmete, den keine Seife überdecken konnte. Eine sanfte Berührung seiner Lippen ließ ihr Herz in ihrer Brust rasen. Seine Zunge stieß hinein, und sie hieß sie ihrerseits mit einem flinken Zungenschlag willkommen. Sein großer Körper fühlte sich hart und stark an und war ihr inzwischen vertrauter als ihr eigener. Und doch fühlte sie die Erhebung des Verbandes an seiner Schulter und wusste, dass er keineswegs unbesiegbar war.

Ihre Brüste, empfindlich und bedürftig, pressten sich gegen die harte Oberfläche seines Brustkorbs, als Acadia ihre Arme um seine Taille schlang, sein T-Shirt am Rücken mit der Faust packte und sich auf die Zehenspitzen stellte, um ihm näher zu kommen.

Sein Daumen strich über die sensible Haut in ihrem Nacken, sein Mund neigte sich, um zu erkunden, was sie ihm so willig anbot. Der Mann – sie erschauderte – wusste, wie man küsste.

Seine Lippen zogen sich mit einem Atemzug zurück, und ihr Mund, der förmlich an ihnen klebte, folgte ihm. Er bewegte sich wieder, bis eine schmale Lücke ihre feuchten Münder trennte. Seine Augen waren dunkle Gewässer, die Pupillen verdeckten jede Farbe.

»Du bist eine gefährliche Frau, Acadia Gray.« Er hob eine zerzauste Haarsträhne von ihrer Schulter und strich sich damit über die Lippen, ohne die Augen von ihr zu lassen. »Wenn nicht ... verdammt ... alles andere wäre, würde ich mich einen Monat lang mit dir in diesem Raum verkriechen. Wir würden uns niemals anziehen, und man müsste uns regelmäßig Essen liefern, damit wir bei Kräften bleiben. Aber die einzige Möglichkeit, bald meinen Bruder zu finden, ist, wenn ich weiß, dass du außer Gefahr bist. Verstanden? Ich will dich so weit wie möglich weg von diesen Leuten wissen. Und zwar *schnell.* «

Zak fand einen Parkplatz, ein paar Blocks von der Botschaft entfernt. Es war ein schöner, sonniger Tag, und nicht eine Wolke war am strahlend blauen Himmel zu sehen, als sie zum

Eingang des Gebäudes gingen. Er hatte seine Aussage, dass er wollte, dass sie so schnell wie möglich verschwand, nicht näher erklärt. Meinte er für immer? Solange er seinen Bruder suchte? Er hatte ihre Adresse von zu Hause nicht, obwohl Junction City und das Geschäft nicht schwer zu finden sein würden. Trotzdem hätte es den Schmerz in ihrer Brust gelindert, wenn sie hätte sicher sein können, dass sie ihn wiedersehen würde.

Acadia wünschte sich von ganzem Herzen, dass das vorbei wäre. Dass Gideon gesund und munter wieder in Seattle wäre, dass Zak ...

Sie wünschte, sie wäre zu Hause mit Zak, jetzt gleich, und würde so ein hübsches geblümtes, weibliches Sommerkleid tragen wie die Frauen, die zur Arbeit gingen. Ein Sommerkleid und tolle Schuhe. Hochhackig. Wenigstens ein Hauch Masca...

Plötzlich streckte er ihr den Arm vor den Körper, sodass sie stehen bleiben musste. »Umpf!«

Er drängte sie zurück an die Wand der Botschaft.

»Was ist denn jetzt los?« Diese dramatischen Auftritte waren anstrengend, und sie war heute Morgen nicht dazu in der Stimmung. Sie wollte eine reibungslose Heimreise nach Junction City. Sich von Zak zu verabschieden hatte sie gestern ihre ganze emotionale Kraft gekostet. Und heute versuchte sie wieder, erwachsen damit umzugehen. Übung machte hier nicht den Meister. Vor allem, wenn er die Finger nicht von ihr lassen konnte.

Sie hatten einen Plan. Später, sobald sie sicher in einem Flieger nach Kansas saß, würde Zak sich mit dem Sicherheitsteam treffen, um sich auf die Suche nach seinem

Bruder zu machen. Plötzlich wirbelte er herum und packte sie an den Schultern. Er nahm ihr Gesicht in beide Hände und presste sie gegen den von der Sonne erwärmten Putz. Seine Augen waren jedoch geöffnet, und er sah an ihr vorbei nach rechts, wobei er immer noch ihre Schultern hielt. Acadia schubste ihn leicht. »Ich küsse dich auch gerne, Gott weiß, dass das bei mir Kurzschlüsse verursacht, aber könntest du mir vielleicht verraten, was *das* gerade sollte?«

Zak schlang ihr den Arm um die Schulter und begann schnell den Weg zurückzulaufen, den sie gekommen waren. »Loida Piñero und vier ihrer Männer sind gerade reingegangen. Sie tragen die grünen Tarnanzüge der Nationalgarde. Die Guardia Nacional ist eine paramilitärische Armee des Verteidigungsministeriums, um für nationale Sicherheit im Land zu sorgen.«

»Okay.« Acadia machte zwei Schritte für einen langen von Zak, um mit ihm mitzuhalten. Als sie den Ford erreicht hatten, riss er die Tür auf und warf sie quasi zur Fahrertür hinein. Er stieg ein, ließ den Motor an und fädelte sich reibungslos in den Verkehr ein.

»Dass Piñero hier ist und dazu noch in der Uniform der Nationalgarde, ist verdammt noch mal kein Zufall.« Er lenkte den Wagen auf die Mittelspur und behielt eine konstante Geschwindigkeit bei. Wohin die Fahrt ging, war Acadia völlig schleierhaft. »Als die Botschaft gleich heute früh angerufen hat, dachte ich, es ist sehr merkwürdig, dass sie die Papiere *so* schnell beisammenhaben. Ursprünglich haben sie uns erzählt, dass es achtundvierzig Stunden dauern würde, und es ist erst einen Tag her, dass wir da waren, ob man es glaubt oder nicht. Ich hätte meinen Instinkten vertrauen sollen.«

»Okay, was ist mir entgangen?«

»Loida weiß, dass wir das Land ohne die Papiere nicht verlassen können. Wir haben neue Papiere beantragt, unsere Namen sind im Cyberspace gelandet, wo sie offensichtlich danach gesucht und sie gefunden hat.« Zak machte einen wütenden Atemzug. »Okay. Neuer Plan. Wir fahren zum Flughafen, ich chartere ein Flugzeug, das dich nach Hause bringt. Kein Mittelsmann. Halt die Augen offen, ob uns jemand folgt.« Er griff in die Brusttasche und gab ihr sein Telefon. »Ruf Buck an.«

Acadia stellte das Telefon auf Lautsprecher und tippte auf Bucks Namen. Er nahm vor dem dritten Klingeln ab. »Zakary, meine Männer erwarten dich in einer Stunde am Flughafen. Ich habe einen Helikopter gechartert, der euch so weit wie möglich in den Dschungel bringt. Die Männer sind ausgerüstet, um den Rest des Wegs zu laufen. Schaffst du es, bis dahin dort zu sein?«

»Bin auf dem Weg.«

»Gut. Hör zu, Zak, ich will keine Panik machen, aber ich bitte dich wirklich, bei der Sache nicht deine Position zu vergessen. Überlass die Befreiung meinen Leuten. Das sind ausgebildete Profis. Ich kann ein paar Fäden ziehen und dich mit dem nächsten Flug wegbringen. Verdammt, du kannst nach Hause und dort warten, bis die Männer Gideon heimbringen.«

»Erstens bringt mir ein kommerzieller Flug nichts«, sagte Zak angespannt. »Ich habe keinen Pass und Acadia auch nicht. Ich habe einige der Entführer in der Botschaft gesehen. Keine Ahnung, ob die mit jemandem dort unter einer Decke stecken, aber mein Bauchgefühl sagt mir, dass sie unser Empfangskomitee waren. Ich werde einen Flieger chartern, Acadia reinsetzen und mich, sobald ich weiß, dass sie in

Sicherheit ist, mit deinen Männern treffen. Ich weiß genau, wo Gideon ist, Buck. Ich werde ihn holen und heimbringen.«

»Du weißt …? Gott sei Dank. Moment! *Woher* weißt du so genau, wo er ist?« Buck atmete hörbar aus. »Haben die Entführer sich gemeldet? Wo lassen wir die …?«

»Nein, haben sie nicht. Es ist kompliziert. Lassen wir es einfach so stehen: Ich weiß, wo er ist.«

»Wenn du es weißt, dann weißt du es. Wer ist diese Frau, Zakary? Diese Acadia?« Acadia zuckte zusammen, als sie den entnervten Spott in seinem Tonfall hörte. »Um Himmels willen. Das ist nicht der Zeitpunkt, um mit dem Schwanz zu denken. Gideon wird sich vor Angst in die Hose scheißen und sich fragen, wo du bist. Weiß er überhaupt, dass du entkommen konntest? Diesen Arschlöchern traue ich auch zu, dass sie ihn foltern, nur so zum Spaß. Gott allein weiß, was er alles ertragen muss, Zak, kannst du dir momentan wirklich leisten, dich ablenken zu lassen?«

»Ihr Name ist *Acadia* , und sie ist …« Die Reifen quietschten, als er in die Eisen ging. Acadias Arm schnellte hervor, um sich abzustützen, bevor sie das Armaturenbrett küsste. Im selben Moment rief Zak: »Scheiße!«

»Herr im Himmel!«, schrie Buck. »Hast du mir einen Schreck eingejagt. Was ist los?«

»Der ganze Flughafen wimmelt von der Nationalgarde. Ich ruf dich zurück.«

Acadia legte auf, während Zak eine Kehrtwende machte, sich in den entgegenkommenden Verkehr einfädelte und mit derselben Geschwindigkeit wie die anderen Verkehrsteilnehmer das Flughafengelände wieder verließ. »Sie wissen, dass wir kommen«, sagte er mühsam mit angespannter Stimme.

Acadia lachte gequält. »Ich weiß ja, dass du kein Niemand bist, Zak, aber ich bezweifle ernsthaft, dass uns die komplette Polizeitruppe am Flughafen erwarten würde, um uns wieder zu entführen.«

»Dann wirf mal einen Blick auf die Videoleinwand über der Tür.«

Sie sah in den Rückspiegel. Da oben war ihr Führerschein aus Junction City zu sehen und darunter stand »Gesucht, bewaffnet und gefährlich«. Als Nächstes erschien der von Zak. Die Polizei erwartete sie.

»Hol die Karte raus«, befahl Zak knapp. »Du wirst die Gastfreundschaft von Caracas noch ein bisschen länger in Anspruch nehmen müssen.«

»Lieber nicht. Es muss doch einen anderen We...«

»Nein.«

Ihr Magen krampfte sich zusammen, als sie sich wieder anschnallte. Es spielte überhaupt keine Rolle, was sie wollte. Sie musste bleiben. »Sollen wir Buck noch mal anrufen, damit er die Sicherheitsleute zu uns schickt?«

»Nein«, sagte Zak grimmig. »Ich will nicht, dass *irgendjemand* weiß, wo wir sind, bis wir uns was überlegt haben.« Alles an dieser ganzen Situation stank zum Himmel. Von der Entführung über ihre Flucht, die Bombe im Hotel – verdammt, einfach alles.

»Hast du irgendwas im Sinn, oder fahren wir einfach in der Gegend rum, bis uns das Benzin ausgeht?«, fragte Acadia, nachdem sie eine gute Viertelstunde nichts gesagt hatte.

Zak sah Bäume vor sich und lenkte auf den Parkplatz eines Stadtparks. »Machen wir einen Spaziergang, während wir nachdenken.«

Sie krabbelte über die Mittelkonsole und stieg auf seiner Seite aus. Zak nahm ihre Hand, um ihr zu helfen, und weil sie sich so perfekt in seiner anfühlte, hielt er sie fest, während sie einen gewundenen Pfad einschlugen, der um einen kleinen Ententeich herum führte. Ein paar junge Mütter schoben Kinder in Sportwagen umher, ein schäbig gekleideter Obdachloser schlief mit einer Zeitung über dem Gesicht auf einer Bank, und ein Stück weiter spielten zwei alte Männer eine lebhafte Partie Schach im Schatten eines knorrigen, breitblättrigen Baumes. Mehrere ältere Männer standen herum und verfolgten jeden Zug.

»Gideon wird woanders hingebracht«, sagte Zak, als die Stille vom lauten Heulen eines Kindes auf der anderen Seite des Teiches durchbrochen wurde, dessen Papierschiffchen wie ein Stein unterging.

Acadia blickte mit gerunzelter Stirn zu ihm auf. »Die Zahlen ändern sich?«

»Ja, geringfügig. Ich muss zu ihm, Acadia, und ich weiß nicht ...« Scheiße. Er fuhr sich mit der linken Hand über das Gesicht, und seine Schulter tat höllisch weh dabei. Gott. Er wollte nicht mal aussprechen, worüber er in den frühen Morgenstunden nachgedacht hatte. Aber als die Idee sich erst festgesetzt hatte, konnte er sie nicht mehr vergessen.

Ihre Finger umfassten seine noch fester. »Sag's mir. Lass mich dir helfen.«

»Irgendwas an dieser letzten Woche erscheint mir ... merkwürdig. Ich komme nur nicht darauf, was.«

»Ich nehme an, du sprichst nicht von dem, was offensichtlich ist? Zak, du glaubst, wer immer hinter der Entführung steckt, hatte es auf dich abgesehen. Aber was, wenn sie es auf mich abgesehen hatten?« Sie hielt ihn an. »Hör mir einen Moment zu. Wenn sie hinter dir her wären, hätten sie doch keine fremde Frau mitgenommen. Sie wären in dein Zimmer gegangen. Nicht in meins. Ich wäre überflüssig gewesen. Sie hätten dich und Gideon gehabt, und ihr seid wahnsinnig reich und mächtig. Warum hätten sie mich mitschleifen sollen?«

»Weil ich in deinem Zimmer war, und weil du ihre Gesichter gesehen hast.«

Sie winkte ab. »Die hätten mich jederzeit abknallen können.«

»Hast du mächtige Feinde, Süße? Irgendjemand, der dich tot sehen will?«

»Ich hoffe nicht. Aber das heißt nicht, dass es nicht möglich wäre. Wir müssen an alles denken, wenn wir denen entkommen wollen.«

»Ich glaube nicht eine Sekunde lang, dass du das Ziel warst«, sagte er mit einem entschlossenen Kopfschütteln. »Klar ist es *möglich*, aber wahrscheinlich? Nein. Es ist wahrscheinlicher, dass sie mir in jener Nacht von der Cantina zu deinem Zimmer gefolgt sind. Und als sie mich und Gideon am Morgen holen wollten und ich nicht in meinem eigenen Zimmer war, sind sie einfach da hingegangen, wo sie mich zuletzt gesehen haben.«

Acadia nickte widerwillig, war aber noch nicht fertig.

»Wenn jemand an meine fünfhunderttausend Dollar kommen wollte und nicht wusste, dass du und Gideon ZAG Search besitzen ... das ist für fast jeden, der kein Multimega-Millionär ist, eine *Menge* Geld.«

»Sie sind *nicht* hinter dir her.«

»Dieser Typ hat gesagt, › vergewissere dich, dass die *Ehefrau* tot ist‹. Ihm war eindeutig nicht bewusst, dass du keine Ehefrau hast.« Sie streifte sich das Haar über die Schulter zurück und atmete verärgert aus. »Lass uns dem einen Moment nachgehen. Der Typ hat nicht gesagt, › vergewissere dich, dass *die* Frau tot ist‹. Oder ›vergewissere dich, dass *Acadia Gray* tot ist‹. Er sagte *Ehefrau*. Der Punkt ist, *Ehefrau*. Und soweit ich weiß, glauben nur zwei Personen, dass wir verheiratet sind, richtig?«

»Schwester Clemencia und der Polizeichef, den du reingelegt hast.«

»Ja, und zum Glück ist keiner von uns katholisch, sonst würden wir wahrscheinlich direkt in die Hölle kommen, weil wir eine Nonne angelogen haben. Und ich habe ihn nicht reingelegt, es ging alles mit rechten Dingen zu.«

Um seine Lippen zuckte es. »Und ich habe Carina erzählt, dass wir verheiratet wären, um die Dinge zu beschleunigen. Also, irgendjemand glaubt aufgrund einer oder mehrerer dieser Quellen, *dass* wir tatsächlich verheiratet sind.«

»Genau«, sagte Acadia und hakte sich im Gehen bei ihm unter. Wie normal das wirkte, dachte sie. Normal und alles andere als todesmutig. Ihre Lippen umspielte ein Lächeln, obwohl das überhaupt nicht zum Lachen war. »Ich glaube nicht, dass uns ein Nonnentrupp umbringen will. Und ich glaube auch nicht, dass die Empfangsdame Carina, die neunundfünfzig Kilo wiegt, wenn sie triefend nass ist, versucht, uns umzubringen, du etwa?«

»Ganz klar, nein. Aber einer von denen hat es jemandem

erzählt. Jemandem, der dich entführt hat und dem es egal ist, ob du stirbst.«

Zak ging schweigend weiter, und seine Finger schlossen sich fester um ihre, während die Puzzleteile in seinem Kopf umhertrieben wie Strandgut. Zwischen den Zahlen und dem Puzzle und der warmen, seidigen Zartheit ihrer Handfläche an seiner konnte er nicht geradeaus denken.

Nein. Er *wollte* wirklich überhaupt nicht geradeaus denken.

»Guerilla-Girl hat nicht von mir als deine Frau gesprochen«, sinnierte Acadia und versuchte, mit ihm Schritt zu halten, während sie gemächlich durch den Park schlenderten. »Das hat erst nach der Mission angefangen und nachdem wir in Caracas angekommen sind, richtig?«

»Aber sie würden wissen wollen, ob diese Ehefrau mein Vermögen erbt.« Scheiße. Diesen Weg wollte er gar nicht einschlagen.

»Zak ...« Sie zögerte. »Was, wenn es gar nicht um eine Entführung ging? Was, wenn das eine Art Auftragsmord war? Wer erbt was, wenn du stirbst?«

Er hatte dasselbe gedacht, nachdem die Männer am Abend zuvor eingebrochen waren. Der Knoten in seinem Bauch war sich dessen gewiss, was sein Kopf nicht wahrhaben wollte, und so weit wollte Zak nicht denken.

Es zu denken bedeutete, sich jedes Gespräch, das er je mit irgendwem, den er kannte, geführt hatte, noch einmal durch den Kopf gehen zu lassen. Mit seinen Freunden, seinem Geschäftspartner, mit ihren Teilhabern – es war eine verdammt lange Liste.

Er atmete schwer aus. Es musste eine andere Erklärung

geben. Irgendeinen Grund. Er würde ihn finden. »Natürlich könnte es ein Mordkomplott sein«, gab er zu. »Als Firma haben wir erfolglose Unternehmen aufgekauft. Menschen haben ihre Arbeitsplätze verloren, als wir Betriebe zusammengelegt haben, um sie effizienter zu machen. Himmel, wir haben allein in den letzten zehn Jahren Dutzende von feindlichen Übernahmen durchgeführt. Alles rein geschäftlich. Nichts Persönliches ...«

Sie hob die Augenbrauen, und er fing sich gerade noch mit einem grimmigen Lächeln. »Okay, für manche von denen muss es verdammt persönlich gewesen sein.«

Acadia knabberte an ihrem Daumennagel. Sie blickte sich im Park um und musterte misstrauisch jede Person in der Umgebung. Er hielt ihre Hand fest – nur ein ganz normales Pärchen, das einen Spaziergang durch den Park machte –, ohne zu wissen, ob er sie oder sich selbst beruhigen wollte. Sie schenkte ihm ein Lächeln, das nicht ganz bis zu ihren schönen, nachdenklichen und lebhaften Augen reichte. »Was ist mit einem aufgebrachten Mitarbeiter? Einem Geschäftspartner, der sich ...« Sie ließ seine Hand los, um wild in der Luft herumzufuchteln. »Wer weiß? Aber aus irgendeinem Grund sind die sauer auf dich.« Zak musste fast lachen, als sie ihm einen skeptischen Seitenblick zuwarf. »Okay, was ist mit einer verschmähten Geliebten?«

Er schüttelte den Kopf. »Meinst du nicht, ich hätte an das alles nicht auch schon gedacht? Nicht auszudenken, dass ich jemanden, irgendjemanden, so auf die Palme gebracht haben könnte, dass er einen solchen Aufwand betreiben würde, um mich umzubringen. Und das würde bedeuten, *mich* umzubringen, nicht meinen Bruder oder eine falsche Ehefrau.« Zak fuhr sich mit der Hand durchs Haar und umfasste seinen Hinterkopf.

»Es sei denn, jemand wollte, was du hast. Reichtum, Macht. Ein tolles Leben. Ich nehme an, Gideon ist dein Erbe.«

»Der Großteil meines Besitzes und Vermögens geht an Gideon, ja. Aber er hat das alles schon, das Gleiche wie ich.« *Klick.* Noch während er es sagte, zog sich der Knoten in seinem Magen fester zusammen. »Wir sind gleichwertige Partner mit Buck, jedem von uns gehört ein Drittel der Firma. Im Falle meines Todes wird mein Drittel zwischen Gid und Buck aufgeteilt.«

»Aber wenn du verheiratet wärst, würde dann nicht dein Drittel   deine   Ehefrau   bekommen?   Und angenommen, *du* würdest Gideons Anteil erben und dann sterben – und wenn du dann eine Frau hättest, würde sie alles bekommen, und sie hätte die Mehrheitsbeteiligung in der Firma, richtig? Aber wenn sie sterben würde, würde Buck alles erben.«

Zak presste die Lippen fest zusammen, bis sie eine flache Linie bildeten. »Aber ich habe keine Ehefrau.«

»Ja, aber offensichtlich *denken* die Leute hier, dass du eine hast«, argumentierte sie, während sie neben ihm herlief. »Wir haben den Witz ja nie aufgeklärt. Im Grunde wollen sie also dich *und* deine Frau umbringen, denn wenn *du* sterben würdest, würde deine reizende Braut dein Geld erben, und wenn sie auch tot wäre, würde alles an deinen Bruder gehen.«

»Nicht alles«, korrigierte er leise, »aber bestimmt der größte Teil. Du meinst also, der Plan war, entweder Gid oder mich zu töten, das schien ihnen egal zu sein. So würde ein Bruder alles erben. Dann haben die Entführer gehört, dass ich verheiratet bin, was schwerer wiegt als der Erbanspruch meines Bruders. Sie müssen also erst *dich* loswerden, dann einen der Brüder. Der letzte überlebende Bruder kriegt alles? Aber das würde ja bedeuten, die Person, die hinter diesem ausgefeilten Plan steckt, ist …«

»Nicht dein Bruder«, beendete sie den Satz ruhig und trat zur Seite, bevor ein Mädchen auf einem alten Kinderfahrrad sie anfahren konnte. Das fröhliche *Klingeling* der Fahrradklingel wirkte schrill und durchdringend. »Es ergibt doch keinen Sinn, dass er sich selbst gebrochene Rippen zuzieht, wenn er dich genauso gut irgendwo von einem Berg stoßen könnte.«

Zak ballte die Faust, und sie zuckte entschuldigend zusammen.

»Tut mir leid. Aber ich glaube, das ist das Werk von jemandem, der irgendwas so sehr von dir will, dass er dich entführen und zwei Bomben legen lässt. Einer von euch beiden sollte da draußen im Dschungel sterben.« Sie neigte den Kopf und blickte ernst zu ihm auf.

»Und sosehr sich dieses Mannweib Loida Piñero auch als Anführerin aufspielt«, überlegte Zak, die Hände in die Hosentaschen gestopft, »ich bezweifle stark, dass sie die Mittel hat, das alles auf die Beine zu stellen. Selbst hier sind Materialien für Bomben teuer, ganz zu schweigen von der menschlichen Arbeitskraft, die es gekostet hat, uns zu entführen und zu transportieren.«

Acadia nickte. »Es gibt wirklich nur eine Handvoll Leute, die denken, dass wir tatsächlich verheiratet sind. Der heimtückische Polizeichef – ach, *und* seine drei schäbigen Freunde –, die Nonne, deine freundliche Empfangsdame und dein Freund bei der Bank, richtig?«

Zak blieb mitten auf dem Weg stehen. Die Sonne fühlte sich unlogischerweise kalt auf seinem Gesicht an, und sein Kiefer schmerzte, als er laut aussprach, was er selbst nicht hören wollte. »Noch einer.«

»Wer denn?«

»Mein Partner, Anthony Buckner«, sagte er mit tiefer und gefährlich klingender Stimme. Buck, der Inhaber von 33 Prozent von ZAG Search und der Mann, der die Stark-Brüder lächelnd und winkend zu einem lebensgefährlichen Abenteuer nach dem anderen verabschiedet hatte.

Der Mann, der übrig bleiben und alles erben würde.

17

Acadias sanfter, mitfühlender Blick brachte ihn fast um. »Es muss noch andere Möglichkeiten geben.«

Nein. Keine anderen Möglichkeiten. Ein Kloß der Ungläubigkeit steckte tief unten in Zaks Magen, und er hörte den Spott in seiner Stimme, als er fragte: »Was, denkst du etwa, es gibt eine lange Liste von Leuten, die mich tot sehen wollen?«

Er testete in seinem Leben die Grenzen voll aus, das stimmte, aber immer bewusst, gewissenhaft und rechtschaffen. Verdammt, selbst bei feindlichen Übernahmen sorgten sie dafür, dass die Eigentümer weit über das übliche Maß hinaus entschädigt wurden und sich fair um die Mitarbeiter gekümmert wurde. Ab und zu hatte es dabei mal Spannungen und ein paar Gerichtsverfahren gegeben, aber nichts, was eine derartige Revanche rechtfertigen würde.

Ihm fiel nicht eine einzige Person ein, die ihn so sehr hasste, um sich seinen Tod zu wünschen. Es gab viele, die so *gierig* waren, um sich seinen Tod zu wünschen, aber das hier roch nicht nach Geldgier. Jemand wollte ihm weh tun. Das hier fühlte sich persönlich an. Alle rationalen Anzeichen deuteten darauf hin, dass das ein Plan von jemandem war, der ihm nahestand. So nah, dass er wusste, wo die Brüder zu finden waren, und um sie im Griff zu haben, wenn sie anriefen. So nah, dass Zak schon in seiner Küche gegessen hatte.

Buck.

Scheiße. Zak hatte das *Wer* in der Gleichung gefunden, da war er sich ganz sicher. Jetzt fehlte nur noch das *Warum* . Dass Anthony Buckner einen solchen Aufwand betrieb, um die Stark-Brüder loszuwerden, ergab keinen Sinn. Geld konnte nicht sein Motiv sein. Buck war in Geldsachen von Natur aus konservativ. Er hatte mehr, als er in seinem ganzen Leben ausgeben konnte, selbst mit einer kaufsüchtigen Frau und ein paar tollen, aber total verwöhnten Kindern.

»Nein, natürlich nicht«, versicherte Acadia ihm und rieb ihm mit einer geistesabwesenden Geste den Oberarm. »Aber ich vertraue deinem Urteil.« Sie ließ die Hand auf ihm ruhen, leicht, aber so stark und tatkräftig. Ihre Berührung half ihm mehr, als ihr bewusst sein konnte.

»Lass uns in den Schatten gehen«, sagte sie forsch und zog an seinem Arm. »Wir müssen das noch mal überdenken.« Ihre Stirn legte sich vor Konzentration in Falten, während sie ein paar Meter zu einem schattigen Platz unter einem nahen Baum ging. »Was ist mit diesem Savin? Du hast gesagt, er wollte dich für Geheimoperationen rekrutieren, als du am MIT warst? *Er* hätte sicherlich die Kontakte und Mittel, etwas von diesem Ausmaß auf die Beine zu stellen, oder? Ist zwischen euch irgendwas vorgefallen, das er in den falschen Hals gekriegt haben könnte?« Ratlos zuckte sie mit den Achseln. »Manchmal fühlen sich Leute gekränkt, ohne dass es beabsichtigt war. Wart ihr vielleicht mal einen trinken, und er hat dir irgendwas erzählt, wofür er dich jetzt umbringen muss?«

Savin hätte sicherlich die Kontakte und die Mittel. Andererseits hatte Buck die Mittel, um die Kontakte *herzustellen* . Er wusste ihre Bemühungen zu schätzen, aber, Herrgott, er wusste, dass er recht hatte. »Ich habe Marc nicht gesehen, noch nicht mal mit ihm gesprochen, seit ... Mann, das muss jetzt zehn oder zwölf Jahre her sein. Ich war total überrascht, dass er überhaupt noch wusste, dass er mir mal gesagt hat, ich könnte ihn anrufen, wenn ich je Hilfe bräuchte. Er ist es nicht, Schatz.«

Jesus Christus. Zak wünschte sich nichts mehr, als einen logischeren Verdacht zu haben, der nicht zu Buck als Täter führte. Aber in seinem Kopf fügte sich eins ins andere, und sowenig er diesen Weg auch einschlagen wollte, für niemand anderen ging die Rechnung auf. Dann wiederum ging die Rechnung auch für Buck nicht auf.

»Buck war es, der den Trip zum Salto Ángel vorgeschlagen hat«, sagte er, gegen einen Baumstamm gelehnt. Ein Base-Jump von dem Wasserfall hatte nicht gerade ganz oben auf ihrer Abenteuerliste gestanden, bei Weitem nicht. Er rieb sich mit der Hand über den Mund. »Warum sonst hätte er das tun sollen?«

»Weil er dachte, es würde euch gefallen?«, schlug Acadia vor.

»Vielleicht.« Zak dachte kurz darüber nach, dann schüttelte er den Kopf. »Aber ich bezweifle es. Ein paar Stunden nach unserem Telefongespräch haben zwei Typen im *Gran Meliá* versucht, uns umzubringen. Innerhalb der nächsten Stunden ist mein Firmenjet in die Luft geflogen, kurz nachdem ich Buck erzählt hatte, dass wir auf dem Weg zum Flughafen sind. Und das Ganze hat damit angefangen, dass irgendjemand *wusste* , dass wir in einem kleinen Hotel sind. Diese Info stand nicht gerade unter Klatsch und Tratsch in der Zeitung.«

»Und zu Hause? Erinnerst du dich an irgendwas, wobei es klingelt?«

»Nichts Besonderes. Buck hält die Firma am Laufen wie ein Uhrwerk. Du und er, ihr würdet euch sicher gut verstehen.«

»Nicht, wenn er dich umbringen will, Zak.« Sie strich sich das Haar von der Schulter. »Er führt also das Geschäft. Gab es irgendetwas Größeres, das er vorhatte? Etwas Neues ausprobieren? Etwas, worüber ihr euch gestritten habt?«

Er zögerte. »Wir waren dabei, eine kleine Konkurrenzsuchmaschine aufzukaufen, der Deal wird nächsten Monat abgeschlossen«, sagte er langsam. »Aber der Verkauf war einvernehmlich, und Buck hat das unter Kontrolle. Ich weiß nicht, Acadia. Nichts davon ergibt einen Sinn. Egal, wie ich es auch drehe und wende.«

Sie streckte die Hand aus, um ihn zu berühren und ihm jeden Trost zu spenden, der ohne Worte möglich war. Er hatte das nicht verdient. Jede Sekunde, die Gideon auf sich allein gestellt im Dschungel verbrachte, war eine Qual. Zak presste sich für einen Moment die Faust zwischen die Augenbrauen, und der Magen drehte sich ihm um, als er die leichte Veränderung der Zahlen bemerkte, die darauf hindeutete, dass Gideon sich bewegte. Gott, es bestand die Möglichkeit, dass sein Bruder entkommen war. *Er* hatte es geschafft, und Gideon konnte es auch.

Aber bei ihrer Flucht waren die Entführer nicht vorbereitet gewesen und außerdem, dank Acadias schnellem Denkvermögen und ihrer vielen Taschen, außer Gefecht gesetzt. Verdammt, zur Hälfte war es ihrer Genialität zu verdanken, dass sie noch am Leben waren und frei herumliefen. Reines Glück.

Davon abgesehen waren Gids Rippen vielleicht gebrochen, was bedeutete, dass er langsamer sein würde. Zak hasste es, sich so machtlos zu fühlen. So verdammt hilflos.

Er weigerte sich, die Alternative in Betracht zu ziehen. Dass Gid bereits tot war und jemand anderes seine Uhr trug. »Wenn du das Unmögliche ausgeschlossen hast«, zitierte er verbittert, »dann ist das, was übrig bleibt, die Wahrheit, wie unwahrscheinlich sie auch ist.«

»Nicht unbedingt«, sagte Acadia sehr ernst. Sie hörte auf zu reden, als drei Teenager auf Skateboards auf sie zugerast kamen. Sie traten beiseite, um sie vorbeizulassen. »Technisch«, fuhr sie fort und schirmte die Augen gegen die grelle Sonne ab, »ist alles möglich, deshalb ist nichts unmöglich. Also *kann* alles wahr sein. Richtig?«

Er drängte sie gegen die Rücklehne einer nahe gelegenen Bank. Dann legte er ihr die Hand auf die Wange, weil er sie einfach berühren musste, um sich geerdet zu fühlen, wenn auch nur für einen Augenblick. »Kompliziert.« Er fuhr ihr mit dem Daumen über die von der Sonne erwärmte Haut, und sie lehnte sich ein bisschen in seine Berührung hinein, sagte jedoch nichts.

Zak schüttelte den Kopf und trat einen Schritt zurück. Sie war wie ein Magnet, und er wurde unwiderstehlich von ihr angezogen. Und das so sehr, dass er in ihrer Nähe die Hände nicht bei sich lassen konnte. Er musste jetzt wirklich anfangen, sich beherrschen zu lernen.

Er stopfte die Hände in seine Hosentaschen und starrte irgendwo in die mittlere Ferne.

Er musste einen sicheren Ort finden, wo er Acadia verstecken konnte. Aber wo? Er war sich nicht sicher, ob die Polizei und die Nationalgarde wegen dem gestohlenen Polizeiauto hinter ihnen her waren oder weil sie bei jemandem auf der Gehaltsliste standen. So oder so hatten die Beamten ihr Foto und ihre Identität. Es gab also keinen Ort, wo sie sich verstecken konnte, und keine Chance, sie aus dem Land zu bekommen. Und das Geld konnte er vergessen. Buck würde dafür sorgen, dass er keinen Zugang dazu hatte.

Je länger er brauchte, um einen sicheren Platz zu finden, wo er sich um sie keine Sorgen zu machen brauchte, umso länger würde es dauern, Gideon zu finden. Und je länger das dauerte, desto geringer standen die Chancen, dass er noch ...

Sein Telefon klingelte und er nahm es aus der Brusttasche. *Buck.* »Hey«, sagte er zur Begrüßung. Seine Kehle schnürte sich zusammen, und Säure stieg ihm aus dem Magen hoch. Er kannte diesen Mann fast sein halbes Erwachsenenleben lang. Sie hatten sich zusammen betrunken, als Jen gestorben war. Und dann wieder, als Bucks Sohn im Teenageralter letztes Jahr eine Überdosis Drogen genommen und es fast nicht geschafft hatte. Sie hatten ein Unternehmen aus dem Nichts aufgebaut und die seltenen Familienurlaube zusammen verbracht.

Abgesehen von Gideon war Anthony Buckner der Mensch auf diesem Planeten, dem er am meisten vertraut hatte. Zumindest bisher.

Zak konnte einfach nicht begreifen, wie es so weit gekommen war ... und warum.

»Kumpel, meine Leute wollen so schnell wie möglich abfliegen. Woran hängt's?«

»Ich muss mich bedeckt halten, die Bullen haben am Flughafen nach mir gesucht«, sagte Zak, und es war nicht mal gelogen. »Ich musste den Wagen loswerden und warte darauf, einen anderen zu mieten. Dauert länger, als ich dachte.«

Acadia tippte auf dem Tastenfeld ihres Telefons herum, während er sprach.

»Pfeif auf den Mietwagen«, sagte Buck ungeduldig, dann zögerte er. Einen Augenblick später sagte er ruhiger. »Einer meiner Männer soll dich abholen kommen, das geht schneller. Sag mir, wo du bist.«

Acadia drehte Zak das Display hin, damit er die Liste von Autovermietungen sehen konnte, die sie geZAGt hatte. Er wählte eine aus, die so weit wie möglich vom Flughafen entfernt war, und ratterte Straße und Hausnummer herunter, während er ihr einen dankbaren Blick zuwarf.

»Okay, Kumpel, bleib, wo du bist. Ich schicke so schnell es geht jemanden hin«, versicherte Buck ihm. »Wir kriegen Gideon, Zak. Egal, ob es einen Sack voll Geld kostet oder wir denen Feuer unterm Hintern machen. Wir *werden* Gideon da rausholen.«

Klar wirst du das. »Danke, Buck. Ich weiß deine Zuversicht zu schätzen.« Er nahm das Telefon vom Ohr und hörte Buck noch wie beiläufig fragen: »Was ist mit der Frau?«

Ohne zu antworten, brach Zak das Gespräch ab, dann stand er einen Moment da, sah mit leerem Blick auf den Teich, wo der kleine Junge geduldig darauf wartete, dass seine Mutter ihm ein neues Papierschiffchen bastelte. Enten schwammen träge auf der Spiegelung eines strahlend blauen Himmels umher.

Alles um ihn herum sah so normal aus, und doch stand seine ganze Welt Kopf.

Er brauchte Hilfe. Sosehr es ihn nervte, aber er brauchte Hilfe, und er brauchte sie jetzt. Er wählte erneut. »Wen rufst du an?«, flüsterte Acadia, und er bedeutete ihr mit erhobener Hand, dass sie warten solle, als er eine Verbindung bekam.

»Marc?«, sagte er ins Telefon. Acadias Gesichtsausdruck klärte sich. »Hier Zak Stark. Folgendes …« Er erzählte ihm rasch die ganze Geschichte von Anfang bis Ende.

Nach einem Moment des Schweigens seufzte Marc. »Was für eine Scheiße. Gib mir zehn Minuten, okay? Ich ruf dich zurück und sag dir, wo es einen sicheren Unterschlupf gibt.«

Die Verbindung starb ab, und Zak steckte sein Telefon in die Tasche. Neben ihm betrachtete Acadia die Wasseroberfläche, und ihre Augenbrauen zogen sich fest zusammen.

»Schau nicht so besorgt«, sagte Zak und fuhr mit einem Finger über ihre gerunzelte Stirn. »Er sorgt dafür, dass wir in einen Unterschlupf kommen, und denkt sich einen soliden Plan aus. Nicht so gut wie deiner, aber seine Waffen sind größer als ein Fläschchen Augentropfen.«

Natürlich wusste er nicht viel mehr über Savin als das, was er Acadia bereits erzählt hatte. Sehr gut möglich, dass er gerade einen Pakt mit einem Mann geschlossen hatte, der ihn umbringen und seine Leiche spurlos verschwinden lassen würde. Aber sein Bauchgefühl stimmte dem nicht zu.

»Hoffen wir, dass du dich nicht dem Falschen anvertraut hast«, murmelte Acadia und las mal wieder seine Gedanken. »Andererseits«, sie hakte sich bei ihm ein, als wären sie ein Teenagerpärchen beim ersten Date während eines Spaziergangs am Sonntagnachmittag. »Wenn er sich entschließt, uns zu töten, wird er wissen, wie er es *schnell* erledigt.« Sie warf ihm einen schelmischen Blick zu.

Ihr Blick ging ihm durch und durch.

Als hätte sie den Ruck seines Herzens gehört, drehte sie sich auf den Zehenspitzen herum und sah ihn an. Sie hielt inne, als wollte sie etwas sagen, dann schüttelte sie den Kopf und streckte sich, um ihm einen kurzen, festen Kuss auf den Mund zu geben. Sie ließ von ihm ab, nahm seine Hand und verhakte ihre Finger mit seinen, während sie sich auf den Weg zurück zum Auto machten. »Schauen wir mal, wie ein sicherer Unterschlupf aussieht.«

Ihr Unterschlupf sah aus wie ein billiges Hotel in einem miesen Stadtteil. Das Schild mit der Aufschrift *BATES HO L* wies ein Einschussloch in der Mitte des Os auf und hing bedenklich an einer einzigen rostigen Kette. Acadia warf einen skeptischen Blick darauf. »Bist du sicher, dass es das ist?« Das Gebäude war zwischen andere ähnliche gequetscht, die alle dringend einen neuen Anstrich brauchten, und ...

Wem wollte sie was vormachen? Ein Anstrich würde überhaupt nichts bringen. Nein, sie sahen alle aus, als müssten sie abgerissen und neu gebaut werden. Putz und Mauerwerk bröckelten an allen Fassaden. Die Fensterläden hingen schief herunter, und an den meisten Gebäuden waren Fenster und Türen mit Metallstangen versehen. *Überall* waren Müll, streunende Katzen und schmutzige, viel zu dünne und verwahrloste Kinder.

»Das ist es«, sagte er. Er wartete mit dem Rücken zu ihr, während sie über den Fahrersitz rutschte, um auszusteigen. »Halt die Augen offen und beeil dich. Fertig?«

»Fertig, mich nicht zu fühlen, als hätte ich eine Zielscheibe auf dem Rücken?« Acadia warf einen nervösen Blick auf die Horde Mini-Krimineller, die sich langsam dem Auto näherten. Instinktiv rückte sie näher an Zak heran. »Na klar.« Plötzlich merkte sie, dass er eine Pistole in der Hand hielt. »Gott, Zak, du willst doch nicht auf kleine Kinder schießen!«

»Los!«

Während sie über die Straße rannten, umschwärmten die Kinder sie wie Heuschrecken. Sie griffen nach Acadias

Kleidung und hängten sich ihr an die Arme. Ein Junge um die acht Jahre rutschte an ihrem Bein hinunter und umklammerte es oberhalb ihres Stiefels, sodass sie mit dem Kind als Anker weiterlaufen musste. Trotz der Pistole in Zaks Hand hielten sich drei andere Kinder an seinem Matchsack fest und wurden mit den Fersen über den Asphalt geschleift, ohne dass sie die Kinder abschütteln konnten.

Die schwarze Tür des Hotels wurde aufgestoßen, und sie stürmten hinein, während ein riesenhafter, glatzköpfiger Mann mit einem fassförmigen Brustkorb und dichtem, schwarzen Schnurrbart die Kinder von ihnen sammelte wie Läuse. Die Tür schloss sich mit einem überraschend soliden Schlag, der Mann legte rasch mehrere Schlösser vor und klatschte dann mit der Handfläche auf ein Bedienfeld neben der Tür. Als die Zuhaltung des Schlosses mit einem Klicken einrastete, drehte er sich um und warf ihnen einen abschätzenden Blick zu.

»Haben Sie kein Mitleid mit den kleinen Rackern, Miss Gray«, sagte er mit einem leicht gerollten schottischen R. »Die schneiden ihnen schneller die Kehle durch, als Sie gucken können.« Er hielt Zak eine Hand von der Größe eines Schinkens hin. »Campbell Garcia, könnt mich Cam nennen. Manager vom *Bates Hotel* hier.« Er grinste, als er und Zak sich die Hände schüttelten. »Alles klar, Mädel?«

»Wenn das der Kaninchenbau ist, ja.« Sie lächelte, als Cam ihr ein breites, weißes Grinsen schenkte, ihr dann auf die Schulter klopfte und sie damit fast umwarf. Zak ergriff ihren Arm, um sie aufrecht zu halten.

»Tut mir leid, Mädel. Meistens sind nur wir Jungs hier, bei den Damen vergess' ich, wie stark ich bin. Kommen Sie rein, ich bring Sie rauf in ein Zimmer. Während wir sprechen, versammelt sich euer Befreiungstrupp. In einer Stunde seid ihr schon auf dem Weg hier raus.«

Der Eingangsraum war klein und mit hellem Holz getäfelt, das abgenutzt war und schon abblätterte. Der dreckige schwarz-weiße Fliesenboden war mit zerbrochenen, unregelmäßigen Quadraten gesprenkelt. Ein kleiner Empfangsbereich zwängte sich unter die teppichlose Treppe.

»Hab euch ein bisschen was zu essen hochbringen lassen, nichts Besonderes, aber ihr wollt jetzt bestimmt was im Magen haben, oder? Hier lang.«

Cam begann, die Treppen hinaufzusteigen, und seine Fußtritte waren so laut auf dem nackten Holz, dass Acadia überrascht war, dass es nicht splitterte.

Sie begegnete Zaks Blick, und ihre Miene sagte: *Was zum Teufel*. Er lächelte, und sie erhaschte einen Blick auf sein Grübchen. Mit diesem Gesichtsausdruck sah sie ihn viel lieber als mit dem des verzweifelten Betrogenen, den er im Park aufgesetzt hatte.

Der Flur, ebenfalls ohne Teppich, hatte einen ausgetretenen, schäbigen Holzboden. Acadia stellte zu ihrer Freude fest, dass das Hotel immer sauberer wurde, je höher sie stiegen. »Erster Stock«, sagte Cam und umrundete einen Treppenabsatz, von dem aus sich sechs geschlossene Türen einen langen Flur entlangreihten. »Sollten wir je gezwungen sein, echte Gäste aufzunehmen.« Er zwinkerte Acadia über seine massige Schulter hinweg zu. »Was wir so gut wie nie machen. Nur noch ein Stockwerk. Dann habt ihr ein bisschen Zeit, euch zu waschen, was zu essen und euch zu verabschieden. Versprochen«, sagte er zu Zak, ohne Luft zu holen. »Ich pass auf deine Dame auf, bis du wieder da bist. Mit deinem Bruder, ja?«

Ihre Stiefel klangen außergewöhnlich laut, als sie den Flur entlangstampften. Cam stieß die Tür auf und trat zur Seite, um sie hineinzulassen. Sie erblickten zwei Einzelbetten, die mit gestreiften, mehrfarbigen, schweren Baumwollüberwürfen zugedeckt und an die Wände geschoben waren, dazwischen eine breite Kommode mit zwei Lampen, einen Liegesessel neben einer Stehlampe und eine ein Stück offen stehende Tür, die in ein Badezimmer führte. Ein Komfort wie zu Hause.

Auf einem schmalen Tisch stand neben einem offenen Laptop auch ein Tablett mit abgedeckten Servierplatten. Der Duft nach frisch gebrühtem Kaffee und irgendetwas Würzigem ließ Acadia einen ihrer ersten entspannten Atemzüge des Tages machen. »Danke.«

»Einfach«, versicherte Cam ihnen. »Aber sauber. Bei Cam Garcia brauchen Sie sich keine Gedanken wegen Ungeziefer jeglicher Art zu machen. Bevor ihr euch hier vergrabt, muss ich euch noch ein paar unserer Besonderheiten zeigen, dann lasse ich euch beide eine Weile allein.« Er ging auf das Bad zu, blieb aber noch mal kurz stehen, um mit einem dicken Finger auf den Computer zu zeigen. »Savin ruft gleich an.«

Er führte sie ins Badezimmer: klein und spärlich, aber sauber. Die ehemals weißen Fliesen hatten teilweise Risse, aber es roch nach Reiniger, ein Lufterfrischer mit Kieferndunft hing an der Duschstange und abgenutzte rostfarbene Handtücher an einem Halter.

»Ein Fluchtweg, falls ihr einen braucht«, rief Cam fröhlich.

Acadia blinzelte den Mann an. »Hä?«

Er zeigte auf die Handtücher. »Hinter dem Handtuchhalter«, erläuterte er, und neben ihr unterdrückte Zak ein Lachen.

»Ihr müsst ihn zu euch ziehen und dann kräftig nach rechts. Hier kommt ihr nach unten, direkt an die Seitentür. Die führt in die Nebenstraße.«

Kein Witz? Das war sein voller Spionsernst, und Acadia tat der Kopf weh, wenn sie darüber nachdachte. »Werden wir ihn benutzen?«

»Äh, ich hoffe nicht, Mädel«, entgegnete Cam und klopfte ihr, diesmal wesentlich sanfter, auf die Schulter. »Aber man weiß ja nie. Jetzt esst, solange ihr noch könnt. Ich lass euch dann mal allein.«

»Das war ... interessant«, sagte Acadia ein paar Minuten später, als sich die Tür hinter dem Schotten schloss.

»Er ist schon eine Marke.« Zak durchquerte den Raum und hob die Deckel von mehreren großen Servierplatten. »Hast du Hunger? Er scheint zu denken, wir hätten seit einem Jahr nichts gegessen.«

Sie schüttelte den Kopf. Jede Minute konnte Zak jetzt weg sein. Ihr Herz schlug, sie wusste es, denn ansonsten wäre sie bewusstlos. Aber Acadia fühlte nichts. Sie war völlig taub. »Ich habe Trennungsangst«, gab sie zu, und ihre Füße waren wie verwachsen mit dem Bettvorleger.

Zak kam zu ihr und nahm sie in die Arme. Zu ihrem Entsetzen ließ dieser Kontakt ihren ganzen Körper erzittern. Sie hatte es nicht unter Kontrolle, so tief ging seine Berührung.

»Hier bist du sicher. Savin besorgt ein Transportmittel für dich. Seine Leute kümmern sich darum, dass du sicher nach Hause kommst.«

»Ich weiß. Und ich weiß das zu schätzen, aber ...«

Zak hob mit dem Finger ihr Kinn an. »Eins nach dem anderen, okay?«

»Klar.« Er war bereits weg, und sie konnte ihm das nicht zum Vorwurf machen. Körperlich war er hier, aber mit dem Kopf war er im Dschungel, kletterte den Wasserfall hinauf und suchte nach Gideon.

Sie löste sich aus seinen Armen, was das Gefühl der Trennung und den Schmerz in ihrer Brust noch tausendfach verstärkte. »Iss doch eine Kleinigkeit und trink einen Kaffee«, schlug sie strahlend vor. »Du hast wahrscheinlich einen langen Marsch vor dir.« Sie goss zwei Tassen starken, schwarzen Arabica-Kaffee ein und reichte ihm eine davon. Keiner von ihnen setzte sich hin.

»Ich …« Zaks Worte überlagerten ihre, als sie zur gleichen Zeit sagte: »Versprich mir, dass du …«

»Stark.«

Sie drehten sich beide um und erblickten Savins Gesicht auf dem Computerbildschirm. »Savin«, sagte Zak. »Danke für deine Hilfe.« Marc Savin hatte sich in den zehn Jahren nicht sehr verändert. Er trug sein dunkles Haar nicht mehr zu einem Pferdeschwanz zurückgenommen, und der Diamantohrring fehlte. Ein bisschen älter und weiser, aber waren sie das nicht alle?

»Schnapp dir 'n Stuhl und lass uns ein bisschen Mist hinter uns bringen, bevor die Show beginnt.« Zak setzte sich an das Fußende eines Bettes, und Acadia lehnte sich an die Wand, außerhalb der Reichweite der Kamera.

Marc begann mit knapper Effizienz, ihn in den Plan einzuweihen: »Zuallererst, ich habe ein Team aus vier Männern und einem Piloten nebst Kampfhubschrauber zusammengestellt, das dich an den Zielort bringt. John Reith ist der Teamchef. Wir haben ihn auf Lautsprecher, falls es irgendwas Neues gibt«, fügte er hinzu. Die Männer, die Buckner angeheuert hat, sind vor sieben Minuten in einem gemieteten Hubschrauber vom Flugplatz aufgebrochen, nachdem sie von der Autovermietung zurückgekehrt sind, zu der du sie geschickt hast. Sie waren nicht begeistert.« Savin lächelte. »Gut gedacht.«

Zaks Blick huschte zu Acadia, die ihn angrinste.

»Sie haben zehn Minuten Vorsprung«, fuhr Savin fort. »Sie werden auf dem schmalen Streifen am Salto Ángel landen und den Rest des Wegs zu Fuß zurücklegen. Wir fliegen dich über den Zielort, und du und meine Männer werden sich abseilen, sich deinen Bruder schnappen und auf demselben Weg wieder zurückkehren.«

Acadia sah nicht auf den Bildschirm. Sie beobachtete Zak, prägte sich jedes Detail seines Gesichts ein, seine Körperhaltung, sogar die Art, wie seine Schultern sich versteiften, als er dem Plan lauschte. Aber was sie in seinem sich plötzlich angespannten Kiefer entdeckte, war nicht Angst. Es war Euphorie.

Sich von einem Hubschrauber abseilen? Vor den bösen Jungs reinstürmen, um seinen verletzten Bruder zu retten, und sich im Kugelhagel wieder aus dem Staub machen? Selbst sie konnte nicht abstreiten, was für einen Rausch das erzeugen musste. Aber während sie vor Nervosität brechen müsste, verschlang Zak das alles wie Süßigkeiten.

Du fliegst ab , sagte sie zu sich selbst. Das musste sie sich ins Gedächtnis rufen.

Savin blickte hinunter auf irgendwelche Papiere, vermutete

Acadia. »Unser Geheimdienst sagt, dass Buckner seit siebzehn Uhr, kurz nachdem du heute Nachmittag mit ihm gesprochen hast, nicht mehr gesehen wurde. Irgendeine Ahnung, wo er sein könnte?«

»Ist er irgendwohin geflogen?« Zak zuckte mit den Achseln. »Mist, ich habe keine Ahnung. Verfolg das Geld.«

»Wir konnten keine Nachweise für größere Barabhebungen auf irgendeinem von Buckners Konten in den letzten zwei Wochen finden, Stark. Davor hat er allerdings einhundert Millionen Dollar von seinem Konto auf den Kaimaninseln abgehoben.«

Acadia zuckte zusammen. Diese Geldsumme konnte unmöglich wahr sein. Aber, wie sie bemerkte, blieb Zak völlig unbeeindruckt. »Vor der Entführung«, betonte er. »Aber es ist Geld, über das er frei verfügen kann.«

»Mich würde interessieren, was man mit einer solchen Geldsumme so machen kann, dich nicht?«

Ihn nicht? »Darauf kannst du wetten«, sagte Zak trocken und unfähig, die Verachtung aus seiner Stimme herauszuhalten. »Eine schwer bewaffnete Gruppe von Guerillas ausrüsten, zum Beispiel.«

Savin nickte. »Genau das dachte ich auch. Wie es aussieht, hat er, noch bevor du und dein Bruder die Staaten verlassen habt, eine Menge da reingesteckt. Eine Menge Bargeld, eine Menge in Russland hergestellter Waffen und eine Menge Arbeitskraft.«

»Buck hat schon immer hart gearbeitet«, sagte Zak verbittert.

»Lass uns noch ein bisschen Grundsätzliches klären. Was hat es mit Jack Flynn und Michael Cobb auf sich?«

Zak kniff die Augen zusammen. »Du hast deine Hausaufgaben wirklich gründlich gemacht.«

»Ich stelle dir meine Männer und meine Mittel zur Seite, Zak. Da achte ich auf jedes i-Tüpfelchen.«

»Verständlich.« Zak fuhr sich ungeduldig mit beiden Händen durchs Haar. »Flynn hat eine Störungsklage wegen der sogenannten feindlichen Übernahmen von ZAG eingereicht. Sie hat zu nichts geführt. Das war 2002.«

»Und Cobb?«

Ach, Cobb war der Firma schon seit Jahren ein Dorn im Auge. »Cobb hat für ZAG Search in der Kreativabteilung gearbeitet. Um fair zu bleiben, er hat am Anfang viel zur Anwendbarkeit und dem Interface der Website beigetragen.« Zak übersetzte: »Er hat möglich gemacht, dass die Website benutzerfreundlich ist und jeder Zugang dazu hat, auch Behinderte oder so.«

»Und?«

»Und er hat beschlossen, sich ein bisschen Geld dazuzuverdienen, indem er seine Entwürfe an eine Konkurrenzfirma verkaufte. Wir haben es rausgefunden, ihn gefeuert, und er hat uns 2004 wegen Vertragsbruch verklagt.« Zak zuckte mit den Schultern. »Er hat verloren.« Es gehörte alles zum Geschäft. »Das sind alles nur ganz normale Leute, die den Geschäften, die sie gemacht haben, nicht gewachsen waren«, sagte er. »Ich kann mir nicht vorstellen, dass einer von denen eine persönliche Vendetta gegen mich, Gideon oder Buck führt.« Schon gar nicht *mit* Buck zusammen.

»Irgendwas, was du mir nicht erzählt hast?«

»Vielleicht eine ganze Menge.« Zaks Lippen zuckten, als er

aufsprang. »Aber das tut nichts zur Sache.«

»Ich habe Wirtschaftsprüfer und ein Heer von Anwälten damit betraut, die Finanzen von ZAG Search bis ins Kleinste durchzusehen.« Die gelassene Bemerkung war wie ein Schlag vor die Brust. Er zwang sich, sich zu entspannen. Es musste gemacht werden. »Privat *und* geschäftlich«, fügte Savin hinzu. »Wenn du irgendwas zu verbergen hast, Stark, irgendjemand, der aus der Versenkung auftauchen könnte, wäre jetzt der Zeitpunkt, es mir zu sagen. Ich will dich und meine Männer nicht blindlings in so eine Situation schicken.«

ZAG Search war sein Baby, aber er ließ den Revierkampf mal außer Acht. Ohne Gid war die Firma nichts. »Finde Buckner«, sagte er. »Und dann finde heraus, *warum* . Rein gar nichts davon ergibt Sinn. Gestern hätte ich Stein und Bein geschworen, dass Buck sich nicht das Geringste hat zuschulden kommen lassen, und heute scheint er ein Schurke zu sein. Und ich kann es immer noch nicht glauben.«

»Was weißt du über Adam Paulson?«

Sämtliche Luft wich aus Zaks Lungen. Scheiße. Paulson. An den hatte er seit dem MIT nicht mehr gedacht.

»Zak?«

»Stimmt«, sagte er mit mürrischer Miene. »Adam gehörte damals zu unserer kleinen Gruppe dazu. Hat mit uns herumgesessen und mit Ideen um sich geworfen, war aber nicht bereit, die Zeit oder das Geld zu investieren, um ZAG mitzugründen. Er hielt uns für verrückt, weil wir das College geschmissen haben. Er wollte plastischer Chirurg werden. Meinte, er wolle nicht nur reich werden, sondern bis zum Hals in Titten und Ärschen stecken, bevor wir unsere erste Million machen würden.«

»Weißt du, was aus ihm geworden ist?«

Zak runzelte die Stirn. »Eigentlich nicht. Das Letzte, was ich von ihm gehört habe, war, dass er im fünften Jahr seines Medizinstudiums war und ungefähr hundert Riesen Schulden für seinen Studienkredit hatte.« Er zuckte die Achseln. »Bei der Sache mit den Titten und Ärschen bin ich mir nicht sicher. Warum?«

»Nikki Buckner ist seine Schwester.«

Zak ließ sich rückwärts in den Stuhl fallen. »Scheiße. Bist du sicher?«

»Ja, bin ich. Hat Buckner das nie erwähnt?«

»Nein. Aber ich dachte, Nikkis Mädchenname wäre Hibbert.«

»Halbgeschwister. Verschiedene Väter.«

»Meinst du, Buck arbeitet für Paulson?« Das ergab noch weniger Sinn, als dass Buck aus eigenem unerfindlichen Interesse handelte.

»Oder Paulson findet, ihr drei schuldet ihm was, und benutzt Buck als Sündenbock, um euch alle zusammen in einem hübschen Bündel fertigzumachen. › Wenn ein Haus mit sich selbst uneins wird, kann es nicht bestehen‹und der ganze Quatsch.«

»Aber wie?«

Savin zuckte mit den Schultern. »Wenn Paulson und Nikki sich nahestehen, könnte sie diejenige sein, die das Geld vom Konto abgehoben hat«, schlug er vor. »Hinter dem Rücken ihres Mannes. Oder, verdammt, Paulson könnte deinen Partner mit irgendwelchem Dreck, den er über Nikki hat, erpressen. Gott allein weiß, was, aber mir würden ein Dutzend

Methoden einfallen, einem reichen Mann Geld aus dem Kreuz zu leiern.«

Zak dachte darüber nach und starrte an die Decke. »Ich sage es nur ungern, aber es ergibt Sinn.«

»Ich bleibe an dieser Spur dran. Bis dahin, bring uns mal auf den neuesten Stand, was diese Koordinaten angeht.«

Zak leierte die Zahlen herunter. Die letzten paar Stellen veränderten sich sehr langsam. Gideon war in Bewegung. Die Frage war: allein oder in bewaffneter Begleitung?

»Sie bewegen ihn.« Savin redete mit jemandem, den die Kamera nicht erfasste, dann sah er wieder nach vorn. »Zeit zu gehen. Dein Team tankt auf, prüft die Ausrüstung und ist bereit, sobald du da bist.« Savin starrte Zak direkt an. Seine Augenbrauen zogen sich über seinem Blick zusammen, der so eindringlich war, dass selbst Zak den Drang verspürte, strammzustehen und zu salutieren. »Wir finden ihn, so oder so. Reith wartet unten, um dich zum Flughafen zu bringen. Viel Glück.« Der Bildschirm wurde schwarz.

Eine lange Weile war es still im Raum.

Acadia rührte sich. »Gott. Darf der das machen?« Sie stand auf, ihre Stimme klang zittrig. »Einfach so in deinem Leben rumschnüffeln? Ist das überhaupt legal?« Sie rieb sich die Oberarme, ihr Gesicht wirkte bleich und überanstrengt.

Zak wusste es nicht genau, aber der Mann half ihm. Also zuckte er mit den Achseln. »Ich habe nichts zu verbergen, und ehrlich gesagt, selbst wenn, wenn es uns hilft, herauszufinden, wer Gideon das angetan hat, dann ist mir scheißegal, was er findet.« Zak streckte die Hand aus und fand ihre Augen im Dämmerlicht des Raums. Sie waren voller Emotion und Sorge. Um ihn, das wusste er. Und etwas Sanfteres. Süßeres.

Er verspürte einen harten Stoß in die Brust. »Kommst du mit mir runter?«

Sie ließ ihre Finger in seine schlüpfen, und er führte ihre vereinten Hände an seine Lippen, küsste ihre ringlosen Finger und wunderte sich, wie etwas, das so zerbrechlich wirkte, so verdammt tatkräftig sein konnte.

Er trat auf den rissigen, schwarz-weißen Fliesenboden der Lobby hinunter und drehte sich dann um, um ihr die Hände auf die Hüften zu legen. Sie stand eine Stufe über ihm, sodass sie auf Augenhöhe waren. »Sprich nicht mit Fremden.« *Pass auf dich auf. Mach verdammt noch mal nichts Dummes, nur um den Helden zu spielen. Sei hier, wenn ich zurückkomme.* Aber sie würde nicht da sein. Sie würde schon auf dem Weg nach Hause sein, während er noch zu Gideon flog. Zak sagte nichts von diesen Dingen.

»Versprochen«, flüsterte sie zärtlich, und ihre sanften Augen wirkten trübe und verloren.

Sonst sagte sie auch nichts.

Die Tür schloss sich hinter ihm mit einem leisen, endgültigen Klicken. Das war's. Er war weg.

Acadia ließ sich auf die unterste Stufe plumpsen, als Cam die Tür hinter Zak verriegelte. Ihr Blick verschwamm, und sie wischte sich mit dem Unterarm über die Augen, bevor sich Tränen bilden konnten. Sie hatte gewusst, dass es so kommen würde. Sie hatte keine Ausrede.

Ein lautes Pfeifen durchschnitt die Luft und ließ sie aufspringen.

»Schon gut, Mädel, nur der Kessel«, beruhigte Cam sie. »Ihr Mann und sein Bruder werden schneller in Sicherheit sein, als

Sie denken. Wie wär's mit 'ner Tasse Tee in der Küche, bevor ich Sie zum Flughafen bringe?«

Acadia sah ihn überrascht an. »Wenn ich auch gleich aufbreche, warum bin ich dann nicht mit Zak und dem anderen gefahren?«

»Es ist nicht an mir, nach dem Warum zu fragen«, sagte er leichthin. »Springen Sie rauf und holen Sie Ihre Sachen, Mädel. Bis Sie wieder hier sind, ist der Tee gezogen.«

»Danke, Cam. Ich bin gleich wieder da.«

Acadia ging nach oben, und jeder Schritt war schwer vor ungeweinten Tränen und angestauten Gefühlen. Sie wünschte, sie könnte hierbleiben und sich mit Cam Garcia verkriechen, bis sie Zak und Gideon mit ihren eigenen Augen in Sicherheit sehen konnte. Aber niemand, schon gar nicht Zakary Stark, hatte vorgeschlagen, dass sie wartete. Sie sollte sich freuen, dass sie schon in kürzester Zeit in einem Flugzeug saß und auf dem Weg nach Hause war. Stattdessen wünschte sie sich beinahe, dass sie den Mumm gehabt hätte, darauf zu bestehen, sich an Zaks Seite mit in den Dschungel zu wagen.

Sie stieß die Zimmertür auf, holte ihr iPhone hervor und wählte Ambers Büronummer. Ihre Freundin, die Einkaufsleiterin bei einem Fuhrunternehmen war, hatte schon nach ein paar Tagen wieder zurück in die Firma gemusst. Acadia wusste, dass sie jetzt da wäre, zwar besorgt, aber gezwungen, ihren Verpflichtungen nachzugehen.

Amber war außer Haus, und Acadia wartete, bis der Typ am anderen Ende einen Stift gefunden hatte, um eine Nachricht aufzunehmen. Bis er Minuten später wieder am Telefon war, wurde Acadia klar, dass sie nicht alles, was sie sagen wollte, in einer Nachricht unterbrachte, also beschränkte sie sich darauf, zu sagen, dass es ihr gut ging und dass sie am nächsten Tag zu Hause sein würde. Sie würde Amber anrufen, wenn sie angekommen war.

Sie hob Zaks Matchsack auf, der neben dem Bett lag. Was in aller Welt sollte sie mit einer Tasche voller Kugeln und seidenen Boxershorts? Vielleicht sollte sie sie dalassen.

Noch besser. Sie würde sie bei Cam lassen. Als sie in den Flur hinaustrat, hörte sie einen lauten, *sehr* lauten Schlag. Das merkwürdige Geräusch ließ sie wie angewurzelt stehen bleiben. »Nicht überreagieren«, flüsterte sie, als ihr Herzschlag sich überschlug. »Cam hat etwas fallen gelassen, oder ...«

Sie spitzte die Ohren, ob sie noch etwas hörte ...

Eine Explosion erschütterte das Gebäude. Die Wände wackelten, der Boden erzitterte heftig, und sie musste sich am Türpfosten festhalten, um auf den Beinen zu bleiben.

Schritte, untermalt von Schüssen, hallten die Treppe herauf, als Cam von unten schrie: »Los! Los! *Los!*«

18

*C*am kam die Treppe heraufgepoltert. Ohne Acadia eines Blickes zu würdigen, ließ er eine Hand hervorschnellen, griff nach dem Treppenpfosten, drehte sich um die eigene Achse und schoss weiter nach unten. Der Lärm von rennenden Schritten und Schüssen hallte durch das Treppenhaus und wurde von den Wänden zurückgeworfen. Sie blickte ungläubig, als Cam, ohne sich umzudrehen, rief: »Fangen Sie!«

Etwas segelte über ihren Kopf und landete einen Meter hinter ihr auf dem Holzfußboden. Sie traute sich nicht, hinzusehen.

»Badezimmer, Mädel«, rief er, seine Aufmerksamkeit galt teils dem Abfeuern seiner Waffe und teils dem Bestreben, demjenigen, der versuchte, heraufzukommen, daran zu hindern, dasselbe zu tun.

Acadia bückte sich nach dem Schlüssel.

»Der Fluchtweg«, bohrte Cam. »Wissen Sie noch? Laufen Sie runter und zur Seitentür raus. Über das leere Grundstück und zwei Straßen weiter zur Juan Pablo South. Auf dem Parkplatz der Bank steht ein grüner Ford Truck. Sehen Sie zu, dass Sie zum Flughafen kommen. Halten Sie auf keinen Fall an.« Seine Rede wurde immer wieder unterbrochen vom Schnellfeuer seiner Maschinenpistole, die er auf den gerichtet hatte, der unten auf der Treppe das Feuer erwiderte.

Ihre Finger krampften sich um den Schlüssel. »Und was ist mit Ihnen?«

»Ich mach meinen Job. Die aufhalten. Auf Sie aufpassen. *Los jetzt.* «

»Werden S...«

»*Los!*«

Acadia rannte zurück ins Zimmer und knallte die Tür zu. Gott. Sie schien Bomben wie ein Magnet anzuziehen! Wie konnte irgendjemand wissen, wo sie war? Oh, nein. Zak? Wenn die wussten, dass sie hier war, hatten sie ihn schon ... Sie zuckte zusammen, als wieder Schüsse ertönten. Nah. Zu nah. Holz zerbarst, ein hohes Kreischen, als wenn eine Kugel auf Metall traf.

Sie schloss die überraschend schwere Tür ab, klemmte schnell den Stuhl unter die Klinke und rannte dann ins Bad. Schritte polterten die teppichlose Treppe hinauf, die in den zweiten Stock führte. Sie knallte die Badezimmertür zu und zog an dem Handtuchhalter, an dem noch die Handtücher hingen.

Moment. Wenn sie einfach verschwand, würden sie wissen, dass sie nach einer Geheimtür suchen mussten. Sie musste eine falsche Fährte legen, um sie aufzuhalten.

Fenster! Eine naheliegende Fluchtmöglichkeit. Sie rannte zu dem kleinen Fenster und riss es auf, dann griff sie wieder nach der Handtuchstange.

Nach vorne ziehen und dann nach rechts drehen.

Eine kleine Tür in der Wand öffnete sich. Die Öffnung war groß genug, dass sie hineinkrabbeln konnte, und das tat sie wie ein Krebs. Dann trat sie sie hinter sich zu und hörte im selben Moment, wie die Zimmertür von der Wucht eines Trittes oder Schusses zerschmettert wurde. Sie konnte jetzt nicht über Cam nachdenken.

Der Tunnel war nicht groß genug, um darin zu stehen, aber sie kroch, so schnell sie konnte. Er war spärlich mit kleinen, bewegungsempfindlichen LED-Lampen beleuchtet, die im Abstand von vier Metern angebracht waren. Außerdem war er staubig, dreckig und voller Spinnweben, die in ihren Haaren, im Gesicht und an der Kleidung hängen blieben. Durch die Wände hörte sie, wie sich die Männer gegenseitig etwas zuriefen. Ihre Stimmen mit dem amerikanischen Akzent klangen im Tunnel gedämpft und verzerrt.

Acadia atmete erleichtert auf, als sie hörte, wie die Schritte sich eilig entfernten.

Über eine kurze, steile Treppe gelangte sie ins untere Stockwerk, musste durch noch einen langen Tunnel krabbeln und noch eine steile Steintreppe hinunter, bis sie endlich eine Tür erreichte.

Sie hielt die Luft an und rieb sich die schmerzende Seite, öffnete vorsichtig die Tür zum hellen Sonnenlicht. Rasch blickte sie sich um – keine Typen mit Pistolen, keine rachsüchtigen, wilden Kinder. Sie rannte los.

Atemlos sprintete sie über ein von Unkraut überwuchertes Grundstück mit einem verfallenen Gebäude. Über Haufen aus Ziegeln und kaputten Backsteinen, über Hügel aus trockenem, bröckeligem Dreck, über flatternde Zeitungen und leere Flaschen. Sie atmete in heftigen Stößen, ihre Lungen brannten. Sie fühlte sich, als hätte sie eine riesige Zielscheibe auf dem Rücken. Wenn einer von diesen Männern jetzt aus einem Seitenfenster sah, konnte er ihre fliehende Gestalt kaum übersehen. Und sie wäre tot.

Sie bog um die Ecke, ihr Herz raste. Die Straßen waren leer. Es würde noch Stunden dauern, bis die arbeitende Bevölkerung aus der Stadt zurückkehren würde. Sie war allein. Nur sie und das kratzige Unkraut. Die heiße Brise hob ihr Haar von ihrem verschwitzten Hals an und kühlte ihre Wangen. Das Stechen in ihrer Seite machte sich plötzlich und heftig bemerkbar, als sie um die Ecke rannte und nach dem Straßennamen sah. Juan Pablo.

Da, auf der anderen Straßenseite. Banco Central. Eindeutig nicht in Betrieb, mit den zerbrochenen Fensterscheiben, der verrotteten Fassade und dem müllübersäten Parkplatz. Der grüne Lieferwagen, von dem Cam gesprochen hatte, war das einzige Auto auf dem ansonsten leeren Parkplatz, und Acadia drückte den Schlüssel in ihrer Hand, bis sich die Zacken in ihre Handfläche bohrten. Sie zwang ihre Beine, schneller zu pumpen, als sie die leere Straße überquerte.

Wie lang war Zak jetzt weg? Fünfzehn Minuten? Etwas länger? Würde sie zum Flugfeld gelangen, bevor sie abhoben? Gott. Er würde *nicht* glücklich sein, sie zu sehen. Das wusste sie. Aber sonst konnte sie nirgendwohin. Nirgendwo, wo sie sicher wäre. *Wenn* sie sich je wieder sicher fühlen würde, und es war ein ziemlich großes Wenn.

Und was, wenn sie dort ankam und Zak schon weg war? Oder tot!

Aus zehn – fünf – drei Metern Entfernung schrie der Lieferwagen förmlich: *rostige Schrottkarre* . Der Mut verließ sie. Er sah nicht mal aus, als würde er fahren. Kein Wunder, dass er hier draußen sicher gewesen war. Kein Dieb war verzweifelt genug, um ihn zu klauen.

Aber sie hatte keine Wahl.

Acadia holte tief Luft, zog am Türgriff und rechnete halb damit, ihn lose in der Hand zu halten. Zu ihrer Überraschung war die Tür verschlossen. Als sie versuchte, den Schlüssel in das Schloss zu stecken, fiel er herunter. Sie bückte sich, um ihn aufzuheben, und brachte ihn für den nächsten Versuch in Position. Sie riss die rostige Tür auf und rutschte über das aufgeplatzte Vinyl des Sitzes. Der Wagen roch nach frittiertem Essen und verdorbenem Obst. Das Fenster würde sie später aufmachen. Im Moment war alles, was sie interessierte, so viel Abstand wie möglich zwischen sich und den doch nicht ganz so sicheren Unterschlupf zu bringen.

Der Schlüssel steckte schon in der Zündung, als Acadia noch die Tür zuknallte und verriegelte. Der Motor erwachte mit einem kraftvollen Schnurren zum Leben. Eher ein Ferrari als eine Klapperkiste, genau wie der Taurus.

Diese Typen bei den Geheimoperationen waren von einem völlig anderen Schlag.

Sie packte mit beiden Händen das Steuer und bog vom Parkplatz auf die Straße. Der Lieferwagen war innerhalb von Sekunden von null auf hundert. Als sie für den Bruchteil einer Sekunde an einer Kreuzung stehen blieb, hörte sie eine gewaltige Explosion. Eine riesige Wolke aus Rauch und Feuer schoss hinter ihr aus der Richtung des sicheren Hauses wie ein Pilz in den Himmel. Acadia zuckte zusammen. »Oh, Gott … Cam …« Sie konnte jetzt nicht an ihn denken. »Sieh nicht nach hinten, sieh nicht nach hinten.«

Sie trat das Gaspedal komplett durch, und der Lieferwagen beschleunigte auf hundertsechzig Stundenkilometer. Die Karosserie klapperte bedrohlich, und sie fürchtete, dass Teile abflogen, aber das hielt sie nicht auf. Sie war in ihrem ganzen Leben noch nie so schnell gefahren, dass die Gebäude nur so an ihr vorbeirasten.

Acadia schaffte es mit quietschenden Reifen und zwei Rädern in der Luft auf die Auffahrt zur *autopista intercomunal del aeropuerto*. Wenn sie sich recht erinnerte – und sie wusste, dass sie das tat –, war das private Rollfeld fünf Kilometer jenseits der Abbiegung zum Flughafen.

Acadia wurde langsamer, sodass sie sich unter die Pendler mischen konnte, die mit hohem Tempo aus der Stadt hinausfuhren. Sie war fest entschlossen, Zak zu erwischen, wenn es nicht schon zu spät war. Ihre Hände schwitzten am Lenkrad, und der Tacho zeigte über hundertsechzig an, als sie die Sirenen hinter sich hörte. Zu jedem anderen Zeitpunkt und an jedem anderen Ort wäre sie in ihrer Situation froh gewesen, von der Polizei verfolgt zu werden. Aber sie glaubte nicht, dass die schwarzen Fahrzeuge, die immer mehr aufholten, von der Polizei waren.

Und selbst wenn, würde sie ihr bestimmt nicht helfen. Das letzte Mal, als sie Polizisten gesehen hatte, wurden sie und Zak vom Flughafen aus verfolgt. Die Ausfahrt zum privaten Rollfeld lag vor ihr. Sie stemmte den Fuß auf das Gaspedal und betete, dass sie sich nicht umbrachte, bevor es die Typen hinter ihr schafften.

Blitzschnell warf sie einen Blick in den Rückspiegel, und der Transporter riss zur Seite aus. Drei schwarze Geländelimousinen rückten ihr von hinten auf die Pelle. Sie besaßen schwarz getönte Scheiben, Polizeiabzeichen und Blaulichter.

Vor sich sah sie einen großen Hubschrauber mit sich träge drehenden Rotoren. Sie hatte keine Wahl. Das Herz schlug ihr bis zum Hals, als sie mit ihrer verschwitzten Handfläche mit voller Wucht auf die Hupe ging und geradewegs darauf zufuhr.

Als das durchdringende Hupen eines Autos über das Lärmen der Rotoren hinweg ertönte, blickte Zak auf, der sich gerade die Gurte anlegte. »Was zum ...«

Ein alter Pick-up kam über das Rollfeld angerast und fuhr direkt auf den Helikopter zu. Einen halben Kilometer dahinter stoben gerade drei schwarze SUVs auseinander, um Transporter und Hubschrauber in die Zange zu nehmen. Sie holten rasch auf.

Als die vermeintliche Schrottkarre näher kam, sah Zak das blasse ovale Gesicht der Fahrerin.

Acadia.

Sein Herz machte einen Satz, und seine Hände fuhren an sein Gurtzeug. Ihre Gesichtszüge waren durch die Geschwindigkeit verschwommen, aber das seidig blonde Haar war unverkennbar. Ebenso wie das Gefühl des Entsetzens, sie hier zu sehen. Scheiße. Und was jetzt?

»Freunde von Ihnen?«, fragte Reith trocken, die Waffe, ein Sturmgewehr, schussbereit und die Augen zusammengekniffen, als der Pick-up und die SUVs dahinter mit hundertsechzig direkt auf sie zurasten.

»Die im Transporter«, antwortete Zak mit zusammengebissenen Zähnen.

Hinter ihm hielt der Mann, der sich als Spincher vorgestellt hatte, den Piloten an. »Da kommt was auf uns zu!«, sagte er ins Mikrofon. »Ein paar Buhmänner nähern sich, lasst schon mal die Kanonen warmlaufen!«

Der Hubschrauber verfügte über massive Artillerie. Genug,

um mehrere Fahrzeuge dem Erdboden gleichzumachen. Und Acadia würde es ebenso treffen, wenn er nicht selbst da rausging und sie holte. *Jetzt.*

Zak sprang mit eingezogenem Kopf auf den Boden. Sie hatten ihn für den Flug mit einem vollgeladenen M16-Gewehr ausgerüstet, und das hatte er bei sich, als er in der Hocke auf dem Rollfeld aufkam.

»Gebt mir Deckung«, rief er, als der Lieferwagen quietschend mit noch laufendem Motor zum Stehen kam. Er riss die Fahrertür auf und ergriff Acadia am Arm. Über den Lärm der Rotoren und der Schüsse hinweg schrie er: »Bist du verletzt?«

Das Geräusch des Handzünders eines Raketenwerfers übertönte ihre Antwort, und Zak gab sich damit zufrieden, sie so schnell es ging zu packen und zurück zu Savins Kampfhubschrauber zu reißen. Hundert Meter entfernt explodierte die vorderste Geländelimousine in einem lauten, heftigen Ball aus Hitze und Metall. Die Jungs im Hubschrauber wussten, was sie taten. Die Hitze und Wucht der Druckwelle fegte über Zak hinweg und versengte ihm die Lungen. Er strauchelte, aber er ließ Acadia nicht los, sondern zog und stützte sie, während sie sich duckten und die Beine in die Hand nahmen.

Ein in Flammen stehendes Lenkrad landete dicht vor ihr hüpfend auf dem Boden. Zak schlang die Arme fester um ihre Taille und hob sie darüber, ohne langsamer zu werden, und lief weiter. Sie zitterte und war außer Atem, hyperventilierte, aber soweit er sehen konnte, blutete sie nicht.

Sie rief etwas, aber er konnte sie nicht hören. »Die haben den Unterschlupf in die Luft gejagt.« Zak las es ihr von den Lippen, als sie den Hubschrauber erreichten. Bei dem Lärm konnte man unmöglich etwas hören. Ein zweites Fahrzeug wurde getroffen, und noch mehr Flammen schossen hoch in den schwärzlichen Himmel hinauf und erzeugten Säulen dichten, öligen Qualms.

Aus der Ferne hörte er das schwache Heulen von Sirenen. Oder vielleicht waren die Sirenen auch gar nicht so weit weg, bei der Kakophonie aus Schüssen und Explosionen aus allen Richtungen war das schwer zu sagen. Fahrzeugteile – ein Sitz, eine Autotür, ein Teil eines Motorblocks – fielen um sie herum zu Boden wie eine Art surrealer Hagel aus einem Gemälde von Salvador Dalí.

Er stieß Acadia in den Hubschrauber hinein, als erneut Pistolenschüsse das *Wupp-wupp-wupp* der sich schnell drehenden Rotoren durchbrach.

Spincher griff nach ihrer Hand und hievte sie ganz hinein.

Zak sprang hinterher, und der Mann schrie »Los! Los! Los!« in sein Lippenmikrofon.

Eine Kugel streifte den vierblättrigen zweimotorigen Apache-Kampfhubschrauber an der Seite und schepperte laut, als Zak Acadia zu Boden warf und ihr ein Gurtzeug mit Fallschirm anschnallte. Dann setzte er sich neben sie und sicherte seinen eigenen Gurt. Die gepanzerte Tür schloss sich.

Eine normale Unterhaltung war unmöglich. Reith brachte ein paar Kopfhörer nach hinten, und Zak setzte seine eigenen wieder auf.

Sie stiegen zweihundert Meter in der Minute, der Helikopter wurde beschossen, aber sie teilten noch mehr aus. Die Maschinenkanone feuerte mit ungefähr 625 Schuss pro Minute. Sie brachte die letzte Geländelimousine zur Strecke und mit ihr mehrere Polizeiautos. Was für eine persönliche Rechnung Buck auch immer mit Zak offen hatte, er hatte daraus gerade einen internationalen Vorfall gemacht. Scheiße.

Zak blickte über Acadias Kopf hinweg, als die Fahrzeuge in einem neuen wüsten Schauspiel in die Luft flogen. Die Show hatte einen ganzen Schwarm Polizeiautos angezogen, mit Blaulicht und Sirenen.

Acadia zitterte, ihr Gesicht war weiß und dreckverschmiert.

Er berührte ihre Wange. »Alles klar?«

Ihre Augen, mit denen sie das sich rasch entfernende Rollfeld fixierte, wanderten langsam zu seinem Gesicht. Stumm schüttelte sie den Kopf und machte eine schwankende Handbewegung. Zak zog sie in seine Arme und drückte ihren Kopf an seine Schulter.

Sie flogen über die Innenstadt von Caracas und sahen eine Minute später die Rauchwolke über dem Unterschlupf, der jetzt nur noch ein großes, verdammtes Loch im Boden war. Himmel! Keine gute Tat blieb ungestraft. Savin hatte Riesenärger am Hals. Und Zak hatte das Gefühl, dass er nicht so bald wieder nach Venezuela eingeladen werden würde.

Aber das war es alles wert, *wenn* er Gideon fand. Und zwar lebend.

Sie flogen über das Lager, wo der Militärhubschrauber mit Bucks Sicherheitsleuten gelandet war. Dort gab es nichts außer schwarzer Erde von einer weiteren Explosion. Meine Güte, wie viel Sprengstoff hatten diese Arschlöcher denn noch? Und warum zum Teufel jagten Bucks Leute einen Hubschrauber im Wert von mehreren Millionen Dollar in die Luft? Es ergab keinen Sinn. Scheiße. Überhaupt nichts ergab Sinn.

Einzelne Flammen züngelten zwischen den glühenden Teilen, die von dem Blackhawk übrig geblieben waren.

»Besteht die Möglichkeit, dass sie noch weggekommen sind?«, fragte Zak, obwohl der Geruch des träge in die Luft steigenden Qualms eigentlich alles sagte. Treibstoff, brennendes Gummi und verkohltes menschliches Fleisch.

»Der Vogel wurde am Himmel abgeschossen«, sagte Reith verbittert. »Da ist niemand mehr zu Fuß weggegangen.«

»Oder es soll so aussehen«, sagte Zak grimmig. Buck war ein cleverer Kerl. Zak traute ihm zu, etwas wie einen »Unfall« aussehen zu lassen, um seinen Partner glauben zu lassen, die Chancen, Gideon zu retten, hätten sich verbessert.

»Verdammt teures Ablenkungsmanöver«, sagte Spincher in sein Lippenmikrofon.

Die Kosten wären für Buck unerheblich. »Dafür gibt's eine große Belohnung.« Sie ließen das rauchende Wrack hinter sich und flogen über das Dach aus Bäumen, als Zak ihnen erneut die Koordinaten durchgab.

Er holte tief Luft und konzentrierte sich darauf, Gid zu finden. Mit Buck würde er abrechnen, wenn es an der Zeit war, was vermutlich nicht mehr lange dauern würde, aber im Moment ging es nur darum, seinen Bruder zu retten.

Zwei von Savins Männern würden sich zusammen mit ihm abseilen. Die anderen beiden würden mit dem Piloten und Acadia in der Luft bleiben. Die Männer würden ihm von oben Feuerschutz geben, wenn sie Gideon fanden und befreiten. Die Sonne war ein glühend heißer Feuerball, als sie hinter die Baumkronen sank. Zak ließ die Finger seiner linken Hand auf dem Zifferblatt von Gideons Uhr ruhen, die wie ein Talisman an seinem rechten Handgelenk prangte. Er trug eine zu große kugelsichere Weste, die er von einem der Männer bekommen hatte, dazu einen Helm und einen Augenschutz, und er war angeseilt. Acadia schmiegte sich an ihn und riss weit die Augen auf, während sie versuchte, das alles zu kapieren.

Sie ließ ihre schlanke, leicht feuchte Hand in die von Zak schlüpfen und verschränkte ihre Finger mit seinen.

Er wünschte sich mit jeder Faser, nicht hier zu sein. Die ganze Sache war so scheißgefährlich wie eine Besteigung des Mount Everest ohne Sauerstoffgerät. Die verschiedenen möglichen Ausgänge, von Verstümmelung über einen Fehlschlag bis hin zum Tod, waren der nackte Wahnsinn.

Er veränderte seine Tiefenwahrnehmung und ließ alles um sich herum verschwimmen, ein Trick, den er vor Jahren für Situationen gelernt hatte, in denen er sich ganz auf eine Sache konzentrieren musste. Er musste den ausgebildeten Profis vertrauen, dass sie Acadia vor Schaden bewahrten, während er sich auf die Rettung seines Bruders konzentrierte.

Zak hasste es, davon abhängig zu sein, dass andere seinen Job erledigten: die Frau zu beschützen, die er unschuldig in dieses Chaos mitreingezogen hatte.

Er hatte schon mal bei einer Frau versagt, die darauf gezählt hatte, dass er sie beschützte. Auch vor sich selbst. Er würde nicht noch mal versagen. Für einen Moment bekriegten sich Zaks Gewissen und sein Herz.

Was wäre, wenn er *keinen* sechsten Sinn entwickelt hatte, nachdem er offiziell gestorben war? Was, wenn er nur einen verdammten Dachschaden hatte und das alles Halluzinationen waren?

Was, wenn er dafür verantwortlich war, unschuldige Menschen mit sich auf einen verdammten Irrweg zu schleppen? Zak musste sich jetzt entscheiden. Die Zeit lief ihm davon. Sich abseilen und zu Gott beten, dass er seinen Bruder fand? Oder den Piloten abdrehen lassen und Acadia in Sicherheit bringen? Die Zahlen in seinem Kopf zogen weiter unbeirrt und ohne Unterbrechung an ihm vorbei.

Wenn er ihnen Glauben schenken durfte, befand sich Gideon an derselben Stelle wie noch vor einer Stunde. Das würde die Befreiung erleichtern.

Der Hubschrauber wurde allmählich langsamer und begann zu sinken.

Acadias Griff wurde fester. *Entscheide dich, Stark.*

Fünfunddreißig Jahre mit einem Bruder, den er verehrte, gegen eine Handvoll Tage mit Acadia?

Die Wahl sollte ihm nicht schwerfallen.

»Stark?«, sagte Reith in sein Headset und zeigte auf das Navi des Hubschraubers. Zak nickte. Die Koordinaten stimmten. Tatsächlich wurden die Zahlen in seinem Kopf irgendwie immer heller und lebendiger, je näher sie kamen. Gideon war irgendwo da unten …

Der andere Mann zählte mit den Fingern einen Fünf-Sekunden-Countdown.

Der Hubschrauber fiel noch hundert Meter ab.

Acadias Finger, die seine umklammerten, sahen klein und blutleer aus.

Das Geräusch der Rotoren würde jetzt am Boden zu hören sein, und schon bald würde man den Hubschrauber sehen. Aber in alle Richtungen gab es nichts als dichten Dschungel, meilenweit. Wer auch immer bei Gideon war, würde nicht weit kommen.

Zak löste seine Hand aus Acadias. Sie drehte den Kopf zu ihm und lächelte. Ein leichtes, tapferes Lächeln, das ihm in der Brust schmerzte, als wäre ihm etwas herausgerissen worden. Es tat weh und fühlte sich leer an und brutal. Mit einem scharfen Geräusch entwich ihm der Atem.

Weil er es nicht schaffte, sie *nicht* zu berühren, streckte er die Hand aus und legte zwei Finger auf ihren weichen Mund. Ihre Lippen streiften seine Finger, als sie sanft sagte: »Geh, Gideon holen, Zak. Bring ihn nach Hause.«

Bevor einer von ihnen beiden etwas verdammt Dummes tun konnte, stand er auf.

Reith schob die Tür auf und ließ die Seiltaschen fallen. Zak befestigte das M16 sicher über seiner Brust und sorgte dafür, dass das KA-BAR-Messer und die Seitenwaffe sich nicht selbstständig machten, wenn er sich abseilte, und wartete, bis er an der Reihe war, nachdem Reith über den Rand des Hubschraubers verschwunden war.

Sieh nicht zurück, Stark.

Der Wind pfiff an ihm vorbei, und er holte tief Luft. Sie füllte nicht das Loch hinter seinem Herzen.

Scheiße. Er trat über den Rand.

Es war nichts Raffiniertes daran. Zak, Reith und Spincher sahen das Glimmen eines Feuers zwischen den Bäumen und feuerten aus allen Rohren. Zak schoss mit dem M16-Gewehr und versuchte, sich dabei nicht davon ablenken zu lassen, dass die Zahlen immer heller und heller wurden, als drehe jemand einen Dimmer auf. Der erste Schuss traf die beiden Männer, die das Pech hatten, das Empfangskomitee zu bilden.

Mit einem überraschten Schrei fiel der Erste zu Boden. Zak schwenkte herum, um den Nächsten zu durchbohren, aber Spincher kam ihm zuvor. Der Mann fiel ebenfalls in die kürzlich beschnittene Vegetation, und Blut strömte rot über seine Tarnkleidung.

Angewidert erinnerte Zak sich an all die verfluchten Gründe, warum er keine Schusswaffen mochte. Sie töteten, und das schnell.

Zwei Männer flankierten Piñero auf der halb verwilderten Lichtung, Uzis in den Händen.

»*Buenas tardes,* Señor Stark. *Bienvenido de nuevo.* Wie ich sehe, haben Sie unsere Gastfreundschaft vermisst.«

Aus dem Augenwinkel sah Zak den hastig zusammengezimmerten Verschlag. Zwei mal zwei Meter. Keine Fenster, keine Belüftung. Da drin musste es wie in einem Ofen sein. »*Gideon!*«

Es war eine beschissene mexikanische Pattsituation, alle sechs standen da und hatten die Waffen aufeinander gerichtet. Zak juckte es in den Fingern, sie zu erschießen. Es würde Zeit sparen, vorausgesetzt, sie waren schnell genug, nicht selbst erschossen zu werden.

Ziemlich unwahrscheinlich. »Lassen Sie Ihre Waffen fallen«, sagte er kalt zu ihnen. Gott, er hatte noch nie einen solchen Drang verspürt, Gewalt auszuüben.

»Ich denke ...«, begann Piñero hochmütig, doch Zak drückte ab und feuerte einmal auf die Frau, aus solcher Nähe, dass er das Weiße in ihren Augen sehen konnte, als die Kugel an ihrem Ohr vorbeizischte. Der Mann links von ihr schrie vor Schreck auf und schützte seinen Kopf, seine Waffe segelte in die Wand aus Grün hinter ihm.

»Lassen Sie sie jetzt fallen«, wies Zak an und gab einen weiteren Warnschuss ab. »*Gideon?*« , schrie er erneut. Ein Papagei kreischte und warf sich von einem nahen Baum hinab. Zak hob den Lauf und zielte genau in die Mitte von Piñeros Stirn. »Holen Sie ihn raus. *Jetzt.* «

Sie rührte sich nicht, flüsterte jedoch dem Typ rechts von sich etwas zu. Er war mittelgroß, trug Stiefel und Tarnkleidung und hatte sich die Mütze tief über die Augen gezogen. Der Mann antwortete, und Piñero ließ mit sichtlichem Widerwillen die Uzi fallen. Ohne dass man es ihr sagen musste, faltete sie die Hände auf ihrem Scheitel.

»*Alle* Waffen«, sagte Spincher, als er und Reith sich um sie herum auffächerten. Eine rasche Durchsuchung ergab, dass die Guerillas unbewaffnet waren. »Gehen Sie ihn holen«, sagte er zu Zak. »Wir haben nicht viel Zeit.« Reith ging hinter sie und befahl den Männern, die Hände nach hinten zu nehmen. Loida Piñero tat es mit einem unangenehmen Lächeln in ihrem schmalen, unattraktiven Gesicht. Ihre Männer folgten ihrem Beispiel.

»*Me da pena que él no puede caminar sin ayuda.*« Hinter dem Kopf mit Handschellen gefesselt, wies Piñero mit einem Ruck ihres Kinns auf den Verschlag.

Zak drehte sich danach um. Plötzlich prasselte ein Kugelhagel auf sie ein. Schüsse hallten aus der sie umgebenden Vegetation, und Piñero sprintete lachend zum Rand der Lichtung.

»Angriff!«, schrie Reith und fügte barsch hinzu, »Stark, machen Sie! Wir beschäftigen die solange. Los, los, los!«

In geduckter Haltung rannte Zak zu dem Verschlag, das Herz schlug ihm dabei bis zum Hals.

Er raste durch hohes Gras und niedrige Sträucher hinüber und ging dabei in die Hocke, denn der Widerhall des Automatikfeuers hinter ihm war ihm nur allzu bewusst.

Die schmale Tür des Verschlags war zugenagelt. »Gid! Geh zur Seite, ich komme rein!« Ein harter Tritt mit Zaks gestiefeltem Fuß, und die Tür wurde aus ihren Angeln gerissen und fiel scheppernd nach innen zu Boden.

»Oh, Gott, Gid ...« Er brauchte nur einen großen Schritt, um die gegenüberliegende Seite des drückend heißen Baus zu erreichen, wo sein Bruder auf dem Boden ausgestreckt lag. Seine Kleidung war dunkel vom Schweiß und großflächig mit Blut bedeckt. Zak wusste nicht, wo er ihn berühren sollte, um nachzusehen, ob er noch am Leben war. Die Zahlen pulsierten und waren so grell, dass es ihn nicht überrascht hätte, wenn jemand, der ihn angesehen hätte, sie auch erblickte.

Er kauerte sich neben seinem Bruder zusammen und drehte vorsichtig sein Gesicht um. Er sah misshandelt und mitgenommen aus. Ein Auge war zugeschwollen, seine Unterlippe aufgeplatzt und bereits dick und geschwollen und mit getrocknetem Blut verkrustet.

»Gid ...« Zak musste Galle und Bedauern runterschlucken, bevor er weitermachen konnte. »Ich bin hier, um dich heimzuholen, du Faulpelz. Raus aus den Federn!«

Draußen hörte er eine Schusssalve, als er seine Finger an Gideons Hals legte. Mit angehaltenem Atem betete er inständiger als je zuvor, während er nach einem Puls suchte. Es gab einen, langsam und schwach. Zak dachte, Gideon wäre bewusstlos, bis sein Bruder ein Auge zu einem schmalen Schlitz öffnete und ihm einen benommenen, unscharfen Blick zuwarf.

»Z-zak.« Er bekam die eine, undeutliche Silbe kaum heraus. Gideon war eindeutig zu schwach, um überhaupt den Kopf zu heben, geschweige denn zu laufen. Gott verflucht, er würde kein verdammtes Seil zu einem fliegenden Helikopter hochklettern können.

Weitere Schüsse wurden abgefeuert, und Männerstimmen riefen Warnungen und Anweisungen. Scheiße. Was jetzt? Zak hängte sich das M16 über die Schulter und veränderte seine Position so, dass er seinen Bruder hochheben konnte. »Ich heb dich hoch. Versuch nicht, mir zu helfen.«

»S-s-s...« Gideon bemühte sich zu sprechen, seine schlaffen Finger suchten schwach nach Halt, bis sie sich um Zaks Handgelenk schlossen. »S-sie ... zurück.«

»He, he, alles ist gut. Mach dir keine Sorgen, okay? Ich hab dich.« Er packte Gideons Arm und hob ihn mit dem Feuerwehrgriff hoch. Weil er wusste, dass er ihm mit der Bewegung unsägliche Schmerzen verursachte, machte er so schnell wie möglich. Gideons lebloses Gewicht hing ihm wie ein Mehlsack über der Schulter. »Du wirst wieder okay sein«, knurrte er. »Du wirst wieder ...«

»... du bis ...« Gideons Stimme war schwach, aber er zupfte mit überraschender Kraft an Zaks schweißdurchtränktem Hemd, um seine Aufmerksamkeit zu erregen, als sie durch die Tür gingen.

»Ja. Ich weiß«, murmelte er und konzentrierte sich darauf, seinen Bruder nicht von seiner Schulter rutschen zu lassen, versuchte, mit einer Hand das Gewehr zu halten, und fragte sich, wo bloß alle waren. »Buck wollte uns umbringen. Er wird dafür bezahlen, Gid. Er wird ...«

Ein Soldat trat vor sie und versperrte ihm den Weg. Zak hob

seine Waffe, den Finger am Abzug, als der Guerilla mit einer tiefen, tödlichen Stimme zu sprechen begann. »Wie ich sehe, hast du dich überhaupt nicht verändert, du egoistisches Arschloch. Du gibst immer noch Menschen Anerkennung, die sie nicht verdient haben.«

Unmöglich.

Unwahrscheinlich.

In Fleisch und Blut.

Zak erstarrte. *Jennifer.*

19

»*Ü*berrascht?«, fragte Jennifer, streckte die Hüfte heraus und rückte die Uzi in ihren Händen zurecht.

Zak starrte auf das vage vertraute Gesicht der Frau, das nicht zu der *sehr* vertrauten Stimme passte. Sie war der »Kerl« gewesen, der neben Piñero gestanden hatte und der die Männer überredet hatte, ihre Waffen fallen zu lassen. Das einzig Vertraute an ihr war ihre Stimme.

»Was?«, fragte Zak verständnislos, und dass er mit einer Frau redete, die er vor zwei Jahren begraben zu haben glaubte, wollte einfach nicht in seinen Schädel.

In Tarnhose und -hemd gekleidet, eine Uzi über die Brust gehängt und ein KA-BAR-Messer in einem Halfter am Fußgelenk – all das passte einfach nicht zu Jennifer. Er war in einer anderen beschissenen Dimension. Während sie früher groß und schlank gewesen war, verzerrten die dreißig Kilo, die sie zugelegt hatte, ihren einst so grazilen Körper. Aber es war nicht nur die Gewichtszunahme, die ihre Gesichtszüge bis zur Unkenntlichkeit verändert hatte, sondern auch eine drastische Schönheitsoperation, die ihn hinters Licht geführt hatte. Sie war eine groteske, verunstaltete Parodie von Angelina Jolie.

Augenbrauen, Nase, Wangenknochen. Er versuchte, die aufgedunsene, veränderte Frau vor sich mit seiner hübschen, eleganten Jen, mit ihren feinen, zarten Gesichtszügen und dem schlanken Körper unter einen Hut zu bekommen. »Ich habe dich begraben.«

Jennifers Lachen klang durchdringend. Sie warf einen langen, fettigen Zopf über die Schulter nach hinten. »Die Berichte über meinen Tod waren ziemlich übertrieben, Zakary.«

Was du nicht sagst. »Ich bin nach Haiti gereist, um deine Leiche nach Hause zu bringen.« Zaks Brust schmerzte bei der bitteren Erinnerung. »Wir haben einen leeren Sarg begraben, weil nicht genug von dir übrig war, um es nach Hause zu bringen.« Zwei Jahre verzehrender Schuldgefühle, dass er sie nicht hatte retten können, nicht mal vor sich selbst. Zwei beschissene Jahre voller Selbstvorwürfe, weil er zugelassen hatte, dass ihr das passiert war. Ihr Tod hatte seine Welt verdunkelt.

»Ich muss zugeben, meinen Tod in Haiti vorzutäuschen war ein bisschen kompliziert. Aber nichts, was nicht mit ein paar Tausend amerikanischer Dollar zu regeln gewesen war.«

Jenseits der Bäume brach Pistolenfeuer aus, aber Zak richtete seine ungeteilte Aufmerksamkeit weiter auf sie. »Warum?«

»Mir war langweilig, langweilig, *langweilig,* Zakary.« Sie nahm ihre Mütze ab und hielt die Waffe weiter auf seine Brust gerichtet. Er zweifelte nicht eine Sekunde, dass sie ihn jetzt und hier, ohne mit der Wimper zu zucken, abknallen würde. Trotz der schwülen Hitze fühlte seine Haut sich kalt an, und sein Magen drehte sich vor Ungeduld und Abscheu um.

»Ich hatte dich für viel aufregender gehalten, als du es letztendlich warst. Du hast sehr oft Nein zu mir gesagt. Ich mag es nicht, wenn man mir diktiert, was ich tun und lassen soll. Unsere Ehe hat nicht funktioniert. Ich denke, das ist dir früh klar geworden. Aber du bist so verdammt dickköpfig, so davon überzeugt, immer recht zu haben, du hast es immer weiter und weiter und, verdammt noch mal, *weiter* versucht.«

»Wir hatten eine Abmachung.« Herrgott. Er musste Gideon in diesen Hubschrauber kriegen! »Ich habe geglaubt, wenn wir daran arbeiten, könnte es klappen. Ich hab mein Bestes getan, um dich glücklich zu machen.« Und es war nie gut genug gewesen.

»Tja, es hat nicht geklappt, und ich war nicht glücklich. Du hast schon aufgehört, mich zu lieben, noch bevor wir verheiratet waren, nicht wahr? Ja, ich wusste es. Aber du warst blöd genug, an mir festzuhalten, hast dich sechs endlose Jahre umsonst abgerackert.« Sie erschrak, als ein Trupial aus einem Baum in der Nähe hervorbrach, aber obwohl das Geräusch und die Bewegung sie zusammenzucken ließen, blieb ihre Waffe ruhig, als sie ihm bedeutete, rückwärts zu gehen. »Es war an der Zeit, weiterzugehen. Ich hatte andere Sachen zu tun, wollte woandershin.« Sie streichelte ihre Uzi, als wäre sie ein Schmusetier.

Er hörte wieder eine Reihe rascher Erwiderungen automatischer Waffen jenseits der Bäume und das *Wupp-wupp-wupp* des Helikopters über den Baumkronen. Schweiß rann ihm die Schläfe hinab. Gideons schwacher Puls schlug direkt über dem Verband seiner eigenen Schusswunde. Er rückte das Gewicht seines Bruders zurecht, und der Drang, Jennifer einfach den Rücken zuzukehren und wegzurennen, war so stark, dass seine Muskeln zitterten und sein Herz hämmerte. Aber die abschreckende Wirkung einer Uzi ins Brustbein auf diese Entfernung war enorm. Eine Kugel würde Gideon mit ihm zusammen töten.

Ein abgrundtiefer Abscheu schüttelte ihn. Die Verachtung, die er in Jens Augen sah, war ebenso unvertraut wie ihre Erscheinung. Er wollte einfach nur zurück zum Hubschrauber. Jennifer mit ihrer Scheißtheatralik konnte zur Hölle fahren.

»Wir hätten uns scheiden lassen können, wie ich es ein paar Wochen, bevor du nach Haiti geflogen bist, vorgeschlagen habe«, sagte er gepresst. »Du hast geheult und mich angefleht, uns noch eine Chance zu geben. Was ist überhaupt mit dem Baby passiert?«

Sie lachte. »Werde erwachsen.«

»Es gab gar kein Baby.« Natürlich nicht. Er hatte von Scheidung gesprochen. Der Trick hatte funktioniert. Er wollte es noch einmal versuchen.

»Eine Scheidung wäre wesentlich einfacher gewesen als all das.« Und er hätte verdammt noch mal weiterleben können ohne all die Schuldgefühle, die ihn aufgefressen hatten wie eine bakterielle Infektion.

»Das Ganze war noch in der Planung.« Sie breitete die Arme aus und schloss die ganze Umgebung in die Geste mit ein. »Ich war nicht bereit, mich mit mickrigen fünf Millionen zufriedenzugeben, wenn ich alles haben konnte.« Sie war früher schon unberechenbar und theatralisch gewesen, aber Zak hatte keine Ahnung, wie er mit dieser Jennifer fertigwerden sollte. War es das, worauf sie schon immer hingearbeitet hatte? All die Male, als er sie für launisch gehalten hatte ... Oh. Mein. Gott.

»Woher wusstest du von dem Unterschlupf?« Acadia hätte bei der Explosion ums Leben kommen können. Verdammt. Sie konnte immer noch sterben, wenn eine Kugel den Helikopter traf.

»Deine Freundin hat in den Staaten angerufen.« Mit dem Lauf der Uzi bedeutete Jennifer ihm, zurückzutreten. Zurück in den Verschlag, in dem sie Gideon festgehalten hatte. Weg von dem Hubschrauber, dessen Rotoren über ihren Köpfen ratterten. »Mithilfe der lokalen Polizei habe ich eure Handys zurückverfolgt, eine halbe Stunde, nachdem ihr sie gekauft habt. Diesmal hätten wir sie fast erwischt. Aber es spielt gar keine Rolle. Es ist nicht legal. Du bist nämlich bereits verheiratet.«

»Warum die Autobombe im Hotel?«, fragte er, ohne auf ihren Spott einzugehen.

»Um euch auszuräuchern. Mensch, Zakary. Sei doch nicht so begriffsstutzig.«

Es interessierte ihn nicht im Geringsten, warum sie all die total durchgeknallten Dinge gemacht hatte. Nicht mehr. Und schon gar nicht jetzt. Er versuchte es mit Logik. »Gideon braucht medizinische Hilfe.«

»Das ist mir scheißegal«, schleuderte sie mit kalter Stimme zurück, und der Zorn flackerte in ihren Augen auf wie eine blaue Flamme. »Von mir aus soll er ruhig sterben. Nichts, was ich dir antun kann, wird dich mehr treffen als der Tod deines geliebten Bruders. Du hast mir eine Menge Schwierigkeiten gemacht, Zak. Ich habe ein Vermögen investiert, um diese Entführung auf die Beine zu stellen und die ganzen Polizisten anzuheuern ... Ich habe ein Scheißvermögen verschwendet, um Waffen und Sprengstoff zu kaufen, verdammt noch mal!« Die Uzi zuckte zu seinem Gesicht hinauf, und er starrte den schwarzen Lauf entlang. »Ihr beiden solltet eigentlich hier warten, wenn ich hier ankomme. *Gideon* sollte schon vor einer Woche sterben, während du zusiehst und mich anflehst, ihn zu verschonen. Diese Frau, die du vögelst, sollte im

Firmenjet in die Luft gejagt werden. Du warst schon immer unberechenbar, Zakary.«

»Warum hast du dann deiner Freundin Piñero gesagt, sie soll einen von uns am Leben lassen?«

»Habe ich nicht. Ich habe dieser dämlichen Schlampe gesagt, sie soll *dich* am Leben lassen, mein Schatz. Um deinen Bruder habe ich mich einen Dreck geschert, als sich herausstellte, dass du weg bist. Er ist mir schon seit Jahren nichts als ein Dorn im Auge.« Sie lächelte, ein Zerrbild des Spotts und der Grausamkeit. »Ich würde sagen, er hat seinen Zweck erfüllt. Ich wusste, dass du kommen würdest, um nach ihm zu suchen. Du und dein Bruder, ihr wart schon immer ein Herz und eine Seele.« Sie verhakte zwei Finger miteinander, dann ballte sie die Faust, schüttelte sie und boxte sich damit auf den Oberschenkel.

Gideons Atem wurde immer langsamer. Zaks immer schneller.

»Gideon hier«, äffte sie mit Fistelstimme nach, »Gideon da. Ich plane das hier seit *Jahren*.« Sie warf ihm einen feindseligen Blick zu. »Ich habe dahinten eine nette kleine Siedlung gebaut. Ich wollte dich in deiner kleinen, luftarmen Zelle besuchen kommen. Ich wollte dein Gesicht sehen, wenn du das erste Mal siehst, wie deine tote Ehefrau wieder zum Leben erwacht. Du denkst, ich gebe mich mit mickrigen fünf Millionen Dollar zufrieden, wenn du hundert Mal so viel wert bist? Nein, verdammt. Ich will alles. Du hast mich um Hunderte von Millionen betrogen, die ich als Partnerin bei deinem beschissenen ZAG Search gemacht hätte. Und jetzt treibe ich sie ein.«

Schüsse zischten dicht über ihren Köpfe vorbei. Sie schien es nicht mal zu merken. Er versuchte erst gar nicht, in dem, was sie da brabbelte, irgendeinen Sinn zu suchen. »Du hattest eine wunderschöne Trauerfeier, Jen. All deine Freunde waren da, um dir die letzte Ehre zu erweisen«, sagte er und bemühte sich um einen gemäßigten Tonfall, obwohl er sich alles andere als das fühlte. »Wir haben dich alle geliebt. Dein Leben wurde gefeiert, und du wurdest von allen betrauert, denen du etwas bedeutet hast.« Zak, Gideon, Buck und Nikki. Das waren alle Trauergäste gewesen. Und Buck und Gideon hatten sie nie leiden können, obwohl sie sie um seinetwillen toleriert hatten. Offensichtlich hatten sie sich nie von ihrem Sexappeal und ihrem hohen IQ blenden lassen.

Sie warf ihm einen kalten Blick zu. »Ich bin nicht die Frau, die du *angeblich* geliebt hast. Aber ich bin die Frau, die zusehen wird, wie du stirbst, in hübschen, kleinen Raten. Um das werde ich mich nicht betrügen lassen. Dafür habe ich gearbeitet. Ich will es, und diesmal wirst du nicht Nein zu mir sagen, Zakary Stark. Du wirst mir *nicht* sagen, dass ich nicht haben kann, was ich will. Nie. Mehr.«

Es hatte keinen Sinn, mit ihr zu diskutieren. »Toll«, sagte er mit tonloser Stimme. Der Schweiß rann ihm die Schläfen hinunter, kleine Mücken umschwärmten sein Gesicht, und Gideon begann auf seiner Schulter zu rutschen. Der Körper seines Bruders blockierte Zak den Zugriff zu seiner Waffe, die er sich hinten in den Gürtel gesteckt hatte. Konnte er Jennifer abknallen? *Verdammt, ja* , dachte Zak wütend, als sie vor ihm stand und verhinderte, dass er Gideon in Sicherheit brachte. »Zum Teufel, dann tu, was du nicht lassen kannst. Aber lass mich erst Gideon an Bord des Hubschraubers bringen. Lass ihn die Hilfe bekommen, die er braucht, bevor du mir ein Körperteil nach dem anderen abhackst.«

»Auf gar keinen Fall. Das beeinträchtigt ja meinen Anteil als Witwe. Ich will alles, jeden verdammten Penny, den du hast.«

»Du kannst jeden verdammten Penny haben«, sagte Zak verkniffen. »Gib mir was zum Schreiben, und ich unterschreib dir das, *nachdem* wir Gideon in ein Krankenhaus gebracht haben.«

»Wenn er stirbt, bekomme ich mehr.«

»So, wie der Partnerschaftsvertrag funktioniert, nicht«, log Zak. »Wenn Gideon stirbt, gehen seine Anteile und sein ganzes Geld an eine entfernte Tante in Kansas City.« Die vorbeiziehenden Zahlen, die im Hubschrauber noch so grell gewesen waren, verblassten, als würde der Dimmer wieder heruntergedreht. Er schlang seinen Arm fester um Gideons Kniekehle. *Halte durch.*

»Schön.« Sie winkte unbekümmert mit einer dreckigen Hand. Ihre Fingernägel waren bis zum Nagelbett abgekaut, und er sah ein Stück von einem Tattoo, das an ihrem Handgelenk unter dem Ärmel verschwand. »Dann bekomme ich deins und das von Buck.«

»Da hat Buck auch noch ein Wörtchen mitzureden. Aber meins ...«

»Buck hatte heute Morgen, kurz nach dem Plausch mit dir, leider einen dummen kleinen Unfall, glaube ich. Ein Einbruch bei ihm zu Hause. Messer waren im Spiel.«

»Allmächtiger! Du hast *Buck* ermordet?«

»Ich musste *delegieren* , Zakary«, sagte sie zickig, als hätte er sie gebeten, den Müll rauszubringen und gleichzeitig die Spülmaschine auszuräumen. »Ich konnte wohl kaum an zwei Orten gleichzeitig sein!«

Herr im Himmel. Es war überhaupt nicht Buck gewesen, sondern von Anfang an Jennifer. »An wen hast du das denn delegiert?«

»An Nikki natürlich. Sie ist in einem netten Kurort in der Nähe von Los Angeles und hat ihre Gesichtsumänderung bei Adam machen lassen. Du erinnerst dich doch noch an Niks Bruder, oder? Noch jemand, den du auf deinem Weg nach oben verarscht hast. Ein tolles Alibi. Da haben wir zwei Fliegen mit einer Klappe geschlagen.« Sie zielte mit der Uzi auf sein Herz, hielt den Lauf zehn Zentimeter vor seine Brust, verzog langsam den Mund zu einem Lächeln, und auf ihren dreckverschmierten Wangen bildeten sich Falten. »Und bevor ich dich sterben lasse, *Liebling* «, sie sagte es wie einen Fluch, »werde ich ein für alle Mal deine beschissene *neue* Frau in die Luft jagen. Aber erst, nachdem ich ihr gesagt habe, dass du schon eine Frau hast. «

Er *musste* in diesen Hubschrauber. Aber es bestand keine Chance, dass sie ihn verfehlte, wenn sie schoss. »Nikki hat ihren eigenen Ehemann ermorden lassen?«

»Da haben wir was gemeinsam.« Sie strich sich mit dem Ende ihres Zopfes über die Wange. »Wir lieben uns schon seit Jahren, weißt du.«

»Du und Buck?«

»Du bist ein egoistischer Idiot, Zakary, weißt du das? Warum geht es immer nur um dich und deinen gottverdammten Schwanz? Lass diesen Jammerlappen fallen und geh wieder in deine Zelle, wo du hingehörst. Wenn die anderen zurück sind, kümmern wir uns um deine Homophobie.«

Wie zum Henker waren sie von Mord zu Homo...

»Du und *Nikki* ?«

»Sie war schon immer meine Seelenverwandte.« Zak

versagten fast die Knie, als er allmählich den Verrat an seinem und Bucks Eheleben und Bucks Tod verarbeitete. Himmel. Er konnte es nicht persönlich nehmen. Nicht jetzt. »Dann wünsche ich euch beiden alles Gute«, sagte er ruhig zu ihr. »Meinen Segen habt ihr, und wir können alle glücklich leben bis ans Ende unserer Tage.«

»Du wirst nicht glücklich leben! Du« – sie stupste ihn mit der Uzi, sodass er einen Schritt nach hinten machen musste – »du wirst erbärmlich, schmerzvoll und unglücklich leben bis ans Ende deiner Tage, und das wird schon sehr bald sein.«

Gideon glitt ihm von der Schulter. Der ganze Körper seines Bruders rutschte, während Zak sich bei jedem Stoß von Jennifers Waffe rückwärts bewegte. Zak festigte seinen Griff um die Knie seines Bruders, aber Gideon rutschte und drehte sich immer noch.

Plötzlich grub Gideon ihm den Ellenbogen in den Rücken und griff nach der Handfeuerwaffe aus dem Halfter an Zaks Gürtel. Er drehte sich so weit, dass er einen Schuss abfeuern konnte, der Jennifer aus nächster Nähe mitten ins Gesicht traf. Ihr Kopf explodierte wie eine Wassermelone und bespritzte Zak und Gideon mit Hirnmasse und Blut.

»Will-kommen«, sagte Gideon undeutlich und ließ den Kopf sinken, der gegen Zaks Rücken fiel. Die Pistole fiel aus seinen kraftlosen Fingern ins Gras.

»Jesus Christus!« Die Zahlen in Zaks Kopf wurden schwächer und schwächer. »Nein, Gid ... verdammt! Nein!« Zak versuchte, sie wieder heraufzubeschwören. Nichts. Er ließ Gideon von seiner Schulter ab, legte ihn ins Gras und presste ihm beide Hände auf die Brust. Das schlaffe Gesicht seines Bruders bebte und trübte sich. »*Atme* , verdammt noch mal. Atme!«

Die Rotoren über ihren Köpfen streiften die Baumkronen, und das ausbrechende Pistolenfeuer wurde zu bloßem Hintergrundgeräusch, als Zak sich abmühte, für seinen Bruder zu atmen. Er versuchte es mit Mund-zu-Mund-Beatmung. Er stemmte sich auf Gideons Brust und versuchte, nicht an seine wahrscheinlich gebrochenen Rippen zu denken. »Tu das nicht, Gid. Wir gehen jetzt nach Hause. Bitte ... stirb ... mir ... nicht ... weg.«

Er drückte seinem Bruder unterhalb des Kiefers zwei Finger auf den Hals. Nichts. Zaks Kopf sank auf die reglose Brust seines Bruders. »Verdammt, Gid!«

»Stark?« Es war Reith, der sich außerhalb seines Sichtfeldes befand. »Bewegen Sie Ihren Arsch. Wir müssen los. Jetzt.«

Acadia hatte alles getan, außer sich unsichtbar zu machen, um nicht im Weg zu sein. Aber der Helikopter war kein sehr großer Raum, auf sie wurde geschossen, und die beiden Männer, ganz in schwarz gekleidet, feuerten irgendwelche gewaltig aussehenden Kanonen auf die Leute unten ab.

Der Pilot schrie, dass sie schleunigst hier verschwinden mussten, weil sie schwer getroffen worden waren. Ja. Das hatte sie gemerkt. Die Einschläge an der Seite der Maschine klangen von innen wie Kanonenfeuer.

Unter ihnen brachen um die Lichtung herum Flammen aus, als Bäume Feuer fingen. Mit anderen Worten, die Hölle brach los, und Zak und Gideon waren mittendrin.

Wo waren sie?

Da unten war das totale Chaos. *Hier oben* war ein Pilot, der seine Mühe hatte, den Helikopter gerade zu halten, damit er die Männer am Boden wieder in das Mutterschiff zurückbeamen konnte. Und zwei Männer, die Waffen abfeuerten und nachluden, mit denen nicht zu spaßen war. Und eine Frau, die sich so dezent wie möglich verhielt, um ihnen nicht im Weg zu stehen.

»Wir haben Spincher.«

Der Helikopter verlor an Höhe und schwankte.

Gut. Nicht der Mann, von dem sie hören wollte. Aber gut. Acadia hielt die Luft an, wartete und betete.

»Hier kommen Reith und Stark. Weiterfeuern!«

»Gott sei Dank.« Sie zuckte zusammen, als ein Trommelfeuer von Schüssen von unten kam. »Schnell. Schnell. Schnell.«

Spincher wurde an Bord gehievt und drehte sich augenblicklich um, die Waffe in der Hand, um dem Mann, der das Seil hinaufkletterte, Feuerschutz zu geben. Zak? O Gott, bitte ...

Reith wurde auf den Boden des Helikopters gerissen, lag dort ein paar Sekunden und schnappte nach Luft, dann hob er seine Waffe auf, stützte sich gegen die offene Tür und feuerte nach unten in die schwankenden Baumkronen. Das Feuer reichte jetzt bis in das Laubdach, und der Qualm tat sein Übriges, um den Blick nach unten auf die Lichtung zu verhindern.

»Habt ihr seinen Bruder gefunden?«, fragte einer der Männer durch den Kopfhörer in Acadias Helm.

Reith feuerte noch einmal in die Bäume. »Er hat's nicht geschafft. Werft noch eine Leine aus.«

»Wir haben kei...«

Reith unterbrach ihn scharf: »Werft die Leine! Er will seinen

Bruder nach Hause bringen.«

Spincher beugte sich durch die offene Tür nach vorne, während rasch ein weiteres Seil hinabgelassen wurde. »Wir sind unter starkem Beschuss. Dieser Bastard bringt uns noch alle um. Beeilen Sie sich, Stark, verdammt noch mal!«

Ein Kugelhagel traf die Seite des Helikopters. Acadia musste aus dem Gurtzeug hinaus, aber Reith packte sie an der Schulter, als sie versuchte, die Schnalle zu lösen. »Sie können nichts tun, Ma'am. Bleiben Sie, wo Sie sind. Beeilung, ihr beiden!«, rief er wild gestikulierend den Männern zu, die an etwas zogen, von dem Acadia vermutete, dass es sich um das Seil handelte, an dem Gideon befestigt war.

Neben ihr murmelte Reith leise: »Scheiße«. *Oh, Zak.* Acadia versetzte es einen Stich ins Herz. So nah dran gewesen zu sein und seinen Bruder trotzdem verloren zu haben musste furchtbar sein.

»Hier kommt er!«, rief Reith und beantwortete das erneute Feuer, indem er sich hinter die Innenwand duckte. Eine Kugel flog durch die eine offene Tür hinein und geradewegs zur anderen wieder heraus. »Get ready to Rock and Ro... Oh, verdammt!«

»Was?« Acadia stemmte sich gegen die Gurte, die sie festhielten. »Ist Zak – *Was ist los?*«

»Nein!«, schrie Spincher zu Zak hinunter. »Kletter weiter, du Arschloch! Kletter verdammt noch mal weiter!« Er drehte sich wieder um und wandte sich an Reith, obwohl sie ihn alle über Kopfhörer hören konnten. »Die Leine des Bruders ist getroffen und abgetrennt worden, die Leiche liegt wieder am Boden. Hilf mir, Stark hochzuziehen, und zwar *schnell* .« Die Männer mühten sich ab und zerrten Hand in Hand die Leine hinauf. »*Zieht. Zieht. Zieht.*«

In ihrer Mitte hievten sie Zak an Bord. Er raste vor Wut.

Der Helikopter stieg mit einer Schwindel erregenden Geschwindigkeit, sodass Acadia das Herz bis zum Hals schlug. Sie war festgeschnallt und konnte nicht zu Zak, der auf dem Boden ausgestreckt liegen blieb, während sie an Höhe gewannen. Den Lärm der Schüsse ließen sie hinter sich, und es verblieben nur noch der Nachhall in ihren Ohren und die lauten Schläge der rotierenden Blätter über ihren Köpfen.

»Sind alle in einem Stück?«, fragte Reith über die Kopfhörer.

Jeder bejahte die Frage. Außer Zak, dessen Augen mit einem solchen Schmerz erfüllt waren, dass Acadia ihn bis in ihre Seele mitfühlte. Ihr Herz schwoll so an, dass es zu groß für ihre Brust wurde, als sie den Schmerz spürte, den er stoßweise ausstrahlte.

Sie wollte zu ihm kriechen und seinen Kopf an ihre Brust drücken. Wollte ihn wiegen oder küssen oder ihm den Rücken streicheln. Sie wollte ihm etwas von seinem Schmerz abnehmen und mit ihm teilen, um ihm seine Last zu erleichtern.

Alles, was sie tun konnte, war, dazusitzen wie eine Salzsäule und zuzusehen, wie er verzweifelt versuchte, mit dem Verlust seines Bruders fertigzuwerden. Die Tränen ließen alles vor den Augen verschwimmen, und sie musste sich das Gesicht an ihrer Schulter abwischen.

Der Helikopter riss nach rechts aus, und alles kam ins Rutschen, bis der Pilot wieder beigelenkt hatte. Die Bewegung weckte Zak aus seinem Dämmerzustand, er drehte sich um und setzte sich auf. Er saß da und ließ die Hände zwischen seine gebeugten Knie hängen. Seine Haut schien zu eng über seine Gesichtszüge gespannt zu sein, und seine Augen waren dunkle, tiefe Gewässer, als er ins Leere starrte.

Nach mehreren Minuten hob und senkte sich seine Brust, als er einen unsteten Atemzug machte. »Piñero?«, fragte er mit heiserer Stimme.

»Tot«, sagte Spincher mild.

»Fliegen Sie über den Wasserfall«, bestimmte Zak mit belegter Stimme.

Der Pilot blickte zurück und nickte grimmig.

Wenige Minuten später schwebte der Helikopter über dem Salto Ángel. Acadia musste zugeben, dass es wunderschön war. Das Wasser fiel über den Rand des oben abgeflachten Auyan-Tepui hinunter, um dann fast tausend Meter in die Tiefe in das Tal darunter zu stürzen. Bis das Wasser den Kerep-Fluss erreichte, würde das meiste davon verdampft sein. Eine Wolke feinen Dunstes ließ die Scheiben beschlagen und sammelte sich in kleinen Rinnsalen, die wie Tränen das Plexiglas hinabliefen.

Anstatt ihren dreißigsten Geburtstag damit zu verbringen, vom Fluss unten zu seiner Majestät und Mächtigkeit hinaufzublicken, sah sie nun, in schwindelnder Höhe darüberschwebend, darauf hinab, und es schien ein ganzes Leben dazwischenzuliegen.

Bitte, Gott, betete Acadia und fingerte verstohlen an der Schnalle ihres Gurtzeugs herum, *lass Zak nicht springen.* Was sie tun sollte, wenn er es versuchte – sie hatte keine Ahnung. Der Wind warf den Hubschrauber hin und her, Zak hielt sich an der offenen Tür fest und schwebte für ein paar Sekunden, in denen Acadia vor Angst fast das Herz stehen blieb, quasi über dem Sprühnebel.

Zak flüsterte etwas, dann zog er seine Hand zurück und warf die Uhr seines Bruders in den Dunst.

Mit einem endgültig klingenden Knall schlug er die Tür zu. »Fliegen wir.« Eindeutig nicht an einem Gespräch interessiert, nahm er seinen Kopfhörer ab, lehnte den Kopf zurück und schloss die Augen.

Zwei Stunden später saß Acadia, dank des mysteriösen Marc Savin, allein in einem Firmenflugzeug auf dem Weg nach Hause nach Junction City.

20

Cambridge, Massachusetts

Drei Monate später

Zak vermisste Acadia mit einer Intensität, die in den Monaten, seit er sie zuletzt gesehen hatte, nur noch stärker geworden war. In der wilden Zeit, die sie miteinander erlebt hatten, war sie zu einem untrennbaren Teil seiner Seele geworden. Ihre Abreise hatte Zaks dünnen Faden zu ihr zerrissen und ihn erkennen lassen, was für ein Schatz sie war. Als er auf dem Rollfeld gestanden und dem Flugzeug so lange hinterhergesehen hatte, bis es nur noch ein Punkt am Himmel war, hatte sich in ihm etwas aufgelöst.

Er wollte nicht mehr nachts aufwachen und nach ihr greifen, nur um festzustellen, dass er allein war.

Er hatte Abenteuer gesucht, als er nach Venezuela gegangen war.

Er hatte sie gefunden.

Hatte die Liebe gefunden.

Er war nach Boston gekommen, um sie sich zurückzuholen.

Zak hatte ZAG Search verkauft, trotz der beschissenen Wirtschaftslage. Aber es hatte Monate gedauert, das Riesendurcheinander zu entwirren, das der Tod von seinem Bruder und Buck hinterlassen hatte.

Einen Großteil des Erlöses durch den Verkauf von ZAG hatte er vorgesehen, um in Gideons Namen im ganzen Land Abenteuercamps für unterprivilegierte Kinder zu finanzieren. Der erste Spatenstich würde demnächst in Seattle stattfinden. Und er befand sich in Gesprächen für den Bau eines Base-Jumping-Camps in der Nähe des Salto Ángel, ebenfalls in Gids Namen.

Der Salto Ángel und Gideon würden in seinem Kopf für immer unauslöschlich miteinander verknüpft sein. Niemand würde Gid je so kennen, wie er ihn gekannt hatte, aber die Camps würden den Abenteuergeist seines Bruders für Hunderte von Kindern eine sehr lange Zeit lebendig erhalten. Gid würde das gefallen. Aber es konnte niemals genug sein.

Gott, er vermisste ihn. Der Verlust war ein nagender Schmerz in Zaks Eingeweiden. Er war sich nicht sicher, ob er die Schuldgefühle je überwinden würde, dass Gid noch am Leben wäre, wären seine gescheiterte Ehe und Jennifers Hass auf ihn nicht gewesen. Toll, eine neue Schuld, die die alte ersetzte. Er versuchte, sich dieses Mal eine bessere, produktivere Methode auszudenken, um damit umzugehen.

Es war ihm fast, als könne er Gideons Stimme hören, während aus Wochen Monate wurden: *Finde sie. Bring sie nach Hause.* *Ja,* dachte Zak mit einem geistigen Salut an seinen Bruder. *Ich bin dabei.*

Cambridge hatte sich nicht verändert. Alles sah noch genauso aus wie zu der Zeit, als er, Gideon und Buck hier am MIT studiert hatten. Himmel, sie waren junge Idealisten gewesen, voll verrückter Ideen und großer Träume. Als unaufhaltsames Trio hatten sie sich gegenseitig motiviert, während sie nach und nach alles erreichten, was sie sich vorgenommen hatten. Und noch mehr. Sie hatten eine verrückte Idee in ein bahnbrechendes Unternehmen verwandelt und Millionen gemacht, nicht nur, indem sie die größte und mächtigste Suchmaschine im Internet aufgebaut hatten, sondern auch, indem sie einen kühlen Kopf bewahrt und schlaue Geschäfte gemacht hatten. Sie hatten ihr Leben in vollen Zügen gelebt und nichts bereut, was sie für die Firma aufgeben mussten.

Die unglaublichen Geldmengen, die sie gescheffelt hatten, waren nur ein unterhaltsamer Weg gewesen, den Spielstand zu notieren. Aber nichts davon hatte jetzt noch Bedeutung, nicht ohne Gideon und Buck.

Er brauchte Zeit, um sich an den Verlust der beiden wichtigsten Männer in seinem Leben zu gewöhnen. Aber als er erst einmal die Entscheidung getroffen hatte, wieder zu leben, hatte er sich mit zielgerichteter Entschlossenheit bewegt. Er hatte jede Sekunde der letzten neunzig Tage genutzt, um in aller Eile die Dinge zu einem Abschluss zu bringen, bevor er Acadia besuchen kam. Nicht, dass er nicht mehr trauerte. Das Loch in seinem Herzen würde sich nie mehr ganz schließen. Er stellte nur sicher, dass er akzeptierte, dass sich das Leben ab sofort änderte. Normal war jetzt anders.

Eine neue Herausforderung. Eine mit blonden Haaren und grauen Augen, die, sowohl was die Schwierigkeit als auch die Erreichbarkeit betraf, einer Besteigung des Mount Everest gleichkam. Nur viel aufregender.

Zak fuhr mit dem Mietwagen vor Acadias modernem Hochhaus an die Seite und berührte die Stelle unter seinem Hemd, wo ihr Medaillon des heiligen Christophorus ruhte. Vermutlich hatte sie es ihm in die Tasche geschmuggelt, als er Savins Unterschlupf verlassen hatte. Zuerst hatte sein Herz einen Satz gemacht, als sich ihr Flugzeug über Caracas erhoben hatte und er die vertrauten vorüberziehenden Zahlen über den Himmel eingeblendet sah. Sein erster Gedanke war gewesen: *Gideon*. Aber Gideon war wirklich und wahrhaftig tot. Und dann wusste er es …

Acadia.

Ihr Medaillon war seine Verbindung zu ihr. Solange er es trug, hatte Zak von dem Moment an, als sie sicher in Junction City gelandet war, immer genau gewusst, wo sie war. Er hatte »gesehen«, wie sie mit dem Auto quer durchs Land gereist war, und er hatte bis hin zu den exakten Koordinaten gewusst, dass sie hier in Cambridge, Massachusetts, angekommen war.

Er war durch das ganze Land gereist, um sie zu finden. Die GPS-Koordinaten liefen seit Wochen durch seinen Kopf. Jetzt glühten die Zahlen »heiß« und zeigten an, dass sie gleich hier war, nur noch wenige Minuten entfernt. Er atmete scharf aus und löste seinen Schraubstockgriff vom Lenkrad. Die Sonne schien von einem eisblauen Himmel herab, ohne jede Wärme. Wärme hatte er seit ihrer Trennung nicht mehr verspürt.

Eine große Pappschachtel in den Händen, schritt Zak zuversichtlich den Weg entlang, ging durch die Glastür, durchquerte die Eingangshalle und zögerte dann wie ein liebeskranker Schuljunge, als die Aufzugstüren sich öffneten. Er brauchte noch eine Minute …

Nein, brauchte er nicht. Er hatte schon Monate vergeudet. Er stieg ein, schlug auf den Knopf zum elften Stock und konzentrierte sich darauf, ein- und auszuatmen, um seinen rasenden Herzschlag zu beruhigen. Was lächerlich war. Er hatte auf seiner Suche nach Abenteuer gefährlichere Stunts vollführt als ein Hollywood-Stuntman. Er hatte die höchsten Gipfel erklommen, war in die tiefsten Tiefen getaucht und aus Höhen gesprungen, bei denen sogar sein ebenso abenteuerlustiger Bruder Muffensausen bekommen hatte. Und doch stand er jetzt hier und bekam feuchte Hände bei dem bloßen Gedanken daran, der Frau gegenüberzutreten, die er liebte.

Die Fahrt im Aufzug war vorbei, bevor ihm etwas Intelligentes eingefallen war, das er sagen konnte. Obwohl er sich in den letzten paar Monaten ein Dutzend Einleitungssätze ausgedacht hatte, schien keiner davon jetzt der richtige zu sein. Scheiße. Die vielleicht wichtigste Verhandlung seines Lebens, und ihm hatte es die Sprache verschlagen. Gid hätte sich kaputtgelacht.

Zak stieg aus und schritt einen ruhigen, mit Teppich ausgelegten Flur entlang. Vor Acadias Wohnungstür blieb er stehen und starrte mehrere Herzschläge lang darauf, bevor er in der Lage war, zu klingeln. *Angsthase.*

Es war fast, als hätte sie mit der Hand am Türgriff dagestanden, denn die Tür flog auf. »Ich wollte gerade … Zak!«

Oh, Mann. Acadia. Sein Herz sang ihren Namen dreistimmig. Sie war atemberaubend schön. Bekleidet mit einer hautengen, hellblauen Jeans, die ihre Kurven umschmeichelte, und einem weißen Baumwollpulli, der eng an ihren Brüsten anlag. Ihr honigfarbenes Haar hing ihr offen und seidig um die Schultern, und sie sah noch besser aus als in seinen Träumen. Kühl, frisch, gesund und …

Verdammt. Sie war umwerfend. Und duftete himmlisch. Nachtjasmin und Acadia Gray. Er war immer noch genauso süchtig wie vor Tausenden Kilometern und viel zu vielen Abenteuern in Caracas. Ein Gefühl der Euphorie überschwemmte ihn, und er lächelte. »Erwartest du jemanden?«

»Nein. Ja.« Sie machte die Tür weiter auf. »Ich dachte, es
wären die Typen, die meine ... Ach, egal. Du bist weit weg von
... wo du auch immer warst.« Ihre Stimme klang ein bisschen
frostig, und ihre Miene war schwer zu deuten.

»Kann ich reinkommen?« Er hatte auf einen herzlicheren
Empfang gehofft.

Sie zuckte unverbindlich mit den Schultern und trat zur Seite,
dann drehte sie sich um und tappte barfuß durch den
marmornen Eingangsbereich, ohne abzuwarten, ob er ihr
folgte. Zak dachte, dass er ihr bis ans Ende der Welt und
wieder zurück folgen würde, und bückte sich, um den Karton,
den er bei sich hatte, neben dem Tisch im Flur auf den Boden
zu stellen. Unauffällig steckte er ihre Autoschlüssel ein, für
den Fall, dass sie versuchen würde zu türmen.

Die Begrüßung war nicht gerade überwältigend, aber
immerhin hatte sie ihm nicht die Tür vor der Nase
zugeschlagen, und er war zutiefst dankbar, dass sie ihn nicht
verachtete. Gott allein wusste, dass sie allen Grund dazu
hatte: Er hatte sie in Gefahr gebracht, sie quer durch den
Dschungel geschleppt, sie wäre fast umgebracht worden, er
war ihr fast weggestorben, und am Ende hatte er sie verlassen.
Es war eine lange und vernichtende Liste.

»Willst du was trinken?« Acadia warf ihm einen Blick über die
Schulter zu, während sie ihn in ein Wohnzimmer führte. »Ich
habe ... *Umpf!*«

Zak wirbelte sie herum, fuhr mit den Fingern unter ihr
seidiges Haar und umschloss ihren Nacken. Ihr Körper
verschmolz augenblicklich mit seinem. Sie fühlte sich
trügerisch zerbrechlich an, als sie den Mund öffnete, um ihn
willkommen zu heißen. Sie fühlte sich schmerzhaft feminin in
seinen Armen an, und diesen Teil von ihr liebte er genauso

sehr wie ihre Belastbarkeit und Stärke.

Er ... liebte sie einfach.

Zak legte alles, was er hatte, in diesen Kuss. Verlangen, Begierde, Bedauern, Entschuldigungen. Er griff in dieses rohe, leere Loch in seinem Herzen und versuchte verzweifelt, ihr ohne Worte mitzuteilen, wie er sich fühlte.

Ihre Lippen wurden weich unter seinen. Ihre Wimpern schlossen sich flatternd, und sie seufzte. Nach wenigen atemlosen Augenblicken hob er widerwillig den Kopf und erblickte dankbar den Schleier in ihren grauen Augen, als sie sich bemühte, wieder klar zu sehen.

Er strich mit dem Daumen über ihre zarte Wange und sagte sanft: »Wie ist es dir ergangen?« *Hast du mich genauso vermisst wie ich dich?*

»Gut.« Sie fing sich schneller wieder als er. Andererseits, rief er sich ins Gedächtnis, war Pokern ihre Stärke. »Sehr beschäftigt.« Sie wich zurück und erzwang einen Abstand zwischen ihnen, als sie sich mit den Händen die Schenkel hinunterstrich. »Damit, mich in meiner neuen Wohnung einzuleben, mich auf das Studium vorzubereiten. Wie geht es dir?«

»Ich kann nicht schlafen. Ich kann nicht essen. Alles ist grau in grau. Schrecklich ... ohne dich«, beendete er den Satz. »Mein Leben ist farblos ohne *dich* , Acadia.«

»Wirklich?« Sie hob eine Augenbraue. »Und trotzdem habe ich seit drei Monaten nichts von dir gehört?«

»Ich war sehr beschäftigt.«

»Tatsächlich?« Ihre Augen verengten sich gefährlich. »Ich

auch. Genau genommen habe ich einen Termin in«, sie sah auf ihre Armbanduhr, »zwanzig Minuten, also sag, was du zu sagen hast, ich muss mich fertig machen.«

»Ich liebe dich.«

Völlig unbeeindruckt fuhr sie fort: »Du hattest ein traumatisches Erlebnis. Du vermisst deinen Bruder ...«

»Stimmt. Aber das ändert nichts an meinen Gefühlen für dich.«

Sie verschränkte die Arme unter der Brust und warf ihm einen niederschmetternden Blick zu. »Ist das alles?«

Zak lachte. »Du gibst auch kein bisschen nach, oder?«

Sie standen gut einen Meter auseinander, mitten in ihrem Wohnzimmer. Zak verspürte ein ungewohntes Gefühl von Panik und Unfähigkeit. Er hatte Symposien vor mehr als zwanzigtausend Leuten gehalten, und trotzdem konnte er nicht wirkungsvoll mit der Frau kommunizieren, der sein Herz gehörte.

»Bloß weil ich dich in einer Bar aufgegabelt und eine Stunde später mit dir geschlafen habe, heißt das noch lange nicht, dass ich dir jederzeit auf Abruf für eine Nummer zur Verfügung stehe. Ich bin wesentlich mehr Mühe wert als ein paar leicht dahingesagte Worte, Zakary Stark.«

Oh, wenn die Worte nur leicht dahinzusagen wären, dachte er voller Selbsterniedrigung. »Von Seattle nach Boston ist es ein ganz schön weiter Weg für eine Nummer.«

»Müsste man meinen.«

Seine Lippen zuckten angesichts der Schroffheit ihrer Stimme. Ihre Augen sagten eines, ihre verschränkten Arme etwas anderes. »Können wir uns setzen?«

»Nein.« Ihr Blick war unbeirrbar, aber er bemerkte, dass sie die Luft ausatmete, die sie offenbar angehalten hatte. »Sag mir, was passiert ist, nachdem ich weg war und du zurückgekehrt bist.«

»Wie ...?«

»Ich weiß, dass du Gideon nicht einfach dagelassen hättest, Zak.«

Weil er spürte, dass es nicht zu seinem Vorteil wäre, wenn er sie jetzt berührte, steckte Zak seine Finger in die Gesäßtasche seiner Jeans. »Am nächsten Morgen bin ich bei Tagesanbruch zurückgeflogen. Es war nichts zu finden.« In der Gegend, wo sein Bruder abgestürzt war, waren noch ein paar Teile menschlicher Knochen verstreut. Aber nicht nur Gideon und Jennifer hatten dort ihr Leben gelassen, sondern noch ein Dutzend andere waren an jenem Tag gestorben. Und obwohl er und die Männer, die er dabeigehabt hatte, innerhalb von ein paar Hundert Metern um die Todesstelle herum Knochenteile gefunden hatten, waren keine Leichen zu finden. Überreste waren Nahrung. Tiere und die gefräßigen Insekten hatten nichts vergeudet.

Er ertappte sich dabei, wie er zärtlich eine Linie zu ihrem Kinn und dann bis zu ihrem Mundwinkel verfolgte, dachte aber nicht daran, die Hand aus der Tasche zu nehmen. Berührbar. Lebendig. Anwesend. So gerne Zak Gid auch für ein angemessenes Begräbnis hatte nach Hause bringen wollen, es war nichts von ihm übrig. Und genauso hätte Gid gehen wollen. Gefährlich und extrem. Aufhören, wenn es am schönsten ist. Er hatte Zak den Arsch gerettet und wusste, dass er eine aufregende Geschichte hinterlassen würde, die man sich nach seinem Tod erzählen würde.

Acadia bedeckte die Hand, die er an ihre Wange gelegt hatte.
»Es tut mir so leid, Zak.«

»Mir auch.« Mehr, als er je in Worte fassen konnte, aber er
wusste, dass sie es verstand. Sie löste ihre Hand von seiner, er
streifte ihr eine seidige Haarsträhne hinters Ohr und spürte
das leichte Beben, das bei seiner sanften Berührung durch
ihren Körper fuhr. »Kein Bedauern mehr, Acadia.« Zak füllte
seine Sinne mit dem Duft ihres Haars und ihrer Haut, füllte
die Leere, die sie zurückgelassen hatte, wo einst sein Herz
gewesen war. Jetzt fühlte er sich so erfüllt, dass er fast platzte
vor Emotionen. Als gieße sie flüssigen Sonnenschein in jede
dunkle Ecke und jeden Winkel.

»Erzähl mir von Jennifer.«

Zak stöhnte fast auf. Sie war die letzte Person, die er jetzt mit
ihnen im Raum haben wollte. »Kann ich mich auf die
Höhepunkte beschränken?«, bat er mit belegter Stimme.
Gott. Er wollte ... alles von ihr. *Alles.* Und war es das Warten
nicht wert, um alles zu bekommen? Verdammt, ja. Aber es
brachte ihn trotzdem um.

»Na klar.«

»Sie hat hinter allem gesteckt. Der Entführung, der Polizei,
den Explosionen.«

»Warum? Wie?«

Es musste gesagt werden, aber Zak wollte nichts weniger, als
über all das reden. »Sie hat behauptet, sie hätte unsere Ehe
immer gehasst. Offenbar war sie seit Jahren in Nikki Buckner
verliebt, Bucks Frau. Ich habe meine Rechnungsprüfer alles
bis zum Tag unserer Hochzeit zurückverfolgen lassen und
rausgefunden, dass die beiden Frauen seit Jahren Millionen
abgezapft hatten.« Sie hatten auch die meiste Zeit zusammen

verbracht, während er und Buck sich abgerackert hatten.

»Ihr habt den Verlust von Millionen von Dollar nicht bemerkt?«, fragte Acadia trocken, während sie ihm mit einer unbewussten, tröstenden Geste den Arm auf und ab streichelte.

Zak zuckte die Achseln. Er hatte es gemerkt, aber es war ihm egal gewesen. Wenn Jennifer das Geld gebraucht hatte, war sie herzlich eingeladen. »Es war nicht von Bedeutung. Wenn ich natürlich gewusst hätte, wofür sie es verwendet, hätte das ein ganz anderes Licht auf die Sache geworfen«, sagte er nüchtern. »Sie hat schon kurz vor ihrem vorgetäuschten Tod in Haiti vor zwei Jahren alles für eine Entführung vorbereitet.«

»Das klingt ja ziemlich gut organisiert, aber sie konnte doch nicht wissen, dass ihr *genau* zu diesem Zeitpunkt in Venezuela sein würdet.« Acadias neugieriger Blick begegnete seinem. Spielte sie nur mit seinem Hemdknopf oder öffnete sie ihn?

»Wegen unserer diversen geschäftlichen Verpflichtungen konnten Gideon und ich unseren Urlaub nicht immer gleichzeitig planen. Es erforderte einige Koordination. Wir hatten schon eine ganze Weile über den Base-Jump vom Salto Ángel gesprochen, sie wusste also, dass wir letztendlich dort sein würden.«

»Ein ziemlich langfristiges Ziel.«

Seine Lippen zuckten bei ihrem sarkastischen Tonfall. »Lass mich das vorausschicken, bevor ich dir den Rest erzähle. Ich schwöre bei Gott, ich habe Jennifer geliebt, als wir uns das erste Mal begegnet sind. Ich dachte, sie sei genau, was ich wollte. Dreist und wagemutig und jederzeit zu allem bereit.«

Sie hob beide blassen Augenbrauen. »Eine weibliche Version von dir?«

Wahrscheinlich. »Innerhalb von Monaten fiel es mir wie Schuppen von den Augen.«

Zak hatte nicht vor, jedes Stück schmutziger Wäsche zwischen ihm und Jen zu waschen. Nicht jetzt. »Und in den nächsten sechs Jahren habe ich mit jeder Faser daran gearbeitet, dass es trotzdem funktioniert.«

»Wenn sie in Nikki verliebt war, *konnte* das ja nicht klappen.«

»Ich wünschte, ich hätte das damals gewusst. Wenn sie ehrlich gewesen wäre, hätte ich ihr alles Gute gewünscht und mein Leben weitergelebt. Ihre Hinterhältigkeit hat uns beide extrem unglücklich gemacht.« Ihre Lügen hatten zwei guten Männern das Leben gekostet. »Sie hat Loida Piñero und ihre Männer angeheuert, um uns zu entführen. Es ging von Anfang an nur ums Geld. Eine Scheidung hätte für sie nur die Hälfte meines Vermögens abgeworfen, wenn überhaupt. Wir hatten einen Ehevertrag. Aber sie wollte alles. Jesus Christus. Wenn ich das gewusst hätte, ich hätte ihr mit Freuden alles gegeben, bis zum letzten Cent! Ihr Plan war, Gideon zu töten, damit ich seinen Anteil erbe, und mich dann im ersten Lager gefangen zu halten. Erinnerst du dich noch an das Gebäude, das noch im Bau war? Das sollte für ein paar Wochen mein neues Zuhause sein, während sie mich mit einer langen Liste meiner Fehler und Übeltaten gequält hätte.«

»Das verdammte *Miststück* . Sie war eine Schwarze Witwe, die geduldig in ihrem Netz auf ihr Opfer wartete.«

»Ja. Sie und Nikki haben das Leben vieler auf dem Gewissen, nicht nur von Gideon und Buck. Gid hat sie erschossen, bevor er gestorben ist.«

»Gut.« Acadias sanfte Augen füllten sich mit Mitgefühl, und sie streckte die Hand aus, um seine zu ergreifen und ihre Finger mit seinen zu verschränken. »Er wollte nicht, dass du es tun musst. Dein Bruder hat dich geliebt.«

»Ja, das hat er.« Ihre schlanke Hand in seiner zu spüren gab Zak Hoffnung. »Mir ist das klar geworden, als ich da im Dschungel stand und mit meiner eigenen Sterblichkeit konfrontiert wurde. Als alles, was ich kannte und liebte, drohte, mir um die Ohren zu fliegen, wusste ich, dass das, was ich für dich empfand, überwältigend ... *anders* war. Sie war nichts als eine blasse Kopie des Originals. Du bist die einzig Wahre, Acadia. So wahr wie etwas nur sein kann.«

Sie lächelte ein Mona-Lisa- Lächeln, aber sie wich nicht vor ihm zurück. »Es ist verständlich, dass du unter diesen Umständen denkst ...«

»Ich hatte drei Monate Zeit, und ich konnte dich nicht aus meinem Kopf kriegen. Zu wissen, wo du bist, hat mir geholfen, zu tun, was getan werden musste. Jennifer ist tot. Nikki steht ein Prozess wegen Mordes bevor.« Sie hatte den Vater ihrer Kinder umgebracht. Zak hatte die hundert Millionen zurückverfolgt, die sie auf einem Schweizer Bankkonto deponiert hatte. Es würde Jahre dauern, dieses Chaos zu entwirren. Er hatte Treuhänderfonds für Bucks Kinder eingerichtet, damit sie jedes College auf der Welt besuchen, sich ein Haus kaufen und bei bester Gesundheit jede Karriere einschlagen konnten, für die sie sich nach ihrem Abschluss entschieden, aber es würde nicht reichen.

Die Anstrengung wich aus ihren Augen, und ihre Schultern waren nicht mehr ganz so steif. »Wie hast du mich denn gefunden? Hast du mich geZAGt? Oder hat dir dein Spionagenetz geholfen?« Und sie hatte allen Grund, sich das zu fragen, denn sie hatte allen ihren Freunden und Kollegen in Junction City gesagt, dass sie ihm nicht erzählen sollten, wo sie war, wenn er kam.

»Das hier hat mir geholfen.« Er zog die Kette mit dem Medaillon unter seinem Hemd hervor.

Sie lächelte. »Es hat dich beschützt.«

»Dein Medaillon des heiligen Christophorus hat mich direkt zu dir geführt. Aber es hat noch mehr getan. Du bist mein Magnet, Acadia, in so vieler Hinsicht.« Zak wollte sie festhalten. Er wollte, dass sie das Gespräch auf später verschoben, damit er mit ihr schlafen konnte – Gott, er wollte sie so sehr berühren, dass es schmerzte. Es kostete ihn seine ganze Kraft, sich nach ihrem Tempo zu richten. Denn wenn es nach seinem ginge, wäre sie in dem Moment, wo sie ja sagte, nackt und auf dem nächstbesten flachen Untergrund. »Aber sei dir bewusst: Ich hätte alles getan, was nötig gewesen wäre, um zu dir zu gelangen.« Er war etwas unsicher, ob er ihr das wirklich sagen sollte. »Die Sache mit den Zahlen war nicht nur eine Verbindung zu meinem Bruder, Acadia. Sobald ich das hier in der Hand hielt, habe ich *deine* Koordinaten vor meinen Augen vorbeiziehen sehen, klar und deutlich. Und je näher ich kam, desto heller und lebendiger wurden die Zahlen.«

»Du hast meine GPS-Koordinaten gesehen? Von hier?«

»Ja. Aber wenn meine neu gewonnene Fähigkeit nicht funktioniert hätte, hätte ich die Welt auf den Kopf gestellt und geschüttelt, bis ich dich gefunden hätte, täusch dich da nicht. Aber wie es aussieht, bleibt mir mein neuer Sinn erhalten. Ich werde diese ... *Fähigkeit* dazu benutzen, anderen dabei zu helfen, die Menschen zu finden, die sie lieben. Rechtzeitig ...«

»Moment«, unterbrach sie ihn und schüttelte den Kopf.

»Warte mal. Nur um das klarzustellen: Du willst damit sagen, dass du jemanden finden kannst, wenn du einen Gegenstand hast, der ihm gehört? Es muss keine Person sein, mit der du verwandt bist oder die du«, sie warf ihm einen spitzbübischen Blick zu, »liebst?«

»Nein. Solange ich einen Gegenstand in der Hand habe, kann ich mit diesem neuen sechsten Sinn die Person aufspüren, den mir mein Nahtoderlebnis anscheinend verliehen hat. Es ist eine Gabe, Acadia.«

Sie wirkte nicht entsetzt oder abgestoßen oder ungläubig. Er hätte es sich denken können. Er streifte mit seinen Lippen über ihre. Für einen Augenblick hielten sie den Kontakt, dann wich sie ein wenig zurück.

»Bis jetzt hat es nur bei Gideon und, wie du sagst, bei mir funktioniert.«

»Ich habe es bei einer Mandantin meines Anwalts versucht, einer jungen Mutter, deren Sohn aus seinem Zimmer entführt worden war. Wie sich herausstellte, war es ihr Ex, wie vermutet. Allerdings kam der Typ aus Serbien, deshalb hatten sie dort nach ihm gesucht. Stattdessen hatte er das Kind in einem kleinen Ort in Griechenland versteckt. Ich konnte die Polizei direkt zu ihm führen. Ich werde diese Fähigkeit, dieses Merkmal, diesen magischen sechsten Sinn, dieses innere GPS-Ortungssystem, was immer es ist, nicht vergeuden. Ich werde etwas Negatives in etwas Positives verwandeln.«

Acadia grinste. »Du bist ein Superheld.«

Er schüttelte den Kopf. »Ich bin kein Superheld. Nur ein Mann. Ich habe ZAG Search verkauft. Es war etwas für mich, Gid und Buck. Es ist Zeit für einen Neuanfang. Eine neue Firma.«

»In Seattle?«

»Bis jetzt habe ich nur den Namen, aber nicht den Standort.« Er sah ihr prüfend ins Gesicht, aber ihr Ausdruck gab nichts preis. »Die Firma ist klein. Nur ich. Ich nenne dieses neue Unternehmen Lodestone, Magnet. Acadia, ich kann Menschen finden, ich kann Sachen finden ... überall, jeden. Ich habe dich gefunden. Komm mit mir zurück nach Seattle. Gott weiß, ich könnte deine organisatorischen Fähigkeiten gebrauchen. Und an der Universität in Washington gibt es ein ausgezeichnetes Doppelstudium Architektur-Baumanagement, wenn du studieren willst.«

»Ich bin *hier hergekommen* , um zu studieren, Zak.«

»Dann ziehe ich hierher«, entgegnete er prompt. »Ich will sein, wo du bist. Als ich dachte, dass ich für nichts mehr etwas empfinden kann, hast du mich zu lieben gelehrt.« Er fuhr mit den Fingern durch ihr Haar, das seidig auf ihre Schultern herabfiel.

Ihre schönen Augen verschleierten sich. »Wir leben in unterschiedlichen Welten, Zak. Ich glaube, du verwechselst ein Strohfeuer mit etwas anderem. Vielleicht ... vielleicht hast du das, was zwischen uns war, zu etwas viel Größerem aufgebauscht.« Sie biss sich auf die Lippe. »Ich bin ... Ich bin einfach nur ich. Ich mag keine Höhen. Ich springe nicht aus einem Flugzeug, es sei denn, es brennt *und* ich habe zwei Fallschirme. Unsere Zeit zusammen war der Wahnsinn, aber für mich war es fast, als besuche ich das Leben von jemand anderem.« Sie hob ihr Kinn. »Ich esse lieber freitagabends Popcorn vor dem Fernseher, als mich von Guerillas niederballern zu lassen. Ich kann nicht mit den Pauken und Trompeten mithalten, mit der ganzen Aufregung, von der du lebst.«

Zak versetzte es einen Stich ins Herz. »Ich liebe *dich* , Acadia. Ich liebe dich dafür, wie du deinen Tag planst, ich liebe dich dafür, wie du dir selbst treu bleibst.« Er beugte sich vor und küsste sie, bis der Protest, der sich hinter ihren zarten Gesichtszügen verbarg, langsam verflog. »Ich liebe deine Leidenschaft, ich liebe dich dafür, wie sorgfältig du immer vorbereitet bist, dafür, dass du das Auge in meinem Sturm bist, und dafür, dass du lügst wie gedruckt, wenn du Angst hast. Ich liebe deinen Sinn für Humor, deine Stärke und wie du jede wahrgenommene Schwäche bekämpfst. Ich liebe das ganze Acadia-Gray-Paket!«

Sonnenlicht strömte durch das unverhangene Fenster hinter ihr, warf Lichtflecken auf ihr goldenes Haar und die sanfte Kurve ihrer Wange. Zak verspürte ein überwältigendes Aufwallen von Liebe vermischt mit intensivem Verlangen in sich.

»Ich ...«

Er drückte ihr zwei Finger auf die Lippen und lächelte sie an. »Ich habe Pläne, bei denen du mir vielleicht helfen kannst.«

»Dir helfen ...« Sie blinzelte. »Was denn für Pläne?«

»Ich werde überall in den USA etwa ein Dutzend Abenteuercamps für unterprivilegierte Jugendliche in Gideons Namen bauen. Und an exotischen Orten wie dem Salto Ángel. Ich brauche eine tüchtige, gut organisierte Architektin, um bei einem so groß angelegten Projekt die Übersicht zu behalten.«

»Reizend.« Ihre Lippen zuckten. »Ein Jobangebot bevor ich mit dem Studium überhaupt begonnen habe.«

»Eher eine Verpflichtung fürs Leben.«

»Sage ich jetzt › Setz einen Vertrag auf, ich zeige ihn meinem Anwalt?‹ oder einfach nur ja oder nein?«

»Fangen wir mit einem einfachen Ja an. Und wenn du das Gefühl hast, einen Anwalt zu brauchen, besorgen wir dir einen.«

»Da kannst du sicher sein, Zak.« Sie zeigte auf ihre nackten Wände. »Einfach. Unkompliziert.« Zak bemerkte, dass die Wohnung weiß gestrichen war – alles war noch in Kartons verpackt, was ihn überraschte. Von der Art her, wie sie eine Hose packen konnte, hätte er sie für eine Nestbauerin gehalten. Sie führte ihn zu einem schlichten, beigefarbenen Sofa, das einem kleinen Fernseher auf einer Kiste zugewandt stand. Das hier konnte man wohl kaum ein Zuhause nennen.

Das Herz schlug ihm bis zum Hals, als er die Fäden ihres Protests wiederaufnahm. »Wenn › einfach‹ die Tapferste, Stärkste und Wagemutigste bedeutet, ja, dann bist du einfach.«

Sie blieb vor der Couch stehen und lachte, während ihre Finger wieder mit einem Knopf an seinem Hemd spielten. »Von dem Moment an, als ich dir in der Cantina begegnet bin, habe ich mir vor Angst fast in die Hosen gemacht. Aber ich wollte dich so sehr! Nie zuvor habe ich meine Sicherheitszone verlassen. Ich bin nicht tapfer. Du hast mich tapfer gemacht.«

»Tapferkeit lässt einen tun, was getan werden muss, selbst wenn man zu viel Angst hat, es zu tun.« *Wie jetzt* , dachte Zak mit Selbstironie, als sie fortfuhr, seine Knöpfe zu öffnen, und dachte, er merke es nicht. Oh doch, er merkte es. Und mit jedem Knopf, der aus seinem Loch rutschte, entglitt ihm wieder ein kleines bisschen seiner ohnehin sehr begrenzten Beherrschung. Die Tatsache, dass sie das tat, gab ihm Hoffnung. Ja, explosiver, unglaublicher Sex war etwas, das sie gemeinsam hatten, aber es gab noch mehr. Zumindest wollte er, dass es mehr war. »Ohne dich wäre ich nicht mehr am Leben«, erinnerte er sie.

»Du bist viel zu starrköpfig, um zu sterben.« Sie machte eine Pause, dann sagte sie sanft. »Kein Anwalt. Ja.«

»Ja?«

»Das war ein ziemlich umständlicher und verworrener Heiratsantrag, oder?«

Er schloss sie in die Arme und legte seine Wange auf ihren Scheitel, während er einatmete und einen tiefen, zufriedenen Seufzer ausstieß. »Gott, ja.«

Er spürte, wie sie lächelte. »Du hast an fast alles gedacht.«

»Nicht nur fast. Ich habe an alles gedacht. Immer wieder.« Er küsste ihren lächelnden Mundwinkel. »Sag es, und es gehört dir.«

Ihre Hände erforschten eifrig seinen Rücken unter seinem herausgezogenen Hemd. »Es gibt etwas, das ich wirklich sehr gerne hätte.«

Ihm fiel beim besten Willen nichts ein, was er nicht für sie kaufen oder tun würde. »Trauben«, murmelte er.

Sie glaubte sich verhört zu haben. »*Trauben* ?«

»In der Schachtel, die ich neben die Tür gestellt habe. Zehn Kilo kernlose *Thompsons* .«

»Na gut. Ich beiße an. *Warum* hast du mir zehn Kilo Trauben mitgebracht?«

»Du hast mir mal gesagt, dass ich nackt vor dir

umherstolzieren und dich mit geschälten Trauben füttern sollte vor lauter Dankbarkeit, dass du so erfindungsreich, hilfsbereit und gut ausgerüstet warst, um mir wiederholt das Leben zu retten.«

Sie überschüttete ihn mit ihrem wunderbaren Lachen. »Du bist verrückt.«

»Nach dir.« Er begann sie rückwärts auf einen Raum zuzuschieben, von dem er hoffte, dass es ein Schlafzimmer war.

Kein Adrenalinrausch auf der ganzen Welt konnte ihm das geben, was sie mit einer einzigen Berührung fertigbrachte. Ein ruhiges, felsenfestes Gefühl, dass sie zusammen sein würden, egal, was geschah oder was er tat. Sie würden sich gegenseitig haben. Liebe und Unterstützung und unglaublichen Sex, mehr brauchte er nicht. »Gott sei Dank«, murmelte sie im Rückwärtsgehen, und ihre Schritte passten sich den seinen an, während sie sich in Richtung Schlafzimmer küssten, schoben und redeten. »Ich liebe dich, Zak. Du hast mir beigebracht, dass die Liebe chaotisch, furchterregend und verwirrend sein kann. Aber vor allem unheimlich schön. Danke, dass du mich so akzeptierst, wie ich bin und als die, die ich sein will. Du bist alles, von dem ich nie wusste, dass ich es brauche.« Sie hielt inne, stellte sich auf die Zehenspitzen und küsste ihn zärtlich.

»Ich war dabei, zu packen und nach Seattle zu ziehen, wo ich vorhatte, dir aufzulauern, bis du wieder Vernunft annimmst.« Lächelnd drückte sie ihre Lippen auf seine, und Hitze und Freude breitete sich in ihm aus wie Sonnenlicht.

Als sich in seinem Herzen etwas löste, fließend und sanft, wusste Zak, dass er den Kick, der ihn so oft an die Schwelle des Todes gebracht hatte, nie wieder brauchen würde. Ihre

Haut, ihr Haar, so zart wie Seide in seinen Händen, ihr Lächeln waren genug Rausch für den Rest seines Lebens. Hier in Cambridge oder dort in Seattle, ob im exotischen, gefährlichen Venezuela oder dem ruhigen und normalen Junction City – wo immer Acadia sein wollte, war auch sein Zuhause.

Ohne den Kontakt zu unterbrechen, tastete Zak nach der Türklinke hinter ihr. »Ich liebe dich, Acadia Gray.«

Ihre Arme schlangen sich um seinen Hals. »Gott sei Dank«, flüsterte sie und hob ihre Augen zu seinen. »Sei dir sicher, dass du immer mein Held sein wirst, Zak. Mein Licht. Meine Liebe. Mein Magnetstein.«

Er öffnete die Tür zum Wäscheschrank, und während Acadias Lachen seine Welt erfüllte, schloss er die Tür.

ENDE

»Cutter Cay Serie

Von Cherry Adair bereits erschienen:

Gnadenloser Sog

Band: 1

Zane Cutter taucht in der Karibik nach Wracks und versunkenen Schätzen. Als er die junge Schiffsmechanikerin Teal an Bord holt, beginnt für sie beide eine unerwartete und erotische Affäre, die sie atemlos macht - bis sie sich plötzlich in einem gefährlichen Abenteuer wiederfinden!

Berauschende Strömung

Band: 2

Er muss eine gesunkene Galeere vor Marokko bergen und auch noch Blutdiamanten im Wert von 25 Millionen Dollar schmuggeln - Nick Cutter steckt mitten in einem riskanten Doppelauftrag. Das Letzte, was der Profi-Schatzsucher braucht, ist jemand, der alles gefährdet! Doch genau das passiert, als Prinzessin Bria Viscontis Hubschrauber an Deck der ,,Scorpion" landet. Die Principessa verlangt nicht nur die fünf Millionen Dollar zurück, die ihr Bruder in die Schatzsuche investiert hat - sie ist auch wie Feuer für den sonst so kühlen Nick. Sie weckt Gefühlt, für die jetzt absolut keine Zeit hat - die er jedoch nicht ignorieren kann. Ebenso wenig wie die Tatsache, dass sich an Bord ein Mörder befindet...

,,Genug Action, Spannung und Leidenschaft, um Wasser zum Kochen zu bringen!" Good Reads

Gefährlicher Strudel

Band: 3

WIE EIN REISSENDER SO

Brutal zugerichtet und bewusstlos treibt sie im Wasser:
Sofort nimmt Logan Cutter die schwer verletzte Frau an
Bord seines Schiffs. Was aber aussieht wie ein dramatischer
Unfall, ist Teil einer bösen Intrige, in der das vermeintliche
Opfer alle Fäden zieht. Daniela Rosado soll verhindern, dass
Logan ein versunkenes Wrack mit einem Millionenschatz
birgt. Altes Gold, auf das es ihre Familie abgesehen hat!
Jahrelang hat Daniela gehört, wie habgierig und skrupellos
die Cutters sind, und sie hat es geglaubt - bis sie Logan jetzt
besser kennenlernt. Ihr Herz erzählt der schönen Verräterin
nämlich eine andere Geschichte. Für Daniela ein Schock -
und eine Chance. Doch der Plan ihrer Familie steht. Notfalls
über ihre und Logans Leiche.

„Beim Lesen abgetaucht, die Spannung Gefült, mitgefiebert -
Cherry Adairs Cutter-Serie ist ein gehobener
Goldschatz!" Romantic Times Book Reviews

Die Romane von Cherry Adair bei

Am Rande der Angst

Am Rande der Dunkelheit

Am Rande der Gefahr

Auf Dünnem Eis

Aus den Augen

Bis zum Hals

Das Versteckspiel

Die Bettgeschichte

Hauch einer Chance

Heisse Steine

Ricochet Ein T-FLAC Kurzfeuer

Tödliches Vermächtnis

Mehr T-FLAC-serie romane: eBooks

Heisse Steine

Die schöne Juwelendiebin Taylor Kincaid hat gerade einem Gangster in Südamerika die berühmten »Blue Star«-Diamanten abgeluchst. Nebenbei lässt sie allerdings noch streng geheime Dateien mitgehen. Nun sind ihr alle auf den Fersen – auch der überaus attraktive Agent Huntington St. John. Zwischen ihnen fliegen schon bald die Funken. Doch ihre Leidenschaft bringt sie in tödliche Gefahr ...

Taylor Kincaid ist eine unverbesserliche Juwelendiebin, die ihre Arbeit liebt. Ihre Fähigkeit, noch durch den kleinsten

Spalt zu schlüpfen, und ihre unglaubliche Fingerfertigkeit machen sie zu einer der Besten in ihrem Job. Keine Frage, dass sie ihre große Chance kommen sieht, als die berühmten »Blue Star«-Diamanten in dem Camp einer verbrecherischen Organisation in Südamerika auftauchen. Allerdings lässt Taylor neben den Diamanten auch noch einige streng geheime Dateien mitgehen – und nun hat sie keine ruhige Minute mehr: Plötzlich findet sie sich in einem gefährlichen Katz-und-Maus-Spiel wieder, in dem sie von allen Seiten gejagt wird. Der unglaublich attraktive Agent Huntington St. John, der ihr schon lange auf den Fersen ist, stößt als Erstes auf sie. Obwohl Taylor von Natur aus misstrauisch ist – und schließlich stehen sie auf verschiedenen Seiten des Gesetzes – , fühlt sie sich von seinem umwerfenden Charme magisch angezogen. Zwischen ihnen funkt es schon bald ganz gewaltig. Doch ihre Leidenschaft könnte tödliche Folgen haben...

Die Bettgeschichte

Marnie Wright ist als einziges Mädchen unter vier Brüdern einiges gewöhnt, so dass sie ein ungehobelter Bergbewohner wie Jake Dolan eigentlich nicht schrecken kann. Auch wenn dieses Prachtexemplar von einem Mann außergewöhnlich attraktiv und sexy ist. Aber dann wird's gefährlich und zwar nicht nur für Marnies Leben, sondern viel mehr noch für ihr Herz...

Verfügbar Cherry Adair Online-
Buchladen: shop.cherryadair.com

ÜBER CHERRY ADAIR

New York Times Bestseller-Autor Cherry Adair Das innovative Aktion-Abenteuer-Romane wurden auf zahlreiche Bestseller-Listen erschienen, gewann Dutzende von Auszeichnungen und erhielt Lob von Kritikern und Fans gleichermaßen. Mit der Schaffung von ihr kick butt Antiterror-Gruppe, T-FLAC, Jahre vor dem Aktion-Abenteuer-Romanzen waren beliebt. Cherry hat eine Nische für sich selbst geschnitzt mit ihren sexy, freche, rasante Romane. Sie liebt es, von Lesern zu hören.

Besuchen Sie Cherry auf Visit Cherry on Facebook, Twitter, Pinterest oder cherryadair.com.

www.ingramcontent.com/pod-product-compliance
Lightning Source LLC
Chambersburg PA
CBHW051940020726
47501CB00001B/206